补天裂

庞瑞垠 著

江苏凤凰文艺出版社

图书在版编目（CIP）数据

补天裂 / 庞瑞垠著. -- 南京 : 江苏凤凰文艺出版
社, 2025. 4. -- ISBN 978-7-5594-9147-3
Ⅰ. I247.5
中国国家版本馆CIP数据核字第2024G37J15号

补天裂

庞瑞垠　著

责任编辑　汪　旭　杨威威
装帧设计　融蓝文化
责任印制　杨　丹
出版发行　江苏凤凰文艺出版社
　　　　　南京市中央路165号，邮编：210009
网　　址　http://www.jswenyi.com
印　　刷　江苏扬中印刷有限公司
开　　本　718毫米×1000毫米　1/16
印　　张　31.25
字　　数　370千字
版　　次　2025年4月第1版
印　　次　2025年4月第1次印刷
书　　号　ISBN 978-7-5594-9147-3
定　　价　77.00元

江苏凤凰文艺版图书凡印刷、装订错误，可向出版社调换，联系电话 025-83280257

献给

中国人民抗日战争暨世界反法西斯战争胜利80周年

事无两样人心别。问渠侬：神州毕竟，几番离合？汗血盐车无人顾，千里空收骏骨。正目断关河路绝。我最怜君中宵舞，道"男儿到死心如铁"。看试手，补天裂。

—— 辛弃疾

内容提要

《补天裂》是一部描写南京沦陷后全民抗日救亡的长篇小说。

彼时的南京是日伪政权的军政核心地带，正经历一段最残酷、最黑暗的岁月。面临民族危亡，南京各个阶层、各个界别的民众赓续中华民族忠诚爱国、坚守信仰、取义成仁、宁死不屈的优良传统，在中国共产党的感召和领导下，不畏强暴，奋起抗争，城市神秘的地下斗争和郊区英勇的武装斗争交相呼应。

作者以其娴熟而细腻的笔触，自如地游弋于虚构与非虚构的艺术表现手法之间，精心构筑了抵制日货、瓦解日军士气、采购转运秘密电台、收编农民自卫队、锄奸、火烧神社、打入日本大使馆搜集情报等一系列扑朔迷离、曲折动人的故事情节，塑造了男女主人公舒晨（黄翔）、杜玫（杜蘅）这两个文学画廊中少见的英雄典型，以及与他们的人生故事关联的大学师生、工人、农民、实业家、手工业者、医生、武馆拳师、律师、舞女等五行八作的爱国者形象。他们在至暗笼罩这座千年古城，性命朝不保夕之际，义无反顾，挺身而出，以血肉之躯书写了感天动地、可歌可泣的爱国篇章。作者钩沉诸多鲜为人知的历史细节，在人生道路抉择和生死考验中，入木三分地描绘了人物的心路历程和情感羁绊，揭橥人性的多面与微妙，体现了作者一以贯之的悲情浪漫主义风格。

这部作品将南京人乐观、直爽、无畏、坚韧的城市个性与厚重的古都文化融为一体，以老门西为出发地和归结点，旁及城市内外，展现了一幅幅原生态的风俗画、风景画和风情画，通过对逼真历史场景和历史语境的复原，呈现出二十世纪三四十年代的南京旧影，构成一道与其他城市迥然不同、别具一格、深蕴南京风味的人文景观。而一幕幕与日伪敌对势力的斗智斗勇、精彩纷呈的连台本戏正是在这里渐次展开、转换，令人悲喜交集，百感俱来，引发后来者对历史的无尽缅怀与沉思。

人物表

（以书中出现先后为序）

舒晨：化名黄翔，国立中央大学中文系毕业，新四军战地服务团成员、地下工作者

杜玫：后改名杜薇，舒晨的妻子，抗日游击队员、地下工作者

杜家豪：杜玫的父亲，南京丝织业头面人物、"杜泰昌缎号"老板

柳惠芬：杜玫的生母

柳惠芳：杜玫的小姨、继母

舒汝为：舒晨的父亲、城市平民

匡阿珍：舒晨的母亲、家庭妇女

言炳坤："杜泰昌缎号"账房先生

欧阳无垢：国立中央大学社会学系教授、民主人士

吕星斗：国立中央大学学生、"萤社"召集人，南京沦陷后去大别山打游击

金兆翰：国立中央大学学生、"萤社"骨干、牧师

章曼卿：国立中央大学学生，后为舞女

罗希贤：国立中央大学教授、学生社团辩论会主持人

邹碧如：杜玫的表姐

汪一波：新四军战地服务团成员，舒晨老乡、同事。化名马千里、叛徒、汉奸

田野：新四军战地服务团团长

黄万年：新四军战地服务团成员、华侨、画家

孟若兰：新四军战地服务团成员、舞蹈演员

舒赓志：舒晨、杜玫之子，乳名八斤、学名方圆

舜英：方圆的奶妈

王慎之：名医

木村隆二：日本华中派遣军司令的副官、少将

濑谷玄：日本在南京开设的"濑谷电器行"老板

柳志远：杜玫的表哥

史凯：新四军四师政治部干事、舒晨战友

雪枫：新四军游击支队司令员、四师师长兼政委

鲁赤兵：新四军四师司令部参谋、舒晨战友

梅士青：淮北楼王镇乡贤、开明绅士

梅士武：梅士青胞弟、农民自卫队头领

邹家富：淮北楼王镇镇长

赵大奎：淮北和平军中队长、汉奸

夏轩：南京郊区赤山游击队队长

陆纲：南京所属江宁县地下县委书记

王岚：南京郊区赤山游击队女队队长、杜蘅战友

雷明：南京郊区赤山抗日先锋队政工干事、青龙山抗日自卫队指导员，后转入南京地下斗争，成为杜蘅的"上线"

锁生：江宁赤山镇居民

毓秀：锁生的妻子

郭世康：南京郊区青龙山游击队队长

顺子：南京郊区青龙山游击队通讯员、杜蘅战友

郗公培：青龙山乡村医生

释空：青龙山插花庙僧人

孟崇尧：南京市立第一医院院长

王正：新四军四师敌工部长

吴崇礼：南京中区警署治安科长、地下党员、舒晨的"上线"

吴锦坤：吴崇礼之父、青帮大佬、南京洗浴业商会会长、沧浪池澡堂老板

特派员：中共华中局情报部处长

铃木晋夫：日本驻华大使馆商务参赞

坂本细川：日本丸羽纺织株式会社南京支社社长

龟田三郎：日本浪人

贺文泰：吴锦坤的徒弟、南京中区警署署长、黄翔（舒晨）上司

祁勇：南京中区警署治安科警长、黄翔（舒晨）同事

郝不冬：南京中区警署治安科继任科长、汪伪特工

谢晖：郝不冬的丈夫、汪伪军委会调查统计部专员

高桥弥生：日本华中派遣军少将

西尾和夫：日本驻华大使馆二秘、反战同盟成员、佐尔格系统情报人员、杜蘅的情人、战友

西尾美惠子：西尾和夫的妻子、护士，应召赴华充当军中慰安妇

程嘉骅：南京商会会长

三浦健：日本驻华大使馆文印室主任、杜蘅的上司

沈哲：日本驻华大使馆雇员、国民党军统成员、杜蘅文印室同事

老卞：日本驻华大使馆杂役、特高科老牌特工

小桃红：原名茅雅萍，妓女

阿龙：石工、民间抗战组织"爱国者同盟"负责人、舒晨的邻里、儿时的同学

镇关东：民间抗战组织"爱国者同盟"骨干、武馆馆长、拳师、义士

董怡之：国立中央大学法学院教授、大律师

目 录

第一章	最忆是门西	/ 001
第二章	少年时光	/ 010
第三章	萤社的缤纷岁月	/ 020
第四章	南京之殇	/ 035
第五章	北上，北上	/ 051
第六章	辗转天涯觅归宿	/ 064
第七章	悲与喜	/ 076
第八章	逍遥镇不逍遥	/ 090
第九章	路在何方	/ 109
第十章	投笔赴戎机	/ 116
第十一章	扬帆远行领航人	/ 131
第十二章	赤山脚下的人生洗礼	/ 143
第十三章	史书一页释兵权	/ 156
第十四章	俳句作戈试身手	/ 173
第十五章	棘手的使命	/ 185
第十六章	幽兰，凋谢在淮北的原野上	/ 197
第十七章	父爱无疆	/ 212

第十八章	短波电台	/ 219
第十九章	卸命南下返故土	/ 235
第二十章	弹雨中的人性之光	/ 246
第二十一章	我心如铁补天裂	/ 265
第二十二章	血洒青龙山	/ 273
第二十三章	母兮鞠我恩似海	/ 290
第二十四章	雇员	/ 300
第二十五章	沧浪池的秘密	/ 313
第二十六章	秦淮河房锄奸记	/ 326
第二十七章	陶庐奇遇	/ 345
第二十八章	禁毒在民间	/ 356
第二十九章	望眼欲穿的邂逅	/ 366
第三十章	火烧五台山日本神社	/ 375
第三十一章	福昌之夜	/ 387
第三十二章	洪公祠外遭厄运	/ 396
第三十三章	仰天一笑从兹去	/ 404
第三十四章	大使馆内的枪声	/ 412
第三十五章	经济胁迫又奈何	/ 427
第三十六章	天地可鉴终昭雪	/ 445
第三十七章	迁坟安葬寄哀思	/ 458
第三十八章	人鬼情未了	/ 472
后 记		/ 484

第一章　最忆是门西

　　十里秦淮，烟笼寒水，桨声灯影，蜿蜒展缓流经门西一带。一年又一年，一个世纪又一个世纪，好像特别慢。门西，指的是中华门以西、升州路以南，明城墙包裹着的这片土地。明城墙已有五百多岁，而门西的年龄是它的三四倍，可见历史之久远。一千多年来，达官贵人、文人墨客接踵而至，在此盘桓驻足，结庐隐居，留下了许多美好的传说。三国时期魏国诗人、"竹林七贤"之一的阮籍衣冠冢葬于瓦官寺。西晋刘琰、王濛、桓伊等名士曾聚于瓦官寺商略当朝和江左人物。东晋画家顾恺之，在瓦官寺绘就《维摩诘像》。李白行吟至此，落笔写下《登金陵凤凰台》《登瓦官阁》。杜甫客游金陵，慕名到瓦官寺赏画，还托友人得到一幅维摩图样，多年后，感慨赋诗"虎头金粟影，神妙独难忘"。杜牧夜泊秦淮河，醉卧杏花村。南唐权相韩熙载放浪相府，转移后主李煜的防范，同朝画家顾闳中据此绘成传世之作《韩熙载夜宴图》。宋代进士侍其瑀居于侍其巷，明代探花顾起元建"遁园"，清代江宁织造胡恩燮筑"愚园"……一个个星光闪烁的历史人物，在门西留下了深浅不一的屐痕，铸就了门西厚重的文化积淀，这在中国古都中屈指可数。

　　走进门西，就像走进一座收藏丰赡的历史博物馆，这里曲巷斜街，错落有致，什么孝顺里、水斋庵、荷花塘、磨盘街、钓鱼台、小门口、饮马巷、鸣羊街、殷高巷、花露岗……小街小巷既短又窄，几乎都有代代口口相传的历史故事。这里的房屋临河而建，青砖黛瓦马头墙，回廊挂落花格窗，墙上缠绕着爬山虎，墙脚布满青苔，不起眼的沟渠，涓涓细流时隐时现，汨汨流淌。街中以青石板铺路，车辙清晰可见，让你不免联想起古代商旅疲惫而辛劳的身影。街道两边百业杂陈，茶肆、酒馆、杂货、估衣、典当、机户、粮行、鱼市、医寓、塾馆、镖局、客栈、肉铺、牙行、髹漆、占卜、玉器、藤编……可谓应有尽有。每天一早，人还没起床，街巷里就响起了"破布烂棉花——拿来卖""烧饼油条秋油干"的吆喝声，清亮而悠长。打开门，满街穿行着卖燕儿糕的、修锅补碗的，穿棕绷的，卖狗皮膏药的。过年之后，这里那里随时可以碰到各种专卖吃食的挑子，比如，炒米、豆腐脑、糖粥藕、糖芋头、油炸干儿、元宵汤圆、梅花糕……想吃什么有什么。而小门口王顺兴的盐水鸭、殷高巷三栈楼的椒盐酥烧饼、孝顺里兰老大的鸭血粉丝汤，更是"门西三绝"，见了便要淌口水，引得食客争相购买，闻名遐迩。总之，到处弥漫着满满的市井烟火气。

当然，既然写到门西，那么，秦淮河畔机户云集，鳞次栉比的缎号是不可不提的，各行各业均受其影响，为其左右，可谓是百业龙头。这里生产的云锦、玄缎、紫花布，那可是南京的名片，曾问鼎过巴拿马世界博览会，名头很响哩！在门西人听来，那彻夜不绝的轧轧机杼声，不啻为世上最动听的音乐。而人跟人聒白[①]时，那地道的老南京话，一下子就拉近了人们的距离。赓续千年文脉，人与人相处，不论贵贱贫富在同一空间忧乐与共。门西人实诚、善良、包容、坚韧、不争强、不排外，这大抵也是南京人的性格。

倘若把门西比作南京的根，那么，绵延数里纵横交错的小街小巷，便是它的根系。世代枕河而居的人家，在大历史的背景下，各自上演着迥然不同的喜剧、悲剧和悲喜剧。这里，笔者不可能，也无必要一一表

---

① 聒白：南京方言，聊天、闲聊之意。本书脚注所辑录南京方言，字形、词义均参考李荣主编，刘丹青编纂：《南京方言词典》，南京：江苏教育出版社，1995年版。

述，只就舒、杜两家的变迁作一交代。

先说住在殷高巷的舒家。殷高巷北靠水斋庵，南毗高岗里，南北走向，长不足一华里，住在此地的都是平常人家。舒家在巷子北头，户主叫舒汝为，一家三口，夫妻俩加上独子舒晨。上几代在朝廷也当过不小的官，后来家道中落，到舒汝为已是城市平民。开初当塾师，教学生习字、算数、属对、作文，教学之余还为他人提供笔墨服务，如写讼状、契约、信札等，偶尔也到书院或县学考课。新式国民教育兴起，门西陆续兴办了几所小学，富家子弟都进了小学，私塾渐渐收摊。舒汝为去小学应聘碰壁，要维持生计，便去南门外贩些时令蔬菜，在街边摆摊销售。小买卖，生意尚可，然而毕竟是一介书生，体力不支，勉强做了年把就停了。后来经人介绍，到三山街元大南货店做账房先生兼店员，因人本分又肯吃苦，便一直做了下去。妻子匡氏在小门口一大户人家帮佣，洗衣做饭带娃儿，这样收入还算可以，多少积攒了一点钱，供儿子读书。

那时，门西一带只有长乐路小学，想进去的人挤破头，后来才添了荷花塘小学和小西湖小学。舒晨小时候身子单薄，班主任钱老师逆向培养，不是处处照顾，而是让他强化体育锻炼，借以增强他的自信心，强健体魄。这一着收到奇效，在升入高小后连续两届的校运动会上，蝉联百米冠军。十一二岁，一米七的个头儿，上了赛场，发号令一响，他就像一道闪电，眨眼间率先冲过终点线，顿时，运动场上欢腾一片。在数百名师生中，有一个女生很特别，她并没又蹦又跳，而是一直盯着舒晨，不作声，却热泪滚滚，她就是低两级的小女生杜玫，在她幼小的心中，舒晨已成了她仰慕的偶像。此后，她打听到舒晨家在殷高巷，而她家在钓鱼台，两家不是一个地方，约他一块上学不顺路，她也没有勇气。但两个人上学时，新桥是必经之处，遂有意在这里等舒晨。遇上了就没话找话说，有一句没一句地搭讪，见不到的时候，她便有些莫名的失落。再往后，她从别人那里知道舒晨喜欢吃三栈楼的椒盐酥烧饼，而三栈楼烧饼店在殷高巷，舒晨家就在这条巷子，于是她提前上学，去买椒盐酥烧饼，在舒家附近等舒晨。哪知一连两天都没等到，舒晨已在她之前到校整理班级桌椅了。她一到校见有好几位同学在场，不好意思送去，下午放学时，想再送。可一天下来，放在书包里已变软了，只好带回家。但她不泄气，第三天，在舒家门口等到了，她将烧饼塞给舒晨。

"你怎么晓得我喜欢吃这家的烧饼？"舒晨有点惊奇。

"不告诉你。"杜玫调皮地笑道。

"为什么要送给我？"

"祝贺你百米夺冠！"

舒晨不再问了，接手后就啃起来了。

"别噎着，慢慢吃。"杜玫提醒道。

舒晨若有所思地凝望了杜玫一眼，杜玫赶快躲开了他的目光。

打这之后，两个人上学放学一块走便很自然了，开启了青梅竹马的交往。

小学的最后一年，正月十六，南京有爬城头、走百病的习俗。这一天，舒晨先到钓鱼台，约杜玫一块去，好在不远，两人经磨盘街、荷花塘一干小巷抄近路就到中华门了。舒晨之前来过，杜玫却是第一次，见到如此雄伟的古代建筑，惊呼："乖乖龙嘀咚[1]，真来事[2]！"

中华门系南京十三座城门之一，是在南唐都城江宁府和南宋陪都建

---

[1] 乖乖龙嘀咚：南京方言，表示惊叹之意。
[2] 来事：南京方言，厉害、了不起之意。

康府城南门旧址上拓建而成的，历史上称聚宝门，共设三道瓮城，由四道券门贯通。舒晨挽着杜玫走进一个瓮城藏兵洞，原想跟她玩躲猫猫游戏，只是游客太多，熙熙攘攘怕她走失，便作罢了。而后，从东侧的马道登上檐筒瓦顶的镝楼，转了一圈就上了城头。高耸宽阔的城墙顶上到处是人，以女人和小孩子居多，传说爬了城头百病皆除，也不知是否灵验。反正年年游人如织，这块儿、那块儿①地散布着小商小贩，炒元宵的，卖老卤干的，烙转转饼的，炸爆米花的，卖状元豆的，还有捏糖人的，打莲花落的……吃的玩的，吆喝声不绝于耳，欢笑声随处可闻。太阳高悬天上，和畅的春风吹拂在脸上，软溜溜的让人感到很是惬意。

　　两人牵手到处转，不觉来到状元豆小挑子前，只见师傅用黄豆加上红曲米、红枣下锅煮，边做边卖，口中还念念有词"吃了状元豆，好中状元郎"。杜玫年少，天资聪颖，四年级的她已知状元的含义，于是买了一小碗递给舒晨，什么也没说。舒晨自然懂得她的心意，接过来就吃，入口喷香，吃了个碗底朝天，然后冲着杜玫眉开眼笑。

　　走不多远，又遇上卖爆米花的，手摇式爆米花机不停地转动着，忽然嘣的一声，成了，打开盖子，一堆爆米花倒在竹匾里，而后用叠成三角形的纸盒装上兜售。内有黄灿灿原色的，也有染成红色的，这种红色是用马齿苋的汁浸泡后晒干再爆，食之无害，看上去，像是一朵朵红玫瑰，这是门槛精②的手艺人，为少男少女别出心裁制作的。舒晨见了心中暗喜，这不仅因为杜玫的名字，是她出生时因家中庭院玫瑰盛开而得名，而且小小的舒晨读书甚多，已晓得玫瑰被人们普遍认为是爱情和浪漫的象征。也许这会儿他心中的情愫还是肤浅的，朦胧的，意思他懂，

---

① 这块儿/那块儿：南京方言，这里/那里之意；根据语境或语调，亦可写作"这块""那块"。
② 门槛精：南京方言，指精明能干，也指业务能力强，技术或手艺好之意。

于是便买了一包送给杜玫。杜玫莞尔一笑，有点害羞又有点得意地接了过来，一粒一粒送进嘴里，咯嘣脆，边吃边摇头晃脑地注视着舒晨，倏又走过来挨在舒晨身边。

两人携手靠近城墙垛口，眺望秦淮河北岸星罗棋布的各式房屋和南边郊野无边的春色，盘桓了足有两个钟头，疯够了，这才踏上归途。两个娃儿拉着手，唱着古老的童谣："赖学精，巴下雨。下大雨，好开心。出太阳，打手心。挨木板，不照应。"一路上打打闹闹，快活得一揭①。

舒晨把杜玫送回家，见女儿脸色疲惫，为父的杜家豪心疼了，说："累了吧？快歇息。"

"不累。"杜玫不想让父亲担忧，清脆地回答："玩得太痛快了，爸您也应去爬墙头。"

"对，对，下次爸跟你一块去。"杜家豪说。

"带上舒晨。"杜玫补了一句。

杜家豪没作声，意味深长地看了女儿一眼。

"说话呀！"杜玫下命令了。

"好，听你的。"杜家豪妥协了，女儿扑哧一声，笑得乐开了花。

小学毕业后，一天，舒晨见到杜玫，提出想去杜泰昌缎号机房看看，按规矩闲杂人等是不能进去的，但大小姐偏要带人进去，门房不让进，相互争辩着。正在这个时候，杜家豪来了，知道事情的原委，跟门房打了声招呼，让杜玫和舒晨进去，还派了一个师傅领着他们参观。

历史上，明清两代，南京的丝织业尤其是云锦业，大多云集于门西秦淮河畔。鼎盛时期，织机达三万多台，成为当时南京城最大规模的手

---

① 一揭：南京方言，程度补语，常用在"得"之后，用来强调程度之高。

工产业，员工近三十万人，以此相关产业为生的人家占门西的一半。到了近代，由于洋布大批进来，木机生产方式落后，丝织业明显萎缩，但还保有一二十家大户，杜家豪的杜泰昌缎号就是其中之一，且是龙头老大。此外，另有一些散户靠自置的三五张机子维持，其中也有挂在大户名下的，多少有点收益。

这里，还要提到依附于缎业的一些行当，有染坊、机店、枋店、梭店、茄子店、范子店、桃花行、拽花行、边线行……不只这些，缎业还影响带动了许多相关行业的发展，比如纸坊（包装业）、银号、钱庄、镖局（护送）等等。一时间，生意兴隆，财源茂盛，好不热闹。

杜玫和舒晨不可能一次看个遍，也没必要。师傅将两人带到宽敞的机房，边看边讲述云锦制作的六道工序：图案设计、选材准备、织造织锦、上浆涂料、整理修饰和成品质检。其中，在织机旁停的时间最长，对编织织锦这道工序讲得特别详细。只见机工目光紧盯木机，开口、引纬、打纬、卷取、送经五个动作。两名机工默契配合，手脚并用，一丝不苟。

"你们看，干这种活，必须手、脑、心、眼高度集中，一件织物，花纹的搭配有几十种，织手根据需要，在同一纬道，配织丰富多彩的纬线，经多次纬经的盘织，才能生成。"师傅说："两人合作，一天只能织五厘米左右，所以自古就有'寸锦寸金'之说。"

"来事。"舒晨不禁赞道。

"横织竖纺脚踩，累不？"杜玫问。

"怎么不累，一天下来，脚踝酸、腿肚子肿。"师傅说着看了看没监工在，便悄声说："有一首民谣，流传多少年了，唱的是：人说世上有三苦，机房还不如撑船、打铁、磨豆腐。我恨上一声爹啊，怨上一声娘，干的是牛马活，吃的是猪狗粮，冬天不能烤火，夏天不能乘凉。不只是累，还苦啊！"

"我爸也这样对你们？啬皮干儿[①]，也太抠了。"杜玫声音发颤，有些不平："回去后，我跟他说说。"

"千万别说。"师傅因一时的失言紧张起来。"其实，杜老板对我们还是不错的，起码一天三餐的米饭和杂粮不缺。我指的是别的缎号，个别的缎号，甚至还有任意打骂的哩！"

"噢。"杜玫长到十岁了，第一次听说这样的事，但她毕竟还小，弄不清其中的奥妙。倒是常看报纸的舒晨说了一句："这就叫社会不平等。"

"社会不平等！"杜玫琢磨着，似乎明白了什么，问道："是不是说，这世上贫富贵贱不是一扎齐[②]的？"

"大概就这意思。"舒晨首肯。

"我一定要让爸爸做到一扎齐。"杜玫信誓旦旦。

"大小姐，你可不能提到我啊，算我多嘴多舌。"

"阿叔，您放心。"杜玫说："您讲了那么多，让我们懂得了许多道理。"

回到家，见到爸，杜玫就没个好脸色，不理不睬。

"怎么啦，宝贝，有谁欺负你啦？"杜家豪略显不安地问。

"谁也没欺负我，是你欺负了机工。"杜玫硬生生地回敬道。

"此话怎说？"杜家豪一头雾水，苦笑笑。

杜玫遂把自己的所见所闻说了一通，却没指名道姓。

"啊，宝贝，自古到今，不论哪个朝代，有富有穷，有享福的，也

[①] 啬皮干儿：南京方言，吝啬之意。
[②] 一扎齐：南京方言，一样、程度相当之意。

有受罪的，所以才有揭竿而起，武装斗争，改良革命。"杜家豪拉女儿坐下慢慢说："而我只想守住祖上传下来的这份家业，对机工尽量做得好一些。工钱开得比别的缎号多一点，伙食改善点，起码要吃饱。缎号还专门聘了三名医师，机工有病不需自个儿掏腰包，凡能做的我都做了。至于活累，这是没办法的事，木机工序多，操作细，一丝一毫都不能讹错。万一出了次品，信誉没了，我这老脸往哪儿搁，生意难以为继，一家子开销怎么办？这一切，你想过没有？"

"这么复杂。"杜玫说："原来爸爸也不容易。"

"当然，宝贝开口了，机工的待遇，我再想办法做些改进。"

"我就知道爸爸心肠软，肯帮人。"杜玫开心地笑了，道："谢谢爸爸。"

"谢什么啊！一家人不能有两条心，做什么爸爸总要跟你在一块。"

杜玫转身在父亲脸上亲了一口，跑开了。外头，轧轧的织机声，依旧无休无止地在秦淮河边传送着，让人平添了一份安定满足感。

第二章　少年时光

眨眼间，小孩长大了，舒晨和杜玫先后从长乐路小学毕业进了中学，舒晨就读的是南京市立第一中学。校址在中山南路上，原清代江宁府箭道和西花园，建于二十世纪初，校舍由古典园林式建筑和现代洋房交错，闹中取静，风光绮丽，是南京名校之一。

杜玫进了育群女中，早年是外籍人士在十九世纪末创办的学校，资格比一中老，就在中华路上。与市内的汇文中学比肩而立，是南京最早的女子中学，因女校特色远近闻名。

虽说二人不在一校，但都心遂所愿，两座学校距离不远，只是二人的交往不再像小时候那样频繁了。一则名校课业重、要求严；二则已经是中学生了，得考虑影响。尽管如此，他们的感情并未疏远，礼拜天、节假日正是好机会。于是，在舒晨和杜玫的日程上，便有了春牛首，秋栖霞，远足中山陵，泛舟玄武湖，看电影，逛书肆……玩累了，二人便找个馆子品尝几样秦淮名点，喝上一杯香醇的咖啡。付款的自然都是杜玫，谁叫她是大户人家的千金哩，何况，她乐意。就这样，多情而浪漫，两人过得蛮滋润。

杜玫初二，也就是舒晨高二那年的晚秋，一个礼拜日，蓝天如洗，惠风和畅，杜玫提议去逛夫子庙。其实，夫子庙离家近在咫尺，她去过多次，舒晨似有不解。她说出真意是想去附近的白鹭洲一游，她从未去过，想体会一下李白"三山半落青天外，二水中分白鹭洲"的意境。

"真正的白鹭洲在城西那边的长江中，一块沙洲把长江分割成两道，故称之为'二水中分白鹭洲'。"舒晨说:"夫子庙边上的白鹭洲,是人们以讹传讹,附会而成的。实际上,那里是明朝开国元勋徐达家族的别墅。"

"我不管,就要去嘛!"杜玫小嘴一噘撒起娇来。

"好好,马上就去。"舒晨依了她,两人出长乐路转中华路,再往东趸入瞻园路。沿街一侧,只见书肆林立,出售历代的典籍字画,明清两朝居多。另有文房四宝,拓片古董,舒晨一下子被吸引住了,一家家转,好在时间还早,杜玫也就随他跟在一旁。卖家客气,笑称尽管挑选,但也不时提醒小心翻阅。没想到这里竟然有"秦淮八艳"中顾横波的《兰花图》,董小宛的《彩蝶图》,卞玉京、寇白门、马湘兰的兰花,古色古香,韵味十足。不过卖家讲究诚信,言称均为仿品。走了四五家,最后来到"集古轩",蓦然看到柳如是的诗集《湖上草》《戊寅草》《梅花集句》,书画《月烟柳图卷》《早春图》和若干尺牍。舒晨知道八艳的故事,并不以为她们轻贱,相反,对她们身处改朝换代的危难之际,所表现出的气节满是佩服,其中,他最为看重的便是柳如是。

卖家坦言,这些字画有真有假,不过,柳如是的书画均是真货,他可以出具担保书。舒晨心动了,爱不释手,杜玫看在眼里,自然要成全此事。幸好她身上除了现金,还有交通银行出具给"杜泰昌"缎号的汇票,父亲让她带在身边以防万一。巧的是今儿个[①]就碰上了"万一",于是从坤包内取了出来。舒晨见了,赶忙阻止:"数额不小,回学校到图书馆去借阅是一样的。"

"这可是有收藏价值的。"卖家鼓动说:"我看先生喜好,就打八折卖了。"

[①] 今儿个:南京方言,今儿个、明儿个、后儿个,分别指今天、明天、后天。

杜玟不再耽搁，在汇票上签上姓名、地址、日期，递给了老板。老板看了又看，确认后出具了担保书，包扎好交货。

舒晨感动得不知说什么是好，出了门对杜玟说："叫我怎样谢你呀？"

"真要感谢，那就陪我去白鹭洲。"杜玟笑道。

白鹭洲紧挨夫子庙，很近，一会儿工夫便到了，历史上曾鼎盛一时，又屡遭圮废，但遗址、池沼、地形尚在。光绪年间，有人观光之余写道："园虽废，然垂杨春媚，芦花秋飞。雉堞近环，钟山远矗，小池倒浸，塔影宛然，至今尚为诗境。"独特的魅力，依旧吸引着四面八方的游人。民国初年，在东园故址上又作了拓建，构筑有烟雨轩、藕香居、沽酒轩、话雨亭、绿云斋、吟风阁等景点，小巧玲珑，规模初具。后来，由于兵灾、水患，管理短缺，一些景点颓败消亡，令人扼腕叹息。

舒晨、杜玟乘兴步入公园，正秋风萧瑟，枫红霞举，芦花飞白。苇丛中，鸿雁出没，哀声淅沥。岸柳轻拂，枯黄的叶片，无可奈何地飘落水面，三五游客在寂寥的氛围中，四处闲晃着。

"太荒凉了……"杜玟不免有点失望，看了几处尚存的景点，就想走了。

"来，坐下歇息。"舒晨拉她在话雨亭坐下，忽然，如丝如缕的秋雨自天而降，眼前的湖面变得模糊起来，朦朦胧胧，倒是别有一番情致。

舒晨打开刚买的《湖上草》，指着首页一幅线描肖像对杜玟说："这就是柳如是，想不想听听她的故事？"

"好呀！"杜玟接过诗集，端凝柳如是的肖像。

于是，舒晨动用自己的知识积累，从柳如是情非得已五岁堕入风尘谈起，介绍了她生世飘零的人生经历，身在红尘，心在桃源，遍交吴越名士，与陈子龙的凄婉爱情，以及她的豪爽豁达，遗世独立，神情洒落，风骨侠义。她的精于翰墨丹青，弹唱度曲，吟诗作画，纵论时势，眼界胸怀之开阔，名重一时。最后说到她与诗坛盟主钱谦益的结缡。

"一个是朝廷重臣，五十九岁；一个是秦淮名妓，二十三岁。白发红颜，她真是冒天下之大不韪。"舒晨接着谈到钱谦益之失节，他说："大明王朝弘光元年（1645）清军南下，南京城破，明朝灭亡，柳如是眼见城内无辜百姓遭受屠杀，悲愤不已，遂劝钱谦益投水殉国。她慷慨陈词：'国之不存，无以为家，你殉国，我殉夫，若是前生未有缘，待重结，来生愿。'可是，钱谦益沉吟道'水冷不能下'，直往后缩。见一代文豪面临国破家亡，却如此怯懦，贪生怕死，柳如是心冷了，怨愤交加。'奋身欲沉池水中'，却被钱谦益拽住了。后来，钱谦益北上降清，柳如是不愿跟随，守在家中。在北京，钱谦益捞了个礼部侍郎兼翰林学士的官职，却不受重用，被冷落一旁。加之惦念少妻，心生悔悟，不到半年，称病请辞，告老还乡，回归常熟。柳如是虽不耻于他侍奉两朝，但她毕竟不同于一般女性，旷达大度，见丈夫萌生悔意，便不计前嫌，坦然迎归。后来钱氏资助反清复明，被捕入狱，柳如是四处奔走鼎力营救，誓愿代死或从死，丹心侠骨，在中国历史上着实少见。"

"真了不起，太感人了。"杜玫聚精会神地听完，感动不已，忽然对舒晨问道："假如当时你是那个钱谦益会怎么做？"

"这还用问？投湖明志啊！"舒晨慨然说。

"我想会是这样，要不，我拉着你一块跳下去。"杜玫笑道。

"再好不过了，生不同室死共处。"舒晨回答。

"去你的。"杜玫朝他肩头打了一下："我要你活着，一直跟我在一块。"

"好，好，依你。"

雨停了，薄暮的轻纱已笼罩在公园上空，两人这才牵着手，踏上回家的路。

越年春季，杜玫读初三了，市教育局和中学生联合会举办首届中学生中英文双语诗歌朗诵大赛。市立第一中学、钟英中学、育群女中、汇文女中、明德中学等几所学校都报名参赛了。按规定每校选拔三名候选人，不分名次，只在全市大赛上分出前三名。

杜玫从小就跟着唱片学英语，小学寒暑假又接受过英语培训，进入育群女中后，正儿八经有英语课，成绩在班上一直名列前茅。她跃跃欲试，征求舒晨的意见。为稳妥起见，舒晨劝她这一届放弃，再准备一年，第二届参加获奖的概率会大些。

"多大的事啊[①]！"杜玫有点不高兴，"得奖不得奖无所谓，我只是不想错过这次机会，你不支持，算和拉倒[②]。"

见杜玫不高兴，舒晨慌了，忙做解释："我焉能不支持？只是想做得稳当些，既然你要参加，就得选好诗歌，首先班级要过，接下去学校能选上，最后才能取得参加大赛的资格。为此，作好充分准备十分重要，说，要我做什么？"

杜玫笑颜绽放，说："帮我挑选诗歌。"

"行！"舒晨满口答应。他跑书店，进图书馆，古今中外的诗集一本本翻阅，反复比较，最后选中了英国浪漫派诗人济慈的《明亮的星》，这首诗把关于爱情、死亡和永恒的思想融会贯通，表现了生活、死亡、爱情和理想的主题。他让杜玫试着朗诵了几遍，感到她的音色、声线都合适，只是在表现力上差些，便建议花钱到话剧团请专业演员辅

[①] 多大的事：南京方言，表示不屑，没什么大不了，没什么了不得之意。
[②] 算和拉倒：南京方言，算了、不再计较的意思；也可单写作"算和"或"拉倒"。

导,这一着果然奏效。在学校的选拔中,初高中同学都参与的情况下,她顺利过关,成为本校三名候选人之一,从而进入全市决赛。

大赛在市立第一中学举办,一共有二十四名选手,大礼堂坐满了人。洞开的窗户外还有人,他们是一中师生、外校领队、参赛选手和部分师生代表,另有小报记者。教育局官员和大赛评委,各踞其席,气氛庄重而热烈,充满生机和朝气。

按抽签顺序,选手次第登场,杜玫是第七个,这天,她身穿一袭浅蓝色的改良版校服,尽显女性的温婉和柔美。齐肩短发衬托饱满光洁的额头,五官端庄,尤其是她的皓齿柳眉,笑而不露的表情,一上台就引人瞩目。全场屏声静气,等待她的朗诵,让人惊奇的是一个十五岁的小姑娘并不怯场,颇显大气,自报诗题《明亮的星》作者济慈后,她配以适当的手势朗诵起来——

灿烂的星,我祈求如你一样,坚定不移,
但我不愿意高悬夜空,独自辉映,
睁着一双永不合拢的眼睛,
犹如苦修的隐士彻夜无眠。
凝视海水冲洗尘世的崖岸,
好似牧师行施净体的沐浴,
或正俯瞰下界的荒原和群山,
被遮盖在轻轻飘落的雪罩里,
并非这样——却永远坚定如故。
枕卧在我美丽的爱人的胸膛,
永远能感到它的轻轻的起伏,
永远清醒,在甜蜜的不安中,

永远永远听着她轻柔的呼吸，

永远这样生活——或因昏厥而死去。

中文朗诵结束，礼堂内爆发一片掌声。杜玫平静如故地看了看激动的众人，接下去便是英文朗诵，似乎更加放开了，声情并茂，神采飞扬，朗诵至最后一句，掌声再起，比前番更为热烈。评委交头接耳，尽显惊奇。

大赛继续进行，选手各出奇招，各显神通。比赛结束，歌舞登场，评委们避席进入舞台后面的休息室，对选手逐一评比，谈及杜玫时不吝赞誉。

"诗选得好，寓意深刻，富有强烈的感召力。"

"发音准确，吐字清晰，语速恰当，抑扬顿挫，节奏优美，声色温雅，且带磁性。"

"台风自然大方，松弛有度，拿捏得蛮准，一个初三学生不容易，不简单。"

自然，也有不同声音，其中一位女评委说："诸位的见解我都同意，唯一不足的是，诗人表达的情感，复杂，微妙，深沉，孩子还小，这样的感情想必未经历过，体会不深，因而，再现的情愫尚嫌不够。当然，瑕不掩瑜，应给高分。"

"说得很客观，对孩子来说难免，赛后要跟她指出来。"评委主任说。

议论之后，经投票选出前三名，冠军被一中高三的一位男生获得，他朗诵的是莎士比亚《哈姆雷特》中，哈姆雷特那段著名的独白，的确相当出色，几乎无可挑剔。亚军是杜玫，季军是汇文女中的一位高一女生，选的是徐志摩的《再别康桥》。

评定之后，举行了隆重的颁奖仪式，由市教育局长将嘉奖证书和纪念杯分别发给三人。礼堂内留声机播放起贝多芬的《欢乐颂》，在热烈欢快的乐曲声中，人们才恋恋不舍地离去。

走出礼堂，育群女中带队的副校长先是给杜玫一个拥抱，而后说："谢谢你，给学校争到了荣誉。"

"亚军算什么呀，下次要捧个冠军回校。"杜玫咧嘴笑道，倏地又主动跟另外两个参赛同学握手，改口道："明年，我们要把冠亚季军一锅端，怎么样？"

"对！"两人异口同声，旋又三人击掌，一旁的副校长见了乐不可支。

人都散了，舒晨伴着杜玫来到一块横放的广告栏背面，像是有悄悄话要说。倒是杜玫先开口了："哎，你怎样祝贺我啊？"

"你先闭起眼再说。"舒晨见四下无人，挽着杜玫在她额头上亲了一口。

"你真坏！"杜玫嗔道，却开心地笑了。

聊了几句，这才各自返回学校。

时间，在年轻人的感受中，似乎跑得特别快，一个礼拜，又一个礼拜过去了，不能说每个礼拜天两人都泡在一块，但接触的日子总在八九。这天，按约定，两人在小门口见面了，杜玫问："到哪块儿[①]玩？"

"我带你去一个地方，眨眼间就到。"舒晨神秘地说。

"依你。"杜玫没多话，跟着走。

原来此处就在小门口的南边，东邻水斋庵，离凤凰台、杏花村和阮

---

① 哪块儿：南京方言，哪里之意。

第二章　少年时光

籍墓不远。

"这不是裤子裆嘛。"杜玫皱着眉头转身欲走,说:"名字难听死了,不去不去。"

"街名里面有故事哩,不想听?"

舒晨这一说,杜玫才半是无趣半是好奇地跟着走进去。

沿着两条狭窄的小巷往前走了一段,在一座结构恢宏却已破败的屋宇前,舒晨说出小街原名库司坊衍变成裤子裆的轶事。自然,其中的主角是阮大铖。

"历史上因地理位置优越,库司坊是外来巨室聚集之处,阮大铖的石巢园也在这块。"舒晨说:"开初此人曾是东林党的重要成员之一,后又反水,依附阉党奸臣魏忠贤,陷害东林党和复社人士。再后来又归于崇祯后依福王,在南京官至兵部尚书(国防部长)。清军南渡,遂又降清。其反复无常,投机取巧为世人所憎恶,城南门西一带的人,便称其旧居为'裤子裆'('库司坊'谐音)。"

"噢,原来如此,阮氏是个大奸臣。"杜玫弄明白了。

"做人要有气节,就是说面对困难挫折或名利诱惑时要守住底线、信仰和尊严。阮大铖不行,他朝三暮四,见利忘义,认敌为友,就是个小人。"舒晨气愤地说。

"软骨头。"杜玫接过话:"为人所不齿。"

"此人在大节有亏,不过他还是个戏曲家,著有《春灯谜》《燕子信笺》等戏曲,在当时也还有一些影响。"舒晨说:"对这样的人物究竟如何评价,不是我等才疏学浅的人能做到的,有待高人指点。"

"不管怎么说,这个阮大胡子人品太差,不能跟他有样学样,在气节上不能出事。"杜玫说。

舒晨着迷似的盯着杜玫看了好一会儿,好像她一下长大了。

离开库司坊，两人就近又拐到钓鱼台湖南会馆，这里原是太平天国名将李世贤的侍王府旧址。曾国藩攻陷南京后，改建为湖南会馆，为湘籍旅居南京的各界人士开展重要活动之场所。后又陆续增修前后殿，改造东西两旁花厅、内外过亭、魁星阁、观音阁、左右墙壁、头门牌楼前的戏台、两旁坐楼等等。规制宏敞华丽，只是后来战争毁坏，风雨侵蚀，年久失修，延至二十世纪三四十年代，早已圮废大半，且到处是尘垢蛛网，地面碎砖破瓦，荒草没胫。舒晨、杜玫进门后，张望了片刻，便退了出来。

下雪了，轻盈的雪花似蝴蝶，似柳絮，似蒲公英，飘飘洒洒在空中翩翩起舞。杜玫抬头仰望，雪花落在红扑扑的脸上，凉凉的，酥酥的，她张臂尽情地享受着，发出一串银铃般的笑声。

第三章　萤社的缤纷岁月

中央大学，背靠覆舟山，面向珍珠河，风光旖旎的玄武湖近在咫尺。其学脉起源可追溯到三国时期吴永安元年（258）的太学。当下，在中华民国国立大学中是科系设置最齐全、规模最大的大学，可谓独步，无出其右者。

这里人才济济，宗师云集，单就中文系而言，黄侃、汪辟疆、柳诒徵、陈匪石、胡小石等在此执掌教鞭，传道授业解惑，影响之大，遍及华夏，吸引着莘莘学子前来报考，欲一登龙门。

民国二十二年（1933），寒门子弟舒晨凭借其开阔的视野、扎实的学业基础、冷静出色的发挥，考取了中央大学中国文学系。

八月的南京，是出了名的火炉，新生报到那天，在杜玫的陪伴下，舒晨背着行囊来到学校南大门。展眼望去，门楼是由三开间的四组方柱和当梁枋组成的，外形采用简化的西方古典建筑式样，气势巍峨，简洁大方。

"哇，太漂亮了。"杜玫情不自禁地喊出了声，"两年后，我也要进中大。"

"等你，不准食言喔。"舒晨回道。

大哥哥大姐姐们热情地迎接着络绎不绝的新生，舒晨跟随他们办理了报到手续，找到了宿舍。杜玫帮助铺被褥、挂蚊帐，忙得不歇，做完了一切，杜玫要回校了，舒晨把她送出南大门，叮嘱道："别忘了，两年后我们要成为同学啊！"

"绝对。"杜玫说着伸出小拇指,"来拉钩!"

两人拉钩,冲着对方傻笑,舒晨说:"路上注意安全。"目送着杜玫渐行渐远。

自此,舒晨开启了"天之骄子"的大学生活。不久,他就发现大学和中学究竟不同,中学什么都是学校规定得死死的,处处受到限制。而大学要自由得多,甚至可以随便缺课,上课时打瞌睡先生也不问,课余活动更是丰富多彩,打球、跳舞,到梅庵去欣赏古典音乐,参加社团活动,中学没有社团,只有兴趣小组。大学则不同,在中大就有形形色色的社团组织,什么正义社、自由社、蚁社、萤社、铁马社、泥土社、北斗社等等,数不胜数。多为院系范围内组织的,也有跨院系的,正义社、萤社即是。政府表面规定,党派不得进入大学,但实际上,中国的主要政党,无不以各种方式渗入到大学的社团,影响社团的运作方向,或公开或隐蔽地灌输本党的信仰和理念。

舒晨关注到各个社团的活动,他没有熟人,看社团广告及其散发的传单资料,是他获得信息的来源。他将繁杂的信息反复作了比较,认定了萤社的宗旨符合自己的理念。萤社,自然以萤火虫比喻,单个萤火虫的光是微弱的,但无数萤火虫聚拢起来,便是一片光明。稍后,他干脆跑到设在社会学院地下室的萤社办事处,见到萤社召集人吕星斗。交谈中,他进一步了解到萤社的所有活动都是围绕揭露社会黑暗,反对死读书,反对逃避现实,鼓励与恶势力斗争,引导年轻人树立正确的世界观和人生观开展的。这与他自己的理念契合,因而,他加入了跨院系的萤社,在这里,他结交了一些志同道合的同学,其中,来自社会学院的金兆翰和艺术学院的章曼卿跟他成了知己。萤社组织严密,有正式成员,也有外围群众,不搞关门主义,但凡理念不是尖锐对立的,都可以参加萤社组织的活动。因而,在社团众多的中大萤社扩展很快,拥有三四十人，成为中大人尽皆知的一个社团。他们创办了油印社刊《萤光》，作为自己的舆论阵地，传阅艾思奇的《大众哲学》，郭沫若的《甲申三百年祭》和邹韬奋主编的《生活》周刊，不定期组织讨论、交流看法，并请著名学者来做辅导报告。正是在这种场合，舒晨认识了心仪已久的社会学家和历史学家欧阳无垢教授，在主修中文系课业外，又兼修了社会学，成了欧阳教授最赏识的弟子。

时局在急剧的动荡变化之中，1932年初，东北沦陷之后，第二年，中日签订了《塘沽协定》。日本暂时将对中国"武力鲸吞"侵略方式，转变为有序推进的"渐近蚕食"方式，进入关内，想先拿下华北，然后再噬掉整个中国。放眼华北，岌岌可危，华北之大已放不下一张书桌，种种传闻在中大校园内散布，激荡着大学生们的心灵，各个社团有了不同的反应。铁马社在大礼堂一侧的广告栏上贴出"战书"，发起一场和与战、生与死的大辩论，而且单挑萤社。

铁马社是三青团系统的，这不是秘密，许多人都知道。它的召集人谢晖是法学院的学生，是三青团中央大学区分部的副干事长，只是，此一身份知者极少。

吕星斗从广告栏中揭了"战书"表示应战，除跟对方商榷时间地点外，要紧的是作好辩论的准备。为此，他将几名萤社骨干召集到社会学院地下室会商，其中就有舒晨。

开宗明义，吕星斗阐述了这场公开辩论的重要和必要，要求对铁马社可能的挑战，要冷静处置，不说过激言辞，而是让事实说话，也就是辩论时注意方式方法。他强调"驳倒对方争个输赢不是我们追求的目标，影响并争取参与的广大同学才是最重要的"。然后，他请大家发表意见。

昏黄的灯光映照着一张张激动的脸，中大过去也举办过辩论会，一般都在系科举行，而且辩论大都围绕所学专业，像这样敏感尖锐的辩题，而且是面向全校同学，甚至要在大礼堂或大操场举办，这在中大的历史上是第一次。

"兵来将挡，水来土掩，针锋相对，"有人说："让铁马社当众出丑。"

"针锋相对是指观点而言，策略上以柔克刚效果或许更好一些。"有人发出异议。

"让对方出丑，这是意气用事。抗日救亡是共同目标，通过辩论争取他们。"第三者说。

"总之，不能以弱示人，要以强势出场。"率先发言者又说。

吕星斗见舒晨缄默无语，便用胳膊肘碰了碰他："你说说。"

"我才读大二，懵懂得很。"舒晨说："我赞成你开头说的，让事实说话。"

见观点多数人趋于统一，吕星斗要大伙推举主辩人，未料一致提名由舒晨担当。

"不行，不行，我不善言辞，何况是这么大的场面，一旦怯场语无伦次，岂不是给萤社丢脸。"舒晨推辞道。

"我看行，从你发表在《萤光》上的文章看，观点鲜明，逻辑严密，说服力强，你出面应战，合适，就不要推辞啦。"吕星斗像是在拍板。

"让我考虑考虑，改日再答复。"舒晨不置可否地说。在他，不善侃侃而谈，也是真的，但未当即应允的真正原因是心中无数，围绕战与和、生与死这样既现实又尖锐的辩题，必须摆事实讲道理才能服人。接下来的两天他作了紧张的走访，想掌握足够的实质性材料。

礼拜天，是他与杜玫约定在国府路国立美术馆见面的日子，但他爽约了，害得杜玫白等了个把钟头。后转往中央大学舒晨宿舍又扑了个空,她怎么也不会知道,此时的舒晨正在城北伤残军人收容所采访哩!

这处收容所规模不小,除几幢旧有两层楼房外,还搭建了几座很大的芦席棚。前后院子里衣架上晾满了纱布。缺胳膊断腿的伤残军人,三三两两,或坐在树荫下乘凉聊天,或拄着拐杖在走动,空气中弥漫着来苏水的味道,宁静而压抑。

舒晨走访了一个又一个伤残军人,他们有一多半来自东三省,有哈尔滨的,沈阳的,锦州的,每个人都有一个悲惨的故事,个人的遭遇和惨不忍睹的见闻。来之前,他向同学借了一台相机,征得伤残军人同意,拍摄了其中一些人的照片。

收获是丰硕的,他满怀怜悯和愤恨离开了收容所,准备回校。途中总感到心中还不踏实,于是又去了成贤街南京图书馆,查阅了东三省的报刊,抄录了一些有关日寇暴行的新闻报道。时间已是午后三点,这才觉得饥肠辘辘,便在街对过的小馆子买了一碗阳春面填饱肚子。中大就在街对面,但他没有回去,想了想,估计此时欧阳教授已午休起床,便前往兰园教授寓所。一见面教授惊喜地问:"你怎么来了,坐,坐。"

路上他走得有点急,天热,白衬衫汗湿了一片。教授忙递上一柄芭蕉扇,又沏了一杯凉茶放他面前。

舒晨静了静气,就把铁马社发起大辩论挑战萤社,以及萤社推举他为辩手,他前往伤残军人收容所和图书馆的经过,说了个大概,想听取教授的指点。

教授是了解且偏爱萤社的,凡萤社开展的活动,只要有空,他都会参加。在他看来,在中大几十个社团中,萤社是最进步最爱国的一个。听了舒晨的叙述,他说:"铁马社平常表现很差劲,落后于时代潮流,不过这次战与和、生与死这个辩题出得好,与当下的社会现实倒蛮契合,大家推荐你担任辩手,好啊!"

"可我笨嘴笨舌，就怕说不好，有负众望。"舒晨说。

"你说让事实说话，这是关键。"教授说："眼下，你跑了收容所和图书馆，掌握了大量的事实，只要运用得当，胜算概率就很大，你要增强自信。"

"战与和的素材，我觉得够了，只是生与死，看起来简单，弄不好泛泛而谈，说不到点子上，请先生启我愚钝。"

"还是摆事实啊！"欧阳笑道："记得你跟我说过，曾跟同学不止一次去过雨花台，那里埋葬着无数仁人志士，以他们的人生壮举来阐述生与死，那是最合适不过的了。"

"那里牺牲了不少共产党人，比如邓中夏、孙津川，遇害时，当时的报章都有报道，其事迹也都十分感人。倘若以他们为例，当然值得。可是，势必会引起铁马社激烈的反弹。他们可是有三青团的背景的。"舒晨说："那样，势必会发生意识形态的纷争，把事情弄得复杂化，甚至场面失控……"

"呵呵……"欧阳一阵大笑。"你可以绕过去呀，你不是说还瞻仰了方孝孺墓吗？这位历史人物，拿来阐述生与死，应该是最生动的例证了。"

"瞧我这脑袋瓜竟没想起来。"舒晨拍了拍头，咧嘴笑道："谢谢先生。"

丰富的资料在手，又有欧阳教授的启迪加持，舒晨有了底气，增强了信心。离开教授寓所，几步路就回到了中大，找到吕星斗表示愿意代表萤社应战。

吕星斗想摸摸底，问道："你咋想的？"

"保密，到时你看我的表现就是了。"

"行，相信你不会让大家失望的。"

辩论日期定在六月八日，这之前，除了熟悉背下一些资料，舒晨还到闲置的空屋里预演独白，以免怯场出错。

中央大学要举办时局大辩论的消息不胫而走，毕竟是中大嘛，市内一些大中学校也派了代表前来参加，而本校就有两三千人到场。原先决定在大操场举办，可是一大早太阳火球般悬在半空，开会时没准是烈焰蒸腾，谁受得了。因此，校方临时决定改在大礼堂，再拉线在校内几处要道口的梧桐树杈上架设喇叭转播。

评审委员由法学院、文学院和社会学院的几位资深教授担任，法学院的罗希贤教授为主持人，宣布辩论就战与和、生与死分两个阶段进行，一场完成。并就辩论相关规则作了说明，开场由铁马社的代表瞿小舟先发言。

"战与和，好像是一对夫妻，战是丈夫，和是妻子。千百年来，缠绵悱恻，不离不弃……"

瞿小舟才开了个头，就被大礼堂一片哄闹声打断了。

"好，比喻新奇精当。"

"奇谈怪论。"

…………

有欢呼，也有斥责。罗希贤教授作着手势，大声喊道："请让这位同学往下说。"

瞿小舟不为所动，依然一本正经地说："诸位，我只是一个比喻，表明战争与和平从来是纠集在一起的，历史上凡一场规模巨大的战争无不带来改朝换代，从而催生社会的进步。而战争的胜负，则由双方的力量对比决定。"他扫视了一下会场，调整了一下老式麦克风的位置，继续表达自己的观点，"就拿几年来的中日战争说，单从实力来看，我以为其结局已不言自明，最后的胜利一定是日本……"

"亡国论，滚下台去！"

"判断太准确了，快往下说。"

大礼堂又乱哄哄的了，罗希贤不得不再次予以制止，亮着嗓门说："诸位学子，今天一些教授也到场了，正看着你们，无论是赞同或反对瞿同学观点的，请尊重他说话的权利，听他把话说完。"

大礼堂重归于静，瞿小舟抹了一下平头感激地看了看罗教授，继续讲下去："自明治维新之后，日本实行了一系列重大改革，国力大增，国威大振，这可以从一系列数据得以证明。"接着他从钢铁、军工、造船、纺织等方面的成长实绩来强化自己的观点，从而得出结论："和为贵，战必亡，在强大的日本面前，中国只有争取和谈作出必要的妥协和退让，才能保有大部分国土，否则，华北沦陷，在指日之间。紧接着日军会长驱直入，剑指华中、华南，乃至整个中国，情况堪忧。本人不是恐吓，而是说出实情。"

就这样，他一口气说了半个钟头，因为有罗教授打了招呼，没再有人打断他的发言。此刻，会场陷入一片沉默，都在咀嚼着，琢磨着，判断着瞿小舟每一句话的对错。

"下面，请萤社的舒晨同学发言。"少顷，罗希贤宣布。

"首先，我对瞿小舟同学不惮顾忌，说出自由思想的勇气表示欣赏。"舒晨以自己的修养抢占了道德的制高点，"但是，我不同意他对战争与和平的比喻，这样就把一个严肃的社会性辩题庸俗化了。在此，我还要说，他对中日两国国情的分析，也是偏颇的不公正的。瑞典人阿尔弗雷德·贝恩哈德·诺贝尔，就是那位以他名字命名的'诺贝尔奖'的科学家说过这样一句话：'战争是恐怖中的恐怖，各种罪恶中的罪魁。'因此，我们不能一味无原则地颂扬战争。尤其是当前的中日战争，有正义非正义之分，中国反抗入侵是正义的，日本入侵是非正义的。而单凭国力强盛就判定日本必胜，是缺乏依据的，这种说法只能是亲痛仇快。中国历史上有著名例证，楚虽三户，亡秦必楚，真正决定战争胜负的是人心所向，是全民团结……"

"你这是从共党那里偷来的说辞吧？"瞿小舟难以控制地打断了舒晨的话。"你莫不是共党。"

"我无党派，有案可查，我只是一名普通的大学生，说出我的一些感觉。"舒晨睨了瞿小舟一眼："至于瞿同学你属于哪个党派，自己心中有数，在这里，我们不应该扯上党派的事，还是回到辩题上。近日，我专门跑了伤残军人收容所和图书馆，从走访和查阅中得到大量鲜活的资料，在此，我愿与我尊敬的老师和亲爱的同学分享。"说着他从挎包里取出一摞资料和若干照片，"时间有限，我不可能将这些采写的记录一一公布，但可以作简单的概述。九一八事变后，日军疯狂侵占了东三省，烧杀淫掳，无恶不作。手无寸铁的同胞任其宰割，横尸遍野，尤为灭绝人性的是日军拿妇女和儿童，做活体试验，进行人工疫苗投放，注射瘟疫、药物、细菌，观察传染情况。仅一次试验，就有二十多万人丧命，或抛尸荒野，或挖坑掩埋，丧心病狂，罄竹难书。"说到这里舒晨的声音已经哽噎，他环视大礼堂的人众，继续说："请问在座的老师同学，谁没有父母子女兄弟姐妹，扪心想一想，倘若是我们的亲人遭此迫害，又何以面对？"说着他声泪俱下，声音发颤，取出几张放大的照片说："这是我在伤残军人收容所拍摄的，上千人的收容所，七八成都是缺胳膊断腿的，都来自东三省，惨不忍睹。诸位，假如你在现场会作何想？"他已泣不成声，抹了把泪拉高了嗓门道："国土沦丧，同胞遭难，在这痛不欲生的时代，竟有人侈谈什么和平，向日本鬼子妥协退让，这是什么行为？我们该怎么办？"

大礼堂里顿时出现抽泣声，倏然又闻号啕痛哭，继而发出一阵阵怒吼。

"投笔从戎赴国难！"

"反对妥协退让！打倒汉奸卖国贼。"

"抗日救亡，人人有责。"

见此情景，舒晨浑身上下热血沸腾，他最后说："和平是靠战斗争取来的，我们在这里辩论固然重要，而立即行动起来，从每一件小事做起，投入抗日救亡运动，才是最急迫的。我的话到此结束，谢谢大家。"

回应他的是潮水般涌动一浪高过一浪的掌声。

主持人罗希贤宣布休息一刻钟。接着就"生与死"展开第二部分辩论。

照例，还是铁马社的瞿小舟先说，他调了下麦克风，开始他的演讲。

"诸位，在我看来，生与死不过是阴阳转换，所有的生物包括人类都面临这个问题。生终于死，死源于生，有生必有死，有死必有生，生不能知死，死亦不能知生。生是有知有觉的，死是无知无觉的。死本不苦，苦于死的，乃至于生。死本无乐，乐于死的，乃苦于生，二者性质不同，对立统一。"

"不要再绕口令了，谈实际问题。"台下的听众不耐烦了，有人大声喊道。

"请诸位少安毋躁，我是从哲学角度切入辩题，作为人类，我们要将生死皆置之身外，做到生死两忘，便获永生。"瞿小舟仍沿着自己的思路在发挥，"联系实际，借用民间一句俗话'好死不如赖活着'，也就是活着再不好也比死去强，活下去才是唯一的目的。只要能活，别的都不在话下，都可以忍让，委曲求全。评委先生，我的阐述就是这些，谢谢。"

"下面，请舒晨同学应辩。"罗希贤宣布。

"诸位老师、同学们，首先我要说，刚才瞿同学关于生与死是对立统一的哲学阐述，我是赞同的。但是，对他'好死不如赖活'的说法，恕我极不赞同。这实质上是主张苟且偷生，对生与死这一严肃辩题，采取了一种虚伪、懒惰乃至放纵的态度。倘若人皆如此，那么，在日寇铁蹄下苟活，只能当顺民、奴才，甚或汉奸，这绝对不是我们应有的人生观和价值观。"舒晨亮明了自己的观点后说："在这里，请允许我说一说方孝孺这位明代先贤的故事，也许有些同学不了解他。前些日子，我去雨花台看了他的墓，回来后翻看了有关他的资料，他是怎样一个人呢？"接着，他对方孝孺的生平事迹作了一番介绍，然后说："朱棣起兵南下谋反篡位，召见方孝孺，命其为自己名正言顺地继承大统撰写诏书，蒙蔽天下大众制造舆论。朱允炆系明朝第二位皇帝，朱元璋的孙子，皇位是朱元璋生前所授，年号建文，朱棣将其推翻，显然不合封建法统。加之，方孝孺对朱棣早有看法，大殿之上拒绝撰诏，结果被朱棣将其株连十族，方孝孺彰显出宁死不屈的人品，此乃气节，而气节是一个人最可宝贵的品格，生死大义在他身上体现得淋漓尽致。这里，更不必说岳武穆、文天祥了。岳飞'三十功名尘与土，八千里路云和月'，文天祥'人生自古谁无死，留取丹心照汗青'的不朽诗词，诸位都熟悉吧，绝好地诠释了这两位民族英雄的气节和操守，活得轰轰烈烈，死得流芳百世。当然，我的意思不是要每个人都要像岳飞、文天祥那样的生与死，但效法他们没错吧。如果我们苟且偷生，做亡国奴，甚至汉奸，那真是猪狗不如。民众有权利对其共讨之，共诛之。最后，我想说希望这样的辩论活动能坚持下去，中大能像蔡元培先生当年治理北大那样，践行'循思想自由原则，取兼容并包主义'。唯此，乃学生之幸，学校之幸，国家之幸。我就说到这里，谢谢。"

掌声再度响起，舒晨走向评委席深深地鞠了一躬，转身又向在场的听众同样深深鞠了一躬。而后又凑近瞿小舟握了握手，听众对他的做法伴以不绝的掌声。

评委席上几人议论了分把钟，罗希贤教授示意众人安静然后宣布："我们几位评委议决，不再公告获胜者名单，两位辩手的表现有目共睹，大家想必早已心知肚明。重要的是我们顺利成功地举办了这场辩论大会，让我们共同为之祝贺，散会。"

如此别致的闭幕词实为罕见，在欢呼和议论声中，大家陆续走出了大礼堂，不少人争着与舒晨握手致意。欧阳教授也走了过来，舒晨眼尖，见了连忙上前搀扶，护着老人从拥挤的人群中来到一棵硕大的梧桐树下，教授说："应辩很精彩，你一向做事扎实沉稳，让事实说话最有说服力，你的表现超出我的期许。"

老人的首肯和鼓励，让舒晨倍感温暖。正说着，吕星斗大步走了过来，一把搂住舒晨，说："我代表萤社感谢你，我果真没看错人，希望今后你为萤社再作贡献。"

"应该的，应该的。"舒晨话还没完，一位穿着天蓝色连衣裙的女孩，像一只美丽的蝴蝶飞了过来。

"是你！"舒晨惊呼，话音刚落女孩扑向他，不管不顾地在他的脸颊上亲了又亲，旋又不顾自己的弱小，愣是把舒晨抱了起来转了两圈。

"这是我的发小，街坊邻居杜玫。"舒晨不好意思地向欧阳教授和吕星斗作了介绍。

"烦人。"杜玫赌气地推了舒晨一把："我是他的女朋友。"

率直的话，亲热的举动，惹得欧阳和吕星斗开怀大笑，旋转身离开，把时间让给这一对小情侣。

"你怎么来喽？"

第三章　萤社的缤纷岁月

"你先说，为什么对我保密，是不是变心了？"杜玟佯装气恼。

"哪敢呀，萤社定下我为辩手后，心中忐忑，怕有负大家厚望，分分秒秒都用来做准备，别的都不想了。"

"连我也不想了？"

"是的，就是想想你，也没时间啊，请理解。"

"不想就不想，你真棒。我来之后没能进大礼堂，不是学校代表，没有邀请函，只能在外头大喇叭下收听。大礼堂里的动静，听得一清二楚，你的发言，我听得一句不落，我们在外头的人也一齐鼓掌哩！"

"真的不好意思，让你大老远跑来，连大礼堂都没能进。"

"值得啊！"杜玟头一扬："你跟我谁是谁，别说酸里吧唧的话。"

两人边走边聊，已是中午时分，出了校门，在成贤街找了一家馆子点了几个菜，要了一瓶啤酒，碰了杯，说了悄悄话。餐毕，舒晨将杜玟送到国府路，搭乘公共汽车返校，临别前，杜玟说："三个月后，我就会走进中大，与你同学，信不信？"

"绝对。"舒晨爽朗地应道，见她上了车，这才转回。

俗话说，心诚则灵，果然不出所料，今次高考，杜玟以高出分数线五十分的优异成绩被中央大学外文系录取。报到那天，舒晨到钓鱼台去接，杜家豪让车夫开道奇去送，杜玟不要，她说："多大的事啊，我又不是小女娃了。"老人笑了，遂又叮嘱舒晨说："带好你这小妹妹喔。"

"嗯啦。"舒晨咯嘣脆地答应了。

"带好你这小妹妹喔。"杜玟故意重复父亲的话，对舒晨说："听明白了吗？"

"别神头鬼脸的，快走吧。"舒晨把杜玟的行李往肩上一搁，迈步向前。

两人搭乘公共汽车辗转到四牌楼下，过街没多远就到了中大，在大门口，杜玫取出照相机，摆好姿势，让舒晨替她拍了张照片。接着又拉舒晨，请路过的同学替他俩拍了一张合影，这才报了到。舒晨又将她送到女生宿舍安置下来，一如两年前杜玫送他，事情就是这么美好地巧合上了。从今儿个起，杜玫实现夙愿，成了中央大学的一员，人生跨上了一个新的阶梯。

这个女孩，开朗、率真、聪颖、大度，给吕星斗留下了深刻印象。三个月后，由他这位召集人亲自介绍，杜玫参加了萤社。在这里，她结交了金兆翰、章曼卿等好朋友，在人生的道路上砥砺前行。以她自身的特质，在节假日，在夜晚参与了话剧演出、演讲、歌咏等活动，逐步成长为一名爱国进步青年。

就在她入学的当年最后一个月，北平爆发了举国震惊的一二·九运动。全市数千名大中学生举行了抗日救国示威游行，反对华北自治，反抗日本帝国主义，要求保全中国领土完整，掀起全国抗日救国新高潮。一周后，十二月十六日，面对政府当局严禁学生的爱国行动，并派军警封锁北大、清华、燕京等重点学校的倒行逆施，万名爱国学生再次走上街头游行抗议，却遭到大批军警的阻拦和殴打。数十名学生被砍伤，街上血迹斑斑；大中学生共有二十二人被捕，三百余人受伤。消息传到南京，群情激愤，中央大学、金陵大学、金陵女子文理学院、国立戏剧专科学校的爱国学生迅速组成"南京学生请愿团"，四千多人在中大集合，经成贤街、珍珠桥向中山北路行政院进发。途中，钟英中学、市立一中、东方中学等校的爱国学生和许多爱国市民，也纷纷加入了游行队伍。北风凛冽，大雪纷飞，天地一片混沌，鹅毛般的雪片飘落身上，一个个成了雪人。地冻路滑，不时有人跌倒，这又算什么，爬起来再前进。游行队伍中分段有人领呼口号，"释放北平被捕学生""保障学生爱国运动""收复东北失地""反对华北特殊化""全国一致对外"的口号此起彼伏,震撼人心。在中大的游行队伍中,杜玫手举三角旗,在不停地领喊口号。激愤的脸胀得绯红,柳眉一根根竖了起来,脖子上暴起一道道青筋,语调是那样昂扬,充满了一种凌厉的气势。而吕星斗、舒晨他们走在游行队伍的最前头,冲破军警一道道阻拦,经鼓楼来到中山北路,数千人聚于行政院门口,呼喊爱国口号,歌唱进步歌曲。经一再交涉,行政院官员才出来接见,搪塞、敷衍,一次次被学生的口号声打断。虽然没得到明确的表态,但这次请愿游行发生在中国的首都,一举打破了"爱国有罪,抗日犯法"的禁锢,书写了青年学生爱国运动的动人篇章。无数学生、市民经受了抗日救亡的洗礼,而大学一年级的杜玫也是其中之一,在她的芳华岁月,烙下了火红的印迹,将影响到她的一生。

第四章　南京之殇

请愿游行后的第二天,萤社在南京市中心的鼓楼岗,演出了街头话剧《放下你的鞭子》。这是《义勇军进行曲》词作者田汉改编的独幕剧,剧中角色老父由金兆翰扮演。章曼卿演女儿香姐,她是艺术学院的,能歌善舞,再合适不过了。可是杜玫喜欢这个角色也想演,指导老师觉得她没学过声乐,剧里的唱段拿不下来,表示可以在别的短剧中安排一个角色,杜玫感到很失落。舒晨见此情形,跟吕星斗咬耳朵,提到她在全市中学生中英文双语朗诵大赛中的表现,说她独白时运气、发声、吐字、归音、节奏、韵律均掌控得很准,这在萤社没有第二个人,可否让她反串演剧中的青工。吕星斗听了认为有道理,就这么定下了,杜玫也没再说什么,虽然未能如愿,但对她已是相当照顾了。曼卿是好朋友,她不想因自己的执拗,而造成两人之间隔阂,这样,就积极地投入到话剧的排练中去了。

天阴沉沉的,雪住了,风停了,这日子选得倒也不错。哐哐哐不紧不慢的锣声,召唤着来自四面八方的观众。扮演老人的金兆翰,边敲锣边招呼香姐:"来,伺候老少爷们一个小曲儿,唱上一段。"老人操琴,伴着琴声,小曲子响起来:

高粱叶子青又青／九月十八来了日本兵／先占火药库／后占北大营／杀人放火真是凶／杀人放火真是凶／几十万／恭恭敬敬让出了沈阳城……

声音哀婉凄凉，倏忽，香姐剧烈地咳嗽起来，上气不接下气，咳得弯下了腰。现场叽叽喳喳，老父以为大伙儿对演出不满，发出抗议，便抱拳向周围观众乞求原谅，指着女孩说："她是我的闺女，东北沦陷后，逃亡到关内，没饭吃呀，她是饿的……"

观众凄楚叹息，纷纷解囊掏出银圆投向广场中心，老父连连作揖答谢，又要女儿演唱下去。琴声悠悠，歌不成调，女孩难以坚持，老父呵斥发怒，举起皮鞭狠狠抽打，女孩柔弱不支，栽倒在地。

突然，人群中走出一个头戴着礼帽的青年，逼近老父大声地喝道："住手，放下你的鞭子！"这声音如晴天霹雳，他一面护住女孩，一面夺过老父手中的皮鞭，掷于地上，全场的人震惊之余，为这位青年的侠义之举纷纷鼓掌叫好。

女孩生怕他对父亲下手，转身护住老父，泣不成声，断断续续地诉说道："我们东北被日本鬼子占领之后，可叫凄惨啦，无法生活，只有流浪逃亡，无处安生，没有饭吃，过着饥寒交迫的日子……"

一时间全场观众义愤填膺，举起拳头，怒吼道："我们不当亡国奴""打回老家去""打倒日本帝国主义"，口号震天动地，在人们心灵深处回荡……

散场后，观众久久不愿离去，跟演出人员攀谈着，还要签名留念。这让带队的吕星斗和参与演出的金兆翰、章曼卿、杜玫感动不已，相互拥抱祝贺。

而作为萤社的一员，舒晨自然也在场，他的专注在杜玫身上。杜玫也在看他，两道目光交汇，这次他们没有拥抱，而是默契地伸手击掌，笑逐颜开。

这场街头演出，令人意外地成功，扩大了萤社在中大学生社团中的影响，也增强了同学们参与社会活动的信心和对自身价值的认识。杜玫仿佛变了个人，她没想到一场演出，且是反串，一句台词，几个动作竟然赢得那么热烈的掌声，自己的天资和实力得到了检验和证明。就这样，她的兴趣偏向了话剧，跑到图书馆将进步剧本《雷雨》《日出》《东北人家》等借来阅读，着了迷似的，除了上课，时间大多花在阅读剧本上了。有时，舒晨约她出去看展览、散步，杜玫也推掉了。她这种变化，让舒晨很不理解，杜玫有爱好这没错，他担心的是，花大量时间去琢磨话剧剧本，势必影响功课，生怕她陷入其中，难以自拔。

转眼，就到了民国二十五年（1936）的深秋，一天，舒晨约杜玫出去走走，说是有话要谈。

"什么事？现在谈不好吗？"杜玫头也不抬，目光依旧停在剧本上。

"我要跟你严肃地谈一次。"舒晨对她的怠慢有点不高兴，"耽搁小姐个把钟头可行？"

从未听过舒晨用这种口气跟她说话，她很反感，但见他神情忧郁，估猜真有什么重要的话要谈。她不情愿地搁下剧本，出了宿舍跟着他往西走。舒晨提议去玄武湖，杜玫说不感兴趣，于是，就在珍珠河边一处水杉林中找了个地方坐下。

"请问舒先生有何指教？"杜玫一开口就火辣辣的。

"生分啦？"舒晨有意缓解。

"是谁先叫'小姐'的？"杜玫咄咄逼人。

"对不起，是我不好。"舒晨作了妥协，"也没有什么特别重要的事，只是想跟你在一块，想知道你在做什么？"

"做什么，需要得到你批准吗？"杜玫还是不依不饶。

"这样的话，那我只好走了。"舒晨从座椅上站起来欲走。

"坐下。"她命令似的拉他重又坐下，其实，她何尝不想两人在一块，她只是一时对话剧着了魔，舒晨已一再让步，自己也应该见好就收,于是说:"我能做什么,看剧本呗,把空余的时间都搭上去了。最近刚看完曹禺的《日出》,我太喜欢陈白露这个角色了,想说服吕星斗,由萤社来排演,我演陈白露。"

听后,舒晨觉得这个想法太幼稚了,不切实际,但两人关系刚刚缓和,他不能一口否定,只有劝说,遂轻言细语地说:"我上课时,老师教过这个剧本,的确优秀,陈白露这个人物塑造得也很成功,你想演我支持。"稍停,他接着说:"只是时机不合适,你想北平学潮已平息,南京大专院校的学生也回归学校,在校内开展一些抗日救亡活动,而且把主要时间和精力,都用在专业学习上了……"

"我们可以不耽误学习啊,排练好在中大礼堂演出,也可以到市内剧场去演出,不上大街呀!"杜玫在争辩。

"很难,而且这不是独幕剧,又是业余演员,排练演出场地、资金、器材等等都是问题。再有,剧本虽然揭露了社会的黑暗和底层民众的生存艰辛,有其正面价值,但与抗日救亡没直接关系,即使千辛万苦排练成了,演出时,难免会让人产生'商女不知亡国恨,隔江犹唱后庭花'的感觉,甚而遭至责难。"舒晨继续说:"我估猜,吕星斗也不会同意,诸多问题不是他能解决的。所以,这事要慎重对待。"

"是吗?"杜玫将信将疑。

"无论如何,我们要以学业为重,你曾说过选择英语专业是想未来当一名英语老师或翻译,而我选择中文专业,则是想当中学国文老师或记者,理想是美好的,但要靠扎实的学养去支撑。"舒晨把自己多日来的思考一股脑儿说了出来,"再说,人有了专业知识,一技之长,这就是本钱。当今或将来不管是哪个党派掌权,这样的人才也是需要的,能够找到一份职业。我的这些想法未必准确,只是跟你交流,供你参考。至于你怎么做,可能我不尽同意,但我尊重你的选择。"

话已说到这个份上，舒晨依然是那个谦和沉稳、善解人意的舒晨。杜玫心中的疙瘩像是已解，两人牵手离开杉树林转回中大。

返校后，杜玫心中却又感到不踏实，《日出》的事能不能再争取一下呢？准备多时难道就这样轻易放弃？可是，舒晨的态度已摆在那块了，她又不好直接去找吕星斗，毕竟跟他是一般交往。啊，对了，去找章曼卿，她们是无话不谈的好朋友，不妨听听她怎么说。

杜玫在梅庵转了一圈，那里是艺术专业学生的活动中心，事遂人愿，在练琴房见到了曼卿。杜玫一来，她自然中止了练习，两人便聊了起来。杜玫把自己痴迷话剧、与舒晨的芥蒂、杉树林的对话，一揭刮子①全说了出来。

"吵窝子②了？从来没有过啊！"曼卿有点吃惊，笑道。

"我差点跟他算活拉倒了。"

"别傻了吧唧的，这么好的人，能丢了？"

"一时，真有这想法，让给你。"杜玫认真地说："你不是一直在暗恋他吗？"

"死丫头，尽说不对箍子③的话。"曼卿说："我对他有好感，仰慕他，但你是我的好姐妹，我岂能插一脚？况且，我是个独身主义者，我的爱人就是舞蹈。不过，我要提醒你，他对你那么好，不要动不动耍脾气，喜欢他的女孩从四牌楼排到大行宫哩，不要哪一天真的弄丢了，悔之晚矣。"

"知道啦！"杜玫快活地笑了。

"还有，舒晨有关重在学业，拥有专业知识，一技之长的话，说得

---

① 一揭刮子：南京方言，副词，总共、全都之意，常用来强调数量不多。
② 吵窝子：南京方言，吵架之意。
③ 对箍子：南京方言，表示赞同对方看法之意，与对方谈得来。

很好，他看得很远。这些话对我也有启发，代我谢谢他，我已下决心把舞蹈学好，还要学声乐、器乐，以作为未来的立身之本。"

"曼姐，经你一说，我都明白了，说句不怕害羞的话，往后我要更爱他，更珍惜他。"

曼卿伸手在杜玫头上亲热地揉了揉，然后坐下，弹奏了一曲贝多芬的《致爱丽丝》。琴声典雅，如行云流水，边弹边说："杜玫，将它献给舒晨和你，祝愿你们一生相爱，不离不弃。"

杜玫感动得无以复加，伏在曼卿肩头啜泣起来。

"好了，二十岁啦，不要总把自己当个小孩，姐要你快点成熟起来。"

"嗯啦，一定。"杜玫破涕为笑，像一只小白兔又蹦又跳轻快地离开了琴房。

接下来的日子里，杜玫搁下了话剧的念头，以更多精力投入到课业中去了，主修英文，兼修日文。当然，萤社正常的活动，她照常参加，但不再主动地争着做这做那。事实上，整个社会的抗日救亡运动，似乎沉寂下来了。日寇对华北的入侵毕竟遥远，反正有政府在交涉，有党派在发声，作为学生进步社团，他们在力所能及的范围内作些配合，已经很不容易，每个成员都把主要精力放在学业上了。除了每周排定的课程，杜玫还从唱片专营商店买了英语日语唱片，有名人讲演、名著朗读和歌曲，在家中搁在留声机上播放，一遍又一遍收听跟着学，校正自己的发音，她甚至将学习心得记在小本子上不时翻看。有时，她还去外国人常到的国际俱乐部跟他们接触交谈，在学校请任课老师指点，总之，能想的办法都想了。功夫不负有心人，在班级、系科英日文比赛中，均名列前茅，令周围的人刮目相看。而最感欣慰的人，自然是非舒晨莫属了。

然而，这样相对平静的日子，只维持了将近半年的时间，卢沟桥的炮声划破长空，接着北平失守，华北沦陷，日寇的气势如狼似虎长驱南下。人不分男女老幼，地不分南北西东，皆有守土抗战之责，全民抗战开始了。南京整个城市又喧嚣起来，中央大学的爱国师生率先走上街头，萤社的同学们中断了课业，义无反顾，废寝忘食，练唱起"流亡三部曲"，还参与到救国公债劝募活动中去。

那些日子，吕星斗、舒晨、杜玫、金兆翰、章曼卿的身影四处出没，哪里需要，他们就闪现在哪里。尤其是杜玫，忙得顾不上打理自己，头发凌乱，耷拉在额头上，连捋一下的时间都没有。激愤的脸上沾了污垢，也不擦，曼卿说此时的她是最美的。

话剧《卢沟桥》，田汉先生就写于南京。卢沟桥事变一个月后，即在南京夫子庙贡院街首都大戏院公演，田汉和导演洪深都亲自登场，作曲家张曙和冼星海也都上台扮演了角色。剧中穿插几首爱国歌曲，由于正值当局与日方外交交涉之中，是战是降还在犹豫之中，该剧触动了当局的敏感神经，演出之前窜来一群特务妄图阻止公演。洪深先生大义凛然与特务斗智据理力争，前来观看的舒晨、杜玫、章曼卿贴近站在洪深身边保护着他。当特务理亏悻悻撤走之际，杜玫带头喊起了激昂的口号"爱国无罪，抗战有理""保卫华北，保卫全中国""打倒日本帝国主义"，在一阵阵口号声中大幕轻启。全剧没有主角，体现了全民抗战，台上的演员激情洋溢，台下的观众掌声四起。舒晨一行也呼应着舞台上的演出，同声唱起剧中的歌曲《卢沟回答》《送勇士出征歌》，台上台下融为一体，已分不出谁是演员，谁是观众。演出结束，在排山倒海的掌声中，谢幕三次，观众才恋恋不舍地离去，舒晨一行踏着浓重的夜色回到中大。

时局波谲云诡，日寇侵占华北后一路南下。是年八月十三日，日军蓄谋已久发动了向上海闸北、江湾方面的进攻。中国军队奋起抵抗，至此，淞沪会战爆发，日军的最终目的是占领上海后，沿京沪铁路西进直取南京。消息传到南京后人心惶惶，八月二十七日，国民政府撤离南京迁移至武汉，带动各个阶层南下，成千上万的人群，堆积如山的物资，阻挡了通往大校场飞机场、下关火车站和中山码头的道路，奉命戒备的宪兵不得不对天鸣枪，以警告维持秩序。

中央大学属于指定撤离的单位，目的地是重庆。在这惊恐慌乱的时刻，舒晨想到了欧阳教授，旋去兰园登门造访。教授决定留下，原因是师母中风缠绵病榻，行动不便，再有就是他要亲眼见证首都保卫战，记录日军的暴行。中大撤离教授名单上有他，舒晨一再恳求，说可以用担架抬着师母送往中山码头，并在船舱安顿好。教授却不改心志，舒晨千叮咛万嘱咐后才离开。

至于萤社的成员，绝大多数决定撤离，随校内迁。召集人吕星斗表示，他要回河南老家到伏牛山打游击，跟日本鬼子干到底。

这是他们几位骨干最后的一次聚会，吕星斗的表态，让准备内迁的同学既惋惜又佩服。

"我不走。"舒晨说："父母年迈，需我照顾。此外，我也放心不下欧阳教授和师母。"

"舒晨不走我也不走，再说，父母也老了，还有一份祖传的家业，我得帮父亲打理。"杜玫说。

"舞蹈是我的生命，我想，即使日本人来了，娱乐业总不会取消吧。"章曼卿说。

"曼卿这个行业风险大，三教九流，牛鬼蛇神谁都会出现。"吕星斗说："听说日本人特别好色，你可要格外小心啊！"

"谢谢大哥。"曼卿感动地说："你到了游击队，也要加倍小心，枪子不认人,要保护好自己。"说着她潸然落泪,惹得杜玫也啜泣起来,万般离情别绪笼罩在这间萤社办事处里。

"唉,相见时难别亦难,尽管国是危艰,我们还是要振作起来,做好应对各种困难的思想准备。"舒晨说。然后,他转向金兆翰,"牧师,你说说。"

"今天离别之际,我可以说了,牧师,只是我的护身符,我已奉命留下。而且,我给几位留下的同学,在金陵神学院办了'吃教'手续,所谓'吃教',意思是以信教为名而谋生的讽刺说法,但说不定什么时候能派上用场,掩护自己。"

小聚结束,曼卿提议到成贤街的"山水居"会餐,每人点了喜欢的菜肴,小酌薄酒,万语千言后,这才依依惜别。

淞沪会战开打第三天,日军十六架96式陆上攻击机,首次轰炸南京。夜色朦胧,日机盲无目标地将一枚枚炸弹雨点般倾泻在明故宫机场、八府塘、大行宫、新街口……这里那里火光冲天,成片的墙倒屋坍,守军和平民死伤无数,城市陷入极度恐怖和痛苦之中。之后,日机频频来袭,气焰嚣张至极。

随着日军的快速推进,沪宁线上常州、镇江一带逃难的人群潮水般涌入南京,城市的街头巷尾、体育场馆、中小学校,临时设立了安置处,供其避难。

四天后,城南下江考棚、白酒坊、评事街等地的机关民房成了断壁残垣。那天,舒晨、杜玫正带领门西的一群青年,在下江考棚难民安置处给难民分发日用品,忽然,从远处传来日机的轰鸣声,他们紧急组织难民分散躲避。接着,爆炸声骤然响起,只见杜玫蹲在半截围墙下,拾掇未及分完的物品,而强烈的震动形成巨大的气浪,已席卷而至。舒晨眼尖手快,一个箭步上前,猛然将杜玫推出一丈多远,幸免于难。而他却不慎摔倒，被身边的半截电线杆砸中前胸，发出痛苦的呻吟。

杜玫见状一时慌了神，眼泪直流，蹲下身子瞅着舒晨发蒙，倒是一个青年从附近扛来一张藤躺椅大声喊道："快送医院！"

万幸，市立第一医院就在下江考棚对过，两个青年抬起舒晨就走，杜玫紧跟其后。进了急诊室，杜玫转身找到院长办公室，见了院长孟崇尧，说明来意，报出父亲的名字，院长一听是杜家豪千金的男朋友受伤，焉能怠慢，立即亲自组织大夫进行手术。

先是体检，量体温、测血压、做心电图、X光透视……

"怎么样？"院长问X光室主任。

"算他命大，只一根肋骨断裂，拼接后打上钢钉就可以了。"放射科主任这类事见得太多了，说得轻描淡写。

杜玫长长地喘了一口气，问道："大夫，大概要多少时间才能痊愈啊？"

"快则两个月，慢则三个月，这要看他怎样配合了。"

"听到没有？"杜玫对舒晨说："好好表现啊！"

医院安排了一间头等病房，配了全职护士，入住之后，考虑到让舒晨尽快休息，杜玫不舍地离开。临行前，贴着舒晨的脸颊亲了一口，说："谢谢你救我一命，快点好起来。"

此后，她每天下午都会来探视，时不时带上鲜花、水果，还有滋补的排骨汤、乌鸡汤和甲鱼汤，跟他聒白，传递外头的消息，稀释他的焦虑，排除他的寂寞。注射、服药，配以营养品的吸收，加上后期医嘱下的适当运动，两个月不到，舒晨就出院了。其间，杜玫曾将舒晨救她受伤一节告诉了父亲，杜家豪感动得不行，不再有任何疑虑，认准了舒晨就是自己未来的乘龙快婿。他表示要去医院探望，杜玫劝说："爸，您年纪大了，缎号的事又多，再说，您去了，孟院长得停了工作陪您，耽搁人家的时间也不好。"杜家豪觉得女儿的话在理，就没再坚持，但舒晨出院，他是非来不可。坐着自家的老道奇，没让孟院长知道，直接来到病房，让女儿办理了出院手续，把舒晨接到钓鱼台杜府，他的意思是让舒晨在这里再调养个把月。当天中午，家里置办了丰盛的酒席为舒晨洗尘，杜玫还特地去了殷高巷把舒晨父母接来一块聚聚。

"阿晨"，老太太见儿子精神不错，只是气色不像之前好，便问："这几个月你到底去哪块儿啦？多少个夜晚，我睡不着，忧心啊！"

"大妈，我不是向您禀报过吗，他被学校派到外地办事去了。"杜玫怕舒晨说出实话，忙插嘴道："现在回来了，这不好好的嘛！"

"回来就好，回来就好……"老太太喜笑颜开，父亲也频频点头。

家宴在欢快的谈笑中结束，舒晨坚持跟父母回去住，杜家一家人也没再勉强。

舒晨在家只休息了一个礼拜，这期间杜玫天天来跟他谈日机轰炸，人人惊恐的市井消息，听得愈多，他愈想快些出去。杜玫依然在忙救助难民的事，他不放心，说服了父母后，他的身影又出现在下江考棚一带。

南京的冬天，十一月末已是漫天雪飘，搁往年，整个城市会是一个冰雕玉凿的世界。在厚厚的雪地上，孩子们忙着堆雪人，小脸冻得红扑扑的，像苹果一样，笑声像银铃般在空中飘荡。年轻人则追逐着打雪仗，或选择不同的场景拍照，留下青春的影像，伴着畅快的欢笑，尽情地嬉闹……

而今年似乎不一样，雪景依然，而街上却看不到人影，不少建筑由于户主带领全家远走中国南方而成了空巢，其中有的已在日机轰炸下东倒西歪。公共交通也断了，偌大的千年古都，像一个病危的人等待末日的到来。

十二月十日，彤云密布，朔风旋卷着细碎的雪花，呼啸着席卷城市的各个角落。日军分别从雨花台、通济门、光华门和紫金山几个方向向南京发动进攻。两天后，紫金山沦陷，中华门和中山门被日军突破。十三日凌晨，入城日军沿着市内各条马路向国民政府守军追击。

是日临近午夜，杜玫急匆匆地来到殷高巷舒宅，舒晨见她一脸惊恐、凄苦，忙拉着她的手问道："出了什么事？"

"晚饭后，我……我一直守在收音机旁，得知日军已经进城，十三万国军将士拼命抵抗，已有多名将军捐躯，战斗太惨烈了……"她的声音战栗。舒晨轻轻拍打着她的后背，慰勉着她，喘了口气，她继续说："唐生智已南撤，整个城防重任落在南京市长卫戍副司令萧山令肩上。在这生死存亡的紧要关头，城内有数十万手无寸铁的百姓，他选择坚守，亲临前线鼓舞士气，与士兵一同抗击日军，在激烈的巷战中将部分窜入城内的日军歼灭。几乎同时，又是渡江总指挥的他，在下关江边一片混乱的状态下，临危不惧，指挥万千军民北渡。然而，人心惶惶，船只稀缺，江边仍有数万军民未能撤离，部属强行拉他登船撤离，他挣脱后高喊'杀身成仁，今日是也！'与赶来的日军展开肉搏，很快被逼近江边，决不能当俘虏，他举枪用剩下的最后一颗子弹结束了自己的生命。妻子闻此噩耗悲恸欲绝，以身殉情……"说到这里，她已是泪眼婆娑了。

"英雄伉俪，历史会记住他们的，南京人也应该会纪念他们的。"舒晨边听边叹息，"没想到一名高官、少将，生命的绝唱竟是如此悲壮，从中，我受到了鼓舞，汲取了力量。"

"我们也应当像萧市长那样，义无反顾地去做自己力所能及的事。"

"对。"舒晨捏紧拳头应道。

可是，究竟怎样去做，两人聊了一阵也没个头绪。夜已深了，舒晨将杜玫送回了家。

南京沦陷了，在大街小巷，日本鬼子见人就杀，见屋便烧，大屠杀延续了四十多天，南京城血流成河，尸积如山，汩汩鲜血渗透到积雪之中，结冰后发出刺目的光焰。空气中充塞着门窗房梁烧过的焦煳味，还有无数腐烂尸体呛鼻的恶臭。不知从哪儿跑出的野狗，贪婪地争夺着一具具尸体，可是，不等它们吃饱，就被随时出没的日寇射杀倒毙在一旁。人畜同戮，惨绝人寰。

更加可恶的是杀红了眼的日寇，对已经放下武器的中国军人和手无寸铁的平民百姓，实行了集体屠杀，一个班的日军就能押送成百上千的中国军民走向殉难处。在汉中门、中山码头、煤炭港、草鞋峡、鱼雷营以及市内的北极阁、阴阳营、四条巷等十余处或机枪扫射，或集体活埋，其累累罪行罄竹难书。

日军入城后不久，舒晨和杜玫对家里稍作安顿，便去了城北，投身于德国人约翰·拉贝的南京安全区国际委员会工作，杜玫担任英文翻译，随委员会负责官员四处奔波，偶尔也参加救治难民的事儿。而舒晨则穿行于宁海路金陵女子文理学院和汉口路金陵大学之间，安排难民转移和安置，忙得多日不见照面。

再说门西，相对于别处，这里的破坏较小，据说日本军部有人对古建筑情有独钟，认为门西一带的明清建筑是古老南京的遗存，就像日本的京都和奈良，这里是南京的根脉，值得保留。另外一种说法是，日本驻华大使馆商务处认为门西是南京丝织业，尤其是云锦生产的集中地，自明清两朝以降，一直与日本同行有商贸往来。因此，跟日本华中派遣军军部事先打了招呼，让网开一面，约束军人的恣意行为。

舒晨、杜玫也听到这些传闻，其间舒晨曾于深夜回去了一趟，所见确实没有大的破坏，两家都还安好，他也就放心了，一直在国际安全区

第四章　南京之殇　　　047

奔忙。只是他惦记着欧阳教授,不知大屠杀过后的老人状况如何,也不知师母的病好了些没有。可是兰园属日军管治区,那一带北极阁山下有中央研究院历史语言研究所,再往东不远就是原南京特别市政府。当下,两地均有日军驻防,外有戒备,很难通过。但距上次跟教授见面已半年多了,天翻地覆什么情况都能发生,他急迫地想去看望,却又不能贸然前往。思来想去,只有找杜玫帮忙,他连续去了国际安全区地域,第三次才见上杜玫,她消瘦了不少,但眼睛依然灼亮有神。他既心疼又佩服,只是此刻不是儿女情长的时刻,杜玫明白了他的诉求,很快搞到一张特别通行证,径直到了兰园,教授见他在此艰危的日子来看望自己,又惊又喜。

"师母好些了吗?"舒晨问。

"她,她走了……"老人哽咽地说。

"啊!"舒晨大惊失色。

"你晓得吧,早在八月中旬,日本飞机轰炸了中大文学院。后又在鸡笼山下丢了炸弹,爆炸声在这里清晰可闻,她受到惊吓,心脏病犯了,就这样离开了我。"老人尽可能压制自己的情绪,"所幸,城南的侄儿过来照顾我,现今也还好。"

"那师母安葬何处?"

"非常时期,没惊动别人,我和侄儿在后院挖了个坑,让她入土为安了。"

舒晨闻此,悲痛难抑,走进后院,面对坟茔,一连鞠了三个躬,以示悼念。

时间很紧迫,他不能在这块待太多时间,介绍了一些外面的情况准备离开。

"杜玫现在在哪里,还有金兆翰、章曼卿呢?"

"杜玫在国际安全委员会当翻译，很忙，我也在那里，各忙各的，很难见面。"舒晨说："金、章二位迄未联系上。"

老人一声长叹，说："时事艰危，当官的是靠不住的，先是十二月七日，南京沦陷前，老蒋率文武百官西迁武汉，一如当年西太后仓忙出城逃往西安。后是十二月十二日，南京卫戍司令长官唐生智乘上自己的快艇逃离南京，头一天还发誓与南京共存亡的这位一级陆军上将就这么软弱，委实鲜廉寡耻。"老人说得激动起来，"然而，历史告诉我们，楚虽三户，亡秦必楚。我就不信四万万同胞能甘于日寇宰割，人心是最重要的，南京这座城市要靠我们万千民众去守护，只要我们执念于抗日救亡，坚持下去，总有重见天日的时候。"

"先生，您说得太好了。"舒晨眼前仿佛闪过一道亮光，"我们一定要守护下去。"看了看手表，"我得走了，您多保重，有机会我会再来的。"

"好，你要注意安全，见到杜玫代我问声好。"说着教授将舒晨送到门口，伫立在那里，望着那远去的背影。

灭绝人性的六周大屠杀过后，国际安全区的工作告一段落，舒晨、杜玫回到各自的家。冻雨漱漱地下着，落在脸上麻酥酥的，还带点疼。跟父母已有一个多月没见了，舒晨心情很急迫，公共汽车运行不正常，他好不容易搭上一辆，到新街口却停下不走了。他索性步行，沿中山南路，过内桥，经三山街、长乐路赶回家。推开门，母亲一见到他，便扑上来哇地一声号啕哭了起来。他惊愕无措，不等他问，母亲说："你爸没啦……"

舒晨大惊失色，赶忙扶母亲坐下，声音颤抖地问："是真的吗？"

"嗯啦。"母亲止住哭声，把事情经过说了一遍。

原来，就在南京沦陷的第七天，一早，按老规矩，舒汝为去三山街元大南货店上班，大概九点多钟，他和一个叫小陶的店员在门口盘货，正值十多名日本兵押着几百号中国军人和市民打此经过。其中一名军曹窜向舒汝为和小陶，不由分说将他俩拉进押运的人群中往西开去，一直开到五台山附近的阴阳营，在一块空地上用机枪扫射，实施集体屠杀，机枪子弹雨点似的落在蒙难者身上，哀号震天，血星飞溅。那名同时被抓的店员小陶躺着装死，夜深之后从死人堆里逃生，在乌漆抹黑[①]的凌晨回到三山街的店里，就这样逃过一劫。

"小陶命大啊。"母亲断断续续地说完，"这孩子有良心，事发后没几天来看望我，是他把你爸被害的事告诉我的。可是，至今你爸的葬身之地都不晓得啊！"母亲又啜泣起来，舒晨听着母亲的诉说，也一直在流泪，他眉头紧锁，仇恨刻骨铭心。可当下他又能怎样？他不停地劝慰母亲，老人的痛苦他能体会，他想择日去收尸，然而父亲与众多殉难者是被就地挖坑掩埋了，还是被拖走抛入附近的乌龙潭或远处的长江，一切都不可知。他痛彻心扉，却难尽孝心，想了又想，便去了小门口，买了冥纸、锡箔、黄表纸，还有香烛、水果，在自家空屋里设了灵堂跪拜祭祀，借此聊表哀思。母亲安静地看着，脸上显露出欣慰的神色。

说起来，自己是名牌大学的毕业生，可正逢乱世，投入抗日救亡，却没个正式职业，但这种情况又不独他一人，悲剧时代，人人都难以摆脱厄运。没办法，他只能在从事慈善事业的同时，寻找一份工作。古人云："儒生俗才，岂识时务？识时务者，在乎俊杰。"舒晨想，自己绝非俊杰，可以算作儒生，但决不做俗士。在抗日救亡的大目标下择业，自当顺势而为，他有这份自信，那么，读者诸君，就耐心地看其行动吧！

---

① 乌漆抹黑：南京方言，形容极其黑暗，毫无光亮，亦可写作"黑漆抹乌"。

第五章 北上，北上

成贤街是一条古老的街巷，因明朝国子监设此而得名，紧邻四牌楼，与中央大学隔一条马路，南边不远便是鼓楼。清末两江总督张之洞由鼓楼至成贤街，修筑了南京第一条马路，自此，成贤街便热闹了起来。从晚清的衙门到民国市政机关，纷纷驻足于此，历史延续到民国二十年（1931），九一八事变突发，东三省沦亡，京津大学生南下请愿。教育部就在这块，隔三差五，请愿的人群和喧嚣的口号既让人不堪其扰，又令人颇为振奋。欧阳无垢教授，除了兰园有学校提供的住处，在成贤街西段还有一座两层西式洋楼，有时也过来住些日子。八一三淞沪会战后，他预感到日寇已剑指南京，古城沦陷只是早晚的事，思来想去他决心搬离这是非之地。原先家中除了老伴，膝下只有一儿，就读于中央大学物理系，随学校内迁重庆之后，他便想搬回城南白酒坊祖屋。因种种原因直到老伴病故，日寇入侵南京，四十天大屠杀过后才搬过来。日子过得倒也清净，不过，每每想起过往，眷恋之情总袭上心头。那时，十天半月，教学之余，约上三两知己，沿着盘山青石磴道拾级而上，进入豁蒙楼。豁蒙楼位于鸡鸣寺内，鸡笼山西北端，是张之洞为纪念其门生"戊戌六君子"之一的杨锐所建，虽不及岳阳楼、黄鹤楼那样巍峨名震华夏，在江南一带却也名气不小，是文人雅士向往必到之处。同行四人拣一张临窗茶桌，一杯清茶，几碟点心，凭窗眺望钟山烟岚、后湖微波，不由得想起韦庄的"无情最是台城柳，依旧烟笼十里堤"的千古名句。淡淡哀愁，触发了一行对六朝兴亡的感叹，从大唐盛世谈及当今山河破碎、生灵涂炭。几位学人时而扼腕长叹，时而血脉偾张，中文系教授娄震呷了口茶，仰天而叹："十有九人堪白眼，百无一用是书生。空谈误国啊！"

"此乃清代武进黄仲则的诗吧？过于消极了。"欧阳无垢拍案而起，"敝人欣赏的则是明朝无锡东林党人的血泪精神，'莫谓书生空议论，头颅掷处血斑斑'，名节啊名节，这才是我等应效法的。"

"那你何不投笔从戎，效命沙场？"娄震扑嗤笑出了声。

"你这话又酸又涩，没意思。"欧阳无垢目光外移，欣赏起窗外的湖光山色。

"别抬杠，各抒己见嘛。"同为中文系的另一位教授黄亦吾见争执起来忙打圆场。

"他夹生①。"欧阳无垢上火了。

"你来事，佩服！"娄震反唇相讥。

"再这样，本人就要告辞了。"黄亦吾起身欲走。

"坐下，"欧阳无垢拉黄亦吾坐下，"哪一次聚会不都这样，可下次又不请自到，彼此熟透了，吵窝子无所谓，这才叫真朋友，呵是？"

"对、对。"娄震回应，这时百味斋的素面上桌了，盛有大半碗，里面什么名堂都有。筷子拨拨，瞧，吉庆威德（素辣仔鸡）、心无挂碍（干锅茶树菇）、金刚般若（鸡鸣素火腿）、罗汉素烧（素烧鹅），还有忘忧草（金针菜）……哎呀，每道菜都巧取禅意，心思极妙。

"忘忧草？！"欧阳无垢拨弄着金针菜，"忧什么！吃。"说着拣了一根送进嘴，咂咕咂咕津津有味地嚼起来。

众人边吃边聊，食毕，嘴一抹出门下山，招呼下次再聚。

---

① 夹生：南京方言，形容人悭吝，脾气古怪，不好相处。

回忆一次次谐趣机锋的豁蒙楼小聚，欧阳无垢总有一种沉醉的感觉，可是这般情景再也回不去了。听说，整座鸡鸣寺，包括豁蒙楼早已改作小鬼子军营，人迹罕至，昔日繁盛的香火朝拜盛况也不复再见了。啊，时代之悲，时代之痛啊！

午觉起来，欧阳无垢重新泡了一壶茶，就着偏西的阳光翻看着当日的报纸，等待着舒晨的到来。

早几天，舒晨来过，托他买的几本书也不知买到没有，正当他想这事时，门响了，打开门，正是舒晨。只见他发际湿了一片，脸上汗涔涔的发亮，精神依然饱满。

"快坐下歇息。"欧阳无垢说着递上一把芭蕉扇，舒晨接过来悠悠扇着，不急不慢，倒显得很沉静。

"跑了瞻园路、状元境几家书肆，才买到几本。"舒晨说着从网兜里取出包扎好的书籍摊在桌上，欧阳无垢戴上老花眼镜，打量起来，既有戚继光的《纪效新书》《练兵实纪》，又有同为明代抗倭名将邢玠统兵援助朝鲜抗倭期间，上奏朝廷奏章的汇集，均系石印刻本。

"难以买到全套，即便到手的，其中也有残缺不全，蠹虫蚕食的。"舒晨不无遗憾地说。

"我很满足了，让你跑了不少冤枉路。"

"学生为先生跑腿，应该的。"说着，舒晨的目光投向桌上的一摞杂志《抵抗》，便取了过来，是十到十一月的，这一下子就吸引了他的注意，上面分两次刊载了八路军驻京办事处给读者的信。第一封信公开回答了要求投考抗日军政大学的青年，并附寄了陕北公学的招生信息。第二封信，详细介绍了陕北的路线，陕北的气候和生活条件。其中写道："……陕北的物质条件比京沪差，生活很苦，吃小米饭、大白菜，大家都一样，就是我们陕公校长成仿吾先生也没什么例外。"文中还提到学校设在延安附近旬邑县湫坡头镇看花宫村,旨在"培养军政干部,以短期培训为主,经过培训即分配到敌后抗日根据地工作。学制半年普通班,一年高级班"。

舒晨一眼瞄完,将刊物递给欧阳无垢:"先生,您看看。"

教授接过来一瞥,笑道:"我早已看过,怎么,看了,你有何感想?"

"话说得很地道,条件差也公之于众,不骗人,单就这一点来说,实事求是,了不起。特别之处,文中提到成仿吾,这可是一个大名人,我是学中文的知道他。早年,他是创造社的骨干,跟郭沫若、蒋光慈一起的,我还读过他写的《从文学革命到革命文学》……"

"看样子,你是被吸引了,被感召了。"欧阳无垢一语道破。

"嗯啦。"舒晨兴奋起来,"先生,既然有一个明确的途径,正应了我的夙愿。"

"不会是心血来潮吧?"欧阳无垢有意逗他。

"不会,思想上我早已作了准备,在南京日伪骑在头上,处处受限,活得太憋屈,我得放飞自己,参加实际斗争。"

"在南京,也还是有事可做的。"欧阳无垢说:"不过,我赞同你的想法,年轻人应该出去闯,据说天南海北有成千上万的男女青年奔向延安。"

"是啊,是啊,中大去的可能极少,但我要追随这些先行者,经受锻炼,再去抗日第一线打鬼子。"

"要做好家人的工作。"

"先生,您还不知道,我的父亲,在小鬼子打下南京没几天就被杀害了,原本一个幸福的家瞬间毁了。"舒晨摇着头,声音发涩,"您说,我能不上战场与小鬼子拼吗?至于母亲,老人家识字不多,但明理,心心念念要报仇,做什么,她总由着我。当然,我不会跟她说去打仗,只说去重庆中央大学继续念书，我想，她会支持的。"

"噢，是这样。"欧阳无垢说："那杜玫呢，跟你一道去？"

"不会让她去的，只是我还没跟她说。"

"她单纯，率真，是个好女孩，去那边怕适应不了，你要跟她好好说。"

"嗯啦。"

次日，他起了个大早，在殷高巷口三栈楼烧饼店，买了两块椒盐酥烧饼，边吃边上了路。昨儿个在欧阳教授那块得知陕北公学招考的报名处设在城北傅厚岗八路军驻京办事处，欧阳教授还告诉过他，"八办"，去年年底，日本人打来之前已撤离，迁往武汉。可他有点将信将疑，或许会有留守人员吧，况且"八办"到底是什么样子，他也想看看。他由中华路搭乘市内公共汽车到鼓楼下，步行走了一段路，穿过马路，从中央路左侧进入傅厚岗。这条巷子不深，也就三四百米，走不多远，66号"八办"已簇立在眼前。这是一处独立院落的西式建筑，坐北朝南，大门朝东，砖混结构，楼高两层，青色砖墙，环境相当幽静。可是，这会儿已是铁将军把门，想去岁，这块有多少军政要员出入，多少进步学生前来探访，眼下却人影零落，门可罗雀。历史就是如此变幻莫测，冷酷无情。不期然，有着黑色制服的伪警出现，他不敢多停留，加快脚步原路返回。过午，杜玫到殷高巷来见他，说是新街口大华影剧院，正在上映新制作的美国电影《翠堤春晓》，还没来及翻译过来，是英文原版。而舒晨想约她去夫子庙听白局，地道的南京方言表演。既然杜玫提议在先，观看英文原版电影亦没问题，便由着她，两人于中华路搭乘公共汽车在三元巷站下，步行不远就到了。或许是英文原版，观众并不多，两人进去后找座位坐下。

影片唯美、抒情，说的是青年时代的施特劳斯酷爱音乐，却因上班作曲被开除，在女友波蒂的鼓励下，他走出阴影，在咖啡馆演奏自己原创的作品，颇受欢迎。后来他结识了誉满维也纳的女歌星卡拉，并在卡拉的影响下，写出了风行一时，让他声名鹊起的《维也纳森林》和《只有你》。波蒂出于妒忌，持枪来到剧院，未料被卡拉的歌声和施特劳斯的作品震撼和感动，这才省悟到卡拉才是施特劳斯的知音。于是演出结束后主动去后台表示愿意成全他们，而卡拉也被波蒂的大度和对音乐的尊崇所感动，毅然告别施特劳斯，孤独地乘船，沿多瑙河而去。

观看时，两人一直牵着手，杜玫的头靠在舒晨肩上，依偎着，谁也不说话，完全沉浸在剧情之中。看到感动处，杜玫一任热泪悄悄地流，即便影院黑黢黢的，舒晨也有所感触，扯出手帕默默地替杜玫抹泪。

"爱情之旅，刻骨铭心，到底是米高梅的出品。"散场后，杜玫不禁赞道。

"美轮美奂，"舒晨回应，"路易丝·赖纳、米莉莎·科耶斯等个个演得刮刮老叫[①]。"

"我欣赏卡拉的才情，但要是我绝对不会孤独地离去，我才不这样二糊[②]哩，干吗不争？"

舒晨朝她望了一眼，没作声。出了影院时辰还早，杜玫拉着舒晨的胳膊，撒娇地说："人家又渴又饿。"

"好，我们去喝咖啡。"说着舒晨便在淮海路就近的地方找了一家小咖啡店，两人在靠后的火车座坐下，杜玫给自己叫了一杯卡布奇诺，给舒晨叫了一杯他喜欢的牛奶咖啡。卡布奇诺是女生喜欢品尝的佳品，由浓缩咖啡、奶泡和牛奶混合而成，口感丝滑、香浓，从儿时至今，凡进

---

① 刮刮老叫：南京方言，棒极了、好极了之意；根据语境亦可写作"刮刮叫"。

② 二糊：南京方言，笨的意思。

咖啡店消费，她必点这款咖啡。平时在家她也尝试制作过，但味道总要差些。很快两杯咖啡上桌了，舒晨用勺子轻轻搅拌着故作轻松地说："上半天，我去了一趟白酒坊看望欧阳教授。"

"他还好吧？"

"好，"舒晨说："在那块我看到一本杂志，邹韬奋编的，上面刊登了延安陕北公学招生的广告。"说着，介绍了一下广告内容。

"你跟我说这些，什么意思？"

"我想去。"

"什么，你再说一遍。"

"我想去延安。"舒晨把话挑明，"你也知道，这是我一直向往的。"

"不行！"杜玫火气攻心，她尽可能抑止住自己，"你不能把我丢下，再说了，在南京也一样抗日救亡。"

"那不同，我想经受血与火的锻炼……"

"我说不行就不行。"杜玫声音失控了，"我不答应看你敢走。"

"搞得不得了了①，从小到大，凡事我处处依着你，这回由不得你了，再说了，欧阳先生对我的想法也表示支持。"

"他支持也没用，"杜玫愣是不松口，"你别想离开我一步。"

"你是我什么人啊，"舒晨亦不让步，"莫非要掌控我的一切？"

"是什么人，你清楚。"

"你能不能冷静下来，听我慢慢说。"舒晨想再作些解释。

"啰里吧唆的，我不想听。"

"不听就不听，稀奇巴拉②的。"

---

① 搞得不得了了：南京方言俚语，表示"没有什么大不了"之意。
② 稀奇巴拉：南京方言，稀罕，通常用于否定语义，表"有什么可稀罕的"之意。

第五章　北上，北上

"好，这话是你说的啊。"杜玫嗖地站起来，从挎包里掏出几张储备票压在咖啡杯下，说："算和拉倒。"遂离开了咖啡店。周围的食客都好奇地看到了这一幕，却又不知这两个人为什么由轻言细语的聒白变成吵窝子了，把疑惑探究的目光投向愣在座位上的舒晨，他幡然醒悟过来，追出了门，只是，已不见杜玫的踪影。

隔日，一整天，他要为出发做准备，上街买一些路上必备的东西，洗换衣裳、鞋靴等家里有，旧虽旧，能用就行。他这次出行装扮的是商人，于是，在建康路天福服装店买了一件长袍、一顶礼帽，又在毗邻店铺买了用于伤风感冒、腹泻胃痛的西药和医治跌打损伤的膏药，还有手电筒、牙膏牙粉、搪瓷缸等等，凡能想到的，又不贵都买了。一直忙到天黑，他又去建康路邮局给在郑州的一个远房亲戚挂长途电话，告知自己近日要去西安做生意，途经郑州想见个面。不料等挂长途电话的在排队，轮到他已到九点了，外头已乌漆抹黑，他这才往家赶。从早到晚，他只顾自己的事，竟然没把杜玫怄气走开的事放在心上，他更不可能知道家里发生的事。

两人拌了嘴，杜玫一直耗着不见舒晨，到了晚上，她终于熬不住了，想见他。其实，她也想通了，舒晨的心大，南京城是盛不下他的，何况投奔延安，她也想过呀。没错，她只是想能带上她，她估计舒晨会很快出发，想抓紧这最后的机会，向他表明自己的心思，哪怕求他也行，她决定服软，没办法，谁叫他是自己的至爱哩。

没滋没味地吃了半碗饭，她离开家去殷高巷，刚跨出门又缩了回来，想到舒晨临走前有许多事要办，索性再等一会儿过去，直到八点多钟她才出门。她步子跨得很大，急于见到他，钓鱼台和殷高巷靠得很近，眨眼工夫就到了。舒晨家挨在街边，一眼望去，舒晨的房间乌灯瞎火[①]

[①] 乌灯瞎火：南京方言，室内黑暗，没有光亮、灯光之意。

的——他还没回来，忙着哩！她怕马上进去打扰老太太，干脆就在门口等。她不知道，在她来之前，老太太几次开门张望，这世道太乱，她不放心。下雨了，雨点还不小，杜玫没带雨伞，她缩着身子蹲在门楣下面。忽然，吱啦一声门开了，"哪个呀？"老太太一惊，随即弯腰瞅瞅，喊道："乖乖，是你啊！"不等杜玫回话，便搂着她进了屋。杜玫既委屈又感动，刚喊了声"伯母"便哭起来了。

"你看，衣服都湿了。"老太太说着上来帮忙，"我给烘烘，晨儿估计快回来了，你先在他屋里歇着，行不？"

杜玫没搭腔，却嫣然一笑进了舒晨的房间。

房间里一桌一椅一张床，还有一张竹子做的书橱，杜玫凑近看了看，有《家》《大众哲学》《论持久战》，还有《英汉辞典》、英文版的《飘》，零零散散几十本哩。这块，过去她也来过，只是不经心，没翻看过，今儿个见了，对舒晨不只是爱，而且敬重了。她坐在椅子上想，将自己托付给他，那真是修来的了。然而，想到跟舒晨这一别，不知何年何月才见，她的心又悬了起来。时局动乱不止，什么事都有可能发生，尽管她信赖他胜过信赖自己，但是，人是生活在千变万化的世界之中，因为这样那样说不清道不明的原因，他会不会也可能变化呢？这念头在脑中闪过，吓了她一跳，她不长的人生阅历，听过见过不少移情别恋的事，他那么优秀，追他馋他的女人肯定会有。她不敢再往下想，狠了狠心，今晚必须要有一个了断。她不是一个优柔寡断的人，一旦做了决定便立即实行，于是，脱了个精光，迅速上床钻进了被窝，熄了灯，睁着眼睛竖着耳朵静静地等待着。

约莫过了半个时辰，她听到了敲大门的声音，知道他终于回来了。的确，舒晨回来了，老太太开了门，冲儿子嗔道："小祖宗，你还晓得回来啊，杜玫一直在等你。"

"噢，人呢？"舒晨将购买的物品往地下一丢，忙问。

老太太朝他的房间噘了噘嘴，舒晨推门而入，拉亮电灯，见杜玫躺在床上，只露个头，正对着他笑。

"你，你这算哪一出①？"

"今儿个我要跟你有个了结。"

"做吗事，我不明白。"

"你过来就明白了，过来呀！"

舒晨蒙了，迟疑地走到床边，只见杜玫掀开被子胴体毕现，肤如凝脂，纤柔苗条，山丘、平原、草丛一览无余，万般撩人，舒晨像被什么魔法镇住，站在身旁一动不动。

"死人呀，过来。"杜玫伸手便拽，舒晨身体内那沉睡的野兽一下子苏醒了，他三下两下扒掉了自己衣服，鞋子都没脱便跨上了床，两个赤裸的躯体瞬间纠缠在一起。紧张、忙乱，笨拙地探寻着，随着杜玫啊的一声，两人合体了……堂屋里的老太太听到叫喊，开始还以为是两个人吵窝子哩，她蹑手蹑脚走了过来。贴近门板，娇喘声传了过来，床好像也在晃动，她晓得一切了，赶忙闪开。她看着两个娃儿长大，也知道两人贴心贴肺好到一个头，总巴望两人终能结合，成为一家人。可是，随着杜玫长成大姑娘，标致得一揭，花儿一般，她担心起来。加上，娃儿又是富家千金，而自家穷得叮当响，门不当户不对，她的担心变得越发沉重，只是搁在心里，对谁也不说。暗地里，还去过瓦官寺，烧过香，拜过佛，做过祷告，啊，这刻儿好了，她不用愁了，一对小儿女就以这种方式，夯实了这天造地设的姻缘。能得到这个百里挑一的儿媳妇，她知足了，笑意盈盈地回到自己卧室，好睡一个安稳觉。

---

① 哪一出：南京方言俗语，哪回事之意。

天亮了好一会儿,"烧饼油条秋油干儿——"的吆喝声,在巷子里往复循环。用南京话喊起来,"秋油干儿",声音拖得长长的,有一种特别的味儿。一年年、一代代就这么过来了,南京人,尤其是门西一带的居民听到这声音便起床,赶忙出门去买。以往,舒晨也是这样,可今儿个他还睡着哩,也难怪,昨夜太辛苦太累了,老太太一想到这儿,就吃吃地笑。很快出门等小贩过来,买了这三样东西,又去灶间忙了一阵子,回到堂屋择起菊花头,定下心等待着。

谁知时间是不等人的,日上三竿,快八点了,她想叫两个娃儿,晨儿不是要内迁去重庆中大吗,没准还有不少事要准备。玫儿一宿未归,杜家会不会找上门来?她走近房门欲敲,没有动静,两个娃儿睡得太死。但就在转身离开之际,屋内又传来昨夜同样的声音,两人又在"打架"了,老太太掩口走开,算啦,让他们闹吧。

等了等,两个娃儿终究起床了。

"怎么样?"杜玫没头没脑地问。

"什么怎么样?"舒晨心里知道她的意思,故意装糊涂。

"犯嫌[①]!"杜玫捏着拳头打了他一下,又装着生气的样子。

"我像死过一回。"

"不吉利。"杜玫还在生气,"你就不能拣个好听的话说吗?"

"是,是,快活得像神仙。"舒晨边说边手舞足蹈。

"瞧你,兴得一头核子[②]。"杜玫脸上笑成一朵花,"我什么都给你了,这一来,你总归能带我一道去延安了吧?"

"还真不行。"舒晨说:"你想,伯父就你一个宝贝女儿,他也渐渐

---

① 犯嫌:南京方言,讨厌,令人不喜之意,既可指人也可指事态或事务。
② 兴得一头核子:南京方言,形容得意忘形,太兴奋,头上都长瘤子的意思。

老了,那么大的家业,你总要搭把手吧。再说,这头还有我妈,倘若我们两个都去北边,两位老人谁来照应?"

"你是想把包袱丢给我了?"

"话不能这样说。"舒晨把杜玫拉进怀里,抚着她柔弱的肩,说:"我走了,两位老人只能拜托你了,我到那边之后,等稳定下来,再来接你。"

"尽说胡话,仗还在打,你以为是从钓鱼台到新街口啊。"杜玫说:"我认了,依你。"说完将脖子上的雨花石吊坠取了下来给舒晨戴上,"见到它就像见到我,永远陪伴着你。"

这是舒晨没想到的,他真的感动了,在杜玫额头上深情地一吻,而后将自己脖子上的长命锁解下给杜玫套上,说:"愿你芳华永驻,长命百岁,见到它也如同见到我一样。"

杜玫搂紧了他,两人吻了又吻,好一会儿才松开,来到堂屋,见老太太已将早餐摆好,杜玫扑了上去喊道:"妈妈(mama)。"

"你叫我……"老太太似乎不信。

"妈妈——"杜玫拉高了腔调喊。

"好儿媳,不,好闺女。"老太太顿时老泪纵横,"老天爷送给我的,知足了。"

舒晨望着这一老一少亲密无间的样子,站在一边傻笑,他巴不得啊!

吃过早饭,杜玫离开了,她问舒晨:"哪天走?我来送你。"

"后儿个走,京沪线,下午三点的车。"舒晨应道。

"我两点过来。"杜玫转身出了门。

其实,舒晨扯了个谎,他是上午九点的车,不想让杜玫来送,他受不了离别的伤感,更不愿给杜玫带来痛苦。

第二天午后两点，杜玫准时来到舒家，舒晨早已走了，她感到少有的失落和空虚，眼角有些发涩，她揉了揉，对老太太说："妈妈（mama），你多保重，过几天我再来看你，我走了。"

"闺女，晨儿是怕你分别时难过。"老太太追着说："不要怪他。"

"不会的。"说着，杜玫便走开了。看着她孑然一身踏在青石板路面上那沉重的脚步，老太太的泪水止不住地流下来了。

第六章　辗转天涯觅归宿

下关，中山码头入口，舒晨出示了良民证，日本军曹检验过后手一挥示意放行，进入候船室，撩起长衫，在一张倚墙长椅上落座。报童过来，他买了一份汪伪的《中央日报》翻看起来，等待轮渡起锚。等啊等，他真的有点百无聊赖，报纸的角角落落几乎都翻遍了，也没搜索到丁点儿有关延安的信息，有点犯困，他将携带的皮箱移至腿弯处，便闭上眼休憩。突然，铃响了，他一惊，知道可以过江了。看看手表，已足足等了三个钟头，他叹了一声"老天爷……"，便混在人群中踏上钢制栈道上了轮渡。江面上风很大，过江的人不多，似乎压不住船体，轮渡晃动起来。接着落雨了，风雨交加，轮渡四面是敞着的，风赶着雨斜扫过来，舒晨赶忙调了个站位。好在很快，不到半个时辰，轮渡就停靠在浦口码头上了，他拎着皮箱顶着风雨一路小跑来到车站候车室，在售票窗口买了当日北上的车票，坐在一旁，又一次等待着。

津浦铁路，北起天津，南至浦口，中经徐州与陇海线相接，舒晨谋划先去徐州转车，而后西去经郑州到西安，再去延安。这是一条快捷的路线，只是，他从未出过远门，加之对时局的变化估计不足，不晓得南京沦陷之后，这条铁路已由日本军部管制。徐州会战前，管制路段由浦口直至宿县，管制区域内，通行客货列车，但班次大为减少，也不定时。今儿个算他走运，居然汽笛长鸣，咕咚咕咚一路朝北开去。尽管在中山码头不顺，这会儿他倒为自己庆幸，火车经滁县、明光、固镇、蚌埠，前面就是宿县。未料，车开到固镇就停下了。还没等旅客下车，已有日本兵在各个车厢下车处守候，凡是青壮年旅客都被赶到站台一边。舒晨惊诧不已，不晓得做吗事，下意识里预感到危险降临了。果真，有日军少尉带领三名士兵，不由分说将二十多名旅客带到附近一处钢筋混凝土建筑，这是日军用来关押中国爱国军民的小型监狱，当地人都叫水牢。据说凡是被抓的，便推入齐脖子的深水中日夜浸泡，不施牢饭，多数抓来的，不出三天便屈招了。个别不招的，被活活折磨死，而后捞出来曝尸荒郊野外。

舒晨在登记时，申辩自己只是一个商人，并从皮箱里取出一沓发票，少尉大概嫌他啰里吧唆，一个耳刮子甩过去，把他搁到一边。

在他身后，一名西装革履、戴副金边眼镜的中年男子见状立即上前，用日语对少尉说："太君，这位先生是敝人的商业伙伴，我们这趟出来，是计划去蚌埠了解大米行情。那里盛产大米，颗粒饱满，香甜软糯，我们准备购买调运一批到南京，以补贵军军部空缺。"

"呦西呦西，"少尉耸了耸鼻子，说："你的大大地好，不用进去了。"他指了指舒晨，"他要进去'享福'。"说罢就去推舒晨。

"太君，他是我的会计师，侃价、计算都靠他，请高抬贵手。"

此时，舒晨从皮箱内拿出一条骆驼牌香烟送上去，不料，少尉接过一看是美国货，随即将香烟摔在地上，朝舒晨怒斥道："不用大日本的，你的大大地坏。"说着抽出佩刀，在这千钧一发之际，西装革履伸手拦住："太君，他是好意，请息怒。"他谄笑着说道："我这里有贵国产的朝日牌香烟。"说着，便从携带的藤箱内取了两条奉上。少尉呦西呦西地接了下来，摆了摆手，让二人离开。可没走多远，又被叫住："你们不能就这样走了，按军部规定，凡打此经过的中国青壮年，必须为大日本军部开挖战壕一个星期。"说着，令一名下士军人将他们带往距固镇不远的一处丘陵修建战壕，以阻击国民党中央军。

这是一件累人的体力活，舒晨从没干过，铁铲挖、凿子刨，个把时辰下来汗披流浆不说，手上已磨出血泡。刚站着想擦汗，小鬼子的枪托已砸在他的后背，一个趔趄栽倒在地。没办法，他只能把仇恨记在心里，忍气吞声，爬起来再干。就这样，在昏暗的马灯光亮下做到大半夜，而后才回到近处临时搭的稻草棚子里睡觉。

　　今儿个是第一晚，舒晨与"西装革履"睡一个棚子，他困乏得很，却不想放弃这难得的交谈机会，说："呃，谢谢你在固镇的关照啊！"

　　"说这个就见外了不？"西装革履应道："谁让我们是老乡哩！"左嘴角上的一颗痣，随笑扯动着。

　　"对啊，我一听你的口音，就是南京人，你说'我到蚌埠那块儿跑生意'，又说自己笨，儱倲①，不晓得火车不通蚌埠那块儿。"西装革履笑出了声，"俗话说，老乡见老乡，两眼泪汪汪，我能不管吗？"

　　"你这人够老白儿②。"舒晨说："佩服你的机敏，来事。"

　　"真歺怪③了，或许是上帝让我们两个碰在一块。"西装革履说："索性告诉你吧，在下汪一波，就读于国立剧专，校长余上沅，受教于田汉、曹禺、吴梅、洪深、应云卫等。毕业后滥竽充数，在《观察周刊》当一名记者，此番北上是想对徐州会战作一深入探访。谁知在此受阻，但能结交你，也好也好。啊，我还没问您尊姓大名呢？"

　　"我叫舒晨，舒舒服服的舒，早晨的晨。"

　　"这名字好，舒舒服服睡到早上，老弟会享受啊！"

---

　　① 儱倲：南京方言，步态不稳、头脑迟钝之意；根据语境、语气，亦可写作"儱里儱倲"。
　　② 老白儿：南京方言，朋友之意。
　　③ 歺怪：南京方言，奇怪之意。

舒晨听了这话，觉得此人邪头八角①的，一会儿卖弄，一会儿戏谑，打脚骨拐子来气②。但想到再怎么讲，多亏他让自己摆脱了危险，他觉得不能也不应该得罪他。于是，奉承道："哥，你受教的都是一等一的名流啊！"

"老弟是哪所学校的？"

"中大，我读的是中文系，在社会学系兼读。"

"啊，中央大学，国内第一块牌子，在下才姜③是关公面前耍大刀了，剧专与中大哪能比呢，差远了。"想了想又说："噢，贵校社会学系有位教授欧阳无垢，剧专曾请他作过演讲哩！"

"是吗？"舒晨惊喜道："我兼修的就是欧阳先生的课。"

"看，你我真是越说越近了。"汪一波说："告诉你，我这一次离京前还去成贤街欧阳教授家看望过老人家哩！"

舒晨听了此话心中咯噔一下，一年前欧阳教授就搬到城南白酒坊祖屋了，他怎么去成贤街看望呢？他甚感蹊跷，再加他一身装束、派头，果真是一名记者吗？他不敢再谈下去。离京前他去白酒坊辞行，欧阳先生告诫过他，涉世需谨言慎行，遇到陌生人勿作深谈，要多观察多思考，想到这儿，他连连打了两个哈欠，说："睡吧，明儿个还要干活哩。"

此后几天，得空两人之间的话反倒少了，舒晨不先开口，汪一波也不说，表面上两人正常相处，内心却有了隔阂。都在提防对方，观察对方，相互之间话都不多。

时间来到第六天，按那个日军少尉的说法修筑战壕满一周，就放他

---

① 邪头八角：南京方言，形容不受管束、态度骄横、好顶撞人的样子。
② 打脚骨拐子来气：南京方言熟语，只从脚到头地令人生气，形容彻头彻尾让人生气之意。
③ 才姜：南京方言，指刚才、刚刚之意，也写作"姜才"。

俩走了，可日本鬼子会不会耍赖皮，说话不算话呢？汪一波主动跟舒晨说出了自己的想法。

"哥，怎么办？"舒晨问。

"看我的动作，你配合就行。"

"怎么配合？"

汪一波如此这般作了交代。

今儿个下工稍稍早了点儿，却也是午夜了。汪一波让舒晨提了两人的皮箱出了稻草棚，弯着腰在一处新挖的战壕里隐蔽下来，他本人拿着一瓶号称"民国第一酒"的四川绵竹产的"冷气大曲"，兜揣两只铁皮罐头走到一名巡察的小鬼子面前，用日语叽哩咕噜说了一通。意思是，夜间寒气逼人，人易困，喝两口提提神。说着就扭开瓶盖，顿时，浓烈的酒味就弥漫开来，小鬼子讪笑着，一句话也没说，夺过铁皮罐头便咕噜咕噜喝了起来。此时，汪一波又递上打开的鲷鱼罐头和牛肉罐头，小鬼子见到最爱的鲷鱼，手捻了就往嘴里塞，接着，又对着冷气大曲喝了起来。他不知这酒性烈，瞬间就发作了，"真不错……"话还没说完，人已瘫倒了。汪一波闪身走开，招呼战壕里的舒晨，在夜色的掩护下，一直向皖西方向逃跑。也不知跑了多少路，跌倒了无数次，不敢稍作停留，爬起来再跑。凌晨，调头看，东方发白了，两人又涉过一条水深过膝的小河，到了六安地界，在一个叫黄集的地方落脚，从赶早下地的农民那里知道，这里已是新四军的地盘了。

"啊，到家了——"汪一波激动得又蹦又跳，神秘地对舒晨说："知道吧，这一带已属雪枫的游击部队控制了，雪枫听没听说过？"

"报上见过，晓得的不多。"

"这可是个传奇将领啊，文能治国，武能安邦。"汪一波滔滔不绝，

"别的不谈，就拿他设计的一把新式马刀来说，可谓是集各家之所长，轻捷灵便，刀身颀长，刀背轻薄，锋利无比，小日本多少士兵都成了刀下鬼。"

"真来事。"舒晨赞道："哥，你见过他没？"

"我哪有这福气？记者嘛，消息灵光。"汪一波动了动眼镜框，"也许是老天的安排，你我逃难至此，竟成了投奔他而来，你说是不？"

"算不算投奔，让我再想想。"舒晨说。汪一波知道得那么多，让他不免有所疑虑。

"你这个人啊，不爽快。"汪一波似在抱怨。

两人来到黄集小学，想找个临时住处，正好有间空屋，校长是个实诚人，没费口舌便让他们住了下来，吃饭也在此搭伙。

早饭过后，校长拿了几张报纸给他们，有《抗敌报》《合肥晚报》《拂晓报》，其中《拂晓报》是油印的，两开小报，竟是一份创刊号。舒晨有点好奇，凑近看，发刊词写道："拂晓代表着朝气、希望、革命、勇进、迈进有为，胜利就要到来的意思。"看着，看着，他读出声来，"军人们要在拂晓出发，要进攻敌人了。志士们在拂晓要奋起，要闻鸡起舞，拂晓催我们斗争，拂晓引来光明。"行文有些随性，显然是戎马倥偬中写的，却激情澎湃，饱含诗意，舒晨从中受到强烈的感染。看完就递给汪一波，说："你看看，就冲这篇发刊词，我要投奔雪枫将军。"

"这就对箍子了嘛。"汪一波看后说："了了几句，字字珠玉，酣畅淋漓，这样的人世间可谓凤毛麟角。跟着他打鬼子，乃人生难得之机遇，怎么样，我们快些去见他。"

"嗯啦！"

在黄集停留了三天，两人就踏上了追寻之路，挠头的是雪枫部在何处，一无所知。问小学校长，也说不清楚，因为要与敌伪顽几股势力拼搏，雪枫部没有固定驻地，数次更换。一说在舒城高峰乡东港村，一说在霍山县老河口，一说在西华县杜岗。

"正处在创建阶段，面临强敌围困'追剿'，转移不定，实属无奈。"校长说："据我估猜应该在豫苏皖边区范畴之内，西华县可能性大些，它靠周口，属豫东地带。"

"多谢，多谢！"汪一波谢过小学校长就跟舒晨上路了，人生地不熟，到处是山丘、湖沼，没有任何交通工具，只能委屈两只脚了。整整找了一个月，也不知跑了多少冤枉路，跋山涉水，饥一顿饱一顿，还要应对野兽的侵扰、毒蚊的叮咬，所幸没生什么大病。最后，拖着疲惫的身子，来到西华县杜岗镇，终于找到雪枫游击部队的驻地。

眼前是一座建于清代的徽式宅院，约有二十余间，坐北朝南，房舍系排山结构，五柱落地青砖小瓦，两层格式。共有三进，每进之间有天井，植有芭蕉、盆荷，后院竹影婆娑，四围高墙与邻家分隔。

两扇虎头铜环大门敞开着，持枪站岗的游击战士用土制报话器告知有客要见，很快从里面走出一位瘦削面善的年轻军官，将汪一波和舒晨领到大宅二进西厢房。只见门口挂有"政治部"字样的木牌，接待二人的是位三十岁左右的首长。

"南京来的，哟，千里迢迢，欢迎欢迎。"首长起身相迎。

二人自报家门作了介绍。

"我叫汪一波，国立戏剧专科学校毕业，后在《观察周刊》供职，新闻记者，因去前线采访受阻来到这里。"

"我，舒晨，中央大学毕业，没有固定职业，南京沦陷前夕，受八路军驻京办事处的感召，投奔延安，未料阴差阳错来到这块。"

"打鬼子，在哪儿都一样。"首长说："二位都是青年才俊，也正是我们所希望得到的，不知二位对自己的工作有啥想法？"

"没什么想法。"舒晨说:"只要能动刀动枪跟鬼子打仗就行。"

"噢,"首长目光移向汪一波,"剧专同学,你呢?"

"希望把我派到《拂晓报》去,干老本行做名记者。"

首长一时未置可否,笑道:"二位想法都不错,容我们商量一下再通知你们可好?这样,你们先住下。"遂让那位年轻军官带到村子北边的招待所住下。

雪枫这支游击队,虽组建不久,装备很差,但管理上相当严格,尤其在吸收文化人入伍一事上很谨慎。首长想,从刚才二人的表态看,舒晨没提要求,显然是听从分配。而那个汪一波则有点麻烦,想干老本行,这想法可以理解,既然在京城《观察周刊》干过,表明能力水平肯定不错,倘若吸纳进《拂晓报》,人尽其才,对改进和提高报纸质量没准大有裨益。可是,对他的经历毕竟还不了解,而作为一名记者经常是独来独往,一旦有了这个身份,起码在豫苏皖边区范围之内能行动自由,可接触到形形色色的人。因而在遴选记者这件事上,《拂晓报》创办时就相当郑重,为此,雪枫司令员亲自交代过。接见他们的首长,过后又听取了政治部组织科的意见,决定将二人分配到刚组建不久的战地服务团去。

之后,这位首长便带着青年军官来到招待所,所谓招待所,其实是一座破庙临时改建的,不用说,首长来,既是看望,也是宣布组织决定。

"条件太差了。"一见面首长说:"委屈二位了。"接着宣布了组织决定。

"投身抗战前线,就是选择了吃苦。"汪一波回应,"古人曰'醉卧沙场君莫笑,古来征战几人回。'死都不怕,苦点算什么,我听首长的。"

"战地服务团,要深入到各处战地,条件要比这里更差,二位还是要有思想准备。"青年军官提醒道。

"没问题,首长放心。"汪一波又说。

"我想,慢慢会适应的,战友们能做到的,我们应该也能做到。"舒晨说。

"二位说得都很好,下去之后遇到啥困难,可以向服务团领导反映。"首长说:"噢,我忘了向你们介绍,"他指着青年军官说:"他叫史恺,政治部文化干事,负责战地服务团工作,今后有啥事也可找他。一路跋涉到此,的确辛苦,你们可以在此休息几天。"

"首长,我恨不得马上就下去向团部报到。"舒晨说。

"能多休息几天也好,养精蓄锐,下去后好全力以赴。"汪一波持有异议。

"那你在这块儿养精蓄锐,我先下去。"舒晨态度决绝。

"话别这样说,我们一块来,自然要一块行动,那就尽快下去。"汪一波改变了想法。

"这样吧,再休息一天,后天出发,行不行?"首长说。

二人点头,首长和史恺旋跟他们握手告辞。

看着首长远去的背影,汪一波冲着舒晨说:"你这个人啊,急什么呢?"

"临了,你不也赞成'尽快下去'吗?"舒晨顶了一句。

"山河破碎风飘絮,身世浮沉雨打萍。"汪一波伤感地吟诵起来,稍停又说:"端人家的碗,受人家的管,也只能如此了。"

舒晨疑惑地睨了他一眼,没有开口,他想,这个人怎么这样呢,阴死阳活①的,一时风一时雨。只是,他没往深处想,他本来就是记者,

---

① 阴死阳活:南京方言,形容人阴晴不定、阴阳怪气。

去《拂晓报》也在情理之中，愿望没能实现，发点牢骚，算不了什么，谁没有私心杂念呢？也许，他为人处世海地胡天[①]不知轻重，何况，他并没坚持，还是服从了分配。自己跟他都是南京来的，他还帮助过自己，不应该疑神疑鬼的，今后日子还长着哩，得互相帮衬一块往前走。舒晨如此反反复复想了之后，就当没有过龃龉，一如往常地有一搭没一搭跟汪一波闲聊着，气氛却也和谐。

这天下午，汪一波背了只相机，叫舒晨和他一道去这小镇上拍照片，说是留个影作纪念。舒晨爽快答应了，他们先在招待所前拍了照，接着拍了两家货栈，又到西头拍了一座已倒塌的天主教堂。最后来到游击队部，汪一波面对大门，调整好焦距，正准备按下快门时，只见站在门口值勤的一名游击队战士，走过来用手挡住了相机，声色俱厉地喝道："住手。"

"啊，"汪一波一惊说道："做惯了记者，喜欢拍照。"

"这是新四军支队司令部，难道你不知道？"战士余怒未消。

"大意了。"汪一波边放下相机边说："下不为例，下不为例。"说罢便转身走开了。

听了战士的话，舒晨惊出一身冷汗，这是军事机关，戒备森严，随意拍照犯忌啊。汪一波这样做明显违规了，自己跟着他，也沾了一身腥，真不知他转什么花头筋[②]，舒晨心里不好受，冲汪一波说："木里实古[③]的，还不快走。"说着拽着他加快了脚步，"你这是獐乌[④]……"

---

① 海地胡天：南京方言，形容人漫无边际地吹牛夸大，任意妄为。
② 花头筋：南京方言，形容另辟蹊径想出的奇巧主意和点子。
③ 木里实古：南京方言，形容头脑糊涂，言行唐突不当。
④ 獐乌：南京方言，形容乱来、乱搞，方法错误、行为失当。

"多大的事啊！"谁知汪一波咋咋呼呼地说："我看你这个人有些夹生。"

舒晨不再说什么，回到招待所觉得无聊，便协助管理员屋里屋外打扫起来，出了一身汗。已是晚秋，风一吹他感到浑身不自在，硬撑着，手也不再那么利索了。管理员见状让他歇着，他这才回到房间上床拉起被子躺下，他忖度是着凉伤风了，其实这是表象，他心神不宁，一直在想司令部的事。值勤的战士肯定上报了，此事，首长是不会轻易放过的，没准他也会被认定是掺和在里面的。由此推想或许会受罚呢，甚至清除都有可能，要是那样，此番离家一路北上再西进等于白跑，而且还栽了，跳进黄河洗不清。

晚饭没吃，汪一波捎来一碗南瓜汤、两只馍，舒晨看都没看一眼，头脑里像有一盆糨糊，很沉。午夜过后，他睡着了，不知什么时候，猛地传来嘎吱嘎吱的声音，同屋的汪一波大声叫道"谁？"惊醒的他则支起上半身竖起耳朵在听，接着又是嘎吱嘎吱的声音。他披衣下床点亮柱子上的油灯，到处瞅瞅，这才发现北边墙上的木格窗户有半片掉了，原来是没关严，被大风刮掉的，他听到的嘎吱嘎吱声，自然就不用猜了。

"我还以为是司令部来抓人哩。"舒晨叽咕了一句。

"神神道道的①。"汪一波气愤地说："睡觉。"不一会儿，便传来他的鼾声。

"真行！"不知是嫉妒还是羡慕，舒晨扫了汪一波一眼，熄了灯，重又钻进被窝，睡了一个囫囵觉，直到天亮。

吃过早饭，首长派了三名战士护送他们，临行又说了不少勉励的话，到这时，舒晨一颗躁动的心才平静下来。他们要去的是一个叫逍遥

---

① 神神道道的：南京方言，形容言谈举止失常，忘乎所以，带有戏谑色彩。

镇的地方，战地服务团不久前刚到那里。逍遥镇，这地名很有趣，战火纷飞，你死我活，这世道，居然冠以此名，看来这里的老百姓在困境厄运之中也活得自在，舒晨放纵自己的思绪。

沿途，村庄凋敝，但地里的庄稼长势喜人，水稻沉甸甸的垂着饱满的颗粒，等待收割。玉米一片金黄，挺拔的玉米秆，像一个个精神抖擞的游击战士，身上背着一枚枚"手榴弹"，警觉地保卫着脚下的这片土地。

蓦地，汪一波唱起了《游击队歌》："我们都是神枪手，每一颗子弹消灭一个敌人，我们都是飞行军，哪怕那山高水又深……"很快，舒晨和三名战士应和起来，激昂的歌声在广袤的原野上空久久回荡着。走过阡陌旷野，越过沟沟坎坎，两人有战士保护，顺利抵达逍遥镇。

第七章　悲与喜

　　跟舒晨别后已有个把月，一向开朗达观的杜玫，总觉得自己有点不对箍子，常常魂不守舍，丢三拉四。也难怪，有舒晨在，她有个依傍，凡事，舒晨拿主张，她跟着做就行。而如今她孑然一身，变得木古①得很，尽管在那个永生难忘的仲夏夜，她和他殢雨尤云，缠绵悱恻中说了那么多情话、昏话和醉话，憧憬着美妙但不确定的未来，予她以温暖、慰藉和鼓舞。可是，这个把月，舒晨音讯杳无，她不知舒晨有没有到达他向往的地方，一路上山高水远，战乱频仍，他究竟遭遇到什么，是否安全，有无磨难？……她感到困惑、担忧，甚至萌生出少许抱怨，就这抱怨，心心念念也都是为着他呀。她开始咀嚼两人相依相偎和一个人独自生活的不同况味，一时间，竟不知前面的路如何去走，又走向何方？

　　尤其让她烦恼的是，一向很规律的月事却没来，头晕、嗜睡、食欲减退、厌恶油腻、晨起呕吐等不适症状，反倒交替频频出现，是病相还是耳闻过的害喜？这般异常连家中的女佣冯妈都有所察觉，不无担心却又小心翼翼地问道："小姐，莫非你……"听了，她轻咳了两声以掩饰自己的紧张，她开始怄自己的气，房事什么也不懂，竟那样木里实古地跟他合体了。可是，情到深处任什么也顾不上啊。也真是的，才十八岁的女娃儿，男女之间的事儿，能懂多少，委实怪不得。但残酷的现实是，在这片沦陷的土地上，她如何去面对？

---

① 木古：南京方言，糊涂之意。

自然，她不能任其自然，糊里糊涂地过日子，当务之急是要确诊，唯有得到认证，才能考虑怎样去对应。思来想去，只有去找医生问诊，而她要找的乃是中医，自高祖以降，杜氏五代寓居钓鱼台，迄今笃信中医。读初中时，父亲得伤寒，便是经由寄寓磨盘街的名医张栋梁妙手回春，生命再造。痛惜的是，去年，张栋梁病故。不过，小门口有他的得意门生王慎之，弱冠之年便拜张栋梁为师，日夕相伴，望闻问切，跟诊抄方，悉心求知，熟背经典。师父在世时，已让他独自问诊，后将其放飞，于小门口租屋两进五间，开设"仁济医寓"行医。在城南一带已小有名气，求诊者络绎不绝。缘此，杜玫慕名前往，想讨个说法。

这日晌午，一阵雷暴雨过后，青石板路面有点打滑，平素凡事自信满满的杜玫不敢大意，叫上冯妈陪她走一趟，脚步明显地缓慢了下来。好在钓鱼台到小门口不远，小步慢走，一刻钟辰光就到了。只见人声嘈杂的医寓门口，冷清了许多，让她惊诧的是大门两侧森然站着两个持枪的日本军曹，门口挂着一块"停诊"的木牌。她想凑近问个究竟，蓦地，日军的枪支已横挡在她跟前，她惊悚地连退几步来到街对面，静观等候。这时，身旁有位老者，叽咕道："小鬼子在里面，还是个大官，惹不得啊！"杜玫猛地明白了，是日本军官来求医了，瞧门口军曹的阵势，军阶肯定不低。可，再怎么着，总不至于看上半天吧，她打定主意等下去，尽管憋着一口气，也得耐着性子等。约莫半个时辰后，大门开启，一行人出来了，果真是一名气度不凡的日本将官，伴着一个穿着和服的日本少妇，不用猜，是一对夫妻。后面跟着一个身材消瘦，头戴礼帽的中国人，八成是翻译官。再往后便是王慎之，没走几步，只见日本将官反转身子向王慎之施礼、作别。一身杭纺中装的王慎之，旋即拱手回应，日军一行人遂向停靠在巷口的军用吉普走去。这边，王慎之一眼看到杜玫赶忙挥手招呼，两人原本是相识的，师父张栋梁在世时，曾数次应约去钓鱼台杜府问诊，每次，他都跟随左右，自然与杜氏父女熟络起来。此刻，杜玫见王慎之招呼自己，便穿过街巷，跟着王慎之进屋求诊。

"唉，寄人篱下，没办法……"不待杜玫开口，王慎之一声叹息说开了，"不过，秉承师父'医者父母心'之遗教，行医，不偏爱，不怜悯，不憎恶，不歧视，不论敌友贫贱，救死扶伤，一视同仁。"他似在解释什么。

这话，杜玫自然听得懂，却又不满足，随口说道："这个鬼子来头不小啊。"

"他叫木村隆二，是日本中国派遣军总司令西尾寿造大将的副官，官拜少将哩，得罪不起，也不知他怎么找到我的……"

"先生医术高明，声誉日隆，尤其是妇科和肾科已是京城翘楚，木村定是慕名而来的。"

"小姐过奖了，我原本拾师父余喘，妇科、肾科稍有长进。"王慎之淡淡一笑，"不过，木村这次算是找对了人，他年逾五旬，夫人三十出头，是填房，结婚已有八个年头，三次习惯性流产。在日本，西医名家看遍，不见效。如今涉足中国，盯上了中医，你看，这……"

"有把握吗？"杜玫问道。

"中药调理，连服三个月，应该能治好。"王慎之说："我不能打包票，七八成把握还是有的。行医以来，此类病例大多能治愈，如愿怀上宝宝。"

"但愿如此。"杜玫回应，"我今天登门，也正是为此事求诊……"

"是你吗？"王慎之半惊半疑，"快说说，怎么回事？"

于是，杜玫把月事没来，抱恙异象，一一道来，只是隐瞒了舒晨的身份。王慎之也没有再问，尽管对杜玫才是个学生，便生出这种事他有看法，却不便多说。很快，搭脉、舌诊、望闻问切，一样不落。把脉时，明显感到脉象呈现滑脉状态，这表明，杜玫气血旺盛，脉搏跳动得比较流畅有力，跳动频率也快，好似盘走玉珠一般。由此断定，这女娃是怀孕了，他没闲话，只问："是否想要这个孩子？"

"当然。"杜玫未加思索，似乎早已准备好答案。

"好。"王慎之接着取纸开方子，配几味同仁堂生产的中药：益气固表固胎丸、固肾育胎丸、泰山磐石丸，旨在补肾健脾，益气安胎。而后嘱咐相关注意事项，诸如三个月不得行房事，多食新鲜蔬菜水果，鱼肉适量，切忌辛辣食物，避免剧烈运动等等。

"小姐，恭喜了。"听完王慎之的话，一直随侍身边的冯妈笑眯眯地送上祝福。

取了药，一再道谢后，主仆二人便离开"仁济医寓"，一路步履安稳地回到杜府，跨入大门前，杜玫停下脚步，悄悄地叮嘱道："冯妈，这事，你可别声张，听我的。"

"晓得，小姐，你放一百二十个心，我肯定不作声。"

外面的世界依然乱糟糟的，而在"杜泰昌"却日月静好，但时间不等人，受孕的胎儿在一天天长大，几个月后，杜玫的肚子像半圆的球体隆了起来，除心知肚明的冯妈外，家人也都察觉到了，一天晚饭后，全家人聚于客厅聒白，忍了又忍的父亲收回斜睨的目光，移往女儿脸上问道："害喜了？"

"嗯。"杜玫点了下头。

"谁的？"

"舒晨的。"杜玫知道这一天迟早会到来，又不是丑事，她索性承认了。

"他人呢？"老人的声音变味了，"这几个月怎么连个影子也不见。"

杜玫瞥了一眼父亲的愠色，平静地作着解释。说是他西去重庆沙坪坝中央大学继续求学，读硕士了。

"这边，临时中央大学不是正在筹备复课吗？"父亲欲罢不能。

"据了解，硕、博学位制，唯有西去才能遂其夙愿。"杜玫严丝合缝地继续隐瞒。

"你打算怎么办？"

"生下来。"

"说得倒轻巧。"杜家豪还在生气，"原本给我的印象，他是个有责任心的孩子，没想到是五二带鬼①的……"

"爸，你不能这样说他。"杜玫不再忍让，"孩子是我跟他的骨肉，我一定生下，我一人养他，决不劳烦家人。"说着，她抹了把泪，气咻咻地掉头朝自己的卧室走去。冯妈见状赶快跟上去扶持。

这边，小姨柳惠芳倚到杜家豪身边，嗔道："老爷，给你添个孙儿孙女，明明是桩大喜事，瞧你竟说些不咸不淡的话，惹得玫儿怄气，莫非你不知道，怄气会影响孩子发育，这你想过没有？再说，我看舒晨是个好孩子，才姜，你言重了，玫儿说他去重庆了，想必也是事实。"

仿佛被惠芳的话点醒了，杜家豪用手拍了拍自己的脑袋，一声轻叹："儿孙绕膝，我何尝不想？的确是杜府的大喜事，我啊，一时没转过弯来，错怪了玫儿，这，这，怎么办？"

"能怎么办？往后一家人都得围着玫儿转，处处小心，事事用心。"

"也不知这孩子会不会恨我？"

"不会，"惠芳莞尔说道："玫儿跟她妈，我姐一样，肚量大，我看没得事，你就放宽心吧，只是，以后讲话要留点神。"

---

① 五二带鬼：南京方言，形容不正经、猥琐的。

"是啊是啊，这娃儿在我心里比什么都宝贝，你是知道的。"杜家豪转瞬又说："倘若惠芬还活着，巴望到孙儿孙女，定会万分高兴哩！"

"姐姐走了快二十年了，假如她地下有知，自然也会跟我们一样高兴的。你也别多想了，我这就去后屋看看玫儿。"惠芳转身走开了。

行文到此，该交代一下杜府的家庭结构了。

杜家豪的原配柳惠芬，是南郊湖熟人，跟杜家豪是清朝末代状元、实业家张謇创办的南通纺织专门学校同班同学。两人志趣相投，惺惺相惜，天遂人愿走到了一起。毕业后，回到南京门西，家豪继承了祖业，日本人打来之前，已拥有织机一百五十张、机工四百人，其规模和业绩，在门西也是排得上的著名缎号之一。夫妻二人，一主内一主外，携手经营，不过，凡是遇到紧要的事，家豪总是听妻子的。在他看来，妻子为人处世的应对把控要比自己强，两人一心创业，婚后七八年，直到三十岁了，才想要有个娃儿。惠芬出生在湖熟的大户人家，自小家境殷实，没受什么苦，长成大姑娘后，看上去雪白粉嫩，亭亭玉立，整个儿一个美人坯子，且德才兼备，破了"女子无才便是德"的老话。三十二岁时，害喜了，孕期倒也平顺，可是，万万没有想到的是，却出现了难产，折腾得够呛，痛得都架不住了，吓人巴拉①的，闹了两三个时辰。孩子出来了，是个女娃，女娃就女娃，男女都一样，杜家豪能接受，照样满心欢喜。然则，没等他收起笑容，护士出来告知，产妇产后血崩，咽气了。天崩地裂，守在走廊里的亲眷一片哀号，杜家豪跌跌撞撞进了产房，扶尸恸哭……

待冷静下来过后，猛地杜家豪想起一事，当天过午，着令最信得过的账房先生言炳坤下乡去湖熟报丧。柳家惊闻噩耗焉敢怠慢，岳父母、

---

① 吓（hè）人巴拉：南京方言，形容吓人的，令人感到惊恐的。

舅老爷和妹子惠芳，携上早已物色好的奶妈山杏，雇了一辆马车直奔南京。至亲见面，哀恸不及言说，丧事自然办得十分风光，"杜泰昌"停业三天，做了三天法事。出殡日，南京商会、织造业公会，以及城南、门西公私机构，均有人来悼念。连日本住友株式会社都有人送来花圈。这在近年，也是少有的现象，足见杜家豪夫妇的人脉人缘。

后事办完，湖熟岳父母、舅老爷踏上了归途，惠芳和奶妈山杏留了下来。女娃出生次日即接回了杜府，此时，庭院的玫瑰已灿然绽放，红的，白的，黄的，紫的，丰姿绰约，煞是美丽，且显现出蓬勃生机。杜家豪受其感触，灵光一闪，给女儿起名杜玫，昵称玫儿。而玫儿的抚育、护佑，一应大小事务，便由小姨和奶妈包了。不只如此，事实上，杜府的内务也由小姨全部承担了，惠芳虽不像姐姐惠芬那样精明能干，做事大包大揽，刚柔并济，逆境中处变不惊，应对自如，却也有自身长处，这便是内敛坚韧，虑事周密，做起来到边到沿，一着不落。在她的引领下，一年四季，一日三餐，"杜泰昌"大院的一应大小事儿，布置派遣调理得顺顺当当，清清爽爽。最让人称道的是，她有一副软心肠，虽说二十五岁的她待字闺中，不谙为母之道，但对杜玫这个侄女却视同己出，甚至到了溺爱的地步，容不得别人说玫儿的不是，哪怕一丁点儿也不行。即便是姐夫有时因孩子的哭闹，而失去耐心说上一两句，她也不允许。斯时，她也不吵不闹，而是不再搭理姐夫，对姐夫的饮食起居虽然一如之前，一成不变，也不摆脸色，就是缄口不语，这让杜家豪最受不了，却又是最为欣赏之处。

妻子离世之后，杜家豪一直摆脱不了心中的隐痛，每当看到玫儿那胖嘟嘟的小脸和含笑的眉眼，他在得到片刻慰藉的同时，头脑里便交替浮现妻子不同时期的倩影。他不知这种心境何时了结，甚至希望就这般下去也好。只是，他的处境，倒让业界朋友、同道为他操起心来，不断有人扮演月下老人，为他牵扯红线，而他总以"孩子尚小，暂不考虑"作答，以至连面也不见。

其实，他的心思，这一年多来全都放在妻妹惠芳身上了，他曾反复掂量过，若论经营事业，惠芳不如她姐，而若论居家过日子，做个贤妻良母，惠芳比乃姐的确要胜一筹。只是，他把这个想法深埋心中，平时言谈举止，跟妻妹一直保持距离。

再说惠芳，跟杜家豪晨昏相见，忧乐共处，俗话说日久生情，在她，照顾好玫儿是最要紧的事。但对姐夫，除了饮食起居，生意上的事她也一直放在心上，点点滴滴都想知道，但她决不插嘴插舌，姐夫不问，她从不多话。她不是没想过跟姐夫一起过，可是，她怕世俗的非议，每当这一念头刚冒头，她便掉了，最后总回归到还是做小姨好这一结论上。而且，姐夫是何等人，他能瞧得上我？从日常接触上也感受不到他有甚亲昵之举啊……惠芳愈想愈有点忐忑起来，赶忙找件事做，打打岔，尽快把这念头排除掉。然而，天底下的事，有的，你不想再去想，却越发会想，业界友人替姐夫说亲的事儿，再怎么防着她，却总有透墙的缝。晚秋的一天，无意中，她从账房先生言炳坤口中得知，有人要给姐夫介绍一位金陵女子文理学院家政系的大学生。乍听之际，她怕得不行，不敢多问便借口离开，回到房间静下心来，仿佛又开窍了，姐夫倘若真的娶上一名女大学生，也是好事呀，到时，她仍做好小姨的本分。若不需要，她则回到湖熟，陪伴父母，侍奉父母，这样一想，她倒安心了。

有道是，男女情事就隔着一层纸，就差一个机遇，一旦捅破，也就水到渠成，开花结果了。

暮春的一天，无风，暖暖的阳光倾洒在杜府后花园，桃花、芍药、一串红、曼陀罗、木槿花全都开了。小姨带着玫儿在玩，不一会儿，杜家豪也从前院过来了，两人站在遮阳的廊檐下看玫儿嬉游，只见她两只小腿像弹簧似的又蹦又跳，围着五颜六色的花卉捕捉翩翩起舞的蝴蝶，不时发出天真无邪的笑。

"你看，玫儿玩得多快活。"杜家豪不禁赞赏道。

"嗯，"惠芳回应，"若是姐姐今天还在，她不知该多高兴哩！"

"明明是个慈眉善目的有福之人，却偏偏没福分，她是以自己的命换了娃儿的命，老天不公啊！转眼走了三年了。"杜家豪说。

"是哩，日子过得刷刮①得快。"惠芳已察觉到姐夫的伤感，她立即转换话题："姐夫，过去的事也别多想了，再怎么说，你总不能一个人过下去。"

"怎么是一个人？"杜家豪目光灼亮地朝惠芳一瞥："我不是有玫儿和你嘛！"

"那不同。"惠芳似乎感觉到自己捕捉到了一个等待很久的机遇，她不能放弃，决心将交谈深入下去："你身边应该有一个像姐姐那样的人……"

"哦，"惠芳的话，让杜家豪多少有点惊奇，他笑了笑问道："有人会找我吗？"

"肯定，姐夫，你人品、事业没的说，业界公认，依我看豪门闺秀、银行女职员、女大学生，没有不愿跟你的。"

惠芳的话，提到女大学生，莫非她听说了什么，但此刻，他不愿点破，而是说："婚姻的事，要你情我愿，一个巴掌拍不响，我也想过，但很难，我有我的标准。"

"什么标准？"惠芳瞅着杜家豪，心却咚咚地跳，感到已触动到临

---

① 刷刮：南京方言，快、利索之意。

界点，但不管好歹，哪怕面前有刀山火海也要跨过去，"说来听听。"

"我要等一个疼爱玫儿胜过疼爱自己的人，为了玫儿，把命搭上去也无怨无悔的人。"

"像姐姐那样。"惠芳大胆地凝望着杜家豪，"姐夫，你的标准定得太高了，世间怕再难找到。"

"有。"

"谁？"

"傻妹子，你啊！"

惠芳听了，猛地转身伏在杜家豪的肩上抽泣起来，杜家豪就势紧紧地拥她入怀。

少顷，惠芳又将杜家豪推开，双手不停地拍打着杜家豪的胸脯，醉语疯言般嗔道："我恨你，你坏，这话留到今儿个才说。"

"急什么呢，反正早晚你都是我的人。"杜家豪说。

"别嬉皮笑脸，你让人家等得太久了。"接着又是一顿拍打。

"不会让你再等了，过了清明，给你姐上了坟，我们就办，在夫子庙六华春办它十桌八桌。湖熟的亲戚也都请来，热闹一番。"

"不，我不喜欢铺张，也不喜欢闹腾，什么排场都不要。"惠芳说："我只想好好过日子，今晚我就过去，和你共一张床……"

惠芳这番话，完全出乎杜家豪的意料，内心却越发看重这个女子了，想回应几句暖心的话，却不知从何说起。

"听我的！"惠芳语气咯嘣硬，一副主妇的口吻，似无商量余地。

"好，听你的，有了你，我，我……"不待他说完，园内传来玫儿的哭声，两人不管不顾地撒腿朝孩子跑过去。原来孩子是被一截树枝绊倒了，好在并无大碍，杜家豪一把抱起女儿，乖乖长乖乖短地回到了里屋。

自此，柳惠芳实打实地和杜家豪成了一家人，亲朋好友知道，莫不为之庆幸。

三岁的杜玫，依然蒙蒙的，不过小姨睡到父亲房间去了，她还是觉察到了，但两位大人都是她的亲人，待她，爱她，做得顶呱呱，因此，她没有丝毫的不爽，一家人融融乐乐过日子。再大一点，五六岁，她知道自己有个亲生母亲，厢房墙上就挂着母亲的黑框影像，她时不时会进去看看。母亲的生日、忌日、清明、寒食、春节，她也跟着父亲、小姨一道烧香祭拜。有时，她会拿着小圆镜，对照母亲的遗像看自己，脸模子还真像，白皙开朗，圆圆的，眉毛修长，双目明澈，嘴角微微上翘，似笑非笑，透露出一种莫名的坚韧。她想，自己长大了，或许也会成为母亲那样的人。再后来，她缠着小姨诉说母亲的过往，她将一个又一个片段拼接起来，母亲给她的印象是，外向开朗，成熟正直，律己宽人，聪慧干练，只是有时过于强势。但自己毕竟没有跟母亲在一块生活过一天，因此，所有这一切，在她的感觉中不免有些遥远。而小姨不同，自她出生起，小姨就成了她生活不可或缺的一部分，自然，也是生命的一部分，具体实在，可触可感。小姨温柔内敛，善解人意，沉默寡言，心口如一。她对母亲当然爱，为她丢了命，能不爱？但更多的是敬重，而对小姨，则是亲密无间的爱。正是在这份爱的滋润下，她一天天长大，十多年间经历了种种悲欢离合，父亲创业的起起伏伏，战争的血腥残酷，更有舒晨给她的引导、友谊和爱。就这样，她也有了别样的人生，如今，她就要做母亲了，她充满了期待和想象。

孕期，总体来说，也还平顺，有过感冒、牙周炎，还有过妊娠性高血压，求医过王慎之。王医生叮嘱她要控制情绪，遇事勿过于紧张激动，接着又给她作了针灸和穴位按摩，疏通经络，还开了方子调理。

受孕三个月后，她遵医嘱适当锻炼，在自家庭院散步、打太极拳。

有时由山杏陪伴外出去小门口、胡家花园散步，就便弯到殷高巷去看望舒晨的寡母，捎上些点心水果，陪老太太说上一阵话，让老人开心。只是，到了七八个月，身子越来越重，她没再去过，而是打发山杏代去看望。

日子就这样一天天过去，说快也快，掐指一算，杜玫的预产期要到了，杜家豪着人在市立第一医院重金订了包间，打算提前让她住进去待产。二月末的一天，家人收拾了一些必需用品准备去医院，原先想开道奇轿车，可是钓鱼台巷子太窄，进不来，只好用自家的三轮车，一众人等出了门。杜玫由山杏搀扶着上了三轮车，临走时，她看了看随行的父亲和小姨轻轻地叹了一声说道："今儿个，最该到的人却没来……"两位长辈自然意会她话中所指是舒晨，他们何曾不这样想，只是不敢应答。转瞬，杜玫对山杏说："我没事，你跑一趟殷高巷，照拂老太太去医院，这刻儿，舒家不能没人。"

闻此，杜家豪和小姨交递了一下眼神，杜家豪说："老太太身体不适宜，就别惊动她了吧……"

"不适宜，什么病？那我倒要去看看。"杜玫说。

"这哪行？你不能去，得快去医院。"小姨说。

"不，还真得有老太太在场，免得日后孩子他爸怪罪。"杜玫不松口。

"唉，都什么时候了，你还想着他。"杜家豪说："跟你说吧，老太太她……"

见父亲欲言又止，神色有异，杜玫紧追不放："爸，到底是什么情况？"

杜家豪不吭声，杜玫转向惠芳，口气可怜巴巴地说："小姨，你是最不会说假话的，到底怎么啦！"

"唉——"惠芳一声长叹："老太太走啦……"

"什么意思？走啦……"杜玫声音打战，"说呀，说呀……"

"家里煤油灯罩子坏了，老太太到小门口去买新的，不慎滑倒，就没醒过来。"

杜玫啜泣起来，叽叽咕咕地说："是我不好，对不起舒晨，对不起……后来呢？"

"当日，邻居来报的信，只是，我们没让你知道，怕影响到你和胎儿。"惠芳拉着杜玫的手，诉说着："后事你爸一手给办了，在铁心桥西天寺买了块墓地，第二天便安葬了。"

"老太太哪一天走的？"

"一个礼拜前。"惠芳说："孩子，你就别再多想了……"

"我能不想？"杜玫冲着小姨动怒了，失声痛哭。

哪知这一哭，动了胎气，三轮车夫使劲踩车朝医院奔去，一到医院大门口，杜玫的羊水破了，痛得直叫唤，紧急送进产房，刚抬上床，孩子的头已露了出来，瞬间，产房传出婴儿清脆的哭声。很快，护士打开产房的门，报告："男娃，八斤重哩，母子平安。"话音刚落，杜家豪夫妇竟像小青年一般又蹦又跳，相拥欢呼，热泪奔涌而出。一旁的山杏脸上笑开了花，冲着杜家豪夫妇道喜："老爷、太太，你们做了外公外婆啦……"走廊里先前弥漫着来苏水味道，此刻，也仿佛荡然无存了。

庸常的日子里，大喜接踵大悲，就这样来到人间。

三天后，杜玫母子被接回了杜府，在这同时，已在杜府服侍二十年的山杏回到了湖熟乡下，让儿媳妇舜英接替了她。舜英才二十七岁，丰腴温婉，心灵手巧，两代人服务杜府，可谓投缘。杜家豪夫妇和杜玫那是没的说，信得过，待舜英如山杏，就是一家人。

开头一段日子，杜玫执意自己喂奶，她自出生就失去母爱，虽说小姨也给了她足够的母爱，可究竟要隔着一层。而今，自己成了母亲，她要给孩子无尽的母爱。再说，每当她望着怀中的孩子，便不由自主地想到南京沦陷之初，街头巷尾，被日本鬼子轰炸，惨死的市民，其中，不少是男娃和女娃，以及他们凄厉的哭泣和哀号。这时，她便搂紧了孩子，孩子再哭闹，也要抱着他入睡。白天则变着法子逗孩子玩，奶水不足，熬猪筒骨汤、鲫鱼汤滋补，再不行，就登门求教王慎之医生。不用说，看着孩子那张酷似舒晨的脸，她的思念总是不可遏制，倘若两人在一起抚育这孩子，该有多甜美。但现实是，是她一人承担，即便如此，她也愿意这样的日子一直继续下去，只要孩子在身边，她做什么都情愿，总觉得活得自在，幸福满满的。

第八章　逍遥镇不逍遥

苍茫的山峦脚下，散落着一座座并不规整的房屋，粉墙黛瓦，其中，还间杂遍布着不少茅舍，榉树、枫香、杨树……南面有一条逶迤的小河，临河植有成排的水杉，像队列整齐的士兵等待出发。

进入逍遥镇之后，方知街道两边的建筑已很古老，青砖小瓦马头墙，风格独特，结构严谨，各式店铺错落有致地排列着，粮行、杂货店、饭馆、客栈、估衣廊、骡马店、裁缝铺、铁匠铺、棺材店，甚至还有钱庄，只是因为战争的原因，生意不景气，看的人比买的人多。在距离京城如此遥远的地方，居然有这样一处古老的集镇，让汪一波颇感好奇，取出相机"咔嚓咔嚓"又拍了起来。

"快到了，走吧！"护送的战士催促着。

"住下后，有的是时间，你急什么呢？"舒晨也在抱怨。

汪一波不舍地收起相机，几个人加快了脚步，三五分钟就到了，眼前是一座深宅大院，门前有一照壁，门口有两只石狮把守，墙上有拴马桩。门槛过膝，跨进去，见有正房、厢房、过厅、天井、后院，前后三进，每进门楣均有砖雕，工艺精致，翎毛花卉，典雅庄重。

二人被引入二进东厢房，自报"田野"的战地服务团团长起身相迎。此前，他已接到通知，热情地跟二人握手，说："二位从南京远道而来，太欢迎了，快坐下。"

很快，勤务兵送来茶水，嘘寒问暖过后，田野便转入正题。

"说起来，我们叫'战地服务团'，其实也就三十多人，团的建制是因为雪枫司令员重视文化人，重视文化人在抗战中的作用。"田野有一副菩萨脸，慈眉善目，说话轻言细语，他说："就业务性质而言，分成戏剧、歌舞、绘画、说唱几组。二位到来，给我们增添了生力军，至于你们到哪一组，团里想听听二位的意见。"

"一波兄，你先说。"舒晨提议。

"敝人在国立剧专学的是戏剧编导，兼修表演。"汪一波似乎当仁不让，"不用说，我去戏剧组。"

"中！"田野是河南人，说："专业对口，我们研究一下。"

"还研究啊？"汪一波嘀咕了一句，转向舒晨："你呢？"

"我是门外汉，听从团里分配。"舒晨说道。

"你是中大中文系的高才生，和我一块去戏剧组，跟我合作编剧本。"汪一波自说自话。

"不行，我哪懂编剧？"舒晨说："如果田团长觉得可以，我就去说唱组吧，什么快板、三句半等，我还能凑合。"

"老弟，你过谦了吧！"汪一波对舒晨未采纳他的建言似有芥蒂。

"这样，"田野说："凡来服务团的人，落实到啥岗位，我们在听取本人意见后，团领导还要商议方可定下来，这不是一个人说了算的。不过，我们会从实际出发，尽可能尊重本人意愿，二位，请等通知。"

"这么复杂？"汪一波说。

"是的，这叫集体领导，民主协商。"田野回应，"噢，顺便说一下，革命队伍里是不兴叫啥哥啊弟的，一律叫同志。对本人，不要喊田团长，可直呼田野或叫老田。"

话毕，二人由勤务兵领到三进一间西厢房住下。

"舒晨，你注意到没有，这老田，别看他面善，内心有货色，厉害哩。"汪一波说。

第八章　逍遥镇不逍遥

"这叫外柔内刚，"舒晨说："当首长的，总有两把刷子[①]。"

当天下午，通知就下来了，二人一去戏剧组，一去说唱组，并分别与各自组里的成员见了面，相互作了介绍，好一番热闹。

接下来的日子，一日三餐，两稀一干，慢慢也适应了，从跟别的团员交谈中，了解到战地服务团的生活紧张而有序，军训、排练、演出，其中演出就是宣传、动员群众抗日的主要手段，必要时还下地帮助群众干农活。初来乍到，与人相处，舒晨比较拘谨，觉得自己除了有点知识，没有别的技能，唯有边做边学。汪一波则不同，见人熟，跟谁都能搭上话，一声招呼，一个微笑，勾肩搭背，插科打诨，都来事，很有人缘，其中跟绘画组的一位画家黄万年接近颇多。黄万年是南洋华侨，卢沟桥七七事变不久就归国投身抗战，辗转来到此地。战地服务团对团员的衣着要求，只有在正式场合才穿灰布军装，平时倒也随意，黄万年总是一套浅灰西装，戴一顶贝雷帽，衔一只烟斗，在这偏远的集镇他显得很特别，只是，团里也没说什么，团员们也都习惯了，似乎只要抗日大方向一致，这些生活小节不必多加过问。汪一波则是觉得黄万年有气质有风度，一天，他去街上买了一只树根制作的烟斗，衔在嘴里，而且还留了披肩长发，觉得这样，自己就是一个艺术家了。别人见了，也都无所谓，但也有人说他东施效颦，他则嗤之以鼻，不予理会。至于舒晨有点看不惯，却不作声，两人同居一室，劣质烟叶的苦涩味，加上长发多日不洗的酸臭味，让他真的受不了，先是劝说，不听。

"难道非得像你这样才叫艺术家？！"舒晨压着性子诘问，"异怪巴拉[②]的，想露脸吗？"

[①] 两把刷子：南京方言，指能力本事。

[②] 异怪巴拉：南京方言，因虚伪做作或轻佻言行引人不适；因古怪可怕的景象而引发人不适感觉。根据语境、语调，亦可写作"异怪"或"异里八怪"。

"你是不是翻尸倒骨①,闲得无聊,想吵窝子啊?!"汪一波脸色变了。

"我是为你好,不要不识相。"舒晨顶了一句。

"这是我的人生自由,你无权干预。"汪一波提高了声调。

"是的,你有选择的自由,可你不能因此影响别人,我也有享受生活的自由。"

"享受生活?你根本就不懂。"汪一波轻蔑地回击,"享受生活就要放纵自己,罗曼蒂克。"

"你这是小布尔乔亚,公子哥儿的生活。"舒晨寸步不让,"那样还打什么小鬼子,做梦!"

"你好,你那叫清教徒、苦行僧,上火线更是不堪一击。"汪一波冷笑道:"有本事,你去找黄万年,把刚才的话直桶桶②地跟他说说,敢吗?"

"人家是爱国华侨,长期生活在国外,情况特殊,不像你瘴乌。"

"别说了,"汪一波手一挥气咻咻地道:"我真后悔在固镇遇上你。"

舒晨瞪着眼,惊诧地望着汪一波,他被呛住了,出门去消气了。

自此,两人就积怨了。晚饭后,团里没安排什么活动,舒晨原打算给杜玫写一封信,报告自己离开南京来到逍遥镇的情况。可是,跟汪一波的争吵让他感到从未有过的沮丧。此刻,汪一波到黄万年宿舍串门子去了,房间里安静得很,纸就摊在面前,而他竟不知从哪块下笔,一个字也写不出来。北方深秋的夜晚寒气已很重,他索性熄了灯上床拥衾而眠,却睡不着,他思念杜玫,思念母亲,还思念欧阳教授,往昔的无数

---

① 翻尸倒骨:南京方言,俚语,原指刨坟,引申指没事找事做,无事生非之意。

② 直桶桶:南京方言,形容直爽、直率;也指道路等笔直,没有弯道,没有阻碍。

画面交替在头脑里闪现。他还思念春牛首、秋栖霞、灵谷寺的桂花飘香、老门西的各式小吃。而最令他困扰的则是下午与汪一波的争吵，自己原本是一个内敛沉静的人，今儿个火气怎么这样大，说了一些伤人的话。然而，自己又错在哪块儿哩？他给不了自己一个答案，夜已经很深了。看了看手表，过了子夜，正在这时门外传来脚步声，他赶紧熄了灯蒙头睡下。

"吱啦"一声，门推开了，汪一波回来了，门关好，点亮了灯，他走近舒晨，说"睡啦？"

没有回应。

"告诉你，我搞了一瓶古井贡酒，听他说了许多南洋趣事，笑死人。"汪一波说着碰了一下舒晨，"唉，想不想听？"

见舒晨一动不动，汪一波摇了摇头："睡得这么死……"言毕，脚没洗，衣没脱，扯过被子睡了，几秒钟就传出高低错落的鼾声。舒晨想，下午还吵成那样，夜归却又像什么也没发生一般，是没心没肺，抑或是深藏心机呢？他究竟是怎样一个人？想着想着，自己也睡着了。

新的驿站，人生翻开了新的一页。

战地服务团是雪枫游击支队的直属部门，实行的是平战结合，它与地方上的文化部门不同，平时要宣传群众，服务战士。战时一方面要鼓动战士，一方面甚至直接参加战斗，因而服务团的每一个成员无论男女都必须掌握一门或几门武器，凡新来的自然要接受培训，这样，团部就给舒晨和汪一波"开小灶"，专门派人每天下午训练，训练场设在距团部一里外的山坡上，为的是少扰民。由于游击队本身武器品种就少，两人只练长枪射击和手榴弹投掷，但不在一处，半个月结束，舒晨手榴弹占优，天天练，胳膊都练肿了，最后竟能投掷到三十米开外，以至于教官连连给他竖大拇指。而汪一波的枪法更胜一筹，开头几天，靶心总是打偏，教官手把手教也不灵光，因此教官失去了耐心，训斥起来："汪一波，你就不是打仗的料。"汪一波也不回嘴，扯着衣袖擦一把脸上的汗，立定瞄准继续一遍遍地练，最后一天，他居然连射五发，发发击中靶心，教官瞠目结舌，莫非神助？或者本身就是一名老手，最初的偏离靶心，只是虚头巴脑①玩他一下？但即便打偏，汪一波聚精会神的样子又不像是装的，明明是个白面书生，咋短短数日就由蠢笨如驴变成一名神枪手呢？教官难解，但又不能不承认眼前的现实，真诚地为自己曾经的发火而向汪一波道歉，并在全体团员面前表扬了他。舒晨听说了之后，也打心眼里折服，散会后主动靠近汪一波说："乖乖龙嘀咚，你给南京人长了脸，有空把其中的奥秘教我。"

"有甚奥秘？心无杂念，里外里豁出去就行。"汪一波漫不经心地说。

"看来，你是不想教了，还记着吵窝子的事？别驼子睡棺材——拿翘嘛！"

"行，行，别啰里吧唆的，有空一块儿切磋切磋。"汪一波也变得谦虚起来。

真得刮目相看这位老乡了，舒晨暗暗告诫自己，两人又恢复了正常相处。

之后，很长一段时日，两人转入了文艺创作，一个编剧本，一个写说唱曲目。要向群众宣传，自然要深入到群众中间去，了解他们当中发生的各种各样的事，感悟他们的喜怒哀乐，一连多天调查研究下来积累了丰富的素材，体验到这一带的群众基础不错，老百姓对抗战有一定的认识，军民关系比较融洽。只是，老百姓中间普遍存在着原始信仰，

---

① 虚头巴脑：南京方言，指虚伪，不实在，不厚道，让人捉摸不透。

信奉佛教、道教，甚至基督教的老百姓，村村都有，数量不等，几乎家家户户都供奉天地三界十方万灵之全神牌位，还有财神、祖宗，四时八节，都要上香烧纸跪拜祭奠。男男女女都相信生死轮回，占卜求签、符咒巫术各地都有，神汉巫婆装神弄鬼，明知骗钱，却心甘情愿地请上门花钱消灾。

面对这种种城里人难以见到的怪异现象，舒晨、汪一波各有己见，争论不休。

"原始信仰，自古有之，我们南京历史上还有'南朝四百八十寺，多少楼台烟雨中'哩，别少见多怪。"汪一波一笑了之。

"其中有的属于宗教，有的却是迷信，不能混为一谈。"舒晨说："无论是宗教还是迷信，在我看来都是消极的，浪费钱财，涣散斗志，对神圣的抗战，只能起破坏作用。"

"喊，你不能拿无神论的共产党人标准要求老百姓，即便是共产党党章，里面也有宗教信仰自由的条文啊！"

"你见过共产党的党章？"舒晨问道。

"我哪能见到，边都沾不上，道听途说的。"汪一波警觉起来，"这话，你可别乱传啊！"

"嗯啦，"舒晨说："放心，我这个人嘴紧，你是知道的。"

"反正涉及宗教迷信，你有看法搁在肚子里就行了，可不能写到说唱作品中去，太敏感了。"

"谢谢提醒，我心中有数。"

两人交谈时间不长，细细回味，汪一波怎么会熟悉共产党党章，是真是假呢，不过，他的提醒倒是一番好意，但宗教迷信的现状无论如何不利于抗战大业，老百姓的思想觉悟还有待进一步提高，舒晨如此这般思虑着。他叮嘱自己别急着写，再仔细观察调查后动笔也不迟，好在团长田野也没硬性下达任务，更没规定时间杠杠，这给了他相对的自由。

他和汪一波有时一块下去，但多数时间是他自己行动，或许是各人着眼点不同，所取题材不同，表现样式也不同的缘故吧！

最近一个月，久旱不雨，禾草焦枯，老百姓称之为伏旱，农谚云：春旱不算旱，夏旱减一半。庄稼人挨家挨户心急火燎。这天，舒晨来到逍遥镇南边五里地的大李庄，正碰上十二寡妇扫坑求雨，打谷场上，围满了人，男女老少纷纷扰扰，只见十二名老少寡妇，拿着笤帚、扫把、粪箕，跳到谷场一侧的土坑焚香叩头，打扫土坑，领头的一名老寡妇口中念念有词，无非是向老天爷祈祷，两三个钟头过去了，已是夕阳西下，也不见有雨，坑内的祈祷声又起，舒晨原打算天黑之前返回逍遥镇团部驻地，见群众仍跪在那里纹丝不动，那份虔诚感动了他，决心跟他们一块等下去，看个究竟。下半夜了，不仅没见雨，风也没了，赤着膊还冒汗，坑内的祈祷已带着哭腔，围观的人群中有了骚动，远近的公鸡此起彼伏地在叫唤，东方泛起淡淡的鱼肚白，破晓了，依然滴雨未下，周围哭声骂声一片，人群也四散开来。一夜未宿，此刻尽管人很困乏，然而，舒晨心意难平，他被眼前昼夜之间发生的这一幕求雨闹剧深深触动了，他同情老百姓的艰难、无助和无奈，却也对其无知愚昧感到痛惜，似乎一下子找到了创作的着眼点，回到驻地后他跟汪一波谈起自己此行的感受，他说："这样的愚昧落后焉能抗旱？不能让它继续存在下去，文艺作品不能回避，应当揭露批判，否则也会影响到抗战大局。"

"我看你有点甩①，对这样迷信的活动揭发批判，你肯定会背时。"汪一波在劝说："人啊，要识时务。"

---

① 甩：南京方言，指衣着、举止时髦轻浮，爱出风头，贬义。

"我知道，"舒晨应道："尽量注意分寸，应该没甚问题。你呢？准备写什么？"

"独幕剧《姑嫂比武》，写姑嫂暗地操练比试武术，最后双双加入新四军。"

"好，祝你成功。"

舒晨写的是快板，他思量斟酌了好几天，拟定题目《当兵要当新四军》，调子够昂扬的吧，一下子就锁定了保险系数，接着便进入创作。几天来，他受十二寡妇求雨的影响一直心神不宁，压抑不住自己，觉得非写不可，摊开土新闻纸，想了一会儿刷刷地落笔了。

快板是一种古老的说唱艺术，早年称作数来宝、顺口溜，有单人说、双人说，甚至多人说。表演不受场地限制，短小精干，通俗易懂，演员持两块竹板，合着节奏边说边演，表情随着情节不断变换，直接影响观众情绪，很受欢迎。

约莫过了半个月，与逍遥镇抗日政府沟通后，战地服务团确定举办一场文艺演出，演出场地就在镇子的西头古戏台。

听说战地服务团有演出，过午就有人垒砖头、扛板凳，占位置了。暮色降临，两盏炽亮的汽油灯挂在古戏台的两边，熙熙攘攘的人群争先恐后地赶来，不独有本镇的，还有四乡八集的，演员也都提前吃了晚饭，挤在后台做准备。团长田野忙这忙那大呼小叫，给演员作各种交代，生怕演出时出差错。从节目单看，今晚的演出可谓是丰富多彩，有歌曲《在松花江上》《游击队歌》、独幕话剧《放下你的鞭子》、黄梅戏《天仙配》、河南梆子《穆桂英挂帅》的折子戏、快板《当兵要当新四军》、舞蹈《扭秧歌》，按类别错落出场。

逍遥镇一带的老百姓从未看过这么多的文艺表演，尤其在这战争岁月的确难得，演的人浑身发力，看的人聚精会神。杂乱无序的人群中，时而一片寂静，时而欢声雷动，尤其演出《在松花江上》和《穆桂英挂帅》时，更是高潮迭起，掌声不断。舒晨的《当兵要当新四军》，由团里一位尖子快板演员出演，随着刮嗒刮嗒一阵清脆响亮的竹板声，一袭灰布长袍的演员闪亮登场，只见他在戏台上打着竹板转了两圈，收住脚，朝观众一鞠躬，伴着竹板声说唱开来：

竹板一打震天响／老少爷们听我讲／今天不表别的事／单说军民情谊长／抗日烽火遍地燃／同仇敌忾斗敌顽／吃菜要吃白菜心／当兵要当新四军／提高觉悟长本领／封建迷信害死人／占卜求签尽骗术／神汉巫婆瞎折腾／十二寡妇齐出阵／跪坑求雨天不应／寻找水源多挖井／人定胜天信不信……

演员声情并茂，唱了不到三分之一，突然观众群里，像晴天霹雳发出一声怒骂："鬼扯，信鬼信神怎么啦，你敢给我们老百姓脸上泼粪，我一脚把你踹死。"

顿时，人群骚动起来了，又有人发出了"滚下去，滚下去"的怒骂声。演出暂时中断了，田野站在台口安抚劝说："各位老少爷们，请安静，请安静，快板才说了一小段，听完你就明白了……"

"别说了，×你妈癫个×，"带头起哄的人又说："谁要再看，就是软蛋，走！"

在此人鼓动下，有数十名男女骂骂唧唧地离开了，广场一片哄闹声。

"下面还有黄梅戏《天仙配》哩。"不知什么时候，汪一波从夜色中钻了出来，登上戏台，大声喊道："别走，别走啊！"

离开的人群中有人停下了脚步，犹豫了一会儿又返回广场，但仍有人似无悔意，汽油灯的光亮下，千把人的广场只剩下二三百人了。虽说节目一个没落，全部演完了，但从田野到演职员，一个个像霜打似的蔫了，个个灰头土脸。

"演砸了，怎么会这样呢？"画家黄万年用烟斗敲着戏台圆柱，唉声叹气。

"问题就出在快板上，说啥十二寡妇求雨呢？"一位舞蹈演员说。

"这个快板，舒晨写好后给我看过，我以为总体上没什么问题，只是群众没能听完。"汪一波说："我看那个带头起哄的别有用心，遗憾的是夜色朦胧，看不清是谁，而他又乘乱跑了，当时要逮着就好了。"

"尽说马后炮话。"一位歌唱演员说："问题的严重性在于影响军民关系。"

"别说了，都怪我。"舒晨的脸抽搐着。"我承担全部责任，随时听候处理。"

这时，一直沉默的田野开口了，说："收拾收拾东西都回去吧，有啥想法慢慢说。"言罢又转向舒晨："你也别多想，我看这事比较复杂，但一定会弄清的。"

回到住处，汪一波也没多话，只说："来到革命根据地，原以为创作自由，写什么任由自己主张，现在看来，难啊！"

舒晨扫了他一眼，叹了口气，说："或许，我的文字表达是有不周全的地方。大不了开除，那正好，我还真想南京了，想家人，想朋友，想故乡的名胜古迹，想夫子庙的秦淮小吃……"他声音喑哑，说着说着，一个大男人竟抹起眼泪来了。

果真，第二天，团里召开了民主评议会，毋庸置疑，评议的自然是昨晚的演出。

开会之前，舒晨将快板原稿誊抄了几份分发给众人传阅，他的意思很明显，是想让大伙儿了解快板的全貌，以便作出判断。

"从全稿看，没有什么问题，基调还是宣传军民情谊嘛。"一位男高音说："倘若没有人乘机捣乱，也不至于会那样。"

"话不能这样说，"一位管剧务的反驳，"根本就不应当扯上啥封建迷信，这严重伤害了老百姓的感情，挑拨了军民关系。"

"你这话过分了吧。"坐在角落里的舞蹈演员孟若兰怯怯地说："我相信舒晨老师的本意不是这样。"

"小孟说得对。我有一比，咱们游击根据地像个健康的人，封建迷信则是脓疮，把它挤出来没什么不对。"又有人持异议，"再说了舒晨这人实在、正派，他不会暗藏心机的。"

舒晨不作声，埋头在小本本上记录别人的发言，他知道自己处于被动地位，唯有接受批评。而孟若兰的发言，却让他特别感动，一向不显山不露水的小姑娘，竟如此仗义执言，是他绝没想到的，他不由得看若兰一眼，心生感激。

"事情并不那么简单。"屋角落有人怼道："表面看，老舒谦恭、和善，其实，他花头筋不少。早几天，我跟他一块下河洗澡，就看到他颈子挂了只黄金吊坠，这说明啥，小资产阶级情调嘛，他是念念不忘大城市养尊处优的生活……"

"你！"舒晨被激怒了，他迅速解开领扣，将吊坠放在大伙面前，"这是我离开南京之前，跟女朋友交换的信物，有错吗？"

"当然有错，看全团有谁像你这样？"剧务再度发言，"爱情至上主义，下面坠的啥玩意儿，红玛瑙吗？"

"我本来不准备发言，只洗耳恭听。"舒晨尽量压抑着自己的情绪，"既然有人误解，我唯有实情相告。"

人都喜欢探听别人隐私，听舒晨这样一说，会场顿时安静下来。

于是，舒晨把自己和女友探访雨花台，拾撷雨花石的往事，大致说了说，自然，他绝口没提杜玫这个名字。

"真是罗曼蒂克。"仍是那个剧务在说："一粒石子搭配黄金，值得吗？还带到革命队伍里炫耀，这无异于在宣扬失败主义。"

"你别喳吧喳吧地胡说。"舒晨一拍桌子爆发了，"你知道吗，'四一二'事变后，早期共产党人邓中夏、罗登贤就在此牺牲。两年前，日寇入侵南京，南京保卫战中，殉国的将领就有十余人，士兵五万余人，其中高致嵩、华品章、朱赤、韩宪元几位将领喋血雨花台。雨花石就是这些仁人志士爱国者的鲜血凝成的。我不论其属于什么党派，只要他们献身于民族独立、民生幸福，就要感恩他们，纪念他们。那么，请问，佩戴雨花石吊坠又错在哪里？"平了平气，他继续说："什么恋爱至上主义，失败主义，要说主义，我知道的恐怕比你多，从傅立叶到伏尔泰，从黑格尔到马克思，从孔夫子到孙中山，这主义那主义，多得数不胜数，那都虚妄，遥不可及。当下，我只信奉抗日救亡主义，做实实在在的事，哪怕血洒沙场，在所不惜。"

会场陷入静穆，似乎都在思索之中。

"老舒，别看你平时少言寡语，捞到机会还一套一套的哩。"剧务好像誓不罢休，"尽管你扯东道西，客观上你那快板配合了敌人，瓦解了军民斗志。"

舒晨一声长叹，想说什么又戛然而止，一时义愤填膺，难以忍受，突然转身向门框猛撞过去，顿时额头上鲜血直流。田野慌了，汪一波慌了，黄万年慌了，剧务也慌了，田野紧接招呼送医，汪一波倏地将舒晨背上，直送团部医务室。医生作了紧急处理、止血、包扎，然后送进邻室住下。

"团长，没想到他性子如此刚烈，也是，士可杀不可辱啊。"走出医务室，汪一波对田野说："这个会如果开成就事论事，别走调就好了。"

"是啊，是啊，会一开始，我就应该这样宣示。"田野懊恼地说："也怪我，审稿时把关不严，没想到会节外生枝，刚才又差点闹出人命。"

"这事，我也有责任，老舒的稿子给我看过，对其中有关封建迷信的唱词，其实我也有看法，想建议他修改，但又怕伤了他的自尊心。碍于情面就没说什么，谁会想到坏人从中作梗，制造事端呢？"汪一波说。

"我相信舒晨是个好人，会上有的人话说得过分了，抽时间，我会跟他沟通。你呐，老乡，多跟他谈谈，劝慰劝慰。"田野说。

"应该做的。"汪一波应道。

舒晨伤得不轻，左侧额头撞裂了一道寸把长的口子，所幸未伤及骨头。躺在病床上，他有足够的时间，把昨日至今发生的事仔细捋一遍。演出始末、民主评议会的画面在头脑里一次次过，进而又把团里的所有成员一一作了揣摩，却理不出一个所以然。住院期间，汪一波天天来探视，只是，汪一波在会上始终保持沉默，一言不发让他难以理解，还老乡哩，也太不仗义了。他心中有疙瘩，因而，汪一波来，两人除了嘘寒问暖，也没多少话好谈，这点，汪一波像是也有所感觉，心里犯嘀咕，莫非因自己没出面替他说话，而生气了。但又不便问，来了之后难免有点尴尬，再来，就带点水果什么的，站一会儿便离开了。

舒晨人缘好，住院后团里的人大多来看望过，其中两个人来得比较勤，一个是华侨黄万年，一个是舞蹈演员孟若兰。

一次，黄万年问："老汪为人怎样？"

舒晨感到诧异，笑诘道："想跟他拜把兄弟？"

"哪里，既然我们都在战地服务团，理应多谈些业务，可他老是向我打听华侨归国抗战，以及筹款捐物运往国内的事。而且问得很细，人员啊，数量啊，啰里吧唆，我都有点烦了，不理他，他就拉我到小馆子里喝两口。我这人好喝酒，禁不住他弯弯绕，就绕进去了，便应他的要求，多多少少说了一些。"

"万年，其实，我也是半路上才遇到他，谈不上真正了解。"舒晨觉得蹊跷、反常，"我们不能随便怀疑一个人，但也不能完全相信一个人，我以为你还是谨慎点好。"

"是的，是的。"黄万年应道。

望着黄万年离去的背影，舒晨心里赞道，不远万里来到这艰苦的地方抗日打鬼子，尽心尽责，热情坦诚，不愧是爱国华侨啊。

相对于黄万年，舞蹈演员孟若兰来得多些，每隔两三天，只要不排练就往医务室跑，跟舒晨聊天，排解他的郁闷和孤独。一次送来一盆兰花，说是在僻静的山谷里采的，花色淡雅，香气浓郁，清而不妖。这天正好是舒晨的生日，也不知她是有意还是无意，舒晨感动得连说"谢谢"。看看花又看看若兰，之后说："若兰，你就是它的化身呀！"

"不敢，不敢。"若兰掩口而笑。

又一次，她在病房内，将椅子挪至墙角，跳起独舞，婀娜多姿，技艺娴熟，宛如女侠临世。虽无戏妆，仍形神毕现，舒晨不禁想起杜甫的《观公孙大娘弟子舞剑器行》中的句子，他跟着吟诵起来："霍如羿射九日落，矫如群帝骖龙翔。来如雷霆收震怒，罢如江海凝清光……"他读的是中文系，尤爱杜诗，这会儿因若兰舞姿的触动，而忘情地吟诵着，两人如珠联璧合，十分默契。舞罢，若兰擦了擦额上沁出的汗水，调皮地说："怎么样？"

"公孙大娘……"舒晨说。

"对了，其实这舞早已失传，我在徽州师范求学时读过，且背了下来，近日想起，便在重温之后自创起来。"

"了不得，了不得，我差点看醉了。"舒晨由衷地赞道。

"我哪里也没跳过，只跳给你一个人看的啊！"若兰认真地说。

舒晨感佩得不知说什么是好，只是连连地作揖致谢，此刻，他已领悟了若兰那没有道明的心思。他没回答，只怕说不好，伤害了这位玉洁冰清的十七岁少女。

再有一次，若兰来了，轻轻地推开门，手上提着一只饭盒。舒晨已恢复得差不多了，正准备去食堂吃早餐，见状，一脸疑惑。

"豆腐花，你们南京人叫豆腐脑，你最爱吃的。"若兰说着就打开了盒盖，还冒着袅袅热气哩，一准是她起了个大早从街上买来的。舒晨后悔之前的闲谈中，说到自己的这份爱好，劳她辛苦跑一趟，舒晨感动得不行，说："我怎配有这一福分呢？"

"别说了，快吃，莫非要我喂你？"

"哪能呢？"舒晨拿起勺子，便大口大口地吃了起来，边吃边望着若兰，看小姑娘脸上一会儿李花白，一会儿桃花红。

可能是预感到舒晨即将出院，单独相处不易了，今儿个若兰有许多话要说。看舒晨吃罢，她将挂钩上的毛巾递了过去，然后问了她一直想问却又不敢问的话，眼下这机会无论如何是不能错过了，她说："老师，有一句话，我不知当问不当问？"

"尽管问。"

"您二十三四了吧，该有女朋友了，是不？"

舒晨一愣，没料到她会提这事，他懂她的心思，换作另外一个人他也许会回避或隐瞒，但面对这样一位清纯无邪的少女，他半句谎话也不能说，于是回答："有了，自小一块儿长大的，以后又成了中央大学同学。"

"噢，那一定很漂亮，有气质，且聪慧，跟老师很般配。"若兰说：

"老师,你们肯定会幸福的,我祝福你们,为您高兴。"

话说得很自然,品不出丝毫醋意和勉强,这女孩真是不一般,舒晨唯有再次道谢。

多日的悬念放下了,若兰心中虽不平静,却很快转变了话题,说:"老师,汪一波这人你了解多少?"

"我是投奔延安受阻,半路上跟他在固镇相识的,而后就阴差阳错来到这块,成了战地服务团的同事,"舒晨说:"若兰,你怎么问这?"

"此人是两面派,你看民主评议会上他啥也没说,背地里他跟我讲,您是个危险人物,很快会受处分的,要我少跟你接近。老师,您要防着点哟。"

"是吗,他这人就那样,一时风一时雨。"舒晨说,其实,自打被吸纳进战地服务团,他跟汪一波多有交集,日子一长,有了察觉,也有了警戒。只是,感到一时还没摸清此人的底细,仍需时日观察,他不想让单纯的若兰在这件事上分心,于是就没深入谈下去。

"还有,"若兰继续说:"他老是往我们女生宿舍跑,套近乎,说些不三不四的话,难听得很。幸好我们是集体宿舍,七个人住一起,否则如单个住,真不知会不会出事哩。每次来,他那头清朝遗老的披肩发,一股脑儿馊味难闻死了,讨厌,又不好赶他走。"

"这倒要引起重视,他跟我在一起,也和我说一些荤段子,或吹嘘自己在花花世界的风月事,我从不接话。"舒晨说:"你也要多一个心眼,防备他。"

"好的。"若兰愣怔了一会儿,说:"也是汪一波说,您受处分就会被调走,有这可能吗?"

"他的话能信?"

"我可不想您走。"若兰声音发涩,强忍着内心的波动,站起身来靠近舒晨求乞般说道："老师，我能抱抱您吗？"未等回话，已紧紧搂住舒晨，真的生怕他离开似的。瞬间，舒晨胸中感情的风暴猛烈地旋卷着，他双臂情不自禁地箍住了若兰，在她光洁柔美的额头吻了一下，突然冥冥之中有一股力量主宰了他，猛地将若兰推开，躺下扯过被子蒙住了自己。

若兰泪眼婆娑，感到莫名其妙，忙问道："怎么啦？"

"对不起，做人难啦！"少顷，他露出了头对若兰说。

是啊，做人难，他出身清贫，自小父亲便在为人处世上给他立下了规矩，对长者要敬重，对小孩要爱护，对女人要尊重。成人之后上了大学，因身材颀长，长得帅气，人品又端正，身边女孩不乏有大胆向他示爱的，还有暗恋的，但他跟杜玫是青梅竹马，他是情有独钟。可他无论如何也没想到，生命中会遇到若兰这个女孩，从并不频繁的接触中，在他的内心，若兰宛如三月一缕拂面的春风，秋夜初升的明月，荷叶上晶莹的珠露，旷野里飘香的幽兰……简直就是天使下凡。尤其是在这逍遥镇，演出风波总结会上，若兰胆怯而坚定说的两句话，还有他受伤后若兰对他的探望和照顾，那山野采的兰花，热气腾腾的豆腐花，更有为他单独表演的仿唐公孙大娘弟子剑舞，让他由表及里看到了若兰秀外慧中，品行高洁，这都十分难得。他已经喜欢上她，却又不敢有进一步的非分想法和出格举动，生怕有一点做得不好而亵渎了她。何况，又处在抗日战争的前线，当下，因演出风波，自己被弄得不明不白，跟她又怎样相处下去，如处置不当，将带来难以想象的影响和后果。对他，特别是对若兰会造成怎样一种局面，倘有损于她，那自己岂不是因爱致错，罪孽深重了？再有，便是杜玫，他是深爱她的。假如因为路遥疏久，他另有新欢，这叫什么事呢？纵然是关山远隔，总有重逢的一天，那又如何面对呢？

他试图向若兰做出解释，但又不知从何说起，愣怔了一会儿才说："一切都是我的错，我应该把你当小妹妹待，而不是……"

"爱无所谓对错。"若兰纹丝不动，"谁都有爱与被爱的权利，我爱你，非常珍惜。"

"哦，"舒晨不知如何回答是好，只说："晓得了，让我一个人静一静好吗？"

若兰不再说什么，抹了抹盈眶的泪水，急速转身离开。出门没多远，忽又止住脚步，回头对站在门口的舒晨喊道："勿忘我……"一溜烟跑远了。

凝望着若兰渐行渐远的身影，舒晨心疼了，一阵痉挛，他回到病床躺下，想重新清理一下自己的思路，他不知道那场演出风波，上级会给他怎么样的处理。杂乱的思绪深深困扰着他。

第九章　路在何方

　　南京沦陷已进入第三个年头，古城表面上由汪伪政权治理，实际上内政外交仍是日本军部操控，自然，社会的运转已趋于正常，新街口、夫子庙、大行宫、中山路等地段也呈现出繁荣的景象。即便门西一带也恢复了昔日热闹，市民出门上街不再像前两年那样，担惊受怕了。然而，这一切都是表面现象，背地里仍是暗流涌动。侦缉追捕爱国学生、进步人士，乃至流亡国军游兵散勇的动作一刻也没停止。孩子出生三个月了，乳名叫八斤，学名方圆。外方内圆，方正圆融，对娃儿人格修养的期望隐含其中，是外公杜家豪起的。浑然不觉日子似流水东逝，杜玫陶醉在亲子之爱的浓重氛围之中，哺乳、逗孩子玩、为孩子购置一套套衣物、哼摇篮曲哄孩子入睡……总之，诸事亲力亲为，生怕落下一件，暂时未让奶妈舜英接手。此外，她也抽空收听有关战争的新闻，那是一台颇为精致的10-A5型短波收音机，国内外的消息都能收听到。她特别关注日本内阁的动向以及日伪合流的行径，再有便是国军在正面战场抗击日军，八路军、新四军敌后袭扰日军的动态，偶尔，也能收听到南京周边地区抗日武装的活动信息。这款收音机性能卓越，声音清晰，一般都在夜间收听，夜夜如此，那神情是十分专注的。但只要关涉北方的消息，她也有分神的时候，不由得想起她心心念念牵挂着的舒晨，都一年多了，没有一丁点儿消息，期待与失望交织，一天又一天，一个月又一个月。这人也是，再怎么样，也应有个信吧，莫非出事了？那又是什么事呢？她不能不担忧，难以克制自己。可是抗日救亡，是二人共同的信念，他去了前线，而自己又焉能一直待在家中，在这场神圣的拯救中华民族的战争中无所作为呢？

只是，究竟能做什么，她拿不定主意，开头，她也跟父亲和小姨提起过，父亲让她就在家待着，说中央（临时）大学正筹备复校，一旦临大开学，自然可凭原学籍注册就读，可是，这要等到猴年马月，因而为她所拒。小姨则建议，等孩子一周岁后再说，其间，倘若她喜欢可以参与缎号的管理，过些年顺顺当当地接手"杜泰昌"号的家业。听了，她应道："不感兴趣"，话刚出口，自己都觉得有点冲，又赶忙补充道："况且，小姨您和爸身子都不瓤①，硬正②哩，再干它十年二十年笃笃定定。"

"你这孩子，理都让你占了。"小姨惠芳说。

此后，她想起了远房表姐邹碧如，在育群女中读高中时，她曾随表姐一行去茅山新四军根据地参观过，接受过短期培训。表姐贤惠善良，乐于助人，家住在附近，不远，就在市立第一医院背后，两年前，表姐经人介绍嫁给了兴业银行的一位襄理做小，却满受宠爱。这期间，虽说她们过往不多，但彼此是信得过的。于是，杜玫找上门，碧如见了，惊喜道："死丫头想死我了，哪阵风把你吹来的呀？"说着便相拥起来，又是让座又是递水果。

一番客套之后，没等落座，杜玫就把自己想出来做事的意思说了出来。

"你先告诉我，有男朋友了吗？在哪？做什么的？"碧如抛出一串

---

① 不瓤：南京方言，指不松软或不软弱，也指态度坚决不示弱。

② 硬正：南京方言，指人筋骨刚劲，或指地位稳固，资格充分；或指为人正直刚正，敢于讲话；也可指某种技术特别好。

问号。

"没有。"杜玫来之前就拿定主意，交谈决不牵扯到舒晨，笑了笑，她说："这年头，当亡国奴，哪有心思谈男朋友。"

"哦哟，做个黄花闺女也好，自由自在。"碧如说："今天，你来得正好，这几天，我正忙着搬家，跟先生去香港，那边汇丰银行想让他过去。"她拉起杜玫的手，"要么，你跟我们一道过去，你可以进香港大学，完成自己的大学学业。"

"不行，父亲五十多岁啦，离不开我。"杜玫霎时想起了舒晨父子，她找了个理由，"再说了，香港那边费用也不低。"

"表舅出得起。"碧如指杜家豪，"再说了，万一表舅不想掏这笔钱，姐包揽了。"

"谢谢姐的好意，反正南京城这么大，我再寻别的机会。"杜玫坐了个把钟头，见客厅和过道都堆放着大包小包，是准备离开的样子，她便起身告辞，碧如又送来一个拥抱，说："过去后，我定下来就给你来信。"

"香港也在日本占领之下，表姐，你们得事事处处小心，安全第一哟。"杜玫叮嘱道。

"晓得啦，南京也一样，你要照顾好自己。"碧如声音喑哑了，"代我问候表舅。"

一连数日，事情依然没有头绪，回想当年中大外语系的同学，绝大多数早已撤往重庆，或投亲靠友去了，一个个都指望不上。蓦地，她想起了章曼卿，中大艺术系的高才生，"萤社"的知己，知道她在夫子庙"夜巴黎舞厅"从业，如今是当红舞星，本埠《京报》，还有《扶轮日报》都有她的广告。只是杜玫欣赏她的舞蹈，却不赞成她在这混沌乱世做这份职业，两人已几年未见，这刻儿倒有点想她了。于是，她捏一柄

第九章　路在何方

洋伞，着碎花旗袍，化了淡妆，携了一袋"稻香村"的果品，顶着午后的太阳，出了钓鱼台，穿过新桥，经长乐路、瞻园路来到夫子庙。在琵琶巷西头，走近"夜巴黎舞厅"，谁知门卫不让进，说章小姐午睡没醒哩，让她择日再来。

"我等一刻儿不行吗？"杜玫说。

"不行，章小姐交代过，她休息时，任何人都不见。"门卫很犟。

"那请递个话，就说她有一个好朋友要见她。"

"话也不能递，打扰她休息，要挨骂的。"

"你这人能不能活络点……"杜玫有点生气了。

"不行就是不行！"门卫丝毫不让。

"谁在吵窝子啊！"杜玫与门卫正在争嚷着，未料，章曼卿一袭玄色香云衫，捏一把檀香扇，打着哈欠走了过来，一见杜玫，扑了上来，"玫子，是你呀，怪不得刚才做梦梦到了你，正想去得月楼喝杯下午茶，不承想还真是你。"

"曼卿，我呢，一来是想你了，这二呢，有件事想跟你商量……"

"走，走，有话到得月楼说。"曼卿说着便拉着杜玫的手，没多远就进了得月楼，店老板见是章曼卿光顾，乐得屁颠颠的，欠身一侧，邀请上楼，引进一间雅座。老板打开一扇临河窗户，一阵难得的清风，打秦淮河上吹了进来，倒也令人惬意。

交谈一开头，曼卿就问起了舒晨，在她心中，无论是做人还是学识，舒晨都是一等一的男孩，在中大"萤社"时，三人是走得很近的好朋友。她知道舒晨和杜玫是青梅竹马，蛮般配的，而她也暗恋着舒晨，几年来，时不时地在惦念着他。今儿个是个捡来的机会，她想问个究竟，可是，杜玫没能满足她。

"三年前，他从欧阳教授那里知道傅厚岗八路军驻京办事处在为陕北公学招生，不久南京沦陷，他去'八办'，谁知人家早已撤离，迁往武汉，他却心不死，愣是要去北方，要上前线，着了迷似的，我也拦不住他。"

说着说着，杜玫双眼噙满泪水，"可让人弄不明白的是，至今他一点儿消息都没有……"

"噢——"曼卿惊道，她伸手搭在杜玫的手上，半响方说："他肯定有他的难处，你也别太难过，让我们为他祈祷吧！"

这时，老板亲自送来了点心，一碟麻油素干丝，两块椒盐酥烧饼，四只翡翠小笼包子，两碗豆腐脑，样样精致可口，正宗的南京味道。做学生时，他们不止一次来过，而且总是三人一起来解馋，餐毕，便在乌衣巷、淮清桥一带闲逛聊天。如今，旧梦重温，独缺一人，杜玫哪有这份兴致，但却不过曼卿一份心意，各样都尝了尝，边尝边聊，她说出了自己谋业的想法。

"要不，你到我这块来。"曼卿说。

"不来事，不来事，"杜玫直摆手，"我不会跳舞，你是晓得的。"

"让你来参与舞厅管理呀，只要我跟老板说一声，他听我的。"

"算啦，我再另想门路，那么大一个南京城，总归能容得下我。"杜玫笑道："曼卿，谢谢你的关照，又请我尝了点心。"

"尽说没心没肺的话，你我谁跟谁啊，只盼多聚聚哩！"

隔窗望去，太阳已偏西了，杜玫道："时候不早了，不能再耽搁你，我得走了。"杜玫起身，主动跟曼卿拥抱了一下，"曼卿，舞厅三教九流，五二带鬼的，什么人都有，你要多留心。往后，遇上个中意的就嫁了，过个清静日子。"

"我才不哩，戏如人生，人生如戏，我就这样待下去，刮刮老叫，哈哈哈。"

"你啊，真是个乐天派。"

两人一说一答，恋恋不舍地作别，曼卿将杜玫送过文德桥才转身回舞厅。

连续数日，杜玫翻看几家报纸广告，寻找信息，还跑了三家招聘单位，都不适合。这天早饭后，她翻看《京报》时见一家金陵翻译馆招聘外文翻译，她主修英文兼修日文，想想，这倒是个好去处。馆址就在三山街临近瞻园路的拐角处，于是，稍稍修饰了一下仪容，一副清纯学生装束，挎只坤包，便出了门，不过半个时辰就到了。接待她的是一个日本女人，问了问她的基本情况，然后带她参观了一下设施，日式装潢颇为讲究，看样子开设不久。看了一个又一个写字间，最后面是客厅，正面墙上悬挂着日本天皇裕仁的画像，两侧贴有"大东亚共存共荣""推行新国民运动"的标语，杜玫的心猛地收紧了，她已明白这是什么机构了，又怎能到这里来应差呢？她想马上离开，一分钟也不能待下去了，弯腰故作呕吐状态，有气无力地对接待员说："对不起，我很难受，马上要上医院。"说完，就匆匆出了翻译馆。好险啊，她难免忐忑，心想，万一在此供职，岂不是落入虎口？后来了解的真相印证了她的直觉，原来这是所谓东亚文化协进会设在南京的一个分支，与日本一家名为"同文株式会社"合办的，地道的汉奸文化机构。

离开金陵翻译馆，返回途中她又萌生了一个念头，想去看望欧阳教授，向他讨教。可转而一想，教授已是古稀之年，且有风湿性关节炎，行动多有不便，何苦去打扰他老人家，就这样，怅然回到家中。

人间五月天，后院里的石榴花，已开满枝头，杜玫伫立在二楼窗口望去，一朵朵，一簇簇，是那样璀璨，热闹，像一束束燃烧的火炬，又像是日寇入侵南京时狂轰滥炸的一片火海。不，更像是战场上四处喷射的火焰，恍惚间，她仿佛看到了舒晨持枪冲锋的矫健身影，她感到莫名的震撼，再也不能这样安逸地生活下去了。她要追随爱人上战场，尽管一南一北，抗日救亡，目标却是一致的，对，就这么办。为此，她开始谋划去处，并作一系列周密的部署。

第十章　投笔赴戎机

在追求光明、探索真理的人生道路上，那种无助的孤独感时常袭扰着杜玫，她感到深刻的悲哀，只有在儿子天真的笑脸和咿呀学语中得到片刻的安慰。

若论南京的抗日救亡，或公开或隐蔽，大体上有三种呈现，即国共两党和爱国团体领导下的有组织斗争、民间自发的斗争、党派渗透民间组织进行引导开展斗争。这些，杜玫自然不清楚，她无党无派，不了解周围的人谁和谁属于哪个党派，甚至连自己的爱人舒晨的真实身份，她也不知道，在离别前夕的那个仲夏夜，她曾问过这事，仿佛触动了舒晨最敏感的神经，回答是王顾左右而言他。她想，也许他有难言之隐，便不再问，以至三年后依然是个谜，就跟他人一样，不知所终。

还有，眼下的日汪政权，对党派活动是严酷禁止的，缉捕和镇压一直就没停止过，舆论的钳制也相当厉害。亡国奴的日子不好过，在相对平静的外表下，生活在这座城市的市民，没有人不是终日惶悚，提心吊胆的。

作为一个不在党派组织之内的爱国青年，她知道八路军驻京办事处，于南京沦陷前一周已全部撤离去了武汉，这消息本埠报纸有过报道。她还知道，随着"八办"的撤离，一些进步学生、市民和其他人员也随之去了武汉、延安等地参加抗日斗争，其中就有舒晨。但她绝无可能知道，南京城内的中共党组织及其活动也因此中断，直到三年后的1940年，南京才重新建立了中共组织，领导开展抗日救亡运动。这期间，也还有各根据地派来的党员和一直坚守在此的党员和爱国青年，在"隐蔽精干，长期埋伏，积蓄力量，以待时机"的方针指引下尽力而为地对日汪政权发动了多种形式的零星斗争。此外，国民党潜伏下来的一些特工也在自己的系统组织指挥下，开展了对敌斗争。

至于爱国学生运动，因为中央大学绝大多数同学随着迁校都已去了重庆、武汉等地，这方面的事杜玫所知了了。只知道今年7月，汪伪政权宣告"中央大学复校"，校址设在建邺路红纸廊中央政治学校原址，人称"临大"，或被诟骂"伪中大"，这消息，报纸、电台都有披露。她想，校内应该也有爱国学生，但有多少，有无开展救亡运动，她则无从了解，更不敢贸然去校内打听。

一抹夕阳透过窗棂照进卧室，杜玫慵懒地半倚在床上想入非非。让她感到振奋的是，下关的铁路工人，秘密开展了一系列抗日斗争，他们发动工人怠工，制造生产事故，破坏敌人交通运输，截取敌人军用物资，如枪支、弹药、通讯器材、棉纱、布匹等。这些本埠报纸多多少少也有报道。不仅如此，从敌方报纸、电台"报捷"的消息中"正文反读"，还获悉在苏中、皖南，甚至南京周边的高淳、溧水、江宁、句容等地，都有游击队在开展武装斗争。这让杜玫眼前一亮，原来前面还是有路可走，即便有宽有窄，那总是路啊！思维打开了，她不由得想起茅山，那里是抗日根据地，几年前读高中时自己跟着表姐邹碧如曾到过那里，接受过短暂培训，至今记忆犹新，她向往那种紧张有序、生机盎然的战地生活。"……千百次抗争，风雪饥寒/千万里转战，穷山野营/为了社会幸福/为了民族生存/一贯坚持我们的斗争……"新四军军歌的旋律雄浑有力，震动山野，在那艰困又乐观的日子里，她也曾每天都列队歌唱。后来，在中央大学"萤社"举办的文娱晚会上，她还激情澎湃地演唱过，并获得了一片喝彩声。如今一想起来，歌声仿佛仍在心中荡漾，自个儿竟挥着手势哼唱起来。

再后来，她听说，此前陈毅率领军部撤离了茅山乾元观，但总会留下少数留守人员吧，这么重要的抗日根据地，怎能白白地拱手相让呢？这些，也只是猜度，真相究竟怎样，唯有走一趟，自然不能贸然前往，她决定先去湖熟，打听打听。

杜玫隐瞒了自己的真实想法，借晚间家人在后院乘凉的机会，说了出来。

"爸、小姨，我想去趟湖熟。"杜玫摇着娟秀的团扇，像是随意地说。

"在家待得好好的，做甚要往乡里头跑？"父亲不以为然，"莫非我们做上人的照应不周？"

"不是，不是，"杜玫怕父亲误会了，忙说："我总感到南京城像个闷罐子，想下乡去透透气。"

"这想法不错。"小姨立马应道。

"顺便，我带上方圆，让外公外婆看看，老人家肯定巴不得哩！"

"果真是这样想的，也好。"父亲似乎仍有保留，"你打算去几天？"

"十天半月吧！否则我想走，外公外婆也不放哩！"

"哪天走？"小姨问。

"就明儿个。"杜玫说。

"坐老道奇去，又快又稳。"小姨说。

"这不好，太招摇，如今宁湖（南京至湖熟）公路沿线仍有小鬼子岗哨，坐道奇太惹眼，容易引起不必要的麻烦。"杜家豪说。

"还是爸爸想得周到，就乘公共汽车，反正就个把钟头，不碍事。"

事情就这样定了，晚风送来庭院拐角栀子花、喇叭花的清香，谈话没再继续下去，杜玫回到房间去打理行囊。

翌日，道奇将杜玫母子和奶妈舜英送到中华门养虎巷车站，买了票，登上老旧的公共汽车开往湖熟。途经淳化，有个检查站，一个日本兵搭配两个伪军拦住了汽车，将十多位旅客都叫下来，逐个地进行了搜查，连随身携带的物品也不放过。其中有一个持有屠宰刀的旅客被扣了下来，此人是湖熟一家肉铺的小老板，刀是用来杀猪的，可任他怎么解释也没用，多说一句就遭到一顿拳打脚踢，随后又被拉着带走了。杜玫看着这景象，着实吓得不轻，紧紧抱着儿子，重新上车，车到湖熟，仍心有余悸。

湖熟，是一座千年古镇，地处江宁县东北，与句容、土桥交界，历来为南京近郊的商贸中心。镇上遍布着五金、百货、鱼行、酒肆、客栈，水陆码头很是便利，人称"小南京"。镇里这块那块还有范蠡望越台、秦始皇登临处、楚威王埋金处和刘伯温讨茶舍的遗迹，四乡八集的乡民、南京城里的游客来到这里，总要四处去逛逛，酒足饭饱过后，再买上闻名遐迩的湖熟板鸭、牛肉等往回带。日本人入侵南京的第二天，就占领了湖熟，烧杀抢掠延续了数日，惨烈的殖民统治下，这里的老百姓过着朝不保夕暗无天日的生活。这两年情况有所改善，特别是此前夏秋之交的中途岛战役和瓜达尔卡纳尔岛战役改变了日本的侵略格局，转变为战略防御状态，极大地挫伤了在华日军的自信心。战线调整缩短，相当数量的日军被调往太平洋战场，这自然也波及了湖熟日本驻军，由原先的一个中队一百八十人，缩减到一个小队四十五人，他们大部分时间待在据点和碉堡内，有时也下乡扫荡，平常的社会治安，由伪军和伪警维持，社会相对要稳定一些，镇上也逐步恢复了往日的繁盛，市声杂沓喧嚣，买卖兴旺发达。

杜玫的外公住在镇里的姚东大街，经营着一家杂货铺，店不大，货物品种不少，烟酒香烛、锅碗瓢盏、油盐酱醋、玻璃器皿、针头线脑……好像要甚有甚，生意不算红火，却能维持一家人的吃穿用项不愁。原先由儿子儿媳打理，后来因感染"触恶"（即霍乱），夫妻双亡。女儿惠芬、惠芳先后嫁给了杜家豪，家中只剩下两位老人和孙子志远相依为命。此番，杜玫母子的不请而至，让外公外婆一家喜出望外，尤其是对第四代的小娃儿方圆更是喜欢得了不得，忙前忙后屁颠颠的，干脆在大门口挂了个牌子"歇业一天"，为杜玫母子接风洗尘。

午餐可是相当丰盛，外婆踮着小脚外出买来了湖熟最负盛名最地道的板鸭和牛肉，配上清蒸鳜鱼、螺蛳肉炒韭菜、干丝开洋、红烧狮子头、炖野鸭汤……满满一桌。其中有的菜肴，杜玫还是第一次品尝哩。当然，她最爱的当数自小就馋的板鸭了。湖熟是鱼米之乡，适合养鸭，据说清朝制作的板鸭已作为贡品敬献朝廷，誉为"贡鸭"，而各级官吏也常以板鸭作为礼品相互馈赠，后来，普及到民间，成了老百姓礼尚往来的佳品，外公外婆但凡四时八节也都买了往城里"杜泰昌"缎号送。湖熟板鸭制作工艺十分考究，严格遵循"炒盐腌，清卤复，晾的干，煮的足"制作程序，质量上乘，老少咸宜，这也是它三百年牌子不倒的奥秘所在，餐桌上赞誉有加。

"嗯，你看皮白、肉红、肉嫩。"杜玫边吃边用筷子轻轻拨动着青花瓷盘里的鸭肉，赞不绝口："食之油而不腻，香酥适口，回味返甜，返南京时，我得带几只让爸爸和小姨尝尝。"

"宝贝儿，还用你说，我早就想到啦！"外婆笑眯眯地回应。

就这样，杜玫在湖熟住了下来，逗孩子玩，陪两位老人聊白，哄他们开心，有时也上街走走，看看市面情况。她不便也不想对老百姓的生活作社会调查，从耳闻目睹的言谈举止分析，似乎对日汪统治下的顺民处境已习以为常，这是让她最为忧心的，自己来这块，不是要清闲度日，游山玩水，而是要寻找她下一步的人生驿站，就此，她唯有把希望寄托在大表哥柳志远身上了。她不清楚大表哥这些年来的枝枝节节，但知道他曾到茅山参加过新四军，后来怎么又回来了呢，茅山那块如今又是怎样一种局面呢？三天来，这些念头一直困扰着她，她不了解大表哥真实的身份，生怕问了不该问的而让他为难，可是，她真的憋不住了，心里像猫抓似的。

立夏后的一天，午饭过后，一阵梅子黄时雨收住了雨脚，气候清凉，杜玫约志远出去走走。小表妹难得来，当然得依着她，于是，两人边走边聊，来到镇子东头的一处高岗上，眼前，阡陌纵横，成片的小麦已由绿转黄，风过后波浪似的荡漾着，油菜也过了成熟期，黄灿灿的，一垄接一垄，煞是好看。只是她没这份心情，而是瞅着志远说："大表哥，有一件事，我不知该问不该问？"

"尽管问好啦！"

"茅山如今还有游击队吗？"

"这个……"志远下意识地摸了摸下巴，看着杜玫期待的眼神，据实回答："有是有，不多，新四军东进，在茅山建立了抗日根据地，逼进南京，像一把钢刀插进敌寇心脏，不知打了多少回仗。可是，'皖南事变'过后，日寇加紧了扫荡，国民党顽固派又协同配合，根据地一再收缩，不得不化整为零，分散到高淳、溧水、丹徒、句容，还有我们江宁开展对敌斗争。"

"噢。"杜玫看志远并不见外，心中觉得热乎乎的，旋盯着他问："大表哥，一次外公进城，聒白中老人家漏了嘴，说你也去了茅山当了新四军。"

"你倒鬼精，什么都知道。"志远笑道："是真的，我在茅山待过……"

"那你怎么没跟着往北撤呢？"

第十章　投笔赴戎机

"不是你外公外婆年纪大了嘛，再说，家里这个杂货店也需要打理，我这个做孙子的焉能不管不顾？这样我就回来了，还多多少少领了一笔遣散费。"志远到底留了一手，在他看来，小表妹毕竟太年轻，而世道却又太复杂，他暂时隐瞒了自己交通员的身份。

"真有点可惜。"杜玫噘着嘴巴："如此说来，跟小鬼子的战斗就熄火啦。"

"不，南京东北郊一带，从湖熟赤山，到土北青龙山，打鬼子就一直没停过。特别是赤山和土北，打得很凶，弄得小鬼子胆战心惊，缩头缩脑。"说着，他指着几里外的一座山峦，"喏，你看，那孤零零矗立的山就是赤山，那块的游击队很硬正，让小鬼子吃足了苦头。"

"你是说赤山有游击队？"杜玫追问道。

"不错，赤山，土质为红色，自古到今，这块地方便叫赤山。如今它又是抗日游击队活动的地方，包含了更深一层的意思，真正成了一座红色的山。"曾读过高中的志远，情不自禁地发挥起来，侃侃而谈。

"真好，大表哥，多谢了。"

"谢什么，说这没头没脑的话。"志远应道，这刻儿，他还不明白，刚才的一番话，已在杜玫心中引发了少有的震荡，她的追寻已有了目标，她对下一步行动已无须再犹豫彷徨了，到赤山去，什么也别再想啦。但在付诸行动之前，她还想再了解些情况，遂说："大表哥，在这偏僻乡野，坚持斗争想必也不易吧？"

"是啊，缺医少药，还缺布匹、弹药。"志远说："虽然也能在周边集镇买到一些，但不能解决根本问题，自然影响到战斗。"

"啊，是这样……"杜玫若有所思，话未再继续下去。不一会儿，两人回到了柳宅。

大表哥的一席话，无意中像是给杜玫注入了一针兴奋剂，见到蹒跚学步迎上来的儿子,她又是亲又是唱,外公外婆见了都感到有点异样,但两位老人任甚也没问,只要外孙女开心就好。

不经意间,一个礼拜过去了,杜玫表示要回城,这倒让两位老人疑惑起来。

"才几天,怎么急着要走?"外婆问。

"有件事得回去办一办,没几天就回来。"杜玫轻松地应道:"舜英和方圆不走,陪您和外公,您说好不?"

"好,好,刮刮老叫。"外婆快活得合不拢嘴,"你刷刮些,办完就往回转。"

"嗯啦。"

就这样,第二天,杜玫就离开了湖熟,两位老人不放心,让志远送她返城,杜玫推了好一阵子没成,这才跟大表哥一道,乘公共汽车进了城。

一到家,小姨又惊又喜地迎了上来:"不是说要待十天半月嘛,一揭刮子才一个礼拜。"

"小姨,您不欢迎我回来?"杜玫故意逗趣。

"哪能呢!"小姨笑逐颜开,"只是方圆呢?"

"爷爷奶奶舍不得硬留下。"志远代答,"舜英带得逸逸荡荡[1],您就放一百二十个心吧!"

宁湖公路一日两班,当天过午,志远便搭车回到了湖熟。

临晚,杜家豪从缎号办事归来,见宝贝女儿回来了,自然也欢欣得很,目光搜索了一会,问:"方圆呢?"

"外公外婆不让带回,小娃儿也粘老人家哩。"

---

[1] 逸逸荡荡:南京方言,轻松、舒适、自在;或指做事胜任自在,有条有理;也指时间宽裕;根据语境语调,可写作"逸荡"。

第十章 投笔赴戎机

"哦——"杜家豪发出一阵爽朗的笑声，少顷又问："那你急着回来做甚呢？"

"不是说中大在筹备复校嘛，听说还要考哩，我想找个机构补习补习。"杜玫将早已设计好的台词熟练地说出应对父亲。

"这样好，我巴不得哩！"

杜玫暗笑，总算蒙混过关了，下面她就要一一实施自己的计划了，游击队缺医少药，她想去学习简单的护理技能和中医的针灸推拿，再去打字学校学习打字，想必游击队也需要。她还想跟父亲商量在湖熟建一个织布作坊、一个印染作坊，自然都是为赤山、土北、青龙山一带的游击队谋划的，事情一大堆，得抓紧办，她渴望能尽快地走进这支抗日武装队伍中去。

中华门城堡东北，内秦淮河西岸，北起武定桥，南至镇淮桥，古桐树湾，明初开国元勋信国公汤和久居于此，遂以信府名之。那块有一所华强打字学校教授中英文打字兼修文秘，一周两个半天授课，杜玫看了《京报》登载的广告，当天就去报了名。接着，又找上了一家医护速成班，设在靠近信府河的军师巷，时间为周一、周三、周五的上午。打字学校是下午，安排上不冲突，礼拜天她则去小门口"仁济医寓"拜访王慎之大夫，向他学中医。总之，时间安排得满满的，自己想学，兴致很高，累点也就不在话下。父亲和小姨信了她的话，以为她在补课准备上"临大"，也没多问，只是提醒她爱惜身子，别太累。

立夏后的一天，天气燥热得不行，她依然是一副学生装束白衫黑裙，捏着一柄洋伞，进到小门口的一家水果行，买了砀山梨、蜜橘、枇杷等时令水果，又买了一罐吊兰，来到"仁济医寓"。王慎之见了，忙让座，说："杜小姐，你太客气了。"

"哪能呢，王伯伯，委实是您帮助我们家太多了，更不用说，这些日子以来,您教会了我许多医务知识。"杜玫说。

"你提供了机会,我点拨点拨,让你去救助难民,也算我尽一份义务吧!"王慎之笑道。

救助难民,是杜玫上门求教的一个托词,王慎之没有多想就应承了下来,个把月下来,中医望闻问切的原理和操作过程,杜玫知道了一个大概。王慎之还让她试着诊治上门求医的患者,初步掌握了号脉、舌诊、针灸、推拿等技能,以及跌打损伤的处置。此外,还分门别类地给她开列了不少草头方子,又送了她一些丸散膏丹,诸如参芪膏、枇杷膏、提脓膏、虎骨膏等。这些都是用来去火败毒、散瘀止血的,对日后她去游击队治疗伤员无不有益,她打心眼里对这位宅心仁厚的医者千谢万谢。

"宝宝三岁了吧?"课余,王慎之问道。

"三岁多了,保胎顺产,多亏您啊。"杜玫话多了起来:"前些日子,我把他送到湖熟,太外公太外婆家去了,长得可结实哩!"

"乡下空气好,有益于小娃儿成长。"

"是啊,乱蹦乱跳,调皮得不得了,比手腕,竖蜻蜓,舞刀耍枪(木头的)什么都来两下。"

"小娃儿皮点不木古,长大了准有出息。"

"哦,伯伯,我想起一件事,当年那个日本婆子来这块上门求医,治好了吗?怀上娃儿没?"

"怀上啦,生了个大胖小子。"王慎之突然被唤醒了似的,显得很兴奋,"娃儿出生后第三天,那个叫木村隆二的副官便登门致谢,很阔气,给我送上了一块刻有'扁鹊再世'的银匾,三十万储备票子。再有,说是已与伪市政府商定,将钓鱼台的'湖南会馆'拨给我开办诊所,还说这块医寓太小。要知道,'湖南会馆'一度是曾国藩胞弟曾国荃的公馆，后来虽废弃，大架子尚存。木村隆二说，市政府应允进行维修，整修好了让我搬过去。"王慎之追溯道："杜小姐，你想我能接受吗？但却之不恭，举手不打笑脸人……"

"有这事？让伯伯为难了。"

"是啊，我不能得罪他，怎么办？搬往'湖南会馆'一事，我婉谢了。至于前两项，银匾我收下了。"

"怎么不挂起来？"

"能挂吗？挂起来，不就是我自打耳刮子吗？木村一走，我就将它放进杂物间了。"

"佩服。"杜玫朝王慎之竖起大拇指："那伪钞呢？"

"转给慈善堂了。"

"伯伯，有骨气。"杜玫又竖了下大拇指，道："您给我上了一课，谢谢。"

"不谢，我只是做了一个中国人应该做的事。"

"那您估猜木村会不会再来？"

"难说，倘再来，我自有办法应付。"

"您要格外小心，日本鬼子坏得很，什么龌龊事都能做得出来。"

"知道了。"王慎之听了颇为感动，"没想到你这孩子心思还蛮细哩！"

告别王慎之，杜玫又去了三山街华美大药房，花大价钱买了十多支盘尼西林，另有纱布药棉若干，都是为自己下一步做准备。这期间，在湖熟开一家小织布厂和一个染坊的想法一直缠绕着她。一天，她乘父亲有点空闲就把这事提了出来。

"你怎么忽然有这个想法呢？办厂子没那么简单，找厂房、置办织机、准备原料、招工……一连串的事烦死人，晓得吧！"

"湖熟是水陆码头，周边分布着土桥、索墅、小丹阳、铜井等集镇，离句容也不远。可是，眼下只有一家布店，供不应求，办个厂子，自产自销赚大钱哩。"杜玫试图说服父亲。

"你少不更事，想得不对箍子。"

"爸，您怎么就听不进呢，您不同意算和拉倒，我自己做。"

"你……你做吧，别指望从我这块拿走一个铜板。"

"那我就去募捐、去乞讨……"

"你这样做叫我这张老脸往哪块儿搁。"杜家豪声音发颤，"好了，好了，我不跟你吵窝子。小祖宗，能不能你我各让一步，厂子就别开了，开一家像样的布店，我让账房先生负责给那边进货。至于店面嘛，你回湖熟后跟两位老人商量，多听他们的意见。"

见父亲已"服软"，神色显得很疲惫，杜玫心疼了，上前倚在父亲胸前："爸，也许我太过分了，对不起，对不起。"

"年轻人想做事没错，爸爸老了，习惯于固守旧的一套，胆子也好像愈来愈小了。玫儿，你能体谅吗？"

父亲非但没责怪她，反倒要她体谅，杜玫只觉得心头一热，双眸发湿，一串热泪夺眶而出。

"不哭，不哭。"杜家豪忙伸出手替女儿拭泪，她索性伏在父亲肩头抽搐着，哭出声来。为着一个崇高的目标，替游击队解困，她瞒着父亲，最终又获得了父亲的理解，内心的风暴旋卷着，她难以控制自己，不哭都不行啊！至于在湖熟开办小织布厂的事，且搁下再说，相信父亲终会答应的。

该办的事也都大差不离了，隔日，她又在建康路一家布店买了几匹白老布，这是一种不用染料，略加漂白的平纹织物，接近棉纱本色，比洋布略厚，秋冬季可以给战士们制作内衣。此外，还买了蓝、灰、青几种染料，总之，能想到的都尽量办了。

眼看个把月就过去了，打算近日就回湖熟。没想到一天，父亲上班临出门前，想起什么似的对她说："中大的事有消息吗？"

杜家豪指的是汪伪统治下的大学，是原中大内迁重庆后建的。

"我去过建邺路，学校正忙着迁往汉口路金陵大学原址。"杜玫解释道："入学招考的事还没个说法。"

"噢，这事你得放在心上，马虎不得，跑一趟湖熟，回来后就一心一意迎考。"

"听爸爸的。"杜玫嘴上说得轻巧，心中却很难过，她感到又一次欺骗了老人。

然而，抗日救亡，她要践行自己的信仰，与爱人在不同的战场挥洒青春和热血，她只能忍心忍痛这样去做。

可就在准备下乡的前夕，传来了一个消息，抗日游击队夜袭淳化小鬼子据点，打死三人，打伤五人，这事震惊了南京日军警备司令部。淳化是宁湖公路的一个重要站点，为此，日军和伪军加强了警戒，搜查更加严格了。这样一来，杜玫采购的布匹、纱布、药品要想通过，那是比登天还难。那走水路呢？一打听，也严得结棍①，然而，物品虽不算太多，却有一定数量，坐汽车占地方，恐怕运营公司也不允许。看来，唯有乘民船了，通往湖熟的民船走的是秦淮河水道，客货兼营，以粮食、煤炭、杂货为主，掌舵撑篙行驶，有的地段还得人力背纤，快的话，也要大半天才能到达。眼下，要紧的是准备的这些物品，怎么样才能顺利通过，就是说怎么应对河定桥、东山、方山、龙都这几个码头上的日伪岗哨。杜玫想来想去，又想到了王慎之，倘若通过他让木村隆二给出个

---

① 结棍：南京方言，表程度高或深，叠用时也表扎实、实在之意。

通行证，就会少担风险，甚至一路放行。尽管麻烦王慎之已够多的了，这回，她还是硬着头皮又一次登门了。

事情有点儿急，彼此又熟络，杜玫索性一开口就把所求说了出来。见王慎之愣怔了一下，她说："伯伯，让你为难了。"

"我这个人一辈子抱持的是求人不如求己，何况是去求一个日本军人。"王慎之是个实诚人，他的话从不掺假，"可这种事，也只有找我，只是我没多少把握，试试看吧！"

"成与不成，我都会感谢您。"杜玫激动得语带哽咽，"可千万勿勉强。"

"我知道。"王慎之言毕，杜玫出了医寓。

晚饭后，见天色尚早，王慎之一袭杭纺衣着，手捏折扇信步前往内秦淮河南岸的膺福街。此处靠近信府河，离小门口不远，木村隆二在这块有一住所，据说历史上曾是明代英国公张辅豪宅的一部分，青砖黛瓦马头墙，门口有卫兵把岗。王慎之自报家门，卫兵拨通电话，没过多久，木村隆二一身和服便装迎了出来。欠身用生硬的中国话说："慎之君，哪阵风把您吹来的，请进，请进。"

王慎之拱手施礼来到二进客厅，落座后打开折扇便说出替"外甥女"办证的事。

"哦，不就是一个通行证嘛，小事一桩，您支派个人来就行，何必大热天的亲自跑来。"木村笑道，一撮八字胡不停地耸动着。

"添麻烦了。"王慎之说着又递上杜玫的一帧半身照片。

"不麻烦，明天我就着人给您送过去。慎之君，您来得正巧，再晚几天，我就要离开南京这座美丽的城市了。"木村略带怅然地说。

"公差吗？去哪块儿？"

"调防，远去广州，今后怕你我难有机会再会了。"木村说："不过，在南京履职三年多，最令我高兴的是，我有了一个宝贝儿子，这全亏了您啊！"

"客气了，客气了。"王慎之应道，一个日军军官说出这样有人情味的话，倒是他始料未及的。

轻薄的暮色已漫漶开来，木村既已允诺，他不想再待下去，遂拱手告辞。木村叫来夫人，一道为王慎之送行。

次日过午，一名日军士官将通行证送来，王慎之拆封后一看，眼前不禁一亮，是一份特别通行证，签发机关是南京日军警备司令部，大印压在上头。一张薄纸，这会儿捏在手里，却感到沉甸甸的，他能想象这个证件对杜玫的重要意义。因自己的"不辱使命"，他深深地吐了口气，过了一下手，让助理送到杜府。杜玫见了浑身快活得一揭，有这纸片儿从此过关闯隘应该不在话下了。当晚，她激动得半宿没睡，临天亮才迷迷糊糊地合了下眼睛。

该准备的都准备得大差不离了，她打算给大表哥打个信，让他进城与自己一块将一些物品经水路运往湖熟。此刻，她庆幸自己的青春年华，将要掀开新的一页。

第十一章　扬帆远行领航人

舒晨出院的前一天，战地服务团前的小广场上出现了一辆 95 式挎斗摩托车，这是雪枫游击支队从小鬼子那里缴获的战利品。驾车的是一位俊朗的青年军官，汪一波和舒晨投奔游击支队时在杜岗见过。逍遥镇的老百姓第一次见到这洋玩意儿，很好奇，围着议论纷纷，不知咋开到这里来？而战地服务团的人则要敏感得多，猜测肯定有重要的事，汪一波私下跟同事说："我估摸八成与老舒有关，捅那么大的娄子，支队不会不知道。"他压低声音故作神秘地往下说："那个青年军官叫史凯，支队政治部的，政治部管奖惩啊，我看这一回老舒麻烦大了。"听他这一说，身边的人将信将疑，多数人相信他的判断大差不差，静观其变。

次日吃过早饭，史凯经由田野通知舒晨，让他整理一下，带上简便行囊随史凯去支队。舒晨颇感错愕，他想问个究竟，哪晓得田野摇摇头说："我也不知道，听从组织上的决定吧！"舒晨不再开口，携上行囊来到摩托车旁等候，战地服务团的同事大多来了，因为不摸底细，很少有人跟他打招呼，唯有汪一波上前跟他握了握手，又拍了下他的肩，却一句话没说。舒晨的目光在人群中搜索着，没见到孟若兰，不知她此刻在哪块儿，又是一种什么样的心境？怅惘和失落的暗灰色光影渐渐布满了他原本清瘦刚毅的脸庞。

"上车吧！"史凯招呼道。

舒晨又朝人群中搜索了一圈，而后坐进摩托车的挎斗，随着呼的一声，摩托车风驰电掣般绝尘而去。途中两人谁也不说话，在史凯只是履职，安全把人带回，而舒晨却想得很多，他弄不懂若兰为何没有露面，是因离别难过怕失态，还是生他气了，或者哪里不适宜生病了？他无从知道，心里着急却无可奈何。他更不清楚，此一别不知什么时候才能重逢？他这般心情，对比杜玫竟完全不同，杜玫是青梅竹马一块儿长大，熟稔得不能再熟稔了。离别虽有不舍，但很快就适应了，思念依然存在，却不再那么浓烈，孤独仿佛已习以为常。而这回，跟若兰的相处，愣是别有滋味，新鲜而芬芳，永远值得回味，却终究离别，他愈想愈替她担心起来，甚至有了一种负罪感……时而，他的思绪又回到那晚的演出上，的确自己有错，但错也不至于"配合敌人，瓦解斗志"，这样的指控太吓人了。可是这样的评判大抵已成一种指向，支队这么急着派史干事把自己带走，怕是凶多吉少。雪枫司令员一向以治军严格闻名，这一去没准会开除军籍，想到这里，他忐忑不安，可自己只是一名新兵，小八腊子①又能怎样，唯有等待发落。

从逍遥镇到游击支队所驻的杜岗说远不远，说近也不近，路况不好，坑坑洼洼，有时还得绕路，摩托车开了近两个钟头才到，史凯先将舒晨送到招待所安顿下来，而后，又给他送来有关二五减租和统一战线的几份文件，舒晨翻了翻未及细看，午饭时辰到了，他按照史凯的提示来到食堂，排队从窗口拿到高粱馍、白薯和地瓜叶，找了个空位坐下低头吃着。这伙食不如战地服务团，不过，自打离开南京他就有了吃苦的思想准备，从固镇逃脱小鬼子的劳役奔往逍遥镇的路上，饥饿难耐，地瓜干、榆树叶、高粱秆什么都吃过，比起来，眼前的要好多了，只要能填饱肚子就行，他一口一口地细嚼慢咽。少顷，感觉有人来到身边，抬头一看，是一位首长，大高个儿，一身已经洗得发白的粗布衣裳，面

---

① 小八腊子：南京方言，指小孩子，未成年的小伙子；也指小角色，小人物。

部消瘦，双眼布满血丝，端着同样的高粱馍、白薯和地瓜叶，在舒晨对面坐下。舒晨想肯定是个大首长，他有点拘谨，竹筷拿在手上竟愣怔住了。

"趁热吃啊。"首长微笑道："伙食，挺次毛吧？"

舒晨不晓得是河南土话，随即回答："次毛，好。"

首长大笑不止，说："小同志，次毛是俺们河南人方言，差劲的意思。"

"是吗？"舒晨恍然，也跟着笑了起来。

"你参加游击队打鬼子，要入乡随俗，学点方言，这样办事要方便些。"

"一定，请首长放心。"

"年轻人容易接受新事物，但旧事物，也非一无是处，土话算旧事物吧，可离开它，在俺游击区交流起来还真不行。"首长说。

首长的话平易好懂，充满朴素的辩证法，舒晨心里生出莫名的折服。

接下去，首长问了问舒晨的家世和沦陷后的南京状况，两人随意交谈着。忽然舒晨冒出一个大胆想法，说："首长，我有一个请求，不知能不能说。"

"说！"首长随口回应。

"可否安排个时间，让我见一见雪枫司令员？"

"中！"

爽快肯定的口气，让舒晨甚是诧异，说："您又不是雪枫司令员，能替他打包票？"

"我就是雪枫。"

"啊！"舒晨失口叫道："真的吗？这与我想象中的司令员不一样。"

第十一章　扬帆远行领航人

"怎么不一样？"

"在我的设想中，一准是高大威严，文武兼备，运筹帷幄中，决胜千里外……"

"我不高大吗，一米九的个头哩。至于威严，那要看啥时候啥场合，比方刚才吃饭，能威严吗？"雪枫的风趣把舒晨逗笑了。他继续说："文武兼备，那是汉朝张良，假如我记忆不错的话，司马迁在《史记·高祖本纪》中写道：'运筹帷幄之中，决胜千里之外，吾不如子房。'这等境界，我辈岂能达到？只能一步步来，向先贤学习，运用到作战中去。"

雪枫的谦逊才情，让舒晨佩服得五体投地，他说："见到您这位大首长，我真是三生有幸，不会是做梦吧？"

"我也三生有幸，十四岁时我考入天津南开中学，三年后学校迁址于北平南郊团河，易名育德中学。中学没读完就走向社会了，你想，我一个肄业中学生，能跟国内最高学府中央大学的高才生交往，焉能不感到荣幸？"

寥寥数语，让舒晨除了感佩还是感佩，连声说："受教受教，太感谢了。"

"这样吧，下午我还有别的事，晚上八点钟，我到招待所去，俺俩再聊。"雪枫说完轻轻摆了摆手走开了，舒晨凝望着他那高大挺拔的背影，这才注意到司令员并不像别的高级将领穿着马靴或皮鞋，而是脚踏一双黑灰色的布鞋，步伐平稳有力。

下午半天，舒晨待在招待所，仔细翻看着史凯送给他的几份文件，看的时间长了，眼睛有些发湿，遂躺在床上想这想那。午饭时与司令员的一番接触，他的言谈举止、人格魅力已深深地烙印在自己的脑海里，想到这里他感到无比的愉悦和鼓舞，他觉得司令员就是他修身做人的标杆、偶像。"士为知己者死"，这句古老的箴言，在自己置身的现实中有了新鲜的含义。他期盼着晚间能听到更多的教诲，而最终确立自己的人生坐标。

晚饭时，未能见到司令员，想必他在处理别的事。饭后，舒晨将房间重又打扫了一遍，桌凳抹了又抹，还准备好了茶水，他静静地等待着，心却七上八下，不知司令员会不会因事临时取消或有所耽搁。耽搁倒不要紧，哪怕时过子夜，他也会等，只是他管不住自己躁动的心，不停地看手表。快了，离八点还差五分钟，三分钟，这时传来不轻不重的敲门声，他一个箭步跑过去把门打开，正是司令员，后面紧跟着一名警卫员。雪枫让警卫员在门外守着，便进了屋挪过一张板凳坐下，随手将自备的搪瓷缸放在桌上，又从口袋里掏出一个小茶叶盒，捻了一小撮茶叶放进搪瓷缸，舒晨立即提起竹壳水瓶兑上。接着，雪枫又掏出一包香烟，取出一支，对舒晨说："富士牌烟，汪伪生产的，却是从小鬼子那里缴获来的。"他晃了晃，"不介意吧？"

"哪能呢？"舒晨笑道："在逍遥镇时，战地服务团里就有好几个老烟枪哩，早已习惯了。"

"明知抽烟有害，许多人还是抽上了瘾，咳嗽、哮喘，甚至得痨病，就是戒不掉。"雪枫说："不过，这玩意的确能提神，有助于思考问题，嗨，嗨……"说着，他笑出了声，点着了烟。

"司令员还是少抽些好。"舒晨大胆建言。

"中！"雪枫应道："好了，下面俺们的交谈进入正题，先说说你们那场演出及其后民主评议会的事。"

"需要我把事情经过作一汇报吗？"

"不需要，史干事去后已作了调查。"雪枫说："就谈谈你的认识。"

舒晨想了一会儿，说："演出风波，事情出在快板上，为了这个作品，我在民间作了半个多月的采访，发现封建迷信活动普遍存在，有的甚至很猖獗，我以为这一现象应当引起军民高度重视，这才把它写了进去。倘若在作品结构上作些调整，将批评的内容放在后面，也许效果会是两样，可我疏忽了。"

"小舒同志，这恐怕不是一个文章结构问题，诚然封建迷信的存在是事实，但究竟什么是封建迷信要作具体分析，有的属于原始信仰，而信仰的力量往往会左右老百姓的价值取向，影响社会的进退。"雪枫捏灭了烟头，继续说："这个问题很复杂，揭露批评有其必要，但我以为正面疏导更为重要，处理不好，会引发老百姓的不满，甚至被别有用心的人利用，衍变为亲者痛，仇者快。"

"创作时我确实没往这方面想，主观愿望是展示病象，引起重视，也有劝诫的意思。司令员的教诲，使我明白了搞创作下笔之前，就应当考虑其后果，要从尊重老百姓的感受出发。"舒晨又说："事后我也想过，自己有错，引发那样的后果，我也痛心。"

"这样想，就对了嘛！"雪枫身子前倾抵近舒晨，"记住，我们这支队伍来自人民群众，不独在文艺宣传上要站在他们一边，任何时候任何场合遇到任何事情，出发点和归结点都要站在他们一边，不折不扣地维护他们的利益，你说是不是？"

仿佛有一束璀璨的光照进混沌的大脑，真是醍醐灌顶，舒晨腾地站起，响亮地说了声"是！"向司令员敬了个军礼。

"坐下，坐下。"雪枫说："今晚不是司令员对士兵训诫，而是交换看法，我的话也不一定都对，给你参考吧！"

"不，听您一席话，我茅塞顿开，不只做文章，而且对如何做人指明了方向。"舒晨说着给司令员的搪瓷缸里添了水，"我会永远记住的！"

"好，接着俺们聊一聊民主评议会的事。"雪枫轻轻拨了下油灯摇曳的火苗，目光移向舒晨亮堂的脸庞，"从我了解的情况看，会上的确火力很猛啊，炮声隆隆，可你也蛮犟的。"

"他们对我有误解，将后果归纳得吓人，说老实话，我感到委屈，也怕，当时，贴身衣服都汗湿了。"

"噢，是吗？"雪枫不由得笑出了声，"都是好心，在革命队伍里保持警惕是必要的。当然，有些话，或许过分了，在那样的氛围下也难免，你不必计较，重要是你确实有错，要记取教训。"

"对，要记取教训，努力避免再犯同样的错误。"

"再有，你寻短见，头撞门框的做法，过激了，反映了你的脆弱……"雪枫说。

"士可杀不可辱，那会儿我真的受不了啦！"舒晨毫无顾忌地打断了司令员的话，倏地又感到冒失了，"首长，对不起，失礼了。"

"那倒没什么。"雪枫依然平静地回应，"士可杀不可辱，话虽不错，但要看在什么情况下，况且应对受辱的办法很多啊，而你那样决绝，肯定不对，是一个教训。别忘记了你是一名抗日救亡的新四军战士，这点委屈都受不了，今后的路还很长，将面临各种想象不到的考验。尤其是生死考验，要把自己淬炼得像钢铁一样坚强，克服和战胜自己的迷茫、脆弱乃至动摇，无私无畏地带入到壮阔的抗日救亡洪流中去，将个人命运和民族命运紧紧结合在一起，为人民大众而生，为人民大众而死，这才是真正的无怨无悔的人生。"说到这里，雪枫清澈而温暖的目光凝望着舒晨说："我也在努力之中，让我们互勉吧！"

"明白了，记住了。"舒晨被司令员的话深深打动了，说："谢谢首长教诲，我会这样去做的，终我一生。"

"不过，你关于雨花石的解释和对于主义的理解，我倒蛮欣赏。的确,只要是为国为民,在雨花台牺牲的人,不论属于什么党派,都是烈士,都值得我们崇敬和纪念,将他们的英名列入我们中华民族的史册上,流芳百世。而不能以意识形态画线做出界定,是他们的鲜血凝聚成殷红的雨花石,在我看来,任何崇尚正义代表绝大多数民众利益的事业都是红色的,而红色积极向上,充满生命的活力,也成了一种信仰的象征。那么,红红的雨花石,自然成了这种信仰的寄托。"

说到这里,舒晨从颈子上取下雨花石吊坠说:"司令员,您看。"

雪枫拿在手里,就着油灯的光亮欣赏着,赞叹道:"晶莹剔透,熠熠生辉。"说着抬起头望着舒晨说:"真美,它还是爱情的信物哩!是不?"

"嗯啦,"舒晨高兴地回应,"信仰的寄托,爱情的信物,司令员,您说得太到位了。"

"爱情就是爱情,有什么错,还鬼扯什么'爱情至上主义'。小舒同志,向你透露一个秘密,我给妻子写信,总少不了要说上几句甜蜜的悄悄话哩,人嘛,哪能缺了爱?"说完,将雨花石吊坠递给舒晨,"收藏好,可不能丢了。"

接下去,两人聊起了"主义",从空想社会主义到科学社会主义,从法西斯主义到军国主义,从三民主义到无政府主义,各自表达了一些看法,碍于时间关系,没能深入下去。

"这主义,那主义,世界上数不胜数,多数跟俺们没啥关系。在中国,近代以来,谈论最多的有三个主义,即三民主义、共产主义和殖民主义。依我看,三民主义,原本是个好东西,有其积极因素,但民国十六年(1927),四一二事变后,它变味了,走样了,成了蒋介石实行反动统治的工具。而共产主义,诚如你所说遥不可及,但它并不虚妄,马克思对它有具体生动的描绘,何况苏联也正在试验,作为一名革命战士,是应当追寻的。"雪枫抚摸着冒出短胡茬的下巴沉思着,少顷说:

"当下，日本推行军国主义和殖民主义，妄图吞食俺们中国，因此，俺赞同你所说的'抗日救亡主义'，一切言行都应围绕它开展，别的啥主义，暂搁一边，让未来去检验。"

"对啊，对啊。"舒晨眉飞色舞，因为司令员对他想法的肯定而欢欣不已，"如果国都亡了，民众都成了亡国奴，再谈论什么主义，还有什么用呢。司令员，您说得真好。"

"实质上，你所谓'抗日救亡主义'，关涉党的统一战线，也是你下一步要面临的事。"

雪枫所指的究竟是怎样一件事呢？这就要从一个地方和一个人说起。

这个地方叫楼王，是豫东少有的一块沼泽地，面湖倚山，也正是舒晨将去的所在。是个小集镇，有九百多户人家，以种植为主，也有几十户靠打鱼摸虾或砍柴狩猎维生。镇上有位乡绅，大名梅士青，早年毕业于北京大学，求学期间政治色彩模糊，对李大钊、陈独秀宣扬的共产主义和胡适之鼓吹的实用主义皆不感兴趣，却钟情于梁漱溟、晏阳初的乡村建设理论。梁氏在阐述自己的见解时认为，前提是要厘清乡村改造与乡村教育之方式，应以乡村为中国文化之本，通过教育手段来改造半殖民地半封建社会的组织结构，培养新伦理，建设新礼俗。对此，梅士青很是赞赏，走出北大之后，他回到故乡也想效仿，还专门去山东邹平县参观过梁氏乡村建设实验基地，并把兴学作为第一要务。楼王方圆数十里，梅家乃是大户之一，据说祖上明清两朝，都有先人入列知州、知县两级为宦，积攒可观财富，传至梅士青这一代，也还有百多亩土地和一片水面。但梅士青对钱财并不看重，从邹平考察回来之后，很快就捐款兴学，开办了一所像模像样的小学堂，将镇上一座东倒西歪坍塌的庙宇改造成美观的校舍，在全县范围物色聘请了教员，添置了全套的教学用具，他以族长身份在宗祠召集梅氏家族的村民开会，动员送孩子入学。对于外姓村民也一视同仁，凡心存疑虑者，他甚至亲自登门说服。最令村民感激的是，一律实行免费教育，这真是旷古未有之事，而他要达到的愿望只是教孩子们文化知识，培养新伦理，建设新礼俗，在此打好基础，再去改造社会。日本鬼子占领楼王之后，一度将学校变成兵营，糟蹋得不成样子，不久，雪枫司令员的游击支队赶走了日本鬼子，学校重又恢复，作了整修，遂又传出清脆的朗朗书声。这事在皖西反响很大，一些游击区域也有人效仿起来，梅大爷名闻遐迩，清誉远播。

在此之后，游击队在楼王实施了二五减租，这是怎么一回事呢，不妨荡开一笔，稍作说明。这与日本入侵有关，为建立和巩固抗日统一战线，抗日民主政权规定，在未实行土地改革的地区，允许地主出租土地，但原则上须按照战前的原租额降低百分之二十五，承认战前的借贷关系。但年利率一般不得超过一分，如债务人付息已超过本金一倍者，停利还本，如付息已超过本金两倍者，本利停付，原借贷关系视为失效。实质上，二五减租实行的是减轻农民所受地租和高利贷剥削，而不改变地主土地所有制的一种阶段性的土地政策，对这种做法，梅士青是拥护的。在外人看来，他毕竟是北大出来的秀才，见识多，眼界宽，轻财仗义，开明通达。而且，他认为，农民从中得到好处，家里增加了收入，对于他的兴学不无裨益。那么既如此，怎么又出事了呢？这就不能不说到了梅士青的胞弟，人称梅二爷的梅士武。一母所生，性格迥异，老大温润大度，老二刚毅偏激，一个崇尚兴学，一个执拗从戎，各自行动，互不相扰。就在小学堂办得兴旺之际，淞沪会战爆发，梅士武估摸日寇将剑指南京，而后深入内地，遂利用梅氏在家族和周边村庄的影响拉起了一支六七十人的队伍啸聚山林，并打出抗日护家的旗号。民国二十七年（1938）日军入侵安徽，他率领部属与日军交火，那些缺少训练，手持近似原始武器的所谓士兵不堪一击，死伤十多人，只是小鬼子也不想将其一举歼灭，留着这支武装维持地方治安，交火之后还专门给送来枪支和手榴弹，弄得梅士武一头雾水，一时困惑难解。但转而一想面临强敌只能妥协，于是跟小鬼子勾搭起来，之所以如此，其中还有一个因素，就是他的一位昔日中学同窗，结拜"同年"的伪军中队长赵大奎从中作了撮合。后来，新四军游击支队打了过来，小鬼子撤走，他又跟游击队有了联络，老百姓称其为黑白两道通吃，又称"两面派杆子"。

　　作为兄长的梅士青对士武的这种做派自然看不惯，但碍于兄弟情分，也没有阻止，他以为，只要不滥杀无辜，为了生存，跟小鬼子有来有往也在情理之中。反正家产大权掌控在自己手中，他想对老二逐渐减少支出，最终断了他的财路，让这支变了味的武装自生自灭。二五减租时，他就有这一盘算，谈判时他作了让步，按地方民主政权的政策规定签了字。这样做，既是一种姿态，也好就此以家庭减少收入为由来应对老二，哪知他并未知会老二，因此梅士武以自己也有遗产继承权为由，直接找地方民主政府要求对二五减租协议重新谈判，租息由原协议降低百分之二十五，改为降低百分之十。地方民主政府将这个异议反馈给梅士青，梅士青气得差点吐血，因为他一生注重诚信，协议既然签了就不能反悔，再有，签协议的不独他一家，他如改口，这张老脸往哪搁，不是自扇嘴巴吗？今后在家族内部和众乡亲中自己的话还有谁听，又如何面对民主政府？这回，对老二的做法他很是反感，却又不想跟老二见面，那势必会爆发一场冲突。至于政府那头，他更无脸去作交涉，这番忧愤焦急的矛盾心情，未料让管家泄露给了政府相关人士，又反映到游击支队，引起雪枫的高度重视。联想到梅士武两面派杆子武装的现状，雪枫下决心解决两面派杆子武装的问题，这个关键一旦解决了，二五减租的纠葛和其他诸多问题自然会迎刃而解。于是，作出了派一支小分队到楼王的部署，考虑人选时，便想到了舒晨，从实践经验看，他显然嫩了些，然而，他是中央大学毕业的，面对北大出来的梅士青，彼此对话可能容易些。而要改编一支由文盲半文盲武装起来的农民武装，舒晨有一定的理论水平，又见多识广，口才也练出来了，有利于开展思想教育。另外，逍遥镇风波之后，舆情对他不利，再回去，处理好人际关系就不是一件容易的事。对于他这样的青年知识分子，需要到实践中去经受锻炼，增长本领，接受考验。无论从哪个角度看，都觉得派舒晨下去是合适的。然而，小分队不是以舒晨为主，支队指定三人由史凯负责，他跟舒晨已熟悉，虽说年龄比舒晨只大三岁，但实践经验相对而言要比舒晨丰富，而且他还是中共党员。再有一位是司令部的参谋鲁赤兵，改编地方武装，他这个角色是必不可少的。

决定分别告知三人后，由政治部主任将三人召集到一块，详细地分析了楼王那边的现状，此番任务的艰巨性，以及对巩固游击根据地的重要意义。强调要不折不扣地执行抗日战争的统一战线政策，说这是司令员最为关心的，主任的口气斩钉截铁。

如此重任竟落到自己头上，舒晨是又惊又喜，原先史凯将他带来支队，他是作了接受处分的思想准备的，没料到司令员亲自接见，给了批评，更多的却是谆谆教诲。眼下，又让他参与到这项特殊的斗争中去，他深感司令员的信任，自己即将扬帆远行，他打心底里庆幸，司令员成了他人生的领航人。发誓在史凯和鲁赤兵的带领下，排除一切困难做到任务必达。此刻，他多想把这件事连同自己的感受，告诉远在南京的杜玫和近在咫尺的若兰啊。可是诸多不便又行色匆匆，他强压下这份意念，打点行李，随时准备出发。

第十二章　赤山脚下的人生洗礼

杜玫走不了了，事情原委出在父亲身上。

杜家豪原本是个豁达的人，平时喜欢喝两口，微醉没瘾，兴致上来哼几句京剧，《空城计》《武家坡》什么的。可这两天神态举止有点不大正常，总挂着个脸，话少了，连小姨跟他说话，也不搭理。今儿个早早就下班了，独自一人喝了个烂醉，吐得一塌糊涂，害得小姨和杜玫跟着一顿忙乎。抹啊，洗啊，替他换外衣啊，直到把他服侍上床打呼噜才消停。

杜玫断定父亲心思很沉，她问小姨，小姨也说不出子丑寅卯。家里什么事也没有，平平静静，而缎号的事，小姨从不过问，这让杜玫忐忑不安，夜里她也睡得不好。天亮之后，杜家豪照例去后院打太极拳，夏末已带点凉意，晨风拂面，他的气色比昨儿个有所好转，杜玫看了，少了点担心。但是父亲的变化，原因到底何在，作为女儿，她不能不问个明白。

"爸，这几天我看你心里不痛快，干吗事啊？"杜玫憋不住地盯着问。

"唉，说了又有什么用。"

"我是你的女儿啊，话闷在心里假如有个好歹，这个家怎么办？"

杜家豪睨了女儿一眼，他似乎弄懂了杜玫的担忧，遂说："尽管我们一直生活在老祖宗留下的这块土地上，却寄日本人篱下，捏着鼻子受气，眼看厂子难以为继快关门了，竟无路可走。"

"到底怎么了，急死人了，快说呀！"

"历史上，南京所产的云锦等丝织品，其原料主要源自江宁，直到战前，蚕桑生产仍兴旺不衰，野蚕为茧，大如鸟卵，质地没话说。但民国十九年（1930）后，由于国际丝价下跌等原因，蚕桑生产一落千丈，日本人打来之后，江宁的桑园几乎被日军毁灭殆尽。我们不得不到南京周边其他地方去搜罗采购，可情况比江宁也好不到哪块去。而后，我们又远去浙江，赖着脸皮上门求购，就这样七拼八凑，才勉强能维持下去。"杜家豪打开话匣子，把积郁在心中的话一股脑儿吐了出来，"原指望国产丝织品自产自销，谁知道日本人造丝大批量走私，从塘沽、大连等港口进来，再运到南京，造成国内丝原料大滑坡，生产成本大幅度提高，这日子还怎么过？唉——"

"是这样啊！"杜玫点了点头，"爸，我记得我们不是从国外进口了两台电动纺织机吗？这可是大有裨益呀！"

"你说得没错，电动马达一响，一台电动纺织机的日产量抵得上十几台木机子，产量一下子上去了，可是原料不够用，巧妇难为无米之炊。"杜家豪说："你是不知道，水西门码头前些天上货下货人头攒动，忙得很，如今冷冷清清。"

"小日本头顶长疮、脚底流脓——坏透了，他这是经济侵略。"杜玫气愤地说。

"国内也有人与其勾结。"

"汉奸。"

"为了生存，其中有的人也是被逼无奈。"

"怎么办？难道就这样耗着，等着关门？"

"缎业公会正在想办法。"杜家豪说："私下里，我也接触了德记、穆广兴、祁承业、陈启源几家缎号，看能不能联手商量个应对之策，只是各有各的心思。我已请缎业龙头老大，'穆广兴'的创始人穆嘉骅出面调停，他是前清翰林，当下又是南京商会会长，有威望有能力，或许能找到个出路。"

"爸，我觉得光在国内蚕桑业上动脑筋恐怕不行。"杜玫说："你不是常说在商言商嘛，日本人生意还是要做，谈条件，既保证原料供应，又不吃亏。"

"问题是，有的缎号老板转不过弯，坚持抵制日货，说宁可倒闭关门，也不进日本人造丝。"

"这就难办了。"

"是啊，这样的日子还不知何时才是个头？"

杜家豪满脸忧戚，杜玫见状心疼了，说："爸，我暂时不回湖熟了，跟您待在一块，有福同享，有难同当。"

"什么福啊难的。"杜家豪苦笑着说："去吧，方圆在那块，你放心我还不放心哩。再说了，不是还要报考中大吗？"

"中大也不考了，跟您一块受苦受难，迎来转机。"

"那不行，爸一辈子在商界跌打滚爬，什么没经历过，总归有办法的，你不必为我担心。"

"我……"

"什么也别说了。"杜家豪不容争辩，"听话，三两天之内就动身。"

杜玫心中乱得不行，一方面缎号处境困难，自己焉能不闻不问，替父分忧。另一方面，国难当头，她有既定的目标，要践行自己从军抗日救亡的信仰，孰大孰小，孰先孰后，她掂量来掂量去，最终咬了咬牙决定回湖熟。不再犹豫，她打信给大表哥，让他速来南京。小门口有邮筒，以往打信总是在此投掷，今儿个为赶时间，她直接去了中华路邮局，办事员告知明天信件能到。她重复问了一遍，肯定无疑，这才迈着轻快的脚步回到家。

第十二章 赤山脚下的人生洗礼

大表哥志远如约到了，午后志远又去了河定桥码头，预购了船票两张，她这是头回走水路，也是想打探一下。隔日，杜玟便携上简单的行囊和志远一块出了家门，行踪跟平常一样，并无破绽，自然没引起杜家豪和柳惠芳的怀疑。然而，离家没走几步，杜玟还是停下脚步，掉头朝家门口望了又望，心中不舍。出了钓鱼台上了大街，两人又去建康路天福布庄，取了事先购买的布匹，然后雇了一辆三轮车、一辆黄包车径往河定桥码头。今儿个杜玟一副大小姐派头，一袭白底蓝花的软缎高领旗袍，一顶绢制阔边的太阳帽，佩戴了一副银边墨镜。志远仍是一身短打浅灰衣裤，仆人装束。紧挨码头，一艘可载二三十人的商船泊在一边。今儿个人不算少，男男女女，城里人、乡下人都有，正在接受日本兵和伪警的搜查。轮到杜玟和志远，志远先将肩扛的布匹放下，正当日本兵举起枪托上的刺刀往布袋上戳时，杜玟从挎包里取出特别通行证，朝这名日本士官面前一亮，士官看了看证件，又瞅了瞅杜玟。杜玟索性脱了帽子，取下墨镜，不屑一顾矜持地上前移了一步，士官对照着又打量了一下，手一挥放行。可轮到志远却又拦下，杜玟侧身用日语说了句："我的仆人。"士官听到日语，仿佛他乡遇故人似的，"哈依"一声，作了个手势让这"主仆"二人，过了栈桥登上了船。一路上所经乡镇码头也都通畅，尽管各处也有日军和伪警设了岗哨，但在他们看来，首站河定桥码头才是关键。那块一直搜查严格，可说滴水不漏，既然河定桥放行了，那么别处也就无须神经紧张，假码日鬼①的要省多少事哩。

回到外公外婆家，不待梳洗，杜玟便抱起儿子朝小脸上亲了又亲，离开没几天，她像是觉得方圆又长了一截，掂量掂量又沉了不少。她发呆似的瞅着方圆，仿佛既熟悉又陌生，半晌，嘴里才嘣出一句："亲乖

---

① 假码日鬼：南京方言，形容言语行为装样子哄人，有粗俗色彩。

乖，宝贝儿啊！"

接下来，她跟外公外婆商量起开布店的事，说出父亲的支持，建议盘下隔壁邻居家的两间空房作门面。因肚子里已有章程，她说得不急不慢，志远则在一旁帮腔，两位老人听了也没什么意见。外公捋着胡须说："既然你老子赞成，那就做吧，事实上湖熟周边也需要，方便乡里乡亲的，总归是好事。"

这件事有了眉目，如何运作，她全拜托志远了。志远能干、忠厚，她信得过，不用担心，相信准能办成。

下面，她就要跨出关键一步到赤山去。在二老面前，她没道出这个秘密，怕他们想不通，更怕他们阻挠，她想到了赤山之后，再由大表哥替她解释。

出发的头一天晚上，是个难熬的时辰，晚饭后她把时间全用在方圆身上了。她在后院带孩子数天上星星，看鸟归巢，在堂屋教他认字块，拍着手儿教他唱儿歌："豁牙巴，偷西瓜，不带我吃，告你妈。你妈打我你不拉，我躲在门后笑哈哈。"把个方圆逗得咯咯地笑个不停。稍息，她又教唱道："糖粥藕，糖芋苗，桂花酒酿小元宵。"话音一落，方圆直嚷嚷："我要吃糖粥藕，我要吃糖粥藕……"

"我的乖乖儿。"太姥姥踮着小脚忙着靠近，"明儿个一早就去买藕做给宝贝吃。"

"不行，这会儿就要。"方圆耍起小脾气来了。

"这样，家里还有芋苗，我立马去做糖芋苗，明儿个再吃糖粥藕，可行？"太姥姥说。

"那好吧！""天王老子[①]"想了会儿，终于发话了。

[①] 天王老子：南京方言，比喻权力至高无上的人，此处为诙谐说法，代指方圆。

吃完小半碗糖芋苗，许是玩累了，方圆发困了，打了两个哈欠，眼皮耷拉下来了。杜玫跟舜英招呼了一声，便抱着儿子进了卧室。方圆出生三个月后，舜英来了，三年多来除了喂奶，方圆一直跟着她睡，想到明儿个就要离别，杜玫想抱着娃儿睡，她不知此去何时才能母子相逢，必须拥有这个夜晚。她先将方圆放好，而后解衣上床，将娃儿轻轻地移至怀里，梳妆台上的煤油灯光悠缓地摇曳着，她稍稍抬起头，看着娃儿方正俊朗的小脸，跟他爸像是一个模子里刻出来的。可是，如今娃儿他爸到底在哪呢？她的思念又被牵连到不知名的远方，只是看着娃儿娇憨可掬，令人楚楚怜爱的样子，她已很满足了，甚至有几分陶醉。可就在这刻儿，方圆醒了，揉了揉眼不认识地望着她，很快爬下床，大哭起来，嘴里不停地嚷着，"奶妈，奶妈……"住在隔壁的舜英闻声立马过来了，只见方圆猛地扑了上去，也不哭了。杜玫见此情景，心中五味杂陈，都说谁带谁亲，瞬间她感到娃儿跟自己生分了，隔阂了。娃儿是无辜的，要怪只能怪自己，可是怪自己，自己又错在哪里呢？自打中学起参加救亡运动，抵制日货一路走来，只是做了一个爱国青年应该做的。到赤山去，不过是这条道路的延伸，她知道自己亏欠娃儿太多，她愧疚，她难过，也不止一次地流过泪，可为了多灾多难的国家，自己能置身事外吗？世上没有万全之事，自己只能硬着心肠走下去。整整一宿她没合眼，默默地流了一会儿泪，头脑里杂七杂八想了很多。鸡叫三遍，窗户已透亮，起床了，头昏昏沉沉，她特地到后院打了一盆井水，把脸埋在里面浸了一会儿，早饭后她若无其事地准备上路了。

临走时，志远将城里买来的布匹搬上独轮车放好，二老见了目光狐疑，志远随口说："赤山，三岔一带闭塞，拉到那块去卖。"就这样虚应过去了，一边杜玫让舜英搀着方圆到后院去了，她怕离别时控制不住自己的感情。

在乡镇，一般富裕人家都有独轮车，一只铁箍箍的圆滚滚的轮子，中间有一突出的平衡设置，两翼似凳面，用来坐人或放物品。出门后，志远让杜玫坐上去，说："湖熟到赤山相距十四五里啦，又是土路，你没走过，很累的。"

"土路、山路我都走过。"杜玫推辞说："前些年，我跟着金女大的姐姐们去过茅山参访培训，不在乎。"

这么一说，志远就没再坚持，重新调整平衡一下物品，独轮车吱吱呀呀地向前行进起来。杜玫跟在后头一径向前，行至一半路在一棵浓荫如盖的老榆树下歇息，前方是赤山，脚旁是赤山湖。赤山如黛，裸露处一片红色，清晰可见，而赤山湖呢，周边垂柳依依，湖滩铺天盖地的芦苇，在秋风的吹拂下如波浪般涌动。成群的白鹭像闪电，时不时掠过湖面，在芦苇丛中时隐时现，湖面泛着往复循环的涟漪。

"人间仙境，太美了！"杜玫不禁发出惊叹。

"是啊，是啊。"志远应和着，"可是，你不知道几年前，小鬼子初到赤山，开来几艘小型舰艇在湖里扫荡，一把火将四周的林木芦苇烧得一片焦煳，后来新四军在这块打了一仗，把小鬼子打得丢盔弃甲，死伤惨重，再也不敢来了。"

"噢。"杜玫惊道："大表哥，你说说打仗的事。"

"那是几年前的初夏，'皖南事变'过后，当时湖熟驻有日军一个中队，时常到周边村镇扫荡……"志远沉浸在回忆之中。"一天，新四军二支队副司令员廖海涛得到情报，近日小鬼子要到赤山周边扫荡，经侦察，赤山脚下有一处'葫芦峪'，林密草深，地势险要，山下有一陡峭的峡谷，长约五华里，口小腹大，形似葫芦。于是，廖司令员决定在峡谷两侧布防，在林木掩隐下埋伏伺机而动，上午十点光景，一支日军百余人大摇大摆地开了过来，新四团三营营长黄玉庭一声'打'，一时间，枪声、手榴弹爆炸声震天动地，打得鬼子措手不及嗷嗷叫，拔脚回撤。未料退路已被新四军另一支部队封死，来了个瓮中捉鳖，这次伏击战击伤并俘获两名日军，其余日军全部被歼灭，缴获日军全部弹药、马匹和一门日本造九二步兵炮。这可是新四军缴获的第一门大炮。这场战斗威震四方，日军岂能甘心，南京日军华中派遣军司令迅速调集一个师团五千余人，兵分数路地疯狂反扑。在廖司令员率领下，新四军提前连夜转移至溧水境内，小鬼子扑了空，从此，赤山一带就没发生过重大战役，抗日根据地相应地稳固了下来……"志远如数家珍一口气绘声绘色地说了一通，顾自一笑："话多了，表妹，你去了之后会了解得更多，赶路要紧，走吧！"

独轮车又吱吱地响起，途中没再停歇，一个钟头后就进了赤山镇。小镇倚山临湖，一色的粉墙黛瓦，多为平房，少数二层楼房错落有致地分布在街道两边，杜玫和志远没进街巷，而是来到山脚的古同泰寺，几株古松屹立在下午的阳光下，进入山门，"八大金刚"神态各异伫立着。往前是宏敞的大殿，五百罗汉东倒西歪，落满灰尘，战火毁损的惨象不忍直视。到了中大殿，观音菩萨竟也歪斜在莲花座上，全身金粉脱落殆尽。两人不及细看步入后殿，赤山抗日先锋队部队临时设在这里，前些日子，志远已来接过头。杜玫的报到，自然受到欢迎，队长夏轩边伸手相握，边向坐在一旁的中年人介绍道："陆书记，这位杜小姐就是我刚才向您汇报过的南京城杜泰昌缎号的千金。杜小姐爱国心切，背叛家庭，投笔从戎啊！中央大学外文系的高才生。"

"唔，欢迎，欢迎。"唤作陆书记的正是抗日民主政权中共江宁县委书记陆纲，今儿个他来赤山检查工作，适巧见到杜玫，起身与杜玫握了握手，说："我们很需要你这样的人才啊！"

杜玫端详着陆纲，只见他中等偏上的块头，留着短发，蓄着长须，穿一身古铜色的长衫,目光沉静,说话慢言细语,怎么看也不像个官,倒像个中医先生。杜玫的观察没错,陆纲正是乔装中医行走在江宁各地,他将勇敢和睿智深藏于平易近人的外表下面,活动于千万老百姓之中,开展着有声有色的抗日斗争。

午饭时辰到了,伙食跟老百姓没甚差别,家常菜,也许是陆书记的到来,加了一道红烧赤山湖的青鲲,鱼肉结实饱满,新鲜可口。开饭了,队部的人,或坐或站,陆纲搛点菜端着碗凑到杜玫身边来了,这让杜玫多少感到有点不自在,不知如何应付。孰料陆纲先开口了:"杜小姐,刚才夏队长介绍时说你背叛家庭,这话欠妥,我已批评他了,对不起啊!"

"啊,没什么,没什么……"其实,夏轩的话也让她心生疙瘩,只是不好说,可是,陆书记的致歉是她万没想到的,一下子冰释了她的拘谨,感到莫名的亲切。

"不能用'背叛'这一说,即便是出身于大官、大资本家、大地主家庭,那都有割不断的血缘关系和养育之恩吧。何况,大敌当前,出于民族大义,许多富裕家庭,也都支持子女走上战场,想必令尊也是这样。"

陆纲的话字字句句温暖着杜玫,在这样可敬的首长面前,她不能有一丝一毫的隐瞒,她略显不安地说:"陆书记,我这次出来是瞒着父亲的……"

"是吗?"

"我迟早会向他禀明一切的。"杜玫赶忙补充道:"父亲在南京商界尤其是在丝绸业界,一向以正直无私、明事达理享有盛誉,他会理解我、支持我的。"

"我也这样认为。"说着,陆纲爽朗地大笑起来。正说着夏轩走了过

第十二章 赤山脚下的人生洗礼

来，陆纲继续话题："杜小姐，相信你经过战火的淬炼，一定会成为一名坚强无畏的战士。"稍停，他又转身对夏轩说："老夏，我就把杜小姐交给你了，带好她，且要保护好。"

"您放心，我保证做到。"夏轩回应得刷刮干脆。

面对这样的领导，杜玫感动得不知说什么好，愣了一会儿，她才说："我听你们的，好好干，决不让你们失望。不过，陆书记，请您往后不要叫我杜小姐了，好不？"

"那叫什么？"陆纲似在逗她。

"叫小杜，或直呼杜玫。"

"好，依你，小杜，不，小杜同志。"

"这样最好。"杜玫情不自禁地自己鼓起掌来。

自此，杜玫开始投入了紧张驳杂的战斗生活，在赤山湖畔，在游击区内。

很快，她就入编了，分在女队，有十来个人。队长是个男的，叫雷明，看上去文质彬彬，三十岁左右。副队长王岚，二十五六岁，快言快语，动作干脆利落，队里的事实际上是她在管，雷明还兼任大队部政工干事。尽管编制在女队，杜玫有文化，大部分时间也在大队部，协助文化教员做些事，比方整理登记有关战争的书籍、报纸，刻印文件、传单之类，忙得不亦乐乎。

游击队除队部领导吃住在古同泰寺，其余的人都分散在镇上老百姓家里，杜玫吃住在镇东头一户人家，男的叫锁生，女的叫毓秀，靠务农为生。锁生三十老几了，五短身材，很结实，人称闷头鸡，意思是说他整天寡言少语，只知埋头干活。而毓秀呢，也有个绰号，叫黄鳝篓子，什么意思？杜玫不懂。只是街坊邻居一提到黄鳝篓子，便吃吃直笑，露出不屑神色。杜玫心想，这个绰号大概会有故事，但她不便打听。

住在锁生家，粗茶淡饭青蔬菜，在她不成问题。王岚问她可习惯，她回答："多大的事啊，吃饱喝足就行了。"但让她最受不了的是另外一些事儿，就拿出恭来说，夜里还有个马桶，白天就难了，得上茅坑。这一带的茅坑，几乎一律或挖一个坑，或埋一只粗陶的大缸，再用玉米秆子扎个"墙"，却只圈三面，蹲下后正面却是外露的，路过的人一览无余。加上未能及时清理，臭烘烘的，虽已入秋，仍有红头苍蝇在屁股上飞来飞去，甚至叮上一口又疼又痒。在这块，多年来，老百姓已习以为常，有时她出恭时，不论男女，还冲着她搭讪起来，惹得她有说不出的难受，伤透了脑筋。后来，终于想出了一个办法，每当要出恭时便去背街背巷墙拐角处解决。一次，不巧被毓秀发现了，回家跟丈夫说了，第二天锁生用玉米秆子扎了一扇门，将茅坑缺口堵上，不用时搁一边，用时一拉就行。因这，杜玫在杂货店里买了一瓶高粱酒答谢锁生，锁生什么也没说，只是憨厚地朝她笑了笑，彼此心照不宣。

再有一件事，节令已是立秋，但立秋不等同于入秋，加上今年又是晚立秋，"秋老虎"来势汹汹，一周左右，气温竟高达三十五摄氏度以上，人都热得喘不过气来。让杜玫惊奇的是，街坊邻居，尤其是女人，凡已婚的都裸露着上身，两只肥嘟嘟的大奶子，在人前晃晃悠悠，见人不管男女也都喜笑颜开，韶①上几句，丝毫也不觉得害羞。而小丫头、大姑娘，也光着上身，但都用一条方帕，成菱形状挂在胸前，遮住奶子。至于男人，全都赤膊，套件短裤头，摇只芭蕉扇在街上闲逛……这一切，杜玫看不惯，有时就避开走，她把自己的想法告诉副队长王岚，王岚说："老祖宗传下来的习惯，改也难。"

"得改。"杜玫说："特别是已婚妇女，应该套件上衣。"

---

① 韶：南京方言，有动词、形容词两种用法。作动词时表说话、闲聊之意，亦可写作"韶韶"；作形容词时表啰唆、唠叨、话多之意，亦可写作"韶刀"。

"钱呢，你没见这一带老百姓日子过得紧巴巴的，许多人家连替换衣裳都没有。"

"我们来募捐啊，我先让我爸捐些布匹。"

"你可以解决百儿八十的，可是整个赤山镇，还有周边的三岔、郭庄，老百姓都这样，能解决那么多吗？"王岚说："再有，江山易改本性难移，老百姓的习惯已融入他们的本性，我们只能面对现实，做点他们能够接受的事，而我们的主要精力是随时准备打仗。"

听了王岚一席话，杜玫不开口了，而且对这件事，往后她也没有再提。她也想通了，对老百姓的习惯，即便不予尊重，起码得体谅吧。至于这些习惯到底能不能改，她不再去想，想也没用，王岚说得对，自己的心思得放在准备打仗上来。

俗话说人是感情动物，七情六欲谁都有，身为一个知识女性，杜玫的内心世界细腻而丰满。她的口头禅是"多大的事啊"，大度、宽容，对男女间的事一般来说，她是看得开的。可是一旦面对现实，她也有困扰和痛苦的时候，这不，借宿在锁生家，她就没睡过一回安稳觉。事情是这样的，赤山这块的人家大多备有一只马桶、一只粪桶，前者基本上是女人用于出恭。男的则上茅坑，夜间就用粪桶。锁生家并不富足，只两间屋，睡觉用。在门口搭了个小棚子用作烧饭用餐。睡房两间相连，有个门，却没门板，用一条布帘子隔开。锁生夫妇住东头，杜玫住西首，粪桶固定放在连接大门的过道上，她不习惯，夜间很少起来，能憋则憋。但是，锁生不同，一夜总要起来两三次，每次，哗哗的出恭声，搅得杜玫难以入眠。这还不算，最让她难忍的是锁生和毓秀的床笫之欢，每个夜晚隔壁总传来两人的娇喘和呻吟，还有床框吱吱嘎嘎的声音。她实在受不了，遂把双耳紧紧捂住，再用被子严严实实地把头蒙住，她原以为这样就可以逃避了，不行，最糟的是她感到自己的内心在蠢蠢欲动，不由得想起几年前那个仲夏夜，她和舒晨不也这样吗。她难以遏制地回忆起床上的细枝末节，这一想她心跳加快，呼吸变得短促，摸一下脸滚烫的，她想舒晨了。几年没有音讯，他到底在哪块儿，生死不明，让她担心死了，倘若他活着会想她吗？会不会像她一样，哪怕是做梦也会重温交欢呢？想着想着她沮丧起来，可是失去的这一切不都是战争造成的嘛。如果日本人不打来，她跟舒晨读书、做事、组织家庭，和和美美地过日子，这是多么令人快活的事。但日寇的入侵打破了这美好的向往，却也促使了他们的觉醒，终于先后走上了战场。如此一想，她摆脱了混沌的杂念，起了个大早，在巷口的烧饼店喝了碗豆浆，买了两根油条，边吃边径往队部去上早操。清晨，凉风拂面，她像换了个人似的，步子越走越快。不远处，王岚已在向她招手。眺望近在咫尺的赤山孤峰，晨曦沐浴下，像一柄火炬簇立在广袤的天地间，传导出一股热流在胸中奔涌，她不禁唱起了在中大读书时学过的《救国军歌》："枪口对外，齐步前进！不伤老百姓，不打自己人！我们是铁的队伍，我们是铁的心，维护中华民族，永做自由人……"轻快流畅、铿锵有力的旋律，在赤山脚下回荡，久久不息。

第十二章　赤山脚下的人生洗礼

第十三章　史书一页释兵权

政治部主任召见之后，史凯、鲁赤兵和舒晨即进入一种临战状态，迫不及待地想赶往楼王，从支队所在的杜岗到楼王不算远，大约七十里路，但都在丘陵地带，坑坑洼洼的山路，没有任何交通工具，只能步行。这在史凯和鲁赤兵，都不算事儿，这几年从豫东到皖西打游击，他们在不同地形不知穿插过多少次，可说是家常便饭了。而在舒晨却遇上了难题，时而走得平顺，时而跌跌爬爬，很是狼狈。两位战友抢着替他背背包，他愣是不让，咬紧牙关，跌倒了爬起来再走，呼哧呼哧大口地喘着气，跟在战友身后艰难地行进，他心中只有一个念头，倘若山路行军这一关都过不去，还谈论什么即将到来的一系列考验！途中又遭遇了一场深秋少见的阵雨，浇得浑身湿透，背包变得越发沉重，山路打滑，更加难走，两位战友不停地招呼着，鲁赤兵还搀扶他走了一段。少顷，雨过天晴，太阳羞答答地从云层里露出了脸，他的心情也为之一振，脚步反倒轻松起来，一路向前，过午时辰总算到了。券门上"楼王"二字已清晰可见，若不是山路，通常情况下四五个钟头可到了，这回却走了七个钟头，此刻三人不仅疲乏，且已饥肠辘辘。进镇后找了一家小馆子，高粱馍夹酸豇豆加白开水吃了个饱，歇了一会儿，便走街串巷，在镇子东南角找到了当地民主政府，递上公函，算接上了头。

"一直盼雪枫司令员派人来，真是望眼欲穿。"镇长邹家富上前握手相迎，"就为个二五减租吵吵闹闹，折腾得厉害啦！"

"知道，知道。"史凯说："此番，我们就为这事来的。"

"农户倒还好说，普遍拥护，就是七八家财主闹着要改协议。"镇长五十多岁，是个急性子，呱啦呱啦说个不停，"当初签字时，他们屁都不放一个，最近倒像唱莲花落的，喋喋不休，甚至闹到镇政府来。"

"邹镇长，依你看事情的根子在哪里呢？"史凯问。

"那还用问，事情都坏在梅二爷身上，是他在背后使绊子。"邹家富抓搔脸颊，"他有一支人马，枪杆子在手，别人能拿他怎样？不过，说句良心话，对乡亲，他没做过打家劫舍的事。"

"既然没做过打家劫舍的事，说明对乡亲他还有情分，何不找他谈谈。"史凯说。

"找过，他说自己拉杆子就是要安民，但二五减租不合理，吃亏太大，不肯让步，老兄弟俩为这事还闹僵了。"

"啊，那梅大爷是啥态度？"舒晨插问了一句。

"梅大爷是什么人，他见过世面，肚量大，轻财仗义，二话没说就签了。"邹家富深谙内情继续说："而梅二爷硬说事先兄长没跟他商量，因此，俩兄弟有了过节，这事难办啦。"

"你们找过梅大爷吗？"史凯又问。

"找过，他说协议不改，这事他说了算，不必睬老二。"邹家富说："麻烦的是，梅二爷并不出面，而是让别的财主三天两头闹到镇政府，我头都大了。"

"知道了。"史凯已明白大致情况，跟鲁赤兵、舒晨交递了一下眼神说："邹镇长，你不要着急，我们一道来想办法，相信总会解决的。"

接头到此为止，邹家富将三人带到镇政府后进的一个房间安置下来，三人打开行囊，整理床铺。镇长随后又送来竹壳水瓶、茶杯和六安瓜片，再三叮嘱好好休息，这才离开。

忙完室务，三人随躺随坐，便谈起即将开展的工作，他们分析了楼

第十三章　史书一页释兵权

王的实际状况,尽管人生地不熟,但依据支队掌握的情资,这里毕竟属于游击区,群众基础不错,镇长给他们留下的印象,人还踏实,想做事,立场也不会有问题,只是缺少办法,问题的关键出在梅氏兄弟身上。三人商量决定下一步便从拜访梅氏兄弟入手,并选择首访梅士青。

梅士青宅第居于镇子正中偏东地块,是皖西常见的房型,黑漆大门配有铜制虎头门环,拢共四进,可谓是高墙深院。史凯一行三人,进入前庭,家佣问了姓名转身去报,梅士青随即过来,拱手相迎。眼前这位远近敬仰的梅大爷,既非粗犷威猛,也非仙风道骨,而是清癯凛冽,短髭华发,目光迥然有神,一袭长袍衬托出修长的身材轩然而立,其气质一看便是饱学之士,正人君子。

穿过天井,是厅堂,上悬"仁爱堂"绛红色匾额,四个槅扇一字排开,居中两扇已洞开迎客。入内,八仙桌椅对称放置,正面墙上挂有中堂山水,细看乃一幅《雅宜山斋图》,作者是"清初四王"之一的王时敏。未知真伪,笔墨含蓄,苍润松秀,浑厚清逸,即便是仿制,也不失为佳构。画作两侧,是一副对联,上联是:吟思白堕倾家酿,下联是:坐对青山读异书。为清代诗人崔金友诗作,书画家陈豪题写,陈豪系同治九年(1870)优贡生,官不大,止于汉阳知县,工诗及书法,学苏轼,而长于绘画。上有数枚藏家印鉴,应是真品。诗画似乎透露出梅士青不问世事寄情山水,淡泊自守的处世之道,其实是对他真实人生的一种掩饰而已,但就此,已让史凯一行感佩不已。

让座沏茶之后,史凯从包里取出物件,展示在梅子青的面前,说:"下半年是老先生五十大寿,司令员原拟前来敬贺,只因军务繁忙,戎马倥偬抽不开身,特地置办寿幛献呈以表心意。"说着轻轻打开,寿幛长四尺,宽三尺,丝绸制作,大红底色,饰以金属片和金丝穗,中间绣一篆书"寿"字,两旁分别绣有"知命之年""德昭遐龄"八个大字。

"你是说司令员置办的？"梅士青惊喜不已："不敢当，不敢当，太珍贵了。"他看了又看，"像是界首制作的，精品啦！亏将军知道老夫的生日，又送如此厚礼，叫我受之有愧呀！"

"先生兴学育人服务乡梓，又团结乡亲抵抗日寇入侵，还积极配合民主政权实施各种改革，委实是功劳卓著，司令员不止一次提及，仰慕溢于言表。"

"哪里哪里，要说仰慕，却是老夫仰慕将军儒雅之风，文武兼备，英名远播豫苏皖，请代为问候，祈望他为国珍摄，多多保重。"梅士青左手食指和中指摩挲了一下脑门，"唉，说到实施民主改革，我做得不够啊，这不，为二五减租的事，最近有人反悔，一直在闹，要怪，就得怪我那兄弟从中作梗，提出啥要重签协议，他呀左脸欠抽，右脸欠踹，这事我说了算。"

"您老息怒，事情既然发生了，得好生解决。"史凯安慰老人，"我们打算跟他见一次面，听听他的具体想法，您看可行？"

"自然可以，不过很难奏效。"梅士青摇摇头，"我的父母离世早，自小是我把士武带大，事事依着他，宠坏了，不喜欢念书，跟一些伢子打打杀杀。日本鬼子打来前几年就拉起了杆子上了山，跟小鬼子交过火，吃了败仗，后来又跟小鬼子拉拉扯扯，不清不楚。最坏的是他有个结拜兄弟，是二鬼子，对他有所影响。"梅士青话多了起来，"不过，老二本质不坏，对杆子管理很严，从不扰民，为保民还跟别的杆子干过。"

"谢谢您老的介绍，即便从礼节上讲，我们前去拜访，也是应该的。见面后有啥情况，我们再来向您老禀报。"史凯起身说道。

"客气了，只要我能做的，我会去做的。"梅士青递上通关竹签，拱手相送。

第十三章　史书一页释兵权

回到住处，史凯、鲁赤兵、舒晨商议起来，梅士青的态度比他们想象的还要好，这使他们颇受鼓舞，工作开展应依靠他，争取他的支持。舒晨作了一个比喻，说老人是打开梅士武这把锁的唯一一把钥匙，至于怎么去操作，要等见了梅士武之后再作计议。

楼王北边的山，唤作老爷岭，是大别山的余脉，离村三里地，山势嵯峨，高约千寻。梅士武的山寨建在悬崖绝壁之上，原是古代的一屯兵处，周围古木参天，藤蔓密布，十分险要。山洞入口仅容一人，洞内宏敞，洞套洞，犹如迷宫，出口设在山背后，有一羊肠小道下山。

史凯一行，不谙山寨内情，从正面攀援而上，脚下无路，尽是巨石，大小不等，参差布列。松涛阵阵，如龙吟虎啸，在天地间回旋，有一股逼人的气势，令人不寒而栗。三个人一路上气喘吁吁，汗流浃背，整整走了个把时辰才看到山寨。临近设有壕沟、炮楼，一根长长的木杆上挂有一面杏黄旗，上书两行大字：替天行道，保家安民。这一下子让人想到水泊梁山英雄好汉们，那久远而神奇的往事。

"站住，做什么的？"一名哨兵大声喝道。

史凯出示通关竹签，哨兵接过正反两面看了看，知道是梅大爷让来的，请他们在门口候着，派另一名哨兵进洞通报。少顷，梅士武出来了，一看，着长衫，戴礼帽，双眸锐利，气宇轩昂，他没让史凯一行进洞，而是礼貌周全地将三人引入至附近一座茅亭坐下，作了交谈。

"早不来，迟不来，这个时候来，八成是谈二五减租的事吧？"未料一开头，梅二爷就把话挑明了，看来他深匿山寨，消息却很灵通，镇里有人暗通款曲。史凯接话笑道："此番奉命到楼王协助镇上开展工作，久闻二爷保家安民，名声在外，自然应该前来拜访。"

"算见个面吧。"梅士武说："咱们别绕弯子，就说二五减租，我家老大见过了吧，他怎么说？"

"梅大爷说以稳定为重，维持原协议不动。"

"那不行，从小到大，家里的事总是他说了算，我从不放一个屁，这回不能听他的，减那么多，等于断了我的财路。"梅士武两手一张，"我这六七十号人吃喝拉撒，钱从哪里来，协议必须重谈重签。"

"没有回旋余地？"史凯问道。

"没有。"梅士武一口回绝，"各位，请回吧！"

显然下了逐客令，史凯一行三人起身欲走，忽然鲁赤兵横插一杠，说："二爷，你是不是有个把兄弟赵大奎，他是二鬼子，你清楚不？"

"你问这干啥？"梅士武双眉耸动，眼里闪出火花，警觉道："这与二五减租有关系吗？"

"那倒未必。"鲁赤兵面对梅士武的咄咄逼人寸步不让，说："二爷，怎么与这种人交往？！"

"拜把子是读中学时的事，个人自由碍着谁了？何况如今我跟他是井水不犯河水，只维系着昔日的情分。"

"这事，二爷顶好再掂量掂量。"鲁赤兵的话软中带硬。

"你威胁我，小子，你还嫩了点。"梅士武说着从腰间拔出手枪朝桌上一掼，恶狠狠地盯着鲁赤兵。

"二爷息怒。"舒晨忙作劝说："我们也是好意，二鬼子与小鬼子相互勾结，干了许多坏事，民众斥之为臭狗屎，口碑坏透了，二爷倘跟他仍有来往，传出去有损您的名声，实在犯不着，是不是？"

"我心中有数。"梅士武口气缓和下来，"你们请回吧！"说罢，让一名士兵带着三人沿后山小道下山。

此行，铩羽而归，三人一合计，也并非没有收获，起码摸清了梅士武的态度，触动了二鬼子这根神经。从他最后显示的善意，让三人沿山后小道返回，可以看出，此人并非冥顽不化，依然可以争取，问题在于下步工作从何做起。三人分析，梅士武在二五减租这事上之所以如此固执，客观上他担心长兄减少他的支出，再有便是他的部下基本上都是楼王和周边村庄的贫穷农户，二五减租对他们有吸引力，他怕因此动摇军心，士兵出走。但不管梅士武如何纠缠，已签的协议不容更改，与此同时，他对把兄弟赵大奎掌控的那支伪军还存在幻想，不知日军会不会再来扫荡而波及他，有伪军在，他似乎有个遮挡，便于他继续维持下去。鲁赤兵对这一推论作了详尽发言，坚决主张拔除伪军这个驻点，彻底歼灭，来个敲山震虎，让梅士武不再有一丝幻想。

"到底是军事参谋，抓住了要害。"舒晨不禁赞道："长枪开口，往往比谈判交锋更厉害哩！"

"我赞同赤兵的意见。"史凯也欣然作色，"这事重大，我提议赤兵专程跑一趟支队汇报，由支队决定。"

"这样好，我立即动身。"鲁赤兵摩拳擦掌，三人谈完鲁赤兵没作耽搁便上路了。到了杜岗，他就二五减租和拔除伪军两件事，分别向政治部和司令部首长作了汇报。隔日得到指示，二五减租协议不能动摇，必须不折不扣贯彻，道理很简单，因它关系到兑现承诺取信于民，而且关系到广大农户的切身利益，唯此方能上下一心，将抗战进行到底。至于消灭伪军，从战略全局看是个好主张，且切实可行，只是要他们不要行动，而由支队指派部队予以解决。鲁赤兵听了，收获满满，回到楼王。这之后，三人便在二五减租一事上继续做工作，相继跟梅氏之外的大户接触，晓之以理，动之以情，耐心地说服教育。其间，史凯还单独二上老爷岭山寨，这回梅士武干脆不见，也不知何故。由此，也使三人感到这项工作之复杂微妙，唯有慎之又慎，边学边做。

全民族抗日战争已进入第五个年头，年初，一月六日，发生了震惊世界的"皖南事变"，跟日军的战斗仍处在艰苦的相持阶段，国共两党

"兄弟阋于墙"公开暴露于世，形势越发复杂严峻，令人忧心忡忡。

清明后，听说梅士青偶染风寒，史凯和舒晨登门看望，老人抱恙相见，精神状态尚好。这时，舒晨注意到中堂上那幅《雅宜山斋图》已不见，换上了一幅老者坐像，下面的条几上供着香烛和果盘。舒晨猜想，这应当是梅氏先祖画像，只见头戴乌纱帽，前低后高，靠后脑处左右各有一片长椭圆形的帽翅，一脸清正肃然，着宽袖大袍，谓之忠静服，内蕴"进思尽忠，退思补过"之意。同样的装束，舒晨在中央大学读书时，曾跟杜玫一块儿到南京中山门内的中央博物院展厅看过，留有印象，当时听说，是明代官服。在这偏远的山区怎么会有这样的画像呢？他难免好奇，目视画像贸然说："梅大爷，请问这位明代六品官员，是您什么人？"

"明代？六品？"梅士青惊问道："真的吗？"

"是的，同样的官服我在南京中央博物院见过。"舒晨语气十分肯定。

"他是先祖，梅居贤。"梅士青说。

"字正风，号震旦。"舒晨迫不及待抢着应道。

"你，你怎么知道的？"梅士青又惊又喜，眼睛紧紧盯着舒晨，"快，快告诉我。"

"这真是因缘巧合了，在中大时，有一位先生欧阳无垢，是社会学系教授，专门研究明史，并就戚继光抗倭多有著述。其中写有《嘉靖抗倭人物谱》一书，未刊印，是手稿，我有幸拜读。其中浙江台州抗倭一节，写得精彩，读之潸然泪下……"

"这，这与先祖有何干系？"梅士青着急地问。

舒晨不急不慢地说："老先生你先回答我，先祖可曾在台州履职？"

"历代传说，他先后履职于嘉兴、上虞、台州，后来病故，终因路途遥远，未能移棺故里。当年闻报后，只能建了一个衣冠冢，如今仍在，我们做晚辈的每年都要祭祀。"

"老先生，您的话差矣。"舒晨说："据欧阳教授考察，先祖梅居贤乃是抗倭时殉国的。"

"有这种事？"梅士青嘴唇发颤，上前拉着舒晨的手臂，"闻所未闻呀！再有呢？"

"那是明嘉靖四十年，戚继光台州抗倭九战九捷，您这位先祖任台州同知，为知府副职，分管财政粮秣，也就是后勤总管，凡涉财粮均由他调度。其中境内藤岭一役，他亲自带领百姓往前线送粮，途中不幸被倭寇俘获，受尽屈辱，最后身首异处。倭寇逃离之后，当地百姓收尸掩埋，树碑纪念，也不知几百年之后，坟茔是否还在？英雄啊！"舒晨说至此，已是声音喑哑，热泪迸发。史凯也难掩真情，眼眶发红。而梅士青更是难过得抽泣起来，嘟嘟囔囔地说："没想到先祖会是这样一个人，作为后辈竟然不知，更没想到远去浙江探寻，移灵故里，有愧啦，有愧！"

"这一切，族谱没有记载吗？"舒晨问。

"据家父生前讲，清末民初，楼王一带匪患严重，天灾蔓延，一摞族谱失传啦。"梅士青叹息道，旋又对舒晨说："多亏你让我明白了历史真相，想必先祖在天之灵，也会倍感欣慰的。"

"老先生，您是抗倭英雄后代，值得为之自豪啊，连我们也与有荣焉呀！"

"谢谢，谢谢！"梅士青拱手向舒晨连连致意，更换了香烛供奉，对着梅居贤画像又是作揖，又是跪拜。史凯、舒晨也跟着恭恭敬敬地鞠了一躬，这才离去。

此后，一连多日，镇子周边没有什么动静，史凯一行走家串户协助镇长邹家富办理各种杂务。一日，传来邻近伪军中队被游击队围歼，队长赵大奎中弹毙命的消息，史凯他们自然明白这是支队所为，而点子是他们三人出的，快刀斩乱麻的胜利让他们无比振奋。然而，他们却装着不知道，静观各种反应，尤其是梅士武的反应。奇怪的是，老爷岭寨子一片沉寂，平时下山来村里采购货物的炊事兵也不见影儿了，这梅二爷在玩什么心计啊？

　　日子过得太快，像作弄人似的，一晃已是处暑，家家户户忙农事，割黄谷、收棉花、种白菜、拔苎麻，白天黑夜连轴转，累死累活乐着干。一季收获关乎一年生计，片刻耽搁不得，史凯他们也都参加了进去。史凯、鲁赤兵都出身农家，一般农活都不在话下。而舒晨起小就是城里人，偏要拣累活干，下地割黄谷，挥动镰刀不吃劲，两趟下来手心起泡，不小心还割破了手，血流不止，却咬紧牙根硬撑着。后被一旁的村民发现，拽上田埂作了包扎。史凯见了，走过来让他休息，他苦笑道："我这个人太窝囊……"说着，举镰又下了地。史凯喝道："别逞强了，摘棉花吧！"他犹豫几秒钟，这才走到棉花地干了起来。几天下来，人是累得够呛，却加深了对农事民情的了解，这也是一种别样的收获。

　　处暑过后就是白露，暑气渐消，天高气爽，可农事比处暑时节更多更忙，史凯他们自然也参与其中，切肤感受依然脱不开一个累字。史凯、鲁赤兵倒好，仿佛回到了入伍前在老家的境况，耕种收割是寻常事，不过是重操旧活。而舒晨累得骨头像散了架，收工后回到住处，连晚饭都不想吃就上床睡了。尽管累，却睡不着，窗外月白风清，很凉快，他索性开了门来到室外。蓦地，长空传来嘎嘎的鸟鸣声，抬头望去，是一群大雁排成人字形款款南飞，这不禁让他想起白天听说的一条农谚："白露秋风夜，雁南飞一行"，由此又引发他思念起故乡南京和南京的亲朋好友，征鸿年年南飞，而自己还不知何年南归？这由不得自己，作为军人，服从乃是天职，此刻忽然冒出南归的思绪，是不是有点消极，可思念家乡为人之常情呀，两种对冲的情思让他感到困惑。

秋夜真美，不远处有一条小河，长有茂密的芦苇，发白的苇絮在晚风的吹拂下像浪花在涌动，触景生情，他想起诗经《蒹葭》，作为曾经的文科大学生，对它，可是熟透了，遂吟诵起来："蒹葭苍苍，白露为霜。所谓伊人，在水一方。溯洄从之，道阻且长。溯游从之，宛在水中央……"

蒹葭即是芦苇，整首意境是：深秋的夜晚或凌晨，诗人来到河边，追寻那思念的人儿，而眼前却是苍茫的芦苇丛，呈现出冷寂与落寞，期盼的人儿又在哪儿呢？只晓得在河的南边，具体所在又茫然不知。舒晨在想我的伊人此刻又在哪儿，在做什么？……伊人当然是杜玫，离别数载，音讯杳无，思念浸骨入髓，何日才能重逢呢？他沉浸在绵绵思绪之中，蓦地，一个清纯的影像闪现在脑际，是若兰，战地服务团的同事，两人的恋情刚刚萌发，却因别离戛然而止。近一年了，不知她在团里工作生活得怎样，他不便打听，也无从打听，不竭的思念同样困扰着他，折磨着他。

夜深了，外面湿气很重，寒风侵肤，他转身回到宿舍，躺在床上，终究一夜无眠。

农忙归农忙，有一件事史凯他们一直没忘，那就是筹办梅士青的五十华诞喜庆活动。他们找邹家富商量，巧了，镇长也有这个想法，并托梅士青一位近亲去探过口风，谁知老人并不想办，说自己从来没有这个念头，只想安安静静平平顺顺地过日子。倘若别人要办，他就外出避寿。尽管这样，史凯他们与镇长认为这场寿宴必须得办，一则是对老人长期兴学服务乡梓所做的贡献的回报，二则借此机会让梅氏兄弟打开心结重归于好，三则聚拢人心，将抗战坚持到底。

一切都在悄悄进行之中，梅二爷那里，镇长亲自跑了一趟，二爷给了面子，答应准到。

喜庆活动将梅氏宗祠大厅临时改作寿堂，按当地习俗，背景张挂足有半面墙大的红绸，中悬两尺见方的寿字。两边为楷书对联，上联是：名高北斗；下联是：寿比南山。几案上放有香烛和果品，因处在战时，祝寿已作简化，祭祖一节免了。

这天，十点钟刚过，史凯让舒晨去请梅士青，舒晨道出梅氏祖先梅居贤一事使梅士青感激不尽，见面时舒晨也是保密到家，滴水不漏，只说工作队有事相商。老人无话可说，提着文明棍就走，远远地看到梅氏宗祠大门口张灯结彩，他似有悟，脚步迟疑了下来。

"做什么啊？"梅士青探究的目光转向舒晨。

"到了，就知道啦！"舒晨笑道。

是啊，到了才清楚，况且，舒晨这个面子，他得给。于是一径前行跨进宗祠大门，穿过天井，只见大厅门口，史凯、鲁赤兵、邹家富都迎上前来，让他想不到的是，多时未见的胞弟士武也在里面，正笑着向他拱手。敞开的大厅里，已看见硕大的寿字，光彩夺目，事情已一清二楚，他焉能拂了众人的心意，唯有从众，并让人赶紧回宅院，取来雪枫司令员送的寿幛悬挂一侧。

喜庆开启，由邹家富任司仪，并作了开场白，颂扬了梅士青的业绩，说了不少吉言。接着，请老人在几案前端上坐，然后是晚辈献花。老人中年丧妻，有一独子，在汉口谋事，奈因战争回不来，这样便由士武的一个儿子代为献花祝寿，再点上寿烛，然后便是拜寿。在邹家富主持下，晚辈皆跪拜，平辈则拱手为礼，轮到梅士武，上前拱手之后还给兄长来了个亲额头，在场的大人大都知道兄弟俩一度不睦，见状，哗地爆发出一阵掌声,梅大爷顿时老泪纵横。最后,史凯、鲁赤兵、舒晨和邹家富也都依次施了拱手礼。

仪式到此结束,接着便是喜宴,没有奇珍佳肴,都是乡间家常荤素菜,颇为丰盛,每桌古井贡酒两瓶,管喝。梅氏兄弟、族中长者、镇长,还有史凯、鲁赤兵、舒晨入座主席,众人觥筹交错,气氛热烈,酒过三巡,只见梅士青举杯站起,说:"诸位族人乡亲,本人平素滴酒不沾,今天特别痛快,破例了,饮它三杯,这第一杯,感谢一直以来族人和众乡亲对我兴学的支持襄助。"言罢,仰首一杯下肚。"第二杯,感谢士武军务繁忙之际,拨冗前来为我祝寿。"梅士武见状,立马起身与兄长碰杯。"第三杯,是老夫获悉了平生最大的喜讯……"话没说完,他却恸哭起来,霎时,众人个个瞠目结舌,不知何故,士武立即搀扶兄长转入僻室。邹家富向众人招呼了一声:"宴会照常进行",便跟随史凯一行,跟着进了僻室。

"哥,您怎么啦?"士武满脸狐疑,"吓死我了,怎么回事么?"

"噢,噢,士武,你听我说。"接下去,梅士青将舒晨所谈梅氏先祖梅居贤台州抗倭,以身殉国的事大致说了一遍,抹了抹面颊上的泪,最后说:"若不是舒晨长官道出实情,我们哪里知道先祖的不朽业绩,恩人啦,舒长官,谢谢,谢谢……"

士武闻此,如五雷轰顶,先祖竟是如此顶天立地之人,他忙问道:"舒长官,这一切都是真的?"

"确实,我的大学老师做过翔实考察,记载文字我记忆犹新,也是机缘巧合,倘若在府上没见到梅氏先祖那帧画像,那便错过了。"舒晨说:"我不过是追溯了一段尘封的历史,是理所当然的事,哪是什么'恩',更不要唤作长官,我只是新四军的一名普通士兵。"

"知遇之恩,知遇之恩。"梅士青依然在说,旋又拉着兄弟的手,紧握不松地说："士武，你是我的胞弟、亲人，是吧？所谓亲人，形骸上日夕相依，神魂间尤相依，以为安慰，一啼一笑，彼此相合答案，一痛一痒，彼此相互体念。今天，你知道先祖是怎样一个人了吧？明朝时候倭寇犯我中华，杀我先祖，罪恶罄竹难书。如今，日寇又占我土地，屠我民众，追根溯源，大和民族向外扩张，殖民外邦的本性是永远也不会改的，这锥心之痛，你可要记住呀！"

"我操他祖宗十八代。"梅士武血脉偾张，紧握拳头，"今日起，我算活明白了，我梅士武与小日本有不共戴天之仇，从今往后与它誓不两立。"说着倏地跪下，双手高举，昂首向天大声说道："先祖在天之灵，士武一定赓续报国爱民家风，决不再做辱没先祖英名之事，为赶走日寇，愿血染沙场。"说完，触地连磕了三个响头。

"兄弟，我就等这一天。"梅士青一把将胞弟拉起："抗日，责无旁贷，我们要一起努力，为了子孙后代，只有抗战到底！"

史凯、鲁赤兵、舒晨眼见这一幕动人心魄的兄弟言谈举止，不停地交递着欣喜的眼色。

三天后，梅士武派副官来请史凯一行上山，说有要事相商。史凯他们已在梅士青寿诞活动中，看到了这位梅二爷的态度转变，但不知会不会反悔，上山正好可探个虚实，于是爽快地答应后便跟着副官从山后小道攀援而上从后门而入，径往聚义堂。梅士武闻声便迎了上来，双手握拳举过头顶打恭邀坐。聚义堂内四壁悬有铜锣大的油灯，照得炽亮，正面墙上挂了一幅丈二的关公像，面如重枣，美须垂胸，双目炯然，威风凛凛。像前的几案上，除供香烛表馔，另有仿制青龙偃月刀一柄，灯光下，刀刃寒光闪烁。

"请三位大驾光临，在下是想谈归顺之事。"梅士武开门见山，似笑非笑。

"识时务者为俊杰。"史凯回应,"二爷是个明白人。"

"其实,三位上次来山寨,提到我那把兄弟,我就知道贵军将要动手,论他的实力一旦开战,必输无疑。即使小鬼子前来支援,也难有胜算,雪枫将军事先肯定会把日伪合流考虑在内而运筹帷幄,没有十足把握,他是不会动的,动则必胜。在我,说句不好听的话,坐山观虎斗,如若贵军胜了,我自然要向贵军靠拢,甚至考虑归顺。如若把兄弟在小鬼子协助下侥幸守住,尚能维持,我跟他则若即若离,但决不参与他的任何卖国行径。不料,事情变化太快,结拜把兄弟彻底完蛋,特别是家兄寿庆上说到的有关先祖的一段历史,让我惊醒了,先祖因抗倭遭杀,我焉能与倭寇的后辈小鬼子扯来扯去,这不是汉奸作为吗!家兄痛哭一席话,让我有重生之感,当时我就下了决心,往后决不再做辱没先祖的事,并要归顺贵军。"梅士武难掩激动,说个不停。

舒晨真没想到,欧阳教授的文章,竟然让梅士武率众归顺,正所谓史书一页释兵权啊,令他欣慰不已。

"二爷大彻大悟,可喜可贺!"史凯说:"今日邀我们来,不知还有哪些话要说。"

"归顺后,我要求原有建制不变,驻地不变。"梅士武说,一副理所当然的样子。

"这不还是保持原样吗!"鲁赤兵有点恼火,压抑着诘问。

"那不同。"梅士武端起茶杯轻轻地晃动着,"我们挂的牌子已是新四军了呀!"

"牌子只是个标志,关键是建制必须要改动,我军有游击支队、独立团、县大队、骑兵团等等,归顺,不,改编后应依据实际情况归并到相应的大部队去。"史凯一步不让,阐明自己的观点。

"是这样啊,我可没想这么多。"梅士武讪笑着。

"梅二爷，要想真正抗日救亡，得真心实意。"舒晨接过话，"按我军的政策，不仅建制要改，而且驻地得视需要作变更，不说你这支几十人的武装，我们支队就因应战斗需要数度移防哩！"

"噢，我懂了。"梅士武嘟囔了一句，调门却不畅快。

"二爷，我问你一句话，你相信新四军不？"史凯紧追不放。

"那还问，相信。"梅士武没有犹豫。

"相信雪枫司令员不？"

"相信。"梅士武回声响亮。

"这不结了。"史凯笑道："那二爷还有啥顾虑，请说！"

"没了。"梅士武畅快答道。

"那好，欢迎你归队，梅士武同志。"

"叫我同志？"梅士武惊喜交集，"我成了真正抗日大军的一员，你们就看我的行动吧！"

"那今后，我们不再叫梅二爷了！"舒晨逗趣道。

"免了，免了。"梅士武大笑不止，"叫同志好，界限清，感情浓。"

至此，话该说的都说了，饭厅那边，宴席已摆好，冷热菜肴满满当当置于席上。一共开了十桌，大小头目、士兵仆佣全都入席。宴会开始，梅士武宣布了接受改编，归并为新四军一致抗日的决定。掌声响起，酒杯碰撞，大快朵颐，一醉方休，人生难得一见的场面，在座的皆大欢喜。

下山时，史凯说："梅士武这人挺不简单，不是莽夫，很精明，仍要防止他反复。"

"不会。"舒晨持有异议，"主要是他能看清大势，既已作出承诺并当众宣布，应该不会反悔。"

"我也这样看。"鲁赤兵说："改编之后，管理得好这支武装会令人刮目相看的。"

"但愿如此。"史凯说。

这次会面后，鲁赤兵又去游击支队作了汇报，此时支队已移防到淮北，与八路军某纵队合组成新四军第四师兼淮北军区，师长兼政委仍是雪枫。汇报之后鲁赤兵在师部待了三天等待指示，后由一位政治部副主任接见了他，宣布了组织决定，将梅士武的农民武装归并到濉溪县大队，改为中队，原有人员基本不动，梅士武改任中队长，指派史凯任指导员，鲁赤兵任县大队参谋长兼该中队副中队长。同时，从县大队其他中队抽调了几名骨干充当该中队的小队长或副队长。鲁赤兵遵命回到楼王，立即付诸实施，史凯和鲁赤兵与梅士武一道作了必要的准备，一周后开拔到濉溪县驻防。濉溪位于安徽省北部，东临宿县，南接蒙城县、怀远县，西连涡阳县，西北与河南永城接壤，北靠淮北市市区，是豫苏皖边区的一部分。后来的事实表明，这支农民武装改编后，被史凯、鲁赤兵盘活了，骁勇善战，屡建功勋。史凯、鲁赤兵相继受到擢升，分别任县大队政委和大队长，梅士武任副大队长，还成了一名共产党员。

史凯、鲁赤兵离开之后，舒晨独自留在楼王，协助邹家富处置镇里的各种大小事务。上级没有发话，他依然兢兢业业，坚守在自己的岗位上。

只是，就在他们忙着二五减租和改编梅士武的农民武装之际，战地服务团出事了，出大事了，事情出在那个汪一波身上。

第十四章　俳句作戈试身手

秋风起，望苍穹，时不时有征鸿排成人字从容地不知疲倦地往南飞去，季节在浑然不觉中变化着。杜玫从军已有两个多月，生活在战斗的集体中，有人引导，有人商量，也有人善意地提醒，一切都是在润物细无声中展现的。每天的太阳都那么光鲜，激励着她蓬勃向上，她已从青涩走向成熟，感到自己有使不完的力气，做事，在她没有分内分外之分，觑空就做，唯此，生活才变得越发充实。

按照队部布置，她的工作是收发文件，可在这战争年代又处在敌我顽三方势力交错的地带，文件并不多。于是，她开动脑筋，拟写传单，印发传单，铁笔、钢板、蜡纸、油墨、印刷……她戴上袖套，系上围兜，一道道程序，操作得很是熟练。她印的传单有两类，一类是散发给抗战军民的，鼓舞斗志，宣传抗战到底。一类是散发给日本军人的，印的是日文，她在中央大学读书时兼修过日文，读写都不成问题。传单内容多为揭发侵略战争的不义和前景的暗淡，尤其让人想不到的是，她选择了一些哀怨思乡的日本俳句刻印。俳句是日本的一种古典短诗，从中可以看出受到中国古诗，尤其是唐诗的影响，其特点是清新隽永，意韵悠长，比如：

人世皆攘攘，樱花默然转瞬逝。

我生的故乡，那儿的草，可以做饼哩！

流萤断续光，一明一灭一尺间。

我在这头，浮世绘在那头。

我知这世界，本如露水般短暂。

边看繁华，边朝地狱走去……

这些俳句蕴含着思乡厌战的情愫，她用于传单，旨在动摇日军军心。给抗日军民的，选择在庙会集市散发。而向日军散发传单倒很麻烦，总不能冒险送到日军据点去吧，思来想去，她盯上了弩这一古代的冷兵器。其实，弩是装有臂的弓，由弩臂、弩弓、弓弦、弓机等部分组成，比弓射程更远，命中率更高，杀伤力更强，其射程可达一里多远，一般木匠师傅都能制作。使用时将传单十份二十份的卷在一起绑牢在箭上，乘夜色遮掩潜伏到足够的距离，数箭连发，能起到软刀子杀敌的作用。杜玫将自己的这个想法告诉女队队长雷明，雷明又向大队长夏轩作了汇报，两位首长一致赞为妙计，将杜玫鼓励了一番，让立即实施。弩制造出来了，队部挑选了身强力壮的战士，在夜间出发，分别到赤山、湖熟、窦家村、横溪、郭庄等日军据点远射散发。据不同的消息来源，这一妙计还真的收到了意想不到的效果，弄得日军人心惶惶。有说窦家村碉堡内的一名日军军曹看了之后，思乡厌战之情难以排解，竟举刀切腹自裁，说得有鼻子有眼，也不知真假。这事一传开来，都知道射弩的点子是杜玫想出的，队里竟有不少人冲着她喊"杜参谋"，惹得她不好意思地直摆手，说："我哪里够格当参谋，瞎猫碰到死老鼠撞上了，算是动摇小日本的军心吧。"

此后，射弩一直因时因地地实施着，江宁县委还专门发文推广到其他游击区哩。

杜玫心细，来赤山之前，她已将披肩长发剪成二道毛，齐耳短发，也就一拃长。同时，换上了大表嫂的农家衣着，看上去利利索索，到游击队换了灰色军装，更精神了。白天，只要有活干，分内分外的她抢着做，忙得后脚尖碰着前脚跟，压根儿就没空去想那些乌七八糟的事。可晚上只要一上床就遭罪了，锁生两口子照样不管不顾地亲热，好像没完没了，她却毫无办法。一天天挨，欠觉失眠，上班后她尽量让自己保持飒爽英姿的样子，可是人的精力毕竟有限，因此她也有犯困打盹的时候，一次就让王岚发现了。

"杜玫，咋迷迷糊糊的了，能不能跟姐说说？"王岚把她拉到一边，"是不是哪里不适意？"

"哇……"杜玫竟抽泣起来，几天来一直闷在心里，想说而不知对谁说的心思，像被王岚打开了闸口，她强抑住憋屈，将夜间的事大略地说了一遍。

"哦哟，不就是男女间的破事嘛。"谁知王岚轻巧地回应道："夫妻间都会有的，莫非你没体验过？"

这话让杜玫一下子怔住了，她不知如何回答。

"不要把它看得很严重，正常嘛，适应了就无所谓啦。"王岚继续说："不过，这两口子也太放纵了，动静太大，也不知道省点力气，放在农活上。"

王岚的话直率、幽默，杜玫听罢，嘁嘁地笑开了。

"不过，你不说这事我也要跟你说另外一件事。"王岚伸手替杜玫掠了掠耷拉在腮帮子上的一绺头发，"队部决定举办一期救护短训班，之前已办过两期，培训对象是新兵，这一期打算吸收一些有觉悟的农民参加。"

"大好事，什么时候？在哪块儿办？"杜玫精气神上来了，拉着王岚的手，眼睛直勾勾地凝望着她。

"别急嘛，还在计划之中哩！"

"咄！"杜玫赌气似的将王岚的手推开，"这要等到猴年马月啊！"

"我的杜姐，"王岚依着镇上老百姓对杜玫的称呼说："我逗你哩，明天就开始报名，三天后开学。夏队长让我负责，派你协助，地址设在镇西北角的李家祠堂，队长要你我今晚就搬过去住……"

"救苦救难的观音菩萨。"杜玫猛地抱住王岚："你真是我的好大姐，培训救护这做法刮刮老叫，这让我想到，索性增加些医务施药方面的内容，我能做。"

"好，我跟夏队长汇报一下，你作些准备。"

这委实是天上掉下了馅饼，一举两得，既这么快就脱离了"苦海"，又可以发挥自己的所长。而且更让她感佩的是，自己能跟王岚在一起，到游击队时间虽不长，王岚处处照顾她，给她温暖，给她鼓励，偶尔也因她出了差错说她几句，那都是为她好，她心中有数，非但没疙瘩，反倒感激得不行。这些日子，从别的战友那块，她听说早先王岚在茅山战斗过，是个老新四军，安徽人，参军前是青弋江上渔民的闺女。一次捕鱼江上风高浪急，船打翻了，父亲不幸被浪卷走，她被汹涌的波涛冲到一处河滩，被路过的新四军救起。船，原本就是她的家，眼下已是家破人亡，她恳求部队收留她。可部队犯难没答应她，她横竖跟着部队转移二三百里，部队首长心软了，也服了，便收留了她，一直把她带到茅山，之后因战斗需要，又来到赤山。

关于王岚更多的经历，杜玫还不了解，但就她听到的这点够让她折服了，何况，从日常接触以及女队队员对她既怕又爱的言行中，杜玫对她的敬重已刻在心中。

当晚，杜玫向锁生两口子作了解释之后，便搬进了李家祠堂。到时，王岚和另几名女战士已在整理床铺了，她的床紧挨着王岚的床，已铺上稻草和粗布床垫。眼前的祠堂是三进大宅，头进用作培训教室，她们住二进，三名女战士是临时抽调来一同搞培训的。最后一进是神龛，供奉着李氏列祖列宗的木制牌位，而墙边上还叠放着两口漆过的棺材。这时已近黄昏，暮色渐渐铺展开来，几只油老鼠（蝙蝠）在二、三两进间的天井上空上下翻飞，阴森森的。杜玫心惊不已，要不是王岚和三名女战士也在，她真想一溜烟地跑出去。

二进一角有灶台，伙食她们自己管，晚饭很简单，稀饭、山芋。饭后，几个人坐在各自的床铺上，议论着培训班的准备事项。

"你们看，这地方咋样？"王岚问。

三个女战士年龄都不大，二十一二岁，相互伸着舌头不作声。

"杜玫，你说说。"

"好是好，宽敞，安静。"杜玫说："只是，只是神啊鬼的，吓人巴拉的。"

"是啊，是啊！"三名女战士应和着。

"凡是宗庙都是这样，敬神嘛！"王岚说："至于棺材，那是寿材，里面是空的，有啥好怕的。告诉你们，在茅山时，一次为了护送一名首长，就变着法子让首长藏在一只桐木棺材里。游击队化装成送葬队伍，一路吹着丧葬礼乐，哭哭啼啼，闯过了两道日寇关卡，直达目的地，你说稀奇不稀奇，棺材立功啦！"

"真有这回事？"一名女战士问。

"我没见到，我是听说的，信不信由你。"王岚说："只是，不要多想，我们有五个人哩，又是军人，果真遇到鬼，跟它干仗就是了。再说，打起仗来，在死人堆里爬来爬去，谁怕过？"

"队长说得有理。"杜玫听懂了，表示赞同，"有队长在，还怕什么呢？！"

"这就对了。"

接着，转变了话题，大家围绕救护医疗各自发表意见。

"救护，已办了两期，上课，套用老一套就行。"杜玫说："还是谈谈医疗吧！这方面，我倒有想法，也不知对不对，提出来跟大家商量。"

"你说，你说。"众人齐口呼应。

"根据我的初步了解，我们的战士，最要害的是枪伤，这个嘛，医疗组已有办法，轻的能治，重者转移。"杜玫说："无论战士还是老百姓，常见病多发病是伤风感冒、疥疮、湿气、癣、小肠气、出痧子、打摆子、岔气、痨病、胃病等等，还有因劳累过度引起的妇女子宫下垂病。所有这些，除非过于严重的，一般针灸、拔罐、服中药、贴膏药，便可治愈，起码可以缓解。其中一些手法，当兵前我在南京学过，开班之后，我也可以替学员们做个样子。"

"这样好。"王岚说："医疗组的两位大夫也来授课。他们还可以教授心肺复苏的急救方法。"

"再好没有了，我是半路出家半生不熟，正是我求教的机会。"杜玫眉梢一挑，显得很兴奋。

"你带来的那些药，很精贵，尤其是盘尼西林……"

"哇，Penicillin——"一名女战士惊呼起来，"得到它，据说比登天还难，杜姐，你怎么搞到的啊？"

"学孙猴子盗仙草。"杜玫冗自笑道。

"夏队长交代，盘尼西林由你保管，谁用，得由他亲自批准。"王岚一脸严肃地对杜玫说。

"明白。"

商量了半天，几个人洗洗弄弄便上床就寝了。

隔日，报名开始。过午，让杜玫没想到的是，锁生毓秀夫妇居然也来了，她又惊又喜，不知这两口子为的是哪一出。不等她开口问，平素木里实古的锁生说："杜姐，给登个记吧，救国救民我们也有份。"

"你们真这么想的？"杜玫仍有些将信将疑。

"扯谎是这个养的。"说着锁生用手比画了王八的样子。

"别，别。"杜玫赶快拉开锁生的手，迅速在报名册上把两口子名字写上，又冲他们笑道："欢迎，欢迎，我们又在一块了。"

"嗯啦！"毓秀笑着朝杜玫鞠了个躬，拽着丈夫离开了。

开学之后，锁生两口子与其他学员一块，天天都按时来参加培训，跟杜玫的接触自然就多了起来。聊白中，知道了他们的过往，更深地领悟到了人生的复杂和不易。

原来锁生并不是赤山本地人，生于河南登封，家在嵩山脚下，靠近少林寺。家中经营小本药材生意，锁生打小跟着父亲上山采药，有时独自出门，觑空便溜进少林寺，跟着寺里师父学习少林武术。尽管不正宗，却有两把刷子，防身没问题。十三岁那年，河南大旱，又遭蝗灾，满天的蝗虫像厚重的乌云在天空涌动，地里的庄稼，甚至树木草叶都被啃光，一时间赤地千里，饿殍遍野。锁生一家随着逃难大军，向江浙一带迁徙，途中父母病死，七岁的妹妹饿死，从河南经淮北再到苏北，过江到达南京，正逢日本鬼子打来，南京保卫战，雨花台周边打得异常惨烈，他躲进一处山洞，才捡了一条小命。战火停歇后，又继续逃命，最后来到赤山镇。开头，以乞讨维生，渐渐长大了，又去大户人家放牛做雇工，人穷，讨不起老婆，不过够吃，发育得像个小牿牛，浑身都是力气，干起农活来，是乌龟驮石板——实打实。从不偷懒躲滑、偷吃扒拿做五二带鬼的事,甚得东家满意,低价将街边上的一间旧屋转手给他,以工价抵押,就这样,除非小鬼子下来扫荡让他东躲西藏,平常日子过得倒也安生。有人给他介绍对象,他总以养不起作答,还自嘲是只单身狗,孤独却自在。这样的日子延续了十多年,直到遇上吴毓秀。

接下来说一说毓秀,要打开毓秀这把锁,还得从"黄鳝篓子"这个传闻说起。

毓秀是赤山本地人,家里在镇上开了爿小茶叶店,经营赤山周边出产的茶叶,太平年月,也从宜兴、六安等地采购一些名茶,由其父吴士康打理。还兼营一个老虎灶,供应街坊邻居白开水,生意不算大,日子过得倒还殷实。夫妻俩就毓秀一个女娃儿,自然是心肝宝贝了,十四五岁就出落成一个大姑娘了,赤山镇上出了名的美人坯子。小学毕业后,想再念个中学,可是赤山没有中学堂,要想再读,得去秣陵关或县上才行,吴士康两口子舍不得,就在家里养着,整天跳跳蹦蹦,无忧无虑。见父母忙不过来,也帮着做这做那,父母最大的愿望是再过几年找个忠厚勤快,能尽孝心的上门女婿,继承家业,添个孙儿孙女,在这块土地上生活下去。可是,这一切却因小日本侵占赤山镇的当天而改变了。

那是民国二十六年(1937)十二月十四日,也就是南京沦陷的第二天,天空漫卷着细碎的雪花,奇冷砭入肌肤。过午,从湖熟开来一支日本军队,三十多人,伴着一阵刺耳的枪声,狼奔豕突地闯入镇子,开始疯狂地烧杀掳掠,街巷里到处是凄厉的哭喊声。很快,吴士康的茶叶店被占领了,毓秀眼尖转身躲进灶间,钻进了柴火堆里,她竖着耳朵,外面的动静听得一清二楚,叽哩咣啷,小鬼子将陶制的、瓷制的,还有铁皮制的茶叶罐子摔砸在砖地上。吴士康试图与之争辩,没说几句"啊唷"一声嘣咚倒地,毓秀真切地感到父亲大抵已被害,接着又传来小鬼子拉扯母亲的淫笑声和"花姑娘的"催逼声。母亲知道毓秀藏起来了，她双手牢牢地把住门框，死命地抵抗，半步也不挪动，嘴里不停地诅咒着"天打五雷轰""狗东西""不得好死"……但瞬间没声音了，怕是被杀死了。不等毓秀往下想，几名小鬼子已来到灶间搜查，毓秀从未经历过这样的事，尽管她满腔仇恨却毫无办法，天冷又怕，她不由得瑟缩抖呵起来，小鬼子见状，窜前一把扯开柴火，眼前竟是一个花姑娘，还不等看清长相，就饿狼一般扑向她，三个小鬼子争抢着相互间拳打脚踢……轮奸了毓秀，疯狂得意的淫笑和哼哼唧唧的喘息不堪入耳，稍息，扬长而去。整个过程，毓秀没有任何反抗，麻木地听任摆布，她几乎彻底崩溃了，无奈、屈辱、痛苦，她麻木了，变傻了。在后来的日子里，她变得疯疯颠颠，有一回甚至光着身子在街上拣菜边子、萝卜缨子充饥，亏了附近一位好心的老奶奶脱下长袍，给她裹上领她回家。可是，痴呆状态一直没有得到改善，饭食则一直靠街坊邻居接济。

然而，世上有好人，也有坏人，在这暗无天日的境况下，镇上的恶少、邪尸[①]，还有老光棍，丧尽天良，竟然盯上了这个苦命的痴傻女孩了。他们施以小恩小惠，给点吃的，送点用的，占她的便宜，有的软硬兼施，哄她骗她，个别的索性强暴，不从，便扇耳刮子、卡脖子。这样，越发加重了她的病情，街坊邻居见了又有什么办法，除了摇头叹息，顶多也只能做点施舍。因此，成了镇上茶余饭后的谈资，有人给她起了个诨号，叫"黄鳝篓子"。对坏女人，这倒也无妨，而对毓秀则是不分青红皂白，不公道，但在这乱世，谁又去管这闲事呢？

毓秀，一个弱女子就这样，在人世间，在赤山，卑微、屈辱、痛苦地挨日子。一天又一天，一个月又一个月，直到遇上锁生，命运才有了改变。要说人的幸与不幸，也不是天定的，这要看会不会遇上机遇了。

[①] 邪尸：南京方言，指蛮不讲理的人，有贬义。

已是春夏之交，这些日子锁生除了打零工，就是上赤山挖采中药材，从小家中开药铺，耳濡目染，又跟父亲在嵩山采过药，因此这行当他自然知道一些，将药材卖了也是补贴。这天临晚，他肩挑药材回到镇上，到"惠民堂"卖了，便提着一根扁担回家。路过毓秀家时，只见一拨人挤在门口喊喊喳喳地议论着，莫非有什么事发生，他听说过毓秀的事，心中满是同情。但他从没涉足此处，怕招惹是非，今儿个也许是鬼使神差，他的脚不由自主地跨进了门，想看个究竟。过了前屋，再入堂屋，只见三四个男的正围着一个女人，他断定女的便是毓秀。只见她头发凌乱，面容惊恐，上衣已被扯破，裸露着一只奶子。他的出现并没引起几个男人的注意，仍在对毓秀动手动脚。

"住手！"锁生大喝一声。

"搞得不得了了。"其中一个斜眼吊梢的男人讪笑着，冲锁生反唇相讥，"管你×事啊！"

"她是我的妹子。"锁生表面木讷，却不笨，灵机一动寻了个借口说道。

"哟，从来没听说她有个哥。"另一个男人仰着脸说。

"我是她表哥！"锁生口气很硬。

"八成是装的。"斜眼吊梢男人又说："兄弟想必也是来操她的吧！"

一言激起了锁生的无名火，他一把拽住那男的，拎起来又猛起摔在地上。

另外三人见此，一齐扑上来围殴，锁生三拳两脚将他们全部撂倒。当年在少林寺的操练，此时派上了用场，见地上或瘫或坐在一旁的四名邪尸，他说："要不要再过过招？"

那几人相互看看，瞠目结舌。

"滚！"锁生怒吼道。

几个人跌跌爬爬，丧魂落魄般逃跑了。

随后，锁生帮毓秀简单整理了一下，便锁上门将这位"表妹"转过两条街巷带到自己的住处。至于自己为什么要这样做，其后果又会怎样，他压根儿就没去想，似乎就是一种本能。

对于锁生的义举，自然有说三道四嚼舌头根子的，但生而为人，与生俱来皆有怵惕恻隐之心，只是有的泯灭，有的固守，因而知道这事的人，多数也都心知肚明，议论起来都说上几句好话。

锁生对毓秀当病人对待当家人看，住在一个屋檐下，吃一口锅里的饭，而锁生没有任何歪脑筋，一门心思替她治病。赤山周边大小集镇，有点名气的中医他无不登门求诊，甚至冒着日本人岗哨严厉盘问的风险，几经周折去了一趟教会办的南京鼓楼医院，请洋大夫看过。至于毓秀的吃喝拉撒，尤其是饮食，他考虑得到边到沿，可说是无微不至。多年来打工和卖药材的积蓄花了精光，还拉了债，也许是老天眷顾人世可怜的人，毓秀慢慢好起来，神志也渐渐恢复了正常。之前是胡言乱语，又哭又闹，如今，变得又说又笑，能跟锁生正常交流了。俗话说日久生情，在锁生是同情是施救，而在毓秀则是感激和喜欢，终于有一天，毓秀光着身子钻进了锁生的被窝。缘分到了，一切该发生的自然而然都发生了，从此两个孤独的边缘人，组成了一个完整的家，同甘共苦过日子……

这些事，都是在救护班培训期间，杜玫断断续续从毓秀那里听说的，她对这个苦命的姐妹充满了难以言说的同情。在技能培训上，对毓秀格外上心，毓秀更是专心地学。学针灸时，对照人体穴位图，一遍遍地在自己身上找穴位。从在模具上扎针到在自己身上试针，以至一次扎错了穴位昏迷过去，幸好杜玫及时赶到救治后才脱离险境。这段时期，锁生在他熟悉的中药上忙乎，时不时协助杜玫他们辅导其他学员，识别中草药煎制的相关方法。比方如何针对不同中药分别选择瓦罐或炒锅，怎样浸泡，如何煎熬，以及火候的掌控等等。他话不多，只顾做样子，老到的程度，让杜玫等人不得不另眼相看，为之折服。

　　培训班连续办了两期，不仅游击队不少人接受了培训，镇上的老百姓也来了好几十号人，收获满满的，每期结束，大队长夏轩总要犒劳大伙儿一次，比平常多加两三个菜，尽管依然清苦，心里那份感动却没的说。其中锁生和毓秀的变化，似乎微不足道，却是抗战艰苦岁月的一个缩影。不屈的人们，正用自己的方式应对时局的变化，挣脱亡国奴的束缚，走出黑暗，奔向光明。

第十五章　棘手的使命

一早，赤山山顶云遮雾挡，不一会儿，漫天的小雨淅淅沥沥地降临。三月的春风一吹，亮晶晶的雨丝软软地斜飘着，看一眼，心里都仿佛湿润了。

只是，时局仍变幻不定，战争已进入相持阶段，敌我双方呈拉锯态势，互有胜负，在个别抗日根据地，甚至出现再度伪化。这不，近日就传来安徽嘉山一个排的游击队携枪械向日军投降的事，也不知是真是假，反正已在赤山游击队里传播开来。二中队一名入伍不久的小战士，居然乘夜间站岗的机会开溜了，等别的战士去倒班，哨位空了，枪支丢弃在一旁的老楝树下。接手的战士惊恐万状，向中队汇报后即刻进行搜索，直到天亮一无收获。不用说，这是一个严重事件，在大队长夏轩直接指挥下，一面排查嘉山信息的传播途径，一面进行思想教育。夏轩指定雷明给队员们上课，讲解战争的现状和趋势，宣传持久战的战略方针，结合进行革命气节的教育。雷明是北京人，辅仁大学没毕业就跟随姐夫到了延安，又在陕北公学接受了比较系统的培训，打下了扎实的社会科学理论基础。加上在辅仁大学读书时，曾是学校话剧社的一员，操一口标准的京片子，谁都听得懂。而且一开口便有声有色，生动入耳，人人竖着耳朵听，生怕漏了一个字。杜玫是每场必到，还记笔记，虽说自己也读过两年大学，可像这样的培训，尤其是遇上雷明这样的教员，委实三生有幸了，打心眼里敬重雷明。今儿个是第三场，讲气节，雷明从司马迁受宫刑撰写《史记》，文天祥"留取丹心照汗青"，直到李大钊大义凛然走向绞刑架，邓中夏血洒雨花台，言者眼含热泪，听者一片啜泣。杜玫也是泪流满面，心灵受到前所未有的震撼，暗下决心，以先贤为榜样，纵然上刀山下火海，决不变节，一路前行。

听完课走出李家祠堂，她跟王岚边说边走，聊着感想。走到半路，只见大队部的警卫员跑了过来，通知她，说有要事，让她马上去大队部。

"什么事啊？"杜玫疑惑地望了望王岚，似乎想从她那块得到答案。

"别问我，我也不知道，快去吧！"王岚轻轻地推了她一把。

杜玫估猜或许是件要紧的事，于是加快了脚步，十分钟就到了。

"小杜，你看我们又见面了。"说话的是陆纲，正起身向她招手哩，依然是长袍马褂的中医装束，长长的山羊胡已见银丝。杜玫见了，心不禁颤动了一下，他太辛苦，太累了。不等她往下想，陆纲又向她招呼："快坐下，快坐下。"

"陆书记，您好！"这时，手足无措的杜玫才意识到而补了一句："您个把月没来了。"

"陆书记来过，只是你不能次次都见到啊。"夏轩说："今儿个，陆书记倒是指定要见你哩！"

"请首长指示。"杜玫感到事情非同小可，毕恭毕敬地坐着。

"不算指示，随便聊。"陆纲习惯成自然抚摸了一下长髯，"首先，要谢谢你呀，小杜……"

"谢我？"杜玫一头雾水不知究竟，显得有点不安。

"对，正儿八经地谢谢你。"陆纲说："夏队长告诉我撒传单的事，是你的主意，好啊，教育了老百姓，动摇了小日本的军心，不只是有日本兵厌战绝望而自杀，还有日本兵看了传单，跑到我们这边来了。"

"有这事？！"杜玫惊喜得噌一下站了起来，没大没小地晃着陆纲的胳膊:"首长,您快说,快说。"

"好,是这样的——"

接下去,陆纲追溯了事情的经过。

半个月前的一天,县委敌工科长冯迪带来一个日本兵,中等个头,团脸,上唇留一绺仁丹胡须,见人似笑非笑,挺斯文的。交谈中夹杂着半生不熟的中国话,有懂日文的冯迪在场,他的话能听懂。哦,此人名叫西尾和夫,京都人,东京帝国大学毕业,读的是海洋生物专业,对深海鱼类,如三文鱼、沙丁鱼、鳕鱼,尤其是名贵的海鱼排名第一的蓝鳍金枪鱼颇有研究。三年前初秋的一个雨天,他正在实验室解剖一条病亡的蓝鳍金枪鱼,突然,东京警视厅的几名警察破门而入,没等他换下工作服,就被强行带走塞进停放在室外的一辆军用运兵车,而后又上了军舰横渡大洋西进。两天后到了中国青岛,在一座军营里换上军装,接受了半个月的军事训练又一路南下,先后在上海、苏州、镇江等地驻防。一年前又开拔到南京,在周边几个城镇换防,最后来到江宁横溪镇。那块有个日军据点,正是在横溪,他得到了游击队的传单,乘人不备逃了出来,投奔游击队。

他说,对于日本发动的这场战争,他是厌恶的,抵触的,他承认参加过多次扫荡,但是从没亲手杀过一个中国人。为此,上司曾怀疑过他,甚至关了他三天禁闭,责令他反省。

他还说,他父亲是一位左倾人士,早稻田大学毕业,河上肇教授的学生。妻子西尾美惠子,是东京帝国大学医学部附属医院的一名护士,膝下无儿无女。

西尾说的这一切是否属实,一时无从知晓,不过这人很有趣,他说自己酷爱俳句,并由此引发他对中国唐诗的兴趣。李白、杜甫,还有李商隐的诗集家中都有,会背不少。再有,他由日本的能剧喜欢上中国的京剧，在上海驻防期间曾在天蟾舞台看过一出《平贵别窑》，戏中薛平贵和王宝钏生离之苦，泪眼相对让他怦然心动。而自己离开日本竟未能与妻子见上一面，比起薛、王之痛苦有过之无不及。说到这里，西尾唉声连连，潸然泪下，那份真情却又不像是装出来的。

最有意思的是，他问起游击队印制俳句传单的人，想见个面。

"是吗？"闻此，杜玫颇感惊异，"竟有这种事，如今他在哪块儿？"

"还在考察之中。"陆纲说："他想加入'在华日本人反战同盟'，这是由被俘日军、主动投诚的日军士兵和下级军官组成的一个反战团体，在我军苏中、苏北、淮南、淮北等各部队都有这个组织，我们打算尊重他本人的意愿，让他去他想去的地方。"

西尾和夫的话题结束了，杜玫听了，对这个日本人萌生一种莫名的兴趣，她甚至想果真能见上一面，说不定还能谈得来哩。可是，在两位首长面前，她一个小兵腊子不敢再问什么。

"小杜，有对象了吗？"未料，陆纲关心起她个人的事。

"是爱人，还有了一个男娃，三岁多了。"杜玫在亲如长辈的陆纲面前实话相告。

"哦。"陆纲笑道："他是做什么的，如今在哪块儿？"

"说是去延安读陕北公学，快四年了，音信全无。"杜玫嘴角闪现一道苦涩的纹路，并简单地介绍了一下舒晨的过往。

"战争年代，两地分离，不通音信，这种情况蛮普遍的。"陆纲说："看来你爱人是个很优秀的爱国学生，你对他要有信心，会有重逢的一天。"

"他是共产党员吗？"坐在一侧的夏轩问。

"我问过，他笑而不答，王顾左右而言他。"杜玫说。

"八成是的，他有组织纪律。"夏轩说："别怪他。"

"不会。"

"那你想过入党吗？"夏轩对这事已想了很久，今儿个似乎要问个明白。

"真的还没想过。"杜玫依然实话实说："家父一生恪守'君子群而不党'，国民党、维持会都找过他，他一概婉拒，只被人拉进扶轮社，做些慈善事业。"

"'群而不党'这话是孔老夫子说的，原文是'君子矜而不争，群而不党'，意思是正人君子庄重而不与别人争执，合群而不结党营私。关键在这个党那个党，是奉公还是谋私，就当前而言，国共两党究竟谁真抗日，谁假抗日，或者说虽也抗日却杂有私心，这一点，民众还是能分辨出来的，所以不能笼统地讲君子群而不党，加入共产党也是大多数爱国学生、进步青年所追求的目标。"

"陆书记，您的话让我深受教育，让我再考虑考虑。"

"不要勉强自己，要想深想透。"陆纲说："当然，人各有志，就是说每个人都有自己的活法，因家庭、学校和社会等诸多因素的影响，而产生不同的理念和追求，这很自然，也是人的权利。至于是与非，对与错，最终要由历史来检验。但就目前情势来看，一致对外，坚持长期抗战打败日寇，我党是正确的一方，跟着党指引的方向前进不会错。"说到这里，陆纲和蔼的目光凝望着杜玫，"只要方向明确不动摇，其实在党内和党外都一样，依我看，就你的家庭和你父亲的影响，你在党外，更能发挥作用，你说呢？"

"谢谢首长的教诲。"杜玫听了如醍醐灌顶，由衷地应道，党内党外的念头曾困惑她多时，今儿个她豁然开朗，释然了。此刻，偏西的阳光透过木格窗棂照射进来，她感觉到仿佛也沐浴到她的心上。

"好了，话已说了不少。"陆纲看着杜玫轻松欢快的面容，说："下

第十五章 棘手的使命

面要给你布置任务了，是这样，县委的一部电台已老旧了，零部件七瘸八伤的不灵光，的确得换，看看你能不能想点办法帮助买个新的？"

"应该没问题，我很快就进城去办。"杜玫爽快地一口应承。

"别急，电台属日伪严格控制器材，你得仔细谋划，弄不好要危及身家性命的。"

"我不怕。"陆纲的信任给杜玫增添了信心和力量，"您放心，我能办到，只是，我有个先决条件，不知首长能否答应？"

"你说。"

"任务完成后，让我和战士们一道直接参加战斗打鬼子。"杜玫挺直身子作立正状站在陆纲面前，"在队部浮在上头，这不是我个人意愿，我渴望经受血与火的锻炼。"

"喊，好你个小杜，无论是在上头还是下头，岗位不同，都是抗日，你才姜的话可不负责任噢。"大队长夏轩不高兴了："你可以有自己的想法，但是仍要留在队部，这叫革命需要。"

"不干。"杜玫像是吃了秤砣铁了心，冲着陆纲说："首长，你官大，你说了算，否则，电台的事我办不了。"

"话也不能这样说，革命工作是不能搞什么条件交换的，小杜同志，你说是不是这个道理？"说着，陆纲朝夏轩递了个眼色，"不过，要求参战，也在情理之中，老夏，我们就满足她吧！"

"行，按您的指示办！"夏轩应道，接着看了一眼杜玫，"你啊，真拗！只是上了火线，子弹是不长眼睛的，你得格外小心。"

"谢谢首长。"

事情就这么定下来了，事后想想，这事还是蛮棘手的，毕竟是军控物品，又在两国交战之际，但既然自己已作了许诺，进城后再说吧！她打算还是经湖熟坐公共汽车进城，先拢湖熟看望宝贝儿子，并了解一下自家"杜泰昌"设置分号的事。

陆纲的接见和鼓励，拓宽了她的思路和活动空间，似乎有了更大的自由度。回南京，眼下也不需要什么准备，她这次要把儿子接回南京，各方面条件城里总归比乡下好。但让她有点难办的是聚少离多，娃儿惧生不认她，这也是她最怕的，因而，她在琢磨用什么法子拉近母子间的距离，让娃儿欢欢喜喜地跟她一块儿回到钓鱼台家中。思来想去，不知拿什么让娃儿感受到母爱，她抽空上了一趟街，土特产倒是不少，可湖熟也有，没准更多哩。她一家家店面转，五二带鬼的各色玩具不少，玩具，哪个娃儿不喜欢？对，就买玩具，她睁大眼睛，挑来拣去，看一个小摊子前，摊主正在试朴树枪，倒蛮有意思。这是一种用竹子做的玩具枪，用朴树的果子当作子弹，轻轻一扣，伴着清脆的"啪啪"响，一串"子弹"便飞了出去。她估猜娃儿会喜欢，可转而一想，这枪有危险性，万一使用不当，会误伤人，这可不得了。转了将近一个时辰，最后买了一把木制手枪（模型）、一辆铁皮汽车，外加两只竹蜻蜓。办完了这事便兴冲冲地上路了，为了路上安全，夏轩派了两名精干的游击队战士，将她护送到湖熟柳家。

杜玫的出现让柳家人喜出望外，全都迎了上来，杜玫第一眼就看到方圆，娃儿好像又长高了，她一个箭步上前抱住方圆，方圆不情愿地在挣脱，杜玫越发抱紧了，到了堂屋才放下，方圆跑到奶妈舜英身边，怔怔地看着她。娃儿这般生分，她心中仿佛被针扎了一下，眼泪差点掉了下来。忽又猛醒过来，打开拎包取出玩具，一件件放在桌上，方圆好奇的目光一下子被吸引了过来，这时她故意把方圆晾在一边，自顾自地用发条给汽车上劲，然后往方砖磨的地上一放，汽车自动地转了起来，遇到障碍又自动掉头往复循环。方圆眼睛一眨不眨地盯着，脚步开始移动，蹲下身子打量起来。稍息，杜玫又拿起竹蜻蜓，这小玩意儿有一竹柄，一对翅膀，只见杜玫双手握柄搓了几下，然后手一松，竹蜻蜓就在堂屋的空间腾飞起来，兜了一个圈子才缓缓地落下来。不等她去捡，方圆上前已抢到手，顺便又拿走了小汽车，而且赖在母亲面前不动了，这或许就是母子天性吧！杜玫的良苦用心终于得到了回报，她再也控制不住自己，泪水止不住地直淌，缺失的天伦之乐，终于得到了释放。在场的人，太外公外婆、志远夫妇、奶妈舜英全都快活地笑了起来。

接下去，在志远的陪伴下，杜玫来到隔壁盘下的两间房子，作为机房，半个月前，父亲为满足女儿的心愿，已买了织机，在此设了分号，眼前已有两台织机在试机，只见木质撑子吱嘎吱嘎转动咔咔撞击着，"杜泰昌"缎号熟悉的场景，在城市的远郊重现，杜玫掩饰不住内心的激动，对志远说："大表哥，一切都拜托你了。"

"你的事就是我的事，放心。"志远说。其实，两兄妹是一个心思，开设这爿小规模的织布分号，表面看是服务乡梓，而真正的谋划是为游击队解困补缺，满足赤山乃至郭庄、土北、青龙山一带游击队军服所需，这事办成，杜玫心中踏实多了。

在柳家耽搁了一天，次日，杜玫便带着儿子和奶妈回城，志远要送，杜玫未允，杜玫说自己有特别通行证不会遇上麻烦，再则有娃儿和奶妈同行，也不至于引起怀疑，况且又不带什么重的东西，娃儿需用的，城里家中都有。这样，志远就没再坚持，将他们三人送到车站，等了一会儿，闲聊了几句，看着他们上了车，志远才回转。

不出所料，途中虽有日伪军检查，例行公事，大概与整个战场处于守势节节败退相关。把岗检查的日伪军，不再那么专横跋扈、吓人巴拉的了，因此一路还算顺利。

女儿携外孙一块回来，杜家豪老两口笑得合不拢嘴了，盼啊盼啊，总算见面了，有太多的心里话要说哩！

"玫儿，告诉你一个好消息，"杜家豪先开口，"门西乃至整个南京的丝织业，复兴有转机啦！"

"哦，"杜玫一脸惊奇，"爸，您快说。"

"扶轮社，你是晓得的，它以增进职业交流和提供社会服务为宗旨，是一个公益组织，入社的都是政商各界一些有脸面的人士，其中还有外籍人士，我这个人一直信奉'君子群而不党'，对任何党派社团不感兴趣。可是穆老爷子穆嘉骅一再动员，加上门西一带丝织业老板多已参加了，我也只有顺应时事了，办事处就设在湖南会馆，一周聚会一次。没想到与会的居然也有日本人，有个叫坂本细川的在南京开了一家商行，是日本知名企业丸羽纺织株式会社的分支，它不生产丝绸，只管原料供应和产品推销，商行离我们不远，就在殷高巷……"

"殷高巷……"杜玫低声重复了一句，即刻想到舒晨家也在殷高巷，而今已是物是人非。她又想到殷高巷那家三栈楼烧饼店，小时候自己跟舒晨不止一次光顾过，这家的椒盐酥烧饼，配料讲究，制作精良，出炉后凉一阵，吃起来异常酥脆爽口，她特别喜欢，只是，已久违了。

"哎哎！"父亲见她走神，用手在桌边敲了两下，杜玫才不好意思地应道："我听着哩，爸，您接着说。"

"我说到哪块儿啦？"杜家豪摸了下额头，"噢，坂本细川住在殷高巷，人却到处跑，据他说，上海、无锡，还有浙江的嘉兴、杭州、湖州这些盛产蚕茧，丝织业发达的地方他都去过，门路蛮广的。尤为硬正的，他有一个亲戚，叫……叫铃木晋夫，是日本驻华大使馆商务参赞。"

"爸，您别绕弯子了，说交关[①]的，人都急死了。"

"我说的正是交关之处，这个铃木啊，有日本皇室的背景，两月前，

[①] 交关：南京方言，指要紧的、厉害的、关键的之意。

第十五章　棘手的使命

东京传话过来，说皇室要在南京定制三套云锦和服，铃木让坂本物色相关缎号，坂本自然找到穆老爷子。一天，穆老爷子把我约到夫子庙六华春，酒酣耳热之际，他把这事交给我办，我一再推辞，怕万一出现瑕疵担待不起。可穆老爷子说，这活儿只有杜泰昌能做，他许诺可派一名丝织高手予以协助。你想话说到这个份上，我还能怎么着？便答应了。"

"爸，你接手这活儿，而且是日本最高统治阶层皇室的，不清不楚，会惹麻烦的。"

"没事，你不必多虑，有穆老爷子罩着哩。"杜家豪说："结果三个月不到交货，从日本传来的消息，皇室十分满意，穆老爷子借机趁热打铁，通过坂本与铃木商务参赞见了面，洽谈进一步合作事宜。铃木希望继续供货，用户扩大到达官贵人，不只是和服，还兼及窗帘、台布、能剧演出服装，有了销路穆老爷子自然高兴。但不能让日本一方图利，穆老爷子遂要求日方压低出口人造丝的价格，并请大使馆出面，要汪伪南京特别市政府缩减本埠丝织品的税收，双方你来我往讨价还价，最终相互妥协达成协议。人造丝降价 20%，税收降 25%，幅度虽说不是很大，但对于本埠丝绸业维持下去毕竟是有利的……"

"我就担心，往后会有人说这是通敌。"杜玫疑惑未解。

"在商言商，相互利用吧！"杜家豪坦然说道："通过跟日本人打交道，扩展了人脉，说不准什么时候能派上用场。就说扶轮社，若不是认识坂本，又怎能与铃木打交道，还签了协议，迎来转机呢？扶轮社三个日本人中间，另外两个，一个是经营日本料理的，一个在三元巷开办了一家电器行。"

"您是说电器行？"杜玫忽然眉飞色舞地惊呼。

"怎么啦？"

"没什么。"杜玫神秘地一笑，"有些事，过后我再跟您说。"

"神神道道的。"杜家豪嗔道:"总之,多一个熟人多条路,生意场上尤其这样。"话说到这块杜家豪像想起什么,"玫儿,别光顾听我说,我倒想知道这几个月,你在湖熟到底做了些什么?"

"我肚子饿了,"杜玫调皮地噘了噘嘴,"下半天再跟爸韶韶。"

"好,开饭。"

恰逢今儿个是秋分,秋风吹黄了法国梧桐树叶,一片一片随风飘落,像偌大的金色蝴蝶翩翩起舞。后院的桂花缀满枝头,暗香浮动,没有哪个不感受到满满的爽快和惬意。

秋分,是一年二十四节气之一,午餐自然要办得丰盛,桂花腌渍的盐水鸭必不可少。此时,该叫桂花鸭,南京历史悠久的招牌土特产,皮白、肉红、油润、色味俱佳,可说是人人喜爱。另外,还有糖醋藕片、固城湖的大闸蟹。固城湖在高淳,离南京不远,水草丰美,气候宜人,这里产的蟹,青背、白肚、黄毛、金爪,蟹肉饱满鲜甜,蟹膏蟹黄更是蟹中极品,令人没尝口水便滴下来了。再有桂花糕、桂花糖芋苗、粉丝鸭血汤,而时令蔬菜肉丝炒茭白、五香蚕豆、干子炒白芹,也都一一上桌。还有红烧狮子头、清蒸鲈鱼、番茄粉丝虾,汤则是菊花脑蛋花汤。

满满当当摆了一桌,杜家豪老夫妇俩、杜玫母子、奶妈舜英围桌而坐。方圆最爱的是桂花糖芋苗,光滑的芋苗或方或圆或呈菱状,口感润滑爽口,香甜酥软,汤汁呈酱红色,鲜美诱人。

一上桌不等大人递上,方圆就伸手将桂花糖芋苗挪到面前,自顾自一勺一勺往嘴里送,边吃边说:"好吃,好吃。"一碗见底,又将粉丝鸭血汤端过来,这道小吃是闻名遐迩的南京特色美肴。由鸭血、鸭肠、鸭肝加入鸭汤和粉丝制作而成,吃起来口味平和,鲜香爽滑,南北咸宜,老少同享。方圆埋着头吃得津津有味,咂嘴咂舌,圆滚滚的小脸上都冒汗了,众人看了,莫不暗自发笑。

第十五章 棘手的使命

"怕是饿鬼投胎的。"杜玫吃吃笑道。

"咄。"惠芳碰了下杜玫,"别说这不吉利的话儿。"

杜玫也感到自己失言了,忙舀了一小碗菊花脑蛋花汤给儿子:"喝点汤,爽爽口。"

方圆也没说什么,端起碗喝了两口,小手抹了下嘴巴,便去后院抖嗡去了,少顷,就传来嗡嗡的声音。众人交递着欢欣的眼神,餐桌上各有所好,杜玫还跟老爸喝了点酒,脸上红扑扑的,显出一份迷人的光彩。一场聚餐,皆大欢喜,而让众人最开心的莫过于方圆进食时那少有的憨态和满足,说穿了,这顿盛宴其实就是为这娃儿一人准备的呀!

第十六章　幽兰，凋谢在淮北的原野上

自从舒晨离开战地服务团，汪一波心思一直放在两件事上：一是舒晨被带往游击支队结果怎样，有无他想象的那样受到处分？这事，他问过团长田野，田野回答自己也不知道，并告诫他不要再四处打听，要他做好本职的工作，他不便再追问，猜想田野也许真不知道，也许是忽悠他，他心中发毛，觉得事有蹊跷。二呢，演出风波后他原指望事情会迅速发酵，哪知只在开头几天街上老百姓有些飞短流长。唯一的后续效应是街西头日军占领时留下的靛蓝色仁丹广告处，再次出现了所谓"中日亲善　共存共荣"的标语，但很快被撕了，没引起多大反应。而在战地服务团内部召开过一次座谈会，围绕怎样以抗日舆论取代汉奸舆论这一话题，田野让大家谈谈各自的想法。

"小鬼子撤走都三年多了，竟然还出现这种标语，明显是汉奸所为。"画家黄万年说："我建议向上面汇报追查到底。"

"我赞成老黄说的。"一位男高音接着说："这事，恐怕八成与那场演出风波有关。"

"也未必，丁是丁，卯是卯，别把两件事扯在一起，这不啻增添了复杂性。"剧务说。

发言一个接一个，颇为热烈，一向活跃的汪一波却没开口，聚精会神地在听别人说。

"老汪。"田野点名了，"谈谈你的看法。"

"我赞同诸位的意见。"汪一波不经意地笑了笑，"不过，也不必将

此事看得太严重，秋后蚂蚱，蹦不了几下子啦。"

"什么'蹦不了几下子啦'，根本就不能让它蹦，这类反动标语就不允许出笼。"男高音激动得挥着手，显露出满腔愤慨。

"我刚才的比喻不恰当，收回。"汪一波当即改口，"应该是蛇一出洞就砸死它。"

"压根儿就不能让蛇出洞。"男高音毫不妥协。

"好了，别争了。"田野作了个平息的动作，"这样，我们也写一些标语口号张贴出去，一扫歪风邪气。"

"这样好，这样好。"汪一波随即响应。

"那这事就交给你这位编剧了，给你三天时间。"田野说。

"我一个人有啥能耐，团长，能不能配个助手？"

"你挑。"

"就舞蹈队的小孟吧，人家是师范毕业生，人又机灵。"

"不行，不行，汪编剧身边有的是耍笔杆子的。"一向文静的孟若兰竭力推托。

"汪编剧既然选中你了，小孟，你就好好配合，完成这个任务。"田野拍板了。

田野是个大家都能接受的老好人，有人缘却少原则，处理问题往往简单化，此刻他绝不会想到自己给汪一波提供了一个绝好的机会。

孟若兰一向讨厌汪一波，尤其是汪一波披肩长发的装束和从中散发出的酸臭味，令她厌恶，不想跟他有任何接触。如今，汪一波却盯上了自己，而同事对他们二人的所谓配合，有人甚至发出了意味深长的窃笑和议论。但是，团长作了决定，她一个小战士哪有胆子拒绝，而"厌恶"一说也不是拒绝的理由。她不好意思去找团长，即便硬着头皮去找他，恐也白搭。

这样，她只有强压不快去见汪一波，推说自己啥也不懂，请他另觅高手。

"小傻瓜，"汪一波像对孩子似的去拍孟若兰的头，若兰触电般躲开。他并不作气，继续说："不懂可以学嘛，我一个国立剧专出来的，换作别的人想跟我学，我还未必能接受哩。多好的机会，你却想放弃，想想看，值不值？"

孟若兰不作声了，似在掂量。

"再说了，自打认识你，我就觉得你是可塑之材，想带你。"汪一波继续灌迷魂汤，"今天，我向你透露一个秘密，最近我一直在酝酿一个歌舞剧，自然是抗战题材，写一个女英雄，是为你量身定制的。"

"真的？不骗人吧？"孟若兰急着打断了他的话。

"骗你是这个……"汪一波作了个王八爬行的姿态。

"你坏。"孟若兰已被击中命门，一无顾忌地嘟着小嘴似在撒娇，"为啥早不告诉我哩！"

"现在告诉也不迟啊，我不是还没动笔嘛，写出来还要时间，完稿时第一个就请你看。根据你的意见再改，改到你满意为止，让你在舞台上大放光彩。"汪一波充分调动了自己的蛊惑本领，对涉世未深的少女展开攻心战术，"这事就你知我知，天知地知，勿让第三人知道喔。"

"好，好，一定。"孟若兰应道。

放长线钓大鱼，汪一波抑止住自己的欲念，伸手拍了拍孟若兰的肩膀。这回若兰没有避让，只是汪一波长发的酸臭味熏得她差点作呕，柳眉不禁皱了一下，而汪一波敏锐地捕捉到了她瞬间的情绪变化。

这样，两人的配合，若兰的心理障碍已不存在，彼此的交往也就顺理成章了。

翌日见面时，若兰发现汪一波的长发不见了，剪成了普通的西装头,而且还洒了香水。偏偏还是兰花香,是那种淡淡的香味,很好闻,她不禁想起了《孔子家语》中的句子:"芝兰生于深林,不以无人而不芳。"气若兰兮长不改,心若兰兮终不移,她出生时,身为塾师的父亲正是据此给她起了若兰这个名字。

制作宣传标语,汪一波让孟若兰先拟,然后他再作修改,边改边讲改动的理由,他慢条斯理,并不着急,尽可能将两人配合的时间拉长,在这个过程中随意地显摆他的博学。他讲二十世纪剧坛的大导演俄国的斯坦尼斯拉夫斯基、德国的布莱希特,讲国立剧专的名教授洪深、曹禺,讲《哈姆雷特》《牡丹亭》。更多则是介绍日本,什么天照大神、幕府制度、明治维新,什么神道、武士道,什么浮世绘、寿司、樱花,还有艺伎、男女混浴和性文化。他并不是专门讲哪一件事,而是穿插着讲,这一切在孟若兰是闻所未闻,仿佛在她眼前洞开了一扇天窗。没想到这个人知道得真多,让她在学习制作宣传标语之外,获得了更为丰富的知识。她发现原先他看女人那色眯眯的眼神也变得平和了,这样她心中曾有过的反感厌恶好像也消失了。但有一点,让她不好受,就是他跟团里女同事仍在玩暧昧,送这个小礼品献殷勤啦,约那个黄昏后河边散步啦,什么意思嘛,若兰心中有了莫名其妙的妒意和抱怨,但她又说不出口。

晚饭后,她跟一位女同事葛梅闲聊,那是位说唱演员,聊着聊着,葛梅说:"舒晨不知现在怎么样了?他沉静,真诚,有人缘,不像汪一波轻浮虚伪,令人讨厌。小孟,你有他的消息吗?"乍听舒晨的名字,孟若兰心中咯噔了一下,这是一个她想谈又怕谈的话题,不知葛梅是对她跟舒晨的接触有过察觉,还是无意提起,稍有迟疑说:"姐,你都不知道,我一个小丫头就更不知道了。"她嘴上这样说,心中却急迫地想知道跟他分别后他的一切,她的思念翻江倒海,在葛梅面前却又不敢有丝毫流露。但葛梅对舒晨和汪一波为人的看法,她是认可的,不过最近汪一波有改变,葛梅未必知道。

两人的配合,仍在继续,有一回汪一波主动谈起舒晨,感叹道:"人啦,就怕犯错,演出风波,舒晨是好心办坏事,我这老乡,如今不知在哪块儿,有没有受处分?我真替他担心。"说着,他观察了一下若兰的神情,问:"若兰,你有他的消息吗?"

她容不下别人说舒晨不好,想反驳汪一波,话到嘴边忍住了,只摇了摇头。

"现在仍是战时,斗争形势十分复杂,我们不能冤枉一个好人,也不能放过一个坏人。"汪一波说:"若兰,之前,你与舒晨接触多,如想起什么,得及时向团里汇报唷。"

"说什么呢?"孟若兰愠恼地瞥了汪一波一眼,"我跟他只是同事关系。"

"我是为你好,我们处久了,你就明白了。"

"汪老师,谢谢你的好意。"

"别张口闭口一声一个'汪老师',往后就叫我一波。"

"叫汪老师好,这样自然,也免得别人说闲话。"

"还是你想得周到。"汪一波掂量了一下,"就依你。"

没过几天,战地服务团奉命迁至淮北根据地,除了增加了三名新团员,团里没啥变化。在撤离逍遥镇之前,宣传标语已贴满镇子的大街小巷,汪一波如释重负地对孟若兰说:"下面,我可以专心致志地写歌舞剧了,你就等着演女一号吧!"在新的驻地落脚后,他成天把自己关在单人宿舍里摆弄他的剧本。某日晚饭后,夕阳西下,孟若兰独自到附近的老滩河大堤上散步,放眼望去,老滩河自西往东静静流淌,在夕照下闪金烁银,河滩上的芦苇在晚风的抚爱下窸窣作响,像情侣喁喁而语。

若兰想此刻要是舒晨跟她伫立着，不，是依偎在一起欣赏这绮丽的美景，该是多么温馨，多么甜蜜。可是他人呢？在哪？无边的惆怅和落寞朝她袭来，让她顿生寒意，掉头回转。一抬头，见汪一波提着个竹篮向她走来。

"是你！"孟若兰一惊。

"对，你的汪老师。"汪一波说着打开竹篮，一个土制蛋糕、一瓶红酒、两只酒杯霎时出现在孟若兰眼前。

"什么意思？"孟若兰茫然地问。

"啊呀，我的傻丫头，今天是你的生日，你不知道？"

"是吗？小时候爸妈每年都给我过，后来爸妈不在了，我也忘了。"

"爸妈不在，不是还有我嘛，我给你过，年年都过。"

"汪老师，你怎么知道我生日的？"

"这简单，问团部文书就知道了。"汪一波说着就把在驻地集镇买的土制蛋糕盒子打开，用竹制刀片将蛋糕切开，给若兰送上一份，接着又取出两只酒杯，各斟上半杯。

"来吧！"汪一波边鼓掌边唱起《生日快乐》歌，孟若兰眉眼含笑地吃了蛋糕，两人碰杯对饮。

想想看，一个青涩懵懂的少女，如何抵挡得住这般温柔的感情攻势。此刻，她已失去了戒心，当汪一波凑上去在她面颊上吻了又吻，她不再避让，却也没回吻。

整个过程短暂而符合礼节，没有出格举动，少顷，两人就走下大堤回到驻地。然而，汪一波的良苦用心和夕阳下的浪漫庆生，却让孟若兰当晚回味绵长，难以入眠。

啊，若兰，天真幼稚的你，又怎能知道这是汪一波巧妙施用的"欲擒故纵"骗术呢？

不久，战地服务团又流传开有关舒晨的各种讯息，有说他被某首长看中当了秘书，有说他被贬到骑兵团当马夫，最离奇的说法是他被开除军籍，流落在淮北各地乞讨维生……

孟若兰听到这些流言，不知哪是真哪是假，她已顾不上领导的看法和同事的议论，一下推开田野办公室的门，直通通地问："团长，舒晨到底怎样了？"

"你咋这样关心？"田野反问，多疑的目光望着她。

"唉，我就是关心，我喜欢他，爱他。"她已豁出去了，"求你告诉我真相。"

"噢，看来团里关于你跟他的议论不假，不过，谁都有爱和被爱的权利。"田野老于世故，说："至于舒晨的事，你问我，我也不知道。军队有军纪，不好打听的事，不能随便问。在我看来，舒晨是个好人，犯点小错，记取教训得了，你不必过于担心，该做什么做什么，你们总有重逢的一天。"

田野的回答，依然让孟若兰失望，却多少让她宽心，那就挨吧，等待真相大白的日子。她让自己静下心来，找事情做，尽量不去想。

一天下午，临近黄昏，她从新迁的团部出来，在门口遇到汪一波，打了一声招呼，汪一波对她说："我有事要回宿舍处理，等一会你过来一趟，有话跟你说。"

"什么事啊，神神道道的？"孟若兰笑着问。

"有关舒晨的最新消息。"

"真的，你马上告诉我。"

"不行，时间来不及。"汪一波说着转身走开了。

孟若兰看了看汪一波的神色并无异样，上了一趟茅厕就径往汪一波的宿舍。

"坐。"汪一波说着，继续伏案写着什么，真的很忙。稍作休息时，他放下钢笔在孟若兰对面坐下，这才说："若兰，你得有思想准备喔。"

"急死人了，你就快说吧！"

"经我多方打听，老舒的确被开除军籍了，已流落民间，究竟在何处，谁也不知。"

孟若兰的泪水夺眶而出，人从竹椅上瘫倒在地，汪一波上前去拉，将昏迷中的若兰拽到一旁的床上，猴急地扯拉她的衣裤，羸弱的若兰虽有反抗已无能为力。汪一波得意地淫笑着，得意地说："你想见他，想跟他好，死了这条心吧，哈哈哈……"

若兰清醒过来了，以泪洗面，抓起桌上的茶壶砸向汪一波，又上前扇了他的臭脸，这才整理了衣服，在苍茫暮色中跑回自己的宿舍。

丢死人了，她绝望了，整宿是在泪水浸泡中熬过来的。次日上午，她托词上了趟集市，买回一包十盒洋火、一瓶老酒，她把自己关在宿舍里，将一根根火柴头上的磷粉刮下来，集中到一块，她要吞食。她知道乡下人常以这种方式结束自己的生命，这次轮到自己了，她先把门窗关严，行动前在想还有什么要做的，似乎已一无依恋。无意间，目光落在床头的日记本上，她拿了过来，记下了人生最后一则日记。

然后，她梳了梳头，整理了一下衣服，拿起酒瓶对着嘴就灌，她想用酒麻醉自己以减少痛苦。少顷，她停了下来，拿起装有磷粉的洋火盒，倒进嘴里，又将自己的日记本挪了挪，那意思像是要把日记烧了。可是，酒劲上来了，她已身不由己，人已不行了。在失去意识前的瞬间，她跌跌撞撞上了床，她想让自己躺着死去，可是酒性夹裹着磷粉毒性发作，她痛苦地抽搐着翻滚着身子，不一会儿，过去了。

就这样，一朵高洁、雅丽的幽兰，正处在含苞待放状态却离枝凋谢了，凋谢在昏暗的小屋子里，凋谢在淮北这块多灾多难的贫瘠土地上。

午后，团里开会学习上面发来的文件，该到的都到了，只缺孟若兰。田野让文书去叫，很快文书踅回对着田野耳语了两句，田野招呼副团长带大家先宣读文件，自己便和文书离开了。孟若兰的宿舍不远，五分钟便到了，只见门窗紧闭，敲门不开，连续呼唤未应，田野和文书合力将门推开，发现屋内有浓烈的酒味。再一看，孟若兰扭曲地躺在床上，嘴边有呕吐物，很难闻，试了下鼻息，死了。田野大惊失色，见桌上有一本日记，匆匆翻看起来，最后一页是昨晚记下的，只寥寥数语：我被汪一波这个畜生糟蹋了，他终于得逞了，而我却再也没有脸面活在世上，做鬼我也不会饶过他……页面上落满了泪痕。

一切都明白了，田野将日记本揣进兜里，让文书留下看守，他即刻回到团部会议室，宣布学习临时取消，又迅雷不及掩耳地控制住汪一波。人群一阵哗然，汪一波挣扎着嚷道："凭什么抓我，老田，你会为此付出代价的。"

田野当机立断，痛苦地断断续续地对众人说："我们的小妹妹若兰死啦，她是被汪一波这个畜生害死的，详情……详情后告。"

"别血口喷人。"汪一波嘴硬，且故作镇定，"口说无凭，拿证据来。"

田野未予理会，着人将他五花大绑押送禁闭室，又着人去拍摄若兰自杀的现场。

证据？就最后一页日记，便足以定罪。稍后，田野单独翻看起孟若兰的日记，三年多记了一本，只是并非天天都记，有时能隔多日，而且日记文字都很简短，但很实在。他逐页翻看，见有涂改处，还有撕去的，或许是有些隐秘不便记下，田野在有价值的页上做了折角，其中有：

X年X月X日

团里新来了两个人,一个叫舒晨,稳重、正派。一个叫汪一波,精明、浪漫。这是初步印象,大城市的,要多多向人家求教。

X年X月X日

汪,这个人有点怪,留个长发,衔只烟斗,艺术家的装束,非得这样吗?长发怕是多日不洗,散发出一股酸臭味,难闻死了,犯嫌。

X年X月X日

演出搞砸了,汪私下对我说都怪舒晨,像是有意为坏人提供了的机会。可是,那天总结会上,他不是这样说的,还承担了自己的责任,怎么人前人后是两种说法呢?还老乡哩!

X年X月X日

汪肚里货色很多,草拟宣传标语期间,给我讲了不少古今中外的事,多数我都闻所未闻,让我开了眼界,增长了知识。特别是日本,他好像啥都知道,他说自己作为访问学者到过日本,接受过三个月的专门培训。他还说,只要我跟着他好好学,以后有机会也让我去日本接受专门培训。培训啥?他没说,我也没问,只是,我现在是军人,又不是什么学者,哪能要出国就出国呢?也许,他是想讨好我吧!

X年X月X日

汪一波正在酝酿写作一部歌舞剧,为我量身定制,演女一号。看来,他是真的在培养我、提携我,太感谢他了。

X年X月X日

姐妹们在一起谈到汪,说他一有空就往女人堆里钻,黏黏乎乎，动手动脚，一双眼睛色眯眯的，讨厌。沈大姐提醒大家，别上当，特别点了我的名，说我年轻幼稚，要格外小心。

X年X月X日

上街购物，无意间见汪与人在小酒馆对饮，那人留个平头，左脸颊有一处刀疤，流里流气的，两人边喝边聊，还不时地四处张望，鬼鬼祟祟的。他们没发现我，回来后，曾想问汪那是谁，但终究未开口，只是一直在怀疑，他怎么跟这种人在一起呢？

X年X月X日

我承认自己喜欢上舒晨了，论长相，他普通人一个，可是，人品气质却是一流，像磁石一样吸引着我。我已无可救药地想亲近他，他很被动，对我说已有女友，他愿意把我当小妹妹，可我接受不了，莫非我真的坠入爱河？神秘、温馨充满五彩缤纷的幻想充塞头脑。然而，汪老在背后说舒的不是，又或隐晦或露骨地表达他对我的爱，烦死人了。

X年X月X日

汪把令人作呕的披肩发剪了，还洒了香水，兰花味的，人也精神多了，可见人是会变的。

X年X月X日

千想万想，没想到汪会给我过了一个浪漫的生日，一个男人用心之深，真令人感动不已。我相信他是真的，我接受了他的吻，但没回吻。这跟舒晨不一样，但我不再像别的姐妹那样认为这个人不咋的，不值得付出感情，终究各人的感受不同。

X年X月X日

舒晨走了快一年了，我的初吻是给他的，他配，对他的思念魂牵梦绕。临别时，我呼喊着"勿忘我"，可是，至今音讯全无，他是真把我忘了，还是真的受了处分自顾不暇，有难言之隐呢？不行，我得想办法寻找，哪怕辞去战地服务团的工作，离开部队，我不信他有女友的说法。见到他后，我要问明白，果真如此，我会真心地为他祝福，倘是托词，那他一定会是我的人。啊，若兰，说这些羞不羞？哈哈哈……

X年X月X日

战地服务团移防了，新的驻地离师部不远，太好了，团长依旧是田野，资格老，有才干，威信也高，只是心肠有点软，好像对文化人就得如此，但对女战士很会照顾，我自然欢迎他继续带领我们，为打败日本鬼子做我们应做的事。

X年X月X日

最近有关舒晨的谣言又冒出来了，有的就出自汪之口，这人咋这么低俗？吃醋吗，舒晨可是没在我面前说过他的不是呀，为啥？弄不懂。

X年X月X日

汪对我们团的那位管剧务的好像很关心，说也是他培养的对象，让他将来由剧务提升为编剧。他还真的在发挥所长，乐于助人哩！

X年X月X日

我被汪一波这个畜生糟蹋了，他终于得逞了，而我却再也没有脸活在世上，做鬼我也不会饶过他的。

这部分日记真实地反映了孟若兰的心理历程，有爱有恨，太令人惋惜，太沉痛了。田野边看边叹息，合上日记他已泪流不止，自己没有保护好这样一位纯真聪颖的女战士,深刻的愧疚撕裂着他的心,自己是有责任的,要向师部作出检讨。接着,他与团部其他领导商定了几件事:

尽快将死者入殓,安葬。

立即将汪一波隔离审查,责令其交代所犯罪行。

对死者日记中提到的那个酒店"老疤"展开调查。

责令"剧务"作出解释,并检举揭发汪一波。

全团组织学习,接受教训,正风肃纪。

团长、政委、副团长几人作了分工,各负其职便行动起来。当天,向师部作了汇报,师部高度重视,立即派政治部一位副主任前来调查,副主任和田野一道传讯了汪一波。

"事情的严重性不用我说。"副主任一脸肃然,"老实交代。"

"小孟的不幸,我有责任,唉。"汪一波说:"我太爱她了,一时冲动,又喝了酒,酒后乱性,以至出错。"

"出错?你这是犯罪。"副主任说:"你占有她的真正目的是什么?"

"造成木已成舟的既定事实,做我妻子。"汪一波狡辩。

"你去过日本吗?"副主任突然问道。

汪一波心一颤,他想没准孟若兰将两人之间的交谈向团里汇报了,但他竭力否认:"没去过。"

"老实点。"副主任拍了下桌子怒斥道:"你不是去接受专门训练吗?训练什么?"

"啊,想起来了,国立剧专毕业后,作为访问学者是去了一趟日本,考察学习日本四大剧种:能剧、狂言、文乐和歌舞伎,说接受培训也行。"汪一波故作轻松地笑道:"中外学术交流,这难道不可以吗?"

"别胡扯。"田野也被激怒了,"你那精准枪法哪里学的?"

"就在战地服务团现学的。"汪一波振振有辞,"团长,当时你也在场啊!"

"奇怪了,开头你是虚发两枪,后面发发击中靶心,没受过特殊培训,谁有这份能耐,想蒙混过关,没门。"副主任说。

"说,你对孟若兰是不是另有打算,在掌控她之后,让她也去日本接受专门培训?"田野问。

"没有,没有,团长,你可不能瞎猜呀!"汪一波嘴硬,心里却发虚了,强撑着。

"你不仅想发展小孟,还在团里以至社会上发展对象充当日本间谍,是不是?"

"团……团长,你……你一个大领导,不能冤枉好人呐。"汪一波声音打战。

"要不要我叫团里的人来跟你对质?!"

汪一波立刻想到那位剧务,自己是计划发展他的,试探过。糟糕,剧务莫非早已揭发过了,他慌了,额头上的汗珠簌簌地滴落了下来,他已被击中要害,强辩耍赖已不起作用,说:"首长,能不能容我捋一捋,作出书面交代,我什么都说,不再隐瞒,争取宽大处理。"

副主任和田野去僻室商量了一下返回,同意了汪一波的要求,让身边的战士将他带往禁闭室。

当晚,星月黯淡,守在门口的两名战士用一把大锁将门锁上,又分守大门两边,透过纸薄般的门缝往里瞧,昏暗的油灯下,汪一波伏在一张低矮的小桌子上,一直在写交代材料。其实,他在胡乱地涂写,心里琢磨着如何逃脱,他有格斗本事,对付两个战士绰绰有余。可是门锁着。装疯卖傻又太突然了,难让人相信。很快,他的目光注视到了朝北的窗子,跳窗逃跑,这是当下唯一的选择。窗口外,是潍河的一条支流,他会游泳,对,就这么干。但他不急,等到下半夜,看守的战士犯困了,再实施这一逃脱计划。午夜过后,他贴着门缝侧耳倾听,门外的战士有交谈声,他赶紧转身在室内作散步状,后又坐下埋头运笔,似在继续交代。直到子夜时分,外面起风了,有簌簌声音传来,不会是战士在私聊吧,如那样就糟了。他又起身走近木门,依然侧耳细听,没有私语,却传来鼾声,他心中一乐,迅速返回,用力掰断了窗子横置的木杠,站上小凳,啥也没带,刺溜一下轻巧地钻过窗口跳进河里,在浓重夜色的掩护下向对岸游去。河水很凉,他浑身颤抖,小腿开始抽筋,但生死攸关,他已不顾一切,终于游到对岸。他调头朝禁闭室望去,像是没有动静,不由得长长吐了一口气。他不敢停留,拔脚就往西北方向奔跑,他知道,只要再跑十几里地,就是日军据点了,他就到家了。

天亮了,战士打开禁闭室的门,打算去收书面交代材料,可是屋内空空。再看,窗框掉了,不好,汪一波跑了。小桌上的"交代",竟是乱七八糟的涂抹,两名战士大眼瞪小眼,惊得一句话也说不出来,只好去向团部汇报。

没有擅离职守,仅是麻痹大意,祸闯大了。师政治部副主任和田野团长听了汇报,也是目瞪口呆,一筹莫展,不知下面会发生什么?

第十七章　父爱无疆

喝了点酒，乏困，小憩醒来已是午后两点，杜家豪正准备跟女儿继续上午的交谈，机房来人报告，有急事要他去处理，给杜玫打了声招呼便出了门。

待在家里，除了逗方圆玩，好像也没有多少事可做，再说她已很长时间没到南京街上去转转了，于是便从车棚里推出自备的脚踏车，跨上去出了钓鱼台，经新桥、长乐路转三山街，她想看看街景，顺便了解些市井消息。街上人来人往，但商铺的货物却零零落落，都市像一个重病之后的人还没恢复元气，而不时碰上的日本鬼子和汪伪军警，尽管已不像前两年凶巴巴的了，但依然令升斗小民畏怯闪躲。她抓住车把手，踩着踏板来到瞻园路口一处报栏前，将车子倚墙停靠后便凑上报栏看了起来，她想从中知道一些近时国内外发生的重要事件，尤其是战场的态势。报纸不多，就四份，南京沦陷之前，除《中央日报》外，民营报纸多达六七份，时不时透露出不同于政府的新闻，多少还有一点新闻自由。鬼子一来便实行了严厉的新闻管制，因而要想了解事实真相便成了奢望，她目光扫了一遍觉得索然无味，便推着车离开。谁知刚骑出十多步，迎面有一个青年男子朝她喊道："杜玫——"，她停下一看，此人一身牧师装束，戴一顶黑呢礼帽，穿一袭黑色长袍，胸前挂着十字架。她愣了一下，正当她半信半疑之际，男子笑道："怎么不认识了？我是金兆翰啊，中央大学'萤社'，我们一块演过话剧……"

"啊，金牧师，记得那时你就是基督徒，如今在何处高就？"

"日本人来了之后，没有随校内迁，这你是知道的啊，随后我参加了德国西门子公司约翰·拉贝的国际安全区接收难民的工作，在汉口路一带金陵大学地域活动。"

"是吗，我也参加了救治难民工作，在金女大一带。"杜玫顿生一种亲切感，"后来呢？"

"后来去了金陵神学院。"金兆翰说："日本人找过我，要我当随军牧师，我没干，不过我曾替政治犯行刑前做过心理疏导……"

"这事你也干？！"杜玫心惊胆战，她实在不清楚当下金兆翰的真实身份，似乎感到危险正在逼近自己，她不想交谈再延续下去，便借口道："不好意思，我得去第一医院看望病人。"

"请便，后会有期。"金牧师也没勉强，"只是，我还没有了解你的情况哩。"说完两人欠身作别。

杜玫原打算再逛逛书店，买几本书，这会儿已提不起兴致，便上车回转，骑了一阵又回头看看，总感到有人跟着似的，惴惴不安，一个声音在心里不断重复着：这位金牧师究竟是什么人啊？

杜家豪回来已是七点多钟，饭毕，父女在客厅坐下，继续上半天的交谈。

"说说你的事吧！"杜家豪开门见山，"在乡下都做了些什么？"

"两台织机已试验过，杜泰昌分号可以开张了，我一直在忙。"杜玫说。

"这我晓得，账房先生去过，回来都跟我说了。"杜家豪说："可是，他在湖熟连你的影子都没见到，你究竟在忙什么？"

"我一直在操心筹建分号的事，不信您可以问大表哥。"

"好啊，学会了扯谎。"杜家豪沉下脸，调门也变了，"你母亲为了生下你搭上一条命，后来我成了你唯一的亲人，再后来，你有了舒晨和

第十七章　父爱无疆　　　　　　　　　　　　　　　　　213

方圆，在你心中便没有老子了，做什么总自说自话，特立独行，你说，到底还认不认我这个老子？"

"爸，您别这样说。"见父亲这般从未有过的难过、动怒，杜玫慌了，鼻子一酸，眼泪止不住地流了下来。没准自己的作为，真的伤了父亲的心，但一时又不知如何向父亲解释。

"不认也行。"杜家豪火气依然很旺，"那你可以单独过，杜泰昌号所有的一切，你尽管挑，想要什么拿什么，一锅端我也不说二话。往后，你杀人放火我也不管，你想做什么就做什么，再也与我无关。"

"爸，您别说了，别说了。"杜玫像遭到电击雷轰一般，扑到父亲面前贴着老人的胸口抽泣起来，"我是怕您担心才瞒了您，这会儿，我向您坦白，行不？！"

望着女儿热泪直流可怜巴巴地凝视着自己，杜家豪心疼了，他扶着女儿在一旁坐下，声音喑哑地说："才姜，我的话或许过重了，可我是为你好啊！"

"晓得，晓得。"杜玫边拭泪边说："是我不好，跟您说，我在乡下参加了游击队。"

"这跟我估猜的对上了。"杜家豪说："你在湖熟办厂，还不是用于资助游击队……"

"有这层意思。"杜玫不得不佩服父亲的深谙世情，一眼洞穿，说："也想服务乡梓拓宽财路。"

"掩耳盗铃吧！"杜家豪眉开眼笑，瞬间又幻化成忧色，"告诉我，在游击队做什么，打过仗吗？"

"在那块当文化干事，抄抄写写，有时也协助队医，做些护理伤员的事。"

"真的没打过仗？要知道日本鬼子是很凶残的，子弹又不长眼睛。"

杜家豪说："你可不能糊里八涂①的，倘有可能，找个理由离开。"

"爸！"杜玟惊诧地看了父亲一眼，"这不像是从您嘴里说出的话，记得'九一八'事变过后，东三省沦亡，我们中学生跟在大学生后面上街游行，抵制日货，你非但没阻止，还鼓励我参加，当时你说天下兴亡，匹夫有责。后来，我跟着表姐去茅山新四军军营参观，你也没说二话，希望爸爸能一如既往支持我。"

"可是，此一时彼一时也，如今你有了孩子，万一有个好歹，孩子怎么办？我和你小姨一天天老了，往后想护佑，也有心无力了，这些你想过没有？"

"我自然想过，也有过犹豫，然而，国之不存，家将焉附？如果不将小鬼子赶出中国，过着亡国奴的屈辱日子，任其践踏，一点尊严和自由都没有，这与猪狗有何不同。"杜玟耐心地说着，见父亲不停地咳嗽，她转过身去替老人捶背，为了说服老人，她编造了一个理由，说："如今，舒晨也在前方打鬼子……"

"有他的消息了？"杜家豪急切地问。

"没直接联系上，是别人传话给我的。"

"他不是在重庆中央大学吗？"杜家豪难解疑惑，"这是你亲口跟我说的啊！"

"他响应蒋委员长'一寸山河一寸血，十万青年十万军'的号召，参加了青年军，在云贵、在缅北与小鬼子拼杀。"杜玟继续说："我也要响应毛先生'为抗日流尽最后一滴血'的号召，打持久战，直到最终消灭日本军国主义，我不这样做，将来我哪有脸面见他啊！"

"你这孩子从小就拗，认准的事谁想改变都难。"杜家豪微微叹了口

---

① 糊里八涂：南京方言，指糊涂之意。

第十七章　父爱无疆

气,"国家存亡,继绝之秋,年轻人想必都会这样。记得光绪二十七年（1901）,我才十三岁,早年中日甲午战争时,邓世昌英勇殉国,消息广为传播,举国震惊,连我这样的小孩子也是义愤填膺,久久不能忘记,恨不得上战场跟日本人拼个你死我活。一天,乘家里人不防备,我约了几个小伙伴偷偷地跑到南门外清军军营要参军杀敌,可把你爷爷奶奶急坏了,托人城内城外四处寻找,而清军见我们年龄太小,问明家庭住址后,派士兵把我们送回了钓鱼台。结果我被爸爸打了十几板子,屁股都打肿了,唉,谁都有过热血沸腾的青少年时代呀!"

听完父亲一席肺腑之言,尤其是后面挨打一节,杜玫差点笑出声来。可她抑住了自己,她已听懂了父亲的话,明白父亲已认可了她的选择,这样,她索性把最关键的一件事说了出来。

她说:"爸,谢谢您的理解,我想麻烦您老人家帮个忙。"

这时,紫檀雕花几案上的自鸣钟敲响了,整整十二下,"看,午夜了,该休息了,有事明天再谈。"杜家豪说着,从黄花梨座椅上缓缓地站了起来。

"不行,爸,这事很急。"杜玫说着又扶老人坐下,"耽误了您休息,请原谅。"

"父女间说什么原谅不原谅,好,我陪你,哪怕聊个通宵。"说着,他朝外面喊道:"郑妈,郑妈,你给送两份夜宵来。"

"嗯啦。"女佣郑妈出现在堂屋门口,问道:"老爷、小姐想吃什么?"

"我只要几片饼干。"杜玫说。

"老规矩,来碗银耳莲子羹。"杜家豪说:"填饱肚子好熬夜。"

"爸,不需多少时间的。"杜玫莞尔一笑,"我说了,你点个头便可。"

"你说。"

于是，杜玫说出了购买电台，也就是无线电收发机的事，她已摸清父亲的态度，她不再隐瞒，明白说出是替游击队买的。

"这个不行，太危险。"杜家豪直摆手，"查出来是要掉脑袋的，而且侦破很容易，小鬼子的车载电台监测车在附近一转就破获了。玫儿，别的事我可以帮忙，这事免谈。"说完，他又起身欲走。

"爸，你听我说完再决定行不行，好不？"

"唉，我拿你真没办法，说吧！"

"告诉你，游击队不是一支，从茅山到青龙山到处都有，因地处偏僻，交通不便，相互之间联系靠两条腿来回传递，对外联络很不方便。而原有的一部电台零部件都老掉牙了，收发都不灵光，小鬼子下来扫荡，因为电台原因，我们吃了几次哑巴亏，死伤不少。那都是年轻人啊，见那惨状，一次我都哭得吐出了苦胆，太难了，爸，你就想想办法吧！"

"刚才我说过，车载电台监测车是很厉害的。"

"这事，您不用担心，对无线电台实施监测，至少得有两辆测向车，与被测电台形成三角，才可以确定电台的位置和距离。而我们在山区，坑坑洼洼，没有道路，监测车根本开不进去的。"杜玫如数家珍地诉说着，"还有即便电台被测到，我们也有办法避开，就是仿效麻雀战，打一枪换一个地方，分开时段，收发一部分停下来，转移到另一个地方，再继续下一部分，不像在城里，敌人是拿我们没办法的。"

"行啊，我的女儿成了无线电专家了。"杜家豪呵呵笑道："告诉我，在游击队，你是否就做这事？"

"不是，爸，我不骗你。"杜玫说："我是从战友们那块听说的。"

"噢。"杜家豪似信非信。

"爸，我什么都对您老人家说了，帮帮我吧！"

"是长官命令你做的？"

"不，是我自己争取的，因为我有一个无所不能的爸爸嘛！"

"你这鬼丫头。"杜家豪摸了摸女儿的头，"真拿你没办法，让我想想怎么做。当今，收发报机，属政府控制的电器，要买，也不容易啊！"他起身伸了个懒腰，"好啦，夜已很深了，休息吧！"

"爸爸，晚安。"父女俩彻夜交谈，像是谈拢了，事情到底能不能办成，往下看。

第十八章　短波电台

购买无线电收发报机，无论是整机抑或零部件，只能找电器行。杜家豪打听了一下，整个南京城经营电器的商店大大小小有七八家，当下仍处于战时，无线电收发报机属于军事物资，买卖都很严格。女儿给他出了个难题，自己又答应了，怎么办？他思来想去，蓦地想起扶轮社的一名叫濑谷玄的日商，此人开设一家电器行，就在三元巷。早两天在附近的湖南会馆扶轮社活动日，两人还见过，彼此虚应了几句，只是下次聚会要在四天之后，而濑谷玄的真实身份，究竟是地道的商人还是特务呢，他并不知晓。这让他有些犹豫不决，但女儿下了"圣旨"，他也只能遵旨行事，自己这一辈子什么人没见过，不就是一笔买卖嘛，多大的事啊，去！这次亲自出马得显示一下自己的身份。他叫上车夫，坐上私家那辆老道奇，便来到三元巷。三元巷地处南京中心新街口南，东与中山南路程阁老巷相接，西与明瓦廊毗连，因明朝连中武举三元（武解元、武会元、武状元）的尹凤居此而得名。嘉靖年间，尹凤官拜参将，与俞大猷在闽浙沿海抗击倭寇屡建战功，万历初累官都督金事。濑谷玄假若了解这段历史故事，或许出于忌讳不会在此驻足经商吧，不过也不一定，三元巷在南京城南部的街衢之冲，居民密集，市口好，濑谷玄看中的也许正是这一点。坐在车上，杜家豪放纵自己的思绪，不觉得才十多分钟，已到三元巷，下了车，他沿街找寻，没走几步，"濑谷株式会社"的招牌已显现眼前，看上去门面不大，他刚跨进门，见濑谷玄正在货柜后面忙着。濑谷玄见有动静，抬头一看，笑靥展现迎上前来，先是点头鞠躬,紧接着说:"啊呀,杜君屈驾光临小店,欢迎,欢迎。"便邀至会客室,杜家豪先将准备好的礼品盒放下,环视了一下四周,装潢简洁雅致,墙上没见日本商行通常悬挂张贴的"中日亲善""共存共荣"等标语,只挂了几张日本历史上著名能剧艺人的影像和浮世绘艺伎照片,暖色调的鹅黄色榻榻米一侧有高背座椅,像是为不习惯席地而坐的客人配置的,想得颇为周到。

濑谷玄让座、沏茶,笑眯眯地说:"西湖龙井,顶级的,请慢用。"说着,又急切地将礼盒打开,惊叹道:"哇,元缎,我知道,南京名缎。"说着用手摩挲了下,"质软坚润,怪不得都说它优于苏州的罗缎和杭州的花缎哩!如此名贵的礼物,在下不敢当,无功不受禄啊!"

"只知道濑谷君会说中国话,没想到说得这么溜。"杜家豪夸赞道。

"在故国时,家里借住一位中国留学生,跟他学的。"濑谷玄回应,"有说错的地方,尚请杜君指教。"

"指教,谈不上。"杜家豪继续拉近关系,"濑谷君汉话说得如此之好,跟你交往要方便得多。"

"是啊,是啊。"濑谷玄对这样的交谈很是享受,给杜家豪兑了茶水后说:"对了,请问您今日光顾,不知有何贵干?凡能做到的,在下尽力去办。"

杜家豪觉得气氛已烘托得差不多了,遂说出此行目的。

"这类物资,军部控制得非常严,对于敌方,无论是国民党还是共产党,一律禁售,即便是民用,也得出具证明。"濑谷玄面有难色,直咂嘴,"这个忙,我自然想帮,只是……"

"如今生意不好做,产供销困难重重,为了平衡出入,拓宽财路,我在南乡开了一家分号,只是乡村闭塞,交通不便,对外联系严重受阻,这才想到要设一小型便捷的电台。贵店讲究诚信,服务周到,名声在外，我也就登门拜访了。"

"杜君的话我听得懂，只是我也有顾虑啊！"

"濑谷君无非是怕军部检查，这你就多虑了。"杜家豪不得不加重话码，"告诉你一个秘密，日本在南京的军政界头面人物，其中有的也参股门西丝绸业，据我知道还有参股军工企业的哩。"

"是吗？！"

"当然，人是自私动物，古话说'路中纷纷，行人悠悠。载驰载驱，唯钱是术。'为了聚敛财富，四处奔走，钻营是人的本性，濑谷君能帮这个忙，我愿加上一成价。"

"如此说来，你我这笔生意成交，但不知是要整套零部件，还是组装好交给您？"

"就整套零部件吧。"考虑到运输面临的检查，杜家豪说。

"好，按您的意思办。"濑谷玄说完便吩咐店员对所购零部件一一配置，而后又亲自对照产品说明将整套零部件逐一检查了一遍，再用马粪纸箱装好，让店员提着送到停放在店前小广场上的老道奇后备厢。

"噢，我想起一件事，麻烦濑谷君补我一张发票。"

"对对，看我疏忽了。"濑谷玄返身回到店内，开了发票，盖了章躬身递给杜家豪。然后，两人欠身道别。

回到杜府时，杜玫正在天井里跟儿子一块斗蛐蛐，见车夫捧着只纸箱从过道里走来，杜玫知道事情办成了，赶忙迎上去，拉着父亲的胳膊说："爸，我就知道没您办不成的事。"

"我的小乖乖，你交办的事纵然会掉脑袋，为父的也只得去做啊！"

杜玫的头倚上了老人的肩膀，什么也说不出来了，任泪水扑簌簌地顺着腮帮直往下流。老人用手替女儿抹了抹泪也没说话，只是拦腰把女儿搂得更紧了。

整套电台零部件到手了，杜玫想尽快回到湖熟交差，然后就可早日走向战场投入真刀真枪的战斗，对此，她已渴望很久，恨不得明儿个就动身。但再一想，还有一些情感的牵绊，此一去，面临枪林弹雨会是怎样的经历和结局，她能想象，也有思想准备，无非生死存亡，如能生存下来，自然还能回到这座城市。可是，如罹难死亡呢，那么离去便是诀别。因而，她想与父亲、小姨、小方圆，还有奶妈舜英一块再多待些日子，哪怕一两天也行。不只这样，她还想分别去看望欧阳无垢教授和王慎之大夫，二位都是她的贵人，在她人生的节点上都给予点拨，施以援手，她得抓住这次晤面的机会，再聆听两位前辈的教诲，于是，备了礼品便出门了。

　　她先去了白酒坊欧阳教授家，老人须发全白了，较之一年前已明显衰老，坐在一张老旧的藤椅上，一旁放着一根拙朴的古木拐杖，看样子行动不便，不过精神尚好，一见杜玫便喜形于色地说："久违了。"说着颤颤巍巍地抬起身子，"这年把，去了哪块儿啊？"

　　真人面前不说假话，欧阳教授是信得过的，遂将自己参加游击队的事大致说了说。

　　"好啊，抗日救亡，重在实际作为，军中花木兰，有你这样的学生，我倍感欣慰。"欧阳教授说着又问："知道舒晨在哪块儿吗？"

　　"不知道。"杜玫似有抑郁的应道："三年多了，音信全无，他是怕把这座城市和他熟悉的信赖的人都忘了……"

　　"不要这样说，舒晨不是那样的人。"欧阳教授说："临行前他对我说去延安，要知道关山险阻，这条路并不好走，联系不上情有可原。当然，亦有可能遭遇到什么不测，这也是没有办法的事。生离死别，自有人类以来就如影随形，一直伴随着缠绕着羁绊着我们。"说到这里，老人抬头示意书架上的一个黑色像框，里面镶嵌着一位青年的照片，俊朗而坚毅,目光淡定平和,"看到了吗,我的儿子,他原是中央大学物理系的学生,南京沦陷前夕,我让他随校迁往重庆,继续完成学业。孰知随着战场形势的变化,国府组建青年军,他中断学业投笔从戎,随杜聿明将军经历了昆仑关大捷,后深入缅甸境内配合盟军作战,牺牲在野人谷……"老人声音哽咽,泪水在眼眶打转,愣是没让流下来,"这孩子虽死犹荣,没给我们这个民族丢脸,也没给我这个父亲丢脸。我们这些活着的人还得活下去,记得宋代一位词人云'古今多少遗恨,俯仰已尘埃。不共青山一笑,不与黄花一醉,怀抱向谁开?'这并非消极遁世,而是豁达面对生死,杜玫,我期望你也如此看取人生。"

"谢谢先生又给我上了一课。"杜玫听了内心如大江浪涛一般涌动,她多少能体悟老人的痛苦,感受他的坚强,她说:"爱子殉国太可惜,太让人伤心了,但是,先生,我和舒晨还有众多爱国青年,都是您的儿女,您千万要保重,我会按照您的教诲去做,今后还会来看您的。"

她见先生精神有点萎靡,便起身告辞了。

离开白酒坊,穿过中华路经长乐路往回走,杜玫来到小门口,三步并作两步走进王慎之的医寓。她这次上门,除了讨教一些针灸手法,主要是看望这位医德高尚、医术精湛的前辈,叙叙旧,说说心里话。

"哎呀,好长时间没见面了,欢迎欢迎,快坐下。"王慎之精神矍铄,说话中气很足,他将正在就诊的一位普通病人交给助理,便请杜玫进了客室,循例让座沏茶。

"王伯伯,首先我要向您报告一个好消息。"

"哦,快说。"

"我到南乡参加抗日游击队啦,搞后勤,抄抄写写,还协助队医诊治战士的小毛小病。"

"是吗?"王慎之有些吃惊,他知道杜玫爱国,却没想到会走到这一步,"怪不得你曾跟我学针灸、拔火罐哩。"

"我还要告诉您,今年清明节期间,我专门去湖熟潘岗头张家祖坟给张栋梁老前辈祭拜,敬了香烛烟酒,烧了锡箔纸钱,了却了一桩数年的心愿。"

"孩子,你做得好,做得好。"

"张老前辈生前与我祖父、父亲交谊匪浅,我应该去凭吊。"杜玫说:"我特别要说的,江宁县抗日民主政府陆纲书记也去祭拜了,敬献了花圈,还专门派人将老前辈的坟重修了一遍,又让人将券门上'国医圣手'的匾额重上了石绿,老远就能看得清清楚楚。"

"真是没想到。"王慎之感慨系之,"孩子,就凭陆书记的非凡之举,证明你投奔游击队,这条路走对了,有陆书记这样的长官,你一定有出息。"

"是的,是的。"杜玫连连点头。

"待抗战胜利,我要邀约老先生的各地门生齐聚湖熟给老人扫墓,以寄托哀思。"

"那时,我也去。"

"自然最好不过。"王慎之说:"彼时,老先生地下有知,会开心得不得了。"

交谈至此,杜玫的脑筋转了个弯,问道:"伯伯,那个日本将军跟你还有联系吗?"

"你是说木村隆二,"王慎之说:"有,有,前些日子他还着人来看过我。"

"是吗?"

"来人说,木村已晋升中将,擢拔为华南派遣军副司令了,又生了个儿子,说是'双喜临门',感谢我'妙手回春'治好他老婆的病,连生二子。还说今后我有需要的事尽可找他。其实，看病是我的本分，无论敌友，我更不要什么感谢，托他给你办了那份'特别通行证'后，就再也没见过他，也不想见他了。我一个中国人，而他是一个日本侵略军头目，我跟他啰里吧唆的，算哪一出？说不好就沾上汉奸嫌疑，这我心中有数。"

"治好他老婆的病，连生二子，在他表达谢忱，也在情理之中。"杜玫说："但愿两个儿子别被他培养成小军国主义分子。"

杜玫的话引起王慎之浅笑不止，稍停后说道："作为侵华日军头目，我相信木村的内心是凶残邪恶的，手上沾满了中国人的血。可是，他居然也念旧，懂得感恩，做派也不像是装出来的，你说怪不怪？"

"这是人性良知的偶然闪现吧。"杜玫说。

"对，对，人是复杂的，看透一个人不容易。"王慎之回应，"人的一生不可能尽跟好人交往，也要跟坏人打交道，最要紧的是要守住做人的底线，这底线在当下就是全民抗日，爱国救亡。杜玫，我这样说，不知对不对？"

"伯伯，您不仅说得对，做得更好。"杜玫颇为感动，"晚辈受教了，谢谢您。"

"过奖了。"王慎之说："总之，记住自己是一个不甘屈辱的中国人就行。噢，令尊近来可好？"

"硬朗哩。"

"代我问候，择日我当上门拜访。"

"好。"

两辈人一无隔阂，话兴甚浓，想到门外还有一些人候诊，杜玫不敢再耽误老人的时间了，只就针灸的有关问题请教了一番便告辞了。临行前，王慎之将自己编写的一本《〈针灸甲乙经〉解说》递给她，说：

第十八章　短波电台

"有空翻翻，或许有所裨益。"

"一定认真拜读。"杜玫鞠了个躬，转身出了医寓。

回到钓鱼台家中，杜玫向父亲诉说了看望两位前辈的大致经过，杜家豪听了感动不已，说："欧阳教授、慎之兄都是有骨气的中国人，比起他们二位，我做得不够，有愧啊！"

"爸，您别这样说，各人处境不同，爱国的表现方式不一样。"杜玫见父亲有点伤感，忙劝慰，"您支持我从军，又帮我购买了无线电收发报机，就这，了不起呀！"

"别给我戴高帽子，日子还长着哩，不知哪一天小鬼子才滚蛋，让我们父女努力吧！你抓紧收拾一下，早一点回游击队去。"

"好，好。"杜玫深情地望了老人一眼，直点头。

其实，也没什么好准备的了，无线电收发机到手她心安了，决定明儿个就回去。当晚，她陪小姨坐了一会儿，叮嘱小姨照顾好父亲，相互多保重。又就娃儿的保育给奶妈舜英作了交代，还特地将方圆带过来和她一道睡。这回，方圆倒是很听话，粘着她，白天玩抖嗡、识字块，恐是累了，母子说了几句话，方圆便倚在她怀里酣然入梦了。不一会儿，发出笑声，嘴角流下了口水，想必是梦到吃什么美食了吧。杜玫伸手替娃儿轻轻揩去口水，又在娃儿胖嘟嘟的腮帮子上亲了一口，这才歇灯拥着娃儿入睡。

一早起来，杜玫化了个淡妆，上身是浅蓝缎面短衫，下身是玄色长裤，一条鸭蛋青的发箍扎在发际线上，显得青春洋溢、沉稳、干练。至于项链、耳坠、手镯一样不少，加上一副金边眼镜，其高贵的身份不言自明。

早饭后，她便动身了，父亲要陪她下去，说这样安全些，她说不要，自己能应付，坐上家里的老道奇便捷，不用担心，父亲又对车夫一再交代了注意事项。天气不错，阳光和煦，微风拂面，一家人送至门口，忽然方圆跑过去一把抱住她的腿不让走。她一愣，蹲下身子哄他，娃儿不撒手，想到自己必须尽快回去复命，她一狠心，扯开儿子，头也不回地迈开步子。身后传来父亲"收好发票"的叮嘱和儿子的哭声，她不管不顾地跨进了老道奇绝尘而去，街边的人指指点点也不知杜家大小姐做什么去了。

一路上倒也顺畅，到了淳化她的心不由得提了起来，这里的岗哨历来查得厉害。果然，老道奇被拦了下来，一名日本军曹吼叫着要她和车夫下来。她架上眼镜，手提鳄鱼挎包走了下来，目光朝几名日本官兵轻蔑地一瞥，等待发落。

军曹伸手车内，前后座翻了翻，而后下令："把后备厢打开，快！"

车夫看了主人一眼，杜玫点了点头，后备厢轻启，纸箱毕现。

"拆纸箱！"这时在场的日军少佐走近小车。

"这恐怕不行……"车夫试图阻止，军曹随即就甩了他一个耳刮子。

"拆吧！"杜玫淡淡地说。

纸箱打开，各种零部件袒露面前，少佐得意地笑了笑，盯着杜玫问道："什么的干活？"

"无线电收发报机零部件。"杜玫用日语平静地回答。

"知道这是军控器材吗？走私的吧，这是犯法的。"少佐说。

这时，杜玫不紧不慢地从挎包里取出购物发票，淡淡一笑，说："自己瞧！"

"不会是伪造的吧？"

"上面有地址，你那位日本同胞叫濑谷玄，店是他开的，货是他卖的，这块距三元巷也就几十里路，不信可以去调查。"杜玫边说边拨弄着翡翠手镯，有些漫不经心，像是不拿这当一回事。

第十八章　短波电台

"按军部命令,军控器材一律要扣下,小姐,你也得留下,等待调查。"

"多大的事啊!"杜玫说着又从挎包取出特别通行证。少佐看了又看,似无疑点,遂问:"这个,你是从哪里搞到的?"

"木村隆二将军给办的。"

"你是说木村少将?"少佐将信将疑。

"如今,你应该称他为木村隆二中将,少将是他驻防南京时的军衔,一年前他调防广州,擢升为华南派遣军副司令,少佐难道不知道?"

"这……小姐,你跟木村将军是什么关系?"

"没必要跟你说,要想知道,你可以直接向木村将军去调查。"

少佐一时语塞了,心里则说:"岂敢,岂敢。"这刻儿,杜玫的气场完全把他镇住了,遂一副媚态地说:"小姐,开头你把这个特别通行证拿出来,不就没事了嘛!"说完又补了一句,像是在给自己找台阶下,"请问,这些器材做什么用的?"

"在湖熟,我新开办了一家织布厂,因为地域偏僻,交通不便,所需棉纱供应地遍及江浙,织成布匹销售也是多点,为畅通联络,这才找到濑谷株式会社。"杜玫作了回答。

"哎呀,原来事出有因,你早说不就过了嘛。"少佐讪笑打恭吩咐军曹,"还愣着做什么,东西归位呀!"而后手一挥,"放行。"

杜玫上了车,车夫一踩油门,老道奇一溜烟向湖熟奔去。

途中杜玫将华丽装束换成便服,除了首饰,湖熟没停留,直接开往赤山脚下古同泰寺游击队队部。杜玫吩咐车夫,将纸箱搬到一张方桌上,而后上前朝夏轩一个敬礼,说:"报告队长,陆纲书记交代的任务已完成。"

在场的人心照不宣,顿时欢呼起来,夏轩跟她双手紧握:"来事,我估摸你肯定能办成。"

雷明像个老大哥，轻轻拍了她一下肩头，说："辛苦了，路上没遇到什么麻烦吧？"

"有点小周折，应付过去了。"杜玫说。

"杜玫，你给我们的女战士树了榜样，机智勇敢。"王岚说着张臂给她一个少有的拥抱。

"夏队长，这一来，可以兑现陆纲书记的许诺了吧？"

"当然，陆书记交代过，事情办成，三天之内，让你上战场打鬼子。"

"太好了，太好了。"杜玫像孩子似的蹦了起来，"在哪块儿？"

"青龙山。"夏轩说："这样，你的岗位要调整，我已跟那边的郭队长打过招呼，他很欢迎。"

"人生地不熟的。"杜玫似有顾虑，"就我一个人派过去？"

"怎么会呢？"

"还有谁？"

"你猜。"

"岚姐，王队长。"

"她能丢下几十名队员单独赴任？"

"那还会是谁？"

夏轩笑而不答，故意卖关子。一旁的雷明、王岚也装糊涂，一声不吭。

"急死人了。"杜玫直跳脚，"队长，你能不能刷刮点，究竟是谁啊？"

夏轩笑道："远在天边，近在眼前。"说着将雷明推到杜玫跟前。

"是你！"杜玫惊喜地望着雷明，"有缘啊，莫非我前世修来的，这，我就放心了，那何日去报到？"

"就在明后天。"夏轩说："你准备一下。"

"好。"杜玫应道，她留车夫吃了饭，然后送他返回。忙完这一切，她回到住处开始作必要的准备。或许是一天之内经历过多，她有些疲惫，晚饭没吃，便上床休息了。可是人困却睡不着，午夜过后下雨了，落在瓦楞上噼噼啪啪的声音能听得清清楚楚。突然，"咚咚咚"传来一阵敲门声，会是谁呢？不待多想，她披衣下床将门打开，只见一个人穿着蓑衣，打着电筒，胳肢窝还夹着雨伞，急吼吼地说："杜姐，不好了，毓秀她高烧不退，尽说胡话，呕吐，吐出来的东西有脓带血，怕是快死了……"

"别瞎咒。"杜玫已认出了眼前是毓秀的丈夫锁生，从他的话中她初步判断可能是炎症，八成是扁桃体化脓引起的。她本想去找队医一块去，可队医住地又远，事急，她也顾上许多了，从柜子里取出两支盘尼西林和注射用的针、酒精、棉球等一一携上。遂带上门跟着锁生一路跌跌撞撞来到锁生家，见到毓秀闭着眼，已是气喘吁吁，号脉、舌诊、听诊，她确认了自己最初的判断，于是做皮试，不过敏，紧接着皮下注射盘尼西林，之后一旁观察，半个时辰体温下来了，烧退了，鼻息也正常了。她告诉锁生，不会有危险了，交代了一些需注意的事，锁生千谢万谢，将她送回。太困乏了，她连沾湿的衣服都没来得及脱，倒在床上就睡着了。一直睡到上午八点多钟，王岚派人来叫她才伸了个懒腰，整理了一下衣服洗了脸赶去女队。

"睡过了，不好意思。"见了王岚，她打了个哈欠，带点内疚地说。

"误了早操，别说你还没离队哩。"王岚板着面孔，"说，昨儿个夜晚做什么去了？"

杜玫把深夜发生的事，如实作了汇报。

"给毓秀用了盘尼西林？"王岚惊诧地问。

"是啊。"

"盘尼西林的名贵稀缺你不会不知道。"王岚拉高了声调，"队里明明规定，你只负责保管，要用，给谁用，得要夏队长亲自批准，你怎么好擅自做主呢？"

"多大的事啊。"杜玫掩口笑道："用完，我再进城去买不就得了。"

谁知她轻松的话语，激起了王岚的反感，说："不错，你来事，盘尼西林是你弄来的，你有功，但你的做法无组织无纪律，这是革命队伍不允许的，你等着处分吧！"说完，王岚甩开膀子就走开了。才过了一天不到，昨儿个还夸她拥抱她的人，今儿个却变了个人，就因为用盘尼西林的事上火值得吗？她是女队队长，也是自己敬重的岚姐啊，眼下她仿佛不认识了。可是，话讲得那么重，杜玫想了想，还是忐忑不安起来。她不知上级怎样发落，好心变成了驴肝肺，她情绪低落，沮丧地等待着。

她不知道的是，过了一会儿，队部正就她动用盘尼西林的事，展开了一场激烈的争论。这场领导成员碰头会，是应王岚要求临时召开的。一开始，王岚就噼里啪啦说了一通，意思仍是杜玫违反组织纪律，应予处分。

"王队长，你把事情看得过于严重了。"雷明呷了口茶说："杜玫不请示固然不对，事情太急了嘛，救人要紧。"

"她是目中无人，自以为受到过陆纲书记的表扬，谁都不放在眼里了。"王岚回应。

"话也不能这么讲，我看这个小同志对我们都还是蛮尊重的。"作战参谋丁航说。

"唉，王岚，你是不是嫉妒啊，原本是好事一桩嘛。"后勤股长钟大群说。

"我才不会嫉妒哩，平素我都像大姐姐一样护着她，她弄传单、买药、买电台，我都说她好，给女队争了光。"王岚辩解道："只是，动用盘尼西林肯定不对，杜玫个性强，凡事自作主张，不能让她开这个先例，否则将来她会为所欲为，弄不好也害了自己。"

"依你看，这件事如何处理呢？"雷明问。

"让她做检查，看检查结果再研究是否要给予处分。"王岚说："就目前情况，也不宜将她调入青龙山游击队，在这块，大伙儿熟悉，好关照她。"

"你太过分了，我反对。"丁航气得端起茶杯在桌上笃一下，水都溅了出来。

"我也不赞王队长的意见。"钟大群接着说："你所谓'关照'，等同监督。"

会场陷入沉默，坐在旁边一直没说话的夏轩此时开口了："原本是一个很简单的事，被弄得复杂化了。"夏轩掐灭烟头说："当然，王队长也是好心，严格要求，爱护战士，然而，不就是没向我请示嘛，事急要救老百姓，一时疏忽情有可原，提醒她今后注意得了，何况她这样做，客观上也是改善密切军民关系，因此要她检讨还给予处分，至于吗？况且，她给队里做了不少事情，有贡献，是不？"

"这……这我倒没想到。"王岚说："这女娃是块好料，对她严一些也不算过。"

"要讲究方式方法，防止简单化。"夏轩说："杜玫调往青龙山的决定不变，这也是贯彻陆纲书记的指示。"说着，他的目光转向雷明，"老雷，才姜王岚说杜玫是块好料，没错，你要带好她，多关照她。这事我看就到此为止了，大伙儿说怎样？"

"行。""就这样。"众人纷纷表态。

"王岚,你的意见呢?"夏轩笑着瞅了王岚一眼。

"老夏,我算服了你了。"王岚讷讷地说:"什么时候我也能像你一样看问题呢?"

"多学辩证法。"夏轩笑道:"其实,我学得也不够。"

第三天,雷明便带着杜玫去青龙山报到,路上,杜玫谈起王岚对她的批评,心有不平地说:"我一直把她当姐,处处听她的,敬重她,没想到这次她这么凶,要我做检查,还要处分,她怎么一下子变了一个人呢?"

"噢。"雷明呵呵一笑,他没说出队部开会的事,只说:"你不是没做检查,也没受处分嘛。至于王队长,是个好人,一向带兵严格,或许她一时言重了,但我敢肯定是为你好。"

"我懂了。"

"你入伍时间还不长,成长得很快,队里上下都这么看。"雷明说:"但作为一名合格的游击队战士,哪怕再小的事,注重组织纪律非常重要。盘尼西林一事,只是个话头,希望你把它作为一个教训,在今后的战斗生活中处处注意,严格要求自己,使自己能更加成熟,以应对难以预测的复杂的时局。"

"好的,我一定听您的。"

"让我们互勉吧!"

她知道,雷明已被任命为青龙山游击队的领导,遂叫道:"指导员,我想改一下名字去报到。"

"哦,杜玫这名字不错啊,何以要改?"

"叫起来有点别扭,再说,我也不想成为玫瑰,我宁可做棵小草,一株香草,叫杜蘅。"

第十八章 短波电台

"杜蘅？"

"屈原诗中'被石兰兮带杜衡，折芳馨兮遗所思'，它开在山野，朴实芬芳，播香人间。我一直想改。"

"好，我支持，没料到你会这样想。"

说完两人便加快脚步，两个多时辰便到了青龙山游击队，眼前郭世康已带领指战员们在迎了，自此，杜蘅（杜玫）开始了新的战斗征程。

第十九章　卸命南下返故土

在楼王的日子，舒晨已融入普通老百姓的生活，参与基层民主政权的建设，落实各项抗日政策，参加各种农事活动，调解街坊邻里纠纷，苦啊累的已是家常便饭，不再当一回事了。不只精神充实，且锻炼了体魄。他跟梅士青已成了忘年交，闲暇两人评点古今，谈论时局，偶尔月下小酌，话及桑麻，期待着打败日本鬼子之后，将山水皆备的楼王建成淮上江南。

舒晨祖上原是缙绅之家，前清咸丰年间，有位先祖以郎中授学政（正五品），在北方某省主管一省教育，为官清正，颇有政声。只是后来家道中落，到舒晨这一代，已是破落户子弟。儿时父亲做小买卖，母亲在有钱人家帮佣，勉强支撑他读书。南京沦陷，父亲死于日军枪口之下，仇恨记在心中。从军时他已独立成人，而爱憎分明、正直为人的家风，依然赓续下来。求学时，他既怀抱金戈铁马的豪情壮志，也向往晓风残月的诗意美景。但战争让他很快明白了，倘若国家沦亡了，做人的自由和权利被剥夺殆尽，还谈论什么其他，所以才义无反顾地北上追寻自己信念的归宿之地，诗情画意俱往矣，战斗成了他唯一的选择。史凯、鲁赤兵奉命去了改编后的梅士武地方武装，那是真正的前线，而自己却留在了楼王，也是斗争需要。然而，相比而言，毕竟不是前线，当然，作为一名游击战士服从上级的安排，他没有怨言，一直脚踏实地埋头苦干，但心中总羡慕史、鲁二位，不知道自己会不会也有这一天，上战场杀敌。

人世间的事真是变幻莫测，让他喜出望外的是，这一天骤然到来，四师师部让他即刻动身前去报到，他将待办的事向邹家富作了交代，又匆匆告别了梅士青前辈，便甩开膀子大踏步地上路了。途中，他想象着接下来的种种安排，回战地服务团？去一线作战部队？或者上调师部当干事，边想边加快脚步，师部驻地不算远，两个多时辰便到了，这是第一次来师部新驻地，眼前是一座规模宏敞的宅院，跟昔日见过的皖西大宅院没什么不同，但他却有一种莫名的新鲜感。更让他惊喜的竟然是他思念多时一直想见的雪枫师长，依然是那样的平易和亲切。

"你们楼王的二五减租和收编农民地方武装干得不错啊。"刚坐下，雪枫给舒晨递上一杯茶就说开了，"你们模范地执行了党的统一战线政策，特别是你在里面起了关键作用。"

"师长，我做得还很不够。"舒晨只觉得心中暖暖的，在他这已是过去时了，他急迫需要知道这次叫他来做什么，遂问："这么急着命我来师部，是不是有新的任务？"

"当然，你别急。"雪枫笑道："你恰到好处地运用了自己的历史知识，精准地对上了号，这说明了什么，说明了我们的队伍，我们的事业中知识分子是不可或缺的，大有可为啊！"稍息，接着说："还有那位梅士青开明士绅，一位可敬的老人，识大体，明事理，对我们帮助很大。有机会，我一定要见见他，当面致谢，这样的人，也是我们的事业不可或缺的，尤其是在抗日救亡的艰难时刻……"

"对，对。"舒晨回应着，"师长，快给我下达任务吧，要我做什么？"

"有一件事，你要镇定，要有思想准备哼。"接下去雪枫将孟若兰屈死，汪一波逃跑，以及汪一波记事本上有关新四军的情报信息记录大略说了说。

"卑鄙无耻，太可恨了……"舒晨两眼冒火，攥紧拳头砸向桌沿，

"若兰，多么可爱的一位女战士，就这样……"他难过得说不下去了，怔了怔："这个仇一定要报。"

"汪，是一个危险的敌特，奸诈阴毒，善于伪装，是个老手。师部分析，他受过特务专门培训，不会跳河自杀，也不会被淹死，八成逃回南京了，这将会给那边的抗日救亡带来很大威胁。"雪枫神情严峻，"正是基于以上考虑，师部决定派你即刻返回南京，那边情况你熟悉，此人你也了解，去了之后针锋相对地开展斗争。"

是这样一份神圣的战斗任务，舒晨深切地感受到组织的信任，此刻，他的心仿佛已飞回故乡南京，他已坐不住了，站了起来，说："什么时候出发，师长请下命令吧！"

"少安毋躁，听我说，根据有关方面提供的情报，汪，十六岁就加入了共产党，后叛党投奔国民党，日军占领南京后，又投降了日本人，是个老牌特工。"雪枫呷口茶润了润喉咙，"此人很不好对付，你虽然跟他熟悉，但丝毫不能轻敌。我们当然要报仇，但不是为孟若兰一人报仇，而是为全民族报仇。报仇不是唯一目的，民族解放独立才是真正的目的。"

舒晨复又坐下，频频点头。

"南京那边各种势力都有，斗争将是错综复杂，甚至是残酷的，随时都有牺牲的可能，我们投身革命的第一天起，就要有这种思想准备，但也要尽一切可能避免牺牲。"说着，雪枫站了起来，握住舒晨的手："组织相信你，具体部署，敌工部王部长会跟你谈。"说完，递给舒晨一本书，舒晨接过一看，是本《文天祥传》。再一看，系元代丞相脱脱和重臣阿鲁图所撰《宋史》之一部分，由老牌书商扫叶山房于民国初年出版。瞬间，他的心仿佛被明镜照得彻亮，说了声谢谢转身欲走，忽然又想起似的问道："师长，今后我还能见到您吗？"

第十九章　卸命南下返故土

"当然，让我们共同努力，争取这一天早日到来。照理讲，我们应安排一段时间对你进行地下斗争的培训，但来不及了。你有牢固的抗日救亡信念，加上你的聪明才智，边干边学吧，相信你一定能完成组织上交托的任务。"雪枫言毕将舒晨送出了门，两人握手道别。

接着，他来到后院，走进东厢房见到王部长王正，王正年龄与师长相仿，三十多岁，中等个头，穿一套贴身的灰布军装，神色沉静自然，不显山不露水，等舒晨坐下后，他直接谈起汪一波。

情报显示，汪一波并非南京人，而是江西修水县人，小业主家庭出身，民国十九年（1930），湘鄂赣革命根据地建立之初，他就参加了革命。那时他才十五岁，在游击队主要是站岗放哨送通知，人很机灵，胆大心细，人缘又好，上上下下都喜欢他，入伍第二年就入了党。但入党不久，其父找到他，说是给他找了一个标致的媳妇，让他回去圆房。他一听心动了，平日他就喜欢往女人堆里钻，入伍后所在游击队全是男的，没有机会，只有在脑袋瓜里想入非非。部队想留他，他不作声，眼睛一直盯着父亲，其父很执拗，说儿子不回去，他就待在部队不走，这样部队唯有批准。圆房后，其父要他报考南京国立戏剧专科学校，说有位远房亲戚在剧专做事，手上有权。汪一波恋着新婚妻子，馋她的新鲜有味的肉体，推说对戏剧一窍不通，不感兴趣。其父以赶出家门，断绝财产继承权相威胁，这样他才答应。但在预定出发的日子，他又一拖再拖，啥事不干，成天赖在床上抱着妻子不起来，如胶似漆，沉湎淫逸，半个月下来，身子骨折腾得走路都打晃晃，瘦得两眼无光，颧骨突起，像个鬼似的。

"没出息的东西。"老父见其状既可怜又可恨，说道："南京是花花世界，听说那里有个夫子庙，女人多的是，花点小钱管用。"

一句话点醒梦中人，这样，又缠绵了数日才告别妻子来到南京。到南京的第一晚，他就问东问西找到夫子庙寻花问柳去了。

在剧专，他隐瞒了自己的中共党员身份，九一八事变后，南京以青年学生为代表的爱国运动风起云涌。剧专有个海燕社，取意于高尔基的《海燕》，系南京大中学校秘密学联下辖的进步社团，汪一波是其成员，参加了校内演出、上街游行等一些活动。其间，他与社内的女同学黏糊糊的，恋爱谈了一个又一个，只要有空便往夫子庙跑。

的确，他家有个远房亲戚，他称表舅，他进剧专就靠这位表舅开的后门，这样，表舅自然成了他的监护人。表舅的工作是负责学生军训，同时又是三青团区分部书记，岂能容他搞啥进步活动，责令他退出，并让他参加了三青团，他心中明白，自己成了叛徒。事情没有到此为止，南京沦陷之后，表舅并未内迁，而是留了下来，日本人很快知道此人的身份将其秘密拘捕，关押在宁海路看守所，动用各种刑具，最后招供投降。其表侄汪一波也在他名单之列，且是他亲自带着日本兵逮捕了汪一波，汪一波看着沾满血迹的各种刑具，还没动刑便交代了自己先后参加游击队和三青团的经历，同时供出了多名海燕社的成员，以至其中有数人被捕，有的坐牢，有的杀头，也有个别的像汪一波投降了。自此，汪一波手上沾满了进步人士的鲜血。

日本特务机构严密监视汪一波的行动，发现他是可造之才，对其寄予了很大希望，不久又专门送他到日本东京，进了一所中野学校。这是日本培养特工的顶级学校，三个月特训期间，汪一波接受了特工所需的情报、通讯、武器、暗杀、格斗和生存等诸多技能的专门训练，教官不禁连连夸赞："呦西，真不错。"培训期结束，日本主子的肯定，自然让他甚是得意。而让他恋恋不舍的是东京新宿东口歌舞伎町一番街，那里妓院林立，真是花街柳巷不夜天。相比中国，日本妓女风情万种，一个显著特点是额外需索不苛求，以求欢为快，这一点是汪一波最喜欢的。可惜，就要返回中国了，不能三天两头来新宿了，他想将培训时间再延续些日子，日方不允，没有商量余地，必须按时离开。这样，他只有带着淫荡的回忆回到南京，不久就被派往徐蚌前线，鬼使神差遇到了舒晨，成了战地服务团的"战友"。之后便是演出风波，孟若兰的屈死，他的逃离……

"这家伙是个狠角色。"听完王正的谈话，舒晨说："过去我对他也有过怀疑，但鉴于在危难时刻他帮助过我，我就放松了警惕，以至于让他一次次得逞，唉，我……"

"这些不必多说了，重要的是记取教训，开展即将到来的斗争。"王正说："你这趟回南京，铲除汪一波这个叛徒、汉奸双料货，只是任务之一。日军占领南京后，那里的党组织几乎破坏殆尽，你的主要任务是隐蔽下来，摸清情况，相机发展党员，但这件事要求格外谨慎，成熟一个发展一个，决不能扩大化。要把工作重心放在外围爱国进步力量上，团结依靠他们开展抗日救亡运动。要注意斗争策略，职业化，群众化，要对外围组织成员进行气节教育，有为、善为，始终保持高度的革命警惕性。"

舒晨凝神倾听，入心入脑，斩钉截铁地回应道："记住了。"

而后，王正递给他一张"苏北绥署驻京办事处"的通行证，交代了接头人和接头暗号。

从淮北到南京的走向是偏东南，直线距离也在五百多里，由淮北出发，途经宿县、蚌埠、明光到浦口。原先可以乘汽车从濉溪到宿县，再转津浦铁路乘火车直达浦口，然后乘轮渡过江。但眼下这条交通线被日本军部控制了，除日军运输军用物资动用外，基本停运，因此舒晨此行唯有靠两条腿了。

时令已是盛夏，舒晨扮作商人，竹编太阳帽、墨镜，一袭浅灰杭纺长衫打扮,手提一只藤箱,里面盛了几根金条和半箱储备票,以备沿途遇有麻烦时打点,怀揣通行证便上路了。路线依然不变,这是王正与他商定的,自然亦可根据实际情况作出调整。他晓行夜宿,经过一些大的集镇遇有骡马店,便雇上骡马车走上一段。一路上还算平顺,只是在滁县时遇到一小股山匪将他包抄,嚷着要他"留下买路钱"。出示通行证,匪首瞧都不瞧,强行砸开藤箱将细软打劫一空,好说歹说才留下一摞储备票,让他作盘缠。没办法,尽快回到南京才是最要紧的,为此,别的都可以放弃,大丈夫能屈能伸。此刻,自己两手空空,唯有忍气吞声,望着山匪得意忘形吆五喝六地离去,他转身又踏上南归的路。让他担心的是身上仅剩的一点钞票,是无论如何也到不了南京的,怎么办?行至蚌埠,沿着淮河上了中正街,古称老大街,只见全兴昌、泰来、裕大、宝兴等商号林立,大多经营大米,尽管处于战时,生意还算不错。游艺场、赌场灯光闪烁,人声嘈杂,舒晨不由得冒出一个念头,信步进了赌场,他想碰碰运气。上前一看是赌骰子,又叫掷色(shǎi)子,玩法是最简单的猜点数,由一个骰子组成,玩家猜这个骰子掷出的点数是多少,猜对了就赚了。此外,还有押注、三公、骨牌种种,操作很复杂。舒晨挤入人群玩猜点数,或许是吉人自有天相,一个倒霉人,赌场竟然交了好运,几番下来,赢了一大把钞票。于是见好就收,给庄家交了抽头后,便转身离开,即刻连夜赶路。这是他平生第一遭参赌,周围赌徒们贪婪的神色,猩红的眼,大呼小叫,回想起来让他心颤。自己是个抗日游击队战士,做这种事,倘若让组织上知道了,还不晓得会是什么后果呢?但自己委实出于无奈,就这一回,下回再不造次,如此一想,脚步变得轻松下来。天上残月如钩,夜色朦胧,白天的燥热已大为减弱,他上了淮河大桥,沿着铁轨拉开一段距离一径向南前行。

过了固镇、明光,浦口已在望了。三年前,他就是从浦口出发北上的,而今南归,眼前是一幢旧式英式建筑,三层砖木结构,米黄色外墙,红色大屋顶,这就是浦口火车站,南京标志性的景点之一。舒晨见了感到分外的亲切,经过单柱伞形长廊和一段拱形雨廊便来到轮渡码头。排队过江的旅客中,他身边站着一位气质不俗的少妇,一手抱着熟睡的婴儿,一手携着沉重的皮箱,累得额上沁满汗珠。他心生怜悯,表示愿意帮忙,少妇见他面相和善恳切也就没推辞,将皮箱递给他,于是一块来到轮渡入口,检票的一名日本军曹往两人和婴儿瞄了一眼,又翻了翻良民证,以为是一对夫妇,手一挥让他们经栈道上轮渡。出于善心,一个无意的动作,使他顺利地过了江。少妇家住多伦路,离中山码头有段路,舒晨帮她叫了一辆黄包车,少妇一再感谢辞别。舒晨等了一会儿,不见江南汽车公司的公共汽车,遂搭乘了一辆马车,经仪凤门沿中山北路到鼓楼。沿途的市民少见笑脸,大都麻木,日本商业广告四处张贴,日伪重要军政机关门口戒备森严,一小队一小队的日本军人在街道上不时出没。这座沦陷了三年多的城市,殖民化明显,舒晨忧愤不已。到了鼓楼,下了马车,他就近找了家小摊贩,买了一碗久违了的豆腐脑,蓦地想起在战地服务团时,孟若兰给他买土制豆花的往事,心中很不是滋味。于是又买了一串油炸臭豆腐,蘸上辣椒,有滋有味地品尝起来。质地外焦内脆软嫩,吃得脸上冒汗,到底是故乡的味道。吃罢,又买了一串,在别人看来,他或许太吼[①]了吧!

  稍息,他搭乘公共汽车经新街口,沿中山南路到中华路下,穿过长乐路进入门西,他少年时代成长、嬉戏、求学的地方,依然是熟悉的街道,依然是亲切的乡音,依然是杂沓而动听的"嘎吱嘎吱"连绵不绝的织机声。此刻,他渴望见到一个个熟人,最想见到的是母亲和杜玫。而这

---

① 吼:南京方言,贪婪、贪嘴之意。

些年的经历，让他对人对事都多了一份警惕，他不敢贸然回到殷高巷的家，也不敢去钓鱼台的杜府，想了想，便来到附近的花露岗。这里距殷高巷咫尺之间，发小阿龙就住在附近，离老门西名胜胡家花园也就几步路，阿龙是他小学同学，两人好得一搨刮子，于是他先去拜望阿龙。

阿龙父亲开设一家石匠铺，制作出售石狮子、石墩、石臼、石锁等，只是，这几年生意清淡。舒晨到了，见门口放着不少成品或半成品，阿龙戴着一顶草帽正在用凿子錾刻一件辟邪，体型高大，昂首挺胸，口张齿露，目含凶光，腹部两侧刻有双翼四足，前后交错，纵步若飞，神形毕现。阿龙似在做最后的打磨，舒晨不便相扰，索性欣赏起来。三两分钟过后，阿龙站直身子活动一下胳膊，见到戴着墨镜的舒晨，问道："这位客人是……"

舒晨摘下墨镜，取下太阳帽，上前凑近一步，阿龙先是一怔，然后将凿子一扔，一把将舒晨抱住："你这家伙这几年跑哪块儿去啦，想死我啦！"说着在舒晨肩背连砸了几拳。

"我不是来见你了吗？"舒晨也连连拍打着阿龙宽厚的后背。

"快，说说看，你的事儿。"阿龙催道。

舒晨拿定主意不说实情，依旧像当年离开南京时放出的风声一样，编撰了随中央大学迁往重庆，后又经商的谎言。阿龙没多想，信了，没再多问，只说："此番回来做什么？"

"当然还是做生意。"舒晨随口说。

"啊呀，你玩大了。"

"也不是，比小本生意好一些。"舒晨未再深入下去，转入另一话题："听说这两年日本人管制得特别厉害，凡在南京沦陷前逃离的人，都要追究，这消息不知真假？"

"是有这回事，前两年，大妈就被小鬼子传唤过，据说吃了不少苦。"

"啊……"舒晨慌张地应道："小日本丧尽天良啊，看样子盯上了我，这次回来，我不敢大意，没有直接回家，先来见你，麻烦你把我老娘喊来行吗？"

"这……"阿龙有些为难，面带悲苦。

"怎么啦？"舒晨似有预感，拉着阿龙的胳膊摇晃着，"说啊。"

"她……她已过世啦。"

舒晨闻声如遭到雷击，一个踉跄跌倒在地，半晌才说："妈苦了一辈子，是我这个不孝儿连累了她……"说着，泪水涟涟地顺着脸颊往下淌。

"事已过去，你也别太难过，大妈的丧葬后事由杜府一手打理得很好，我也去送葬的。"

"那你把杜玫叫来，你跟她读小学时一个班，她知道我在你这块，肯定马上就来。"舒晨说。

"唉，天地变换，物是人非，我说了你别作气。"阿龙稍有犹豫，"听说杜家如今在替日本人做事，而杜玫是否掺和在里面，不清楚。"

"不可能！"舒晨先是一惊，倏又断然说道。

"这几年你是否跟她一直有联系？彼此有了解吗？"阿龙问。

舒晨缄默了，这事说不清了，一无联系，或许错在自己，可是战争邮路断绝，瞬间万变，自己确实也无能为力，倘若杜玫真的变了又能怪谁？后果呢，将不堪设想，但他不相信，杜玫不是那种人，不过毕竟一直不通音讯，事事难料，他急于知道真相。

"我要去找她问个明白。"舒晨说。

"切不可轻率，我还听说杜老爷跟日本人生意上有来往。"阿龙说："你这趟回来，我不管你做什么生意，没准有更要紧更重要的事等你做，你可不能无事生非，弄不好闯下大祸。你别嫌我韶，我是为你好，听不听在你。"

想了想，舒晨一拍脑袋，说："兄弟，苔气①，听你的，那我下面做什么呢？"他像是被自己离开南京后发生的人事变迁搞昏了头，木愣愣地望着阿龙。

"该干什么就干什么，你这么一个精明人，总归能拿定主张的。"阿龙说："你看这样行不行，我去把你家隔壁老虎灶的秦阿姨请来，她跟大妈顶要好，应该知道不少大妈的事，这样你也不必在殷高巷露面了，阿是啊。"

"绝对，就依你说的办。"舒晨像从梦中走了出来，清醒多了。

"噢，还有一件事忘记告诉你了，据秦阿姨讲，最近有一个戴贝雷帽的中年人，几次来殷高巷转悠，向秦阿姨打听你，我看来者不善，你可要多加提防。"

舒晨一听就猜大概是汪一波，他头皮有点发麻，感激地望着阿龙说："哥，晓得了。"

阿龙将舒晨让进后屋，从井里捞出一只浸泡的陵园西瓜，举起菜刀，只听嘎嘣一声脆响，顿时炸裂甜汁蹿出，说："尝尝吧！"

"几年没尝了……"舒晨似乎馋极了，捧起半片西瓜就急吼吼地啃了起来。

"你好好歇着，我这就去请秦阿姨。"阿龙说着抬腿就走，出了大门。

然而，当阿龙来到殷高巷老虎灶，秦阿姨儿子告诉他，老人回安徽老家走亲戚去了，什么时候回来没个准。阿龙听了，只好把舒晨回来一事咽下去没提起，转身回家实话对舒晨说了，舒晨多少有些失望，说："那就再等等，总归能见到的。"

这事，就暂搁下了。

---

① 苔气：南京方言，形容人慷慨大方，不喜欢与人争利。

第十九章　卸命南下返故土

第二十章　弹雨中的人性之光

  这几年，杜家大小姐到底在哪里，钓鱼台、殷高巷一带的熟人谁也不知道，只有将杜玫改名为杜蘅的本人才清楚。她奉命由赤山随雷明调入青龙山游击队后，一直驻防在青龙山脚下的黄村。这个村庄有百十户人家，背倚青龙山，面临蔷薇河，南京沦陷第三天，日军一部疾风般侵扰黄村，烧杀掳掠，整个村庄一片断垣残壁，村民逃的逃，死的死，满目凄凉。近年，在汪伪政权的"维持"下，表面上社会秩序有所改善，出去跑反的人一多半陆陆续续回来了，村里有了一些生气，只是距此十多里外的汤山镇仍有日本驻军，十天半月总要来这里"清乡"一遍，兴妖作怪，寻衅闹事。一见那东洋枪上明晃晃的刺刀，村民们也都抖抖呵呵的，有的敢于上前争抢牲畜家禽，不是挨枪把子砸，就是被刷耳刮子，惊恐的氛围一直笼罩在村子内外，日本鬼子阴魂不散，老百姓又能怎样呢？

  半年前，邻村七里岗的郭世康拉起了一支抗日自卫队，那年新四军东进，在茅山建立根据地后，开办了培训班，郭世康去过，接受了抗日救国的思想教育，并参与过为期一个月的军训。回来后便串通了七八个人入伙一块打鬼子，稍后又与中共地下党土北区委接上了头，并接受了改编，人员扩展到百余人，装备也有了较大改进。由装火药的土枪、梭镖、铳、铁叉等，增添了三八大盖步枪、手榴弹，郭世康还在交战中缴获一支毛瑟C96手枪，具备全自动发射能力，也被称作"快慢机"，见其造型，老百姓称为"盒子炮"，郭世康宝贝得什么似的，分分秒秒不离身。改编后的这支武装，取名"土北抗日先锋队"，土北区，辖土桥镇以北，包括南堎村、杨家边、白鹤村、孟墓村等十多个大小村庄，直达青龙山，而根据地就在青龙山。青龙山位于宁镇山脉西翼，是其东北至西南走向最南一支中的一座山，宽泛地讲，它涵盖汤山、青龙山、黄龙山、大连山，以及跨秦淮河的方山、祖堂山、牛首山、凤凰山等。不过，郭世康他们主要活跃在青龙山、汤山一带，而这处青龙山，毗邻孟墓村，山下有座闻名遐迩的插花娘娘庙。青龙山因山势迂回曲折，如龙盘旋，故取其名。山有峡谷幽洞，森林茂密，泉水四布，易守难攻，这正是郭世康驻防于此的缘由。自打这支武装建立之后，昼伏夜出，采取游击战术，与汤山的日本驻军、汪记二鬼子（和平军）、土匪周旋。几年来，零星战斗有过十余次，袭敌碉堡，活捉敌哨兵，锄汉奸，灭土匪……战斗规模都不大，却影响不小，成了周遭数十里老百姓的主心骨，也成了日伪势力的眼中钉，敌我交锋时有间隔，却一直不断。改编后，派来了指导员雷明、文书杜蘅和几名班排骨干，经过一系列的重组培训，成了一支半正规的队伍，日军不敢小觑，下乡骚扰次数明显有所减少。

芒种到了，俗话说"芒种不种，再种无用"，这是二十四节气中最重要的一个节气。夏收夏种，割麦插秧正当时，若耽误了农事，错失时机，想补种则为时已晚。年成歉收便码定了，在这兵荒马乱的当口，老百姓更苦不堪言了。

打仗影响到劳动力和种植面积的减少，但这一带土地肥沃，水源丰盛，庄稼可不理睬什么打不打仗，自顾自地生长、成熟。放眼望去，村前屋后麦浪翻滚，金黄色的麦穗沉甸甸地耷拉着脑袋，饱满的麦粒圆鼓鼓的像要爆裂似的，醇厚的麦粒香味漫溢在田野上空，令人熏熏欲醉，倘若没有战争该多好啊！

第二十章 弹雨中的人性之光

看样子，今年麦子丰收在望了，黄村人一洗战争的惊恐，绽放了笑容，这不，又重现了往日黄金铺地老少弯腰的景况。几天下来，麦子就收了大半，随即又放水灌田准备莳秧。

只是，今儿个晌午，天气开始变化，麦田上空，打谷场上，成群结队的蜻蜓漫天飞舞，像游动的一团团黄褐色烟雾。大路上、田埂上，蚂蚁结成黑油油的队伍蠕动着，老年人说看样子暴雨将临，地里没收的麦子，打谷场上露天陈放的麦粒，这怎办？村里的保长、甲长也直挠头，大户人家则在田头地角点燃香烛，祈祷老天爷保佑，挨过这几天。

谁知这事，也让抗日游击队知道了，此刻在村西头的尼姑庵里，队部的几个人正在为此商量哩。

"抢收如救火，一刻耽搁不得。"本身就是农民的郭世康，浓眉紧蹙，作着下压的手势，操着沙哑的嗓子说："我的意思，全队一致行动，立即进入麦田，帮助抢收抢运。"

"肯，"操着江西莲花口音的雷明表示赞同说道："只是，我考虑要作两手安排，一部分人下田抢收，另一部分人作好战斗准备，应对汤山小鬼子的骚扰。"

"指导员想得周全。"郭世康说："派两个小队潜伏村东，监视汤山过来的小日本，再派一个小队作为策应，多数人投入抢收，都把家伙带上放在地头以防不测。"他望了一眼站在斜对面的杜蘅，"杜干事，说说你的意见。"

"我一个学生娃，能有啥意见。"杜蘅莞尔一笑，"未雨绸缪，我听你们的。"

"那你想做什么？"

"我想参加麦收，学做农活，只是我一个生手，弄不好怕拖累大伙儿。"杜蘅说："要么我去参战，反正我有过战斗经历，能对付。"

郭世康望了一眼雷明见无异样表情，遂对杜蘅说："就按你的想法，你跟二小队一块儿行动，我让小队长尹铁生保护你……"

"不要，我能行，你就放心吧。"杜蘅拢了下短发，目光灼亮地说。

"我有个新想法，"雷明动了动鼻梁上的眼镜，说："杜干事是不是哪儿也不去，就留在这尼姑庵，万一上面来人也好接待，以免误事。"

"这不好吧，我还是想去打小鬼子。"杜蘅说。

"指导员想得周到，临时队部是得有个人守着。"郭世康发话了，"杜干事，打仗的机会有的是，这事就这么定了，好吗？！"

"那好吧。"杜蘅多少有点不情愿，但表示服从。

分工明确之后，郭世康的目光转身守在门外的通讯员，喊道："顺子，你过来，今儿个后半天，全队一部分人去抢收，一部分人准备打鬼子。你呐，另有一个任务，跑一趟白鹤村，到开明士绅伪保长唐士元家取文件，要万无一失，不可有误！"

"其实，我想跟着你和指导员……"顺子迟疑地说。

"服从命令，立即出发。"雷明呼应郭世康，不容分辩，手一挥将顺子打发走后，几人便分头去行动了。谁知，临走前，却争执了一番，雷明推说自己是小知识分子出身，不擅农事，他要去打仗。而郭世康想的是面对凶残的日本鬼子，危险难测，自打两人共事以来，十分投缘，他不愿雷明有任何闪失，相对打仗，割麦子则安全得多。但这话他说不出口，只好变了口气笑道："革命队伍的光荣传统就是跟老百姓打成一片嘛，不会割麦子，凭你的机灵一学就会。"

话说到这地步，雷明还能说什么，再讲论指挥打仗，当然郭世康最胜任。分手后，郭世康立即集中部队作了动员，他还特地交代队里的庄稼里手、他的堂兄郭世富待在雷明身边，手把手地教，并给予照顾。天底下的事很难说，所谓天有不测风云，这话未必时时处处应验，这不，

第二十章　弹雨中的人性之光

暴雨并未降临，天空掠过一团疾速转动的气旋之后，太阳调皮地从云层里露出了红彤彤的脸，麦田里一片欢呼。战士们有一多半是农民出身，个个都是好把式，跟村民一道挥动镰刀，争先恐后，只听到杂沓的嚓嚓声，一片片麦子倒地，随即成捆，肩挑人扛运走。雷明跟在郭世富身后，一茬茬向前，毕竟生疏，割着割着，就拉开了距离。他心急火燎，内衣已汗湿，眼镜片像蒙上了一层雾，模模糊糊，手上的镰刀也不听使唤了。未料，握着麦秆的左手被镰刀拉开口子，钻心地疼，他咬紧牙想坚持，见血已汩汩地冒了出来，只好停下，扯下围在脖子上的毛巾自顾包扎起来。再说郭世康，虽然箭矢一般往前，却不时回头张望，见雷明蹲在地里，想必发生了什么，赶忙返回，一看雷明受伤，便不由分说，将他拽到地头："唉，怪我没照应好你……"郭世康不安地说："指导员，你不能再干了，回队部休息吧！"倏又朝堂兄吼道："世富，你只顾自己，我怎么交代你的？"世富不作声，低着头挨骂。

"不怪世富，没事的。"雷明自嘲地应道："我真笨，连个小学生都没当好。"说着起身拾起镰刀："血已止住，这一垄我得割完。"

"不用啦，剩下的我三下五除二就给收拾了。"郭世康说："你看，整片田块已收尾了，你待着别动，眨眼工夫我们就回村了。"边说边下了地，转瞬，剩下的麦子便收拾尽光，接着他俩就跟着陆陆续续返回的村民朝黄村走去。

说来，全赖老天爷眷顾，让村民们了却了颗粒归家的心愿，但让人似解不解的是，汤山的小鬼子今儿个并未出动，否则，一旦下来"清乡"，接上火，后果真不堪设想啊！郭世康说："老天给面子，小鬼子也没动静，两全其美呀，指导员，你说是不？"

"是啊，是啊。"雷明忍着刀伤的隐痛，笑呵呵地应道："下面，还得赶紧帮村民脱粒归仓，至于小鬼子，行踪难卜，得时刻防着哩！"

虽说受了点小伤，此刻雷明因抢收圆满，心中热乎乎的，可快活哩。

但是，雷明没有想到的是，队里却在他们外出时发生了一件令人难堪而棘手的事。事情出在小通讯员顺子身上，并引起游击队领导之间一场激烈的冲突，队伍差点散伙。

此前，郭世康指派顺子去白鹤村取文件，顺子二话没说就上路了，从黄村到白鹤村只七八里路，顺子脚底生风，半个时辰就到了，很快见到了"白皮红心"的伪保长唐士元。谁料事情并不顺利，文件确实有，不知何故迟迟未送到，唐士元让顺子在家等候。顺子动身的时候，郭世康交代这份文件很重要，一准要取回，这样顺子只好耐心地等，闲得有点难受，他索性拿起扫把，帮保长家清扫起院子，角角落落收拾得一干二净，唐士元连声夸道："这娃儿真勤快，有出息。"顺子憨厚地一笑，啥也不说。又过了好一会儿，地下县委交通员将文件送到，顺子接过塞进衣襟里便转回了。想到郭世康没准等急了，他甩开大步，甚至小跑起来，气喘吁吁也不停步，一袋子烟工夫，便回到黄村。一轮夕阳挂在西天，渐渐向青龙山下沉，眼前的一切，阡陌、林木乃至池塘，都金灿灿的。任务就要完成了，顺子感到自己蛮来事的，哼起了不成调的山歌，反倒放松了脚步，踏上青石板路，朝尼姑庵临时队部走去。这会儿收麦的人们还未回来，村巷里很安静，他有点春风得意，扬着头轻快地走着。蓦地，见一户人家两扇门敞开着，他有些疑惑，全村出动下地抢收，这户人家怎么敞着门哩。于是，走近一看，惊着了，脚像被胶粘住了，眼前一位大嫂正敞着怀给婴儿喂奶，只见她一手抱着娃儿，一手托着奶子，稍稍低着头，沉醉一般。顺子从未见过这样的奶子，雪白粉嫩，圆鼓鼓的，孩儿翕着眼不停地吮吸着，他不由得盯着看，着迷了，发呆了。

第二十章　弹雨中的人性之光

"你干吗事？！"随着一声怒吼，一个耳刮子扇过来，接着便是一顿拳打脚踢，鲜血从顺子鼻孔嘴角流了下来，他这才知道自己犯事了，躬着腰直赔不是。

揍他的是女人的丈夫，是个货郎，挑着一副担子从邻村回来，这一幕让他给碰上了，再怎么说，也不会饶过顺子。男人之前见过顺子，知道他是游击队的，待把货郎担子放进屋子，冲着老婆说："丢人现眼，喂奶不关门，手断啦！"话毕，就拽着顺子往尼姑庵去。

一进门，男人猛地将顺子推向正在伏案抄写着什么的杜蘅，大声叫着："你们还管不管？"说着，抬起右手，戳着顺子的脑袋，嘴里蹦出一串咒语："邪尸，小杂种，童子痨，一肚子坏水呀……"话未说完，挥手欲扇耳刮子，被杜蘅闪身挡住。

"什么事，有话好说。"杜蘅招呼男人坐下，又瞅了顺子沾着血迹的伤处，"呀，下手也太狠了。"

"我算便宜他了。"男人冲着杜蘅说："尽干缺德的事。"接着便把顺子偷窥的事说了出来。

"多大的事啊，不就看了一眼，至于这样闹吗，还打成这样。"杜蘅说："他还是个孩子啊！"

"我不管他是不是孩子，偷看女人奶子就是大逆不道，你倒好，还护着他。"男人把怒气转移到杜蘅身上，"不是说吃菜要吃白菜心，当兵要当新四军嘛，新四军能做出这样的污糟事？"

杜蘅被呛住了，知道自己失言了，即刻赔不是："我只看到他是个孩子，可即便是孩子，这种事也不能做，是我们缺乏教育，对不起啊！"

"光一句轻描淡写的对不起就拉倒啦，不行，得给个说法，加重处罚。"男人不依不饶。

"肯定会有个说法，这不，指导员、队长不在，我做不了主。不过，很快会回你话的，你先回去，过一阵子，我们登门拜访。"

男人想了想，气咻咻地走了，埋头蹲在地上的顺子却饮泣起来，哭得身子直颤。

"你倒像受了委屈似的。"杜蘅将顺子拉了起来，又掏出手绢替他轻轻地擦拭着脸上的伤口，"你说说，到底是怎么回事？"

"姐——"顺子扑地跪在杜蘅跟前，抽泣着说："是我错了，不过，事情不是他想的那样……"

"起来，慢慢说。"

在这支游击队里，顺子一直把杜蘅当姐姐，是他最依赖的人，有什么心思总是对杜蘅说。而杜蘅也始终把他当弟弟，尽管部队管理严格，凡衣食住行，她总尽可能地照应着顺子，一个是文化干事，一个是通讯员，平素接触也多，很贴近，连郭世康都说："顺子是我带出来的，可杜干事愣是把他从我这块夺走了。"这话有点醋意，却是羡慕，更是道出了真情。

顺子抹了把眼泪，冷静了下来，先从自己的身世说起，随着他的诉说，"偷窥"的前因后果，也渐渐变得清晰起来。

十四年前，他从北方逃荒南下，途中，爹被强征抓壮丁不知所终，两个月大的他裹在娘怀里，千辛万苦流落到江南，来到南京东北的青龙山一带。一个雪天的后半天，孱弱多病的母亲冻死在七里岗的村口大路旁，漫天的雪花一个劲地无声地飘落着。住在附近的孤寡老人曹大爷，伫立在茅屋门口看着雪越下越大，不停地仰天叹息。突然，不远处传来一阵恶犬争食的嘶吼，异样引起大爷的警觉，他操起钉耙便踏雪奔去，将几只恶犬赶走，凑近一看，地上侧卧着一个年轻的女人，试了下鼻息已经断气。可残破的棉衣里面似裹着什么，扒开一看，竟是个婴儿，男娃，已经冻僵，再试鼻息，还活着。大爷顿时老泪滴落，立马将婴儿抱起，裹进自己的棉袄，三步并作两步回到住处，迅速将婴儿塞进被窝，又在灶膛里生起了火，逼仄的房间很快变得暖和起来。接着，找出仅剩的半瓢大米，下锅熬成米汤，等婴儿缓缓醒来，一口一勺地喂着，喂足了，不一会儿，婴儿便睡着了。之后大爷拿了一把铁锹，又回到冻死的女人那里，在就近的一座小土墩旁挖了一个坑，而后半抱半拖着女人的遗体掩埋了。泥土封后，又铲雪覆盖得严严的。

这年，大爷已五十岁出头，自此祖孙相依为命，忙时大爷替周边大户人家春种秋收打短工，闲时则外出乞讨，他不敢走远，再苦再累，当天必定赶回守在孙子身边。所幸，没遇上大灾大难的年份，虽过着半饥半饱的日子，倒也凑合。于是，大爷给孙子起了个名字顺子，也冀望孙子一生平顺，只是磕磕绊绊、缺粮断炊的日子也不少，花儿草儿，甚至观音土都吃过，但好歹活了下来。顺子长到八岁，到本村财主周富贵家放牛，大爷说他太小，不允，祖孙俩为此闹了一场。大爷气得躺在卧榻上三天三夜，但终究拗不过孙子，说来道去，孙子只一句话："爷爷，你太苦了，万一累倒了，我也活不下去了，你就由着我一次吧！"这样，老人只好服软了。日子就这样一天天过下去，直到日本鬼子打来，烧杀掳掠，遭难啦。万幸，一老一小躲过了劫难，但就在顺子十岁时，爷爷得了隔塞（即食管癌）一病不起，终于没挨到给顺子过十岁生日，就命归阴司，顺子伏尸哭得呼天叫地，打这刻起，他由一个弃婴变成了一个孤儿。后来，同村的郭世康拉起了一支队伍，刚刚十二岁的他，便人前人后地缠着郭世康，口口声声要打鬼子，说是如今孤身一人，无牵无挂，再说加入游击队有一口饭吃，也不再看人脸色，处处受欺负了。郭世康从小看他长大，这孩子平常少言寡语不挑事儿，忠厚勤快，能吃苦，在村上口碑不错，于是就吸收他进了游击队。正好队里少个通讯员，就让他补了这个缺，跟在自己身边，随时听候差遣。一路走来，倒蛮顺手，待他像待自己的孩子一样，一块好料，指望他在血与火的淬炼中，出息成一名真正的男子汉。

"小时候的事，都是爷爷跟我说的。"顺子回溯了身世之后说："其实，我是哪里人，爹娘又是什么样，做什么，我一无所知，我是一个没有根的人。"说着，泪水又模糊了他的双眸，"四五岁之前，我没有记忆，反正我觉得没有吃过一次母乳，不知是什么滋味，我羡慕那些在娘怀抱中长大的男娃女娃……"停了停，他望了一眼杜蘅，"姐，你要相信我，我看那位大嫂喂奶，只是好奇、羡慕，拼命地想我有过这样幸福的时刻吗？不记得，无论如何也想不起来那情景。是，我错了，不该做这下三烂的事，可我无邪念，我可以发誓，倘若有一点歪想法，天打五雷轰，不得好死。"

没想到是这么一回事，顺子的童年和少年竟如此惨痛，这深刻触动了杜蘅心中最柔软的地方，她不由得想起留在南京城里的儿子方圆，想起哺乳期那胖嘟嘟的小脸，还有他吮乳时的贪婪样儿。有时吮得她生疼，她非但无怨，却有一种别样的满足和幸福感。后因强烈的抗日救亡念想，三个月的哺乳期没结束，把儿子托付给奶妈舜英，毅然决然到了赤山，参加了游击队。后来随雷明一道派到收编后的土北区游击队，活跃在青龙山一带，与土桥、湖熟、汤山三角地带的日军、伪军打仗。正是在这支队伍里，他见到了还是个孩子的顺子，也见证了这孩子在战斗中的成长，像大姐姐一样照顾他，爱护他。听完顺子的诉说，内心萌生不可名状的怜悯和同情，她微微叹了口气说："唔，我都知道了，你先回伙房去弄点吃的，歇一会儿……"

没等她把话说完，郭世康、雷明从麦田里回来了，刚进屋，好巧不巧，那个货郎又闯来了，冲头冲脑地直嚷："好，你们几个头都在。"

第二十章　弹雨中的人性之光

他指着躲藏在角落里的顺子,"说吧,怎样收拾这个邪尸?"

"别出口伤人。"郭世康不明究竟,但他容不得别人说个顺子不字,"这位大哥能不能有话好好说?"

"好好说,"货郎逼迫顺子,"丢死人了,你让他自己说。"

顺子低头一声不吭。

"噢,现在装脓包了,两个时辰前贼胆怎那么大啊?"货郎继续发威。

郭世康和雷明满脸狐疑,雷明靠近货郎:"这位兄弟,到底是怎么回事?"

"我都说不出口。"货郎一个劲地发泄,"他偷看我老婆的奶子……"

"有这事?!"郭世康一把拽过顺子,压抑着怒火问道:"有没有?"

在郭世康面前,顺子从来是百依百顺,不敢说半个假字,见队长瞪着眼睛,赶忙承认:"有。"

郭世康怒不可遏,一巴掌甩了过去,打得顺子差点栽倒,正伸手再打时,被杜蘅闪身挡住了,说:"有这回事,只是比较复杂。"

"什么复杂不复杂,耍流氓就是耍流氓。"货郎依然火气十足,"今儿个,你们不处罚他,我就不走!"

"你说,怎么个处罚?"雷明软言相问。

"当着全村乡亲的面,向我们家赔礼道歉,而后让他滚出部队,不要一颗老鼠屎坏了一锅粥。"货郎说。

雷明耐着性子又问:"这事,几个人知道?"

"就我和我老婆,还有你们几个人知道。"

雷明不禁一笑:"你要他当着全村人向你赔礼道歉,难道不怕让全村人看笑话吗?莫非你以为这是件光彩的事?"

"这……"货郎挠头抓腮,知道自己失算了,"反正你们得给个说法，否则我去找你们土北区头儿。"

"好吧，我们一定会给你一个满意的答复，就在明天登门拜访。"雷明允诺。

"你们是新四军，说话得算话，我等着。"货郎说完便转身出了门。

"回住处好好想想，怎么做出这种丑事？"郭世康似乎对刚才自己出手太猛心生悔意，他怜爱地抚摸了一下顺子的平顶头，叹了口气，"唉，也怪我平时关照不够。"

顺子走后，已是暮色苍茫，鸡入圈，狗进窝，伙夫已将晚饭送来，可是三个人谁也没心思吃，给晾在桌上。

"杜干事，你是否还知道些什么？"雷明问。

杜蘅遂把事情说了一遍，望着雷明和郭世康："你们看怎么办？"

"先摆平货郎家这一头，"郭世康说："带着顺子登门道歉，看他有什么要求，再考虑下一步。"

"不宜拖，要快刀斩乱麻，一步到位。"雷明持有异议，"据我了解，这户人家家境不好，这年月货郎生意也不好做，我看除了登门道歉，不妨携上三十斤大米作为补偿，想必他不会推辞。"

"很难说，你没见他凶巴巴的样子，只怕胃口不小哩。"郭世康说。

"也不一定，从他说话的口气看，对新四军印象还不错，把我们当成新四军，并无恶意。"杜蘅掠了一下短发，"再说，你们领导亲自登门赔礼道歉，总不至于不给个面子吧！"

"那行，我去，立即就办。"郭世康嗖地离开座位。

"你老兄就别去了，万一话不投机，惹毛了你，怕事就不好办了。"雷明说："还是我带着顺子去。"

"这样好。"杜蘅回应。

"行。"郭世康没再坚持。

于是，雷明叫上顺子携上大米，一径来到货郎家，一进门顺子便朝货郎两口子鞠了三个躬。见这般阵仗，货郎倒手忙脚乱开来，不知怎么接待才好，扯起衣袖抹了抹方凳上的尘垢，拉雷明坐下。客随主便，入乡随俗，这位江西老表也没客气，落座后说了番军民同心打鬼子的话，直说得货郎连连点头。

"长官，你能到我这穷家破屋子，已给我天大的面子了，我知道部队也不容易，这大米不能收，顺子你捎回去。"货郎一个劲地推托。

"我让他别闹，他偏要闹。"女人嗔道："有什么大不了的，不就瞟了一眼嘛，我又不是黄花闺女，何况顺子还是个娃儿。"说着，女人又扫了丈夫一眼，"都怪你，想歪了。"

话说到这份上，雷明拉着顺子便离开了。

"唉，大米，大米……顺子，你给拿回去。"货郎呼喊着。

雷明、顺子谁也没有回头，身后传来货郎不成调的歌声："吃菜要吃白菜心，当兵要当新四军……"雷明听了，嘴角闪现了一丝不易察觉的微笑，加快脚步回到尼姑庵，一场可能激化的风波就这样化解了。货郎的事算是妥妥地解决了，接着是如何处理顺子，三人之间几乎吵了起来。

"没说的，开除！"郭世康说："我也不舍，可是为了军民关系，同心同德打鬼子，只能这样，挥泪斩马谡。"

"我不同意，顺子还是个孩子，应该给他一次改过的机会。"杜蘅语气激动，"况且这事也只有几个人知道，并没有造成什么影响。"

"我有个提议，县委有个培训班，管理特别严格，把他送去接受教育反省改过，而后再让他归队。"雷明说："至于能否归队，自然要看他培训期间的表现、对错误认识的程度，老郭你以为呢？"

"你这是护他，不过，既然二位不赞同我的意见，我少数服从多数。"

"这样好，只是不知顺子能否接受？"杜蘅说。

"队部决定，他不接受也得接受。"郭世康恨顺子作践自己，心中的气一直未消，"得给他记过处分。"

"还是跟他当面说说好。"雷明说了，杜蘅很快就把顺子叫来了。

谁知郭世康刚宣布了队部决定，顺子嘴里硬生生地蹦出三个字："我不去。"

"你敢，不去绑也要把你绑去。"

"绑也不去。"

"你作死啊，我毙了你！"

"毙了我也不去。"顺子这个一向听话的娃娃兵，今儿个好像成心要拗下去，冲着郭世康说："你就用刀砍死我吧，省下一颗子弹去打鬼子。"

这话像是晴天霹雳，轰得三个头儿面面相觑。郭世康气得浑身发抖，指着顺子说："反了你了，你，你究竟要干什么？"

"我要打仗，我不是孬种，不是坏蛋。"顺子啜泣起来，"宁可在战斗中死去，证明我是一个不屈的中国人，一个真正的男子汉。"说着，啜泣变成号啕大哭。

"行了行了……"郭世康心软了，将顺子拥入怀中，用他那粗糙的手轻轻地替顺子拭擦着泪水。

见状，杜蘅也流下了眼泪，雷明则不停地叹气，最终队部改变了原先的决定，同意顺子留下，让他在战斗中将功补过，只是记过处分没取消。

隔天，汤山镇的内线传来情报，近日小鬼子可能下来"清乡"，目标是抢粮，以增加汤山驻军的储备，因应长期作战之需，情报指日军将

第二十章 弹雨中的人性之光

分头出击龙潭、湖熟和青龙山周边地带，只是准确日期尚不清楚。

今年，收成不错，靠天吃饭的农民，起早贪黑花了个把礼拜工夫，抢收打谷，陆续归仓，他们不仅指望这些粮食过日子，还得给汪记区乡政府交公粮，新四军也要征收一些，粒粒都金贵啦。这会儿小鬼子却坐享其成，武装抢掠，自然不能让其得逞。获知情报后，郭世康主持作了预案，一是做好迎战准备，由郭世康直接部署，一是尽快坚壁清野，由雷明负责。打仗，郭世康自有相应安排，而坚壁清野则不好办，看着千辛万苦到手的麦子，老百姓谁都要放在家里，搁在眼皮下。可是小鬼子进村入户，那是要翻箱倒柜，甚至掘地三尺的，雷明、杜蘅等白天黑夜连轴转，挨家挨户说服动员。除个别人家死活不动外，黄村和邻近几个村庄，肩挑人扛，两天内将新收的麦子转运进山高林密的青龙山，藏进溶洞和天宝公司开发的青龙山煤矿废弃的矿坑里。青龙山地势易守难攻，即便小鬼子打来也很难找到，老百姓临时在此避难，进山的道口附近林子里埋伏了一个中队，三十多名战士守候，事情谋划得蛮周到。

这里要说迎战的事，郭世康先对汤山小鬼子来了场神经战，事情是这样的，汤山镇西南有座半边山，其实是个小丘，南坡平缓开阔，北坡陡峭，形如刀削，故名半边山。九一八事变后，国民政府为加强炮兵建设，在此建造了一座炮兵射击观测塔，砖混结构，塔身圆形，内设五层，每层均有观察孔。南京沦陷后，观测塔成了日军驻点之一，随着战势的发展，日军在中国本土的战线有所收缩，加上游击队神出鬼没的出击，汤山的小鬼子下乡骚扰的次数渐次减少，大多时候，龟缩在汤山镇内外几个据点内。

夜，乌灯瞎火，郭世康选拔了几名枪法精准的战士，亲自带队抄近路直插半边山，战士们都是周边村庄的村民，这一带地形忒熟，一袋烟时辰，观测塔在望，一个个观测孔里都亮着灯光，像是一只只眼睛。四野静悄悄的，夜空传来脱单孤鸟的哀鸣，更增添了几分神秘而紧张的气氛。郭世康压低声音要战士们匍匐前进，抵近已到五十米开外，不料，一个战士喉咙作痒，控制不住连咳了几声，随即引起日军的警觉，探照灯强烈的光柱扫了过来。"隐蔽！"郭世康发出低沉而威严的口令，战士们闪身躲进一侧的灌木丛，探照灯不停地呈半弧形地照射了约五分钟，收住了，郭世康见状，下令："照准观测孔射击。"话音刚落，清脆的枪声打破了荒野的寂寥，很快观测塔猛烈的子弹雨点似的射了过来，见塔上有两个观测孔已没亮光，郭世康一挥手"撤"，战士们的身影旋即融入无边的夜色之中。

事后得知，这次夜袭击毙了一名日军少尉，打伤了两名准士官，郭世康原先的想法是震慑日军，阻止其下乡抢粮。谁知适得其反，"内线"提供新的情报，这事让汤山日军头目坂本一郎中佐十分恼怒，临时撤销扫荡龙潭的军力，将那里的军人调出一部分，清剿青龙山抗日军民，争夺粮食，而且就在三天之内。这让郭世康十分困惑，夜袭的成功曾让他颇为得意，没想到会导致这样的后续局面，顾前不顾后，失策啊，他有些后悔，跟雷明交换意见，雷明只说："事先考虑不周。"话虽委婉意思却是清楚的，但不管怎样，当务之急是应对即将到来的战斗。

经过研判，决定在靠近高庄的潭子头村附近布防，离此村庄不足半里便是青龙山煤矿开筑运煤的公路，是汤山日军下来扫荡的必经之路，郭世康亲率三十余人，带上顺子，杜蘅也随队行动。与此同时，江宁抗日民主政府闻讯，从赤山地方武装调派一个小队连夜急行军抵达汤山西北的桦墅埋伏，伺机策应青龙山游击队的行动。

就在获取情报的次日，天刚蒙蒙亮，一支日军便从汤山驻地出发，直扑青龙山，这次动静很大，有七八辆摩托车开道，后面紧跟着一二十人的士兵，其中还有部分伪军，一路上趾高气扬，车声喧嚣，煤矸石和土块铺设的公路上尘土飞扬。小鬼子并不知道游击队的布防，部队行至潭子头附近，郭世康举起盒子炮，一声"打"，三八大盖和手榴弹仿佛自天而降，顿时见有三辆摩托车起火了，很快传来猛烈的爆炸声。小鬼子哇哇大叫，茫无目标地寻找地方躲避和还击，而游击队的枪弹和手榴弹仍不停地在发威，郭世康屈身半蹲在战壕里，不停地吆喝着，暗想，这场战斗肯定赢大了。顺子见他声音发哑，遂给他一壶水，他哪顾得上，手一挥壶掉在地上，他丝毫不敢懈怠地直盯着公路，看到一些小鬼子往东逃窜，他无比振奋，嗖地跳出战壕，准备冲下去活捉小鬼子。可就在这千钧一发之际，一发炮弹从对面高庄方向闪电般飞来，顺子眼尖手快，猛地一把将他推倒在地，迅速趴在他身上。炮弹仿佛长了眼睛，像是冲着他来的，只是他命大，躲过一劫，而顺子却被击中了，飞溅的弹片从他后背穿胸而过，郭世康有所预感，翻身抱起顺子惊恐地大喊："顺子，顺子……"他说不下去了，泪水夺眶而出，他双手托着顺子，想将他转移到安全处。这时，几步之外的杜蘅快步赶了过来，瞅了顺子一眼，不觉大惊失色，瞬间她看出了郭世康的想法，战栗着说："队长，战斗还没结束，你不能离开这里，顺子就交给我吧。"说完，就伸手接过顺子抱在胸前，虽说顺子才十四岁，但长得蛮壮实，抱着仍很沉，杜蘅一步一步艰难地走着，将顺子转移到半里地外一个废弃的瓜棚里。瓜棚已经十分破旧，四面透风，地面潮湿，她什么也顾不上了，坐下后支起酸痛疲惫的双腿，将顺子搁在上面，她拭了拭顺子的鼻息，有一丝丝气透出，啊，他还活着，只是昏迷了。她沉重的心一时放了下来，迅速脱下外套，撕成布条，替顺子包扎起伤口，至于顺子究竟伤到什么程度，她不清楚，只想救他。少顷，顺子吐出一口气，还带点声音，杜蘅喜出望外，呼喊着"顺子你醒醒，醒醒……"可是，没有回音，又过了几秒钟，顺子的头转动了一下，嘴唇朝她胸部蹭了蹭，触碰到了她的奶子,她一下子明白过来了。她想起了顺子"偷窥"的事,想起他婴儿时缺失母乳喂养的那段经历,又想起爱子方圆吮吸乳汁时那贪恋幸福的面容,霎时母性和母爱像大海的波涛,在她体内涌动着,一种圣洁的意念猛然升腾主宰了她,驱动着她自然而然地解开内衣衣扣,撩起衣衫露出结鼓鼓肉嘟嘟的丰乳。她一手托着顺子的头,将奶头移到他的嘴边,可是顺子已无力吮吸,嘴张不开,微微动了一下,就又合上了。杜蘅挤压了一下乳头,竟没有乳汁下来,她焦灼地叹口气,只好捏着乳头挤出几滴在顺子唇上轻轻摩挲了几个来回。顺子似无反应,杜蘅深感自己的无能为力,可就在此时,两行泪水从顺子的眼角漫溢下来,他还有知觉,有意识,杜蘅不禁喜从悲中来。谁知老天不如人愿,还没来得及跟他说上几句,就见顺子头一歪,走了。杜蘅顿时泪如雨下,号啕大哭,忘了一直裸着胸脯,待扯起衣角擦泪时,这才醒悟过来,她将衣衫整理好,紧紧地搂着顺子,脸贴着顺子的脸,她已把顺子当成自己的孩子。虽然她只年长顺子七八岁,可母爱是无私的,无关年龄限制。一个大活人,就这样走了,她坠入痛苦的深渊,直到郭世康带着战士找来。

看到杜蘅痛不欲生的样子,郭世康明白了一切,他掩面而泣,战士们也都个个泪洒胸襟。

"他是替我死的呀!"郭世康从杜蘅手里接过顺子,"要真料到这样,唉,我真该把他送出去受训,我好后悔啊……"

"郭队长,事已至此,尽管我们万般不舍,也无可挽回了。"杜蘅让自己冷静下来劝慰道:"顺子为国捐躯,死得其所,下面的战斗还等着我们,尽早让他入土为安吧!"

郭世康抹了一把沾满泪水的脸,默不作声,跟战士们一道用刺刀、双手就近挖了个坑,将顺子掩埋了,做了个坟茔,全体人员三鞠躬致哀毕,这才踏上归途。

这一仗打得甚是惨烈，游击队牺牲七个，伤十多人。日军死了三人，伤八人，摩托车全部报销。二鬼子死了九个，伤了三人，论说是场胜利。事后得知，弹片炸死顺子的是日军41式75毫米山炮，是新研制的一种榴弹炮，其特点是射速高威力大且精准，射程达六千多米，若不是赤山地方武装开到桦墅策应，向汤山发动进攻，牵制了日军调走了榴弹炮，潭子头的战斗到底是怎样一个结果，还难说哩。

不过，胜利是真的，小鬼子抢劫粮食的图谋也成了泡影。可杜蘅却开心不起来，敌我双方的伤亡引起她一连串的思考，白天她该干什么还干什么，夜晚独处，被杂乱而无边的思绪缠绕着，难以入眠，生与死，战与和，国与家，过去、当下和未来，交织着温馨、忧伤、甜蜜、痛苦、幻灭、憧憬的无数画面，在她脑海里反复交替浮现。她也想过进与退，想过回到孩子身边，孩子那胖嘟嘟的笑脸，总在她梦中出现。还有她思念自己的爱人，他去了北方，投奔延安，至今音讯杳无，到底有没有到达目的地，在干什么，身体怎样，安全不……她一无所知。想他们想得心疼，只是她不让自己往深里想，当初她执着于不做亡国奴和民族救亡的信念，离家出走跟父亲争执过，总算得到了父亲的理解。她暗暗发誓，不把东洋鬼子赶出国门，决不回去过太平日子。她牢记这句话，焉能反悔？近日，顺子殉国，在她眼前立了一个榜样，不能回头，她排除了所有的杂念，决心将这场神圣的战争坚持到底，这样一想，心中亮堂多了，太困啦，眼皮直打架。隔了没多久，她入睡了，夜沉沉，漫无边际……

第二十一章　我心如铁补天裂

俗话说，街坊邻里，忧乐与共，相互之间帮衬乃情理中事，何况阿龙和舒晨好得合穿一条裤子，自然要给舒晨接风洗尘。老父亲跑了一趟小门口，在王顺兴卤菜店买了卤菜，同时，他帮母亲去灶间烧饭备菜。舒晨不好意思，上前想做个下手，阿龙不让，要他一旁歇着，于是舒晨站在门边跟娘俩有一搭没一搭地聒白。

开饭了，一盏汽油灯照得满屋亮堂堂的，八仙桌上摆满了荤素菜，诸如红烧狮子头、清蒸白鱼、盐水鸭、猪头肉、丝瓜炒毛豆、油焖茄子、凉拌黄瓜、苋菜、花生米拌香干，另有菊花脑蛋汤，且备有白酒一瓶。

"都是家常菜。"阿龙父亲说："胡家花园毁了之后，我在那边开了块菜地，自家吃，嗨嗨……"

"馋得我口水都快淌出来了。"舒晨说："家乡时令菜，这几年跑南走北做生意，想吃吃不到，今儿个有口福啦！"

"一点儿心意，来举杯。"阿龙提议，"为舒晨老弟生意兴隆通四海，财源茂盛达三江，干了！"

"干了！"众人齐应，相互碰杯，觥筹交错，边喝边韶，舒晨也不顾人面人情，像个饿鬼似的轮番搛着菜，一筷子一筷子往嘴里送，嚼都不嚼往下吞，直把阿龙父母看得眉眼含笑。

"慢慢吃，你就在这块住下来，天天管你吃个够。"老太太说，心想这娃儿怕是在外头吃了太多的苦。

"南京的味道，家乡的味道，是啊，得慢慢品尝啊！"舒晨如梦初醒，轻轻拍打着嘴，顾自笑出声。

晚饭后，他在后院井边痛痛快快地洗了个冷水澡，墙角飘来喇叭花的余香，他摘了一朵放进嘴边，"嘟嘟嘟"地吹了起来，仿佛回到了童年。

天气燠热，阿龙让他到屋子里睡，说有蚊帐，可以睡得安生，而他却坚持睡在院子里，说空气好，还可以望星空。于是，阿龙搬来竹床顺带一条薄被，又在旁边点了两把艾条熏蚊子。躺在竹床上的舒晨，不由得想起儿时在殷高巷老房子的后院。一到夏天，饭前母亲先是将后院洒上水，再打扫一遍，而后搁上竹床，点燃艾条，饭后便唤他过去，他一蹦就上了床，四仰八叉躺下来。这时母亲总挨着床边坐下，用芭蕉扇轻轻地摇着，悠悠的风软溜地吹着，真舒畅。母亲边摇边跟他讲天上的故事，嫦娥奔月、牛郎织女、孙猴子大闹天宫，母亲识字不多，不知道她肚子里哪来那么多稀奇古怪的故事。开头，他边听边望着天上的星星，着迷啦，慢慢地合上眼睛睡着了。入夜了，外面凉，于是母亲抱着他回屋子放在张着蚊帐的床上过夜，一觉睡到天大亮。今儿个夜晚他也躺在床上，而母亲却去了遥远的天国，据说人死后升天都变成了星星，透过窗户，他仰望浩渺的天穹，四处巡睃，不知哪颗是母亲。他茫然了，今夕何夕，慈爱不再，泪水悄然滑落了下来。转瞬，他回到了现实，阿龙一家的接待，让他有家的感觉，又像是一个孤独的旅者经过长途跋涉，拖着疲惫的身子来到一处驿站，安逸而舒坦。这是一个正常人所需求的生活，可是，他肩负重任不能沉迷其间，此时他毫无睡意，想着明儿个，想着往后要做的事。阿龙一家要他多住几天，他们不晓得他的心事，他又不能明说，哪能住下去呢？明儿个就要出去接头，而后再依据具体情况决定下面做什么，自家和杜府目前肯定是不能回去了，往后拖，总有归去的一天。

他现在是孑然一身,尽管这座城市他再熟悉不过了,然而他肩负重任,对于即将开展的斗争他茫然无绪,跟上线接头势在必行,第二天早饭过后稍息,他对阿龙说自己要出去办事了。阿龙"嗯啦"一声没多问,他将自己一直用的藤箱搁下,借了阿龙一只牛皮手提箱出门了,阿龙忽然想起似的说:"晚上回来不?"他回应:"不回来。"阿龙提醒道:"这里就是你的家,门永远为你开着,随时可来。只是,不要从小门口殷高巷那块过来,要从集庆门花露岗那头过来,小心不为过。"

"知道了。"

"兄弟用得着我的地方,荤的素的你只管说。"阿龙对他的离别惆怅又感伤,总不放心似的,"我豁出去无所谓。"

阿龙的这份情意令他泪花闪烁,他有许多话堵在喉咙里,不知说什么好,紧紧地搂抱之后,他转身离去。

舒晨这次稍稍装扮了一下,太阳帽、墨镜,一身杭纺短衫裤,提一只皮箱,看上去就是一名商人,他要去的地方在珠江路上,是一家门面不大的金懋钱庄,他没敢直接上门,而是在街对过的一家茶社找了一个临街座位,隔着玻璃窗观察对面的动静,让他惊诧的是这家钱庄门口竟分立着两名伪警,这在金融界极少见,是护卫吗?不像,因为没有客户进去,而偶有行人靠近,则遭伪警驱赶,他感到不妙,静坐不动,想看个究竟。一刻儿,只见两名日本军人和五名伪警押着一名中年人从里面走了出来,那人被洋铐子铐着,头耷拉着,脸上有血,显然吃了苦头,舒晨的心脏猛一抽搐,他猜想这人八成就是他的上线,他要见的人,很快被推上了一辆小车,鸣着惊恐的喇叭声急速离去。接着,大门被伪警贴上了封条,有人好奇地上前想看个详情,一时拥挤着喊喊喳喳议论起来,霎时又被巡查的伪警驱离。

这个情况，在他离开淮北时，敌工部王部长曾有过分析，要他做好接不上头的思想准备。但亲眼见到上线被捕，在他，绝没想到更不明就里。门前多歧路，原先他想见到引路人，眼下幻灭了，前面的路看来得要自己摸索追寻啦。在这难以接受的现实面前，需要冷静地思考一番，但茶社不是久留之地，他拎着皮箱沿街行，在珠江路东头找了一家"云来客栈"住下。从二楼窗口向外眺望，街道两边商铺林立，表面上也还繁盛，购物或逛街的市民熙熙攘攘，不逊黄金地段的中山路和太平南路，他想抗战胜利后，在这块租一个铺面做自己喜欢的小生意，也未尝不是一种选择。可这想法一冒头，他就掐断了，自己不是无业游民，而是负有使命的人。他晓得这几年南京地下党几乎破坏殆尽，除了组织上指定的"关系"，他两眼漆黑，而当下"关系"断了，都市虚假繁华的背面种种，他又能向谁去了解呢？不用说，此刻他最想见的是自己的未婚妻杜玫，可是，而今她身份不明，连阿龙都劝诫过他，切莫贸然行动，他唯有强压下心中的渴念。这时，有报童的声音传来，他买了一份当日的报纸回到房间仔细翻阅，不经意间在头版看到南京市伪市长蔡培卖国求荣，将毗卢寺的一尊唐代千手观音赠予日本名古屋西华寺持续引发民众抗议的新闻。读着读着他义愤难平，想到此处距毗卢寺不远，穿过与之相邻的中正路往东到了汉府街尽头便是，这座寺庙历史不长，始建于明嘉靖年间，因庙中供奉着毗卢遮那佛而得名，为金陵名刹之一。如今已是全国佛教中心，地位显赫，故蔡培的卖国行径引发众怒。舒晨抵达时，庙门紧闭，但门外有二三百名民众齐聚在那里，高擎观音绣像，"严惩汉奸""还我千年金身观音"的口号此起彼伏，彰显着强烈的爱国情怀。十余名伪警怕惹众怒，持枪站立街道一侧观望，约莫个把小时后，游行队伍经中正路转中山路到鼓楼向北，往中山北路原维新政府的"督办南京市政公署"所在地，今伪南京市政府浩浩荡荡一路进发，舒晨没有跟随。这件不寻常的事，对他深有触动，引起了他对欧阳无垢教授的思念，作为社会学家的欧阳教授于学无所不窥，对宗教研究包括国际宗教交流研究着力颇深，舒晨想借探望之机了解一下蔡培赠予日本千手观音之真相，就便打听杜玫的讯息。他知道欧阳教授有午睡的习惯，在附近商铺买了水果、点心，于午后二时才出发。搭乘市内公共汽车，经新街口，沿着中山南路在中华门站下车，倒回没走多远就到了白酒坊，在欧阳教授门前轻拍了几下门环，老人挂着拐杖拉开门闩，见是舒晨惊喜不已："是你！"遂迎至客室，未等落座，老人就催道："快说说那边的情况，三四年啦，我一直盼啊！"

"由于道路险阻，未能去延安，真的很遗憾。"舒晨实话相告，"而是在淮北等地待了三年。"接下去，他谈了在战地服务团的生活和工作，但他并未深入展开，甚至没有提及汪一波、孟若兰等名字，也没说参与收编农民地方武装的事，太复杂，有些属于纪律规定不宜外传的事儿，他怕一时说不清，反倒给老人增添困扰，想等日后时间宽裕再作禀告。欧阳教授对人对事从不勉为其难，一向随人所愿，从善如流，但他最想知道的事是非问不可的，遂说："回来后，见到杜玫没有？"

"没有。"舒晨怅然说："先生，她在哪？在做什么？您可晓得？"

欧阳教授摇摇头，说："记得你离开南京大约半年时，一天她来看我，告诉我她要去参加抗日游击队，去哪里，没说。态度很坚决，我说了些勉励的话，在这块待的时间不长就走了，此后就再也没见过，我也一直替她担心。是否真去了？有无遇到危险？无从知道，唉——"

"原来是这样。"舒晨心中似乎有点数了，可他终究还是不明白，从阿龙嘴里得知她家中有日本人进出，但她并未露面，阿龙的语气又不确定。一名抗日游击队员的家庭，这年头居然与日本人有交往，利与害，她不会不知道，在其中又扮演什么角色呢？莫非战斗中被俘或返城后被捕，在日本特务淫威下屈节降志？不，不可能，可邻居见到的毕竟是事实，这到底是怎么一回事呢？见教授凝视着自己，他叹道："难道她变了，变得让人不认识了，好像在躲着世人……"说着，他把有人见到日本人出入杜府的事说了出来。

"真的？！"欧阳教授感到莫名的错愕，"以她的机敏聪颖，心有主见，以及跟你的关系，不至于做出什么糊涂事吧？况且，并未见到她本人与日本人在一块。"

"我就怕在十分险恶的境遇下，迫于敌特的淫威，她不得不舍义求生，何况求生苟活是人的本能，为信念而牺牲的毕竟是少数。"舒晨说。

老人脸上掠过一丝愠恼，他问道："舒晨，换作是你，在敌特淫威下，是不是也会舍义求生呢？"

"不会，我虽凡夫俗子，定会效法先贤，'我自横刀向天笑，去留肝胆两昆仑'，死便死耳，何足惜哉。"

"好，有骨气。"欧阳教授赞道："只是，在没有确凿证据之前，我们对杜玟不能有任何怀疑，要相信，跟什么人交往，做什么事，她会有自己的主张，会权衡利害作出抉择的，让我们为她祈祷吧！"

"是的，是的，刚才我不该那样去猜想她，我心中有愧，远离了她，没照顾好她。"

"这些就不说了。"欧阳教授说："事情像一团麻，在没理顺之前劝你不要去找她，以免给她还有你自己带来不必要的困扰和麻烦。"

"知道了，谢谢先生。"舒晨觉得话说得差不多了，准备告辞，头一抬，目光再次落到几案上安放的一帧黑框照片，以前从未见过，便问："先生，这位是……"

"儿子！"欧阳教授嘴唇微微颤抖，"青年军普通一兵，参加过昆仑关大战，牺牲于缅北野人谷……是我的独子啊！"老人眼眶湿润了，却愣是未让泪水流下来。

"对不起，我不该问。"舒晨说："先生，您就把我当作儿子吧，我会像大哥一样，为了抗日救亡，为多灾多难的祖国，随时准备捐躯。"

也许意识到今后来的机会不多了，舒晨替老人整理起书籍、打扫房间，老人却不让他做，说有侄儿照顾他，临时上街购物去啦，很快就回来，舒晨像是没听到，依然忙得一头汗，边忙边闲聊。

"先生，毗卢寺千手观音赠予日本的事，您听说了吗？"

"岂但听说，民众抗议就是我跟几位朋友联络宗教界人士发动起来的。"欧阳教授说："太不像话，不折不扣的汉奸行为。"

"嗯啦，我到现场看过，可谓是群情激愤，蔡培这个汉奸罪不容赦。"

"人是会变的，说起蔡培其人，也不是一无是处，他为官清廉，曾遭人寄子弹威胁，在南京市长任上，曾助民族企业从日本占领军手中取回财产，调剂粮食，度过了南京沦陷后的艰难岁月。日军原打算在中山陵养马，蔡培出面阻止并加以保护，才得以完好保存，这些，历史应记上一笔。"欧阳教授作沉思状，"然则，秉持'共存共荣''维护大东亚秩序'积极配合日本军部奴役我同胞，助纣为虐，坐实了汉奸罪名，一点也不冤枉他，对这种人必须揭露、挞伐。"

"作为个人，我们能力有限，常被时代风云、党团势力裹挟，命运会随之改变。"舒晨回应道。

老人知人论世客观辩证，合情合理，使舒晨深受启发，足见老人人品之正直和高洁。他由衷地表示："先生，我会像您这样做人做事，为挽救危亡的祖国尽绵薄之力。"

缓了缓气，教授接着说："你读的是文科，对辛弃疾的诗词应该熟悉吧，其中有一阕《贺新郎》，下半阕云：事无两样人心别。问渠侬：神州毕竟，几番离合？汗血盐车无人顾，千里空收骏骨……"

第二十一章　我心如铁补天裂

似有一腔热血在胸中涌动，舒晨也不顾礼数，贸然打断教授的话，激昂续道："正目断、关河路绝，我最怜君中宵舞，道'男儿到死心如铁'。看试手，补天裂。"诵罢已是泪水盈眶，说："先生，当下，不正是这样吗？！神州已破，我心如铁，誓与亿万民众共赴国难，补天裂！"

"补天裂！说得好，说得好啊！挽救中国危亡，就是补天裂！"老人苍凉而悲壮地说："如今，整个中国乃至世界破烂不堪，总得有人缝缝补补。"

"对，对。"舒晨附和道，这时老人侄儿拎着菜篮回来了，跟舒晨彼此打了招呼，舒晨要走了，老人一手挂着拐杖，一手拉着他说："世道险恶，你要多加小心。对了，有一件事我差点忘了，前些日子有个三十岁出头的男人来访，说是你在战地服务团的同事，此人是人来熟，不等我相邀就进了门，自顾自坐下，问这问那，我感到有点不对劲，推说我跟你因脾味相冲，早已反目成仇，数年没有往来。他见套不出什么，便一连说了几句'打扰了……打扰了……'离开，你的同事中有这样的人吗？"

"此人嘴角是不是有颗痣？且故作高深？"舒晨问。

"没错，有点犯嫌。"老人说。

"跟他是在一起待过。"舒晨判断定然是汪一波，这条狗在四处搜索他，想缉拿他。从汪一波现身殷高巷，又来白酒坊，危险正一步步向他逼近。这会儿他不想多说，只在考虑，接上头后，第一件要做的事就是锄奸，让这个阴险狡诈的叛徒汉奸双料货尽快从人间消失。自然，这不是一件容易的事，但必须去做，早日付诸行动。如此一想，他一分钟也不想再耽搁下去了，向欧阳教授欠身施礼后转身出了大门。身后，老人叮嘱道："往后，我这块不要常来，谨防坏蛋。"夕照下，他健硕的身影在青石板上拉得很长，急速地移动着。

第二十二章　血洒青龙山

　　乌飞兔走，时间过得真快，一转眼，杜蘅来到青龙山游击队已有一年多，这期间她参加过七八次战斗，规模都不大，这是因为日军战线南移，既要在正面战场与国民政府军队厮杀，又要进军南洋入侵他国，想在华中一带发动大规模扫荡歼灭各支游击队，已是捉襟见肘。

　　顺子牺牲算来也有一段时间了，那惨状杜蘅都不敢想，每当想起，就像尖利的刀片在心上划过一般疼痛难忍，这时她就越发渴望投入新的战斗。有道是事由心生，渴望中迎来了转机。

　　从上级转来的情报得知，半个月前，为了增加补给，日军已修复被他们自己炸毁的从蚌埠通往南京的一段铁路。而且就在明儿个将有一列军用货车装满军械和米面，抵达下关火车站，上级指示在尧化门附近拆掉一段铁轨，并埋上炸药，将军列摧毁。鉴于尧化门一带没有游击队，上级决定由青龙山游击队执行这一紧迫的战斗任务，为此，郭世康和雷明随即组建了一支七人突击队，杜蘅听说了报名参加。

　　"女人，不合适。"郭世康随口说道。

　　"女人怎么啦？"杜蘅反唇相讥，"大男子主义，封建思想，门缝里瞧人。"

　　"你别冲动。"郭世康赶忙解释，"这一趟来回七八十里，而且多是山路，你又没走过，我只是担心你身体吃不消，没别的意思。"

　　"这正是让我锻炼、接受考验的机会啊，况且我又不是孤军作战。"说着，口气变得温婉，"队长，您就让我参加吧，不会让你失望的。"

郭世康望望雷明，雷明颔首含笑，郭世康说："行！"

杜蘅不由得向郭世康敬了个军礼。

尧化门在南京东北方，是朱元璋当年开筑的城外十八个城门之一，京沪铁路建成后，这里是近郊的一个站点。突击队连夜赶往那里，天阴，疏淡朦胧的星光下，泥土堆筑的城墙就在眼前，在突击队长、作战参谋仲武的带领下，他们迅速在靠近的土城头背后潜伏下来观察地形选择下手之处。十多米开外，城墙上有探照灯在转动，时明时暗，稍有不慎便有被发现的危险，仲武思忖之后，悄声命令向东转移，与站台拉开了两百多米，探照灯已难达到。于是突击队员们有的挖坑埋炸药，有的用扳手拆铁轨，杜蘅跟着别的战士边学边拆，拆了三节，仲武喊停，检查了一下炸药引信，随即命令："回撤！"他捏住长长的引信，带领众人飞快地没入一片灌木林，静静地等候。一个时辰，又一个时辰，仿佛是在考验他们的耐心似的，有战士低声嘀咕："怎么还不来，不会是情报有误吧？"

"别作声。"杜蘅说。

"狗日的小鬼子。"还是那个战士在说："我日他祖宗八代，尽耍诡计。"

"就你话多。"仲武动怒了，"再说，你就滚回去。"

谁都不再吭声，夜风吹动周遭的灌木、蒿草发出细碎的簌簌声，忍耐再忍耐。蓦然间，大地微微颤动，远方传来咯咚咯咚的隐约声音，由远及近，夜色弥漫，很快已能看到军列的身影。等到驶近爆破点，仲武点燃了引信，一串火光像蛇贴地急速向前，恰好蹿上军列的车头和前面两节车厢，发出惊天动地的爆炸声。后面未及爆炸的车厢，凭借惯性往前行驶又遭铁轨的断裂顿时倾覆铁路一旁，仲武见此情形，使命已达，他一挥手："撤。"

天还没亮，起雾了，仲武率领六名突击队员往青龙山回撤，一路上，他们沿着高低不平的山路前行，每个人都累得快趴下了，距离队部只两三里了，大伙儿咬紧牙关硬撑着一步一步往前走。走着走着，杜蘅忽然捂着肚子蹲下来了，仲武见了，忙问："怎么啦，哪里不舒服？"

　　"肚子疼。"杜蘅说："我想出恭。"说着便躬身向附近一处坟墩走去。

　　"我们等你。"仲武说。

　　"不用，我很快会跟上来。"杜蘅头也不回地应道："路我熟。"

　　仲武一想也就没当一回事继续回撤，杜蘅便后觉得轻松了不少，遂赶了上去。正走着，后面枪声大作，不好，小鬼子追上来了，这时，雾更浓了，一时辨不清方向，只能凭感觉走。走着走着，已能听到小鬼子叽哩呱啦嘈杂的声音，一掉头，影影绰绰看到了小鬼子移动的身影，担心被小鬼子捉住，她加快了脚步。离黄村只有半里路了，只见右边瓜地里有个玉米秆和稻草搭的瓜棚，凑近一看，破旧被褥里面躺着一个中年男子，此时，她什么也顾不上了，上前扯开被褥一下就拱了进去，与男人并排躺在一起，男人惊诧不已。

　　杜蘅忙捂住他的嘴，原来她认识这个男人，叫江文金，是名地下党员哩。真巧，她说："小鬼子追来了，让你受委屈了。"

　　"哪里话。"男人说："你别动，鬼子来了，我应付。"

　　不一会儿，雾慢慢散了，薄纱一般笼罩四野，果真一支十多人的日本军人正从几米开外的大路上开来，经过瓜田并未止步，但没走多远，一名上士向后转身朝瓜棚走来。这时，江文金正弯腰清理堆积在地上的瓜藤，见日军已到面前，就近麻利地摘了一只西瓜，老拳一砸双手各捧半片，上前恭维道："太君，尝尝。"

　　上士并未接手，目光却转向瓜棚，江文金生怕他进去搜索，便急中生智，先是按了一下自己的胸部，又指了指地铺上的杜蘅，而后双手拇指和食指搭成圆圈互相套环向上士示意。此人看懂了，二人系夫妻，于是收回目光接过西瓜，接连啃了两口，咂了咂嘴，向江文金竖了个大拇指，转身离去。

见日军已走远，江文金对杜蘅说："杜姐，赶紧离开，先去孟墓村躲一躲，等小鬼子撤走再回队部。"

"谢谢江大哥，刚才我已三魂掉了二魄。"杜蘅不停地拍着胸口，"若不是您，我肯定完了。"

"不说这些，快走。"江文金催促道："你也是，怎么一个人跑出来呢？"

杜蘅想做解释已来不及了，抬腿便走。

一个外乡人，又是女的……江文金一转念，放心不下，说："还是我带你走吧。"

"我能行。"杜蘅说。

"别犟了。"江文金不由分说，拽着杜蘅迅速转移。

小鬼子在临近的村子转了一圈烧杀抢掠，弄得鸡飞狗跳，游击队员的影子一个没见，最后赶着猪牵着羊，从原路回汤山，途经瓜棚，已是人去棚空。那名上士大呼上当，擦着洋火，一把火将瓜棚烧得火光冲天，其他的士兵则蹿向瓜田，抢摘西瓜。天气炽热，有的士兵索性用刺刀捅破西瓜，急吼吼地啃了起来，边啃边迈步撤退。

回到队部，杜蘅向郭世康和雷明汇报了自己内急失联，瓜田遇险的经过，无限感喟地说："到这会儿我还惊魂未定哩，多亏江大哥，如果没他的掩护，我怕是再也见不到你们了，都怪我自己。"

"回来就好，你不用责怪自己。"郭世康安慰道："一些突发事件谁都难以预料，算是个教训吧！"

"倘若当时仲武能等你一会儿，就不至于有后面的事发生。"雷明说："他疏忽了。"

"不怪仲参谋，他要等，是我让他先走的。"杜蘅说："反正这是个教训。"

"对，小杜。"雷明说："有些事不能自顾自，任由自己的想法去做，别人的意见该听的仍要听。"

杜蘅明白，指导员的话意有所指，默不作声地点了点头。

鬼子进村之后，敌我双方拉锯的土北区，包括青龙山一带暂时平静了一些日子，游击队一方面积极备战，一方面帮助村民抢收早稻、播种麦子和油菜籽，忙虽忙，相对经常打仗来讲，时间支配要机动一些。

雷明从田里回到队部，见杜蘅正在缝补军装，他有话想对杜蘅说，却一时开不了口。杜蘅停下针线活，见他脸色忧戚，她不禁紧张起来，估猜肯定有什么重要的事发生，忙问："指导员，怎么啦？"

"听了，你可得撑住哇。"雷明声音苦涩，"告诉你，王岚牺牲啦！"

"什么，你再说一遍。"杜蘅像被铁棒猛击了一下，她不信。

"她牺牲啦，几天前，在反击日军扫荡赤山的战斗中不幸中弹。"雷明说："我也是一早从郭队长那里知道的，多优秀的一位同志啊……"

"不可能……"杜蘅嘴上这样说，热泪却已夺眶而出，接着掩面哭了起来，哭得噎声噎气，已站立不住，慢慢蹲下，哀号不止。

"指导员……"半晌，杜蘅擦干了眼泪说："我可不可以去一趟赤山给她上坟？"

"这……"雷明想了想，"我以为可以，也代表我，但要跟郭队长说一声。"

郭世康二话没说点头同意，又指定了一名女游击队员伴她同行，两人村姑装束，翌日天不亮就动身了。一路不敢停歇，过午赶到赤山，在古同泰寺队部见到队长夏轩，夏轩先是一怔不知杜蘅因何而来，待她道明，夏轩叹息连连，诉说着："半个月前，驻防湖熟的日本兵到杜桂村抢粮，得知消息，我立即带队前去支援，我让王岚在赤山留守，她愣是不听，要求给她一次机会，说是枪把子都磨出了凹痕，子弹没打出过一粒。她那样渴望和急迫，我只好改变主张，我们一到杜桂，小鬼子车拉肩扛抢劫的粮食已出了村庄，一场遭遇战随即打响。王岚冲在前面，边射击边喊'缴枪不杀'，一连撂倒两个小鬼子，正当她飞身跃过壕沟活捉一名鬼子时，在她侧翼有鬼子连发数枪，她不幸中弹倒下了，战士们见状不要命地与小鬼子展开肉搏。我们人多，最终取得了胜利，小鬼子丢下两具尸体后逃窜，我们也牺牲了几名指战员，包括王队长。"

"是这样。"杜蘅抑制不住内心的激荡，"她埋在哪块儿，我要去见她。"

夏轩指派队部一名干事，将杜蘅和那个同行的女战士带到赤山西侧山坡下，秋风萧瑟，草木零落，墨色的云层在天空缓缓地移动着，心中少有的压抑。眼前一抔土堆，孤零零的，坟前有一木牌，上书"王岚之墓"，落款为"赤山抗日先锋队全体指战员"，地面有残缺的香烛和锡箔纸钱焚后的灰烬，想必是安葬后留下的。杜蘅就近采了一束黄灿灿的山菊花，又折了几节松枝敬献在坟前，心里默念着："姐，我来迟了，没有想到我们两姐妹会在这块见面……"她终于控制不住，眼泪扑簌簌地滑落下来，"我错怪过您，对不起，我知道错了，你将一直活在我心里，我会像你那样做人……"

这时，忽然刮来一阵风，在她头顶旋卷着，杜蘅一惊："姐，莫非你来了？"

杜蘅感到有点诡异，她恭敬地在坟前鞠了三个躬，阵风随即悄然消失了。这件说不清道不明的事，此后在杜蘅的生命中，不止一次地再现过。

祭扫完毕，杜蘅与同伴当天就回到青龙山，她向雷明汇报了此行经过，又说了遭遇阴风的事，她问："会不会是岚姐以这种方式来同我见面？"

"我看这不过是一种自然现象。"雷明不经意地笑道："在你，或许是心灵感应吧！"

"是吗？"杜蘅仍是疑惑，"可我的感受却是真真切切的。"

"那你，还有我，就一直记住她，缅怀她，以她为榜样去生活去战斗。"雷明说。

"我会的。"杜蘅应道，结束了这短暂的交谈。

身处乱世，难以预料的事随时都可能发生，战事的纷扰才平静了不到二十天，出事了，而且接连两次。先是日本兵窜到距青龙山四里路的白鹤村，抢劫屠户庞声涛肉案上的半片猪肉，被庞声涛挥刀砍掉脑袋。接着，驻防汤山的日军派出一个七人组成的小分队，进入青龙山搜索游击队却没再出来。这两件事震惊南京日军高层，迅速作出作战部署，决定从土桥、索墅、汤山三个方面合围剿灭青龙山游击队。江宁抗日民主政府获得这一情报，针锋相对地采取了对策：一、将土桥附近的东坳、永安、南楼、时庄等几个村子零散的抗日武装组织起来，夜袭土桥据点进行牵制。二、日军从索墅过来，到青龙山需通过一片方圆数百亩的松树林，游击队派了一个排的精干兵力在此阻击。三、在青龙山西边不远的公路两侧，隐埋一个排伏击。战斗打响之后，土桥日军为固守据点，只派遣了一支小分队十余人北上，在杨家边遇上当地抗日武装，拼杀中死伤数人，被迫撤回。而索墅方面，不只与埋伏在松树林里的游击队接上了火，而且在相邻的吊死娘娘墩，遭遇数百名民间武装大刀会信众的搏杀，信众死伤多人，然而小鬼子也未能达到进攻青龙山的目的。至于汤山开来的日军，面对深山老林，忌惮此前小分队在此消失的教训，未敢深入，乒哩乓咚胡乱扫射了一通后便回撤了，这场雷声大雨点小的围攻，也就这样草草收场了。

自然，敌人是不会就此罢休的，隔了三天，一架日本侦察机飞临青龙山上空，一遍遍盘旋，不知是侦察游击队的活动地点，还是搜寻那七名消失的日军，上半天来了一次，飞了个把时辰飞走了，没有投弹。躲藏在各处溶洞、矿坑里的游击队员和老百姓惊恐中安稳下来，以为不会再来了，谁知过午又飞来了，而且压低了飞行高度，透过林木的缝隙，可以清楚看到机翼上的太阳旗。杜蘅与几名战士据守着，一群村民蹲在一处废弃的矿坑内静待事情的发展变化。突然，飞机急速下坠猛地撞在一排高大的榉树上，轰的一声，随即发生爆炸，只见一个中年村民飞奔过去想看个究竟，杜蘅紧跟上去，一把拽住他往回拉，就在这千钧一发之际，飞溅的飞机碎片击中了杜蘅，倒地不起。郭世康、雷明闻讯赶来，见她下半身已是血肉模糊，眼睛闭着，痛苦地呻吟着，这怎么办，怎么办？郭世康情急之下，忽然想到了自家亲戚郗公培，是附近神垌村的一名医生，早年毕业于上海医学院，后进入同济医院，日本占领上海前夕逃难回到家乡神垌，医术颇为高明，盛名在外。此刻郭世康没再多想，着人去请，神垌离青龙山就两三里路，不一会儿，郗公培便拎只藤箱赶过来了，他蹲下小心拉开裤子一看，大惊失色，左腿膝盖之下已被飞机碎片截断，只有寸把皮肉相连，血仍在流，郗公培似乎有些束手无策。

"公培兄，快想办法呀！"郭世康急得直转。

当务之急是止血，郗公培打开藤箱取出纱布、药棉、毛巾，折叠成相应大小的垫子放在无菌敷料上面，然后再用绷带、三角巾紧紧将伤口包扎起来，同时给她注射了止血敏，口服了三七粉，一阵忙碌过后，杜蘅苏醒过来了，问道："我这是怎么啦？"

"别动。"郗公培按住她，"你受伤了，得找个地方治疗。"

郭世康听了，接应道："就去山下的插花庙，那里安全可靠。"

插花庙是一座古老的佛教寺庙，名播四乡八集，居家白鹤村的晚清诗人汤濂曾多次来此进香参拜，感触良多，赋诗一首，诗曰：水随山势曲／十里涧里清／石壁双峰立／斜阳一半明／度茶流可枕／饮酒日月倾／更爱寒林外／时闻钟磬声。只是历经战火灾害，庙里部分建筑已有毁损，不复旧观，然而此处幽静，确是疗伤的最佳去处。杜蘅被轻轻地放上担架，又用绑腿布将她固定住，在雷明和郗公培的护送下，很快进入庙内，住持释空大和尚口念"阿弥陀佛"，把一行人引至斋房。正当众人诧异之际，释空移开壁橱，一间暗室立现眼前。接着释空又点亮三盏油灯，顿时室内一片光亮，杜蘅进来之后旋被移放在一张雕花木床上，此刻她仍处于昏迷状态，钻心的疼痛让她又醒了过来哼哼唧唧。

"血已止住。"郗公培说着从药箱内取出止痛片，加大了剂量，倒了温开水让杜蘅服下，安慰道："别着急，疼痛马上就会缓解。"说罢转身又对雷明说："长官，乡下条件实在太差，得将她送往城里大医院，要动手术，耽误不得，要快。"

"进城几十里路哩，又不能颠簸，怎样送呢？"雷明急得抓头。

"指导员……"显然，杜蘅听到了他们的对话，声音微弱地叫了一声，雷明赶紧低头凑上去，杜蘅吃力地说："去湖熟找我表哥柳志远，让他进城见我爸，我爸有办法。"

"好，好。"雷明茅塞顿开，掖了下被头，说："我这就去安排，你好生躺着，别动，也别再说话了，听郗医生的。"

雷明刚走出庙门，便遇上匆匆赶来依然中医装束的陆纲，又惊又喜地说："陆书记，您怎么来了？"

"我来了解日本飞机坠毁的事,老郭告诉我小杜受伤了,伤势很重,我能不来?"

雷明遂又转身陪陆纲来到斋房,进入暗室,雷明喊道:"杜蘅,陆书记来看你了。"杜蘅正合眼养神,闻声见陆纲脸带忧色地望着自己,像孩子见到亲人一样,五味杂陈地说了句:"惊动您了……"说着试图坐起来,孰知一动便疼得额头上汗水直冒,"瞧我,拖累了大家。"

"别动。"陆纲上前帮她移正了身子,"你了不起。"

"哪里。"杜蘅嘴角泛起苦涩的笑纹,"我真笨,连逃生都不会。"她不想再让陆纲为她多花时间,遂转移话题,"组装后的电台好使吧?"

"很灵光。"陆纲双眸炯亮,"小杜,你立了大功呀,县委已作出决定,予你嘉奖。"

"多大的事啊,应该做的。"杜蘅难得地笑出声来。

一个时辰前,从郭世康那里知道杜蘅的伤情有可能要截肢后,陆纲立即就来到插花庙,在这种时候,他觉得自己作为一个领导,或一名长辈有话要对杜蘅说。眼下,见杜蘅情绪已稳定下来,便把一些想法说了出来。

"小杜,你的坚强,让我感佩和宽慰。"陆纲说:"噢,最近,有你爱人的消息了吗?"

"没有。"杜蘅噘嘴应道:"谁知他死在哪块儿啦。"

"别这样说,他一定有他的难处。"陆纲说:"我知道,你还有一个孩子,也难。但是人一生下来,忧患便如影随形相伴着,况且又处于乱世,就更难免了,这既是折磨,也是历练。如今,抗战将进入反攻阶段,出头的日子快到了,你要好好的。"

"继续战斗!"陆纲的语重心长感染了杜蘅,她迅速平衡了自己的心态,回应道。

"治疗康复是第一位的。"陆纲说:"参加战斗,那是以后的事。"

"不是说革命第一嘛!"杜蘅一脸认真地说。

"那要看在什么情况下,具体问题要具体分析,不同对待。"陆纲感到话到此,已铺垫得差不多了,得说出最为关键的话了,遂说:"小杜,你别再费力伤神了,好生躺着听我说,你这趟回城首先是把伤治愈。考虑到你的伤情,县委研究决定,你已不适合再留在游击队,应回到城里去,伤好之后从事自己喜欢的工作……"

"开除我了,凭什么啊?"杜蘅激动起来,身子一动又出现了阵发性的疼痛。

"别动,听我说,等我说完,你再谈想法行不?"

杜蘅不再作声,陆纲给她递上一杯水,继续往下说:"按照组织原则,我们之间也不再有联系了。"

"这就是说组织抛弃我了,可我不是党员啊!"

"但你是革命战士,游击队便是组织,这样做,也是纪律,是必须的。"陆纲和蔼且耐心地说:"知道'慎独'不?语出古籍《中庸》,原文是:'莫见乎隐,莫显乎微,故君子慎其独也。'意思是说当你独自一人而无别人帮助监督时,也要表里一致,严守本分,严格要求自己,自觉遵循道德准则,守住信念。诚然,你目前还不是中共党员,但抗日救亡的信念无论党内党外都应该是一致的,我相信你即便独处,也能这样去做的。要你勿找我们,不等于我们之间就割袍断义了,也许某个时候我们会联系你的,也会一直关注着你的情况。"想了想又说:"小杜,你这名字改得好啊,杜蘅,蘅乃香草,希望它即便遇上狂风暴雨,也坚韧不拔,像屈原那样坚守气节。"

话都说到这种地步了,再木古,她也听懂了,平静下来后,回说:"知道了。"

第二十二章　血洒青龙山

一直陪同在身边的雷明，起身送陆纲离开，刚走到观音殿，只见守在门口的小沙弥急吼吼地跑回，报告释空大和尚："不好了，小鬼子来了。"

释空一听，急中生智，赶忙打开观音莲花座后面的活动门，让陆纲和雷明藏了进去，倏又把门复原，看上去依旧浑然一体。此时，一名日军中尉带领六名士兵，另有一名翻译，进了大殿，释空双手合十迎了上去。口中念念有词："阿弥陀佛，善哉善哉。"

中尉和士兵不管不顾，四处搜索，观音殿、藏经阁、方丈室挨个搜了一遍，返回大殿。中尉气急败坏，冲着释空吼道："游击队的有？藏在哪里？"

"出家人以慈善为本。"释空慈眉善目，纹丝不动，继续说："十善业道永离杀生、偷盗、邪行、妄语、两舌、恶口、绮语、贪欲、嗔恚、邪见。"

中尉听不懂，让翻译译一下，翻译本人也弄不懂，随意翻了一通。

"什么呀，乱七八糟。"中尉叽哩咕嘟又说了一气。

翻译对释空说："太君问飞机坠毁，飞行员尸体还在吗？"

"啊，当天就挖坑埋了。"释空扯了个谎，"我还派法师前去超度的。"

翻译用日语翻了一遍，中尉立即向释空竖起大拇指，说："你的大大地好。"言毕，挥手离开大殿，出了山门，释空悬着的心终于放了下来，遂将陆纲、雷明请出。刚才，虽然两人藏身于内，外面的动静隐约能够听到，见了释空，陆纲连连作揖以示谢意。

"施主不必如此，我等只是出家，不是出国，家国僧俗本为一体。"释空说："倘若国都完了，小家、寺庙的存在还有什么意义，爱国也是我等本分，掩护抗日将士义不容辞。"

没想到大和尚竟有这般见识，令陆纲和雷明刮目相看，一再致谢离去。

下面来说说联系杜蘅回城的事。

雷明派人去湖熟，在杜泰昌分号顺利见到杜蘅的表哥柳志远，志远听了惊吓不已，又不敢在祖父母面前表现出来，未及询问细节便托故即刻起身，赶巧搭上下午的汽车，直奔钓鱼台杜府。杜家豪不在家，他又追到机房，见了姑父，僻室面谈，杜家豪听了开头便瘫坐下来了，痛苦地叹道："这是作的什么孽啊？日本鬼子，我跟你有不共戴天之仇呀！"听完志远的话，又说："救人要紧啊！"

"那边的医生说，倒不至于危及生命，但得赶快进城动手术。"志远说。

"这，这怎么办？"杜家豪搓着手在客厅徘徊，不用说，要赶紧把女儿接回来，可怎么运呢？家里的老道奇无法让她平躺，而且通过日军所设的关卡也是个问题。他想起铃木晋夫，凭其驻华大使馆商务参赞的身份，倘出面则能解决。可是，女儿正是日本飞机碎片炸的，刚才自己还骂过日本鬼子，能腆着个脸去求他吗？他若真介入此事，女儿的真实身份不就暴露了？这样一想，杜家豪立即断了这个危险的念头。再一想，女儿接回来要动手术，这是医院的事那何不找医院呢？老了，一时糊涂了，怎么才想起来呢？他不再迟疑，出了门过新桥，经长乐路很快来到市立第一医院，径往院长办公室自报家门。院长孟崇尧没见过他，却早有所闻，门西丝织界有个杜家豪，谁人不知，赶忙邀坐沏茶。

不等孟崇尧问话，杜家豪说："小女遭日机轰炸，生命垂危，求院长施救……"

"人在哪块儿？"

"汤山以东，青龙山脚下，一个叫孟墓的村子里。"杜家豪说："乡下医生作了初步诊治，可条件医术毕竟受限，必须赶紧接回城里。"

"通马路吗？"孟崇尧问。

"天宝煤炭公司筑有一条公路，出中山门可直达。"

"好，我马上派救护车。"孟崇尧随即叫来急救科主任带了两名护士和必要医用器材，作了一番叮嘱，看着他们上车开出医院大门。

"哎，停，停！"忽然，杜家豪大声喊道。

"还有什么事吗？"孟崇尧不解地问。

"我想跟车去接女儿。"

"杜先生，我们会负责到底的。"孟崇尧说："您就放心吧。"

"那我就守在这块。"

"也没必要。"孟崇尧劝慰道："您也上了岁数，先回去休息，好在医院离钓鱼台不远，等人接来动手术前，我们再请您过来，您看这样可行？"

"就这样吧。"杜家豪没再多话，转身离开。

救护车往返将近四个钟头，把杜蘅接到市立第一医院，抬进急诊室，孟崇尧亲自坐镇，先是拆夹板、纱布，接着X线透视，发现左腿膝盖以下的胫骨已断裂，而且有两块铜板大小的飞机残片嵌在里面。病因找到了，下面就是手术了，术前又是一系列的准备，血常规、肝肾功能、血液凝固功能检测、传染病检测、心电图以及器械的检查。忙完这一切快到下班时间，鉴于病人确实危急，加之又是杜家豪的千金，孟崇尧破例，决定连夜加班施救。半个时辰后，杜家豪夫妇也到了，走进病房去看望女儿，不一会儿，孟崇尧一身白大褂出现在众人面前，杜家豪施礼致谢，接着护士将躺在手术车上的杜蘅从病房推了出来。就在手术室门外，麻醉师当着杜蘅及其父母面说了手术的风险，让杜家豪在手术同意书上签了字，手术车便轻缓地推了进去。

遇上这种事，使杜家豪想起妻子柳惠芬当年的难产离世，如今，恍惚间做了一个梦，女儿二十五岁了，正值大好年华，却进了同一家医院，面临着风险，母女竟是同样的命运不济，他有些紧张，不知手术结果怎样，脸上的肌肉轻微地抽搐着。挨他而坐的孟崇尧有所察觉，拉着他的手宽慰道："生命肯定能保住，我们是有把握的，这点你放心。"隔了会儿又说："不过，杜先生您也要有个思想准备，据X线检查，左腿膝盖以下可能要截肢……"

"不可以，不可以。"杜家豪像一个小青年，突地快步上前推开手术室的门，哀求道："大夫，请保住腿，保住腿，求您了……"说着竟在门口跪下了。

孟崇尧见状，赶忙跟过去将他拉了起来，谁知他已迈不开步了，表侄柳志远半抱半扶地好不容易才姜他安顿在室外的长椅上歇着。

尽管伤势很重，手术时间并不长，也就个把钟头，清创，捡出飞机残片，截肢、敷药、包扎，必要的程序一一走过，杜蘅被推回病房。这时，孟崇尧另有要事处理，跟杜家豪说了几句劝慰的话，便先行离开了。杜家豪夫妇和志远不敢进病房打扰，一直守在外面等待。

突然，"我不活了，我不活了……"撕心裂肺的呼喊，从病房里传来，杜家豪一看手表，已过一个钟头，知道女儿醒了，慌忙地推门而入。只见被褥已掀翻，女儿的左腿只剩半截，没等自己去安慰女儿，他已跌倒在地昏迷过去。志远忙叫医生，转瞬又将他扶起护送到急救室施救，而这边，正准备下班回家的主刀医生，倏又踅回病房，来到杜蘅面前。

"拆烂污[①]，你们就这样治病的吗？"杜蘅难以接受这严酷的现实，

[①] 拆烂污：吴方言，指做事苟且马虎，不负责任。

呛开了，"你得给我接上，没有腿我还不如死哩！"

"杜小姐，你听我说，你的小腿胫骨已炸断了，只连着一层皮，在现有医学条件下，是难以断肢再接的。"主刀大夫平静地解释着，"不光是你，其他同样的病人都这样处置。"

"唉——"杜蘅叹了口气，"这下完了，我怎么这样倒霉呢？"

"告诉你，过几天，将会把你转到义肢矫形科，帮你装进口的德国造义肢，用助行器练习两周，便可下地活动，而后再改用腋拐，也就是胳肢窝拐杖，挂着就能行走了。而后经过三个月康复训练，稳定性增强，便能像正常人一样行走自如了，穿上长裤，小姐你依然漂亮如故，气质可人。"

"真的？"杜蘅一脸惊喜。

"事关性命安危，做医生的不敢说谎。"

"大夫，辛苦了，谢谢您的大恩大德。"

"不谢，这都是一个医生该做的。"大夫说："心，务必要安定下来，配合医生治疗，一切会好起来的。"

"听您的。"杜蘅目送大夫应道。

大夫前脚出了门，杜家豪夫妇走了过来，老人只是片刻情绪失控，服了镇定药，休息了一会儿，没事人一个。只是，不知女儿遭遇突变心情如何，他依然忧心忡忡，一进病房，却见杜蘅朝他莞尔一笑，不等他开口，反倒安慰起他来："多大的事啊，爸、小姨，大夫说了，安上假肢，几个月过后，跟正常人没两样，你们尽管放心好啦！"

没想到女儿如此坚强，杜家豪释然了，兀自呵呵笑道："真得感谢老天眷顾，恩赐老夫这么好一个女儿。"

一家人随意聊了一阵，杜家豪夫妇便回钓鱼台了，志远也没耽搁去了客运车站，买了票搭乘公共汽车返回湖熟。

多大的事啊，杜蘅这句口头禅，其实也是南京人开口闭口普遍用的口头禅。平素朋友亲眷遇到麻烦了，做生意亏本了，打麻将不知出哪张牌赌输了，失恋了，甚至栽倒了，都会说"多大的事啊"，似乎凡事都能用得着。意思是看开些，没什么了不起，不在乎，折射了南京人豁达、乐观、坚韧的性格特质，这话对别人是宽慰，对自己则是安抚。

可这回，受伤对杜蘅来说倒是个事，是个大事，虽说嘴硬，心中的阴影却很难抹去，她只有认了。三个月后从医院康复回家，屋里屋外走走，除了假肢与膝盖骨有点疙里疙瘩外，别的倒没什么问题，大夫说过会慢慢适应的。因此，一度的担忧，她放下了。

战争仍在进行，日寇的兵力除关东军仍押在东三省，大部分已南移至华南、南洋和缅北一带。不过，日伪在南京的统治并未放松，周边地区仍有战火在燃烧，父亲的生意也不景气，在此情况下，对今后自己还能做什么，她已不再多想，一边带孩子，一边协助父亲打理，能做多少做多少，好像有点兮大流干①。父亲和小姨见了倒也称心，日子就这样平静地过下去了。

---

① 兮大流干：南京方言，漫不经心之意。

第二十三章　母兮鞠我恩似海

老虎灶，曩时烧开水的炉灶，门西人习惯叫茶炉子。殷高巷中段偏东有一个老虎灶，是这条街唯一的一家老虎灶，砖砌的灶台，放两口大锅烧开水，水是井水，要用明矾沉淀后，方能下锅。起早至晚生意很是红火，店主姓秦，叫秦仁义，南京沦陷前夕，死于日本飞机轰炸中。之后，便靠妻子秦潘氏支撑，孤儿寡母，只因人缘好，左邻右舍出手帮衬，这才维持下来，成了殷高巷市井小民不可或缺的生活所需。

阿龙说的秦阿姨指的就是秦潘氏，他念小学时就认识了，登门相邀，哪知老人走亲戚去了，等到跟舒晨相见已是一个月以后的事了。作为隔壁邻居，又是舒母贴心老姐妹，在阿龙引领下，老人来到阿龙家。见到一别数年的舒晨，老人激动得眼泪直流，一把搂了上去，嘴唇颤抖着，她有多少憋在心里的话要说啊！舒晨则是一迭声喊着："阿姨，阿姨……"却说不出话来。

这场面有点让人伤感，阿龙开口道："记得上长乐路小学时，每年夏天放学，一路上口干得冒烟，一到老虎灶，阿姨就从小水缸里舀上两碗凉开水递给我们，牛饮一般，透心的爽……"

"记得吧，"阿龙的话唤起了秦潘氏的回忆，"你们两个淘气鬼，有时水含在嘴里，两片腮帮子鼓鼓的，而后相互喷，喷得头上脸上都是水。"

"您老不打不骂，冲着我们笑，又舀了递给我们，助战哩！"舒晨跟着说。

一席对话，让三人乐不可支，舒晨望着秦潘氏，毕竟已五十多岁，又操劳过度，额上已爬满皱纹，脸颊还有了老人斑。但巴巴头[①]梳得很平整，老蓝布的衣着利利索索，精神蛮好。

"您老硬朗着哩！"舒晨赞道。

"唉，一年不如一年啦，这世道，小日本骑在头上，兵荒马乱的，憋屈得连个说话的人都没有。晨晨，倘若你妈在，老姐妹聒白没个完啊！"

"正好，阿姨，今天请您老来，就是想知道这几年，我妈的事哩！"舒晨就势说道。

"行，我想到哪块儿说到哪块儿，你们可别嫌我韶。"

秦潘氏不善言辞，话有些杂乱，笔者梳理了下她的叙述，转达的意思大差不离。

"晨晨，你看，我还是叫你小名，我跟你妈老姐妹知根知底，掏心掏肺，那时候你小，一些事不知道，你妈这一辈子苦哇，说起来也是老天捉弄人，你家祖上也是大户人家，出入官府，到你爷爷这一代不来事，败了。起初，你爷爷在三山街开了一家布店，生意不错，我小时候还随大人去买过布。但后来有人勾引，你爷爷赌上了，还抽大烟，店也盘给人家了。你奶奶是南门外秣陵关人，也是一家财主，出嫁时带了陪嫁丫头阿珍过来，到舒家没两年，你爸爸的原配得了痨病去世后，便由你爷爷奶奶做主，将阿珍作了你爸的填房，生下了你。你爸是个病秧子[②]，祖上留下的一点积蓄很快就花光了，只好做点小生意，勉强维持。

[①] 巴巴头：南京方言，指妇女梳的圆形发髻。
[②] 病秧子：南京方言，指体质很弱，经常生病的人。

第二十三章　母兮鞠我恩似海

可是，要供你念书，家中入不敷出，你妈便到处找活做。"

秦潘氏的追溯，让舒晨对自己的家世有了比较清晰的了解，内心自是感慨不已，也勾起了他儿时的记忆。

天气乌糟①得要命，舒晨将座位挪近秦潘氏，摇起一柄芭蕉扇替老人扇风，他说："多亏您老了，让我知道了不少陈年往事。"

"我老了，儱里儱俕的，你妈糊口袋的事倒还记得。"秦潘氏说："那时你才三四岁，你爸病得躺在床上，小本生意也停了，日子难过呀。你妈白天到小门口一户有钱人家帮佣，洗衣做饭整理房间，晚上在家里糊纸口袋。口袋用纸是从废品店和挑高箩收破烂的那里买的，有旧书旧报、新闻纸、牛皮纸，以光溜溜的没字的最好。讨价还价买回后，要一张一张清理，有水渍的，发霉的，起皱的都不能用。而后用一种无味无色的喷雾剂消毒，消完毒才可以依据店家需要，糊成大小不等的口袋，最后用大青石一摞一摞地压平整，便可以出货送往店家了，有时候我也过去帮忙，边糊口袋边聊白寻开心。"

"这活倒不重。"阿龙插话，望了一眼舒晨，舒晨不作声，只顾听。

"不，时间长了，腰疼背酸。"秦潘氏说："又没有运输工具，黄包车雇不起，全靠打成捆用绳子一头系一捆，往肩上一搁上路。店家近的就在小门口，倒还好，远的在三山街，累得够呛。到了还得经店家挑三拣四，弄不好就退货，那就白干了。"秦潘氏喝了口茶，一声长叹，"记得一年冬天，北风鬼哭狼嚎，天上还飘着雪花，地上青石板路打滑，你妈送货到小门口一家炒货店，快到店门口了，脚底一滑摔倒了，肩上纸口袋滑落一地。也是巧，那天我去小门口买明矾，见到了，赶忙上去将你妈搀扶起来，又一只一只地拾掇地上的口袋，跟店家说好话，店家愣

---

① 乌糟：南京方言,天气闷热而令人难受之意。根据语境、语调,亦可写作"乌酥"或"乌里巴酥"。

是不收。你妈这人硬正，不想再受气，索性将这些纸口袋全部丢在就近的垃圾堆。在我搀扶下，一瘸一拐地回到殷高巷，累，受了风寒，出了冷汗，到家后就病倒了，一个礼拜才恢复过来。"

"妈妈真的太苦了。"舒晨听了已是热泪盈眶，"阿姨，您老不说，我一丁点儿也不知道。"

"假如我不说，把自己知道的事带进棺材里去，我对不起我的老姐妹哇。"秦潘氏话匣子打开就收不住了，"可是一直没有机会，今儿个算巧了，晨晨啊，后来你长大了，让你妈操心的事可不少啊！"于是她提到舒晨念中学读大学时上街游行抵制日货的事，"你爸死在日本鬼子枪口下，你妈恨鬼子啦，觉得你做得对，可是世道太乱，她整天为你担心，怕有个好歹，想跟你说吧，又怕伤了你的自尊心，毕竟你已不是小娃儿了。于是，她心中的苦闷烦恼也只好跟我说，我又能怎样，笨嘴笨舌说不到点子上，只能陪着她叹气流泪，唉，这叫什么事啊！"

老人的话，句句戳心，舒晨听了心中难受痛苦，可愈是这样，他愈想听。

"阿姨，谢谢您在我们家困难的日子里，帮助了我妈，还有什么都告诉我吧。"

"你妈倒马桶的事你不知道吧？"

"倒马桶？！"舒晨惊呆了，"这究竟是怎么回事，阿姨，您快说。"

老人静了静，接着往下说，大意是：自然是因为家中生活拮据，经人介绍，你妈在殷高巷一带替人家倒马桶。倒马桶，这是一桩又臭又脏的活，一般穷苦人家没有马桶，备一只粪桶解手用，有时也跑茅房。温饱之家才用马桶，有二三十家，其中竟然还有两家是日本住户，一家主人是浪人，一家主人是商人。每天一大清早，住户将盛满粪便的马桶放在门外，你妈适时去取，一手两只，先是在公用茅厕将粪便倒了，然后一桶一桶打了井水冲刷。刷把是竹子做的，哗啦哗啦把桶壁四周灰色的垢去除掉，要刷几遍，再用井水冲洗干净，而后拎到每家住户门口支起来晾着，干了住户自己拎回屋子。几乎天天如此，你妈就靠这挣点钱贴补家用，原指望日子就这样平常地一天天过下去，谁知一天出事了。

正说到这里，只见门口有个人影一闪而过，屋内的人莫不感到诧异。阿龙赶紧追上去，那人已转向花露岗方向，阿龙叫住了他，问："哎，先生有什么事吗？"

那人调过头，冲阿龙笑道："不认识了？在南区税务公署我们见过面。"

"啊，"阿龙想起来了，此人乃一名征税员，遂说："那你今儿个来……"

"想实地考察一下贵石坊的规模，以便增税时参照。"

"又要增税？那你怎么不进屋谈？"

"见你们一屋子人正在谈事。"那人说："改日再议吧！"言罢转身离去。

阿龙回到家中，诉说了事情经过，众人听了，议论纷纷。

"确定他是征税员？"舒晨问。

"确定。"

"这个税，那个税，成千上万的税，恐怕我那老虎灶也要增税了。"秦潘氏叹息道："造孽啊，这是什么世道，还让不让人活呀！"

"伪政府勾结日本鬼子坏事做绝，无孔不入，无缝不钻。"阿龙父亲愤愤不平。

"我总觉得事情没那么简单。"舒晨说："不会有另外一种身份暗探吧？"

"阿晨，你想多了，他就是一个征税员。"阿龙说："不过，世道太乱，多一个心眼也好。"

"但愿如此。"舒晨应道。

秦潘氏点了点头，她的叙述又延伸了下去。

这天，居住在殷高巷的日本浪人龟田三郎到小门口闲逛，在一家古董店看中一只唐三彩骆驼，从梨木柜中取出在手中把玩，未料没抓牢滑落，碎片散了一地。店家自然不依不饶，说骆驼是自己亲赴西安重价购得的要求赔偿，而龟田却用半生不熟的中国话指此系赝品，商家借机敲诈，双方争执不下。商家不晓得浪人龟田是游荡无赖之徒，且有军方背景，龟田欲走，商家拦阻不放，龟田嘴里骂骂咧咧，举起手中的长剑将迎门长桌上陈列的古董全部扫到地上，又猛地将店家推到一边扬长而去。

龟田的嚣张和霸道，立即引起了小门口以至门西各阶层市民的愤怒，他们一方面向汪伪南京南区警察分署提出申诉，一边抵制日货，拒售日本物品以示抗议。让人绝对没有想到的是，你妈也参加到这场抗议行动中去了，她拒收殷高巷两家日本人的马桶。正值盛夏，天热难耐，马桶里的秽物发酵，臭气外溢，而他们又拉不下脸自己拎去茅厕，只好喷洒香水试图冲淡臭气，孰知香臭交融，其味更是难闻，熏得头昏脑胀。龟田派人去见你妈，她托病躺在床上，而临时雇人，谁都不愿干，龟田无奈只得搬到小门口一家客栈暂住。同时联系到日本驻京特务机关，调查你在中大时参加抗日游行抵制日货的事，遂以通缉你为口实将你妈逮捕。

"竟有这种事？！"听到这里，舒晨脸变得煞白，目瞪口呆，"后来呢？"秦潘氏断断续续往下说，舒晨平心静气地听着。

后来，龟田雇了个女佣刷马桶，这才搬回去住。而你妈被捕之后，关进了新街口一旁的羊皮巷看守所，不准探视，通宵达旦地审问，动用了老虎凳、辣椒水逼问你的下落，你妈只说："不知道。"后来，干脆咬紧牙关不开口,小日本用起子撬,牙齿折断了两颗,鲜血直流……

"母兮鞠我恩似海,妈,妈,您受苦了,是不孝儿子连累了您呀……"舒晨听到这里心如刀割,热泪滚滚,站起身就往外跑。

阿龙一把将他拽住:"你想干什么?"

"我要找狗日的龟田去拼命。"舒晨挣扎着。

"晨晨,龟田早就搬走啦。"秦潘氏边抹泪边说:"你要想听结果,就乖乖地给我坐下。"

舒晨回到座位,给老人的杯里兑了水,长叹一声往下听。

老人一片热心,韶起来,话没个完,颠颠倒倒,方言又多,外人并不清楚,笔者作了整理归纳,加以必要说明如次。

你妈被捕当天,住在钓鱼台的杜家就知道了,杜老爷亲自跑了一趟城南警察分署了解事情原委,请求公正处理。分署的回话是正在调查之中,让回去听消息。后来杜老爷又托商界朋友出面从中斡旋,也无济于事。最后杜老爷打听到龟田喜好收藏中国古董,尤其是陶、瓷器。想到家中还有一些祖传的藏品,在藏室看了又看,反复比较、掂量,龟田这家伙既然喜好收藏,想必也不是一年两年的事了,眼光不会低,一般古董是看不上的。要想打动他,非得奉上珍品不可,这样,杜老爷的目光专注于一件汝窑天青釉瓷盘上,内行认定瓷盘釉中含有玛瑙,色泽青翠华滋,釉汁肥润莹亮,有如堆脂,视如碧玉,扣声如磬,质感甚佳。据说,它曾是宫中收藏之珍品,不知何时落入杜氏先祖之手,杜老爷有些不舍,但是,倘不出手,你妈就休想出狱,甚至生命难保。他一狠心,用锦盒装好,亲自去殷高巷登门拜访龟田。

龟田听门卫报告杜泰昌缎号老板来访,换了一身和服相迎,笑容可掬地来了个四十五度的鞠躬,拱手致意,杜老爷自然也欠身还礼。来至客厅,按一般礼节,主客应是榻榻米前席地而坐,而此番龟田则让家佣搬来两张仿明圈椅，邀杜老爷坐下。杜老爷也不推辞，落座后将携来的锦盒打开，取出天青釉瓷盘，放在矮桌上。龟田只觉眼前一亮，直勾勾地望了上去，惊呼道："汝窑，汝窑。"他又吩咐家佣取来白色手套，小心翼翼地捧在手上细看，"啊，似玉非玉而胜似玉，看色泽素雅自然，不愧有'雨过天青云破处'之誉，上品啊！"将瓷盘放回桌上后，他请杜家豪品尝家佣送上的茶，然后笑问："杜老板今日光临，莫不是携此珍品给我观赏的！"

"非也。"杜老爷应道："区区薄礼，请龟田君笑纳。"

"不敢。"龟田大喜过望，"敝人哪有这种福分受此大礼。"

"知道龟田君酷爱中国古董，我只不过聊表心意。"杜老爷不想隐瞒，便直说："当然，我也有一份私心，有事相托。"

"请说！"

"刷马桶的阿珍被捕入狱，其亡夫跟我有同窗之谊，一个寡妇能有什么问题？今儿个特地上门，烦请龟田君出面，让有关方面网开一面，予以开释。"

"这……事情有点复杂，主要涉及他的儿子有反日行为。"龟田佯装为难。

"啊，"杜老爷一笑，"这娃儿，从小我看着他长大，随众上街游行多大的事啊，在贵国不也常有青年学生上街游行嘛，听娃儿说，还是跟贵国学的哩！"

"杜老板，真会说。"龟田起身似有送客的意思，"不过，我佩服您的善心和诚意。你的想法，我全明白了，我来想办法。"

"谢谢。"杜老爷起身告辞。

"哪里话，您给我的收藏增加了一件珍品，说谢谢的应该是我，能交上您这位朋友，我龟田三生有幸。"

杜老爷没有回应，心想谁跟你交上朋友，那真倒八辈子霉了。但转而一想眼前所见的龟田言行举止彬彬有礼，与其在古董店的作为判若两人，不可小觑哩。

秦潘氏的话还在延续，三天后，你妈放出来了，杜老爷派人将她领回家，而后又联系上小门口仁济医寓的王慎之医生，替她看病服药调理，将近半年才恢复正常。这期间也一直靠杜家接济。你妈是个劳碌命，后来又卖起了蒸儿糕。这蒸儿糕是南京传统名点，你知道。门西一带的人，小娃儿尤其喜欢吃，你小时也喜欢。那时早晚人们总会看到你妈一副挑子，一头盛米粉，一头是小火炉，不用吆喝，橐橐的木梆敲击声便能唤来顾客。歇下挑子，边做边卖，做法是在两层白糕中间夹一层薄薄的芝麻糖，而且放在蒸笼里蒸，出锅后闻起来有一股淡淡的米粉清香，吃起来又软又糯，不失嚼劲，真是有滋有味。她，一方面是想挣点小钱，一方面也是寄托对你的思念。但做了三四个月因体力不支便不做了，将挑子兑给了别人。毕竟岁月不饶人，五十岁出头，身子一天不如一天，终于跌倒在街上离开了人世。

"杜家真是大好人啦。"秦潘氏抹了抹泪，"你妈死后，是我和杜家女佣替她穿了老衣，买棺材殡葬全由杜老爷一手打理，葬在铁心桥西天寺。晨晨，往后勿忘去祭拜啊！"

"我会的，一定。"舒晨说："杜家的大恩大德，我也必定会报。"

"你是个有良心的娃儿，我相信你。"秦潘氏说："杜家父女人品没话说，只是……"

"阿姨，您就把我当您的娃儿，什么都可以说。"见老人有些迟疑，舒晨拉起她的手攥着。

"外人有闲言碎语，说什么杜家跟日本人有往来，我是不信，可又不好细问。娃儿，世道兵荒马乱，你要多长个心眼。"老人说着停了下来，拍拍脑袋，忽然说："噢，我想起来了，就在前一晌，殷高巷来了一个男人，三十一二岁的样子，冒一看相貌堂堂，戴一副金丝眼镜，左嘴角边有一颗绿豆大的痣，在巷子里转了一圈，探头探脑，问这问那，一连三天，天天这样。"

舒晨立即想到那个汪一波，像被毒蜂猛然蜇了一下，绿豆大的痣，正是这个叛徒汉奸外貌的明显标志。跟欧阳教授见到的一样，只是他还要进一步证实，便问："阿姨，他跟你搭话没有？"

"有，他问我见着一个叫舒晨的没有？我见他有点怪，回答不认识。"

舒晨确定是汪一波无疑，莫非淮北那边他们也有眼线，或者推想自己离开逍遥镇战地服务团后，他怀疑我已接受派遣回到南京？此刻，舒晨感到危险已迫在面前。

"阿姨，谢谢您的提醒。"舒晨想马上结束这场交谈，考虑应对之策。

"总之，不管是杜家还是自家，你千万不能木里实古地跑去，就是在外头碰上杜家大小姐，也要防着点，这个女娃心性高，有主张，这是你妈说过的话。你妈还说，这女娃好像什么都不在乎，开口闭口总是'多大的事啊！'自然，你妈始终是喜欢她的。晨晨，你别嫌阿姨韶，阿姨可是全为你好，阿是啊！"

"知道了。"

"知道就好，韶得太多了，这会儿我得回去照应茶炉子啦。"秦潘氏起身离开，舒晨、阿龙争着去送，老人摆摆手，径往前走，突然又折转身对舒晨说："啊唷，有件事差点忘了，你妈生前担心自己有个好歹，将你家大门上的铜钥匙留了一把给我，我藏着哩，等你哪天方便可随时来取，只是最近不要来啊！"

舒晨千谢万谢，向老人深深地鞠了一躬，目送她一步一步向前，直到背影消失在夏日向晚的暮色中。

第二十三章　母兮鞠我恩似海

第二十四章　雇员

都说小说家是舞文弄墨的，其实这活儿并不好干，比方说书中的男女主人公吧，起小青梅竹马一块儿打打闹闹过家家，长大了卿卿我我谈恋爱，整天泡在一起，可走上社会之后各人头上一方天，不再可能于同一时间，同一地点，同时出现了，这不，舒晨和杜蘅便是如此。事实是，当舒晨奉命南归从事地下工作半年后，杜蘅自发地打入了日本驻华大使馆干着同样的事，只是双方全然不知，然而平心而论，对一个左腿截肢的残疾人来说，杜蘅活得委实不容易，话得从她手术后康复说起。

杜蘅有一句口头禅："多大的事啊"，意思是说没有什么大不了的事，彰显了一种开朗向上、从容淡定的心态。然而一截腿没了，又能有几个人能挺得住没事儿一般，杜蘅亦然。"多大的事啊"这句话在她已很少说出口，偶尔说起，也显得底气不足。

康复后回到钓鱼台家里，仍在调养之中，一方面她装着义肢在屋内和后院走动，从克服最初锥心的酸痛，摔倒爬起来再走，直到义肢仿佛已成为身体的一个组成部分，浑然一体，她才放缓了练习的节奏，那份坚韧和执着，连父亲和小姨看了都心疼。练习走路之外，她想得最多的自然是今后怎么办？父亲说养她一辈子，父爱让她感动，但事实上不可能，自己才二十五岁，人生才开始，想做的事很多，尤其是经受过游击队的战斗洗礼后，对抗日救亡有了深刻的切身体会。人虽离开了战场，可战斗的渴望并未消减，战斗的意志弥坚，问题在于要找到一份合适的工作，继续自己心心念念向往的抗争，即便没有硝烟，她也会全身心投入。为了民族解放，国家独立，自己已献出一截腿，践行同样的信念，她愿意献出整个躯壳和灵魂。

深深困扰她的是，自己到底能做什么？社会又能接纳她做什么？困在家里，父亲担心她闷得慌，跟邮局联系，每天送几种外埠和本埠的大小报纸，她一份不落地翻阅。除了了解时局变化，便是寻找各种招聘广告，有时也上街走走，走不多远就到三山街闹市转转，搜寻街面上张贴的招聘信息。有一天，忽然风传一个消息，说下关姜家园一带出现了瘟疫，是一名海员从国外带来的，已放倒几十人，说得有鼻子有眼。战争年代，人们的神经变得特别脆弱，这个消息搞得人心惶惶，杜蘅也没敢出门，连每天必到的邮差，也不见了。闹腾了一个礼拜，市政当局才出来辟谣，说是霍乱，死了两人，已得到控制，都市才恢复平静，杜蘅又上街谋业了。她先后跑了三家单位，开头去了母校长乐路小学，她想去当一名教员，纵然现在的教材是汪伪政府编纂的，实施的是奴化教育，而她却要像法国小说家阿尔丰斯·都德所写的小说《最后一课》中的老师韩麦尔那样于亡国的忧愤中，向学生灌输对祖国的挚爱。接待她的教导主任是位老教师，曾教过她，交谈中，一方面对她想回母校服务表示欢迎，一方面又强调孩子们天性活泼，要带他们做游戏、远足、打球，她这身体难以适应。话说得平和，实际上婉拒了她，她表示理解就离开了。

接着，她去了龙蟠里图书馆，斯馆为清代两江总督陶澍所建，最早叫惜阴书院，为清末南京八大书院之一，东邻虎踞关，靠近乌龙潭，环境幽雅，景色秀美。这几年，她一直奔波在外身心疲惫，需要寻一个安静的地方，边工作边调养，经多方打听，觉得此处较为合适。于是，将自己收拾得像个朴素的文员一样登门求职，接待人员倒也客气，向她介绍，这块只收藏古代典籍，现当代部分则多为日本和现政权的报纸杂志和书籍，对重庆国民政府和中共的报刊出版物一概作禁书处理。原先她曾想从这些报刊出版物中获知某些信息，听了介绍自然没指望了，何况地点偏僻，没有公共汽车通行，距门西又远。作为一名残疾人多有不便，于是没再深入谈下去，便告辞了。

往后，她又去了太平路一家救护站，是做慈善事业的，她有兴趣，况且以前自己学过一些医护技能，应该能胜任。见面后她循例介绍了自己情况，隐瞒了参加游击队那段经历，但对自身残疾照旧实话实说。接洽管理人员直率地告诉她，这块的确需要人，但少不了力气活，她不适合，让她另谋职业。

接二连三的挫折，令她心灰意冷，闷闷不乐，心情的变化连年幼的儿子方圆都察觉到了。一天晚饭后，她照例坚持给儿子讲故事，可讲着讲着却分神了，不再流畅，甚至有些结巴，儿子倚在她怀里，感到了异样，问："妈妈，你不快活？"

"啊，不，不……"她有点慌张，试图掩盖。

"想爸爸了？爸爸在哪块儿啊？"儿子继续在问。

"爸爸在很远很远的地方。"

"什么时候回来？"

"一时回不来。"她说："方圆也想爸爸了吧？"

"特别想。"儿子说："我生下来，一次也没见过爸爸。"

儿子的话，触动了她心中最柔软最敏感的地方，泪水止不住地流了下来。

儿子随即伸出小手在她脸上抹着，她紧紧地搂着儿子，声音苦涩地说："妈知道你想爸爸，爸爸在外地也会想你哩。"说到这里，她忽然有所悟地解开衣扣，将一直佩戴的银质长命锁解了下来，套在儿子的脖子上。

"妈，这是什么？"方圆盯着饰有麒麟和祥云纹样的物件问道。

"它叫长命锁，上面四个字'长命百岁'，是吉利话，是祖传的宝贝，由你奶奶传给你爸爸，从小就佩戴着。"杜蘅解释道："后来，爸爸和妈妈好了，爸爸传给了妈妈，如今妈妈传给你。"

"啊，我懂了，它是巴望着佩戴的人万事如意，平安长寿。"

"乖乖儿，你真聪明。"杜蘅不由得在儿子红润的脸上亲了一口。

"那，爸爸有吗？"

"有，爸爸妈妈互换呀，妈妈把一只雨花石镶嵌的吊坠给了爸爸了。"

"这表明爸爸妈妈好成一个头①了。"

儿子的话把杜蘅逗得"咯咯咯"地笑出了声，她已很长时间没这样笑过了。

"那爸爸会不会有一天也把雨花石吊坠给我呢？"方圆忽又冒出一句。

"绝对，没问题，谁让你是他的儿子哩！"

"那我等着，一直等下去。"

杜蘅没再接话，儿子的早慧，让她无比欣慰，可"一直等着"四个字又平添了她的思念和难受。舒晨，至今你到底在哪里？你要我和孩子等到哪一天？我的心一直在受煎熬，受够了，我是个女人呀，你懂吗？

此刻，杜蘅心里波涛汹涌，她将儿子送回他的卧室，安顿好上床就寝，这才回到自己的房间，关起门来伏在床边暗自流泪。她绝没想到如今舒晨也在南京，却难以见到。

杜蘅郁闷的心情自然逃不过父亲的眼睛，他也不多问什么，只是让女儿一面协助他打理缎号的事，一面等待女儿继续求职。看着父亲日渐苍老的面容，杜蘅心疼了，她不再像过去有过的那样，动不动跟父亲争辩，而是变得听话了，按照父亲的想法过日子。

---

① 好成一个头：南京俚语，形容人际关系非常亲密。

第二十四章 雇员

庸常的日子过得很快，半个月后，在本埠《和平日报》上，杜蘅看到一则日本国驻华大使馆招聘雇员的广告，分别招聘文员、厨工各一名，文员应聘条件比较严格，除南京常住人口这一条外，还规定要有口译、笔译日文的熟练技能。

这让杜蘅动心了，她是具备这些条件的，而且更重要的是倘能录用，她会利用一切可能为救国拯民做点事。她把报纸给父亲看，父亲沉默了好一会儿才说："文员是适合你的，可这不是一般机构，又正值两国交战期间，进去后就会背负骂名。"

"我不在乎，身正不怕影子歪。"杜蘅说。

"众口铄金，积毁销骨，唾沫星子就能把你淹死。"

"我时刻不忘自己是个堂堂正正的中国人，决不做汉奸。"杜蘅信誓旦旦。

"这我相信，但误解、疑忌，甚至寻机加害的事，随时有可能发生。"父亲说："再有，日本人也未必就放心，没准会设法考验你。"

"爸，您说的这些，都可能发生，我有思想准备。"杜蘅说："打仗我都经受过，生死对我来说已不算一回事。"

"可你不是独自一人活在世上，你还有舒晨、方圆，还有我和小姨。"

"那叫我怎么办？"杜蘅有点犯难了，"这么好的机会，让我放弃？"

"孩子，我不是这个意思，你认定的事，我不阻拦，只是把该说的话说完，让你多加防范。"

"谢谢爸，那就这样定了？"

"别急，别忘了你身有残疾，这于你不利，倘你自个儿去怕要碰钉子。"父亲说："让我来想想办法，找找人。"

杜家豪虑事精细，像他做生意拨算盘珠子一样，一番琢磨下来，他想到了家住殷高巷的那位日本商人，即丸羽纺织株式会社南京分支经理坂本细川。当年，日本皇室定制云锦和服，任务下达给日本驻华大使馆商务参赞铃木晋夫，铃木正是通过坂本找上杜家豪承担这一要务，并出色地完成的。因此，杜家豪直接面见坂本，如此这般说了一通，并如实地提到女儿车祸致残一事，强调早已痊愈，行动自如。坂本不忘之前两人的交往，哈依哈依地满口答应去找铃木。第二天便回复杜家豪，说铃木已与使馆相关负责官员打了招呼，让杜蘅隔日随他一道去日本大使馆报到。

日本大使馆地处北平路1号和3号，斜对面是建于明代的鼓楼，背后则是著名的金陵大学，主要建筑为一幢点式楼，砖混结构，高四层，大楼正面设有八字形砖砌楼梯，直通二楼。在八字形正中下方，设有一门，杜蘅随坂本入内转往客厅，未料铃木参赞已等在那里，坂本上前九十度施礼，说："铃木君，杜小姐带来了。"杜蘅深谙日语，闻后随即跟着欠身致敬，说："家父常提到先生，说结交先生荣幸之至，谢谢您的关照。"

铃木报以微笑，两手自然下垂放在衣袖两侧，左手搭在右手上置于身前行鞠躬礼，又一次审视了一下杜蘅的左腿，说："哟西，行走自如。"意思是夸赞杜蘅行动未受截肢影响，当然这话也是说给身旁管人事的政治部部长听的，以防节外生枝，在场的还有办公厅下属的文印室室长三浦健。

例行的问讯过后，杜蘅便随三浦健去了同在二楼的文印室办公处，铃木没再开口，坂本则施礼后下楼了。

杜蘅的办公处有两张写字台，并非相向对面而放，而是各置于房间东西两头，旁边还分别置有文件柜。三浦健说，另一位文员叫沈哲，也是中国人，外出办事明日归。接着交代了她的职责，主要是负责使馆各种资料的翻译、打印、复印、装订乃至销毁，负责使馆文件资料的领取和发放，再有便是相关电话的接听和记录。

"上述职责，不说自明，从来都是由日本人担当。"三浦健说："你来之前，有一位同事管理，因病重回国治疗了，我不得不亲自代理了一些日子。让你来做，那是因为铃木君引荐的，没理由不信任你，一切都会顺利，加油吧！"

"哈依。"杜蘅点了下头，"谢谢室长关照。"

次日下午，沈哲回来了，见屋里多了一名女士，便先自我介绍起来，说："我，沈哲，东吴大学法学学士，在此服务已有一年，效命于日本人，倒也自在。"

杜蘅回应道："在下杜蘅，中大外文系肄业，应聘来此，请多关照。"

"啊，'被石兰兮带杜衡，折芳馨兮遗所思'，来自屈原的诗句，杜蘅，香草，多美的名字。"沈哲笑逐颜开，"杜小姐清雅脱俗，风致天然，可谓名副其实，虽为野草，却香气弥漫，能与杜小姐共事，既是彼此的缘分，也是沈某的福分啊！"

"我初来乍到，是个生手，今后还请沈先生多多指教。"

"岂敢，岂敢，相互切磋吧！"沈哲讪讪笑道，便转向自己的写字台忙活起来。他的职责是负责接待来访人员，相关信息的整理发布和跟踪，使馆各部门办公用品的报表统计汇总，各种会议的会前准备和会后打理。忙了半个小时左右，他起身走到杜蘅跟前说："杜小姐，您的工作可是重中之重啊，让中国人干，破例了，足见您的背景一定很硬，真让人羡慕，不，简直令人嫉妒哩！"

"是吗？"杜蘅嫣然一笑，"我是遵命行事，叫干什么就干什么。"

"也是，也是。"沈哲讷讷应道。

杜蘅不再搭腔，心想此人不仅嘴贫，而且肚里蛮有货，虽说看面相三十多岁，却是个老油条，今后得防着他，弄清他究竟是怎样一个角色。

大使馆的工作是礼拜一到礼拜五，上下班时间朝八晚五，头天报到，让她见到了铃木参赞这位关键人物，还有政治部部长、文印室室长和沈哲这个同事。初次见面，还谈不上有什么印象，慢慢处了再说。下班后回到钓鱼台，事情办得很顺，她蛮高兴，一见父亲便禀报了前后经过，父亲也是喜上眉梢说："这回铃木给足了面子。"

"礼尚往来，日后或许要还的哟。"

"自然，为了我女儿，老爸什么都愿做。"

杜蘅听了，像儿时一样，一把抱住老爸摇晃起来，杜家豪沉醉般大笑不止。

凭着一腔爱国热情，杜蘅进入日本驻华大使馆，且因铃木参赞的关照，可说是顺风顺水。从职责分工来看，也受到相当信任和重视，这一度让她的内心感到少有的兴奋。

但是，随着时间的推移，她越来越觉得事情并不简单，自己从未搞过情报工作，从何入手，怎样才能不露痕迹地达到目的，她是两眼漆黑。而更让她烦恼的是复杂奥妙的人际关系，在她周围，铃木参赞是使馆三号人物，位高权重，自报到那天见过一面就没再遇到过，当然，她也没有什么事非见他不可。况且日本官场等级制度森严，越级接触是犯忌的，大人物有自己的事，想必够忙的了，她不能去打扰。

文印室室长三浦健对她不错，放手让她做事，这也许是看铃木的面子。不过此人倒还谦和，他爱好中国文化，尤其爱京剧、佛像和书法。杜蘅去过他安在石婆婆巷的家，此处离大使馆不远，穿过鼓楼广场再走几步就到了，在三浦健家里，她见到上海百代唱片公司灌制的梅兰芳、程砚秋、尚小云、荀慧生四大名旦的胶木唱片，三浦健还支起留声机给她放了《贵妃醉酒》，三浦健夫人居然跟着梅老板哼了一段哩。因为是顶头上司，她跟三浦健的接触自然多一些，有时假日还陪三浦健夫妇到首都大戏院看京戏。梅老板的戏看不到，他已蓄须明志，告别舞台，为此三浦健感叹过，说："打什么仗啊，否则，一睹梅老板的芳姿乃人生最大的乐事。"杜蘅听了未作回应。有时也陪三浦健夫妇和孩子去夫子庙品尝秦淮小吃，还曾去东郊梅花山踏雪寻梅。这样的交往同室的沈哲多少也有所闻，既羡慕又嫉妒，没想到她才来几个月，就得到了室长的这般信任，而自己来了许久，却是一般相处，想套近乎都难，他不禁怀疑起杜蘅的真实身份了。铃木这层关系他不晓得，他一直问自己，这个女人何以有如此能耐呢？难道仅仅是为了混口饭吃才这样卖力的吗？或者跟他一样，负有特殊使命潜伏在此？只是，至今他没有真凭实据，不能妄下结论，那就继续观察吧！

而让杜蘅感到疑惑不解的是，在她和沈哲之间发生了两件事，一件是当着她的面，沈哲竟拉开了她写字台的抽屉找什么。

"干吗事啊？"杜蘅惊诧地问。

"上班前喝了中药，嘴苦得很，看有没有糖果。"沈哲平静地回答。

"随便翻人家抽屉，又不是小孩子，这不是成年人该做的。"杜蘅有点生气。

"是，下不为例。"沈哲应道。

一道涟漪，未见风浪，这事也就过去了。

隔了些日子，一天下午杜蘅离开办公室去厕所，回来时在门口就见沈哲在她的写字台一摞待整理的公文里翻找着。

"你这个人怎么这样？"杜蘅愠恼地上前逼视着沈哲，"经过我允许吗？"

"有一份报表找不着了，我怕老卞，卞师傅是不是送错了，给了你。"沈哲作着解释，他所说的老卞是使馆的一名杂役。

"倘是这样，那就算了。"杜蘅想到两人还要继续共事，不想把关系搞僵，便息事宁人轻松地应付了一下。

沈哲提到的杂役，更是一个琢磨不透的角色，在使馆，杂役处于最底层是受雇做杂事的人，也可以说是下等人。卞师傅在此服务已数年，什么活都干，送文件，引见来访人员，办理出入境人员登记，乃至养花，叫干什么就干什么。四十多岁，看上去老实巴交，人很勤快，不该办的事他也办，人缘又好，出入各个部门，仿佛是他的特权，谁也不说什么。其实，他是一个日本人，长得却像中国人，普普通通的，别人见他整天忙这忙那，劝他注意休息，他总说："我就一副劳碌命，闲下来难受。"中国话说得地道。平常，杜蘅跟他有接触，但从没有过言语交流。他到底是怎样一个人，杜蘅没认真想过，维持着一般的工作关系。

她想得最多的是尽快适应使馆的生活，站稳脚跟，再伺机而动。对处理当下的人际关系，她有信心，然而，一个从未见过却似曾相识的男人的出现，却给她的生活平添了颇带传奇而绮丽的色彩。

事情因使馆举办的一次俳句大赛引起。俳句是由中国古诗绝句这种诗歌形式，经日本化发展而来的，是日本的一种古典短诗，内容丰富，韵味隽永。与其说俳句大赛还不如是俳句的朗诵大赛。朗诵的不是使馆人员俳句原创，而是依据日本俳句名家名作照本宣科，看谁朗诵得抑扬顿挫，富有感情，进入佳境，再分出名次予以嘉奖。

此事，是由使馆文化部主办的，一个月前即征集，今儿个在使馆正式举办。

礼堂内坐满了人，开始前播放着日本作曲家藤山一郎的《恋上你的身影》，旋律舒缓缠绵，司仪宣读比赛规则和名单后，便一个个登台亮相。

故乡无限远，透过新树芽。

寒蝉鸣不尽，天涯旅。

草上露珠，凝欲滴。

谁家倩影灯明灭，隔岸一望中，

素知寂寞如枯草，独一人。

红尘皆入梦，唯我梦难成。

朗诵者一个接一个，正式着装，彬彬有礼，掌声不绝于耳。轮到杜蘅了，她特地穿了一身和服，薄施粉黛，一上场便引起一阵轰动。只见她轻启芳唇，诵道：

春日黄昏时，急向久别故乡归。

她刚朗诵完，一个西装革履的年轻人目光灼亮地扫了她一眼，她还未回到座位上，此人已迫不及待地上场了。他又凝视了一下杜蘅，与她的目光相碰，而后他饱含深情地朗诵道：

我生的故乡，那儿的草，可以做饼哩！

掌声未歇，他欲罢不能，又破例朗诵了一首：

我在这头，浮世绘在那头。

乡愁，是人类普遍的情愫，台上浑厚略带苍凉的朗诵引起全场的共鸣，竟都站起来鼓掌，久久不息。

评委当场打分，比赛结束，主持人宣布：获得大赛第一名的是西尾和夫，大使馆二秘。西尾和夫？好像在哪块儿听说过这个名字，杜蘅想了想，啊，对了，她参加游击队之初，在赤山用俳句制作传单，用弩发射于日军阵地，一名日本军人受传单影响，毅然乘夜色从横溪据点投奔游击队，为这事江宁县委书记陆纲还当面表扬了她。从陆纲的描述中，西尾，中等个头，团脸，上唇留一绺仁丹胡，见人似笑非笑，挺斯文的，会中国话。后来参加了日本人在华反战同盟，哇，眼前的获奖者应该就是他。

杜蘅边回忆边走出礼堂，她有点喜出望外，世界上居然有这样奇幻的事，正走着，身后有人在叫她："杜小姐，请留步。"回眸一看，正是西尾。

"当你诵读那首夏目漱石的俳句时，我就想到另外两首俳句。"西尾说："这两首正是当年我在江宁横溪据点时，从游击队的传单上读到的，我想，这传单的印制者非小姐莫属了。"

"噢，是吗？"杜蘅一时不知如何回答，她还不清楚西尾进入使馆的底细，倘承认，则暴露了自己的身份，而否认呢，则是虚伪，她是最讨厌虚伪的，她想慢慢再作了解，于是转身欲走。谁知，西尾挡住了她的去路，看了看身边人已走散，西尾压低声音对她说："您是我生命中的贵人，正是那传单触动了我的乡愁，启发了我的觉悟，我才走上光明之路，成了游击队的一员，并加入了反战同盟，后来又奉命打入使馆……"

如此坦诚的自白，双眸还闪着激动的泪花，杜蘅不能不信了，但还是有些疑虑，神色却已放松，莞尔一笑道："西尾君，谢谢您对我说

第二十四章　雇员

了这些友好的话,好在,我们都在使馆服务,时间有的是,以后可以再聊。"

"呦西,再见!"西尾施礼作别。

杜蘅怔怔地望着他的背影,直到在拐角处消失。

第二十五章　沧浪池的秘密

　　自打珠江路金懋钱庄接头未成之后，舒晨心中一直七上八下，他不知那位叫冯磊的"上线"被捕后会是怎样的遭遇，会不会交代出他这个回到南京的"下线"？在淮北临行前，敌工部王部长曾经给他提供过一个预案，那就是万一情况有变，接不上头，可去明瓦廊"洪源"自行车行见一个叫吴崇礼的人，此人是冯磊的妻弟，在汪伪南京中区警署谋职，是名科长，与冯磊起小一块长大，关系非同一般，应该是可靠的。其父叫吴锦坤，在附近三元巷开一家"沧浪池"澡堂子，是青帮大佬，其公开身份是南京洗浴业商会会长，是个一言九鼎的人物。他很少去商会履职，外人看来，会长只是个虚衔，其实，商会的事还是他说了算。王部长介绍的三人关系，似乎有些复杂，舒晨担心一下扎进去出不来。但王部长既然说吴崇礼"是可靠的"，他就不应当怀疑，这是他下一步"接头"的唯一线索了，应当抓住。可按王部长提供的暗语去见上一面，并视具体情况随机应变，行动之前他特地去了一趟明瓦廊，在街对面观察"洪源"车行，店面有两开间，里面停放着三轮车、黄包车，还有几辆脚踏车，两名修理工正蹲在地上忙着。实际上这家车行是销售兼维修，有三三两两的顾客进进出出，看样子生意还不错。隔有半个时辰，见一中年警官骑着脚踏车到店门口停下，四处张望，像是等待谁。舒晨的心动弹了一下，莫不是在等我？仔细观察，此人成熟稳重，应该就是吴崇礼。舒晨不再犹豫，穿过马路靠近此人，审视了一眼，移动脚步到一旁的广告栏前，那人很快跟了过来。

"十月塞边，飒飒寒霜惊戍旅。"舒晨声音压得很低，却一字一顿听得清楚。

吴崇礼目光灼亮，随即接了上去："三冬江上，漫漫朔雪冷渔翁。"对韵均出自明末清初剧作家李渔之手。刚一续完，两人双手相握，吴崇礼将舒晨引至内室，两人旋又拥抱，舒晨说："终于找到家了。"

"我早就晓得姐夫出事后你会来找我，这几天一直心神不定，上班一有空就溜回来看看。"

"冯大哥是怎么回事？你和伯父不会受牵连吧？"舒晨问。

"不涉政治。"吴崇礼肯定地说："伪政府指控他金融欺诈，家父正在进一步了解情况，谋划营救。"

"我担心，所谓'金融欺诈'的罪名只是个由头，那是考虑到伯父的影响，先抓起来，严加拷问，掌握了实据，然后再对外公布……"

"你的推测，有可能。"吴崇礼稍一沉思说："不过，我姐夫是条宁死不屈的硬汉，严刑拷打对他无济于事，他知道自己该怎么做。"

"姐夫硬正，我这趟回南京前夕，首长就交代过我，他值得依赖，否则就不会将他留在南京了。"舒晨说："我考虑的是，假如敌特炮制假口供，甚至编造假新闻怎么办？这方面，我们是否要作必要准备？"

"你跟我想到一块去了。"吴崇礼说："正因为如此，家父正在与敌特抢时间。"

"这就好。"舒晨深以为然。

"你这趟回来，住哪里？公开职业是什么？能跟我说说吗？"

"当然。"舒晨毫不迟疑地回答，"我家在老门西，秦淮河边上，但前些日子发现有可疑的人在家附近转悠，于是我没回去，这几天在外住小客栈。"

"家中还有人吗？伯父伯母他们不会受影响吧？"吴崇礼关切地问。

"家父死于日寇屠杀,母亲也已病故。"舒晨浅浅地叹了口气,"我现在已无多少牵挂,一心只想抗日救国。"

"对不起,惹你伤心了。"吴崇礼说:"倘若你不嫌弃的话,就住我这块如何?"

"中区伪警察分署就设在洪公祠,距此咫尺之间,太危险了。"舒晨说。

"老弟,听没听说过,台风的风暴中心台风眼是最安全的,这是因为台风的风速最低为十二级,此刻在离心力作用下,外围的空气是不易进入台风中心内部的,而我这块正是台风眼。"吴崇礼得意地说:"何况,我这身警服也便于掩护啊!"

"噢。"舒晨不无歉意地说:"你看我,头脑简单,警惕得过分了。"

"也难怪,在日汪统治下不能不百倍警惕。"说到这里,吴崇礼忽然一拍大腿,"你不是还没找到事做吗?我看干脆就跟着我干,当一名警察,正好我分担的部门有缺额,这样你有了一个不错的合法身份,便于隐藏自己开展斗争。"

"崇礼同志,没料到你想得如此周到。"舒晨颇感振奋,"这真是个好主张,谢谢,不过这事需向组织请示。"

"对,这是绝对的。"吴崇礼说:"告诉你,特派员已从上海过来,或许今儿个晚上你就可以见了。"

"是吗?"舒晨十分激动,窗户外阴晦的天空仿佛有一线光芒闪过,心里似有赤潮翻涌。

"你就在这儿待着,哪块儿也不能去。"吴崇礼说:"我出去一下,很快就回来。"说完便出了内室。

吴崇礼去的地方便是老父亲开的"沧浪池",这两天,特派员就住在这块。说起来这是座百年家传的澡堂子,其实规模还是蛮大的,除一大一小两个浴室，后面还有两进三厢六间房，则是吴锦坤老爷子的卧室和三名搓背修脚师傅的居室，再有一间是吴老爷子接待客人之处，其余为备用房间。尽后面有一个颇精致的花园，置有假山湖亭，植有松竹梅菊，此处对常人是不开放的。吴崇礼到了沧浪池，径往客室，估计特派员会在那里。但未见到，他便来到花园，见父亲跟特派员正坐在六翼亭下弈棋哩。崇礼刚叫了一声"爸"，老人心如明镜，尽管他不愿卷入政治，但他有做人的底线和分寸，不管什么党派团体，凡事关抗日救亡的，他无不支持。反之，厌恶之极，用自己的办法与之抗衡。此刻，老人起身抚着长须朝特派员说："有空再弈。"言毕即避开了。

特派员油然而生敬意，上前搀扶老人走下台阶，老人不让，迈开脚步平稳地下了台阶，往居处走去。

"伯伯他从小学过武术，还练过华佗的五禽戏哩！"

"噢，"特派员笑道："刚才你叫他什么？伯伯，不是父亲吗？"

"叫父亲伯伯，是南京人的习惯叫法，特别是老城南一带都这样叫，亲切！"

"是这样，我又学到了一样东西。"说完，特派员让吴崇礼谈谈近况。

于是，吴崇礼提到已与舒晨接上头，说："他等待跟您见面。"

"好好，他现在在哪里？"特派员急问。

"在我家，洪源车行，您看什么时候方便？"

"就今晚，你把他约到澡堂子来。"

接着吴崇礼汇报了姐夫冯磊被捕和准备营救的情况，说捕后没什么异常发生。

"要么，纯粹就是一个经济问题，敌特借机做文章。要么，敌特正酝酿一场更大的阴谋，凡跟他有过交往的人，与你也认识的，要迅速切断联系，主动找上门来的则虚与委蛇，不谈时局。"

"知道了。"吴崇礼应后，旋说："有关舒晨同志，他住无定处，我意就住我那块。此外，我还有一个想法，中区警署正在补员，我担责的部门刚好有缺额，是否可让他加入进来，充当一名警员，有此身份便于隐蔽并相机开展斗争。"

"好啊，打进去，报备身份呢？"

"我远房表弟。"

"汪伪政权，官官相护，亲亲照应，已是司空见惯，舒晨是第一次打入敌营，你是老同志，对他要多加关照，带好他，这是个优秀的能经得起任何考验的同志，那就交给你了。"特派员说。

告别特派员，吴崇礼回到洪源车行，人还没坐下，舒晨就急吼吼地问道："见到了吗？"

"绝对。"

"那我跟着你入伙的事谈了没有？"

"能不谈？"吴崇礼想了想未说下去。

"特派员的意见呢？"

"事关组织原则，还是让特派员亲自对你说，请谅解。"

舒晨的心嘣嘣跳，莫非特派员不批准，倘这样自己又去寻找哪个职业呢？但看吴崇礼的神态，似很平静，既不得意也不沮丧，也许结果不至于太差吧！

带着疑惑和不安，晚饭过后，他就跟着吴崇礼来到"沧浪池"，见了特派员，吴崇礼便转回了。

眼前的特派员，看上去四十岁左右，中等偏上的个子，面呈褐色，宽阔的额头上爬满了粗细不等的皱纹，与其年龄不相配，显得有点苍老。或许是因为长期的地下斗争艰苦环境影响所至，只是两道剑眉下，双眸深邃机灵，炯炯有神，毋庸置疑，他一定是位经验十分老道的地下工作者。交谈先由舒晨大致说了下自己在中央大学参加学运，后北上进入新四军四师的一段经历。开始，他有点拘谨，特派员让他放开说，有啥说啥，于是他穿插又谈了自己对欧阳教授、叛徒汉奸汪一波、乡绅梅士青等人的印象。特派员凝神听着，偶尔插问几句，给予肯定，这种鼓励给了他勇气，一口气说了个把钟头，然后端起茶杯一饮而尽，两眼急切地看着特派员，等待他的指示。

"这是你我第一次见面，今后应该还会有机会再见。"特派员说："首先，我要祝贺你由一名爱国进步青年，在血与火的淬炼中成长为无产阶级革命先锋队的一员，这就意味着你的信念不再仅仅是抗日救亡，而是要为共产主义事业奋斗终身，你要有坚持长期斗争的思想准备。"说着，他话锋一转，"关于你打入伪警一事，我代表组织批准……"

"谢谢组织的信任！"舒晨疑虑顿失，从座椅上呲溜蹦了起来。

"你的心情我能理解，但从事地下工作，需要坚韧与冷静，不论在什么时候什么场合要摒弃任何情绪化的流露。"特派员在开导，接下去他宣布了几条决定：

从今往后，吴崇礼就是你的上线，凡有任何谋划或行动，必须向他请示汇报，得到同意再实施。

南京是日寇、汪伪、国民党、中共和多个社会团体的集中地，各种势力在此相互逐鹿，局面错综复杂，即使是我党在此坚持斗争，也非一条战线，但你的"关系"，只能是吴崇礼，务必要切断与其他地下工作者的所有联系。

严格执行党的统一战线政策，并在其中掌握主动权，目前没有发动群众性斗争的任务，但一旦出现此类情况，则要因势利导顺势而为，讲究斗争策略，围绕斗争目的能否达到而作相应调整。

我们共产党人既讲党性，又讲人性，我们有为之奋斗的崇高理想，因此，可以舍弃爱情，牺牲生命。但共产党员也是人，不是清教徒，不是禁欲主义者，也有七情六欲，这不奇怪，很正常。问题在于当敌人利用人性人情图谋软化我们的斗志，诱使我们背叛时，一定要权衡大我小我，孰轻孰重，坚守革命气节，忠于革命事业。

见舒晨正边听边记，特派员谆谆告诫："这会儿记下来，自然可以，最好是默记心中。搞地下工作要尽可能少留或不留文字记录在身边，以防万一被敌人缉获，我们要靠脑袋瓜跟敌人斗智斗勇。"

"记住了。"舒晨猛然一震，"一定会这样去做！"

星月黯淡，已是午夜时分，谈话已持续了三个多小时。稍息，有敲门声，开门一看，是吴锦坤老人，夜风吹拂他那雪白的长须，他那慈眉善目，俨然是方外之人，不等问话，老人说："打扰了，夜已深，现在请二位去洗个热水澡以解乏，有话，澡堂内也可以说。"

原来如此，特派员和舒晨感动得不知说什么是好，便客随主便来到宅院前进，在老人指引下进了浴池。

沧浪池是依据南京瓮堂仿造的，两人先入大池泡澡，里面已有八九位澡客，多日没有洗澡，舒晨将整个身子泡在水里，只露出头，泡了足有半个钟头。刚在青石砌的池边坐下，有一中年浴工过来，招呼两人上了小池木架坐着蒸桑拿，顿时浑身上下，汗披流浆，蒸得通体舒畅，妙不可言。大约一刻钟后，有两位澡工过来给他们搓背，他们推辞，澡工则说是吴老太爷交代的，否则两人难以复命。舒晨从没经历过这样的礼遇，感到有点为难，他朝特派员望望，特派员笑道："锦坤大伯不是外人，那就恭敬不如从命吧！"于是，推敲搓按轻而有感，重而不疼，一番操作下来，身上每根筋骨都得以放松，异常爽快，皮肤变得滑溜溜的，仿佛卸下了一副重担，身子明显变得轻松了。接着，两人又被引进休憩室，躺在靠椅上，接过热毛巾，喝上一口茉莉花茶，然后盖上大浴巾，稍息，两人就发出轻微的鼻息，睡着了。直到有人来唤用晚餐，两人才不好意思地穿戴好，来到餐室，老人已等在那块了。

"老伯，一下子睡过了，失礼，失礼。"特派员说。

"太享受了，平生第一次，谢老伯。"舒晨跟着说。

"我知道，干你们这一行的很苦很累，我女婿，我儿都这样。"老人平静地说："我老了，又帮不上什么忙，让洗个澡，解解乏，算是尽点心意吧！"

这话，把个舒晨感动得泪花扑闪，他一句话也没说，朝老人毕恭毕敬地鞠了一个躬。而特派员则举杯向老人敬了一杯酒，老人不喝酒，只端起杯在嘴唇边轻轻松松沾了一下，却说："二位放量。"

"不敢。"特派员说："今天破例，再敬老伯两杯！"舒晨也循例而行。

席上就他们三人，菜肴荤素兼备，少不了盐水鸭、卤猪肚、芦蒿炒臭干、清蒸鳜鱼、油爆花生米、狮子头，并配冬瓜火腿汤，都是南京人喜欢的，舒晨自然吃得有滋有味。特派员口音像是浙江嘉兴一带人，然而并不挑食，举止不失文雅，老人一旁奉陪，吃得很少，不时眉眼含笑地看着二人。

餐毕，舒晨抽身欲回洪源车行，老人拦住说："夜色已浓，你就住这块，往后这块就是二位的家，听话哟。"

这样，两人就在后进厢房过了夜。

次日一早，吴崇礼就来到沧浪池，特派员今儿个要离开，两人早餐后聊了一阵，送走了特派员。吴崇礼跟舒晨双手紧紧相握，其中的意思不言自明，组织上已批准舒晨打入伪警中区分署，两人没再耽搁回到洪源车行，吴崇礼换上警服到洪公祠上班，而他做的第一件事便是面见分署署长贺文泰，谈吸纳舒晨入伙的事。吴崇礼为保安科科长，该科缺员已久，急需补充乃是事实，加上署长贺文泰又是吴锦坤的徒弟，自然轻易通过，舒晨易名黄翔注册。中区警署内设总务、保安、卫生、司法、督察五科，吴崇礼负责的保安科分管户口调查、外侨居住管理、社会治安维持、出入境管理、异党（包括中共）侦缉等等，整个分署职能部门分工似乎尚未理顺，编制虽有七八十人却显得杂乱，对此，吴崇礼早有感觉，睁一只眼闭一只眼，心想正好"浑水摸鱼"。

舒晨，不，黄翔入职之后，吴崇礼让他职守户口调查和外侨居住管理。大约半个月后的一天上午，吴崇礼叫黄翔跟老警长祁勇一块儿出去作人口调查，两人先来到毗邻傅佐路的司背后7号，这里是国民政府西迁重庆后军统留下的一处潜伏地，一直在日伪特务机关的监视之中，他们又抓不到实证，故而迟迟未动手。等到祁勇、黄翔出现，此处已是铁将军把门，人去楼空。于是二人又转往天目路，天目路四周分别是西康路、宁海路、玉泉路，为1930年代首都高档住宅的组成街巷之一，亦称民国公馆区，中式、欧式、日式，多种风格的别墅，星罗棋布，各展丰姿。街巷两侧的梧桐树（悬铃木）绿荫如盖，安谧得让人感到无比的惬意。难怪于右任、阎锡山、陈布雷、汪精卫等高官显要先后择此而居，这等福分别说普通民众，即便是一般公务员也是可望而不可即。祁勇和黄翔在天目路逐户查对，倒还顺利，没一会儿就来到了天目路5号，这是一幢日式风格的二层小楼，外形简约大方，线条清晰明朗，围墙高达两米，按响门铃后，有一男仆开门问讯，知是户口调查，转身向主人报告。只见主人身裹睡衣，由一娇艳女人挽臂出现在室外，蓦地，男主人的目光与黄翔的目光触电般相撞，两人不约而同地惊呼："是你？！"

黄翔绝没想到会在这块遇到汪一波这个危险的汉奸、叛徒，而汪一波更是没想到一直杳无踪迹的舒晨，居然已是现政权的一名警察，是真的投诚汪氏政权抑或是"孙猴子钻进铁扇公主肚皮里"？汪一波满腹狐

第二十五章 沧浪池的秘密

疑，依舒晨的内敛深沉以及莫名其妙的"失踪"，他宁可相信后一种判断。但此刻，舒晨穿一身警服，并持警械也是事实，如此一想，汪一波步下台阶，把手伸向黄翔笑道："兄弟，没想到会在这块相逢，你我殊途同归啊！"

"嗯啦，祝贺老兄高升！"黄翔含笑回应。

"天目路住的都是政府公职人员，户口入籍注册在案，也要调查？"汪一波嘴角一咧扯动那粒黑痣抽搐了一下，笑意有明显的不屑与挑衅意味。

"例行公事，颐和路34号汪公馆，我们也去了。"祁勇一脸杀气，逼视着汪一波，"这位先生，莫不是要搞特殊？！"

"噢，不、不、不。"汪一波见状连连摆手，"我们都在汪主席手下做事，目标一致，需了解什么，请问。"并让女人回房取出户口簿递上。

祁勇依惯例简单问了几句，对照户口簿作了核对，目光一挑问道："户口簿只登记先生一人，而这位女士怎么也在这里？"

"这个……"汪一波一脸尴尬，"她，她是我刚交的女朋友。"

"女朋友，过一宿无妨，倘长住需报临时户口，否则违法。"祁勇说。

"知道，我会按规定办事的，谢谢提醒。"汪一波回答。

"就这样。"祁勇携黄翔离开。

"兄弟，不进去坐一会儿？"汪一波望着黄翔故作殷勤。

"不啦，公务繁忙。"黄翔举步随祁勇跨出大门。

"改日，我请老兄聚一聚。"汪一波送出门外，冲着黄翔喊道："我可是有许多话想跟你韶韶哩！"

回到洪公祠警署治安科办公室，黄翔对吴崇礼说："我从淮北回南京后总算找到这家伙了。"接着，他把刚才上门查户口和自己认识汪一波的经过及其斑斑劣迹作了详细回溯，说："这是一个极其危险凶残的敌人，必须尽快干掉。"

"啊。"吴崇礼明白了，点了点头，"能住上天目路，混得不错，从中亦可看出此人的精干狡诈。的确，让他多活一天，就多一分危险。问题在于如何收拾他，这要有周密谋划。我想，除让巡警对其住处加强监视外，暂时勿要惊动他。要干，必须干净利落，一次了结，阿是啊？"

"摆①！"黄翔用南京土话赞扬吴崇礼厉害，见解深刻。

而在汪一波那边，自从见到一身警服的舒晨，心中如同猫抓狗挠，不祥之感油然而生，自己在战地服务团干的那些坏事，尤其是孟若兰的死和自己的逃亡，舒晨不可能不知道。然则，舒晨离开战地服务团有没有受处分，后来经历了些什么，又怎么回到南京披上了一层黑皮……这一切都是谜。他反反复复左思右想总摆脱不了对舒晨从警的怀疑，先前他曾到白酒坊、殷高巷打探过，却一无收获。没听说舒晨在替现政权做事，联想到舒晨跟他说过当年在中大闹学运的事，以及舒晨人情练达深藏不露的性格，倘若舒晨果真打入警署，且已得知他的住处，那么无论是对他本人或对汪伪政权都是个威胁，他越想越觉得悚然，后背竟冒出了湿漉漉的冷汗。身边的女人见他心神不宁，便褪了内衣拉他上床，意在用青春的裸体和尽兴的交媾来化解他心中的烦恼，他却不为所动，一把将女人推开，随手拿起烟斗，衔在嘴上，擦着洋火点了起来。洋火灭了，烟斗里却不见亮色，一看，竟然忘了装烟丝。"真浑！"他咒骂着自己，将烟斗摔在地上，一转身来到后院，正是黄昏时分，院内的栀子花散发着淡淡的清香，他摘了一朵嗅了嗅，倏又丢弃，抬头望去，远方天际金辉流溢，近处蝙蝠凌空，他心情糟糕透了，转了一圈又一圈，终于想出一个应对之策，三天后一封检举信寄到了中区警署，信中列举了

---

① 摆：南京方言，厉害、了不起之意。

种种罪名，揭露舒晨通共仇日。署长贺文泰把吴崇礼叫去，因为异党侦缉是治安科职责范畴内的事，他要吴崇礼负责处理。

吴崇礼接过信函，一看落款署名马千里，检举的是舒晨，他轻蔑地笑了笑，对署长说："我也算中区警署的老人了，好像全署也没有一个叫舒晨的警官，怎么查？"

"五花八门的检举信多了去了，有真有假，真少假多，既然有检举，老规矩，该咋办就咋办。"署长说着拍了下吴崇礼的肩膀，"我还信不过你吗？"

回到科里，吴崇礼将检举信递给舒晨，舒晨笑道："我几乎可以肯定是汪一波写的，不愧是国立剧专编剧专业混出来的，只是信中列举的事实乃至时间地址完全不对箍子。"

"还好，你已改名黄翔。"吴崇礼说："我跟署长说全署没一个叫舒晨的怎么查？署长也没当一回事，让我看着办，怎么办？将它搁在一边。"

"烧掉，免得节外生枝。"舒晨说。

"不行，收发室有登记，万一查起来说不清。"吴崇礼说："你放心，小事一桩，我自有办法。"

事情在浑然不觉中过去了半个多月，忽然有一天，汪一波居然找上门来查询检举信的处理意见，署长让吴崇礼接待，一见面，吴崇礼问道："先生你是？"

"敝人马千里，半个月前曾投函，向贵署检举一名叫舒晨的警官，他是×匪。"汪一波内心波涛起伏，尽量压抑自己的语气，平静地说："如此重要的信息，何以不见反馈？"

"是这样，本署委任、简任和临时聘用的人员有百十号人，究竟谁是你说的那个舒什么……"

"舒晨！"汪一波转瞬牙齿咬得咯嘣响。

"一时间还难以查对。"吴崇礼以柔克刚，不急不躁地说："何况，本署每天都接到难以计数的检举，案件堆积成山，总要有个轻重缓急、先来后到吧？！"

"贵署办事效率太低！"汪一波指责道。

"先生在哪里公干？"吴崇礼笑问。

"敝人供职于南京实验区，干什么你该清楚了吧？"

"啊，说到底警特一家。"吴崇礼想自己只知道有上海实验区，从未听说过有南京实验区。显然，汪一波是在编造身份，以势压人，但从他能住上天目路的洋房，可见此人混得不错，不可轻视，得认真对待，于是说："我来催一催，抓紧办理。"

"几天？"汪一波逼问。

"这不好说，先生如今像你我这样忠于职守的人不多，等因奉此，虚应公差，甚至混饭吃的人多的是，刚才本署的情况我已对你说了，望能体谅。"

"也是。"汪一波叹了口气，"如今，战场形势于我方不利，人心动荡，见风使舵者随处可见。"说到这儿，话锋陡转："能否让我跟几天前上门查户口的那位年轻警官见上一面？"

"啊。"吴崇礼泰然自若地说："他出公差去了外地。"

"什么时候回来？"

"这很难说，要看案件调查进展，少则十天半月，或许还会延长。"

"那行。"汪一波像泄了气的气球，从牙缝里挤出一句话："我还会再来的。"

"听便。"吴崇礼软中带硬地回应，然后作了个送客的手势。

汪一波悻悻离去，走不多远，又掉头往警署那头恶狠狠地瞪了一眼。

第二十六章　秦淮河房锄奸记

从洪公祠警署出来，汪一波感到浑身上下软塌塌的，没有一点力气，他明白刚才跟吴崇礼的一场较量，自己处于下风，他心有不甘。走着走着，脚步打飘，定了定神，招手叫了一辆黄包车坐了上去。在车上眯了一会儿，又打起精神，两只眼忙不迭地巡睃着街道两边的行人，忽然他看到马路斜对面靠近三元巷公共汽车站处，有一个戴礼帽和墨镜的男人，一手拎着公文包，一手撩起长衫下摆正往车站走去，那身材，那姿态不正是舒晨吗？这念头闪过，他飞身跳下黄包车，钱也没付便横穿马路奔了过去，可是晚了一步，只见那个男人已上了刚到的那辆公共汽车往新街口、鼓楼方向驶去。

"他妈的……"汪一波瞅着渐行渐远的公共汽车，恶狠狠地骂道，想了想也真倒霉，事情办得不顺，正所谓大拇指掏耳屎——有劲使不上，他有些怀疑起自己的能耐。但随即又否认，自己毕竟在日本接受过专门的特工培训，决不认输，也决不收手。刚才的一幕，也许是自己看走了眼，认错了人，有点神经质了吧！想到这里，他自嘲地掩口而笑，旋即就近找了一家日本人开的料理店，点了进口的濑户内原味弹珠饮料边啜边小憩，消磨了足足有个把钟头，才搭乘公共汽车经鼓楼转北平路回天目路居所。

警署之行，让汪一波忧愤交加，吴崇礼的推脱敷衍，在他看来就是袒护舒晨，不扳倒或削弱吴崇礼的权势，想缉拿舒晨是白日做梦。这样，他将往后主要针对的人由舒晨转移到吴崇礼，要在此人身上做文章。鱼有鱼路，虾有虾路，他汪一波自然也有自己的渠道。他首先从调查吴崇礼的家世入手，很快就得知吴崇礼除警察本职外，还经营一家洪源车行，而其父吴锦坤则开了一家名声不小的澡堂子，他想就从车行和澡堂下手，以震慑吴崇礼，逼其妥协让步。可是，如何下手？却让他犯难了，对车行，他先后设想了三种做法：其一，以出售次品脚踏车为名，指控其有欺诈行为。其二，制造偷税漏税伪证。其三，勾结日本浪人上门闹事打砸抢。但仔细一想，都不行，年前商界对购物已实行实名登记，至于脚踏车等物品，售后一周未发现问题，亦未主动退货，不作次品论定，而自己在这方面也拿不出物证。再有，商家纳税，有收据备查，税所亦有记录，找茬很难。而策划日本浪人上门闹事，极难控制，万一走上极端不可收拾，搬起石头砸自己的脚。这样，汪一波将脑筋转移到澡堂上，他决定去泡一次澡以打探虚实，买了澡票，先入大池，泡了半个时辰，再上小池桑拿，原以为不过是走一道程序而已，哪知蒸后通体舒泰，经络松弛，是自己从未有过的一种体验和享受。来到休息间，躺在卧榻上，品尝着杂役送上的青萝卜片，脆嫩多汁，甘甜微辣，内心都感到透凉。再呷上两口茉莉花茶，只觉香气清幽，别有一番风味，与居家饮用的徽茶竟然迥异，也许是受了心境的影响吧！这时，其他澡客正议论着什么，他凝神倾听，原来是谈论这家沧浪池的主人吴老太爷。

"别看澡堂不大，却是百年老店，远近闻名，达官贵人都来过哩！"有人说。

"不错，听说日本驻军高桥少将来此泡澡修脚，老师傅施展特技，困扰高桥多年的足疾，竟神奇般治愈了。"又有人说。

"还有呢，行政院某部长还来这里泡高汤哩！"说这话的口气神神秘秘。

"什么叫'高汤'？"有人问。

"就是收工放水前的最后一池洗澡水。"

"那不脏死啦？"

"这你就不懂了，最后一池水滑而不腻，浸润毛孔，澡客所需的元气都蕴藏其中，实可起到养生滋补作用，正是沧浪池的特色，南京别无分店。"

"吴老太爷厉害，难怪日军将领、政府要员也不顾身份跑来哩！"

无意中听到这一番聒白，汪一波头脑清醒了，没想到这外观不起眼的澡堂子，还深藏如许背景，幸好自己来了一趟，否则一旦鲁莽下手，其后果还不知怎样收拾呢？弄不好自己完蛋，想想都有点后怕。休息了半个多时辰，他穿好衣服，稍加整理，付了澡资便出了沧浪池，到底怎样对付吴崇礼，看来需另作打算了。

就在汪一波挖空心思策划阴谋之际，吴崇礼、舒晨这边亦在抓紧商讨锄奸行动。最初设计的方案是由夜班在颐和路、宁海路、天目路一带执行任务的巡警，对汪一波跟踪盯梢，于避静处将其诛杀。可是，这家伙鬼得很，夜晚几乎不出门，倘若有必要外出参与活动则提前在白天离开，当晚也不回来留宿别处。此外，这一带街巷住的都是有头有脸有身份的重要人士，有的门口设有岗哨，日夜有士兵把守，下手很难。汪一波虽无此待遇，但相邻的别墅门口就有值勤的便衣，只要枪声一响，宁静的街巷便会喧闹起来，要想逃脱也不容易，即便侥幸逃脱，出了人命，中区警署也逃脱不了治安的责任，追究下来吃不了兜着走。如此分析下来，就放弃了这个方案。

再有一个方案，汪一波最大的嗜好是酒和女人，他笃信"花看半开，酒饮微醉"，从不喝得酩酊大醉，特工的身份让他时刻记住因酒误事的常识，不敢造次。而女人，他能变着法儿，通宵达旦地折腾，以至于次日，全身骨头像散了架似的，起不了床。可是伪府有守则，他不得不支撑着日渐消瘦的躯壳到机关上班，或点个卯再回来，到了下午，便到按摩屋或澡堂子解乏沐浴。自打那天去过沧浪池，他像是上了瘾，隔三岔五总在午后过来入浴蒸桑拿，浴后精神焕发，内功倍增，晚上拥女在怀便又生龙活虎一般。

汪一波数度进入沧浪池，吴崇礼是从一名杂役那里听说的，觉得蹊跷，仔细了解此人相貌，最明显的自然是嘴角那粒痣，他跟舒晨一说，认定正是汪一波，因而，内心甚是激动。

"这次，我要惊动老父亲了。"吴崇礼说："不费吹灰之力，便可将汪某置于死地。"

"什么意思？"舒晨抓耳挠腮不明就里，瞪眼瞅着顶头上司。

"你听我说——"吴崇礼不慌不忙地作了解说。

原来吴锦坤从小习武，后又拜名医研修岐黄之术，尤擅点穴。古代典籍表明，人体有七百二十个穴位，其中有三十六个穴是致命穴，俗称"死穴"，歌曰：百会倒在地，尾闾不还乡。章门被击中，十人九人亡。太阳和哑门，必然见阎王。断脊无接骨，膝下急亡身。歌中提到的百会、尾闾、章门、太阳和哑门，均为分布在人的不同体位的死穴，只要择其一处，轻轻一点，便呜呼哀哉见阎王去了。

"这一招果然厉害。"舒晨听罢说："但我以为不可采用，尤其是让伯父出面更是不妥，人死在沧浪池，对外如何解释？日伪岂能善罢甘休？即便推说身体虚脱猝死，又有什么证据取信舆情？"

"噢，这……"吴崇礼张嘴结舌，"我没想那么多，只想痛快了结。"

"再有，这一来，置伯父和沧浪池的声誉于何地？百年老店一旦风光不再，又如何运转经营下去？而我们这个交通站想必也不复存在了。"舒晨一口气说下来，忽然觉得自己有点过分了，"对不起，我是不是说得太多了？还是听您的。"

"不，你考虑得很周到。"吴崇礼缓缓地点了点头，"这事，就当我没说，我们再想别的办法吧！"

交谈是下午临近下班时，在吴崇礼办公室里进行的，回到洪源车行，晚饭后，两人各自忙着，吴崇礼翻阅账本，舒晨则浏览报章，困乏了，又各自上床休息了。

后半夜，万籁俱寂，吴崇礼敲响了舒晨卧室的门，舒晨一惊，不知何人何事，睡眼惺忪地开了门，一看是吴崇礼，便疑惑地问："有事？"

"我睡不着，想到另外一个办法。"

"噢，快坐下说。"

刚才，吴崇礼躺在床上辗转反侧，未料想起几年前发生在日本驻京总领事馆毒杀日本高官案，下毒的是原领事馆的一名侍从，结果造成日伪高级头目三十多人不同程度中毒，急送医院抢救，其中有两人不治身亡。此事曾震动世界，予日寇以极大的威慑，而中方损失很小，可说是打了一场漂亮的谍战。想到这里，吴崇礼异常激动，这才来找舒晨。

"那时，我已在游击区，也听说了，据说是军统干的。"舒晨说。

"管它是谁干的，只要是中国人干的就值得庆贺。"吴崇礼说："由此受到启发，我们是不是也可仿效呢？"

"当初，军统对付的是一个日伪团伙，而今我们要对付的是一个人。"舒晨说："事情相对要单纯些，但依然要周密计划。"

"问题在于要物色一个适当人选，事情要办得干脆利落，最好不留痕迹。"吴崇礼在斟酌，"对汪一波要投其所好，让他欣然入套，顺其自然而不落把柄。"

"还是有难度的。"舒晨说："此人十分狡诈，不好对付。不过，他也有一致命弱点，那就是离不开酒色，处处猎艳，就是个色魔。舞厅、妓院，他应是常客。"

"对啊，我们不妨从这方面着手，想法掌握他的行踪，再视具体情况采取行动。"

吴崇礼说："色字头上一把刀，就成全他作刀下之鬼。"

"嗯啦。"舒晨深感触动，"我忽然想起一个熟人，在中央大学读书时，我们曾在一个社团，她是艺术系的，舞蹈跳得特别棒，同学们都叫她'中大邓肯'，把她比作美国著名舞蹈家伊莎多拉·邓肯。她为人正直、爱国，南京沦陷后未能随中大内迁重庆，在夫子庙一家夜巴黎舞厅谋生。这是几年前的事了，不知如今还在不在那块，倘在，也许能从她那块了解到一些线索。"

"那你明儿个就去拜访她。"吴崇礼叮嘱道："要抓紧。"

舞厅一般都在晚间活动，白天休息。次日下午，舒晨戴上礼帽、墨镜，粘上一绺小胡子，到新街口稻香村买了几样点心提着，乘车来到夫子庙，在靠近状元境的地块找到了夜巴黎舞厅，遇到正在门口打扫的一个老妈子，便打听起来，老妈子从上到下打量了他一番，说："章大小姐一年前就离开这块啦。"

"去哪块儿了？"

"你是她什么人？查高问低的。"老妈子有点不情愿，埋头清理起墙角。

"啊，麻烦您了。"舒晨怕耽搁，立即掏出几张储备票递过去。

老妈子咧了咧嘴，笑道："人家已是出了名的交际花，被新街口龙门大舞台挖走啦！"

"谢谢！"舒晨不再问什么，拔腿就走向建康路头邮局旁的车站，赶往新街口。从一条小巷拐进去，便见门楣上方高悬的龙门大舞台闪烁的霓虹灯招牌，左侧为舞厅营业时间广告，右侧是一张头牌舞女风情万种的玉照，舒晨仔细一看，那瞳如点漆的双眸，那嘴角微挑妩媚的笑，不正是章曼卿吗？看来，她就在这块，于是上前向看大门的杂役说明来意。此人见舒晨装束并不一般倒也好说话，进去报告，转瞬回来恭请入内，不在营业时间，舞厅空当当的，他正在踌躇不知往哪走，随着一阵皮鞋敲击地板的橐橐声传来，一位衣着华丽的摩登女子来到跟前，不失娇媚地问道："贵客是……"

舒晨认定是章曼卿，便摘下墨镜，扯下短须说："不认识了？"

"啊！"曼卿好不惊喜，"舒晨，哪阵风把你吹来的呀！"说着来了个西式拥抱，倏又牵着他的手进入舞厅一侧的会客室，女佣适时递上茶水和果盘后退出，室内只他们两个，话题自然少不了叙旧。

"这几年你去哪块儿啦？"曼卿说着掩饰不住女娃的娇羞，嗔怪道："一点儿信息都没有，你不想人家，人家还想你哩！"

曼卿这话不是瞎掰，当年在中大"萤社"，她、舒晨、杜玫三人是最要好的。她暗恋过舒晨，只因舒晨与杜玫是青梅竹马，出于友情，也出于真爱，她才最终放弃，跟舒晨的相处只维持在知心好友的层面，让那份爱恋永存心底，刚才的话，舒晨自然心领神会。

"我何尝不想你们？你，杜玫，还有那位多才多艺让我们'吃教'的金兆翰。"舒晨喟然说道："告诉你，我曾想奔赴延安，可是关山远隔，道路险阻，最终未能如愿，一直颠沛流离，做过小买卖，救助过难民，只因太想家了，故又回到南京，为抗日救亡，做点力所能及的事。"

"见到杜玫没有？"曼卿问。

"想见，也打听过，却没见到。"

"听说过她在做什么吗？"

"有所耳闻，不知真假，不敢往深处想。"舒晨怅意满满，"这几年，你跟她见过吗？"

"几年前，那还是我在夫子庙夜巴黎的时候，有一天，她来找过我……"曼卿沉浸在回忆之中，"我俩在得月楼小聚了个把时辰，那时，她正在寻找工作，情绪有些低沉，我让她来舞厅帮我照应照应，她说不适合，再另想办法，之后，我就送走了她。几年啦，也不晓得她到底在哪块儿，又在做什么。不过，事有凑巧，就在……"话戛然而止。

"曼卿，你还信不过我吗？往下说啊！"

"舒晨，你要有思想准备，就在三天前的晚上，她陪一对日本军人夫妇来到龙门大舞台，三人谈笑风生，很熟络。只是，她没入舞池，而是在一旁茶座品茶观望。"

"你没上前见她？"

"谁知她什么身份，敢吗？"曼卿说："不过，时间不太久，一曲《夏威夷告别之歌》跳完，三人便起身离开了。"

"她应该见到你了。"

"我想会的，我毕竟是'龙门皇后'嘛。"曼卿咯咯笑出了声，她想消解两人交谈的压抑气氛。

"你们之间连瞬间的眼神交流也没有？"

"没有。"

"噢，我们不谈这个了。"舒晨由此断定杜家与日本人交往不是空穴来风了，但此刻他从满脑子疑惑中断然摆脱出来，"曼卿，说说你，这几年过得究竟怎样？"

"怎么说呢？"曼卿百感交集，几年来，她不是不想找个人倾诉，可大千世界，芸芸众生，又有谁是她的倾诉对象呢？没想到今儿个舒晨来了，是上天的眷顾吧，这是她最想也最愿意倾诉的人了，这样，她便没有顾忌地说出了自己的所思所想。

章曼卿的父亲章东阳，江西余江人，与邹韬奋同邑，两家还沾着

第二十六章 秦淮河房锄奸记

亲，大抵因这缘故，他在邹韬奋创办的《生活》周刊做过事。后来，进入国民政府考试院。基于他对中国历史上官员之铨叙和管理有过深入研究，又受过邹韬奋的启迪和教育，故为人正直笃实，奉公守廉，实际上干的是一份闲差，多数时间依然在故纸堆里度日月。曼卿的母亲早年毕业于金陵女子文理学院，未曾谋业，生下一女一子后便成了家庭主妇。淞沪战役打响后，两夫妇便携子南撤了，亦曾想带走曼卿，那时曼卿已是一名热衷于进步社团活动的热血青年，父亲给了她一张"江汉号"轮船票，她也满口答应，可最后她并没出现在轮船上，父亲唉声连连，母亲泪流不止，怀着万般牵挂离开南京。

南京沦陷的最初日子里，到处是士兵和平民残缺的尸体，仍在汩汩流淌的殷红鲜血，断壁残垣，倒伏的梧桐树，烧了半截的电线杆，空气中弥漫着冲鼻子的腐臭味，景象惨不忍睹。她也参与了难民区的搜救，曾被日本军人追逐而东躲西藏。后来，大屠杀有所收敛，一些社会贤达和汉奸出来收拾残局维持秩序，社会稍稍安定一些，她开始考虑自己何去何从。可是，至亲好友，有的走了，有的失踪了，有的疏远了，熟人见面只是浮泛地敷衍一二，打个招呼而已。爱与恨，生命与民族，人道与残酷，美丽与丑恶……一切的一切，仿佛变得虚无缥缈，她感到迷茫和失落。这时，唯一能安慰她的是还没有忘却对舞蹈的那份挚爱。战后的南京，像一个大难不死的病人，日伪政权急需虚假的繁荣，馆子、影剧院、舞厅又浴火重生，她燃起了希望，走访了几家舞厅，从白天到黑夜，从城北到城南。这天，她从膺福街家中出发，此处在中华门内北部偏东的内秦淮河南岸，离夫子庙不远，很少见到日本鬼子。这样，她信步前往，走在街上，夜色阑珊，萧瑟的秋风、凄冷的月光伴着寂寞的自己，她眼望着地，手下意识地摩挲着脖子上的丝巾，空漠的心境翻涌着零星而杂乱的思绪。不一会儿，夜巴黎已在眼前，她走了进去，见了舞厅老板言明应聘心意，老板问她的学历，又让她跳了交谊舞片段，连声夸赞："精彩！难得！"当场应允录用。这样，她在夜巴黎一待就是三年，后又转到龙门大舞台。在她，古典舞、日本土风舞、热烈奔放的爵士、浪漫优雅的华尔兹，可说是娴熟到家，尽展风姿。她周旋于日本军官、汪伪政要、失意政客、大老板、小开、记者之间，阅人无数，冷暖自知。她不再参与任何抗日救亡活动，也不给日汪提供一丁点效劳的机会，她只想正直，守住本真，自尊自重，洁身自爱。在她家的客厅里，悬挂有一幅莲花图，那是一位画家仰慕她的人品，从周敦颐的《爱莲说》受到启发而作，并馈赠于她的。这正中下怀，她喜欢得不行，找来《爱莲说》，背得滚瓜烂熟。后来，她几经打磨编排出独舞《中国莲》，在龙门大舞台演出，颂扬了莲花"出淤泥而不染，濯清涟而不妖"的品格与气节，以丰富而细腻的肢体语言，寄托了她对理想人格的坚守和追求，也折射出她对买官鬻爵，戏弄人生的苟且、腆颜人品的鄙视。出乎意料的是，《中国莲》连演七场，场场爆满。

"遇到麻烦没？"听到这里，舒晨问道。

"当然，演完第三场，市府一位官员就找上门来，指责舞蹈含沙射影，蛊惑人心，散布仇日情绪，威胁要禁演。"曼卿说："我与他争辩，独舞没有一个字，又何来他的指控，难道用肢体语言表达草木花卉也有罪？驳得他尴尬闭嘴，临行前却又将我拉到一边，说了几句悄悄话。"

"哦，悄悄话？"

"对，他说，自己要养家糊口，只为混点俸禄，不得不委曲求全，违背良心行事，他让我照演，自有办法交差。而且，特别有意思的是，他想让老婆、儿子、小舅子也都来看看。"

"看来此人还良心未泯，事实上，我们也不能把在汪伪政权做事的人都视为汉奸，其中有的是死心塌地，有的是为生活所迫，有的是私心作祟，但是，身在曹营心在汉的肯定也有。"舒晨说。

"最好笑的是，有一天，一位日军少佐居然手持一束鲜花献给我，当时，我不知其意，心存畏惧，显然他也察觉到了，即说，其父是日本京都大学的一位教授，专门从事中国古典文学的研究，尤其欣赏宋代大儒周敦颐的《爱莲说》，分别以隶、篆、草、楷四种字体书写装裱后悬于寓所。少佐说，看了《中国莲》，他便想起了《爱莲说》，说我的演出惟妙惟肖，将莲花的高洁品格精准地演绎出来了，他深感敬佩。"曼卿笑道："你看，杀人不眨眼的日本鬼子之中竟有这样的人。"

"这说明世界是复杂的，人性是微妙的。"舒晨不由得感叹起来，此刻已不用多谈，曼卿的为人已很清楚，足可依靠，于是他将汪一波的种种罪恶行径说了出来，其中痛惜地谈到战地服务团孟若兰的不幸离世。

"多可爱的女孩，本可以造就成一名出色的舞者的。"曼卿语带伤感，"就此一件事，姓汪的这个王八蛋就该死。"

"叛徒、汉奸，十恶不赦。"舒晨愤慨地说："他非死不可，我今儿个来，是求你帮忙。"

"求我？这话你就见外了。"曼卿说："要我做什么，请讲。"

"此人已化名马千里，酒色是其最大嗜好，尤其是女人，嫖娼成了常态。"舒晨说："说句不怕得罪你的话，不知花界你可有认识的人，我们想从中寻觅马千里的踪迹，倘有合适妓女，设法将汪某毒杀。"

"啊，这……"曼卿有些惊诧，看着舒晨一脸正气，她想了想："我倒是有一个邻居茅雅萍，也住膺福街，打小我就带着她玩过。日本人打进南京城，她一家也遭殃了，父被炸死，母遭奸杀，茅雅萍也未逃脱魔爪，先遭奸淫，后被卖到利济巷慰安所，受尽屈辱。再后来不知怎么她又离开慰安所，到了夫子庙'藏春阁'妓院，靠近夜巴黎舞厅，一次碰巧我俩还见了面，聊了几句，她说早就知道我在夜巴黎，曾想投奔前来混口饭吃，后来考虑到自己人生太糟糕，怕给我添麻烦，就打消了这念头。再后来，听说她已脱籍从良，就住在钞库街一处河房，在藏春阁时她艳帜高扬，人称小桃红，是一些高官富商垂涎的对象，具体住哪块儿，应该不难打听。"

"那就拜托你了。"舒晨说："到底怎么行动，要看你了解情况后再议。"

"行。"曼卿说："我会的，这样，两天后上午十点，你去膺福街我住处，有无困难？"

"没有，准时到。"舒晨说完便告辞，离开了龙门大舞台。

章曼卿是个说一不二的人，第二天早饭后她便去了钞库街，打听到小桃红就住在9号河房，当她走近时，只见一个骨瘦如柴的男人从前门出来，她忙不迭地闪身躲在一棵梧桐后面观察，虽说此人打着趔趄，哈欠连天，但嘴角那颗黑痣却清晰可见，她立即想起舒晨的介绍，断定此人就是马千里，莫非他与小桃红有染？倘如此，那真是老天爷的安排了。

看着马千里上了一辆黄包车渐行渐远，曼卿才敲响了小桃红河房的门。

"谁啊？烦不烦？"随着一阵慵懒的声音，头发蓬乱、披着睡衣的小桃红打开了门。

"是你，曼卿姐！"小桃红甚是惊喜，"睡了个懒觉，邋里邋遢的。"她收拾了一下桌上的酒杯、餐具，应对裕如地说："坐，真是难得。"

"有客人？"曼卿有意探听虚实。

"一个老客。"小桃红面颊抽搐起来，"丧门星，昨晚折腾了我一夜，刚走，你碰上没？"

"没有。"

"我可是受够了。"小桃红见到曼卿，憋在心中几年的话，终于倾泻而出。

事情是这样的：起初，她被小鬼子糟蹋后，一度神经失常流落街头，后被维持会的人送到救助站，一个月后恢复正常，又被日本人送进利济巷慰安所，过着千人骑万人压的猪狗不如生活，还染上了杨梅疮，管事的日本军人将癞蛤蟆干剁碎，浸泡在开水里煮成蛤蟆汤往她嘴里灌，恶心得连苦胆汁都吐出来了，人被折磨成了粉面骷髅，后来内服了萨尔佛散才治愈。而且不只受日本人和汉奸欺压，姐妹们之间还互使绊子钩心斗角。她也尝试过逃跑，被抓回来，那罪更不是人受的了，将双脚捆绑起来吊在房梁上，香薰下身逼迫接客。过了半年多，进来几名朝鲜婆子，这才把小桃红转卖到夫子庙藏春阁，过着倚门卖笑的日子，穿红着绿，眉眼传情，悲愉不能自由，疾痛难可与语。但妓女也是人，尽管花残月缺，良心并没让狗吃了去，民国三十一年十二月十三日，也就是南京沦陷五周年国耻日，藏春阁大门口，小桃红和姐妹们一块取下彩旗，换成早已准备好的"青楼救国团"的黑布广告牌，还去状元境、花牌楼、文庙一带散发传单，对外宣示：我们花界，斯业虽贱，爱国则一。并且拒绝接待日本嫖客，之后又举办过花界歌咏比赛，筹款支援前线抗日将士……

正是在藏春阁这兰麝烟迷、绮罗云集之处，小桃红遇到了沉迷女色的马千里，这匹"马"曾在无数女人肚皮上征逐过，谁料见了小桃红，竟心神迷乱，饱尝风尘滋味，一来二往，非她不嫖，且十分嫉妒她另接外客。不长时间，他便替小桃红脱籍，在钞库街租了一处河房专宠取乐。

"从没见过如此淫荡之人。"小桃红涕泪横流诉说了自己的过往之后，长长地叹了口气，"他变态，不知从哪块儿搞来折叠成册的春宫图，模仿图上男女的奇淫技巧，跟他行苟且之事，常常把人折磨得死去活来。他不想要娃儿，怕我怀孕逼着我吞活蝌蚪，说此物大凉，抵消内热，不服，他就刷耳刮子……"

"你傻呀，怎不逃走呢？"曼卿被小桃红的悲惨遭遇激怒了。

"他毕竟花钱把我从地狱里救出来的啊！"

"可是，你的境遇并未改变。"曼卿感到该点出事情实质了，"他也到过龙门舞厅，据我的了解，此人不是一般嫖客，而是个双手沾满抗日志士鲜血的汉奸。"

"他一般不谈官场的事。"小桃红听了颇感震惊，"不过，闲聊中，他吹嘘过自己跟日本人关系不错，还带我去参加过日本俱乐部的活动。他会唱京戏，还会唱日本歌曲，说起日本话得意忘形。"

"你就没怀疑过他？"曼卿在启发她，"日本鬼子炸死你爸，害死你妈，你又被糟蹋成这样，你怎么甘于跟这种人在一块，还任他驱使呢？"

"姐，仇恨，我一直记在心里，有时我被他折磨得痛不欲生的时候，也想过把他杀了，可是，我一个弱女子有何办法？今儿个听你点明他的身份，的确应该跟他有个了断了，把他干掉，我远走高飞，做个自由人。只是，请你告诉我，该怎么去做？"

曼卿感受到了小桃红的觉醒，欣慰地笑了，而后说出了毒杀马千里的计划。

"今儿个是礼拜二，下个礼拜二，是他的生日，倒是个机会，借给他做生日，在酒里下药，让他一命归阴。"小桃红说。

"这事做起来并不简单，这家伙十分狡猾，要防他警觉。"

"那倒不至于，我在他眼里从来是百依百顺，他不会多想的。"

"防范点好，此外，毒药搞到手，如何接应你，都要周密安排好。"

"毒药，我有办法，我有个亲戚在三山街开中药铺，让他帮个忙。"

"那好。"曼卿压抑住内心的兴奋，"时间就初定在下礼拜二，现在的关键是毒药，毒性要非常厉害，一饮毙命。这样，三天后的上午，我们再见个面，看药有没有到手？"

"行，你尽管放心，我豁出去也要搞到手。"

两人谈到这里，在这座不大的河房里转了一遍，河房是十里秦淮沿岸别具一格的建筑。此处9号河房前门临街，后窗面水，共两进，正房对河置有窗户，临水的一进向河面挑出，凌波而立，下埋石墩，上筑风雨轩，轩外便是微波荡漾的秦淮河。

曼卿看了，说道："倘在风雨轩下手最好不过。"

"我想也是。"小桃红应道。

"你要尽显殷勤却又不露异样。"曼卿叮嘱道。

"晓得。"小桃红回答。

送走了曼卿，小桃红便去了三山街，不远，走完瞻园路，左首一拐就是"益民"中药铺，一店员见她问："有何贵干？"她说找贺老板，店员面带微笑告诉她老板临时外出，很快便回来，让她一边候着。她觉得无聊，就看起墙上张贴的中药广告，不一会儿，贺老板风尘仆仆地归来，见是表妹，欣然将她引进内室，掩门交谈。

小桃红表明了寻购毒品的来意，贺老板面有难色。

"跟你直接说吧，我爸我妈的死，你是知道的，但这些年我受尽屈辱，遭的罪你并不知道，那比黄连还要苦三分。"说着，泪水止不住地往下流，"我想过自杀，那样就太便宜小鬼子和汉奸了，要死，也要拉个垫背的。"

"表妹，你可不能糊涂走绝路啊！"贺老板紧张了。

"不，我不会自杀，我要报仇，毒死小鬼子和汉奸。"

"太冒险了，有把握吗？"

"放心，有朋友相助，都计划好了，可万无一失，就等毒药了。表哥，你要相信妹子。"

"好吧。"贺老板决然地点了点头，进了卧室从保险箱里取出他亲自保管的鸩药。

所谓鸩，是传说中的一种猛禽，形体比鹰大，唳声高亢而凄厉，长长的脖子赤色喙，羽毛呈紫黑色，因食各种毒物，尤喜含有剧毒的堇菜，因此，其羽毛也含剧毒，只需在酒里浸泡一下，便成了鸩酒。此药极为稀少，价格昂贵，外地人很难见到，购更困难。也算机缘巧合，谁让贺老板与小桃红是表兄妹呢！贺老板交代清楚了如何使用，叮嘱要绝对保密，便将小桃红送出了中药铺。

三天后，在约定的时间，曼卿获得毒药到手的信息，知会了舒晨。在这同时，舒晨去了一趟门西胡家花园见了阿龙，没等他开口，阿龙就兴抖抖地告诉他，最近，自己和一帮知根知底的兄弟，成立了一个名为"爱国者同盟"的团体，旨在借集体的力量，跟日本鬼子汪伪汉奸干。

"哪些人参加的？"舒晨问。

"有石匠、黄包车夫、电厂锅炉工、武馆拳师、船工、收破烂的、扫马路的……都是底层民众，都恨日本鬼子和汉奸。"

"组织起来，人多力量大是好事，但外面的形势太复杂，你脑袋瓜要清醒，进来的人一定要可靠，不能意气用事，务必要把好关。"

"这会儿，他们正在胡家花园废弃的场地上练武。"阿龙说："要不要去看看？"

"这事，我们改日再谈。"舒晨说："今儿个有件更重要的事需你帮忙。"

"天大的事尽管吩咐，我照办。"

舒晨便将筹划中毒杀马千里一事说了，为配合小桃红完事后及时撤走，需找两名人品可靠、驾驶娴熟的船工及时策应，迅速驶离出事河房。阿龙听了，回应："没问题，包在我身上，你说哪一天吧。"

第二十六章　秦淮河房锄奸记

舒晨告知周二入夜，泊在钞库街9号河房附近的河面上，见机行事。

时间一天天过去，小桃红已跟马千里说过替他过生日的事，马千里自然开心，答应当晚一定到。之后小桃红仿佛度日如年，她有些紧张，巴望这一天快些到，为此她作了充分的准备，细微末节都想到了。

说快也快，周二终于到了，小桃红将风雨轩打扫布置了一番，大理石桌面上放了生日蛋糕、红烛、精致盘盏。荤素菜也已备好，暂搁灶间。酒呢，是马千里最爱的竹叶青，事先她已将含毒的鸩之羽毛在酒内浸泡过，就等马千里入彀了。

平素准时的马千里，今儿个却连影子也未见，夜色渐浓，都近午夜了，秦淮河弥漫着迷蒙的烟雾，月亮时隐时现。起风了，怕是要变天了，他不会爽约不来吧？正在小桃红心神不定时，前门响了，她忙去开门，马千里倏忽现身了。

"我一直在担心哩，把人家等得好苦。"小桃红撒娇靠了上去。

马千里眼睛直勾勾地盯着小桃红，今晚，她穿了身薄如蝉翼的浅红旗袍，曲线玲珑，犹如裸体，性感得无可言说。马千里魂都掉了，一下扑了上去又是亲又是摸，嘴里嘟嘟囔囔，"心肝宝贝，我恨不得把你一口吃了……"

"你就是一张嘴甜。"小桃红故意将他推开，"这么迟才来。"

"啊，对不起，临时接到通知，中日友善俱乐部有活动，不好不去。"马千里作着解释，"参加了一半，我就赶回来了。"说着就拉着小桃红往卧室去，还不忘掀她的旗袍下摆。

"馋鬼。"小桃红打了他一把，"时间有的是，先庆祝生日。"说着两人来到风雨轩，马千里见到蛋糕、红烛等布置得既喜庆又温馨，上前又在小桃红脸颊上吧吧吧地连亲了三下。小桃红松开他的手进入灶间将冷盘热菜一一端了上来,最后是竹叶青酒和高脚玻璃杯,马千里高兴得竟在有限的空间张臂独自旋了一圈华尔兹。

其实,最近外面盛传,和平门外,夜间有日本哨兵被害之事,因此马千里也警惕起来,每次来钞库街香巢,总带上一名保镖,只是不让其进屋,要他去别处借宿,次日八时再来门口接他。而保镖自然心知肚明,乐得逍遥自在,便到附近的大石坝街私寮里打野食,整夜在那块鬼混。

入席后,小桃红先点着红烛,熄灯,让马千里许愿,唱生日快乐歌,然后开灯,小桃红斟酒。还没等她敬酒,马千里已迫不及待地举杯一饮而尽,霎时,只见他白眼朝天,浑身颤抖,如酩酊大醉,嘴直哆嗦却发不出声,眼一闭倒地而亡。

小桃红没料到变化会来得那么快,一瞥他那副死相,昔日的张狂,如今竟是如此下场,她既释然又害怕,下意识地拍了拍胸口。但这时什么也顾不上了,她拼尽全力拖着尸体在临河处往下猛然一推,紧接着回屋换了衣服,拿了细软又来到河边,将旗袍、假发、化妆品等抛到河里制造情死假象。已经夜深,平日来回游弋的画舫,早已泊在各自的泊位。河面很静,有雨飘落,正在她张望之际,一艘小船快速驶了过来,在咕咕咕三声鸟叫的暗语声中,她跳上了小船,欸乃的桨声应和着汩汩的流水声,像脱弦的箭急速向南驶去。接应她的有两个人,一是阿龙,他不放心,要亲自跑一趟,一是他的哥们。途中,她说了事情大致情况,阿龙也没多问只是安慰她,说一定把她送到安全地带。

所谓安全地带,就是事先讲好的她的外婆家。方山下面是秦淮河津口(船埠),它扼守着出入南京城南方向的水路,此行一路顺畅,外婆家在方山附近的虞村。可是船儿驶近方山时,她改变了主意,说要去秣陵关尼姑庵,方山离秣陵关不到二十里路,她表示自己去,不用送了。

第二十六章　秦淮河房锄奸记

阿龙说:"一个单身女孩怎行,万一路上遇个好歹,怎么办?"执意送行,好在有秦淮河水路可通,于是调船往南,临近中午就到了,在一处林木茂密的山凹凹里见到一座破旧的古刹,不知建于哪个朝代。从残存的巨大柱础看来,历史上曾是规模宏敞香火旺盛的一座寺庙,进去之后见到一位古稀之年的师太。小桃红言明皈依之意,师太问了些相关情况,表示愿意接收为其剃度,取法号净尘。至此,她了却了一件孽债,成就了一桩善举,往后,看破红尘,持斋把素,晨钟暮鼓,青灯作伴。但愿她修得正果,平安度过一生。

看到小桃红有了归宿,阿龙等二人则放心了,阿龙掏出随身携带的一摞储备票捐作香火钱,便拱手作别,依原路返回城里。舒晨、曼卿也很快晓得结果。汪一波的消失,是罪有应得,排除这个隐患,让舒晨长长地出了一口气,仿佛自己的手脚都变得轻松了不少。

再说,事发早晨,保镖按规定前去钞库街9号敲门,没有回应。再叫,依然不见动静,保镖随即到水上警察所报案,两名水警匆匆来到9号河房破门而入,搜索了一遍,未见什么异常。只风雨轩内餐桌上有酒水菜肴,座椅倾斜,地上有几滴血迹。再细看,通往河边的地毯有明显的卷曲,很快,在对面河岸边发现一具尸体,水警上船打捞,保镖惊呼正是马专员。再看河面上漂浮着粉红的女装,滚钩下捞,不见尸体,水警不敢怠慢,回所报告,惊动市警署,立即作出布置:一边将死者作医学解剖,而后送往中山南路殡仪馆火化,一边紧急在夫子庙地带,特别是妓院舞厅搜查可疑女性。折腾了整整一天,一无所获,为稳定社会秩序和影响,警署编造结论不涉政情,纯属情杀,以此遮人耳目,不了了之。惊异的一幕就此结束。

第二十七章　陶庐奇遇

已是六月中旬，入梅了。开头几天，终日飘着毛毛细雨，使馆花草树木青翠欲滴，未料，雨一直在下，雨点时大时小，时疏时密，太阳不知被谁偷走了，不露面。天空灰蒙蒙的，景物湿漉漉的，文件柜里的卷宗透出了霉味，有的已长出毛茸茸的菌来，出门更是离不开伞。杜蘅烦透了，季节的变化影响着她，这是显而易见的。而另外一层因素，则是人际关系，室长三浦健那边，她不担心，处得不错。倒是沈哲，那不咸不淡的话和诡异的眼神，让她感到犯嫌。一般情况下，她缄默以对，偶忽，也会甩出一两句辣豁豁的话，让沈哲闭嘴。但是，既然同在一室，为大日本帝国效劳，就大家一起抬着混吧，这一点，她能把握住。

约莫过了半个月，太阳羞答答地从云层中钻了出来，见杜蘅正在搬动卷宗拿到室外一张长椅上，杂役老卞跑了过来帮忙，一趟又一趟地进进出出，杜蘅很是感动，说了谢谢，老卞笑着应答："你的事就是使馆的事，也是我的事，力气活，帮不上大忙，嗨嗨。"

杜蘅朝他睨了一眼，不见任何异样，心想，也就是一个勤快本分的杂役吧！

而最让她困惑不解的，当然是西尾和夫了。不错，离俳句朗诵大赛已过去好些天了，她已完全确认，使馆二秘西尾和夫就是那个受传单影响反正的日本士兵。可是，他究竟如何进入使馆的，是又一次反正，还是另有隐情肩负别的任务呢？她真的想尽快知道这一切，可是有鉴于环境的复杂，她不想也不能主动去问，那样，后果怎样，是难以预测的。

一天下班后，天还亮着，又下小雨了，丝丝缕缕，近处的鼓楼像披上了一件薄纱，呈现出一种朦胧美。西尾约杜蘅去那边走走，她答应了，两人边走边聊，来到鼓楼底层的一隅，见四处无人，西尾说出最近日军在华南一带的调防，这原本是机密，他怎么说了出来，而且不动声色？杜蘅有点吃惊，望了他一眼，见他双眉紧蹙，面带忧虑，相信他说的是真的。而且是说给她听，说明是相信她的，她未作反应，内心却有一种莫名的愉悦。

聊了一会儿，西尾转换了话题。

"这两年，使馆举办了一系列文体活动，比如浮世绘展、相扑表演赛、中日围棋友谊赛等等，杜小姐，您见过吗？"

"我哪有机会？"杜蘅笑道。

"您如有兴趣，下次我约您一道去。"

"好啊！凡有益于中日亲善的活动，我都有兴趣。"杜蘅故作快活地说。

"中日亲善？"西尾斜视了杜蘅一眼，"其实，说穿了，所有这些活动，'亲善'只是个幌子，文化侵略才是真正目的。"

杜蘅回望了一眼，见西尾神情肃然沉静，她好像明白了他的真实身份，大概跟自己做着同样的事，只是系统渠道不同。她想再聊下去，摸摸底，但是尽管目标可能一致，却是两股道上跑的车，互不相干，而向对方打探什么是犯忌的，也是内部纪律不允许的。

暮色已经降临，雨也停了，交谈就此结束。西尾将杜蘅送到车站，等了片刻，通往城南的公共汽车到了，看着杜蘅上了车，这才挥手告别。

此后，两人的交往便多了起来，如果说在之前，杜蘅还有些戒备的话，而今儿个的交谈，以她的直觉，已把西尾看成自己人了，谈话的广度不足，而深度已能说明实质了。是的，杜蘅的直觉或者说判断没错，西尾也在从事秘密工作，不过他不属于中国的情报系统，而是属于著名的佐尔格情报系统。佐尔格是德国人，后加入共产党，开始了间谍生涯。派往日本后，屡创谍战奇迹，功勋卓著，在东京又潜入德侨社团，最大限度地利用德侨身份，开展间谍工作，并相继发展了宫城与德和尾崎秀实建立了情报小组。其中，尾崎秀实是日本《朝日新闻》的知名记者，尾崎与在华的日军反战同盟有交集，正是源于这层关系，又通过日本外务省的一位政要，让西尾进入日本驻华大使馆担任二秘，利用这一合法身份收集情报，开展反法西斯的斗争。当然，所有这些，杜蘅是无从得知的。而西尾之所以信任她，是因他把杜蘅看成是助他弃暗投明的贵人。再有，杜蘅是一名游击战士，斗争的大方向跟他是一致的，因而，也可以说两人是战友。至于杜蘅是如何打入大使馆，西尾也没急着去问，他想早晚会知道的，条件成熟时，也许杜蘅会主动跟他说的。

西尾没见过佐尔格这位传奇人物，但他听说过佐尔格的为人。据传，佐尔格的独特之处是善于与人相处，机警，聪明，他从不去偷窃情报，而是争取他人信任，让情报主动落到自己手中，始终不露痕迹，不落把柄，实在高明。西尾仰慕之极，他知道自己无法达到这一高度，而是努力去效仿。他给杜蘅提供情报时，极少书写，大多是口头闲聊时自然而然地传递过去。

在文印室，杜蘅自然能接触到一些机密，但都一般化，真正的机密和绝密情报，则在秘书室和特高科，因而跟西尾的接触和交往委实重要。问题是自己之前从未做过情报工作，更让她揪心的是她不属于任何党派，是从一名爱国学生到游击战士，再到谍报人员一路走过来的，离开青龙山游击队后关系也断了。而今，她既无"上线"，也无"下线"，自己获得的情报和西尾提供的情报，竟不知往哪儿送。"英雄无用武之地",她自嘲地暗自叹息,是啊,自己不是英雄,也没想当什么英雄,算是抗日斗争的一个小卒子吧。"小卒子过河",可是,河对岸在哪里呢?自己不能做无头苍蝇去乱撞,唯有等待机会。

七八月份的南京,人说是火炉,一点都不冤枉,热得汗披流浆,真不是人过的日子。马路两边的梧桐树叶烤枯了,像晚秋的落木无奈地飘下,蝉不再张狂地嘶鸣,而是恹声恹地咏叹,狗萎靡地蹲伏在背阴处伸长舌头打瞌盹。晚饭后,临街的人家,一户户敞着门,在门外空地上铺上凉席、支起竹床通宵过夜,难熬啊!直到立秋之后,赶走了"秋老虎",早晚才凉爽起来,相互交谈也变得顺畅,不再因溽热而气喘了。

立秋的第二天,中正路上的国立美术馆腾出底层三大间,举办了海洋生物展览,是日本驻华大使馆和日本内阁农林水产省联合主办的,西尾约杜蘅一道去参观。

这天上午九点,西尾早早在美术馆大门口等候了一刻钟后,杜蘅挽着儿子方圆到了,西尾听说过她有个孩子,见状忙张臂屈身迎了上去,方圆也撒手跑了过去,大声喊道:"爸爸……"刹那间,西尾和杜蘅都怔住了。杜蘅立即吩咐:"叫叔叔。"可是,方圆没叫,却盯着西尾脸上看,生气地说:"不对,一看仁丹胡子,我就知道你是日本人,小鬼子,大大地坏。"两个大人顿时一脸尴尬,西尾像是无所谓,去挽方圆的手往里走,小家伙愣是挣脱开了,自顾自地朝大厅走去。

日本是个海洋国家,海洋生物相当丰富,种类尤多,尽管这次展出面积不大,但海运过来的海洋生物还真不少。有海豚、海马、乌贼、大龙虾、精灵鲨、鹦鹉螺、海龟、章鱼、海狮……真是数不胜数。西尾是海洋生物专家,领着杜蘅母子说起来如数家珍。方圆究竟是个孩子,一进展厅,刚才门口尴尬的一幕已忘得干干净净。西尾的解说浅显有趣,他拉着西尾的手,一口一声叔叔问这问那。在一只玻璃缸前,小家伙兴奋地嚷着："看蝴蝶，蝴蝶怎么跑到水里去了？"

"它原名翼足螺，样子有点儿像蝴蝶，人们便把它叫海蝴蝶。"西尾说。

"啊，我懂了，真可爱。"方圆拍着小手高兴地说。

最后，他们来到西头展厅，在一方硕大的玻璃池前，看到两只小海豚在嬉游，四周围满了人，西尾带着方圆挤过去，站在池边。他深谙海豚的习性，朝它们拍了拍手，两只海豚争相游了过来，西尾抱起方圆说："不要怕，它们不欺负人……"话还没说完，其中一只海豚抬起身子朝方圆脸上亲了一口，引得孩子咯咯笑个不止，一旁的杜蘅欣慰异常。

参观结束，西尾在购物处买了仿制的海龟、海马等游戏玩具，另有海参、海蜇等食品和一只红珊瑚给他们。

离开美术馆，西尾又在附近的成贤街找了家馆子，让孩子点菜，尽兴地吃了一顿。

分别时，方圆一把抱住了西尾，仰着小脑袋说："叔叔，我还要你带我玩。"

"一定，一定。"西尾说着瞅了瞅杜蘅，杜蘅笑而不答。

回到钓鱼台，杜蘅失眠了，舒晨和西尾两个人的影像，不停地交替出现在她脑际。一个是父亲，他稳重成熟，信仰坚定，然而……孩子出生不在跟前，这么多年了至今未见一面，孩子千百遍地要爸爸，她编造故事来应付，这缺失的，何时才能得到补偿？她觉得自己欺骗了孩子，有种难言的负罪感，在这件事上她不敢多想，多想她会崩溃的，只盼望战争早点结束，一家团圆。而另一个则是敌对国家的外交官，但他站到了中国人一边，善良亲和，爱憎分明，居然一次见面就收获了孩子童稚的心。有意思的是，跟他第二次见面时，他的仁丹胡没了，一个孩子的感受，居然改变了他的喜好，心思之缜密，情感之细腻，非一般人可比，让人刮目相看，而他所做的一切，没有刻意，自然得很。孩子是纯真的，看他前后情绪的变化，一点都不掩饰，他喜欢这个异国叔叔是明白无误的了。

她一向自傲的坚固的情感天平，蓦地摆动了，怎么办？一个是青梅竹马，日寇轰炸南京时救过她，最重要的是他们有了共同的孩子。一个是异国战友，情趣相投，处处想到她、照应她，朝夕相处，没有疏离和隔膜，尽管西尾还没把话挑明，那份爱的感觉却是实实在在的。

之后他们连同孩子，还相继去中山门国立博物院看过古董，到玄武湖划过游船，又往灵谷寺赏过桂花，孩子总那么开心。孩子开心，是她活着追求的主要目标之一，能这样，那一切困厄和不幸，她都能承受，一直走下去。

周日，使馆的几位同事相约到东郊汤山洗温泉，西尾是其中之一，据说那里的温泉不逊于日本神奈川的箱根温泉。西尾一行下榻陶庐，陶庐乃晋代大诗人陶渊明的后裔，汤山本地实业家陶保晋于世纪初所建一幢典雅别致的两层一阁中式园林小筑，共有十三个房间，其中浴室六间，男五女一。因其临街抱涧，依山傍泉，曾被誉为当代华清池，高官显要趋之若鹜。清末状元张謇作客于此，留下"听松试筑三层阁，藉草凭临一洗泉"之雅句。民国元老戴季陶为之题联：一天明月，五柳清风。一时间闻名遐迩，后来陶保晋赠予蒋介石夫妇享用。日军占领汤山后，陶庐为日军把持，用来接待日方军政要员吃喝玩乐。里面有女子挺身队成员数名，其实皆为慰安妇，外传都是女中极品，不仅外貌婀娜多姿，风情万种，而且奇技淫巧，功夫了得。

因为四个人都来自大使馆，陶庐主管军人不敢怠慢，尽献殷勤，提供一人一间浴室，配慰安妇侍奉。分给西尾的是东首一号，由服务生引着进入房间，浴室里漫溢着氤氲的水汽，有淡淡的硫黄味浮动。西尾正准备脱衣下池，门轻轻推开，一名裹着紧身浴袍，曲线玲珑的女人，足蹬木屐笑盈盈地走了进来，上前对西尾说了句"欢迎光临"，而后施礼鞠躬。西尾晃了晃自己的眼睛像是在幻觉之中，旋又看了看，顿时目瞪口呆，结巴说："美，美惠子，是你吗？"

"西尾君。"女人同时看清了男人，惊喜地说："我不会是在做梦吧……"话未说完便扑了上来想拥吻眼前的男人。

"别碰我。"西尾猛地将美惠子一把推开，说："你怎么会来到这里，干这种下贱勾当？"

"哈哈哈……"谁知美惠子反常地抛出一串冷笑，"我是大日本女子挺身队一员，是新时代的新女性，天皇最好的臣民。你说下贱，我倒觉得荣耀哩！"

西尾忍无可忍，一个耳刮子刷到美惠子的粉脸上："你是我的女人，竟干这种见不得人的事。"

美惠子捂着脸啜泣起来，说："你走后三个多月，警视厅将一批适龄女性集中起来办培训班，说要组织一支女子挺进队开赴中国，一方面解救中国民众，一方面慰劳自己的同胞，说这是真正的爱国之举。"

"你信了？"

"嗯，还说三年一轮换，结束后回到日本会受到裕仁天皇和皇后的接见和表彰。如今，我已来了三年，青岛、日照、徐州、南京，这几个城市我都到过。"

"可见，你是被骗了。"

"应该是下面的官佐执行有问题，天皇是不会骗人的。"

"你糊涂，必须离开这里。"西尾说。

"不行，西尾君，你这样会让我为难的，我真的期待有一天天皇和皇后的接见,那可是日本国民的最高荣誉啊!"

西尾无言了,一名曾经的护士竟说出如此的蠢话,中毒太深,已无可救药,他收拾了一下离开浴室,美惠子不顾一切地将他搂住,乞讨般说:"西尾君,看在夫妻的分上,你就让我侍奉你一次,温存一次吧!"

"太肮脏了,你侍奉别人去吧!"西尾使劲将她推开,像避开瘟疫似的夺门而出。

回城的路上,同事见西尾闷闷不乐,都关切地问讯,他说:"浴室温度太高,差点晕倒了,这会儿心中还闷得慌哩!"这似乎也解释得通,谁也没再问。有人哼起了日本昭和时代著名作曲家咏唱故乡的歌曲,曲调悠缓,透出难以排解的忧愁,有人跟着唱了起来。窗外的秋色很浓,钟灵毓秀的山川呈现出难以描摹的美。曾被肆虐的战火焚烧的草木充沛依然,是那样倔强和挺拔。

返城后,西尾回到自己的宿舍,妻子的遭遇和愚忠,几乎将他击倒,之前他只听说过,日本内阁和军部为解决在华日本士兵肆无忌惮的性欲需求,而在国内大范围大规模征召慰安妇的事,他相信是真的,但也怀疑被报界夸大了。来自朝鲜、菲律宾的慰安妇,中国许多城市都能见到,更不用说在中国本土掳掠的慰安妇了,有必要在国内大规模征召吗?现在,他信了,自己的老婆都来了,而且心甘情愿,日本政府居然无耻到用本国女人的肉体来助力战争的胜利,其心可诛,让他从另一个侧面看清了法西斯军国主义逆历史潮流而动的本质,心中不禁产生了过去未曾有过的绝望。

待在宿舍里,他在逼仄的空间来回走动,日本、中国、过去、当下、妻子、慰安妇……心神杂乱像密密麻麻的蚂蚁在爬行、骚动,理不出一个头绪。他走到壁橱前,取出一瓶西凤酒,想来个一醉方休,他酒量不大,也就二三两,不常喝,遇上高兴的事或心中发闷时才独自小酌。今晚不同，他不受控制地喝了大半瓶，终于醉倒了。

第二天上班后，已过了半个时辰，办公室里仍不见他的身影。秘书室室长派了一位同事去叫他，宿舍的门虚掩着，像是忘了关。推门而入，屋内散发着一股浓烈的酒味，走近一看，西尾半仰着身子躺在床边上，双腿耷拉在床沿，床上、身上和地上尽是呕吐的秽物，发出刺鼻的味道，让人恶心。桌上的酒瓶斜躺着，里面还有少许残剩的酒，高脚玻璃杯跌落地上，摔成几瓣，文件资料也撒落一地。同事抵近唤他，未应，仍沉沉睡着，同事推了他几下，眼睛睁开了，他晃了晃脑袋，认出了同事，苦笑着说："喝多了……什么时候啦？"

"早就上班啦。"同事说："室长不放心，让我过来看看。"

"啊！"西尾欲起身，可浑身软绵绵的，刚抬起身子倏又躺下。

"真是不好意思，失礼了。"

同事见他这个样子，也就没有勉强让他去上班，替他简单清理了写字台和地面后，便离开了。室长听了汇报，又去了使馆医务室，请了一位医生前去看看。这事虽发生在秘书室，但使馆课室之间靠得都很近，所以西尾醉酒很快就传开了。在不明真相的情况下，有人添油加醋杜撰故事当作笑话谈，也有人心生怜悯下班后前去看望。办公就在上下楼层的杜蘅也听说了，自然也很关心，西尾人缘好，她估猜午饭后可能去的人多，不想去添乱，而是在下午下班后，各个课室的人都走得差不多了，她来到使馆的宿舍区。两人见面时，西尾显得很尴尬，迟疑地说："你也知道了？"

"满城风雨，这一下你出风头了，恭贺你呀！"杜蘅辣豁豁地抛出几句话，此刻与其说是同情，不如说是气愤，她逼视着西尾那张苦涩的脸，责问道："怎么回事？"

西尾仰望着天花板，枯坐着，一句话也不说。

第二十七章　陶庐奇遇

"我们之间已无话可说了，那好，我走！"杜蘅转身就走，却被西尾一把拽住了。

"说不出口……"西尾痛苦地垂下头。

"如果你还把我当朋友，就没有什么说不出口的。"杜蘅重又坐下，"究竟发生了什么，我想知道一切。"

见杜蘅如此执着，如此用心，不跟她说又能跟谁说呢？起码到目前为止，她是唯一能与之倾诉的人。于是一声长叹之后，他将昨日去汤山泡温泉的那场经历说了出来，言语中忧愤难平，伴着不舍，眼里有泪光闪烁。杜蘅聆听着，没有插话，生怕听漏了什么，内心随着西尾的倾诉而意绪难平，双眸也噙满了泪水。

"你打算怎么办？"等西尾说完，她问。

"我想设法让她脱离苦海，可她不领悟，不接受，死心塌地地要效忠天皇，无可救药，中邪啦！"

"被洗脑了。"杜蘅喟然说道："的确，一个国家用女人的肉体去助力战争，是多么卑贱，这场战争的性质已不言自明了。"

窗外，薄暮已幻化作深沉的夜色，如何来帮助西尾走出痛苦，一时她还没想好，空洞的说辞无济于事。再说，在这夜晚单身男女待在一起，让外人知道，难免会引发异议。她看房间也收拾得清爽了，见屋角堆放着什么，凑近一看，是替换下来的被套、床单和衣服，顾不上难闻的酸臭味，她用床单将这些衣物裹在一起扎了个包袱，提了就走。西尾不让，上前去拽，杜蘅气得将它朝地上一抛："到底，你还是把我当成外人。"说着，扭身就走。

"我，我是怕你累着……"西尾乞怜似的凝望着杜蘅。

杜蘅心软了，重又拾起包袱，说："我家条件好，最迟两天后就给你带来。"

西尾情不自禁地张臂想给她个拥抱，靠近时又把手放下了，倒是杜蘅大方地上前，拥抱了他，又拍了拍他的肩，这才出了门。

寂寞，孤独，痛苦……酒，让西尾的痛苦获得了暂时的排解。次日，他将自己几年来收藏的几瓶汾酒、古井贡酒，还有一瓶珍贵的茅台，统统送给了杂役老卞，从此与酒诀别。

第二十八章　禁毒在民间

依然是一身警服，依然供职于中区警署，时而下榻于明瓦廊洪源车行，时而留宿于三元巷沧浪池，舒晨跟吴锦坤、吴崇礼父子相处甚笃，如鱼得水。前些日子，吴老爷子的女婿冯磊，经老爷子活动后已出狱，但他没再回珠江路上的金懋钱庄，也没留在南京，而是由组织安排去了苏北革命根据地，原先的关系，在他被日本特务逮捕当日便已切断。再有，就是叛徒汉奸汪一波死于鸩酒，两件事虽无关联，却收到了同样的效果，减缓了黄翔的担忧。但他仍不敢大意，国内外各种势力都在这座城市或公开或隐蔽地活动着，说处处都有陷阱并不为过，他唯有与"上线"吴崇礼保持紧密联系，在吴崇礼引领下，尽一切可能，继续深入地开展工作。

周末，警署没有额外差事，或许是最近警务过于劳累，舒晨一歇下来就感到困乏，才八九点钟，便在沧浪池后进的宿舍里躺下小憩。睡了个把小时听有人叫他，一骨碌爬了起来，见是吴崇礼，他不好意思笑了，赶忙反客为主地让座沏茶。

眼下，战争已进入第六个年头，两人聊起了国内外形势。在欧洲，苏联取得了斯大林格勒战役的胜利；在非洲，北非战役，英美联军也胜券在握；在亚洲，太平洋战役主动权已掌握在同盟国手中，中国战场也逐步转向反攻，但残酷的厮杀仍在惨烈进行之中。与此同时，日军的经济侵略和文化侵略还在同步进行，就南京而言，最明显的表现在两个方面：一是日汪联手篡改历史，颠倒黑白编撰中小学教材，推行奴化教育，以征服人心。二是日本政府以鸦片政策为国策，疯狂向中国推销海洛因等毒品，"以毒养战"，掠夺财富，削弱中国民众的抗日意志，摧残民众的身体，其用心之险恶，前所未有。

"从各方面掌握的情况看，国民党的地下人员主导了反奴化教育这场斗争，他们通过中小学老师联谊会、寒暑假培训班等途径进行发动，组织中小学生上街游行，到伪教育部请愿，取得了一定成果，迫使汪伪当局强制推行奴化教育有所收敛，允许学校自编教辅教材。"吴崇礼说："这是很不容易的。"

"那我们要不要渗透进去？"舒晨问。

"我请求过，特派员指示别人在干，我们无须插手，倘若他们有所要求，可以再作考虑，这关涉正确地执行党的统一战线政策。"

"统一战线中，我们不是要坚守独立性，掌握主动权吗？"

"对，是应当这样，但不等于干什么，我们都要去掌控，人家干得好好的，就应该肯定，应该尊重。"吴崇礼说："当下，我们的重心是另一条战线，即开展禁毒运动。"

"我明白了。"舒晨颔首称道："哥，还是你看得准。"

"如今，日本设立总揽毒品买卖的华中宏济善堂，特务机关、浪人、商人争相兜售官土和私土，而伪府不仅放任毒品自由买卖，直接参与销售，而且还让鸦片广告公开刊登在伪政府报纸上，推销毒品之猖獗可见一斑。日汪狼狈为奸，相互勾结，有计划有预谋地诱导吸毒。青年男女，甚至儿童视其为'福寿膏'，成了沉溺于吸毒的新一代。全市烟馆多达二三百家，食客数万，高级官吏、落拓政客，乃至军人警察都在其列，难以自拔。战场上的输赢且不去说，单就毒品蔓延和危害而言，我们这个国家，这个民族已到了存亡继绝的时候了。"吴崇礼难以自抑地说了一通，"几年来，尤其是近两年，禁毒斗争此起彼伏，说明人心不死，但都是零星的，小规模的，自发的。现在急需发动有组织的大规模的禁毒运动，关键是要发动更多的大中学生参加进来。"说着，热切地凝望着舒晨，"你是中央大学出来的，过去也搞过学运，看看在这方面能不能做些工作？"

"没问题，我全力以赴。"舒晨信誓旦旦。

"好，那我们就抓紧行动。"说着，吴崇礼将一把配有牛皮套子的匕首递给舒晨，"带上，以防不测。"

"不用，一位前辈曾告诉过我，从事地下工作，之所以能隐蔽下来，开展艰苦卓绝的斗争，不能靠刀枪，靠的是群众化和职业化，只要深埋在民众之中，有一定的职业掩护，就有了立足之地，就可以有所作为。反之，就会受到挫折，甚或失败。"

"这话自然有道理。"吴崇礼说："不过，当敌特动用枪械、匕首时，我们焉能徒手还击？不管是否用得上，还是带着，务望小心谨慎。"

"行。"舒晨应道，收下匕首，插入长筒靴里，"我这就出去一趟。"说着，转身出了沧浪池住地。

他去的地方是白酒坊欧阳无垢寓所，见穿着一身警服的人登门，教授一脸诧异。

"警官先生，不知有何贵干？"教授未让进门，只站在门外问道。

"先生，是我啊！"舒晨摘下墨镜坦然笑道。

"啊呀，是你。"教授认出来了，"怎么穿上警服啦？"

"混口饭吃。"舒晨边挽着教授进屋边说："距离上次来看望您，已过了两三年了，常想着您哩！"

"我也是。"教授说着，目光仍上下不停地搜索舒晨身上的警服。

"是这样。"舒晨有所察觉，说："自己从北方过来，开初，总感到四处有眼睛盯着，有了这身黑皮，觉得要安全些，可以少些顾忌做自己想做该做的事。"

"啊,我明白了。"教授已心中有数不再追问,而是转换了话题,"今儿个来,只是想看我?"

像秘密被一眼洞穿似的,舒晨不好意思地笑了笑说:"先生,您如何看当下市内毒品泛滥的事?"

"显然,日汪沆瀣一气,包藏祸心,不仅要毒化中国人的心灵,而且要毁坏中国人的身体,坐实'东亚病夫',使其殖民中国的图谋成为事实。"教授言辞愤慨,"平心而论,自民国十六年(1927)建都南京,到日寇入侵之前,在禁烟这件事上,政府还是做了不少迎合人心的事,遏制住了毒品散漫的势头,吸食者成了人人喊打的过街老鼠。谁知,日本人一来,情况突变,长此以往,不仅要亡国,而且要亡种,堪虑啊!"

"那怎么办?"

"动员民众,发起震慑当局的禁烟运动。"教授断然说道。

"先生,您说到我心里去了,正是冲着这一点,我上门求教,请说出您的想法。"

教授在自己得意的学生面前,不掖不藏,从几个月前临时中央大学驱逐汪伪任命的校长樊仲云一事说起,说自己也参与的,不只与其他教授一道联署罢免樊仲云校长的请愿书,而且与大批学生一道游行到山西路伪教育部抗争,他本人还与伪教育部长李圣五激辩了一刻钟。之后,游行队伍又开赴颐和路34号汪精卫公馆请愿,最后,迫使伪府罢免了樊仲云的临时中大校长职务。

"斗争取得胜利的关键是学生联合起来了,历史上,凡学生运动往往起到开路先锋的作用,社会影响大,是一支不可忽视的力量,任何逆时代潮流的旧势力、恶势力,在它面前都将退却、溃败。"教授在引申自己的想法,"驱樊,是有启示意义的,我想,要发动一场大规模的禁毒运动,必须依靠大中学生,要开启他们的觉悟,将他们组织起来,做好必要的准备,方可行动。"平了平气,他继续说:"作为古稀老人,我起不了大的作用,最近我也联络了一些故旧门生,让他们尽自己所能在学生中间做些工作。"

听到这里,舒晨深受感动,一个读书人,没有任何人指派和请托,甘冒风险自觉地做着抗日救亡的事,由此,他对屈原"岂余身之惮殃兮,恐皇舆之败绩"那炽热的家国情怀有了更深刻的理解。

"当年,你在同学社团中有一定影响。"教授的话将舒晨从沉思中拉了回来,"想想看,除了内迁重庆的同学,凡在南京不走的,看看还有没有可以联系的?噢,'萤社'那个到处拉人'吃教'的金兆翰,据说在金陵神学院供职,兆翰表面看很斯文,实际上很活络,交友颇广,人也还本分,你不妨见上一面。"

教授的意思,正中下怀,本来他就有探访金兆翰的想法,一则不明地址,再则好像也没有多大必要,就拖下来了。眼下,想到禁烟运动,倒觉得有抓紧会面的需求了。别了教授,便搭乘公共汽车兼作步行,径往城西大铜银巷17号金陵神学院。走到半路,他想自己已有几年没跟金兆翰见过,双方都不知底细,一身警服出现在他面前,会不会引起他的疑虑和追问,让事情变得复杂化?这一想,他转身回到沧浪池住处,换了一袭深灰长袍、一顶秋冬季英伦复古条纹礼帽、一副金丝边眼镜去会故旧。

大铜银巷就在上海路上,属南京市中心黄金地段,金陵神学院设在此处,乃是最佳选择。这是一所建于世纪之初的教会学校,早年司徒雷登曾在这里担任过提调(院长),南京沦陷前,大部分人员和一些设备分别迁往上海和成都,只有极少神职人员在此留守,而金兆翰是如何进来的则无从知晓。

时令已是冬天，几幢美式建筑风格的小洋楼错落有致地分布在校园内，高大的雪松、香樟和玉兰树随处可见，依然枝繁叶茂，郁郁葱葱。钟声低回，寂寥幽静，舒晨边走边不经意地观赏着。途中，他向一位修女打听金牧师司职之处，指为博雅楼，他信步走去，顺利地见到了头戴无边牧师帽，身穿一件黑色长袍，胸佩十字架，正在持帚打扫大堂的金兆翰。听到脚步声，金兆翰抬头一看，他有点不敢相信，迎上去问道："真是你吗？舒晨。"

"不是我，能是谁？"舒晨向金兆翰伸出手，两人紧紧握住。

"这几年，你都去哪块儿啦？"金兆翰问。

"做点买卖，到处混。"舒晨随口应答。

"没遇到过危险？"

"哪能不遇到，花点小钱，逢凶化吉。"

"你命好，在中大读书时，我就看出你这家伙吉人自有天相。"

"托您的福。"舒晨客气道。

"今儿个屈驾光临，有何吩咐，请讲。"金兆翰边说边邀舒晨坐下。

"最近，市面上毒品泛滥，生意场上的朋友，有的也深陷其中，搞得家破人亡。"舒晨摇头叹息，"听说临时中央大学正在发动禁毒运动，朋友闻后十分振奋，有人知道我毕业于中大，让我打听打听，找谁呢，想来想去指望上了老兄。"

"那你怎么知道我在这块呢？"

"章曼卿告诉我的。"舒晨没说出教授，找了个托词。

"她消息灵通，好人。"金兆翰似乎默认了，"跟你说，临时中央大学发动禁毒的传闻是真的。"

接下去，他就把教授联谊、社团串联，还有自己说服动员"吃教"

学生响应禁毒号召，准备参加行动的前后经过说了一遍。其中谈到如何让爱国骨干打入"学生互助社"和"干字运动实践社"绘声绘色地作了介绍。

"据闻，'学生互助社'是南京市伪市长周学昌授意部属组织的，而'干字运动实践社'则是汪伪宣传部长林伯生的方寸之地。"舒晨有些不解。

"不错，这两个团体的确是挂在汉奸名下，林伯生、周学昌之流本意是借此培植个人势力，增加政治资本。但组织上派人打进去，并掌握了实权，使这两个团体为我所用，林、周有所察觉为时已晚，为笼络人心，便睁一只眼闭一只眼，听任禁毒筹组工作的进行。"

"你是说中共从中发挥了作用？"舒晨至此已清楚金兆翰是自己人了，他想确认。

"我刚才说了吗？"金兆翰神色紧张，"你不会听错吧？"

"你或许想隐瞒，一激动说走漏了嘴，什么'组织上派人'，言为心声啊！"舒晨故作戏谑。

"千万勿外传，拜托！"

"放一百二十个心。"舒晨想到往日金兆翰在萤社的表现和刚才的一番言辞，还有坦然的神色，觉得自己言明身份的时候到了，他上前给牧师一个拥抱，"兆翰同志，辛苦了，谢谢你的信任。"

"原来你我是同志。"金兆翰白皙的面孔幻作彤红，在这神秘而寡淡的宗教场所，竟不期然遇到了昔日同窗、今日战友，他的激动难以言表，只能攥紧舒晨的手一握再握。此刻，他觉得两人之间可以无话不谈了，于是问道："杜玫在忙什么？"

"你问我，我问谁啊。"舒晨报之以苦涩的一笑，"已有几年没联系了。"

"是吗？"金兆翰似信非信，"我倒见过她。"

"哦，说说看。"舒晨急切地说。

"一次是在你离开南京不久，在三山街偶然相遇，她好像心情不好，匆匆忙忙的没说上几句就走开了。再一次，前几天，我去大华电影院看《泰山历险记》，在影院门口，我看到她挽着一个小男孩，与一个男的有说有笑，已是黄昏，光线有点暗，但可以确定是她。"

"是吗，她就喜欢看电影。"舒晨竭力压抑内心的激荡，他不想再听，故作镇定地说："兆翰，大中学生上街时，我们会配合的。"言罢便告辞了。

教堂的钟声响起，悠远而肃穆，不快不慢，跟昨日的钟声没什么两样，可是在金兆翰听来，似乎减少了宗教的色彩，而是充满了力量和行动的节奏感，对他既是寄托，更是激励。

一切都在紧张有序地准备着，地下的岩浆在剧烈地涌动，选择突破口，在万千民众的期待和呼唤中，一幕壮观的景象即将在这座古老的东方都市上演。

民国三十二年（1943）腊月中旬，这天，两百多名大中学生沿着太平南路向朱雀路夫子庙进发，沿途散发传单，呼喊口号，冲砸鸦片烟馆，收缴烟具，瘾君子们一个个抱头鼠窜，动作慢的少不了挨了老拳："小祖宗，小姑奶奶，饶了我吧。"的哀号声不绝于耳，围观的市民欢呼雀跃。

次日，一场规模更大的禁毒斗争在城北掀起，一支支大中学生的队伍在校旗引领下，高举横幅标语和三角形的各色小旗，在北极阁汇聚后向国民大会堂前进。沿途不断有市民加入，队伍很快扩大到三千多人，一张张激愤的面孔在冬日阳光的照耀下格外明丽。这段地块属中区警署管理，吴崇礼、黄翔等数十名警察早已严阵以待，与其说他们是来监视的，不如说是来配合的，当游行队伍来到珍珠桥时，突然从临街的小巷冲过来二三十人，个个手持棍棒，凶神恶煞地逼近游行的人群，挥舞棍棒就打了起来。吴崇礼见状手一挥，带领几名警员以迅雷不及掩耳之势，扑了上去将这伙吸毒头面人物的狗腿子一一制服，戴上手铐由黄翔负责与两名警员一道押往附近已被废弃的老虎桥监狱临时羁押，游行大军则继续开往国府路上的国民大会堂。集会上有数位学生、市民代表先后发言，控诉毒品之危害，号召各界立即行动起来，予以抵制。接着，有学生团体演唱了歌曲《你这个坏东西》，只是歌词有所改动，更贴近实际，歌声唱道："你你你／你这个坏东西／坏东西，坏东西／贩毒吸毒，囤积居奇／掠夺钱财、破坏抗战都是你／你的罪名和汉奸一样的／你你你，你这个坏东西……"上面在唱，下面在和，歌声激荡在城市上空，震撼着人们的心灵。一个个精神抖擞的警员，坚守在街道两侧，守护着游行的民众，转移时，又护送游行队伍前往夫子庙。

冲砸了所有的烟馆、赌场和舞厅，临时征用了十多辆黄包车将没收的烟土、烟枪和烟灯拉回国民大会堂。时间已近午夜，大会堂的台阶下面，堆满了烟土烟具，随着领头的学生领袖厉恩虞一声令下，顿时火光腾空，大量毒品化作灰烬，同学们在昂扬的《毕业歌》曲调声中，有序地踏上了返校的路。

半个月后，以临时中央大学学生为首的部分大中学生，将斗争的矛头指向声名狼藉的白面大王曹玉成。

这个曹玉成非等闲之辈，他正是"宏济善堂"的老板，与小鬼子穿一条裤子，住在丰富路一个深宅大院内，终日大门紧锁，叫门不应。机智的同学猛踢足球，待门卫开门查问时，又一脚将球踢入院内，再以找球为名一众拥入，前后几进，翻箱倒柜搜索了个遍，也未见海洛因。暮色苍茫，见学生们将要空手而归，躺在床上装病的曹玉成顿时张狂起来，怒斥学生私闯民宅，罪莫大矣，威胁要向法院提告。这时，有细心同学发现，曹某的住房内室和外室规制不一，遂用木棍敲击内室，闻有空洞之声，于是登上屋顶查看，见一排天窗下有一小屋，愤怒的学生将曹玉成从床上拖了起来，翻开床垫，找到了通往密室的入口。进去后发现一包包海洛因，毛估一下足有十多公斤，激起学生们更大的义愤。

丰富路靠近洪公祠中区警署，得知大中学生闯入曹家大院，吴崇礼便带领黄翔等几名警员赶来，只见学生们将曹玉成五花大绑，吴崇礼简单问了几句，就接下了曹玉成，听凭学生们的意见押往新街口广场，勒令其在孙中山先生铜像前下跪，在成百上千的围观群众面前进行了公审。随后，由两名警员押往附近的羊皮巷看守所收监。尽管伪府司法机关一拖再拖，以缓兵之计进行包庇，但迫于广大民众的强烈申诉和舆论的压力，不得不在三个月后，判处曹玉成死刑执行枪决，成为沦陷区轰动一时的新闻。

空前规模、此起彼伏的禁毒运动，肇始南京，波及上海、北平、汉口等大中城市，汪伪政权为收拾人心，障人耳目，不得不接受青年学生和广大民众根绝毒品的诉求，于枪毙曹玉成不久，颁布了所谓禁烟条例，遏制住了毒品猖獗之势。从此，社会上买卖毒品、公开吸毒的现象明显减少，禁毒取得了阶段性胜利，爱国青少年厥功至伟，而社会上各方面包括警署的配合也应记上一笔。山河破碎，身世浮沉，国难当头，谁能苟且偷生？抗日救亡，一致对外，乃是国民不可推卸的天职，舍此，岂有他哉？！

第二十九章　望眼欲穿的邂逅

　　西尾和夫醉酒成了使馆的话题，各种议论都有，杜蘅也被卷了进去。后来，西尾向有关上司道出了真相，由上司出面制止，这才平息下来。其间，杜蘅倒也无所谓，我行我素，继续保持与西尾的交往，甚至比之前密切起来，对别人的异样目光，她更是不屑一顾。之所以如此，与其说是对西尾的同情，不如说是对西尾信任她的一种回报。他们在使馆的草坪上聊天，一块儿散步，下班后相约去看电影，杜蘅的关照和温情，助西尾"疗伤"，让他渐渐恢复了正常，不再是灰头土脸，即使是跟人打招呼，也展现了笑容，这也让杜蘅感到了别样的欣慰。

　　见他俩黏黏糊糊的，要搁之前，同室的沈哲总要酸溜溜地调侃几句，通常杜蘅不予理睬，可心里却不是滋味。但是最近情况有了变化，一天午饭后回到文印室休息，沈哲给杜蘅递上一只水果，说："砀山梨，酥脆爽口，入口即化，尝尝。"

　　俗话说，抬手不打笑脸人，杜蘅睨了沈哲一眼，见其神色平静，便接了过来，咬了一口，赞道："真的不错，谢谢。"

　　"谢什么啊，说一句，你我同为天涯沦落人，不见外吧？"

　　"同为天涯沦落人？"杜蘅困惑地重复了一句，望着他，好像期待他的解释。

　　"对呀，你想，我们都是中国人，却要替小鬼子服务，不是'沦落'了吗？"

　　杜蘅像被针刺一下，小鬼子，沦落，从他嘴里冒出这样的字眼，从未有过呀,已朝夕相处多时,眼前的沈哲忽然给她一种神秘感。但她未作回应,起码现在没到时候,还有待观察。当然,投我以木瓜,报之以琼琚,礼尚往来。她从家里带来一听铁观音相赠,倒弄得沈哲不好意思,诙谐地说:"不公平交易啊,一只梨子才几个钱,一听铁观音贵多啦!"

"小意思,小意思。"杜蘅笑道。

"杜小姐,依我看,西尾这个人不错,待人热情真诚,值得处。"沈哲忽又说道。

"是吗?"杜蘅没正面回应,说完便出门送文件去了,她边走边想,沈哲的友善是什么意思呢?莫非他也想追我?不对,不对,他说过有家室,从他的口风中可以窥出他很满足。那么,或许他也负有特殊使命,想从我这边套点情资?这可不简单,霎时,她变得警觉起来。

又过了几天,上班没一会儿,沈哲将一张纸片放在杜蘅面前,她凑上去看,是一幅苏北、苏中简明地图,在盱眙、泗阳、涟水、东台、如皋、邵伯、仪征等地方画了圆圈,杜蘅感到茫然,遂问:"沈先生,这个什么意思?"

"上面画的是日汪特工的潜伏点,关涉贵方一些根据地。"沈哲说。

"贵方?贵方是哪方?你怎么认定我是贵方?"

"我猜的。"沈哲说:"如果杜小姐怀疑我的本意,我可以收回。"说着伸手去取。

"等等。"杜蘅将纸片按住,逼视着他,问道:"你是什么人?"

"中国人。"沈哲朗声回笑,倏又反问杜蘅:"杜小姐,你又是什么人?"

"中国人。"

"这不就结了。"沈哲说:"我不过给你提供点信息而已。"

"为何要这样做？"

"抗日救亡。"

一脸的严肃、坦然，杜蘅不再怀疑，主动伸出双手，两人紧紧相握。

窗户纸捅开了，曾经有过的相互猜疑、防范，烟消云散了。但还没到彼此完全信任的程度，这需要时间来证明。在杜蘅看来不管怎样，自己好像变得沉静多了。

又是周末了，使馆休息，两天假期，杜蘅基本上待在家里，跟父亲聒白，陪儿子嬉戏。周日上午九点多钟，她正在翻阅近日的报纸，家佣报告，说有客人来访。这几年，自己与外界的联系越来越少，会是谁呢？她放下报纸，起身去迎，大门口，只见一对男女携着一个小女孩，提着礼盒，正看着她。而她已一眼看出了来客，惊喜地喊道："指导员，是你吗？……"

"是我，雷明。"客人伸过手来与她握在一起。

"日盼夜盼，望眼欲穿，终于见到娘家人。"杜蘅语带哭腔，"我不是做梦吧？"

"不请我进去坐坐？"雷明笑道。

"看我高兴得昏了头了。"杜蘅慌里慌张地伸手，"请进！"

坐下后，雷明将妻子和女儿作了介绍，最初的交谈中她才知道，雷明是通过湖熟她的表哥柳志远打听到她在城里的住处，这才登门拜访的。

见雷明二八分的一头黑发，西装领带，类似银行职员装束，杜蘅笑问："指导员，您不在部队了？"

"对，因形势的变化，青龙山游击队归并到赤山游击队，我奉命离队被组织上派来南京，充当一名银行职员，做信贷管理的事。"

"太好了，今后我有指靠了。"杜蘅兴奋地说："指导员，你不知道，这几年，我过得太憋屈，太难了……"

这时，雷太太起身领着女儿打算避开，让雷明和杜蘅单独谈谈，杜蘅心领，随即将她们带往风景绮丽的后院，又叫过儿子方圆来，去跟她们一块玩。

回到客厅，杜蘅将自己受伤离开游击队，治愈后装上假肢寻找工作，直到打进日本驻华大使馆的种种经历，无保留地说了出来。"可是，一想到我受伤后，临别时陆纲书记说过有关组织上跟我切断关系的指示，我就不敢贸然违反纪律去找你们。"杜蘅说。

"其实，组织上并未忘记你，我们向你表哥打听过你在哪里做事，他说不清楚。后来派人进城，在门西一带想找点线索，熟知传闻府上有日本人进出，自然，我们也变得警觉起来，联系就此中断了。"雷明叹了口气，"唉，也怪我们做得不够，来迟了。"

过去，在赤山，在青龙山游击队里，性格既洒脱又宽厚，既坚毅又善良的雷明，一直是她敬仰的人，是领导也是大哥，思想上引导她，生活上关照她，对别人不能说的话，她都愿意跟雷明说。分别多年，她常常想起他，思念他，没料到，今天他找上门来，这是多大的缘分啊。

"谁指派你进去的？"雷明问。

"没人指派，是我自己要去的，利用合法身份搞情报。"

"有点冒险。"雷明说："人际关系如何？有没有受到怀疑？"

"文印室室长知道我有铃木参赞这层关系，对我似乎还放心，同事相处，各干各的。"杜蘅说："不过，也有几个不一样的人，相处下来，我吃不准。天降神兵，指导员您来了，请您替我指点迷津。"

"啥'指点迷津'，有什么，你说。"

有了雷明的鼓励，杜蘅将自己对西尾、沈哲和杂役老卞的印象作了详尽回报。雷明毕竟涉世深，见识广，人情练达，世事洞明，他安静地听着杜蘅的叙述，最后道出自己的认知，说："我只能就你的介绍，谈点看法，因为我没有直接接触过这几个人，说点浅见吧！从行事风格看，沈哲不像是我们的人，很可能是军统打进去的，现在全民抗战已进入第七个年头，我党执行的是保有独立性的统一战线，这位沈先生能配合你是好事，但你头脑里要多一根弦，不能完全相信。而那名杂役，则可能是个重要角色，不简单，你要多加提防。"说到这里，他看了看杜蘅，"刚才，你谈到西尾时提到他就是在横溪反正的那个日本士兵，你能不能说得再详细一些？"

开头，杜蘅介绍西尾和夫时，未能详谈，是因为她与西尾之间的情感纠葛，此刻，见雷明专门点出来，她不能不说，而且不对他说，又能对谁说呢？想了想，她不再有顾虑，遂把进入日本驻华大使馆后两人巧遇相处，西尾对战争的看法，美惠子的沉沦，西尾的醉酒一五一十地说了一番。

"我相信西尾的表现是真实可信的。"雷明作出了自己的判断，稍有沉吟，迷惑的目光投向杜蘅，"诚然，你们是同事，可我觉得彼此关系并不一般嘛！"

"这个，噢……"雷明敏锐的观察，让杜蘅有点慌乱。

"是不是这样？"雷明语调很轻，力量则很重。杜蘅像被一下子捉住似的，逃无可逃，半推半就地说出了自己跟西尾的暧昧情愫，所思所想。

"记得在青龙山你跟我说过，自己已有男朋友，而且去了北方，寻找精神归宿。"雷明说。

"对，我们虽未办结婚手续，却有了孩子，如今已七岁了。"杜蘅声音喑哑，"我不知道，在婚姻事实存续的情况下，这样做是不是不道德，会不会遭到谴责，我觉得两难，我该怎么办？"

"我以为，在婚姻事实存续的状况下，这样做是不对的。"雷明坦诚地说："对孩子也是不负责任的，请原谅，今天刚见面，也许我不该这样说。可是，你既然把我当作哥，我就不想隐瞒自己的观点。"

"哥，你说什么我都不会怪你的。"杜蘅说："不过，请你替我想想，几年了，他音讯全无，活着还是……我一无所知，疏离、隔膜、稀释了我们的情感，我不是王宝钏，能苦守寒窑十八年，等待薛平贵平定西凉归来团聚，我也不能靠回忆来填补那虚幻的感情。"她越说越激动，"饮食男女，食色性也。我是个正常的女人，渴望爱的滋润，这有错吗？"

"再说，我跟西尾交往，绝不是以色相去从他那里获得情报，我知道在情报战线上，有些女人是这样做的，但是我不是这种人。我喜欢他，除了同情他情感上的挫折，主要还是他真诚善良的人品、对战争性质的清醒认识以及对我的信任。一开始，我就没有想过从他那里搞到情报，而他给我提供情报，也不是为了拥有我，我们是相互的，自然而然的，谁也没有欺骗谁。"杜蘅仿佛要把聚积在心中几年的话统统倒出来，"此外，还有一个因素，好像有一种天生的缘分，儿子从最初的排拒到后来见面就粘着他，就跟真的父子一样。哥，您说说，这叫我怎么办？怎么办？"

雷明沉默不语，他没有杜蘅那样的体验，杜蘅依赖他，尊重他，他怕自己一旦说错，依杜蘅的性子，要么照着去做，要么逆势而行，她已是有孩子的母亲了，应该会有自己的主张。尽管自己在部队一直做政治思想工作，与人交谈，免不了说教，可面对杜蘅，看她那纠结痛苦的样子，他不忍，也不能再多说什么，沉吟半晌说道："我知道你很难，相信你会处理好的。"

"谢谢。"杜蘅从情感的挣扎中摆脱出来，"哥，我想请教一下，人到底是为自己活着,还是为别人活着?"

"你说呢?"

"我觉得人首先要为自己活着,自己活得好,活得自在、愉悦,有所作为,才能为父母儿女亲朋,广大的民众,社会,国家作贡献。"杜蘅像变了个人,来劲了,"你想,倘若一个人自身活得卑微,憋屈,窝窝囊囊,做不到敢爱敢恨,那么他对别人,对社会乃至国家又能做什么呢?"

"杜蘅,你说的是个常识,也是个哲学命题,古今中外,不知有多少人曾经思考过,探讨过,各有各的说法。不过,在我看来,人既要为自己活着,也要为他人活着,既然来到这个世上,就要承担起一定的责任。"

"哥说得对。"杜蘅将剥好的橘子递给雷明,"人,这一生很难,我明白自己不是一个理智者,打小任性,时常特立独行,不顾后果。这几年,长大了,正在慢慢改,但不容易,在感情问题的处理上,也有考虑欠妥之处。我想过,假如有一天,我与舒晨能够重逢,我会向他解释,向他忏悔,请求他的原谅。只是,没办法,人常常会情不自禁。"

"我相信舒晨一定还活着,说不定就在这座城市,之所以不能相见,肯定有原因。"雷明说:"如今,哥也来到这里,我会想方设法去了解的,你要有信心唷!"

"谢谢哥,也只有您能帮我。"杜蘅莞尔笑道,话说得差不多了,她又问起当年游击队的领导陆纲、夏轩、郭世康等人的情况。

"他们都在各自的岗位上,陆书记依然在江宁四处奔波,只是,苍老多了。"

"很想念他,多好的一个人。"杜蘅说:"在使馆,我既没上线,也没下线,有一回我曾想把一个重要情报送给他,可不知他在哪块儿,又怕贸然行动引起怀疑，便作罢了。"

"那你搞到的情报无处可送，莫非都废掉了？"

"说起来，这事儿有点复杂，我只收集自认为有价值的，得手后如何送出去很伤脑筋。后来想到苏联塔斯社上海分社，我想，他们跟我方应该有联系，收后会转发的。于是，便以通讯的形式，匿名从不同地点寄出去，也不知他们能否收到？"杜蘅说。

"这样做，带有很大的盲目性，很危险。"雷明感到吃惊，"要知道，日伪的邮政检查是非常厉害的，遇到过麻烦没有？"

"那倒没有。"杜蘅脸色悚然，"听你一说，真有些后怕。"

"万幸啊！"雷明说："你应当补上情报训练一课，以后，我再给你讲。从今天起，我就是你的上线，再有情报直接交给我。"

"真的吗？"杜蘅像个孩子似的激动得跳了起来。

正在这时，从杜泰昌缎号下班的杜家豪来到了客厅，见到有陌生客人，问道："这位是……"

"爸，他就是雷明大哥，我跟你说过的。"

"啊啊，青龙山游击队的长官，贵客呀！"杜家豪说着，上前握手，而后两人攀谈起来。过了一会儿，已临近中午，雷明叫来妻女，说："打扰的时间太长了，这就告辞。"

"那怎么行，平素，请还都请不来哩，小女遇上你这位兄长，前世修来的啊。"杜家豪一片诚意，"留下便餐，我们再聊聊。"

雷明客随主便，留下小聚，杜蘅知道雷明在北平读过大学，随即着人到小门口经营北平烤鸭的王顺兴卤菜店买了一只烤鸭，并请店里师傅片了鸭皮，配了黄瓜条、葱丝、豆酱、面皮等，开饭时往桌上一放，把雷明的眼睛看得直愣愣的，主人的盛情不言自明。此外，满桌是南京时令菜，荤素搭配，色香俱佳。桌上还置了一瓶金陵春，不算名酒，但味

第二十九章　望眼欲穿的邂逅

醇平和，杜家豪兴致颇浓，与雷明对酌了几口。几个大人，除杜家豪、雷明，还有杜老夫人、雷太太和杜蘅边吃边聊。两个小孩不作声，埋头拣各自喜欢的菜肴大快朵颐。餐毕，雷明拱手作别，杜蘅让等一等，即刻转身去了卧室，取了一个小本本递给雷明，将他拉到一边悄悄说："进入使馆后，了解到的重要信息都记在里面了，您来了正好，也许时过境迁，没多大用处了，您看看，多少能掌握点情况。"

"孤军奋战，着实不容易，回去我一定认真看。"说着，把家庭住址告诉了杜蘅。

这时，女佣将准备好的回馈礼品交给杜老夫人，老夫人转手给了客人，雷太太客气了几句，也不见外地收下了。

杜府私家车老牌道奇已停在巷口等待，杜家豪握着雷明的手说："往后，就把我这里当成你的家，随时都可以过来相聚。"

"谢谢老伯，谢谢。"雷明打躬应道。

而一旁，两个在一块还不到半天的孩子，正拉着手久久不放，女孩眼里有泪光闪烁，方圆见状，上前帮她抹泪，又将一个玩具塞到她手里，女孩破涕为笑。这一切，没逃过大人们的目光，都开心地笑了。若没战争的阴霾，人世间，人与人这般相处多美好啊！

第三十章　火烧五台山日本神社

禁毒运动告一段落后，警署的事务又恢复了平时的样子，偷鸡摸狗，打架斗殴的事依旧层出不穷，关涉政治的案件暂时没有发现。正常地上下班，周末照休，反正黄翔没有一个家，周末他很少外出，留在洪源车行帮助吴崇礼打理，时间一长，他居然学会了修理三轮车、黄包车的一些技术活。一些顾客认定他门槛精，往往找他维修，他也乐于接手。吴崇礼看了，嘴上不说，心里却直夸他来事，有两把刷子。

日子像飞轮在转，又到周末了，黄翔照旧来到车行，吴崇礼已在那块了，让他回宿舍休息，或者上街转转，找点快乐。这一说，倒提醒他想回殷高巷老房子一趟，旋打了声招呼就离开了车行。基于职业谨慎和敏感，他没有从长乐路、新桥过去，而是绕道从集庆门入内，再经花露岗进去。此行的目的，是去看望发小阿龙一家，顺便打听一下杜玫的消息，尽管时间的侵蚀让他对两人的重逢已看得很淡，不抱多少希望。但终究还是放不下，那青梅竹马的纯真岁月，那刻骨铭心的仲夏夜，不是说想忘就忘掉的。一些有关她跟日本人的牵扯，他半信半疑，也许，只有两人见面掏心掏肺才能真正了解真相。可是，会有这一天吗？自己在做的事业诚然崇高，却也平添种种限制，因而，重逢可能只是一种奢望。

到了阿龙家，阿龙双亲喜不自胜地接待了他，却没见到阿龙，被告知阿龙在胡家花园练武哩。其父问："要不要叫阿龙回来？"舒晨说："不用，我过去，正好看他练武哩！"

胡家花园，又名愚园，前临集庆门鸣羊街，后倚花露岗，是晚清著名的江南园林，有"金陵狮子林"之称。追溯其历史，最早为明代中山王徐达后裔徐溥的别业，后易主徽商汪氏，再易主吴用光。乾隆之后，斯园逐渐败落，同治十二年（1873），候补知府江宁人胡恩燮辞官归里，购得此园故址。光绪初年构筑重建，彼时胡氏正是仕途得意之时，为标榜清高，"自以为愚"，更其名为愚园，老百姓习惯地叫它胡家花园。辛亥后，毁于战乱。此处离阿龙家咫尺之间，没走多远便到了，眼前断壁残垣成荒野，浊水污泥塞路径，舒晨只觉得心里发酸。再一看，一伙人正聚于一幢倒坍的阁楼前，有打拳的、玩石锁的、耍花枪的，还有练三节棍的、擒拿的，杀声四起，好不威猛。舒晨像着了魔似的看呆了，他实实在在地看到了一股正气，一种力量。他们大概就是阿龙所说的"爱国者同盟"的成员吧！

　　正当他张扬思绪之际，眼尖的阿龙看到了他，跑过来将他拉到众人面前，大声说："弟兄们，看看他是谁？"

　　"这不是殷高巷的阿晨吗？"一个瘦得像麻花秆的年轻人凑上来，"我是钓鱼台的罗承鹏啊，不记得了，我们还同过学哩！"

　　"记得，记得。"舒晨回应，其实他真记不得了，但不能让人家感到没趣。

　　"我叫栓子，赵栓，小门口的，我们一道去过瓦官寺。"另一个五短身材的青年说，刚才就是他在玩石锁，力气大得惊人。

　　"是，是，在瓦官寺，我俩还掰过手腕哩，你赢了。"舒晨笑道。

　　"阿晨如今是个小老板了，指不定什么时候能资助我们添置些器材哩！"阿龙有些兴奋，口不择言。

　　"那就看这位老板，能不能做到了。"一个胳臂上文着青龙的络腮胡子硬邦邦地说。

"承蒙诸位抬举，舒某会尽力去做。"舒晨不得不作出许诺，"耽误诸位练武了，不好意思。"

"漂亮话少说，哥们儿要看行动。"络腮胡子又说，语气依然很重。

阿龙察觉到气氛有点怪，说："阿晨这趟是来看望我娘老子的，我这就带他过去，大伙儿继续练。"

返回的路上，尽管阿龙问这问那，舒晨却不回答，他有心思了，他后悔自己草率、疏忽，就不该出现在这样人多的场合，何况还有一些儿时的同学玩伴。不管阿龙介绍的老板身份，别人信还是不信，客观上是一次暴露，尤其是阿龙有关"资助"的话，也是欠考虑的，有漏洞，会引发别人的各种猜想，这对今后的工作，恐怕会带来麻烦。

舒晨的沉默，也触动阿龙检点起自己刚才的言谈举止，醒悟到不该那样介绍舒晨，那不是将关注的目光吸引到舒晨身上了吗？而作为一名地下工作者，引人注目可是大忌啊！再有，络腮胡子说话怎那样冲，好像憋着一口气，不该呀，络腮胡子是他的铁哥儿们啊，他了解此人。

回到阿龙家，见舒晨沉着个脸，老两口面面相觑，不知发生了什么，又不敢问。阿龙故作镇定，让座沏茶，而后支开父母，不等他开口，舒晨便闷声闷气地问："那个络腮胡子是什么人？"

果然不错，舒晨摆脸色正是因为此人，阿龙说："对不起，要怪就怪我，我不该拉着你跟大伙儿见面，更不该那样介绍……"

"谁要你对不起。"舒晨气未消，"我是问络腮胡子。"

"噢，我说，我说。"阿龙像犯了错的小学生低着头，说起了络腮胡子。

《水浒传》中有个人物叫镇关西，是华阳县状元桥下的一名卖肉的屠夫，姓郑，人称郑屠，绰号镇关西，原来是个破落户，曾被鲁智深揍得鼻塌嘴歪，名声很臭。而这位络腮胡子也是一名卖肉的屠户，安徽芜湖人，在门西饮马巷经营一家肉铺，姓郑，没什么文化，在夫子庙听书知道有个郑屠户跟大名鼎鼎的鲁智深有交集而暴得名声，也不管这名声是好是孬，遂给自己起了个名字镇关东。人长得五短三粗，又有一脸黢黑的络腮胡子，两只眼铜铃似的，但他讲义气，做生意从不短斤少两，穷人买肉称秤时总是翘翘的，因此人缘不错，与几百年前那位镇关西大相径庭。跟阿龙相识源于此人父亲病故，在阿龙家定做了一对石狮子，一公一母置于父母合葬墓前，令他十分满意，就这样两人你来我往，很是投缘。

南京沦陷前两年，不知什么原因他把肉铺关了，人也消失了。日本人来后一年，人们又在饮马巷看到他了，只是他未恢复肉铺，而是开设了一家"关东武馆"，亦称关东道场。原来这几年，他去了湖北武当山修行，自称是武当山三丰派的门生，以"养生练功，防身保健"为宗旨，具有尚意不尚力、四两拨千斤、以柔克刚、后发制人等特点。武术门类有软硬功、浑元功、绵掌功、八卦拳、形意拳、玄武棍等数十种之多，武馆开设之初门庭冷落。后来他在饮马巷搭了个台子，自家门徒比武，又请了本埠小报记者撰文鼓噪，一时名声鹊起，报名习武者络绎不绝，经严格遴选留下三十余名，从此活跃于门西一带。有了武馆便有了立足之地，更有了扩张想法，只是不知下步如何动作，于是找阿龙商量。阿龙认为，如今国难当头民不聊生，武馆只提养生练功，防身保健，未免太狭隘，于事无补，劝他往抗日救亡方面着力。两人争得面红耳赤，血脉偾张，最后镇关东说不过阿龙，表示"听大哥的"。不久就有了民间抗日组织"爱国者同盟"，镇关东是发起者之一，人员发展到五十余人。开头，也只是练武，对涉入抗日救亡有过商议，一时争执不下，到目前，情况大致如此。

听了阿龙漫长的叙述，舒晨来了兴趣，棱角分明的清瘦脸上有了喜色，他说："看来，这位镇关东要比镇关西复杂，不是一个简单的角色。但你们这个'爱国者同盟'，倒是很值得重视，哥，我们就此来议一议可好？"

"好啊，你不来，我还打算去找你哩！"

"抗日救亡，这目标定得好，其成员是些什么人呢？"

"我们的大门是敞开的，是凡要跟日本鬼子斗的都吸收，人越多越好。"阿龙说："我好像跟你说过，在我周围什么人都有，各行各业，三教九流，只要不怕死，敢拼命都要。"

"这可不行，既然是个战斗组织，人员不能复杂。否则，人心难以聚拢，行动起来会出现意想不到的事，甚至会带来危险。"舒晨说。

"那怎么办？"

"凡是邪头八角的，五二带鬼的都不适合留在同盟内，人要正派本分，能吃苦，敢拼命的。"舒晨说。

"你这要求太高了，大伙儿都来自底层，难免有这样那样的问题。"阿龙说。

"也不能急，指望一下子整顿好，见机行事吧！"

接下来，舒晨问起"爱国者同盟"下一步打算，阿龙遂把预设的行动方案作了介绍，大致有三个方面：

跟日本空手道打擂台，煞煞日本人的威风。镇关东执意要干，因为日本神道馆一再寻衅，甚至扬言要砸关东武馆，镇关东受不了这口气，闹着要一决高下，而且非赢不可，此事一直被阿龙压着，没有实施。

三山街有一家日本料理店，生意不错，顾客多为日本人。而材质、作料却由中国个体工商户供应，可在作料中放毒，引发中毒事件，震慑小鬼子。围绕这个方案，同盟几个头目争执不下，有人认为这主张好，容易办到。另有人则竭力反对，说不能把一般日本食客等同日本鬼子，

第三十章　火烧五台山日本神社

殃及这些人，有违中国人待客之道，不可取，后被否决了。

五台山，日本占领军设有一处纪念战殁者的神社，颇具规模。旁边还有一个日本特务机关，倘发动一次火烧神社，必将在国内外引起巨大反响，无异于在战场打了一场大胜仗。同盟内多数人主张这么干，但日本鬼子警卫森严，难度很大。见舒晨来了，想听听他的意见。

"兹事体大，不可轻举妄动。"舒晨拧着眉毛，想了想说："让我考虑考虑，三天内给你回答，供你们参考。"

"那，还是你来这块？"

"不，'承蒙'你在众人面前'恭维'我一番，我不宜再在公开场合露面。这样，三天后礼拜天下午三点，你以顾客身份去一趟明瓦廊洪源车行，我在那块等你。"舒晨说。

"行，不见不散。"阿龙说着，将舒晨送出门外，走了一截，看着他朝花露岗方向去了，这才踅回。

至于舒晨原先想打听杜玫的事，这会儿已无暇过问，他要急着回去向吴崇礼汇报"爱国者同盟"及其行动的事，仿佛一分钟也不能耽搁了。集庆门门口，有黄包车夫向他揽生意，他摆了摆手，沿着古老的城墙根，迈开大步，一径往前。

回到洪源车行，吴崇礼不在，舒晨转身来到三元巷沧浪池，吴崇礼正在泡澡哩，他索性也进去泡上一泡。稍息，他跟吴崇礼说有要事汇报，两人匆匆穿好衣服来到后院的宿舍关门谈了起来。

舒晨汇报了面见阿龙以及"爱国者同盟"的相关事情。

"这个阿龙了不得，居然捣鼓出一个爱国团体。"听罢，吴崇礼大加赞赏，并对同盟的行动方案谈了自己看法。他认为火烧五台山神社，乃惊人之举，可以考虑。然而，实施难度确实很大，但一旦成功，对小日本可谓致命一击，这需要作充分准备，不能让同盟单独行动，要引导和配合，要把神社周边环境摸清楚，总之，不打无准备之仗。

"上级有过指示，一般来说，我们不主动去发动大规模的群众运动。但如果民众自发地组织起来并开始行动，我们不能袖手旁观，要介入进去，因势利导，朝着正确的方向去努力。"

"这是必须的。"舒晨说："我想今儿个下午或者明天到五台山神社周围去转一转，回来再向你汇报，商量具体做法。"

"你跟我想到一块去了，你能作战前侦察，是再好不过了。"

话到这里，似乎差不多了，忽然舒晨问："哥，前面谈'爱国者同盟'，我提到了镇关东这个人，你是怎么看的，我有点吃不准。"

"他恨日本鬼子，这一点应没有问题。"吴崇礼说："至于他对你的蛮横，不着调，大抵是自视甚高，个人英雄主义吧？！"

"会不会另有他图？"

"我想不会。"吴崇礼说："他见你一个陌生人突然出现，有所警戒，也在情理之中，只是过于激烈，让人讨嫌。"

"要是我不去练武场所，而是请阿龙父亲把他叫回来见面就好了。"舒晨说："我不应该贸然出现在公众场合，这是个教训，至于镇关东，再继续观察吧！"

"尺有所短，寸有所长，没有谁是完美无缺的。"吴崇礼说："不能单凭一两次接触的印象来论断一个人，对镇某，同样如此，阿是啊？"

"对，对。"舒晨说："但愿他是一条汉子。"

午饭过后，看看没有什么急事要办，舒晨在吴崇礼的招呼下，从洪源车行拉了一辆黄包车，将自己改了一下装束，充当黄包车夫出发了。路上拐弯抹角，穿大街走小巷，还顺带做了两笔生意，拉了客，赚了钱，一个多钟头便来到五台山。此山地处南京城中偏西，清代曾是丛葬地，著名诗人袁枚坟茔即在此处。民国初年，建有一座颇具规模的关帝庙，后毁于军阀混战。南京沦陷时，因毗邻金陵女子文理学院，经魏特琳等外籍人士从中斡旋，辟为难民区。之后难民区撤销，日本军方在此设立神社，用以供奉日本天照大神像和日军在华阵亡者之骨灰盒，为其招魂。它是仿造日本东京靖国神社建造的，舒晨来到附近时，眼前是一座日式庙宇，屋顶是黑色瓦片，棕红色梁柱，据说内有宽敞的正殿，正殿两侧是米黄色的厢房，厢房内建有一排排方格，存放亡灵骨灰。大门口有全副武装的日军把守，除持证凭吊者外，一律不准入内。外面还有游动日警，整个神社圈以铁丝网，夜晚有探照灯不停地照射。舒晨将黄包车暂放在一棵梧桐树下，掏出烟点着，坐下歇歇，目光却不停地观察着，心想，这么严密的防范，下手很难。准备离开，心又不甘，他拉着黄包车转到西边，那块儿背街，山坡上有几匹战马，或卧或立，在休憩，在觅食。而靠近西厢房则是马场，堆放着一摞摞马料，他看了又看，怦然心动，如果点燃马料，引起爆炸肯定能波及西厢房。这一来，那些存放亡灵的骨灰盒，必然会葬于火海。这一想，他立马拉着黄包车迅速离开，客也不拉了，回到洪源车行。

见了吴崇礼，他将自己观察五台山神社的情况和感受一一道来，然后说："小鬼子，名副其实，鬼得很。然而，践踏中国的土地，残杀中国人民，死了，却把灵位放在中国供奉，这对我国是极大的侮辱，决不能容忍。再有家父正是在这里被日军枪杀的，血海深仇，不共戴天。返回时，一路在想，如今机会到了，一定要将这个神社毁掉。"

"我有同感。"吴崇礼说："的确不容易，但干成了，影响非同小可，能不能就从马场下手呢？"

"只要设法接近马场，点着火，就能成。夜里干，探照灯固然不利，但马料存放处有一排灌木林，辨认了一下，是黄杨，长有一人多高，可躲避灯光照射。"舒晨说："关键是要物色一个胆大心细不怕死的人去做。"

"这就要指靠你那位兄弟阿龙了。"吴崇礼说。

"是的，我与他有约在先，礼拜天下午他会来车行见我，到时再跟他商量。"

"这样好，我就不出面了，多听听阿龙的想法，倘不成，再想办法。"

礼拜天的上午，天空飘着细雨，阿龙以购车为名来到洪源车行，舒晨将他带到后院住处，没有一点客套，直接把自己"考察"五台山神社的经过说了一遍。

"这事可行，干成了，就好比在恶魔谷寿夫脸上连扇几个耳刮子。"阿龙说："让这个一手制造南京大屠杀的日本第六师团师团长知道南京人的厉害。"

"每一个细节都要考虑到，由谁去干，人要选准。"

"我那块有的是拼命三郎，这你放心，就等着听好消息吧！"

临别前，舒晨将自己绘制的一幅神社地形图交给了阿龙。此外，又从账房先生那里支一笔钱，对阿龙说："那天，你当众宣布我是小老板，会捐助你们，我也答应了，不能赖皮呀，你带走，当着镇关东他们的面说一说，免得他们多想。"

"还是你想得周到，我这就回去。"

回家后，阿龙并没召集同盟全体人员开会，而是将几名骨干喊来，商量火烧神社的事，并展示了神社地形图，他暂时没提舒晨捐款的事，怕引起众人的联想。

"这地图绘得精细，出自哪位高人之手啊？"一位卖梨膏糖的小贩问。

"龙哥自有龙哥的路子，别七岔八岔的。"镇关东说："就商量一下怎么办吧!"

"对!"在场的齐都呼应,围绕着摊在桌上的地形图各抒己见。

"秃子头上的虱子,明摆着,复杂而危险,就看由谁去干?"阿龙说。

"我。"玩石锁的说:"我有的是力气。"

"我去,我一个拉黄包车的常去那块,不会引起多大注意。"

"我光棍汉,没爹没妈,没儿没女,死了无所谓。"拾破烂的说。

大伙儿争着报名,没有一个孬种,屋子里张扬着一般凛然的正气,仿佛能把屋顶掀翻似的。

"这事,弟兄们就别争了,还是我去,我那武馆自开馆起,小日本一直来寻衅,我受够了气,总算等到了这个机会。"镇关东拍拍胸脯,"要让小日本鬼子知道,南京人不是软蛋,不是那么好欺负的。"

在同盟里,众人都能感受到镇关东的霸气,平素在花销上,他对大伙儿也有这样那样的照应,他这一说,谁都不开口了。

"我看,就镇关东兄弟。"阿龙知道他的脾气,他要做的事,别人很难拦住,弄不好,反遭误解,造成隔阂,引发矛盾。虽说他与人相处过于强势,但他沉稳干练,做事牢靠,在这支成分复杂、各有技能的队伍中,真正能挑大梁的,也非他莫属了。

事情就这么定了,镇关东又将五台山地形图拿在手上反复地看,记在心中,就这样他仍觉得不踏实,决定去实地再勘探一番。

清明将近,正好给他提供了一个机会,他备了鲜花和香烛、纸箔等祭品出了武馆,婉拒了馆内门徒的跟随。大伙儿以为他是给父母上坟,可他父母葬在南门外,而他去的是五台山,他知道那块到处都是坟包子,却没一个是他要祭祀的。此行,不过是个由头,就算给四处游荡的野鬼尽点孝心吧!他点香烧纸,不远处就有日本巡逻兵在走动,但并未前来干预，于是乘机观察起来，脑子里对照了一下，地图画得不错，而马场正是下手之处，但有半人高的铁丝网阻隔着，必须将其剪断方能抵近神社。眼前，警卫森严，白天根本不用想，只有夜里下手。踩点后，心中有数了，一路没遇麻烦回到了武馆，着手准备。

翌日午后，镇关东看了看天色，临晚雾收，飘起了淅淅沥沥的毛毛雨，他想正是下手的时候。之前，他已写好了《告市民书》和遗嘱，遗嘱抄了两份，一份送监护人阿龙，一份让阿龙留转他在芜湖老家的儿子，《告市民书》送本埠一家民营报社，并叮嘱事后启封。另外是《财产分割意见》，抄了两份，一份给监护人阿龙，一份让阿龙留转儿子。当天，遗嘱均已送出，他感到一身轻松，时间过得很慢，他有些烦躁，心想去得不能太早。直到九点了，才携上两斤汽油、一只老虎钳、两盒洋火、一团泡泡纱，统统放在一个布包里，出门叫了一辆黄包车直奔五台山。在距山脚一百多米处下了车，付了钱，见车夫掉转头去了上海路，他才边观察边往既定目标走去。不见星月，雨还在下，夜色很浓，他弯着腰，尽可能躲避探照灯的照射，蹑手蹑脚地进入灌木林，贴近铁丝网，然后用老虎钳绞断铁丝网。正准备往里钻时，突然从南头大门口方向传来狼狗呜咽的吠声，他吓了一跳，停止了脚步，静观事态变化。约过了分把钟，又恢复了万籁俱寂，他猫着腰钻了过去，靠近草垛了，便从包里拎出小型铁皮汽油筒，拧开盖，泼向草垛。紧接着用洋火点燃泡泡纱抛上草垛，顿时火光冲天，守夜的日军见状，惊恐中子弹乱飞，但都朝着草垛方向。见火势越烧越旺，神社也着火了，砖木炸裂声不绝于耳，他快活地笑了，赶紧撤离。谁知没走几步，被乱弹击中，嘣地栽倒在地，鲜血从他脑袋和胸部汩汩地流了下来，他再无声息，走了……

次日，汪伪的报纸，在显要版面报道了火烧五台山日本神社的事，标题就骇人听闻，什么《国共联手，火焚神社》，一时间整个南京城议

论纷纷,沸沸扬扬。午后,本埠一家民营晚报提前出版,刊载了镇关东的《告市民书》,全文如下:

> 敝人乃一介草民,在门西饮马巷经营一家武馆,以"养生练功、防身保健"为宗旨,与世无争。赖因日寇驻地神道馆唆使浪人多次上门寻衅,念及南京沦陷至今,日寇烧杀抢掠,无恶不作,还将战死者之亡灵祭于我国土,辱我之民众,吾忍无可忍,甘愿拼作一死,火烧神社。此举系吾一人所为,望勿牵涉他人,殃及无辜。在此与同胞诀别之际,吾心坦然,为国捐躯,死得其所。吾祈祷尽早将日寇赶出中国,中华民族胜利万岁。镇关东,民国三十三年,清明之际。

该报一出,万人争购,奔走相告,原来这才是火烧神社的真相。而汪伪政权恼羞成怒,几天后封锁了报馆。然而,专制可以扼杀舆情,却禁锢不了人心,汪精卫已去东京治病,迭传病危,日寇在东南亚、太平洋屡遭败仗,南京已是岌岌可危。人心不死,希望在人间,夜将尽,人们正张开双臂迎接即将到来的黎明。

第三十一章　福昌之夜

在日本驻华大使馆，上上下下百十号人，最忙的要数杂役卞师傅了，每天他总提前一个小时上班，打扫房前屋后，清理垃圾，侍弄花草。他不受待见，却又无处不在，板寸头发覆盖着一张敦厚的方脸，见人就笑打声招呼却并不多言，职业虽说卑微，愣是不可或缺。

这天是礼拜三，院子围墙边的夹竹桃，已打苞即将绽放，他在往土中施入腐熟的有机肥，以提高土壤肥力，促成漏斗状的花冠开得更加艳丽。忙了一会儿，他感到内急，就近到文印室一侧的厕所解手，进去后听到有压抑而低沉的咳嗽声，便坑门关着，有人在出恭。等了好一会儿，也不见出来，会是谁呢？鹰犬般特殊的嗅觉让他想看个究竟，木制门已很陈旧，做得也不严密，有条窄窄的缝隙。他小心翼翼地凑上去，只见那人蹲坐在马桶上，正在一手拿着一个小本子，一手在抄写，头微微低着，他还是看清了，是文印室的沈哲，抄什么，干吗要在厕所里，其中定有见不得人的地方。老卞琢磨着，他迅速地从口袋里掏出随身携带的微型照相机，想拍摄下来，可是门缝实在太窄，即便拍了，也看不出名堂。他又观察了一下，便坑的门只有半截，大半个人高，他灵机一动，登上台阶，双手高举，居高临下"咔嚓"一声，按下快门便闪身离开。身后传来"谁？"的追问声，等沈哲收拾好出来，老卞已拖着板车整理院内的垃圾了，他问了声："卞师傅，刚才见到谁没有？""噢，我只顾埋头干活，没在意。"说完拉着板车往别处去了。沈哲嘀咕了一声："见鬼了。"便回到文印室，老卞每天都这样干活，司空见惯，沈哲压根儿就没朝他身上去想。

他见杜蘅在伏案工作,想把刚刚发生的这件怪事告诉她,听听她的分析,可是,彼此的关系还没到无话不说的地步,何况这密电码是他立功的见证,他不想跟别人分享。杜蘅又不是同一营垒的人,他得留一手,但伤脑筋的是,谁在监视他,对他来说后果又将如何呢?他忐忑不安起来,甚至想到危险正在向自己逼近,他开始清理写字台和文件柜里的资料,以防不测。

再说杂役老卞将拍摄后的照片冲洗之后转给了使馆特高科,引起特高科的重视,只是单凭沈哲抄写的镜头,而不知抄的是什么,一时尚难作出判断,便让杂役继续观察。西尾和夫的一位老乡在特高科做事,无意中将此事泄露给了西尾,西尾知道沈哲与杜蘅同室办公,最近关系有所改善,还为杜蘅提供了一些情报,起码可视作同路人。事情一旦到了特高科,就不那么简单了,他为沈哲担心,随即找到杜蘅告知此事,让杜蘅通知沈哲赶紧撤离。尽管沈哲老于世故,却不敢大意,只是想到杂役随时可能出现,或在暗处盯梢,他不知如何是好。这时,杜蘅提出由她佯装胆结石发作,而让沈哲护送至鼓楼医院,然后抽身逃走。沈哲想想便采纳了,由此,他进一步看出了杜蘅的友善和诚意,便将自己抄录的那份密电码交给了杜蘅。杜蘅会意地看了他一眼,便将密电码锁进了保险柜,两人什么也没带就出了门,倏又将门带上。开始,杜蘅躬身吃力地挪着步,沈哲一旁搀扶,藏在一丛茂密的美人蕉后面的老卞,看得一清二楚。没走几步,杜蘅突然瘫倒在地,嘴里不停地痛苦地叫唤,沈哲迅速蹲下身子,将她背了起来往前走。

"杜干事,这是怎么啦?"老卞走过来问道。

"胆结石发作,腹部绞痛。"杜蘅气喘吁吁地回应,忽又作呕吐状,少息又说:"麻烦沈干事送去鼓楼医院……"

"要么我送，我力气大。"老卞说。

"你事多，就不给你添堵了……"杜蘅驮在沈哲背上应道，没有停下直往前走。

老卞判断杜蘅的病不像是装的，而且两人是空身啥也没带，医院又靠得近，快的话个把两个钟头应该回来，于是，便没坚持去送。

进了医院，患者不少，排队挂号拿了11号，只好在候诊室等，沈哲想陪她一块等。

"你糊涂啊！"杜蘅几乎发怒了，"好不容易争取到这个机会，赶紧跑，跑得越远越好。"

沈哲像被猛击了一掌，连个"谢"字都忘了，转身穿过往来的人群出了大门。

果然不出老卞所料，不足两个钟头杜蘅步履迟钝，精神萎靡地回来了。一旁正在除草的老卞走了过来，关切地问："医生怎样说，没大碍吧？"

"老毛病，时有发作。"杜蘅虚与委蛇，"谢谢关心。"

"沈干事呢？"老卞问。

"他早就回来了啦。"

"没见人呀！"

"不会吧，我挂了消化内科第11号，怕他等，就让他先回了。"

"这家伙……"老卞恨得咬牙切齿。

"怎么啦？"杜蘅佯装不知。

"他，他是卧底，溜啦！"

"怎么会呢？"

"千真万确，特高科正准备对他动手，没想到这家伙如此狡猾，先走了一步。"老卞说。

第三十一章　福昌之夜

"真是知人知面不知心。"杜蘅茫然说道："共事那么长时间，竟没发现。"

"他是个老手，不好对付。"老卞气急败坏地将锄草铲子猛掷在地，走开了。

杜蘅暗自发笑，沈哲的逃离让她甚感安慰，而老卞身份的暴露，让她明白接下来可能面临的直接交锋，她提醒自己得倍加小心。

午饭时，杜蘅把沈哲逃离的事悄悄地跟西尾说了，西尾听了赞道："你这一着，可谓是不动声色地达到了目的，很高明。"

"谁要你夸的？"杜蘅撒娇地推了西尾一下，"不过，还真的危险，老卞盯得很紧，想想都有点后怕。"

"就差一步，特高科已准备行动。"西尾说："但愿沈哲能远走高飞。"

两人都感到释然，心情不错，西尾说晚上世界大剧院，李香兰有一场独唱会，约杜蘅去看。李香兰是日籍中日双语歌唱家，在东亚红得发紫，杜蘅一直喜欢她的歌，家中还有她灌的唱片，今天能见真人，对西尾的邀请欣然接受。

世界大剧院就在都市最热闹的新街口，到了才听说，李香兰今晚演出之后，明日就去上海天蟾大舞台作告别演出，十分难得，杜蘅挽着西尾的胳臂，感激地看了他一眼。

金丝绒的帷幕轻启，李香兰风姿曼妙，眸含清波的倩影一出现，全场掌声雷动，歌曲有《渔家女》《昭君怨》《恨不相逢未嫁时》《身世飘零》，还有《他总有一天会回来》，听到这首歌曲时，她蓦然想起了舒晨，不知他哪天才能回来？只觉得眼角有点发酸。而后是《海燕》《东京夜曲》……歌曲一首接着一首，真不愧为歌后。中文、日语交替，天籁之音，撩人心魄。杜蘅听得入迷，头倚在西尾肩上，时不时低声应和着，最后压轴是《夜来香》，清亮优雅，稍带哀怨的声音在大厅里缭绕：

  那南风吹来清凉／那夜莺啼声凄怆／月下的花儿都入梦／只有那夜来香／吐露着芬芳／我爱这夜色茫茫／也爱这夜莺歌唱／更爱那花一样的梦／拥抱着夜来香／吻着夜来香／夜来香

  这意境，恰似沉入花一样的梦，西尾左手揽着杜蘅，使她一下子回想到当年跟舒晨一块看电影的过去。她有点伤感，不由得打了个寒战，西尾感觉到了，凑上去，在她的额头上轻吻了一下，她报之以温婉的回吻。演出结束，李香兰一连谢幕三次，观众这才恋恋不舍地离去。走出巷口，邮电局附近就是车站，时间已不早，西尾要送杜蘅回家，孰料杜蘅说："走，我们去福昌。"

  "你说什么啊？"西尾怕是听错了，问道。

  "去福昌坐坐。"杜蘅说，而后拉着西尾向几步路外的福昌走去。福昌是有名的老字号饭店，其店名寓意"福泽四海，昌隆四方"，属西式现代派建筑，装饰典雅，小巧玲珑，已被日本人征用为招待所，日本使馆人员自然可以入住。两人在大厅办了手续，坐电梯上了三楼，打开一扇客房的门，杜蘅的心思，此刻西尾似是明白了，看样子两人要在这里过夜了，这不会是奢望吧？

  进了房间，拉开灯，西尾没有安顿杜蘅先在沙发上坐下，而是急切地走向墙角的电话台拿起话筒，拨动了号码，这失常举动引起了杜蘅的警觉，莫非他另有所图？于是便跟了上去，一手按住了号码转盘，正色问道："你想做什么？"

  西尾一怔，转瞬笑道："想给总台拨个电话，让侍应生送香槟和点心过来，怎么啦？"

西尾的话，反倒让杜蘅尴尬起来，觉得自己敏感得过分了，忙找了个借口说："让我们在两人世界里共享这温馨美好的夜晚，不要任何人打扰，好吗？"

"噢，谢谢你的心意。"西尾也没多想，随口应道。

楼外街道上光怪陆离的霓虹灯光柱不停地闪烁着照进房间，杜蘅上前去拉窗帘，哪知地板刚打过蜡，她脚下一滑重重地摔倒在地，半截假肢露了出来。西尾见状，惊愕失色，赶忙过去将杜蘅搀扶起来，坐上沙发。

蓦地，他想起一件往事，一天，他约杜蘅去附近的鸡鸣寺参观，谁知杜蘅回道："算了吧，我腿脚不便，上不去。""哦，我看看哪里不舒服，要不要上医院。"他关切地说。只见杜蘅脸上掠过一道阴影，没搭理他，转身就走开了。见状，他一时慌神了，莫非她有什么难言之处？而自己的关照反倒触碰到了她的隐私了？他估摸杜蘅的腿脚有毛病。还有一次，夏日，他和杜蘅母子在玄武湖划船，湖面上的风不小，只见杜蘅左腿裤管在风的吹拂下有点空落落的，不像是正常人的样子。他想问怎么回事，见她与儿子笑逐颜开，兴致正浓，况且，这关涉她的隐私。两人相处很长时间了，她不说，自己却去问，尽管自认为是关心，但实际效果很可能是对她的不尊重，是一种冒犯。为此，在这件事上，他告诫自己，一个字不提。只是，心中的疑惑依然存在。没想到今晚，就在眼前，真相大白了，他心中充满了怜爱，却不知说什么是好，怔住了。

一直以来的猜想终见结果，西尾心生怜悯，她怎么会遭此磨难却又无比坚强呢？他被震惊得一时失语，像木桩似的站着，一动不动。

"过来呀！"杜蘅伸手去拉，让他坐在身边，想起刚才西尾召唤侍应生和搀扶，她揽了过去，两人紧紧相拥。泪水止不住流到她白皙的脸颊上。

"呛（小姐），能告诉我这腿是怎么回事吗？"西尾仿佛在祈求，握住她的手。

"什么也别问别说。"杜蘅应道："就让我们俩这样静静地待在一块。"

"不，你如果还拿我当朋友，请一定要告诉我。"

"噢，"杜蘅微微叹声说道："是应该让你知道了。"于是，她将自己在青龙山为救村民而遭日本飞机碎片袭击，随后被送医截肢的过往大体说了一遍。

"这实在是一件英雄壮举。"西尾接上话，"听了，我有一种负罪感……"

"这与你有什么关系，你想多了。"

"不，我是日本国民一分子，日本侵华，滥杀无辜，而我又曾是一名日本军人，是有责任的。"说着，他起身欲走。

"你什么意思？"杜蘅试图拦他。

"对不起，我不能再跟你待在这里了。"西尾支开她的手。

"怎能这样说呢？"杜蘅茫然不解，不想让他走，"留下吧！"

"不。"西尾断然说："再待下去不合适，不能这样。"

"我不这样认为。"杜蘅仍想挽留他，"爱，无关乎战争，是天生的，自然的，缘分到了，就会发生，谁也阻挡不了。"

"你听我说。"西尾已完全冷静下来了，"美惠子，我曾经爱过的人，用肉体服务于日本军国主义的扩张，死心塌地地效忠天皇，而被千人骑万人压。而你却用残缺之躯在挽救自己国家的危亡，人品之高下，云泥立判，我不配。"

"唔——"杜蘅似有触动，心想，人总有情感和生理的本能，又怎么关乎人品呢？她一时还想不通。但既然西尾说得那么认真，她尊重他的抉择。

"何况，你是一个有先生有孩子的人，我冒犯了，真的很抱歉。"西尾又说道。

"别说了……"杜蘅怏怏回应，但西尾的话倒是提醒了她，早上离开家时，儿子一直在咳嗽，感染了风寒，自己怎么就忘了？而且，过往，只要人在南京她从不在外面留宿。如此一想，她决定回去，遂穿好衣服，取下衣帽架上的鹿皮小包，放在肩上走出房间。西尾已明白她的心意，跟了过去，送她上车站，途中两人没说一句话。到了车站，西尾讷讷地说："你我的关系到此为止，往后只能是一般朋友。"

"随你。"杜蘅应道："夜晚你住哪块儿？"

"当然是福昌。"西尾苦涩地笑了笑，"我一个单身汉，住哪里都一样，无所谓。"

"祝你晚安。"杜蘅说。

"晚安。"西尾应道。

这时，车到了，杜蘅上了车，向西尾挥了手。瑟瑟夜风中，西尾目送公共汽车慢慢消失在浓重的夜色中。

回到钓鱼台的家，已近午夜，平时这会儿眼前应该是黑漆抹乌了，可今晚不同，大厅里灯火辉煌，莫非有贵客来访？进去一看，全家人都在，儿子一见她便扑了上来，带着哭腔说："妈妈，我还以为你不要我了……"这话像锋利的箭矢一下子击中了她的心窝，泪水夺眶而出，赶忙一把搂紧儿子，安慰道："怎么会呢，你是妈妈唯一的宝贝，疼你还来不及哩！妈妈有事耽搁了，对不起，今后不会了。"

"妈妈，我要天天见到你。"

"一定，绝对。"杜蘅在儿子头上亲了又亲，又问道："不咳了？"

"嗯，服了药，好多了。"舜英说。

小姨见这母子二人如此，感动得泪花闪烁。

"不早了，收拾收拾早点休息。"父亲吩咐道，没有一句深究，没有一句责备，父爱让她感到无比的温暖和深刻的愧疚，她只回了一句："谢谢爸。"便携着儿子回到卧室。

这一夜，她怎么也睡不着，反复地想，莫非自己真的错了，又错在哪块呢？人，追求自由自在的生活，弥补爱的缺憾，于人性，于天理是否相容呢？但不管怎样，她受不了儿子那晶莹的泪水，她也能想象父亲平静外表下内心的忧虑。她现在已有了"上线"雷明，在使馆的工作仍将继续，还有跟西尾之后的相处……想着想着，她不由得怨恨起舒晨来，都怪你，倘若你在，这一切也许都不会发生。你倒好，几年了，隐身不见，把亲生儿子丢给我一人，而孩子又小，我无法向他解释人间的爱与恨，你叫我怎么办？然而，一触及舒晨来，她又想起陆纲、雷明曾经对她说过同样的话，那就是难以得知的舒晨处境和他的难言之隐，真的是一个谜，只有等到见面的那一天真相才能大白。如此一想，她又觉得自己有可能错怪了他，尽管是无望的期待，也应该多加体谅才是……乱七八糟的种种想法，纠缠着她，困扰着她。儿子睡在身边的小床上，好像睡得也不沉，嘴里叽哩咕噜地说着什么，听不清，也许是在抱怨妈妈吧，她这样估猜，又自责起来，直到临天亮才合了会眼。天亮了，儿子叫醒了她，看了儿子一眼，见他容光焕发，她欣慰地笑了。她想，什么时候，这人世间才一直有笑呢？这时，儿子对她说："妈妈，快去洗漱，外公外婆等你吃早饭啦！"

"好，好。"她赶快忙乎起来。

第三十一章　福昌之夜

第三十二章　洪公祠外遭厄运

　　火烧五台山日本神社事件，已过去了一阵子，但仍是南京市民茶余饭后的谈资，传颂着镇关东这位孤胆英雄的非凡之举。镇关东的《告市民书》的公布，拆穿了日伪所谓"国共共谋策划火烧神社"的谎言，也让外界调侃南京人是"南京大萝卜"的说法难以成立，这一说法的原意，是指南京人头脑简单，老实巴交，质朴憨厚，大大咧咧，不会察言观色，缺乏心机城府，甚至委曲求全，懦弱卑怯。南京沦陷之初，成百上千的南京人被少数日军俘获射杀的事例，似乎足证有关南京大萝卜的诠释。但是，镇关东的所作所为，完全颠倒了这惯常的认知，表明南京人还有坚韧不屈，敢作敢为，杀身成仁，不畏牺牲的一面。镇关东不幸罹难了，却像一支熊熊燃烧的火炬，照亮了这座城市在夜色如磐的日子里摸索前行，增强了抗战必胜的信心和力量。

　　住在明瓦廊洪源车行的舒晨跟吴崇礼在一块，自然要谈起镇关东。

　　"这件事等同掘了日寇祖坟，国内外都知道了，日本鬼子丢脸丢大了，焉能善罢甘休。但镇关东《告市民书》说了，事情由他一人所为，警告日寇勿殃及无辜，想把事情闹大，只能是自扇嘴巴。"吴崇礼说："据说最后日汪合谋吊销了镇关东的武馆营业执照，遣散了武馆学员，好像也就到此为止了。"

　　"是这样，阿龙跟我说了。"舒晨说："再有，阿龙还告诉我，镇关东另一份遗嘱，将武馆房产设备和银行存款留三分之一给在芜湖老家的独子，其余三分之二赠予'爱国者同盟'，由阿龙作为监护人支配用于抗日。这个人真不简单，最初我对他曾有诟病，是我偏狭，误解他了，遗憾的是再也不能向他当面致歉，心里很难受。"

"他不愧是爱国志士，一个真正的英雄，抗战胜利之后，我们应当为他举办公祭。"吴崇礼说。

"完全应该。"

"好了，我们且把这件伤感的事放下，今儿个我要告诉你一个好消息。"

"我能有什么好消息？"舒晨不信，"能活着跟小鬼子干就是好消息。"

"可是，跟小鬼子干的不独是你我，我那未曾谋面的弟媳杜蘅，也一直在跟小鬼子干。"

"杜蘅是谁？"舒晨不解。

"就是你的爱人杜玫啊，她早已打入敌人的核心机构……"

"是吗，哥，快说！"舒晨催促着，他实在等不及了，"消息可靠吗？因何改这个名字呢？"

"斗争需要，就跟你化名黄翔一样。"吴崇礼笑了笑，"亏你还是文科大学生哩，杜蘅，乃香草，化自屈原的诗句'被石兰兮带杜衡，折芳馨兮遗所思'，屈子颂扬杜蘅，《离骚》中不独一处，多哩！"

"啊，我的亲人，我的爱妻。"舒晨热泪抛洒，失态地哀求道："哥，告诉我，她在哪里，我要见她。"

"组织正在安排之中，你们是同一出发点，同一终点站，但却是两股道上跑的车，按组织原则，是不能直接见面的。"

"可我一天也等不及了，求你帮帮我。"

"一旦安排好，我会及时告诉你，要万无一失啊，兄弟，耐心点。"

这一话题刚了结，吴崇礼又说出了一件舒晨没想到的事，他即将上调首都警察总监署，接替他科长职务的是一个叫郝不冬的女人，吴崇礼不熟，是从别的系统调入的，吴崇礼要舒晨言行举止多加小心，勿落人把柄出事情，并许诺等他在总监署站稳脚跟，掌控一定权力后再设法将他调过去。

"调个女人来当科长，这倒稀奇。"舒晨说："原先这块有你罩着，安全得多，做事也少顾忌。"他多少有点忐忑不安，"不过，我会随机应变的。"

"好在中区分署长没变，他，贺文泰是个有胆识的正派人，是老爷子的门徒，老爷子眼他打过招呼，让他对你多加关照。"吴崇礼说："因此，你不用担心什么，该干啥就干啥，她郝不冬总不能无事生非故意刁难吧！"

"我想也是，大伙儿一口锅里吃饭，总会相互照应的。"舒晨只能接受既定现实。

隔了两天，吴崇礼调走的当日，郝不冬在分署署长贺文泰引领下来到治安科与大家见面。眼前的郝不冬，中等个头，戴一副银边眼镜，眉清目秀，文质彬彬。在贺文泰做了简单介绍后，她逐一地跟每个人握了手。跟舒晨握手时说了句："你，黄翔？我好像在哪里见过你，请多关照。"似乎是引而不发，说罢就转向另一个人了。对每个人也都不忘"请多关照"四个字，再加上"恪尽职守""同舟共济""中日亲善""共存共荣"的套话，但给舒晨的总体印象是平易谦恭，只是，她怎么说在哪里见过我呢？舒晨的记忆，一时却想不起。

他想不起，没错，他确实没与郝不冬打过照面，他在明处，而郝不冬见过他，准确无误，她在暗处。那是舒晨去战地服务团之初，郝不冬和他同在逍遥镇，郝不冬潜伏在镇上的小学教书，看过他编写的快板演出和发生的乱象，而且她与叛徒、汉奸汪一波多有联系，只是没有被发现。她也听说过他和汪一波的先后失踪，不久，驻地游击队展开"肃特""缉捕"斗争，她借上县城购买教材之名逃回南京，一直在教育部门做事，因推行奴化教育有功，且在业余时间，对处置民事案件颇有研究，调来警察系统，擢升科长。

见到舒晨，事出偶然，让郝不冬十分得意，仿佛是上天的安排，立功的机会到了。会见一结束，她就跟着贺文泰来到分署长办公室，迫不及待地讲述了舒晨的过往。

"他不叫黄翔，原名舒晨。"郝不冬说。

"是吗？"贺文泰心中咯噔一下，回想起两年之前曾有一个叫汪一波的检举过这事，他贺文泰碍于跟师父吴锦坤的关系，将此事捂住，最后不了了之。没料想，郝不冬的出现却又风波再起，他不能不重视了，朝郝不冬抬了抬下巴，吩咐道："继续说。"

"其实，更早，在中央大学读书时，我就知道他，他念的是中文系，我念的是园艺系，看上去不搭界，可他是×匪悉心栽培的学潮领袖之一，领头上街抵制日货，宣传抗日，出尽了风头。后来听说汪一波被毒死，我甚至怀疑是他背后指使，而前不久，火烧五台山日本神社，恐怕他也脱不了干系。"

"你说这些，有证据吗？"贺文泰暗自吃惊，却强作镇定，"兹事体大，不好瞎说喔。"

"怎么会瞎说，中大那会儿的事，在南京城我可以找几个当年的同学出面指认，至于汪一波的死和火烧神社，我们可以向主管部门申报之后去寻找证据。"

"这事别急，待我向总监署报告后再说。"贺文泰拟用缓兵之计，"事情当下就你知我知，切勿外传。"

"行。"郝不冬说，犹豫了片刻，又问："贺署长，这黄翔是怎么来的？"

"本署事多人少，编制不足，他是按正常程序招聘的。"贺文泰察觉到了郝不冬像是另有所图，他有点恼怒，"怎么，你怀疑起我来了？告诉你，一个黄毛丫头，初来乍到，别指手画脚的。"

"岂敢，岂敢？"郝不冬嘴上这样说，心中却有了判断，黄翔来此，绝没有贺文泰说得那么简单，里面肯定有交易，甚至包藏着不可告人的阴谋，她不想再纠缠下去，便施礼退出。

回到自己的单独办公室，她感到心中憋闷得慌，随手打开窗户，七月末的风吹到身上，非但没有凉意，反倒暖烘烘的。她又将窗户关上，打开老式法国电扇，谁知电扇嗡嗡作响，转了几圈，便罢工不动了。她气不过直摇头，又打开壁橱，见有一瓶三星牌白兰地，拔开瓶塞，倒了半杯，慢慢品尝起来，借机平复糟糕的心情，终于理顺了思路，她要赌一把，不只要让黄翔原形毕露，缉拿归案，而且还要扳倒贺文泰，取而代之。

下班后，郝不冬回到家，依然闷闷不乐，丈夫谢晖见状问有什么事，开始，她不想讲，贺文泰那盛气凌人羞辱她的话让她难受，此刻她只想休息。可是，她又急于谋划应对之策，谢晖在军委会调查统计部做事，也有反谍防谍、内部保卫、搜集侦察重庆政府和中共军队暨根据地情报等任务。论夫妻关系是一家人，论工作性质近似一家人，不跟丈夫说又能跟谁说呢？她这一琢磨，便把上任首日发生的事和盘托出。

谢晖听了，沉吟一刻说："这事要慎重，那个黄翔，我也认识，当年中大举办辩论会，我方是我一手布局的，却处于下风，他作为对方辩手，出尽了风头。高手啊！至今我这口气还窝在心里。可以动他，但务必要取证，让事实说话。至于你们署长贺文泰，你赶快打消这个念头，他的情况我们掌握，后台硬得很，知不知道他跟褚民谊沾亲带故，而褚氏是汪主席政府核心人物之一，曾当过行政院副院长兼外交部长、中央党部秘书长，还是中日文化协会理事长，日本人也很看重他，万一你触碰到贺文泰，事情捅到褚民谊那里去麻烦就大了，你我都得倒霉。"

"你这一说，我身上都冒冷汗了。"郝不冬说："贺文泰的事，那就暂时放一放。"

"不是放一放，而是取消这一想法。"谢晖发怒了，"你想升官，我想保命，你真要那样干，我们就算和拉倒，离婚！"

"干吗说得这么严重？"郝不冬有些吃惊了，"别生气了，听你的还不行吗？"

"头发长，见识短。"谢晖作为情报专员，官大她几级，终于发出官威，"必须按我的意见办，拿到证据后交给我，我来处置。"

郝不冬不再吭声，夫妻的争执到此为止。

第二天，谢晖上班后，直接向调查统计部分管副部长做了报告，副部长对这一情报很是重视，肯定他反应迅速，问他下步打算，他表示先作个文案呈报部长批复，然后对黄翔实行抓捕。

"你这是孔夫子打哈欠——一口书生气。"副部长听了直摇头，"尽快行动！"

"是。"谢晖，"但总得有个文字东西吧，以便向外宣示。"

"难道你没听说过'欲加之罪，何患无辞'的说法，搞政治的，不管什么党派都搞这一套，什么'发动学运''反日''投奔×匪游击区''潜伏警界''火烧神社'等等，抓到手之后再编排文字对外发布不迟，明白吗？"副部长一通训斥。

"部座教诲，如雷贯耳。"谢晖说："我得掌握他的活动轨迹，准备一下，明天就动手，将他抓捕归案。"

几乎在这同时，舒晨处境危险的信息，贺文泰已及时告知吴锦坤、

第三十二章　洪公祠外遭厄运

吴崇礼父子，让他们作好应对准备。

原先，特派员已作出让舒晨杜玫夫妇，明天中午在新街口大三元酒家重逢的决定，并由吴崇礼安排，但没料到，迟了一步。舒晨在煎熬中过了一夜，次日照常上班，不就再熬半天嘛，到了中午，他就可以见到几年来魂牵梦绕的爱人了，那将是何等幸福的时刻……想到这些，脚步变得轻松起来了，很快就靠近洪公祠中区警署了。突然，按谢晖指令行动的郝不冬斜刺里闪身逼近了他，他已有预感转身就走，哪知有两个便衣朝他扑过来，将他铐了，押上停放在一边的铁甲车，呼啸着飞驰而去。也就半天时辰，真是天地玄黄，瞬息万变。

同样的夜晚，杜玫也经受着万般煎熬，哪是什么度日如年，简直是度分如年，度秒如年。她回想着跟舒晨从小到大经历的一件件往事，有欢快，有苦涩，有甜蜜，有悔恨，她想象着见面的情景，思虑着说些什么。这事，她暂时没跟家里人说，因为雷明通知她时，要她绝对保密。起床后，她特地换上舒晨离开南京前，仲夏夜她穿的那件白底蓝花旗袍，化了淡妆，接着去了殷高巷东头三栈楼烧饼铺买了六块舒晨最喜欢吃的椒盐酥烧饼，寓意六六大顺。

作了必要的准备后，拎了鹿皮小包先去使馆上班，她步行出钓鱼台，经新桥走一段长乐路往左一拐，就是三山街车站。等车时，头晕，差点栽倒。离家时还好好的嘛，怎么会这样，难道是心灵感应，家里发生了什么事？她在站台的长椅上坐下，定了定神，放心不下，遂往回走，回到家见一切如常，安静得很。父亲去缎号了，儿子由奶妈送往附近的荷花塘小学念书去了，小姨见她脸上气色不好，问她哪块儿不适宜，她只说心慌，就回房休息了。她补了一觉，醒来时已十点多了，离约定的见面时间不到两个钟头，她重又打理了一下，出了门。

到了三山街，只听报童在喊："号外，号外，匪谍落网。"她一惊，叫住报童买了一份，见上面赫然印着大号铅字："匪谍舒晨，今晨落网。"她未及细看，仿佛被谁猛推了一下，猝然倒在地上。周围人凑过来，有好心的母女俩叫了一辆黄包车，将她送到附近的市立第一医院。经诊断，因精神受刺激所致，并无大碍，服了点镇定药物，休息了个把钟头，自己能慢慢走动了，便在医院门口叫了辆黄包车拉回钓鱼台的家。

见面，也许永远无望了，自己的命运怎么就这样惨呢？如果自己和舒晨不卷入这场旷日持久的抗日斗争，事情会不会是两样呢？这想法一冒头，她随即又呸呸朝自己吐了两口。再糊涂也不能这样糊涂啊，家与国，孰轻孰重容不得混淆颠倒，只是他一进囹圄要受多少罪啊……想到这里，她啜泣起来。

这时，杜家豪从缎号那边回来了，他也看到号外了，见女儿那样痛苦，快步走了过去，像儿时一样，将她揽在胸前，替她抹着眼泪，劝慰着："不哭，不哭……"其实，他心里同样难受，但此刻在女儿面前却不能有丝毫的失态，他竭力压抑着自己的情绪，说："这份号外，起码说明了两点：一、他还活着，能想象活得不容易，吃了不少苦，受了不少罪，但活着就好。二、从敌人罗列的那些所谓罪状，足见他是个顶天立地的汉子，我为有这样的一个女婿感到骄傲。"

杜玫止住了哭，抬起头，目光闪亮地望着老人，哀求道："爸，您要设法救救他。"

"应该。"老人说："于公，为了这个国家。于私，为了这个家庭。我会动用一切关系，哪怕倾家荡产也要营救他，女儿，你一定要放宽心。"

杜玫听了，头埋在老人宽厚的胸际，又"嘤嘤"地啜泣起来。

正在这时，儿子又蹦又跳唱着歌儿由奶妈接回来了，杜玫赶紧抹干眼泪，又将号外藏了起来，强颜欢笑地迎了上去。

第三十三章　仰天一笑从兹去

　　都说父爱如山，家里出了这么大的事，杜家豪觉得自己得像山一般挺立着，下面要做的就是想方设法营救女婿。这几年，无论是生意场上，还是参与"扶轮社"等关涉慈善事业的活动，他认识了一些人，其中就有几个日本人。尽管这些人有头有脸，但舒晨这个案子性质不同，一般人出面斡旋是不管用的。思来想去，他觉得丸羽纺织株式会社南京分支的坂本细川比较合适，此人热心，在商言商，对政治不感兴趣，一谈起中日交战，他总用别的话岔开。但是他跟铃木晋夫参赞走得很近，而铃木是个大人物，倘能出面，舒晨或可有救。于是，杜家豪找到坂本，不提具体是什么事，只说因生意上的事，需面见铃木。坂本也没多问，便去了大使馆见了铃木，铃木爽快地答应了。其实，铃木也有事有求于杜家豪，这是后话了。

　　杜家豪坐着自家的老式道奇来到鼓楼岗日本大使馆说明来意，卫兵联系上铃木，准予进入大使馆。只见办公大楼底层的廊檐下，铃木已在招手相迎，两人遂进入会客室，几句客套话后，杜家豪托词说舒晨是他一位已故世交的儿子，将营救的事说了出来。

　　"要是别的事，好办。"铃木咂了咂嘴，"只是此人所涉乃重案、要案，我帮不上什么忙。"

　　"这孩子参加学潮，抵制日货是事实，年少轻狂，误入歧途。"杜家豪说："其余指控，多为编造，请铃木君明察。再说，小女在你身边，为贵国效劳，我焉能容忍别人谋逆呢？"

"不，你可能并不了解事情真相，他不是一般的匪谍，仅策划火烧神社一事就能判其死刑。"铃木一脸无奈地说："军方是不会从轻处置的，不过我可以疏通一下，让他少受皮肉之苦，舍此，无能为力。"

杜家豪听了，明白路已堵死了，奢望成空，他只好欠身告辞。他不知道的是吴锦坤、吴崇礼那边也在为营救舒晨费尽心机。吴崇礼已调入南京总监察署，他曾在同事中试探过，有无可能设法将舒晨救出来。可是一了解，舒晨是由特务机关日本陆军联络部直接管的，总署难于置喙，显然此路不通。蓦地，他想起一个日本人，叫什么来着，啊，高桥，是名少将，来过几次"沧浪池"修脚，居然把困扰多年的顽症脚气病治愈。因此，对吴老爷子一再感谢，还赠送过日本濑户药师窑制作的吉祥物答谢。这条路子不妨试一试，他将自己的想法对父亲说了，老人表示可以跑一趟，但把握不大。报上说舒晨为"匪谍要犯"，惩处势在必然，生命危在旦夕之间，老人不敢拖延。父子交谈次日，老人便从洪源车行叫了一辆三轮车，直奔中山北路一侧大方巷路口的日本"中国派遣军"总司令部，他让车夫在门口候着，自己去向守在门口的卫兵交涉，说要见高桥将军。一名军曹凶巴巴的不作回应，持枪就要把他赶走，这时一名少佐走了过来，问明情况，说："叫高桥的有三名将军，你要找的是哪位啊？"

老人只记得高桥二字，情急之下，说："就是那个有脚气病的高桥将军。"

"噢噢，是他，高桥弥生少将。"少佐笑道："他在，进去右首第二幢大屋顶房子便是。"说着给老人指了指路，到了屋前，又有卫兵查询，老人是青帮大佬怕过谁，就冲着卫兵吵了起来，惊动了伏案办公的高桥弥生，出了办公室转向大厅看到一个熟悉的身影，快步向前，惊喜地躬身喊道："啊，老先生您怎么来啦？"

"多日不见，想您了，高桥君。"吴锦坤朗声回应。

"请进！"高桥弥生引领着老人进入一侧的会客室。

"足疾没再发了吧？今天我带来新近自家焙制的膏剂，倘高桥君足疾再发，涂抹上去药到病除。"

"啊，承蒙关照，足疾已痊愈，膏剂我当留着备用，多谢啦。"高桥弥生凝视着老人说："老先生今日光临，不知有何吩咐？"

吴锦坤旋即谈起舒晨的事，说孩子自小父母双亡，他便收养了这个远房亲戚的孤儿，将他抚养成人，视同己出。未料少不更事，中了邪，走上旁门左道，恳求高桥看在他这副老脸，赏个面子，法外开恩，放他一马。出去后，当严加管束，让他为中日亲善效劳……

"老先生说了很多，您的心思我懂，遗憾的是这桩事不归我管，爱莫能助啊！"

老人吃不准高桥这话是推诿抑或实情，自尊心提醒他无须屈膝哀求，遂说出另外一个想法："我也不晓得他会关到什么时候，指不定哪一天一命归阴，可怜的孩子。高桥君，您能不能帮我说说，让我们爷儿俩见上一面？"

真实情况是，管事的陆军联络部与高桥弥生在同一层楼办公，高桥是训练部的，彼此都是熟面孔。不知日军部门与部门之间是否各司其职，严禁"穿帮"，还是高桥怕自己出面营救会引火烧身，影响仕途？不过，见老人一脸愁苦凄惶的样子，他心生怜悯，心想这个舒晨的案子交由联络部来办，早晚必死无疑，临死之前亲人能见上一面，也是人之常情。虽说事关"匪谍"，但恻隐之心，让他作出了选择，他想帮这个忙，也用来答谢老人治愈他多年顽疾的情分，于是说："这事，我来想办法，倘能定下，我会派人到沧浪池禀报您。"

总算留下了一点期盼，吴锦坤谢过便返回了。很快就得到高桥回复，准许见面。

约定的日子到了，吴锦坤循例从洪源车行叫了一辆三轮车，三元巷到关押舒晨的羊皮巷也就一站路。天上似有欲无地飘洒着零星的雨点，四月天，本该是春光明媚，今儿个却犯嫌，闷得人喘不过气来。老人穿着一身灰布夹袍，额头上沁满汗水，折扇忘带了，只好伸出手掌不停地扇。到后，自报家门，先前看守所已接到通知，只检查了一下携带的食物便放行了。今天，日本特务机关似乎特别开恩，没让他们隔着铁窗相见，而是开了一间空室。

见到老人，舒晨又惊又喜，说："伯父，真的是您，我不会在做梦吧？"

"是我。"老人上下打量着舒晨，不信似的问，"没受刑？"

"那倒没有。"舒晨说："只是不让睡觉，白天夜晚连轴转地审问，人困得要死。"

没受皮肉之苦？老人感到困惑，他不知道杜家豪面见铃木晋夫，铃木作出了从中疏通少受刑讯的许诺。然而不让睡觉，目的是消磨摧毁人的精神和意志，这也够狠的了。时间宝贵，只允会见半个钟头，简单问了几句，老人便将有关信息说了。

"最重要的是，杜小姐打进了日本人的核心机构日本大使馆，几年来，一直跟你一样做着地下工作……"

"是吗?!"舒晨激动得蹦了起来，"竟然没能见上一面，也怪我。"

"你们是两股道上跑的车，虽然终点站是一个，要防止撞车，只能按规矩办。"老人说："不用说，这很遗憾，但在你们的组织，不一直是这样做的吗？"

面前的老人究竟是什么身份？舒晨疑惑了，试探地问："伯父，您也在组织吗？"

"不，我只是你们的同情者，我的儿子、女婿是你们组织的人，尽管他们从未向我透露过，可我从他们的所作所为能察觉出来，以为他们行得正，立得直，我自然要跟他们站在一块了。"

"啊，伯父，您真了不起。"舒晨无比感佩地说。

"应该做的。"老人抚了抚苍髯，"不说这些了，还要告诉你一个好消息，你有一个儿子，如今已有七八岁，娃儿俊朗刚强，天资聪颖，未来定是逸群之才。"

"我的儿子，可能吗？"舒晨似乎不信。

"你离开南京之前，跟杜小姐是否在一起？"

"天天在一起呀！"

"木古啊。"老人哭笑不得，"你干脆告诉我，两人有没有同房？"

"这……"舒晨想起了那个难忘的如胶似漆缠绵悱恻的仲夏夜，羞涩地捂着脸，点了点头。

"你再数数天数。"

舒晨掰着手指，来回数了两遍，欣喜地说："不错，七年多了。"

"这不是秃子头上的虱子——明摆着的嘛。"老人说："娃儿外貌个性综合了你们夫妻俩的长处。"

"您见过？"

"我没见过，是有人听杜小姐说的。"

"啊，我有后啦，有后啦！死，多大的事呀，真的哪一天枪毙，我会坦然面对了。"舒晨已丝毫没有挂碍，笑得一脸痴样。

"我岳父岳母，两位老人家都好吗？"

"也都好，你就放心吧。"老人宽慰道："原先，杜小姐想随我一块来看望你，可是，日方只准我来，这是很无奈的事。不过，回去后，我会及时将你的情况让人转告她的。"说到这里，老人打开随身携来的拎包，从里面取出两样东西，说："这是杜小姐特地让我带给你的。"

舒晨急迫地打开来，原来是门西小门口王顺兴卤菜店的盐水鸭和殷高巷三栈楼烧饼店的椒盐酥烧饼，这是他自小就喜欢吃的，舒晨感动得说不出话来，也不顾手脏不脏，抓起烧饼就往嘴里塞。老人怜爱地看着，不作声，生怕打扰舒晨这贪婪的"享受"。

接见的时间差不多了，舒晨问了问吴崇礼的情况后，向老人出示了三件东西。

一是泥巴捏的一尊茶杯大小的塑像，向老人介绍："这是杜玫，太想她了，放风时在院子里取了泥巴，捏了多次，才觉得有点像，一直放在床头朝夕陪伴着我。想到我的日子大概不多了，请伯父带给她，就说我一天也没忘了她。"说着，他从缝合的衣角取出心形雨花石吊坠，说："这个，是她送给我的爱情信物，我得留着，告诉她，这件东西一直在我身上，无论严冬酷暑，风雨交加，两千多个日日夜夜始终伴随着，我要让它一直陪伴着我，直到回到大地母亲的怀抱。"最后，他取出一只空墨水瓶，老人看到里面有两只活蹦乱跳的蛐蛐，这是什么意思，不等老人问明，他说："蛐蛐，放风时在墙角逮着的，啾啾啾的叫声，悦耳动听，委实是在弹奏美妙的乐曲，听到它，我就不再感到寂寞和孤独，烦您老人家带给我那娃儿。"

"留着陪伴你。"老人说。

"不，孩子都七岁了，我却没给他一点爱，我这处境，又不可送给他什么，太亏欠娃儿了。这蛐蛐，娃儿应该会喜欢的，就算我这个不合格的父亲聊表心意吧！"舒晨说："只要大限不到，我还会逮蛐蛐的。"

"好，照你说的办。"老人感知到了这份简单难得的父爱，继而说道："你别灰心，我们在动用各种关系营救，争取你早日出来。"

"古人说过'月缺不改光，剑折不改刚'，伯父，我有思想准备，任其自然吧！"

第三十三章　仰天一笑从兹去

这时，日军看守已出现在眼前，一老一少唯有分别。

自去年夏初，正面战场，中日两军展开了为时八个月的豫湘桂会战，互有胜负。总体上，国军迭遭惨败，相继失守洛阳、衡阳、桂林、柳州等大中城市。但接下来的次年四月打响的湘西雪峰山会战，严重挫伤了日军气焰，迫使敌人重兵南移。而在中共领导的敌后抗日战场，也开始了局部反攻，各根据地的地盘和军队人数都有了长足发展。就拿靠近南京的华中来说，新四军主动地有计划地对日伪军发动了一系列攻势作战，到去年年底，华中抗日根据地已发展为苏北、苏中、苏南、淮北、皖西、浙东、鄂豫皖七个根据地，极大地改变了各地区的斗争局面，客观上已形成对南京这座汪伪首都的包围。日军败象已经显露，但末日前的疯狂挣扎仍在进行，一方面展开了对各根据地的"清乡"，一方面抓紧反谍刑侦。尽管有铃木参赞的"关照"在先，一度对舒晨"开恩"，毫发未伤，但后来陆军联络部的特务还是对舒晨动了刑，老虎凳、辣椒水、烙铁，一样不少，死去活来。在"火烧五台山神社"一事上，他就是不松口，不承认，特务也拿不出佐证，最后只好拖着。可没过多久，谷雨前夕，日本华中派遣军支队以"不留后患，一律正法"为由，决定对关押的政治犯执行死刑，舒晨在劫难逃。其实，他早有预感，最近看守所戒备加强了，取消了放风，平常可以阅读的汪伪报纸也不再派送，这一切不都是征兆吗？他清楚大限将至，也就听之任之了。死亦何苦，只要值得。可惜，自己再也见不到杜玫母子，也不能到母亲坟上祭扫了，深深的遗恨像锋利的刀片凌迟着他的心，真是人生缺憾。可是，古往今来，多少仁人志士，又有谁的人生是圆满的呢？再想想，留下缺憾，像断臂的女神维纳斯那样，那也是一种美，纯洁而崇高……

正在他思绪飞扬之际，看守打开号子的门，他像挠痒似的摸了一下缝在上衣胳肢窝处的雨花石吊坠，抹了下脸，又拢了拢蓬乱的长发，伸出双手让铐上。在看守所的院子里，被押送的日本兵推进铁甲车，见里面有六名认识和不认识的难友，谁也不说话。闷罐子似的囚车发动后，在黎明前的夜色中呼啸着，一路向城郊开去。约莫半个钟头，在一处空旷的草地上停下，他看到了不远处高耸的天线杆，这地方以前来过，一见天线杆便晓得是江东门外，那是中央广播电台所在地。

很快，他们被解除了手铐，日军军曹分别给他们发了铁镐和铁锹，几个人瞠目而视，不知小鬼子玩什么名堂。这时，一名上尉军官开口了，说："今天是日本战神山本五十六罹难日，为纪念他，法外开恩，免于诸位吃子弹，让你们挖坑保有全身，自我了断。"

原来如此，活埋。但四周是持枪的士兵，杀气腾腾，只好就范，各人手操工具干了起来。舒晨挥动长柄铁锹，弯腰不停地挖，几年前在淮北根据地，在楼王镇时，他干过此类活，可以说驾轻就熟。少顷，眼前就挖出一个坑，监管的上尉还呦西地夸了他一句。可一旁的小个子难友挥镐开凿，没几下就折了腰，痛苦得瘫坐在地哼哼唧唧。上尉见状，不由分说举起枪托便砸了过去，舒晨一见义愤填膺，难以容忍，拼尽全力挥起铁锹朝上尉劈去，将其脑壳砍了下来，他仰天发出一串狂放不羁得意的大笑，顿时刑场一片惊恐。一个少尉歇斯底里叫了一声"杀格哩"，便扣动扳机将舒晨击倒在地，他挣扎着想爬起来，少尉又连发数枪，与此同时其余六人无一幸免，日军将他们全部推入半就的坑里，铲土掩埋。临走前，又朝土坑举枪齐射，此后才登车朝城内开去。这时天色已大亮，旁边一棵高大的苦楝树上，几只乌鸦一直盯着这里，它们早已在此安家。等人都走了，这才扑愣愣地飞过来，在土坑上扒动利爪寻觅着，急迫刺耳又无奈的呱呱聒噪声，在这片荒野回荡着……

第三十四章　大使馆内的枪声

天塌下来了，杜府上下被悲恒的气氛笼罩着，唯有小方圆浑然不觉，不，是刻意对他隐瞒着。《匪谍舒晨罪恶昭彰昨已伏法》，本埠报纸作为要闻作了报道，每个字都像千钧巨石压在杜家父女的心上。自然也成了门西一带议论的话题，街坊邻居多有同情，个别幸灾乐祸者背地里喊喊喳喳，昔日人进人出甚是热闹的杜府变得门庭冷落。杜泰昌缎号的机工小心翼翼，不知会不会受到波及影响生计，为安定人心，杜家豪张贴出公告，宣布织机一天不停，员工薪水福利一样不少，产品质量指标一样不变，老板上班一天不缺。这"四个一"大白话通俗好懂，百十号机工像吃了定心丸，轧轧的机杼声日夜响彻在大小弄堂，秦淮河畔。

结局会是这样，杜玫想过，没料到来得这么快，她病倒了，一整天不吃不喝，头像遭到电击一般疼痛不已，又像有万千蚂蚁在里面骚动。小姨劝她，她嫌烦，只想一个人躺着，杂乱的思绪潮水般交替涌现，她想到自己接下来的处境，虽说她与舒晨的夫妻关系一直瞒着，使馆会不会深入调查？她这雇员职业还做不做，有没有坚持下去的韧性和意志？假如不做了，又如何向雷明这个"上线"交代？而让她想得最多的是儿子的未来，社会的变化发展谁也说不清楚，即便这场战争打赢了，把日本鬼子赶出去了，中国会成为怎样一个国家？儿子有舒晨这样的父亲，对他的成长乃至走上社会，是利还是弊，是好还是坏，这个问题既严峻又现实，对她来说一时还找不到答案。太难了，想来想去，也只有挨过一阵子，等事情慢慢平静下来再说，这样她骚动不安的心，才稍稍平复下来。

隔日是礼拜天，一早，父亲就把杜玫叫起床，让跟他到后院练八段锦。老人说："身体是第一宝贵的，精神更不能垮，留得青山在，不怕没柴烧。"

话很直白，寓意却深刻，老人不提舒晨蒙难一个字，心思，她懂。于是，她振作精神，按着套路跟父亲一块练了起来。有"黄口小儿"乌鸫划空而过，像一道黑色的闪电，悦耳动听的欢叫，让她感到少许的宽慰。

早饭后，她翻了翻刚送到的报纸，搜寻一下看看有没有舒晨的后续消息。没有，便陪儿子玩起游戏来，躲猫猫。正玩在兴头上，家佣来报有客人到访，杜玫让儿子自己玩，便前去接待。见是雷明一家三口，刚进门，小姑娘就嚷着要找小哥哥玩，自顾自往后院跑。妈妈也跟了过去，杜玫如久旱遇甘霖，把雷明请进客厅。

"事情，您知道了吧？"杜玫咽着声音说。

"当然。"雷明投以热诚的目光，"目前，你要镇定，照顾好自己。"

"慢慢调整吧，您放心。"

"其实，组织上也进行了营救，但没成功，实在令人惋惜难过。"雷明就把经特派员同意吴锦坤老人奔波之前后情况作了详细转述。

接着，雷明告诉她，从1927年至1934年，南京地下党遭到八次毁灭性打击，市委机关被破坏，无数共产党员和爱国志士倒在血泊之中。但前赴后继，抗战期间仍有几支人数不多的地下党在坚持斗争，只是没有正式的市委领导机构，在很大程度上，由中共中央华中局领导。书中涉及的有两条线，一是吴崇礼、舒晨及其联系的外围社团，开展公开的抗日斗争；一是他和杜玫这一情报系统，暗中进行谍战。二者先后以吴锦坤的沧浪池为联络点，由华中局情报部特派员领导，但两个系统互不联系，各自为战。

"嗯，明白了。也难为吴老太爷了。"杜玫听罢，"等一阵子，我会登门向老人致谢的。"她眼巴巴地凝望着雷明，"还有什么消息吗？"

"有，"雷明说着从拎包里取出泥塑递给杜玫说："看看像谁？"

杜玫左看右看，正看反看，莞尔一笑道："怎么蛮像我呢？哪块儿弄来的？"

"就是你。"雷明说："是舒晨托吴老太爷带给你的，在牢里他利用放风时间在院子里取土，反复捏了多次才做成，然后一直放在地铺头边陪伴着他。"

"是吗……"杜玫话没说完，抱在怀里失声痛哭。

"好了，好了。"雷明拍着她的后背，像安慰小妹妹似的，"不哭，还有哩。"说着又从包里取出墨水瓶，瓶盖上钻了几个小洞，"啾啾"的叫声从里面传了出来，银铃般清脆动听。

"蛐蛐！"杜玫止住哭声，"这个是……"

"舒晨让带给宝贝儿子的。"雷明说："他从老人那里知道了有个儿子，高兴坏了，在身边找来找去，说只有这蛐蛐算是留给没见面儿子的一个念想了，又说亏欠儿子太多，假如有来世再弥补。"

杜玫听了，又掩面哭了起来。

"最后，我要转告的是，你送他的那只雨花石心形吊坠，他留了下来，缝在胳肢窝处，说生生死死，让它陪在身边。"

"呜……他待我太好了，而我却亏欠他太多……"杜玫依然啜泣不止。

"这些话就不说了。"雷明怕她再扯上西尾的事，立刻引开话题，"最近，遇上了一桩麻烦事，在这悲伤时刻本不该提，可是，这事唯有你能做。"

"是不是有重要任务？您说。"杜玫擦干泪水，目光铿亮期冀着。

这样，雷明便由前年日伪签订的《关于镇江地区清乡工作中之中日协定》说起，谈到最近鬼子在苏中又有动作，组织上急需获悉日伪的清乡机构设置、地址、人数、工事和通道的地形图。

"事涉绝密，难度大，风险高。"雷明说："你考虑一下有无把握？要不，我们另想办法。"

"我不能打包票，尽力而为。"杜玫说："时间杠子[①]？"

"三天之内，越快越好。"

"行，搞到手，送到哪块儿？"

"送我北门桥7号住处，这三天我让你嫂子一直在家守着。"

"就这样讲。"杜玫边说边将雷明一家三口送出门，接着，把儿子拉到客厅，将墨水瓶递上，说："看看是什么？"

"蛐蛐。"方圆说："我在同学家见过，一直想要，妈，哪块儿来的？"

"你爸爸托人带来的，他想着你啦！"

"他在哪块儿，怎么不回来呢，我也想他呀！"

"这不是在打仗么，爸爸远在重庆，一时半会儿回不来。"杜玫又扯谎了，没办法，她不知如何向儿子如实地说清楚，"日本鬼子打跑了，我们一家就团圆了。"

"那好吧！"方圆开始逗蛐蛐玩了，杜玫生怕墨水瓶太小，蛐蛐憋闷坏了，当天带着儿子跑了一趟小门口，挑选了一只大的紫砂蛐蛐罐，又买了五谷饲料，儿子拉着她的手，兴冲冲地回到家。想想蒙难的丈夫和雷明带来的泥塑像、蛐蛐，还有他从不离身的雨花石吊坠，用情之深

[①] 时间杠子：南京方言说法，期限之意。

第三十四章 大使馆内的枪声

是一般男人做不到的，那样深沉，那样执着。而自己呢，她不敢再往下想，再看看眼前的儿子是那样的天真，那样的活泼，她怜爱地抚摸着儿子的小脸蛋，希望他长大后的那一代人不再遭遇战争。但严酷的现实，惨烈的战争仍在进行，为了早日结束这场战争，自己不能沉溺在痛苦中，必须去战斗。

她振作精神照例去了使馆，坐在写字台前，她发愣了，自己平常遇到的都是一般机密情报，而要想搞到鬼子清乡部署地形图难啦。怎么办，只有找西尾，因此，心中很是纠结。舒晨蒙难之后，她对自己的感情走私深感自责内疚，决心不再与西尾维持那样一种暧昧，甚至不想再见到他。但这是她一厢情愿，事实上不可能，当下就必须要见他，于是，她以送文件为名径往秘书室。西尾在，凭熟悉的气息，知道她来了，却只当没看见，不为别的，只因为舒晨的牺牲。他觉得自己插足人家夫妻之间，错了，不想也不该再与杜蘅接触，遂埋头写起什么来。杜蘅将一沓文件放在他面前，做法与之前一样，不同的是紧接着杜蘅的手指在写字台上轻轻敲了两下，他明白，这表明杜蘅有话要跟他谈。杜蘅刚离开，他跟了上去，故作惊讶地喊道："哎，杜干事，你送错了文件。"说着已靠近她。

"我有事急需你帮忙。"杜蘅低声说："当然你也可以不做。"

"鬼子在苏北、苏中有大动作，我急需搞到清乡部署地形图，内容为清乡机构设置、地址、人数、工事和通道等。"杜蘅说："倘得手，尽快给我。"

"巧了！"西尾压抑住兴奋说："昨天，陆军部就送来一份，锁在柜子里啦。不过，大使馆武官有可能随时调阅，拿不出来，但不管怎样，我来想办法，午饭前一准给你。"

"谢谢！"

"生分了不？"西尾苦笑笑，"起码，我们还是同事吧，说句是战友也不为过。记得跟你交过底，我是佐格尔情报系统的人，我们站在反法西斯的同一条战线上，你要相信我。"

杜蘅没说话，便走开了。

两人并不知道，从杜蘅进秘书室到西尾跟过来两人搭讪，全过程一直有双眼睛在盯着他们，此人就是杂役老卞。自打上次沈哲出走，他就对杜蘅加重了怀疑，又因为西尾跟杜蘅接触多，自然没放过西尾。但两人究竟是什么关系，在干什么，没有实证，弄不清，他不好贸然采取任何行动，只能利用杂役的身份四处出没尾随盯梢。

回到文印室的杜蘅，相信了西尾的承诺，其实两人之间有过那种关系，西尾并没什么错，他有爱的权利，错的是自己，她不应因此对西尾产生怀疑。估摸此刻西尾正在想办法搞到地图，时间一分钟、一个小时地过去了，看着几案上座钟不断地摆动，间隔的当当报时声，仿佛声声都撞击着她的心，她越发不安起来。临近午饭时间了，仍不见西尾的身影，她沮丧地叹了口气。此刻，不知怎么搞的，她一点食欲都没有，但还是往饭厅去了，这是她见到西尾的一个机会，看他有何反应。使馆高层另有高档食堂，这里是中低层官员和雇员用餐的地方，而杂役是没资格进来的。

天气溽热，夏天似乎急着提前来报到，几架大吊扇悠缓地悬空转动着。杜蘅从窗口打了饭菜，拣大厅偏后的僻静处坐下，目光却有意无意地巡睃着，蓦地，西尾进来了，两人目光交接，很快西尾打了饭菜，来到杜蘅跟前，在火车座对面坐下。

"地图取不出来，又有人不断来打岔，好不容易，断断续续，我依葫芦画瓢，仿制了一份，太紧张了，不敢保证精准，但大差不差，是可靠的。"说着，西尾从衣服口袋里掏出折叠的清乡部署地形图，看了一眼四周见无异样,便塞到了杜蘅手里,催促道:"赶紧行动!"

正是午休时候,杜蘅饭没吃一口,装模作样地把手中的筷子放下,就抽身离开了。饭厅门外的梧桐树下,她看到了老卞在扇着草帽歇着,她走过去,没见老卞跟过来。她当然不知道,老卞就是特高科的成员,一切行动悉由特高科指挥,特高科中佐课长交代过,西尾有可能是内奸,盯牢西尾比杜蘅重要。因而,他暂时放过了杜蘅,只恨自己分身乏术。

让他失望的是,西尾并未跟杜蘅一块走,而是回到了秘书处。

午休是个空档,再好不过的机会,杜蘅灵机一动,立马将情报送出去,她没回文印室,而是借上街购物之名出了大使馆。

雷明居住的北门桥,在珠江路西段,北为鱼市街,南接估衣廊,古代就很有名了,距大使馆所在的鼓楼不远。杜蘅招手叫了一辆黄包车,不足二十分钟就到了,在北门桥路口停下付了车钱,看车夫背向离开,她这才往7号住户走过去。门敲开后,见雷明妻子,她舒了一口气,没有多谈,将地图交给女主人便匆匆踏上归途。她必须在规定的一个钟头午休时间内赶回去,不能留下引起敌人怀疑的任何蛛丝马迹,她如愿了,提前五分钟回到了文印室。这时,她轻拍着自己的胸部,让咚咚加速跳动的心脏,慢慢安稳下来。

在同一时间,秘书室内,另一位回宿舍休息去了,只剩西尾一人,他先伏案小憩。少顷,却又忙乎起来,找出一份情报抄写,准备适时再交给杜蘅,他想以这种方式对自己的过失进行补偿,也想为迟早结束这场不义的战争多做一点事。但他没想到的是,此刻,老卞透过后窗正在监视他的行动,而且附近一堆杂物后面,已潜藏了两名特高科人员。

西尾只顾聚精会神地抄写着,周围的一切似乎都不存在了,明明是午休时间却不休息而是伏案作业,太反常了。老卞认定他八成就是内奸，手一挥，领着两名特工急速破门而入，扑上去将西尾铐了。

西尾心想糟了，但表面上依然镇定，冲着特工说："我是二秘，你们别弄错了。"

"抓的正是你。"老卞原形毕露，冷笑道："你埋得不浅啊。"

"我要见大使，我有话说，你们不能平白无故地抓人。"西尾发怒了。

老卞抖动着没收的文件和抄件蛮横地说："证据在这，有你说话的时候。"说完，就将他带到大楼后面的一处平房关押起来了。稍后，又将杜蘅抓了，关进了另一间平房。

杜家豪见女儿一宿未归，心中不安，猜想或许是事多繁忙夜间加班了，但总放心不下。次日上午派了他最信任的账房先生跑了一趟使馆，回答是临时去外地出差了，三五日就回来。杜家豪听了回话，将信将疑，却也没有别的办法了解真相，唯有等待。

三天后，从苏中传来消息，从江都往东经姜堰、海安、如东等地，日伪筑起的竹篱笆封锁线，被抗日军民纵火烧成一片，延绵上百里，烈焰熊熊，像一条巨大的火龙势若腾空。各地抗日军民开展伏击战、麻雀战，拔掉日伪军据点十余处，歼灭日伪军三十多人。消息传到南京，日本华中派遣军十分震惊，一方面部署新的清乡行动，一方面严查内部间谍。陆军部认定，清乡受挫，与西尾和杜蘅有关，责成分管的联络部对二人进行审讯。

审讯地点就在关押二人的地方，审前，陆军部下达三项指示：一、不捆绑不动刑，攻心为上。二、倘能招供出作案经过，并交代从事间谍的全部罪行，可免于极刑，另作他处。三、倘拒不认罪，顽抗到底，则就地正法。

主持审讯的是联络部一位大佐副部长，另有三名随行特工、一名记录员。先传唤杜蘅，话很直接，不绕弯子，问："你是怎样把清乡部署地形图送出去的？"

"什么图啊，我听都没听说过。"杜蘅佯作不知。

"我们翻看了使馆传达室出入登记，昨天中午整个使馆就你一人出去过，你去哪里，见了何人？"

"噢，不错，昨天是我母亲冥寿，母难日，我出生时母亲难产，我活下来了，母亲却死了。于是，我去了鸡鸣寺烧香许愿，祈祷母亲在天之灵安康自在，求她保佑全家平安纳福。"杜蘅看着大佐，"莫非这也有错？"

"你不是跟门口站岗的士兵说出去购物吗？"

"对啊，香烛是可供买卖的商品呀，贵国难道不是这样？"

大佐无话应答，遂转了话题："你跟西尾和夫是什么关系？"

"使馆同事，当然我只是一名雇员，跟他相比身份还是有贵贱之分的。"

"可是，人们发现，你和他走得很近，交往甚多，能说说是怎么回事吗？"

"哦，这个可能是我长得有几分姿色，他可能动心了吧！"说着，杜蘅发出一阵骄矜的笑声。

"假如他的回答跟你不一样呢？"

"可以当面对质！"

审讯，没问出什么实质性东西，回答也还自然实在，大佐决定暂时放下，择时再审。便带着三名武装特工去了后面一排单人房间的西尾关押处，西尾正在伸胳膊屈腿练功夫，见长官到，又有武装人员，知道灾星降临了，立于一旁恭候。

"坐下！"大佐命令式地说："你把窃取清乡部署图的经过交代

一下。"

"我不知道什么图不图的。"西尾平静地说。

"别装糊涂。"大佐掏出手枪放在桌上，以显示威严，"早就有人盯上你了，昨天上午你不是在紧张地抄写仿制吗？"

糟了，被抓住把柄了，已逃无可逃，在使馆他无背景，没人能救他，横竖横，他说："是的，是我得手了，送了出去！与他人无关，皆我一人所为。"

"送给谁？"大佐被激怒了，拍着桌子，"你是日本人，卖国，为什么要这样做，说！"

"无可奉告。"

"身为大日本帝国的国民，你为什么要背叛？"

"我是一名海洋生物学者，想为和平利用海洋出点力，可军部将我强征入伍，来到中国，移防多地，看到的是万千中国人倒在血泊之中，日本兵烧杀淫掠，无恶不作……"

"闭嘴。"大佐吼道："回答实质问题。"

"我会交代的，请听我把话说完。"西尾平静地说："在这块沦亡的土地上，我厌战，思乡，我想早日回国去侍奉年迈的父母，与新婚妻子美惠子团圆，继续从事我热爱的海洋生物研究。可是，万没想到的是，美惠子也被征召到中国充当了慰安妇，而且就在南京东郊汤山，以她的肉体为帝国扩张服务，可悲呀！"说到这里，西尾已是涕泪交流，大佐亦显错愕的神色，没有打断，让他继续往下说。

"目前，战争已进入第八个年头，仗打得怎样？大佐，您比我清楚，说句不怕冒犯的话，我方已是强弩之末，而内阁和军部却硬撑着，事态正一步步走向反面。我从未忘记自己是个日本人，日本是我的祖国，但我又怎能为这样的国家卖命呢？"

"这些你不用再说了。"大佐有点不耐烦,"说说你与那个中国女人杜蘅是什么关系?地图是不是你们合谋送出去的,之前还送走哪些情报?"

"杜小姐明眸皓齿,端庄大方,哪个男人见了不心动。从第一眼见到她,我就暗生好感,开始追她,不知她是否心有所属,一直跟我虚与委蛇,最后婉拒了我,两人就这种关系。"西尾故作沮丧,看了看大佐,"她也的确不简单,要不,铃木晋夫商务参赞怎么会把她引荐到我国大使馆呢?"

大佐闻此,愣了一下,没想到杜蘅还有这样一层关系。

"好了,最后交代一下地图送哪里去了,你的上线和下线是谁?"大佐的眼神充满期待。

"当然,我说要作出交代,肯定不会让您失望。"西尾说着连咳了几声,"我想喝口水,润润喉咙……"话没说完,以迅雷不及掩耳之势上前一把夺过桌上的手枪,对准自己的太阳穴连开两枪,然后訇然倒地。在场的人都吓蒙了,半晌,大佐才回过神来,拾起地上的手枪,朝西尾补了三枪。

枪声划破了大使馆的上空,大小建筑仿佛经受了一场地震,大使闻报这一前所未有的突发事件后,立即召开了高层会议研商应对举措。出席会议的有大使、公使、商务参赞、武官、陆军部联络部长,主持审讯的大佐汇报了事件经过,最后说:"这个西尾,我们怀疑过他,也一直在盯梢,但拿不出证据,他埋得很深,以至让他窃密得逞,我深感失职,愿受军法处置。"

"处置就不必了,做任何事,包括反谍在内,不可能万无一失,何况西尾狡猾阴诈。"大使说:"诸位,我们一定要整肃内部,强化防范,吸取此次事件教训,努力提升使馆的功能和办事效率,以不负我大日本帝国内阁之重托。下面，商量一下对西尾的处理吧。"

会上出现了三种不同意见，有人主张将其抛尸荒野，让乌鸦野狗去对付。有人建议在郊外挖一个坑埋了。也有人认为他毕竟是日本人，在海洋生物研究方面有过贡献，是否可以火化后置一灵牌送往五台山神社。在场的人有愤怒，有惋惜，也有沉默以对，不知所措者。

"我看就依第三种意见办，火化后将骨灰送往修复后的五台山神社，置一灵位。"大使作出了决断，然后转向铃木，"铃木君，那个杜蘅是你引荐的吗？"口气虽轻，在铃木却感到沉甸甸的。

铃木有些紧张，强作镇定，追根溯源，把当年杜家豪为日本制作云锦、和服以及装饰品，得到皇室高度赞赏的事如实说了一遍。而后说："她就是一个单纯的大学生，当然先前也曾有过上街游行、抵制日货的行为，只是随大流，就同我们国内学生上街游行类似，翻不起大浪。"

大使想，也许铃木是怕自己牵扯进去，他联想到国内年轻人动不动就上街请愿、抗议，委实已习以为常了，不足为怪。但他仍然想测试一下铃木的态度，便问道："铃木君，依你看，对她如何处理呢？"

"刑拘一年半载，年轻人要她记取教训，做个良民。"铃木一脸肃然。

大使看出这不是铃木的真心话，遂带点调侃地说："你这也太狠了，至于吗？又没证据，念及其父对日本皇室的贡献，把这个女孩放了，使馆不再雇用，让她自己去找职业吧！"他环顾周围，征询地问道："诸位看，这样办可行？"

在场的人莫不赞成，铃木更是暗喜，刚才他的表态，是撇清自己与杜蘅的关系，也替杜蘅说了点好话，他不想把事做绝，往后没准还有事求助杜家父女哩！得留个后路。

会后，大使让大佐将相关情况转告文印室长三浦健，责成三浦健在

第三十四章　大使馆内的枪声

杜蘅走之前与其谈一次。

而在前排房间关押的杜蘅，听到突如其来的枪声，惊恐地蜷缩在墙角瑟瑟发抖，无疑西尾被击毙了，她很快想到自己，会不会也遭厄运呢？时间向前移动的一分一秒，在她都是煎熬。屋内昏暗，空气像被抽空了一般，她心中憋闷得难受，似乎呼吸都感到困难。外面传来雨点敲打瓦楞的啪啪声，她瘫坐在水泥地上，什么都不想了，等待着发落。就在这个时候，三浦健推门进来了，见她惶恐的样子，便作了个手势，让她起来。她疑惑地望着自己的上司，不像再来提审的样子，她站起来面对三浦健。

"不要害怕，我来是通知你，你没事了。"

"啊，三浦君，您说什么？是说我吗？"她惊奇、疑惑，不敢相信。

"指的就是你。"三浦健毋庸置疑地重申，"这是使馆上层的决定。"

"是吗？还我清白了？"她失控似的冲向门口，"我一分钟也不想待在这鬼地方了……"

"呦西。"三浦健回应。

"西尾君他……特高科所为？"

"先是自杀，连开两枪，倒地身亡，而后大佐又补了三枪。"

"天啦，太惨了……"顿时她捧住面颊不停地摇着脑袋，"生前，他说了什么？"

"详细情况别人没跟我说。"三浦健叹了口气，"但在追问你们两人关系时，西尾君只说他一直在追求你，而遭到你婉言谢绝。至于地图事件，系他一人所为与你无关。杜小姐，你们之间真实情况我不了解，他这样说，是在保护你呀！"

"没想到这样。"杜蘅痛苦地蹲下身子，泪水奔涌而出，"再造之恩，叫我如何去报……"忽然，她抬起头问道："三浦君，你是怎样看西尾君的，能告诉我吗？"

"是个好人，一个有良知的人，我常想为什么要把这样的学者征召入伍到中国打仗呢？"三浦健说："当然，站在日本人的立场，西尾君的所作所为，是叛逆。可他为何要这样？在我看来，个人的犯罪，都要从社会去找原因，这个问题很复杂，一时说不清。"三浦健叹了口气，"说心里话，他的结局，我是很惋惜的，其实对于这场战争的对与错、是与非，我也是有想法的，但我不能付诸行动，做不到他那样。你不知道，来中国之前，我在东京开设了一家电子元件商铺，生意做得顺风顺水，家庭和美幸福。谁知道我竟穿上军装哩！也许上面知道我经商前学过文秘，就把文印室的差事交给了我。好了，如今沈哲逃了，西尾死了，马上你也要离开了……"

"什么，我要离开了？！"杜蘅惊奇地问，"到底怎么回事？"

"你别急，听我把话说完。"三浦健明白这是和杜蘅最后一次谈话了，毕竟同事一场，相处不错，不担心她会告发，这不可能，索性袒露心迹，"到任履职，我等因奉此，不求有功，但求无过。对诸位同事，我从未疾言厉色、严苛管理，这个你心知肚明。实在说，文印室目前还剩三个人，我却有一种孤家寡人的感觉，而战争的颓势已越来越明显，前景堪忧，我又能怎样，做一天和尚撞一天钟吧！"

杜蘅从三浦健的话中捕捉到了他的气馁、不满和无奈，这种心境是真实的。她感谢这位顶头上司对她的信任，可此刻，她最想核实的是使馆对她的处置。

"告诉我，是不是不处分我了？"

"对，不予处分，辞退，就是说使馆不再雇用你了。"

"那我岂不是因祸得福了？"杜蘅释然了，清秀的脸上绽放出笑意，但还是有些不解，"怎会有这样一个结果？"

"除了西尾撇清跟你的关系自己担责外，高层决策时铃木参赞说了话，得到了大使阁下的认同。"

"啊，是这样，铃木先生有恩于我呀。"杜蘅内心感动不已。

这时，三浦健看了下手表，该说的也差不多了，说："杜小姐，你自由了，现在你回文印室拾掇一下，便可离开使馆了。我马上去大门口跟警卫说一声，他们会放行的，你勿担心。"

一番贴心的谈话，如此周到的照应，杜蘅从未经受过，心中暖暖的。临别，还有许多话想讲，却又不知从何说起，最后，她深深地向三浦健鞠了个躬，说："三浦君，感谢您几年来的关照，前途艰险，您要多保重啊！"言毕就步出了禁闭室的门。这时，雨停了，一缕阳光从厚厚的云层缝中透射出来，她惊喜地看了一眼，可没走几步，阳光不见了，如墨的云层又在天际悠缓地涌动起来。接着，风雨交加，噼里啪啦的雨点砸向地面，她顶风冒雨回到文印室，以最快速度收拾起文件柜和写字台。谁知文件柜和写字台都被清空了，显然，她被拘留时特高科的人已来过这里。所幸，自己还算谨慎，除了官方文件资料，她从不留下自己任何文字笔迹，这一想，她舒心地笑了。

雨，仍在下，风，仍在刮，她一分钟也不想再耽搁下去了，像平常一样轻轻地带上门，在密集的雨幕中，疾步向使馆大门走去。

第三十五章　经济胁迫又奈何

离开大使馆后，杜蘅并没有急着回家，而是在鼓楼岗上了一辆黄包车直奔北门桥。天色灰暗，雨仍在下，小多了，她让车夫把布帘子拉起来，这条路她熟，怕车夫多绕路，她瞥着街巷，不时地提醒车夫，一心只想尽快见到雷明。

黄包车拉到北门桥巷口，她叫停，付了钱，便径自往巷子一端走去，到了雷明家，只他妻子和女儿在，雷明还在班上。女主人见她冒雨而来自然有事，不敢怠慢，转身去了附近一处公用电话亭，拨通了雷明的电话，说出"老家来人了"的暗语。二十多分钟后，雷明就回来了。

"嫂子，我饿了。"杜蘅说，的确，从昨天上午被抓，她就粒米未进。隔离时使馆送有饭食，可她哪有心情，动也没动，直到眼下，已一天多没吃东西了。

女主人听说后，立刻去了灶间，下了一碗阳春面，煎了两枚鸡蛋端到杜蘅面前，她也没有客气吃了起来，边吃边说起这几天的经历。

"不急，慢慢吃，吃完再说。"雷明宽慰道。

一碗面条、两枚鸡蛋下肚后，她接过女主人递上的毛巾，揩了揩嘴，把事情前前后后说了一遍。

"好险啊！"雷明惊愕道："你真命大，逃过一劫。"

"亏了西尾和夫，是他保护了我。"杜蘅声音变得苦涩了，"正人君子，国际友人，现在看来，我认准了人，对跟他的交往，感情的付出值得，我不后悔了。"

"非常难得的一位国际主义战士，他掩护了你，以自裁的悲壮，表明了对日本帝国的不满和绝望。"稍停，雷明接着说："同时，他也以这种方式蕴含了对你的忠诚和友情。"

"是的，是的。"杜蘅说："哥，我曾直白告诉他结束跟他的暧昧，是不是错了？"

"也没错。"雷明说："因为你有丈夫有孩子，从道德和常理上讲，你是应该那样结束的，就把它作为珍贵的一页保留在记忆深处吧！"

杜蘅没接话，只默默地点了下头，气氛有些压抑。女主人端来一盘水果，她取一片鸭梨送到嘴边，又没吃，看着雷明，像等待他往下说，雷明问："你未受处分，被辞退，依我看这是最好的结果，正如你回溯经过时所说，无疑，铃木商务参赞在中间发挥了关键作用，对此，你是怎样看的？"

"毕竟他跟家父有过并不一般的交往。"杜蘅说："我还在想，说不定什么时候，他还会有事找家父。"

"你真是鬼精。"雷明笑着夸赞道："不过，对这个人不能不防，你打算下一步怎么办？"

"接受组织的安排。"

"这个……"雷明犹豫了一下，以不容置喙的口气说："我要郑重地告诉你，组织上今后不会再派你任何任务了，我和你也不再是上下线关系……"

"不行，不行，你怎么能这样呢？哥，你不能这样狠心。"杜蘅仿佛受到莫名的袭击，像小女孩一般撒娇不依不饶，"上下线不能断。"

"你听我说，这样做，既是对组织负责，也是对你个人负责，你的身份实际上已暴露，敌人已掌握，明白吗？当然，这不等于你我今后不再联系了，我们依然是兄妹、朋友。出于同样的考虑，建议你先去外地，比如说湖熟、青龙山避一避，防止敌人欲擒故纵。"

"哥，这你就多虑了，铃木既然那样对我，他是留有后路，在达到他最终目的之前，还不至于又盯上我的。"

"哦，也是，搞地下工作的人，难免神经过敏，弄不好，反倒束缚了自己的手脚。"雷明不好意思地笑了笑，"那你的想法是？"

"回家，跟父母孩子在一起，弥补对他们亏欠的爱，同时协助家父打理家业。"

"杜蘅，没想到，风风雨雨，让你成熟多了。"雷明开心地说："跟你在一起聊天，总是很高兴。过去在部队长期做政治思想工作，话多，弄不好招嫌。但我不是教师爷啊，说得不妥，你得指出来，既然你一直把我当哥待，那么，兄妹间没什么不好谈的，是吧！"

"我就喜欢听哥的谈话，不怕韶。"

"你说什么，韶？"雷明听不懂。

"韶，是南京方言，含两层意思，一是闲聊，一是说话啰唆，如你真韶。"杜蘅笑道："自然，我不会嫌哥啰唆。"

"噢，你们南京人真逗，一个韶字挺风趣的。"雷明说："那你再韶韶，下一步做什么？"

"我刚才不是说过了啦，回去好好休息，侍奉双亲，呵护儿子，辅佐老父打理家业。"

"这样好，有时间带孩子来这里坐坐韶韶，也让我和你嫂子放心。"

"就这么办。"杜蘅说罢就离开了。

终于回来了，杜家豪高兴得一塌糊涂，儿子跑过来又是抱又是亲，毕竟分开三天了，能叫人不忧心？杜蘅隐瞒了被拘囚审讯的事实，只说使馆紧缩编制，自己被辞退了，不会再去上班了。

"回来好，回来好，免得再背负通敌的骂名了。"杜家豪说："纵然

第三十五章　经济胁迫又奈何

是亡国奴，一家人团聚在一块，总比离散好。"

就这样，杜蘅失业在家，倒也自在，时间自己支配。一天，她想起几个熟人，欧阳无垢教授、名医王慎之、大学好友章曼卿，还有牧师金兆翰。舒晨的殉难报上登载过，估计他们都知道了，能不为她担心？她想一一前往拜访，就便说说自己的近况，裨使他们释念。谁先谁后，她又斟酌了一番，决定先去看望两位老人。于是，先去了小门口，在冠生园买了糕点径往仁济医寓见王慎之。可没走几步，她犹豫了，因为慎之老人并不知道她跟舒晨的关系，老人不问政治，与世无争，即便舒晨"伏法"，也不会特别在意，因为在这世道，枪毙人的事已屡见不鲜。倘若谈起来，一时说不清，待来日视情况再说吧！这一想，便改道去白酒坊见欧阳教授。

院子里一棵香樟浓荫匝地，半倚在藤椅上的欧阳教授正在看报，见杜蘅进门，忙让一直在身旁照顾他的侄儿搬凳子沏茶。

为求职的事，先前她来过这块，几年过去了，她在日本大使馆供职，与教授断了联系，教授也不清楚她干什么。如今，她被辞退了，成了平头百姓，基于对教授政治倾向的了解及其人品，她不想再隐瞒什么。不等教授询问，便把自己应聘去日本大使馆的事，主动说了出来，承认搞了些情报，但有关西尾和夫、自己被拘囚审问等，却未涉及，她不想让老人担心。

"好险！你是深入虎穴啊！"教授说："有人派你打进去的？"

"是我看了报上的广告去应聘的，做点文字翻译。"杜蘅平静地说。

"去那种鬼地方，要被诟病的。"

"我倒不在乎，身正不怕影子歪，唯求对得起自己的良心，守住中国人的底线。"

"好样的！"教授作了肯定，然后问："这几年跟舒晨见过面吗？多么优秀的一个青年，就这样……"教授声音哽咽说不下去了。

教授的话，勾起了杜蘅深埋的痛苦，她怕触碰这一话题，却又想知道得更多，闪动着泪花的双眸，凝望着教授。

"哦，对不起，我不该提到他。"

"不，您说，您见过他吗？"

"见过，中大驱逐樊仲云前夕他来过，我告诉他已联络了一批教授上书教育部，要求罢免樊仲云这个汉奸的中大校长职务，他说自己正是为此事而来的，听了我的介绍他很是振奋。后来，在禁毒斗争中，我坐着轮椅到了现场，看他穿一身警服在维持秩序，把一伙冲砸现场殴打爱国学生的暴徒带往老虎桥囚禁的经过，英姿勃发，机警过人，我内心倍感振奋，有这样的学生能不自豪？！"

"看来，他是打进警察系统了。"杜蘅喃喃自语，"莫不是在那里暴露了或是被叛徒告发了？"

"在哪块儿就义的，有无消息？"教授问。

"只听说，在江东门外，也不知真假。"

"等抗战胜利了，得好生去寻找，然后择地安葬。"教授说。

"一定。"

话题太沉重了，教授不想再继续谈下去，安慰道："我们纪念死者最好的做法，就是好好地活着，继承其遗志，完成其未竟的事业，一句话，把日本鬼子赶出中国。"

"对，对。"杜蘅说，她关切地问起教授的身体状况，叮嘱道："多加保重。"

"除了腿脚不灵，没大毛病。"欧阳说："日本鬼子不投降，我是不会见阎王的，我要跟日本鬼子硬扛到底。"说着，老人抛出一阵爽朗的大笑。

第三十五章　经济胁迫又奈何

告别了欧阳教授，见时间还早，杜蘅从中华门站搭乘公共汽车来到新街口，找到龙门大舞台。看大门的听说她要见章曼卿小姐，看了看传达室的挂钟十点已过，知道章小姐已起床，便进去通报。章曼卿正在盥洗间洗梳，头发还没得及梳，双手拢了一下便迎了过来，一见面两人便搂在一起了。

"几年了，你死到哪块儿去啦？鬼虚鬼虚①的，花②我啊！"说着，章曼卿捏着拳头在杜蘅肩背捶了几下。

"应聘到日本大使馆当雇员，搞点文字翻译。"

"什么啊，吓人巴拉的。"章曼卿吃惊地望着她，"跟小鬼子弄到一块去了，阿是？"

"我只管文字翻译，其余的事不沾边。"

"跟舒晨常见面吧？"

"一次也没有。"杜蘅有气无力回道。

"对不起，怪我嘴碎。"章曼卿做了个作揖的手势，停了停还是克制不住地继续说："我们这位老同学了不得，曾一手策划把个汉奸干掉了。"

"什么，锄奸？"杜蘅惊问道。

"对啊，你不知道？"章曼卿遂把舒晨托她找到小桃红谋划毒死叛徒汉奸汪一波的事，绘声绘色地说了一遍，"我真佩服他的胆识，为国为民除害。"

"当年报上有载，说是政府要员，友日人士被害，没想到是他谋划的。"杜蘅说："只不过曼卿，你也是立了功的。"

---

① 鬼虚鬼虚：南京方言，指人着急仓促，沉不住气。
② 花：南京方言，动词，指说谎、诓骗之意。

"我一个舞女，少一窍①，只能配合一下，听他的不会错。"曼卿说。

听曼卿说话的口气，对舒晨不只看重，而且充满了信赖，杜蘅当然知道她一直暗恋着舒晨，从卧室布置看好像至今未婚，她憋不住地问："跟我说老实话，你爱他吗？"

"当然。"曼卿忽然鼻子发酸，哽咽着说："可你们俩是青梅竹马，又是街坊邻居，我能跟你争吗？"

一听这话，杜蘅上前一把抱住，洒泪叫了一声："姐，他把我们丢下了……"

"不，归根到底，是缘分不够，战争，可诅咒的战争带走了他。"曼卿也流泪了。

两姐妹就这样韶了一通，哭了一息。邻近中午了，曼卿让人到街对过大三元酒家叫了客饭，店家派服务生携着一只黄花梨透雕六角提梁盒送来了，内有宫保鸡丁、素炒莴笋、清蒸鲫鱼、肉末茄子，加花蛤豆腐汤，都是杜蘅喜欢吃的。两人边吃边聊，有对往日的回忆，有对未来的期许，相约好好活着。餐毕，杜蘅就返回了钓鱼台。

回到家的杜蘅，过了一段悠闲的日子，隔三岔五去缎号转转，从小就听惯了织机嘎吱嘎吱的复调，是那样悦耳，似乎成了她生命的一部分，惬意而自在。只是，她对管理缎号并不感兴趣，纯粹是想减轻一点父亲的负担。但不到一个月，杜家豪发现女儿气色不好，不开心，他知道女儿心事很重，于是提议她到乡下住些日子，放松心情，调养调养，而最好的去处莫过于南乡湖熟外婆家了。杜蘅听了，眼角眉梢舒展出多日来少有的笑意，想等儿子放暑假一块去，可是离放假还有个把月，父亲让她早些下去，说等小孩一放假，就把他送过去。这样，她就开始准

---

① 少一窍：南京方言，指脑子不灵光，不聪明之意。

第三十五章 经济胁迫又奈何

备，打算一两日内动身。

就在这个时候，家里来了个三十岁上下的男人，一见面就冲着杜蘅憨厚地笑。杜蘅依稀有一点淡薄的印象，但想不起是谁了，边邀进门边问："你是……"

"阿晨的发小，阿龙啊！"

"阿龙，果真是你？"杜蘅惊喜异常，"一别十多年了，你不说还真认不出来哩！"

"那时，我们同在长乐路小学，我跟阿晨一个班，比你高两级。"阿龙说："放学时，我们仨常一块走，阿是？"

"你家靠胡家花园，老伯是石匠……"杜蘅追溯着，"没想到今儿个能见面。"

"之前，听说你回来了，本当赶早来看你，临时到外地跑了一趟，迟了点，不好意思喔。"

"多大的事啊。"杜蘅又用上很长时间没用的口头禅，"见到你，真开心，说说这些年你的情况。"

"你先说。"阿龙笑道。

杜蘅也没推辞，反正自己已不在"地下"了，况且，阿龙是个老实巴交的人，又是舒晨的发小。于是，她把自己参加游击队，应聘去日本大使馆当雇员的事，大略说了一遍。

"怪不得哩。"阿龙说。

"你这话是什么意思？"杜蘅疑惑地问。

"有人曾看到有日本人到府上来，传言你跟日本人扯上关系了，街坊邻里议论纷纷，什么难听的话都有。"

"都说些什么？"

"不谈了，管他说什么，我不信。"阿龙说："杜玫，这几年你跟阿晨有联系吗？"

"没有。"杜蘅怏怏地摇了摇头，"你呢？见过他没？"

"见过。"阿龙接下去将舒晨来访，与"爱国者同盟"接触，舒晨策划毒杀汪一波，自己在秦淮河畔接应、护送小桃红，火烧五台山日本神社，舒晨如何谋划，亲自踩点等等如数家珍地说了。

"没想到他身上有这么多惊心动魄的故事。"杜蘅伤感地说道："我对他终究了解得不够，有愧。"

"我跟他的接触中，他说身处险恶的环境，随时都有掉脑袋的可能，而他早有了思想准备。记得他在我跟前还背诵过谭嗣同的诗句：'我自横刀向天笑，去留肝胆两昆仑。'"阿龙无限感慨，"表面看，他是个文弱书生，骨子里却硬正得很。"

"唉，今生憾无重逢时。"杜蘅叹道："你们见面时，他提到过我吗？"

"绝对。"阿龙说："他也听到过有关你的传言，但他不信，也叫我不要信。说你跟日本人牵扯肯定有你的道理，也许有说不出的苦衷。告诉你，他到我家时，曾想去钓鱼台府上一探究竟，走到半路又回来了，说不想给你和府上带来麻烦。"

"他就这么个人，总是替别人着想。"杜蘅难过地说："失去了他，我再也遇不上他这样的好人了。"

"往后，你打算做什么？"阿龙放心不下。

"给父亲打下手，协助他经营缎号，把我们的孩子养大成人。"

"你们有孩子？"阿龙惊喜莫名，问道。

"对，是阿晨跟我的孩子，八年前他离开南京前夕，我俩在一起……"

"天大的喜事啊！"阿龙说："我们两家离得不远，今后有什么要我

第三十五章　经济胁迫又奈何

做的，尽管盼咐，我也很想见到小宝贝哩！"

话，说得差不多了，阿龙这才欠身告别。

过了两天，湖熟的表哥柳志远来城里接她，她跟奶奶舜英作了些交代，说好放暑假后再来接孩子，便离开钓鱼台。一路上，岗哨仍在，但不见日本鬼子了，只一两个伪军守着，装点着门面，检查已很马虎。志远见状，跟她说了句："秋后的蚂蚱——没几天蹦头了。"杜蘅会心地笑了笑。

是啊，在太平洋战场日军节节败退，在中国日军正作最后的挣扎，苏联已在中苏边境陈兵百万，随时准备越境与日本关东军进行殊死决战。而汪逆去年已经在东京病死，南京伪政权已呈树倒猢狲散的末日景象，因而力所不及，对基层的管理也就松懈了下来。湖熟街上的日军据点已撤了，有几户日侨也不见了踪影，伪镇政府三天打鱼两天晒网，整个气氛变得宽松了不少。住在外婆家，织机就在隔壁，天天去，反倒比在城里时开心多了。得空，就到镇外转转，远山如黛，淮水展缓，空气纯净，炊烟袅袅，身心得到很大纾解。有一天，她约上志远，两人在镇上车行租了脚踏车去赤山镇逛逛，拾撷她往昔的冷暖记忆。

他们先去了赤山脚下古同泰寺的游击队驻地，走进去一片寂寥，游击队已裁撤整合到县大队，移防别处，这里已恢复了庙宇功能。有几名僧人各司其职，无言地忙碌着，二人也未跟他们搭讪便离开了。接着，到街上去看望锁生、毓秀。到后，见中药铺还开着，生意清淡，锁生接待了他们。才几年不见，四十岁不到的锁生，白发，牙掉了两颗，变得苍老了。毓秀没出面，一问才知道她已病故，屋里有另外一个女人，锁生说那是他的续弦。旁边还有个两岁多的男娃，是女人与前夫所生，前夫死于一场山洪，改嫁锁生就把男娃一块带过来了。

杜蘅和志远没坐多久，跟锁生聊了一会儿就告辞了。走在街上，杜蘅在想还有什么地方要去，虽说赤山离南京不算太远，但来一趟也不易。今儿个是个机会，时间也够，她不想留下遗憾，想多看看，多跑几个地方。蓦然，她想到了赤山游击队的女队队长王岚，是她佩服的一位英雄，后来于战斗中牺牲了。她随雷明调入青龙山游击队时，曾回来给王岚扫过墓，今儿个既然来到赤山，哪能不去凭吊？

王岚坟墓的方位，她是记得的，而且立有木牌，可是眼前已是一片开阔的玉米地，饱满的玉米棒子夹裹在黄绿相间的叶秆间，等待着农户前来收获。她不知这位大姐的坟茔是平了还是迁走了，世事无常，她不敢再想下去，转身离开。

七月的江南山野，尽管处在战争年代，却依然很美，林木葱茏，色彩斑斓。赤山湖波平如镜，鸟儿凌空飞翔，啁啾动听，却引不起杜蘅的兴致。志远懂她的心情，也不多话，几多感慨，一腔惆怅。她踩着脚踏车，跟在表哥身后，回到了湖熟。

让她没有想到的是，就在几天前，城里发生了一件与她家有关的事。

一天上午，穆嘉骅下帖子，请杜家豪去一趟南京商会，说有要事相商。这位老爷子早年开设过钱庄，在南京金融界做得风生水起，后又兼营餐饮业和零售业，生意越做越大。但他不是那种见利忘义、无商不奸的人，而是以诚信和慈善立足都市，可谓德高望重。战前就是南京商会会长，日本人一来，商会自动解散，他也就自行辞职。后来，汪伪政权建立，邀他复职，他坚辞不受。伪市长亲自登门，三番五次，他才松口。几年来，几起几落，无非是日伪的过分干预，内部的相互倾轧，还有自己的染疾在身，辞了几回。其间也有临时代理的，要么志大才疏，要么尖头巴脑[①]，要么苟且营私，结果都玩不转，干不长。还得好说歹

[①] 尖头巴脑：南京方言，形容人虚伪、奸诈、会钻营。

第三十五章　经济胁迫又奈何

说，请他出山，市政府来人动员，同行连番劝说，门都踏破了，烦不胜烦，无奈，断断续续维持着。

丝织业这个行当，自然也属于商会联系的范畴，只是，丝织业有个商业分会，因而平时杜家豪与穆老爷子交往并不多。他敬重穆老爷子，但今儿个下帖子要见他，不知是为何事？

他坐上自家的老道奇，十多分钟就到了白下路南京商会，古稀的穆嘉骅是个直性子人，没有繁文缛节，一见面就谈起日本大使馆商务参赞铃木晋夫约见的事。铃木承认当下战事吃紧，日本内阁紧急扩军，已在日本国内大规模征召新兵，并在朝鲜、菲律宾、中国等国家强征援军。兵源的大量增加，使原先的后勤供应捉襟见肘，其中军衣、被褥短缺已迫在眉睫，内阁命令日本驻中国大使馆商洽中国纺织业大批量生产棉布，除上海和苏州、无锡、常州这些纺织业发达的都市承担重任外，要求南京的纺织业尽快跟上，丝织业全面转产棉布。而且，铃木特别提到杜泰昌缎号，认为它是丝织行业的龙头，希望杜家豪能带个头，响应日方吁求。

转述了这些情况，穆嘉骅说："我知道这事很难，当时我并没有答应他，说商会没有这个权力，我做不了这个主，可以回去找相关缎号老板商量，正因为有这般考量，才请你过来面议。"

杜家豪眉头紧蹙，叹了口气说："这是强人所难，穆老，您是知道的，南京丝绸业历史悠久，赓续至今已大大萎缩，目前多集中在门西一带，仅存十余户，也处于维持状态。而丝织业乃南京的命脉，倘全面转产，等于自废武功，无论如何我们要保留南京的这一命脉。"

"这我都明白，只是铃木的口气不容置疑，胁迫的味道很重。"

"他是唯日本内阁是从。"杜家豪说："这不光是'以战养战'，也是想借此番操作摧毁我们民族的传统手工业，其行可鄙，其心可诛。"

"的确如此。"穆嘉骅频频点头,"然而老话说不在其位不谋其政,我数度请辞未能如愿,尸位素餐,对铃木的施压又不能不有所回应,你替我想想,该怎么办?"

杜家豪想了想说:"我在湖熟设有一个分号,是生产布匹的,意在供应四乡八集的农民。现在,为应对铃木,我可以将那边的产品全部划拨给他。"

"哦——"穆嘉骅听后一阵惊喜,"多大的规模?"

"三台织机,月产二十匹左右。"

"这么少。"穆嘉骅转而吃惊,"日本人胃口大哩,他要成千上万匹。"

"这就难办了,反正我的丝织业不能下马,至于其他缎号,我不便置喙,更带不了这个头。"

见杜家豪态度决绝,穆嘉骅说出了本不想说的话:"铃木说,他跟你打过交道,也算是老朋友了。"

"不就是替日本皇室制作和服和装饰品嘛,这个您老是知道的。"

"不,还有。"

"是的,小女求职,正好日本大使馆招聘雇员,小女精通日文,找到铃木,他从中作了疏通。故而我一直铭记在心,觉得他跟一般日本人似乎不同。"

"见面时他也提到过,但重点不在这个。"穆嘉骅加重了语气说:"铃木说他救过你宝贝女儿的命。"

"是吗?"杜家豪错愕不已,"女儿从未跟我说过啊,怎么回事?"

"铃木没展开谈,我问了,他笑而不语。"

救了杜蘅,竟有这种事,看来这是铃木逼我就范的撒手锏了。杜家豪感受到强烈的震撼,他不再多说什么,只说回去后再想想,一旦想好

第三十五章 经济胁迫又奈何

了，便来商会禀报，穆嘉骅也未再挽留，两人拱手作别。

回钓鱼台的途中，杜家豪又气又恼，气的是铃木胁迫，恼的是女儿被救如此大事，竟一直瞒着他。孩子大了，有自己的秘密，可以理解，何况他是个开通的人，但跟日本人牵扯在一起，结果落下话柄，情况就大不同了。杜家豪急于想知道真相，回到家第一件事就是让车夫开着老道奇，去湖熟把女儿接回来，他要知道事情真相，以便作出妥当应对。

轿车开到湖熟，急着要她回城，车夫又不说缘由，杜蘅心想肯定有重要的事等着她参与处理。可这边织布间还有些事要交代，这样，就耽搁了一些时辰。回到钓鱼台，已是乌漆抹黑，晚餐已放在桌上，可没等众人坐下，杜家豪就连珠炮地朝女儿吼道："铃木凭什么要救你，搞什么名堂，至今，你却瞒着我……"

"姐夫。"小姨惠芳依照习惯地喊，"有话吃过饭好好说，你先消消气。"

从小到大，父亲从来没发过这么大的火，杜蘅吓得一惊一乍的，但听到铃木救她一说，她觉得事情非同小可了。看着父亲忧愤的面容，她估猜老人受到了刺激，提醒自己不能倚小卖小，不能冲动。此刻，她自然也没兴味吃饭了，遂上前挨着老人坐下，轻言细语地说："爸，您坐下，这事，我有错，您听我慢慢说。"

接下去，杜蘅就把自己被诬窃取情报而遭拘禁审讯，以及释放辞退的前后经过面陈父亲。诚然，一段地下工作的经历，使她清楚哪些话该讲，哪些话不该讲，所以即使是自己的老子，有的事她还是有所隐瞒，故她说是"被诬"。她还说，开始以为是铃木对当年杜泰昌缎号为日本皇室制作和服的回报，或是出于一种同情心。但很快她觉得事情并不简单，铃木之所以替她说话，使她免于继续关押甚或更重处罚，一准是藏有心机，留下后路。就此，她跟雷明说过，雷明认同她这一看法，但究竟铃木要做什么，她猜不透，但愿什么都不要发生。没料到铃木胁迫门西的丝织业全面转产，生产棉布用于战争，狐狸尾巴终于露出来了。

话说到这里，她愧疚地说："爸，对不起，我不该瞒您，我只是想您年纪大了，缎号的事已够您忙的了，我不能让您再为我添堵闹心。"

"可你是我女儿，我担心不是应该的吗，突然遇到这种事，我有点急，所以我把你叫回来商量，看怎么办？"

"您的打算呢？"

"把湖熟生产的棉布交出去。"

"太小儿科了。"杜蘅扑嗤一笑，"给铃木塞牙缝呀，估计他会接受，但一定反感。爸，依我看，钓鱼台这块，得有一部分转产，才好交差。"

"他要的是全面转产，这是要我的老命，焉能按他说的办？"

"总要有些妥协，先转产几台机子应付一下，视对方反应，再作盘算。"

"也好。"杜家豪采纳了女儿的意见，狠了狠心将三分之一十几台机子转产棉布。

其间，大使馆商务处来人考察过，坚持要全面转产，被杜家豪以木机有损、运转不灵作了搪塞，却不知这触碰了"高压线"。没几天，南区税务公署人员上门通知丝织品增税。紧接着缎号采购员报告，湖州、嘉兴等地蚕丝紧缺断供，杜家豪意识到这一定是铃木伙同伪政权相关部门联手施压。与此同时，穆嘉骅也派人三天两头前来问讯进展情形，杜家豪面临前所未有的压力。为了给这古老的传统手工业保点颜面，留下根脉，决心抗命，决不全面转产。父女同心，杜蘅支持父亲的做法，但杜家豪有些担心，铃木会不会拿杜蘅做文章呢？他将这一担心告诉女儿，杜蘅说："不至于吧，将我开释，予以辞退，据说是在使馆高层会议上大使亲自宣布的，而且由文印室主任三浦健亲口对我说的。"

第三十五章　经济胁迫又奈何

"事虽如此，却不能不防范。"杜家豪说："我就你这一个孩子，千难万难也不能失去你，要不你再去湖熟或别的地方避一避。"

"不。"杜蘅执拗地说："我不会离开爸的，同甘共苦，即便是死，也要死在一块。"

杜家豪听了老泪纵横，像她儿时一样将杜蘅拥在胸前，哽咽地说："到底是我的女儿啊！"

杜蘅的心情像乌糟的天气一样，但不得不面对残酷的现实，她感到闷得慌，便去了北门桥。正好是礼拜天，雷明在家，说话不用顾忌，她便把家中近日发生的事说了出来，想听听雷明的看法。

听完杜蘅的叙述，雷明谈了自己的看法，他说："目前，整个形势对我们有利，国际上，百万苏军大军压境，日本关东军惊恐万状，混吃等死。太平洋战场，五十万美军已包围了冲绳岛，准备登陆日本本土。而在中国，湘西战役以日军失败告终，标志着日军在华战役的结束。在敌后，我八路军、新四军正收复大片失地，总体看，小日本已是兔子尾巴长不了啦。"雷明沉静而乐观地作着分析，"我以为伯父和你想法做法是对的，既然时间于我有利，我们可采用拖字诀，跟他拖，时间上他是拖不起的，战场形势的急剧变化，会使他难以再顾及棉布的事，恐怕只能想到如何收拾残局，避免更大损失，你说是不是？"

"嗯啦。"杜蘅展颜一笑，"就跟他拖。"

可是，雷明关于铃木"难以顾及棉布的事"判断错了，就在杜蘅回到钓鱼台家中的当天下午，日本大使馆派人送来一份请柬：邀约杜家豪明日上午驾临北平东路1号凯瑟琳广场环亚凯瑟琳咖啡店小聚。杜家豪一生只喝绿茶，独嗜龙井，咖啡沾都没沾过，这让他颇感踌躇。

"他这是猫给耗子拜年——没安好心。不去。"杜蘅反应激烈。

"不去恐怕不行。"杜家豪在客厅转着圈，"再怎么说，南京现在还是日本人的天下。"

"不去，他总不能来人绑架吧！"杜蘅仍愤愤不平。

"去还是要去的，看他玩什么花头筋，再考虑如何应对。"杜家豪作出决定。

其实，作为东京大学商科的高才生，又在三菱株式会社经营多年，从实习生做到高管，后被征召入伍，从随员、三秘、二秘到一秘，一步步攀升，最后担任公使衔商务参赞，铃木深感天皇恩重，履职克己奉公，一切行动旨在维护大日本帝国的利益，以报答天皇。而对于当前的战场形势，他不仅十分关注，并认定日本失道寡助，必败无疑。但在南京乃至其他占领区大批量生产棉衣以供军需，他向军部作过承诺，立下了军令状，这就迫使他哪怕掉几层皮，甚至掉脑袋也得往前走。

杜家豪准时来到环亚凯瑟琳咖啡店，铃木像第一次跟他见面时一样，依然谦恭有加地欠身相迎，杜家豪尽管心中郁闷，表面上还是含笑作答。

"请您来，自然是棉布的事，想必杜老板也是心知肚明。"铃木边调咖啡边说："现在供应紧缺，前方已难以为继，我说的是实情，作为朋友，我也不怕你笑话。"等译员翻译完，他接着说："我给军部立了军令状，弄不好是要杀头的，帮帮我吧，念我曾帮过杜小姐的分上，请多关照！"

说到杜蘅，旧话重提，乃是索债而已。曾经趾高气扬不可一世的敌酋，如今竟变得低声下气，近似乞求，杜家豪心中窃笑，尽管之前铃木跟许多敌酋待人有所区别，但今日的做派委实让人心生怜悯。少顷，他说："你们有人到杜泰昌缎号看过，凡能转产的机子都动起来了，因为是老祖宗传下来的机子，运转有一百多年了，磨损严重，我也让机工试过，结果织出的布多有跳纱，瑕疵明显，让这样的次品交付你们，铃木君，这样做，有违商业道德，我不能做对不起你们的事，想必你们也不会接受。"

"是，是。"铃木颔首道："杜老板据实相告，令我感动，那还有没有别的办法呢？"

"这样，我回去后即让老资格机工逐台检验，凡能修整的，尽快投入使用，在保证质量的前提下增加产量，以答谢铃木君的厚爱。"

"哪有什么厚爱？"铃木苦笑笑，"中日友善，互通有无罢了。"他将咖啡杯往杜家豪面前推了推。

却之不恭，杜家豪端起来凑了下唇边，然后告辞。

回到家，他将咖啡店之行跟女儿说了。

"爸，你尽说违心话，是不得已而为之，玩的还是拖字诀。"杜蘅咧着嘴笑道："这一来，我才弄明白，什么叫生姜还是老的辣了。"

"鬼丫头，把老爸比作生姜，没大没小，看我不打你……"杜家豪伸手佯装去打的样子，杜蘅已咯咯地笑着躲开了。

第三十六章　天地可鉴终昭雪

话说天下大势扑朔迷离，瞬息万变。这不，一九四五年八月十五日正午，日本裕仁天皇向全日本广播宣布无条件投降，在泪水和血水中浸泡了十四年的中国人终于挺直了脊梁站起来了，一时间举国欢腾。在南京，人们以各种方式举行游行集会，夜以继日地庆祝，门西一带的商铺敞开免费供应货物，奉献最多的莫过于老酒和鞭炮，空气中弥漫着浓烈的硝烟味道，搁以往，闻起来呛人，如今则感到喷香提劲。大街上，昔日不可一世的日本兵，垂头丧气拿着铁锹、扫帚在清理垃圾，路过的市民以至娃儿朝他们投掷石块，吐着唾沫，他们头都不敢抬，这世道真的变了，天翻地覆。一个多月后的十月，所有日军和侨民被赶出南京城，此时，由国军新六军和七十四军控制，实行了事实上的军事管制，面对满目疮痍、民生凋敝、犯罪滋生、治安堪虞的状况，开始着手整顿。重庆国民政府也陆陆续续派员沿长江东下参与整治，迎接还都，大小官员以接收为名乘机大发国难财，"五子（金子、票子、房子、车子、女子）"登科，丑闻迭传，历史像是到了又一个十字路口。

在这些日子里，杜蘅就在南京，哪儿也没去。起初，她约了当年中大"萤社"的几位同学，章曼卿、金兆翰等人来家里小聚，兴冲冲地喝了酒，庆祝抗战胜利，畅谈各人今后的打算。

"舞蹈是我的生命，我想做下去。"章曼卿说："纸醉金迷我不屑，但没有纸醉金迷哪来生意，哪来钞票？反正我认钱不认人，卖艺不卖身，固本守正，干正派事，做正派人。"

"这很难，社会本身就是一个大染缸，指不定什么时候被一种无形的力量拖下水。"杜蘅说。

"你不相信我？"章曼卿噘着涂满口红的嘴，"八年过来了，我接触了形形色色的人和鬼，我还是我。"

"姐，我不是不相信你，只是有些担心。"杜蘅赶紧解释，"我知道你比我有定力，我要向你学习。但我在想，你条件那么好，什么时候给我找个姐夫呢？"

"去你的。"章曼卿推了杜蘅一下，"单身好，自由自在，看你与舒晨多么令人羡慕的一对，结果呢……"话没讲完，她猛省到不对，立即用手掩口，忽又说："对不起，我不是有意的。"

"没事。"杜蘅强作镇定，"不过，你这话倒提醒了我，要尽快找到他。"

"什么，舒晨还活着？"金兆翰惊讶地问。

"不，我的意思是去寻找他的坟冢，据说江东门外是乱葬处，怕不好找哩。"杜蘅说。

"我跟你一块去。"章曼卿说。

"我也去，别忘了通知我日期。"金兆翰也起而响应。

"会的。"杜蘅斜睨着金兆翰，"你还没说，自己今后做什么呢。"

"小日本投降了，我的顾忌也没那么多了，二位想必已经知道，我当牧师只是幌子，至于今后干什么，我得听组织的。"金兆翰说。

"明白了。"杜蘅笑了，很快岔到另外的事上，"你们去看望过欧阳教授吗？他住白酒坊，在'萤社'时他指导过我们。"

"几年没见了，我跟老师同学疏于联系，是应该去看看。"章曼卿说。

"最近我就去，听取他的教诲。"金兆翰接着说。

就在三人没完没了地韶着时，饭菜已上桌了，少不了几样南京特色菜，盐水鸭、炖生敲、金陵丸子、芦蒿炒臭干、菊花头蛋汤，大伙儿吃得有滋有味。尤其是金兆翰在神学院长期吃西餐，面对满桌美食大快朵颐，边吃边说："我也不怕二位说我太吼了，几年没碰这般美味佳肴啦！"

"吃不完，你打包带走。"章曼卿逗他。

"你也太寒碜我了。"金兆翰刚将一块盐水鸭塞进嘴，筷子又去搛金陵丸子了，惹得杜蘅和曼卿大笑不止。

宴罢人散，章曼卿、金兆翰结伴出了钓鱼台，来到三山街，这才各自离去。

送走客人，午休过后，杜蘅买了水果糕点去小门口看望王慎之，一进仁济医寓，便见老人正在庭院里浇花。听到一声"老伯"，便知是杜蘅来了，赶快放下水壶，引入内室，接着便问："这几年很少见面，你在忙什么啊？"

杜蘅到南乡参加游击队的事老人是知道的，教过她医护技艺，赠送过丸散膏丹，还替她办过特别通行证，后来就没再见了。王、杜两家是世交，老人与世无争，一心悬壶济世，平时少言寡语，守口如瓶，那是绝对可以信赖的。这样，杜蘅就把自己应聘进入日本大使馆，直到被辞退的大致经过作了汇报，但隐瞒了搞情报的事。

"只是做文字翻译，没给日本人干别的？"老人不放心，审视地看着杜蘅。

"老伯，您还不信我，我时刻记住自己是中国人。"

"这就好，这就好。"老人沉吟半晌说："有一次我到府上看望令尊，见到一个男娃一问是你的孩子，再问孩子的父亲是谁，只见令尊满脸忧戚，摇头叹气，话没说下去。我不敢再多嘴多舌便回来了，至今是个谜，姑娘，你能告诉我吗？"

老人并不了解杜蘅和舒晨打小一块长大、同学、相恋的事，难怪他诧异。如今小鬼子被赶走了，她想，说说也无妨，便把舒晨去北方抗日一线打鬼子，后回南京搞地下工作、禁毒、除奸、火烧五台山神社，以及牺牲的事，一搰刮子说了出来。

"英雄啊，可惜了……"老人神色黯淡，"姑娘，你可要节哀啊！而今，他葬在哪块儿啊？"

"只知道埋在江东门外，具体方位不清楚，我打算尽快去寻找。倘若能找到，就移葬到西天寺，让他和母亲，也就是我婆婆靠在一起。"

"百善孝为先，姑娘，你这样做太好了。"老人说："移葬时通知我一声，我得去。"

"老伯——"杜蘅感动不已，不知说什么是好。

一老一少倾心聊了好一会儿，杜蘅就告辞了。

当晚没事，可第二天早饭后，重新组建的市警察局来了几个警察，将杜家豪杜蘅父女一同带走了。街坊邻居见到了，很快，钓鱼台、殷高巷、小门口，以至整个门西都传开了，震惊了，怎么回事啊？不知谜底何时才能揭开。

就在这天下午，金兆翰又来了，奶妈舜英打开门，里面悄然无声。进入客厅，只见杜蘅的小姨抱着暑假在家的外孙子，暗自流泪。金兆翰惊奇不解，忙问发生了什么事，小姨怏怏地说："爷俩被警察带走了，罪名是通敌，唉……"

"胡扯，欲加之罪，何患无辞……"金兆翰愤慨地骂道："阿姨，您别急，大家来想办法，有情况，我会随时来禀报。此刻，我要去看望欧阳教授，昨天杜蘅说了教授住址，我酒喝多了点，头脑昏昏糊糊没记住，您知道吗？"

"知道，知道，白酒坊9号，离这块不远。"

"噢，谢谢！"金兆翰说完就直奔白酒坊，一见金兆翰，欧阳教授又惊又喜，两人已有八年未见，而金兆翰原本仅是来看望，说些分别后的话。可是，杜蘅父女的突然被捕，促使他迫不及待地把这事提前说了出来。

"居然有这种事？胡作非为不逊小鬼子啊。"

"估计很快就要进入诉讼，先生，您能否亲自出面为之辩护？"

"我不行，虽说我的研究曾涉猎法律，但替别人辩论从未作过，况且我口才也不来事。"欧阳说："这样，中大法学院我有一位老友董怡之教授，是法律界的权威，我请他出山为杜氏父女辩护。"

"董教授大名如雷贯耳，有他出面，沉冤可望昭雪。"金兆翰喜出望外。

"不能打包票，徇私枉法，历史上屡见不鲜，于今尤烈。"欧阳教授说："但怡之会全力以赴的，对此，我深信不疑。"

金兆翰听了颇感振奋，问了问教授的近况，又说了自己在神学院的一些经历，便离开了，他急于找关系营救杜氏父女。

不知检察机关是不是邀宠求赏，立功心切，莫须有地炮制了杜氏父女"通敌"案，并很快进入司法程序，打破常规于捕后三天就公诉和庭审。

庭审是分别进行的，先杜蘅，后杜家豪。庭审之前，董怡之教授作为受聘代理律师会见了杜蘅，听取了有关案情的介绍。开庭这天上午九时，相关人员都来到了白下路133号首都地方法院。

杜家豪是南京丝织业大佬，他与女儿的被捕虽未在报上公布，但口口相传，偌大的南京城，还是有许多人知道了。除了公诉人、法官、双方辩护律师、证人，旁听席上也坐满了人。杜蘅这边，欧阳教授、雷明、吴崇礼、章曼卿、金兆翰，还有她在日本大使馆时文印室的同事沈哲。大厅内的空气，肃静而压抑，熟人之间也只点点头，谁也不多言语。

法官宣布开庭。

公诉席上一位中年女士手持诉讼状，以清亮的嗓门说："本公诉人郝不冬代表首都地方检察院，对犯罪嫌疑人杜蘅提起公诉……"

"什么，什么，请公诉人把名字再说一遍。"杜蘅打断了公诉人的话。

"郝不冬。"

"她是汉奸，不具备公诉人资格。"杜蘅大声说道："法官，我要求休庭。"

此言一出，顿时大厅一片哗然。"肃静，肃静。"法官大呼小叫，无济于事，只好宣布休庭一小时，并面晤郝不冬问是怎么回事，郝不冬坚称为"污蔑"。在杜蘅这边，则将郝不冬夫妻二人向日特机关告发舒晨，致使舒晨被害的经过向董怡之教授作了介绍。一旁的吴崇礼乃当事人之一，作了佐证，董教授听后点了点头，对吴崇礼说："你的证词很关键，请伺机发言。"又嘱咐杜蘅："要冷静，以事实服人，勿情绪化，先让她把话说完，再作回答。"

一个钟头过去了，重新开庭，大声喧哗，窃窃私语都停了，大厅归于宁静。法官让郝不冬宣读诉讼状，啰啰唆唆连读带讲，耗了个把小时。归纳起来，也就两点：一、犯罪嫌疑人黄翔，原名舒晨系×匪，打入伪警系统，却为日伪效劳。二、黄翔之妻杜玫，更名杜蘅，充当日本大使馆雇员，为日本人卖命。

"你怎么知道黄翔为×匪，他与其妻'通共'有何干系？"法官问。

"实不相瞒，我奉戴老板之命潜入×匪游击区，适巧，彼时黄翔供职新四军游击支队战地服务团，与我同在一个集镇，他说的做的完全是×匪那一套。"

"郝女士，你跑题了。"董教授起而责问，"今天，法庭审的是女士通敌，不是审问通共。再说了，你怎么能证明黄翔当时是中共而非抗日的文化人呢？证据在哪？"

"我……我……我是依据他的表现推论的。"郝不冬说。

"推论是侦破案件的手段之一，而结论需要事实，你把推论当作结论，说轻了是无知，说重一点是诬陷。"董教授一脸严肃，"再说，即使他是中共，全面抗战后，国共一致对外，爱国不分先后，中共抗日又何罪之有？"

"问得好。"旁听席上有人高声呼应。

"我有话要说。"证人席上吴崇礼喊道。

"请讲。"法官招呼他到讲台上发言做证，郝不冬看清了是吴崇礼，目光迅速闪躲开来。"我是伪南京中区警察分署的治安科长，后上调伪总督警署当干事，而我的继任者正是这位郝不冬女士。那时，黄翔只是普通警员，是她报信给自己的丈夫谢晖——噢，顺便说明一下，谢晖在伪军委会调查统计部做事——得知这一信息，谢晖向上司作了汇报。第二天，在黄翔上班时，郝不冬亲自出面抓捕了黄翔，并将情况通报了伪总督警署，还厚着脸皮要求嘉奖升官，想当中区警署署长。"

"你胡说。"郝不冬脸涨得通红，"请出示证据。"

"证据？你去老虎桥问你充当敌特的丈夫吧！"

"半年前，我已跟他离婚，是我检举了他。"郝不冬狡辩。

"这样说，你还有功了，其实他是要保全你，你们是一路货！"吴崇礼的手差点戳到她的鼻梁骨了，"正是你将黄翔鼓动学运、发动禁毒、毒杀汉奸汪一波、策划火烧五台山日本神社诸事，诬陷为反日，日寇才将黄翔活埋。"吴崇礼越说越气，"你，你才是彻头彻尾的汉奸，你，还我同事，还我黄翔。"

这时，旁听席上一片喊声。

"黄翔，英雄啊！"

"打死郝不冬这条母狗。"

"法院必须主持公道，还历史本来面目。"

"肃静，肃静。"法官频敲法槌，"审讯继续。"

"请问犯罪嫌疑人，你又如何解释在日本大使馆三年多的所作所为呢？"郝不冬故作镇定，置众人的谴责谩骂于不顾，硬拗着。

"这个，我可以代为回答。"证人席上沈哲走了过来，"本人沈哲，候任南京市政府社会局副局长。今天，我不是以这个身份发言，而是作为证人道明事实真相。"接下去他将自己如何奉命打入日本大使馆与杜蘅共处一室，从最初的相互猜疑、防范，到后来互通情报直到事发，杜蘅佯装胆结石发作，由他护送去鼓楼医院，他借机逃离的经过一五一十作了说明，最后说："可以毫不夸张地说，杜女士救了我一命，我难忘这再造之恩。"

"事已至此。"董教授接过话，目光扫视大厅，"诸位，孰是孰非，谁是英雄，谁是汉奸，应该一清二楚了吧！审案定谳，以事实为依据，事实就是一面镜子，它既能让仁人志士再现，也能让魑魅魍魉难逃。法官先生，法律是准绳，必须要公平公正，杜女士这个案子应该可以了结了吧！"

"公诉人还有没有什么意见？"

"深盼秉公断案，别为大律师的放言高论所左右。"郝不冬强词夺理死不认输。

席上发出嗤嗤的讥笑声。

这时法官宣布:"休庭,择日宣布审判结果。"

霎时,大厅喧闹开来,有人大喊:"休庭就是枉法,就是包庇汉奸。""包庇汉奸等同于汉奸。""不宣判我们不走。"

主审法官见状,不得不与另外三位法官合议,最后宣布:"杜蘅通敌一案指鹿为马,证据不实,所谓'通敌'不能成立,现判决犯罪嫌疑人杜蘅立即释放。"

大厅一片欢呼,蓦然,董教授作了个安静的手势说:"法官先生,此事只完成了一半,此刻,我代表被告方反诉,请受理郝不冬汉奸案,本人仍是杜女士的提告律师,冀盼尽快立案,早审,早判,让正义得到伸张,鬼魅难逃法网。"

郝不冬听了脸色苍白,软瘫在座位上。欧阳教授则拄着拐杖凑近董教授,说:"吾兄这一手厉害呀!我请你出山,是因为我有把握,可谓是不负众望,旗开得胜,穷追猛打,痛快!"

"瞧你体弱有恙,还亲自到场予我以助力,增我以底气,我才无所顾忌地作了辩护。当然,这官司能打赢,证人证词起了作用,我要谢谢他们。"董怡之说。

"那杜家豪'通敌'案呢?"欧阳教授问。

"明天接着审,卷宗我已看过,开释应在意料之中,不过关键还在证人证词。"董教授说:"你身体不好,就不要来了,我让人去向你转告。"

"行,那就按你说的办,辛苦你了。"欧阳教授说罢,在金兆翰的照应下离开了法院。

这时,有几名记者走向杜蘅,其中一位《大公报》女记者问:"杜女士,对今天的宣判满意吗?"

"请看下一页。"杜蘅回答。

"您是国民党,还是共产党?可否称你是英雄?"《中央日报》记者边问边拍照。

"什么都不是,从来没想过当一名英雄,我只是一个不愿做亡国奴的中国人,一个受害者。"

"对未来有什么打算?"一位美联社华裔记者问。

"有未来吗?"杜蘅模棱两可地笑了笑说:"且走且看吧!"

庭审在同一个地方接着进行,审判对象是杜家豪,除相关人员外,旁听席上人数比昨日增加了不少。

公诉人换成了一个男的,杜家豪与律师董怡之一块进来,他对董教授说:"拜托您了。"

董怡之笑笑,抬头面向坐在轮椅上走往证人席上的穆嘉骅,对杜家豪说:"只要他秉公做证,那天平就会向你倾斜,他抱恙到场,足见他的重视。"

作为德高望重的南京商会会长能来,真的出乎杜家豪的预料,因他小中风痊愈不久,杜家豪原先猜想他或许会提供一份书面证词,今天却坐着轮椅来了,这让杜家豪十分感动。

公诉人宣读了诉讼状,概括起来,犯罪嫌疑人杜家豪的罪状有三点:

其一,为日本皇室制作和服和装饰用品,效忠天皇。其二,将丝绸转产布匹,为日军提供支援,出卖国家利益。其三,让女儿进入日本大使馆,"应聘"是假,通敌是真。

旁听席上叽叽喳喳,议论纷纷,法官举起法槌连敲几下,提高嗓门喊道:"肃静,肃静。"待审判庭已无杂音,这才面向杜家豪说:"被告,请回答交代犯罪事实。"

"公诉人所言全是诬陷之辞，我没有什么好讲的，下面请我的律师答辩。"

"请被告律师发言。"法官目光投向董怡之。

"在商言商，交战双方边打仗边经商自古有之。春秋时期齐鲁两国交战，因各自需要，彼此以粮食与丝绸互换，各得其所。民国初年，军阀混战，冯玉祥的西北军和奉系张宗昌部，白天打仗，夜晚做生意，以货易货……"

"我提诉，是指被告效忠天皇。"公诉人打断了董教授的话，"请别扯东道西，卖弄学问。"

"你没听我把话讲完，我引经据典，追溯历史，旨在佐证在商言商之传统，谋利是商人最大之追求。"董怡之说："至于说'效忠天皇'言重了，不过是一次商业行为而已。倘若不接这笔生意，又何来杜小姐打入日本大使馆，为我方提供情报之举呢？"

旁听席上出现了啧啧称道的小声议论。

"再有，所谓'转产，为日军提供支援'一说，也不能成立，那是受到胁迫，不得已而为之，且产量相当有限，整个过程，我的当事人采取了拖字诀，软磨软抵制，边应付边等来了日军投降。"董怡之言之凿凿地作着辩护，"最后，有关杜小姐通敌之说，已被昨天的庭审推翻，请问公诉人是佯装不知，抑或全然不顾呢？公诉人，顾名思义，代表公众诉讼，自然要出于公心，秉公护法，此乃常识，莫非公诉人不懂，或另有盘算？"

董怡之的一席话，引得旁听席上笑声不绝，而公诉人拉着面孔，很是尴尬。

"现在请证人发言。"法官朝穆嘉骅点了点头。

"老夫没有多话要讲。"穆嘉骅声音不高却威严逼人，"作为南京商会会长，举凡商界重要事项，均需得到老夫赞同。杜老板制作和服一事，还是老夫引荐的。而所谓'转产'是杜老板与老夫商量权衡的结果，责任全在老夫。倘若说通敌卖国，那老夫也是通敌卖国了。好在，财神爷孔祥熙很快就要从重庆返京，我倒要当面向他讨个说法。"

听这口气，看这气场，旁听席上交头接耳，法官席上面面相觑，主审法官已无话可说，只说："请老人家歇一会儿，下面，被告有什么要讲的？"

杜家豪环顾了一下四周，清了清嗓门开口了："我要讲的刚才董怡之先生和穆会长都讲了，我只希望法律还我以公正。"说着停了下来，神色悲戚，少顷，接着说："抗战这些年，我们经受了太多的痛苦和磨难，想做一个堂堂正正的中国人实在不易。为此，我的女婿被日本人编织罪名活埋了，我的女儿被敌机炸断了腿……"

听到这块，大厅里的人莫不惊愕，纷纷将目光投向亲友席上的杜蘅，杜蘅无言地捋起自己左腿的裤脚，在众人面前露出了半截假肢。顿时，旁听席上有人哇的一声哭了起来，跟着，又出现了低沉而压抑的啜泣声。

"我无话可说了。"杜家豪没有落泪，竭力克制自己，"听凭法庭的发落。"

"一门忠烈，还有什么好审的！"

"政府应予以旌表。"

"一面不顾廉耻大搞'五子登科'，一面抓捕抗战有功人员，他妈的，什么玩意儿啊！"

大厅内乱哄哄的，几名法官却视而不见，听而不闻，低着头在会商。几分钟过后，主审法官又操起法槌，等全场静了下来，遂一脸庄重，几乎是一字一顿地宣布："经本庭法官会商判决，杜家豪'通敌'

一案不能成立，即刻开释。"

大厅内重现了昨日宣判时同样的场景，欢呼腾跃，声震屋宇。

众人离开审判庭，沈哲从旁听席走向杜蘅，说："听了老伯刚才的话，我才知道你的腿被敌机炸断，居然无所畏惧地战斗在敌人心脏地带，使馆所有的人竟没察觉，你真了不起，沈某由衷佩服，改日一定上门拜访。"

"没什么，没什么。"杜蘅说："欢迎屈驾光临。"

言罢各自散去，至此，杜家豪父女的冤案得以昭雪，历史显示出公正的一面。

第三十七章　迁坟安葬寄哀思

　　杜氏父女冤案的胜诉，又带出了舒晨殉国的壮举，成为本埠大小报纸争相报道的热点新闻，有晚报甚至呼吁应在本城闹市区为舒晨立一塑像供人瞻仰。而门西钓鱼台杜府门前，每天人潮涌动，有远近的市民，想跟杜氏父女见上一面，也有各路记者想深挖内幕再做文章，还有不上路子邪头八角的、不三不四的跑来起哄。一天，人群中挤挤扛扛推搡中，一位白发老太跌倒被踩断了肋骨，引起口角。老太儿子赖上了杜家，杜家派人送到医院不算，还赔上全部的医药费、住院费和营养费。原本打赢了官司是一场开心事，没料到却这般窝囊，你说倒霉不倒霉。不过，门口的喧闹来得快也走得快，就像潮涨潮落，刷刮得很，三天之后便恢复了平静。

　　此后，市政府民政部门来人，让填写立功旌表申请，被杜家豪婉拒，但来人好像很为难，说此事办不成，他不好向上司交差，杜家豪只好暂时收下表格再作考虑。送走了这位公务人员，父女俩商量起来。因关涉舒晨，杜蘅不想申请，人死都死了，弄个旌表没有任何实际意义，不过给政府的"德政"墨彩描金而已。父亲却不这样认为，说能旌表，就可消除"匪谍"污名，起码对方圆这个孩子的成长会产生正面影响。

　　"是有这层道理，爸，您的话没错，但孩子的成长，将来究竟会成为怎样一个人，主要靠他自己。倘若孩子将旌表作为资本，反倒对其成长不利。而且，政府最终是不是会准予旌表，洗刷'匪谍'的污名，也很难说。"

"你这话也对，但申请一下，看看政府对爱国志士到底是什么态度。"

"爸，我们不急，看政府来不来催，不催，就让这事不了了之。"

"也好。"

正说着，佣人报告有客人来访，父女俩中止了对话，穿过过道去迎。一见面，杜蘅愣了，忙喊："沈副局长，怎么是你啊！"

"这里没有沈副局长，只有沈干事，沈哲，请杜干事改口。"沈哲风趣地说，带动了杜蘅扑嗤笑出声来。

是的，他是当年同在一室的使馆雇员、同事，如今的候任市社会局副局长沈哲。两人之间都有过感恩互报的事，他也不见外，径直往客厅坐下，杜蘅将他介绍给父亲。

"在你庭审时，沈副局长出面做证，还你清白。"杜家豪欣然对女儿说，旋即转向沈哲，"可谓是一言扭转乾坤啦，谢谢。"

"不敢，不敢，杜干事救我一命，我不过是道出实情而已。"沈哲说。

"此非小事，我一直铭感五内。"杜蘅轻轻拍了拍自己的心口。

"客气了，谁让我们是抗日救亡同一战壕里的战友呢？"沈哲亦颇感慨，俄顷，他转变了口风，说："我这趟来府上一是拜访老前辈和杜干事，再有就是告诉你们，据地方法院的熟人向我透露，那个女人郝不冬已被立案，人已进了看守所。"

"是吗？这就太好了。"杜蘅的笑靥像绽放的花朵舒展开来。

"另有一件事，政府正在对抗日有功人员做调查核实，准备给予表彰，这让我想起二位，还有舒晨先生。记得庭审时，旁听席上有人大喊，应当为舒晨先生树碑或立雕像，我以为这项动议可行，你们应当提出申请，我亦可以从中进行疏通。"

第三十七章　迁坟安葬寄哀思

"民政局已来人，送了申请表。"杜蘅说："这种蜗角虚名没有任何实际意义，何况人已死了。"

"杜干事，你怎么糊涂起来了，有了旌表就可洗刷他'匪谍'的罪名啦。"沈哲说："人各有志，舒先生加入中共也是事实，问题实质在于诛杀汉奸，策动禁毒，火烧日本神社，皆是抗日壮举啊！"

沈哲的话勾起了杜蘅心中的波澜，她说："他死得很悲壮，据了解，小鬼子挑选山本五十六的忌日，将他和几名难友一块活埋，却居心歹毒地迫使他们自掘深坑。其中有位难友体力不支，小鬼子竟用枪托砸，刺刀刺，正挥铁锨挖土的舒晨实在看不下去了，便挥动铁锨，将一旁监工的日军头目的脑袋瓜给劈了下来，而后，他被乱枪打死，推入坑内……"说着她已泪光盈盈。

"了不起，悲壮。"沈哲神情肃穆地赞颂着，"对这样的英雄人物更应该旌表啦！啊，对了，殉难处找到没有？政府应当为他举办公祭啊！"

"只知道大的方位，在江东门外。"杜蘅说："公祭就没有必要了，兴师动众，政府也未必批准。他不过是千千万万爱国志士中的一个，作为家属，我们只想找到他的骨骸，而后移葬到西天寺他母亲坟旁，让他陪伴在老人身边尽孝。"

"难得，这想法好。"沈哲说："有需要我的地方，请随时告知。"

聊的时间已不短了，沈哲还有公务在身便告辞了，临走又叮嘱："别忘了申报旌表啊！"

沈哲走后，杜家豪对女儿说："看样子，他是个正派人，有良心。如今，什么'五子登科'，什么官官相护，日本人走后依然是漆黑一片，而他仍在政府做事啊！"说着，老人口气变得严肃起来，"只是，女儿，我跟你说，在我们家不谈政治，你不要把什么人都引进来，小老百姓只想安安稳稳地过日子。"

"爸，你这就冤枉我了，都是他们来找我的。"杜蘅抢白道："再说了，从小你就教我凡事自己做主，怎么动不动又干涉起我的自由来呢？"

"傻孩子，只因为你是我的宝贝嘛！"

"爸，那你看，旌表申请还要不要报呢？"

"我不再干涉你的自由，你定。"

"我的意思，拖一拖，看上面动静。"杜蘅掠了一下鬓角，目光灼亮，说："倒是寻找阿晨殉难处要抓紧做了，否则，我一天也不得安宁。尽管'匪谍'污名还没得到正式洗刷，但爱国志士的身份已尽人皆知。我不再害怕什么'通匪'，可光明正大地去办了。"

"对，是时候了。"杜家豪说："务必尽快办好这件事，要爸爸做什么就言一声。"

"嗯啦。"杜蘅刷刮地说。

此后，有关迁坟移葬的事就着手进行了，头绪很多，杜蘅第一次遇到这样的事，父亲有所提示。但南京民间的土葬习俗，他知道的不多，杜蘅便想到了阿龙父子。当天下午就专门去了胡家花园石匠铺，她是头次光临，阿龙又惊又喜，听说了来意，他说："弟妹，我正准备去找你，这两天我们一群阿晨的发小正在商量此事，迁坟移葬是大事，得好好地办一下，不知你是怎么想的？"

杜蘅和父亲想法的一个大前提是，不搞公祭，也不委托殡仪馆办，只亲朋好友按民间做法顺顺当当地办一下。但做起来牵扯到方方面面，她又不懂，故来请教两位老人。

"先要购置棺材，设灵堂。"阿龙父亲说："要找到遗骸，拾骸人、抬棺人要是平辈，人品要好，得租一辆大卡车，还有……让我再想想。"

第三十七章　迁坟安葬寄哀思

"要准备内衣、外衣、棉胎、褥子、盖被、鞋帽，总之是全套。"阿龙母亲补充道："还有供品，香烛、锡箔、冥币、水果、点心、鞭炮……看我是不是太韶了？"

"不，不，大妈，您老经历多，说得好。"杜蘅感动地说。

"移葬到哪块儿啦？"阿龙问。

"铁心桥西天寺，跟我婆婆在一块。"杜蘅说："几年前老太太过世，丧事由我爸一手经办的，当时就多购置了三丈见方的地块，是一处面东的坡地，请风水师勘定的。因而所谓恶水、硬石块、蚂蚁、棺上加棺、寒风洞，这五忌都不存在。这样，母子相伴，阿晨终能尽孝了。"

"这样安排，真是刮刮叫。"阿龙父亲转而对儿子说："杜小姐恐怕人头不熟，八个办事的，你一定要选准，五二带鬼的不能要。"

"知道。"阿龙应道。

"我又想起一件事，春分已过，清明不到十天，按南京习俗，迁坟一定要在清明前十日完成，而且移葬不过早午，记住了。"阿龙父亲又叮嘱道："唉，我是看着阿晨长大的，多聪明多诚实的一个娃儿啊！"

"大伯、大妈，谢谢你们的指教，我和阿龙就分头准备了。"杜蘅说。

来时，头脑里像一盆糨糊，现在清爽多了。回到钓鱼台，她把阿龙父母的话一五一十告诉了父亲，杜家豪听了也颇感欣慰，遂交代账房先生，凡丧葬所需，应支尽支。他又让管家到长乐路一家棺材铺，花大价钱购买了仅存的一具柏木棺材，棺材的构成有四个部分：盖、底、墙、回。回，即棺材头，象征着门，乃亡灵通往人间的通道，上面雕刻着松鹤等吉祥物，整体漆得锃光发亮。据说此棺防腐，透着柏木清香味儿，能保存几百年哩。

至于棺内衣被、祭祀供品等等，也都在一天之内悉数办成。杜蘅亲自带了几名女机工到殷高巷老宅打扫了一遍，在堂屋设了灵堂，又从大橱抽屉里找到舒晨中央大学的毕业证书，取下毕业照，在三山街照相馆放大，置了黑框玻璃镜嵌在里面，放在靠墙的条几上。

阿龙那边也不易，光人品好不行，还要有力气，虽说报名的有十多个，最后只选了六个，还缺两个，是从原"爱国者同盟"里物色的，一个是米行扛包的，一个是玩石锁练武的。人找齐了，聚到阿龙家，阿龙父亲给他们讲了寻找坟茔、捡遗骨入殓、抬棺落葬等一应事宜，就等待行动的那一天了。

原本杜家豪是不主张设灵堂的，打算当天入土，可是杜蘅非设灵堂不可。说舒晨离家多年，让他最后在家过一宿，而且她将带儿子住过去，陪他一晚。

"不行。"杜家豪动怒了，"你实在要住过去，我不阻拦，孩子太小还不到九岁，万一吓着了，有个好歹怎么办？"

"我会一直护着他，再说阿龙几个也在，与我一道守灵。"杜蘅执拗地说："自己的亲儿子，阿晨是不会吓他的。"

"那就由你吧！"杜家豪无奈地摇了摇头。

准备阶段，杜蘅与阿龙一直保持着联系，阿龙是个细心的人，在寻找遗骸之前，他去了江东门外。一片荒滩上，地面坑坑洼洼，有些洼地还有积水，大大小小的坟堆有十多座。附近有野狗在转悠，老槐树上栖息着几只乌鸦，目光盯着坟场，像是在等待着什么。

向气象部门了解到，往后几天有雨，清明时节雨纷纷，这不奇怪。因此，需抓紧行动，一两天内把迁坟的事办成，为防万一，阿龙想要提前在靠近坟场处临时搭建一个棚子，以备躲雨和安置棺材，这事，今儿个午后就做。回去之后，他把勘察经过和想法告诉了杜蘅，杜蘅全都赞成，决定明天就干。原先，她答应过章曼卿和金兆翰让他们也来。再一

第三十七章　迁坟安葬寄哀思

想，这种场合，怕影响二人的心境，遂作罢。

次日一早，阿龙和七个伙计携带木杠、麻绳及挖掘工具，登上运输公司运送棺材的卡车，来到江东门外坟场，将棺材放在已搭建好的棚子里。很快，杜蘅搭自家的道奇也到了。挖掘前，杜蘅看了看坟场，见坟茔不是很多，因而主张对每一座坟都开挖寻找。阿龙愣住了，说："这恐怕不行，这些是不是皆为无主坟，情况不明，万一动了有主的坟，麻烦就大了。再说，即便都是无主坟，全部挖一次，至少要花一天时间，我们的计划就要落空了。"

"你说得也对。"杜蘅回应，"那怎么办？"

"大伙看，有两座大坟，估计是集体埋葬的，我们就从这块动手。"阿龙说。

"这样好，比较有把握。"伙计们都表示赞成。

"那就按阿龙兄弟的主张办。"杜蘅说。

天气不错，云层稀薄，太阳偶尔还露一下脸，阿龙和伙计们拿着洋镐、铁锨等工具，先到了西隅的那座大坟。还没开挖，奇异的景象出现了，黑压压的云层急速飘移到大坟上空，伴着饥渴的呱呱声。他们一看，竟是一群乌鸦前来觅食。几乎同时，七八只野狗也不失时机地赶来了，对天狂吠，似乎要吓退竞争者。这情景杜蘅从没见过，待在棚子里惊悚不已。这时，只见阿龙返回棚子，操起事先准备好的猎枪，朝天砰砰砰地射出一串子弹，有几只乌鸦应声落地，野狗也撒腿跑开了。伙计们争分夺秒地挖掘着，约莫半个小时，见底了，未料只有一具遗骸，另有几具狗骨，不知死者是谁？怎么还有狗骨，猜不透是怎样一个故事，看了令人毛骨悚然，让人失望。棚子里传来杜蘅的问询，阿龙回答："不是。"便铲土将坟复原，而后转向西南方位的另一座大坟。

不会再次失望吧？阿龙心中七上八下，他提醒伙计不要用力过猛，一层层取土。出乎意料的是，这座坟坑挖得并不很深，像是只挖了一半，约莫只有三尺深，众人小心翼翼将土取走，七八具骨架东倒西歪地出现在眼前。

"弟妹，这块埋着几个哩，你要不要过来看看？"阿龙朝棚子里的杜蘅喊道。

杜蘅三步并作两步跑了过来，见有伙计正在翻动一具遗骸，她失态地喝道："不要动，仔细找。"说着，索性下了坟坑，弯下腰跟大伙一块寻找。不知阴阳之间是否也有心灵感应，她的目光很快转移到一具侧卧着的大骨架，阿龙也跟着她过来了，这是因为舒晨是个大高个，在一米七八上下。两人半倾着身子仔细辨认，不放过每一处骨骸。忽然，她发现破烂的衣服缺口处有一根断裂的肋骨，上有一根生锈的铁钉，她的心一动，想起南京沦陷前夕，日机轰炸时舒晨为救她猛扑上去栽倒在乱石堆上面，硌断肋骨上医院动手术打铁钉的往事，猜测，这应该是舒晨的遗骸。正想着，阿龙喊道："弟妹，你快看！"边说边指着上肢胳肢窝处一颗殷红的石头，一旁有凌乱破碎的衣片。

杜蘅捡了起来，顺便带出一条金链子，不错，正是那个仲夏夜离别前夕，她赠送他的雨花石吊坠。看样子是缝在胳肢窝处护着，临终还带在身边，这是怎样的一种情分，连刻骨铭心也不足以形容了。杜蘅什么也不顾地面对遗骸跪下，将吊坠捂在心口恸哭起来，嘴里不停地嘟噜着："亲人啊，找到了，见面了……"

见杜蘅痛不欲生，阿龙和几个伙计也都眼含热泪，阿龙并没拉她，也没劝她，让她尽情释放吧！十多分钟后，杜蘅的哭泣已变得咽声咽气了，阿龙这才搀扶着她爬上坟坑进了棚子。

接着，便开始捡骨，人体共有二百零六块骨骼，分为颅骨、躯干和四肢三大部分。几个人小心翼翼地一一取出送到棚子里，棺材盖已打开，里面已放了垫被和褥子，四角撒了石灰。一旁，杜蘅将骨骸先放进棺材，拼成人形状，再将买来的内衣鞋帽等一应穿着套在相应的骨骸上面。而后覆上盖被，又放入一些日用品，供其阴间使用。之后，在场的人先后靠近凝视鞠躬，作为告别。然后便是钉棺，让亡灵安息。七根钉子阿龙钉了六根，按南京风俗，最后一根留给直系亲属，由杜蘅完成。从此阴阳相隔，追思绵绵。此刻，香烛点燃，氤氲的烟雾缭绕在棚子内外，坟场上空。

棺材被稳稳地安放在大卡车上，临走前，阿龙叫上三个伙计将覆土后的大坟加高压实，以防兽类侵害，又烧了一堆纸箔冥币，以慰藉里面的几位亡灵。忙完这一切，已是午后三点多钟，这时天地一片昏暗，下雨了，淅淅沥沥，万幸的是，总算把事情办成了。大卡车放下了篷布，开得很慢，为了不惊动街坊邻居，杜蘅让卡车停放在殷高巷西头鸣羊街一处空地上，直到黑漆抹乌，巷档里行人已经稀少，几个伙计才将棺材抬进殷高巷舒家老屋。

阿龙先将几个伙计带回家，吃了顿晚饭，而后又返回舒家老屋，几个人要和杜蘅一块儿守灵。不一会儿，杜蘅携着儿子到了，奶妈舜英也跟来了。

条几上的遗像俊朗沉稳，面带微笑，宛若生前。棺材面南安放在两张长凳上，电灯亮着，后怀头下面点燃了一盏香油灯，谓之长明灯，没有阴黜黜[①]的感觉。阿龙和几个伙计都是死者儿时的同学、玩伴，这时候谁也没有流露出惧怕的神色，都压低声音追溯着儿时跟死者在一块的往事。

平时活泼好动的小方圆，今晚变得特别乖，不多言语，仿佛一下子

---

① 阴黜黜：南京方言，阴森森，环境阴冷之意。

明白了什么，靠在妈妈身边坐着，安静地听叔叔们韶陈年往事，有时也走神，凝望着棺材，隔了一阵子，像是憋不住了，悄声对妈妈说："能让我看一眼爸爸吗？"

杜蘅的心不由得抽搐起来，少停说："爸爸睡着了，不要惊动他。"

"嗯啦。"孩子点了下头，什么也不说了，连连打起哈欠，眨眼间倚在妈妈怀里睡着了。

阿龙看到了，对杜蘅说："夜深啦，弟妹，带孩子到隔壁房间休息去吧，舜英也去，这块有我们哥儿几个守着就行。"

"我不困。"杜蘅说："这是我一生一世最后一次陪伴他，难为你们跟我在一块。"言罢，让奶妈舜英抱着娃儿离开了。接着，她又去棺材的后怀头，拨了拨长明灯的灯芯，眼前似乎更亮堂了。

天蒙蒙亮，乘周边四邻尚未起床，阿龙一众抬棺上了大卡车，径往铁心桥西天寺，在舒晨母亲坟边停下。与此同时，杜蘅则回钓鱼台去接父亲和小姨同往墓地。安葬将于上午九时开始，参加追悼活动的人陆陆续续赶来。他们之中，除去雷明有急事未能赶到，有坐着轮椅的欧阳无垢教授、世交名医王慎之、青帮大佬被舒晨认作义父的吴锦坤及其子吴崇礼、"萤社"成员金兆翰、章曼卿、阿龙父子和一群发小。离舒家不远的瓦官寺住持大和尚释云鹤，自小看着舒晨长大，主动提出要为舒晨做法事，因舒晨生前不信这一套，被杜蘅婉言劝止，大和尚未再坚持，但他一人还是来了，说要为舒晨祈祷，这番善意焉能排拒？

几条壮汉，身大力不亏，一袋烟工夫墓坑就挖好了，阿龙将多层黄表纸铺在坑底平面上，并将一串七星钱（硬币）拆开分别压在黄表纸上，而后将松香末撒在纸上点燃，谓之暖坑。少歇之后，八名抬棺人抬起柏木棺材将捆绑的麻绳慢慢放松让棺材下沉到坑底，接着由杜家豪、杜蘅、小方圆三代带头捧土撒到坑里。几名抬棺人挥动铁锨，不停地铲土填埋。蓦地，传来一阵喧嚣声，在场所有的人不知发生了什么事。杜蘅展眼一看，原来是钓鱼台、殷高巷、小门口、磨盘街的街坊邻居，也不晓得谁走漏了风声，男男女女，二三十号人哩，那么远，走得快也要一个多钟头。这番盛情可把杜氏父女感动坏了，杜家豪许诺丧事办完，要在小门口包下馆子答谢大家。

馒头状的坟已做好，还做了一个圹将坟圈了起来，又栽上了两棵雪松，立了碑，选的是质地细腻、光泽度高的雪花白大理石，只是舒晨的名字不在居中位置，而是偏左。这是杜蘅的主张，偏右的空白是留给自己的，合穴是她深入骨髓的夙愿。

突然，小方圆扑向坟墓，扒着坟土，撕心裂肺地喊着："我要爸爸，我要爸爸……"顿时，杜蘅热泪夺眶而出，上前将儿子抱住，拉了回来，面对众人说："孩子出生至今，八年多了就没见过他爸一面……"闻此，在场的人莫不黯然神伤。

接下来就是主宾讲话，杜家豪请年岁最大的吴锦坤开个头。

吴老爷子抚了下长须，朗声说道："我是一个老江湖了，一生见过万千人众，没见过像舒晨这样恪守节操、注重修养的人，故我收其为义子。临刑前，我到羊皮巷看守所探监，爷俩韶了很多，他嘱我转告死后葬于母亲墓旁，晨昏尽孝，以弥补对母亲的亏欠。今天，他如愿了，老夫也了却了一桩心事。好了，就说这些。"

"我也说几句。"欧阳教授在轮椅上抬了抬身子，面对众人说："抗战以来，三千万生灵涂炭，城乡破败，田野荒芜。如今，日本鬼子打跑了，老百姓得以喘息了。其实，中国老百姓是最卑微最可怜的了，他们只希望能平平安安地过日子，建设什么自由、民主、独立、富强的新中国，似乎跟他们无关。那是一些党啊派啊的事，可党派不能口口声声拿老百姓当幌子，而营一党之私。"他越说越激动，"目前，党同伐异，祸起萧墙，已见端倪，我呼吁停止内斗，所有党派要把心思全部用在为老百姓谋福利上。抗日救亡，我的儿子牺牲在前线，我的学生舒晨又蒙冤捐躯，我们不能再听人摆布了，为了这个国家，为了老百姓，我愿搭上这条老命……"说到这里，他好像有点醒悟，"对不起，我说得太多了，把这当成大学课堂啦。但是，今天能来参加我学生的葬礼，倍感欣慰，谢谢大家不嫌弃我啰唆，能听我把话讲完。"

"哗——"金兆翰带头鼓起了掌，全场齐都响应。

"谢谢，谢谢。"欧阳教授欠身回应，老泪纵横。

"还有哪位要说的？"自告奋勇充当主持的阿龙目光转了一圈，见无应者，遂面对杜家豪，"伯父，您说吧！"

"按风俗，我一个长辈不宜说什么，今儿个破个例。"杜家豪说："俗话说女婿半个儿，但在我们家，舒晨就是我的儿子，亲儿子。我是从小看他长大的，他的确是个不可多得的好孩子，他为国捐躯一点儿都不让我意外，有这样的孩子，我感到无上荣耀。不多说了，谢谢大家。"

最后，杜蘅站了出来说："首先，诸位亲朋好友，街坊邻里大老远的跑来参加舒晨的葬礼，我万分感谢。"她转身向前后左右的人众分别施了鞠躬礼，而后说："我要借这个机会，耽搁大家一点时间宣布两件事：一、我们的孩子生下来八斤重，乳名八斤。上学时，外公给起了个学名舒方圆，意思是做人要外圆内方，随和圆通，内心却正直而有主见。这当然不错，但舒晨牺牲之后，作为家属才真正了解他是怎样一个人，禁毒、锄奸、烧神社……他跟日寇势不两立，殊死斗争，所作所为全为了国家，以至献出生命。基于这个因素，我爸和我商量，孩子一定要继承爸爸的遗志，做一个像爸爸一样的人。不管将来社会如何变化，要不惧风雪雷雨，不计荣辱沉浮，能站得直，立得正，行得稳，于社会于国家尽心竭力，这样，给他改名舒赓志。"

"这个名字改得好。"人群中有人呼应。

杜蘅接着说："二、……"杜蘅刚开口，便取下脖子上的吊坠出示给众人，"这是一条雨花石吊坠，读中学时，舒晨和我到雨花台玩。一天雨后，我们在一条小溪旁玩水，舒晨一眼看到了这颗晶莹的雨花石，随手送给了我。当时，他说历史上，尤其是近代以来无数仁人志士遭受杀戮，血洒雨花台，这颗殷红的雨花石就是他们的鲜血凝成的。我还是头一回听人把雨花石说得如此神圣，它实质上是一种信仰的象征，我很珍惜，送到三山街的银楼制作成一个吊坠。后来，舒晨北上抗日，我又回赠给他。岁月递嬗，戎马倥偬，我还以为它早丢了，谁知就在昨天寻找遗骸时，发现了它。也正是它，让我在几具遗骸中辨认出了舒晨，莫非这是天意，太让人感动了。今天，我要将它转送给我们的儿子舒赓志。"说完，将这枚颇有传奇性的吊坠，戴到了儿子脖子上，小家伙乐得笑开了花。

该说的都说了，接着是上供品、点香烛、烧纸，平辈和晚辈鞠躬磕头。突然，一阵大风刮来，将墓前正在燃烧的供品、香烛、纸箔旋卷而去，直上苍穹。众人惊奇之至，无不悚然。这时释云鹤大和尚双手合十大声说道："天堂无则已，有则善人登。地狱无则已，有则恶人入。诸位莫惊慌，舒晨升天了，诸位庆贺才是呀！阿弥陀佛，善哉善哉！"

经大和尚一说，气氛复归平静，众人朝天跪拜作揖后，安葬亦告结束。前来送葬的人先后离去，剩下的家属和近邻移步舒晨母亲墓前，放供品、点燃香烛、烧纸钱，该有的一样不缺，杜蘅领着赓志三磕首跪拜。老太太生前是瓦官寺的施主，香火钱不多，却一年没断过。老太太过世那年，大和尚曾率众僧来做过法事，今儿个他留下来，伫立墓前，口中念念有词，作了一番祈祷。

整场活动落幕了，杜蘅请大和尚同父母一块坐道奇轿车回城，其余的人皆作了返城安排，而她自己则携了小赓志，同阿龙一伙弟兄以及街坊近邻乘大卡车跟在后面。自此，无尽的追思和缅怀将伴她终身，所幸，他们有个儿子。卡车有些颠簸，她下意识地搂着儿子，在他天真无邪的脸上亲了一口，赓志抬头望了望她，紧紧地抱着她。此刻，似乎所有的不舍和痛苦，已离她而去，她感受到被安抚后的安慰。

第三十八章　人鬼情未了

迁坟安葬之后，当晚杜家豪在小门口"好客来"饭馆包了两个房间，开了四桌酒席答谢参加葬礼的街坊邻居和阿龙一众伙计。饭后回到钓鱼台，杜蘅收拾了一番，提出要带赓志和奶妈舜英一块住到殷高巷舒家老宅去，说是以南京风俗逝者住宅不能空着。

"问题是，老屋一直空着，阿晨又不是从这块走的。"杜家豪说。

"可他最后一晚是待在那块的。"杜蘅说。

"大和尚不是说他升天了吗，一时半会儿是回不来的。"平时极少插话的小姨说："依南京的风俗，这样常年没人居住的屋子邪气、阴气、霉气重，需要通风消毒，重新装修。门口要悬挂五帝钱，以防阴邪之气入侵，老太太的衣被之类也要处理。"

"这些，我也想过，只是我怕有了变动，他回来会不适应。"杜蘅仍有担心。

"怎么会呢。"杜家豪开口了，"他放心不下的是你和儿子，你们能适应，他焉能不适应？我看，你小姨说的一些事都得做，七七过了再住过去不迟。"

"行，就这样办。"杜蘅应道，此后便找了自家缎号的清洁工，还有家中的女佣、厨子和舜英一块过去，一连打扫整理了三天。有空她也去看看，之后就准备将钓鱼台这边自己用的床、儿子的床、舜英的床，还有衣柜、脸盆、脚盆、梳妆台等日用品都搬过去。

目前，她仍住在钓鱼台，平时到缎号转转，熟悉丝织行业有关原料采购、生产计划、工艺流程、生产管理、质量控制，以及销售方面的工作。当然，也仅仅是开了个头，父亲搞了几十年，还常会碰到头痛的事，何况自己才刚刚跨进门。她想，在外头还没找到合适的事做之前，先帮父亲做起来再说。

申请旌表一事已过去个把月了，至今没个消息，阿龙来问过几次，阿龙说，政府如旌表舒晨，他可以请市内最好的雕塑家担当，为舒晨塑像，用他家石匠铺里最好的石料，无论是大理石还是花岗石任选。雕塑成了，安放在五台山神社原址前，那多有派头，正气凛然。老实巴交的阿龙，竟有这般浪漫而深情的想法，杜蘅听了不置可否地笑了。

个把礼拜又过去了，一天，市民政局来人，送来两个镜框，约有一尺见方，框是红木的，里面嵌有旌表两份，内容一样，分别表彰父女在对日抗战期间不畏艰险、勠力同心的爱国之举。但父女二人没有看到对舒晨的旌表，本来父女俩就不想申报，申请了估猜也不会批准，果不其然，正是如此。但他们什么都没问，什么都没说。

旌表做得还是蛮像样子，说正规、庄重也恰如其分，上面还盖着南京市政府的大印，光鲜夺目。父女俩又瞅了一眼，将旌表放进了书橱，也算是一个纪念吧！

隔了几天，阿龙来了，打听舒晨旌表的事，杜蘅据实相告，说："开头，我就不抱指望。"

"他们是糊弄人、骗人，呆×。"阿龙气得鼻塌嘴歪，诅咒道："我马上带十来个小弟兄上民政局讲理去。"

"没用的，如今国民党回来了重新掌权，你想，他能表彰'匪谍'吗？要这样，等于刷自己的耳刮子，算和拉倒吧！"杜家豪说："阿龙，你的心，我们领了，把他放在心上就行了。"

"赶走了小鬼子，以为世道会变的，谁知天下乌鸦一般黑，唉——"阿龙气鼓鼓地说。

正在这时，市民政局派员送来了由南京市政府颁发给舒晨的"荣哀证"（烈士证），这大大出乎了杜家父女和阿龙的意料。这是一份纸质的一尺见方的证书，嵌在一块涂有金粉边框的玻璃镜内，显然，制作是动了心思的。

"送迟了，论证时遇到点麻烦。"来人话带歉意，"但烈士终究是烈士，请接受我们最深的慰问和敬意。"说完，又递上一只小口袋，"这是抚恤金，亦请收下。"

杜家父女相互交递着眼色，杜蘅接过"荣哀证"和抚恤金，声音哽咽地说："还阿晨以公道，谢谢！"

"不谢，这是政府该做的，倘没别的事，我就走了。"来人言毕欠身离去，杜蘅将其送出大门。

"阿晨的英雄壮举，报纸登了，电台播了，偌大个南京城角角落落都传遍了，谁不佩服？"阿龙脸胀得通红，激动地说："我料政府也不敢违背民意。"

"民意，算什么啊，当官的迷恋的是权力。"杜蘅说："不过，这件事办得还算地道。"

"看来，政府里面也还有明白人。"杜家豪接上话，"这一来，阿晨真正得以昭雪了。"言罢，长长地叹了口气。

"我得赶快回去，把这事告诉爸妈。"阿龙说着转身就走。

时间过得真刷刮，明儿个就是七七了，殷高巷的老屋子里，舒晨遗像下面摆放了祭品，而后是烧香祭拜，杜蘅带儿子行了跪拜礼，杜家豪老两口作了作揖，如礼行仪，肃穆朴实。过了七七，杜蘅就搬过来了，经过装修，屋顶的明瓦换成玻璃，客厅、卧室的木格推拉挡板窗子也全换成了玻璃窗。这一来，整座老屋亮堂多了，入内便感到阳气旺盛，祥和安谧。临来时，杜家豪又让女儿将留声机和若干唱片带了过来，适时放上一张京剧或歌曲唱片，声音曼妙而悦耳，在屋内荡漾，一改昔日寂寥冷落的气氛，自然不再有发怵的感觉。再有，舒晨牢中捏的她那个泥塑也带了过来，放在舒晨遗像旁。搬来的头几天，父母那边又从湖熟找了一位保姆照料。这边呢，一应家务事都由奶妈舜英支配，开头一段日子，杜蘅母子和舜英每天到钓鱼台那边吃晚饭，后来不去了，自己解决，但杜蘅依然天天过去看望。有时，老两口也过来坐坐，街坊邻居也常来转转，聒白。紧隔壁老虎灶的老太太秦潘氏，一有空就过来跟舜英韶韶，因此老屋子一点都不冷清，杜蘅母子和舜英很快就适应了，吃饭按老习惯与钓鱼台那边没有两样。

眼看小满快到了，"小满小满，江河渐满"。这几天雨水不多，自打日本鬼子滚蛋，杜泰昌缎号一直忙着恢复生产，修复老旧织机，联系蚕丝产地，重新摆布新老客户……杜蘅想当父亲的下手也不容易，晚上回到家，还要检查儿子的作业，教他英语，把她累得实在够呛。

今儿个是礼拜天，难得地冒出大太阳，她和舜英一起抱着盖被到后院去晒。正忙着，赓志跑过来喊："妈妈，妈妈，雷伯伯来了。"

一听是雷明来了，杜蘅将被子往绳子上一搭便跑了过来。

"先去了钓鱼台，老伯说你搬到这边来了。"雷明说："好找，我们一家子顺顺当当地就过来了。"

"恭贺乔迁！"雷太太说。

一旁，两个孩子赓志和雅洁已经手牵手跑去后院玩了。

"我这趟来，是向你告别的。"雷明说。

"告别？怎么回事？"杜蘅惊愕地问道。

"我投笔从戎，抗日的第二年，母亲就病故了。可是，父亲一直瞒着没告诉我，直到抗战胜利了，才告知这一噩耗。如今，年近八旬的父亲卧病在床，才让妹妹投信，辗转到我手上，他是怕走之前见不到我才这么做的。"

"能离开吗？"杜蘅问。

"我把信给相关领导看了，领导表示理解，说'干革命不能忠孝两全，但也不能一点不顾家，何况老人已缠绵病榻，应该回去'。这样就准我携家眷回北平了。"

"回去还干老本行？"话刚出口，杜蘅赶快纠正道："噢，这事我不该问，不好意思。"

"没关系，我相信你。"雷明说："组织上没给我任务，我已联系母校辅仁大学想继续完成学业，倘不行，则谋个职业，养家糊口。"

"这样好，远离政治，做自己喜欢的事。"杜蘅说。

"远离政治很难，就个人爱好我当然想在做学问方面搞出点名堂，但能否如愿，不是我一介书生能决定的。"雷明说："民谚云'鸡笼里的鸡不要自己啄自己'。但现实并非如此，目前，种种迹象表明已是祸起萧墙，战端重启。我也不想看到这景象，可是我跟你不同，我是有组织的人，自然有再上战场的思想准备。"

"不要，让我们祈祷，反对内战，永保和平。"杜蘅情绪有些激动。

"杜蘅，妹子，你这名字真的改得好。"雷明旧话重提说："蘅，香草，大诗人屈原多次颂扬它，它不仅香气四溢，且有治病功能。凡风寒感冒，痰多咳嗽，跌打损伤，头痛脑胀，用它，皆有疗效，可见它真正有益民生大众。这话，我以前也说过，别嫌我韶啊！"雷明带笑，却语调恳切，"你一直以来的表现无愧于这个字眼，这株香草。"说着，他把目光移向舒晨的遗像凝视着，"多么出色的战友、英雄，我们每个人都应当像他那样去生活，去工作，去战斗。即便是搞科学研究、做实业，那也是在未知的领域作贡献，是不是也可以理解为战斗？"

"好啦，你少说几句，听妹子说说她的打算。"雷夫人像是嫌丈夫啰唆，提醒道。

"对，妹子你说。"

"目前，我没别的打算，只想协助父亲打理缎号的业务，当然做人方面，我是不会推扳①的。"杜蘅深情地望着舒晨的遗像，"我肯定会做得像他一样。"

"我信。"雷明说。

午饭时间到了，舜英做了几样荤素菜，又从小门口王顺兴卤菜店买了北京烤鸭，还拿了一瓶红酒。

"都是家常菜，算是给哥嫂还有小侄女饯行吧！"

"妹子，你也太客气了。"雷太太说。

"一点点心意。"杜蘅笑道，又请舜英一块入席，接着给几位大人斟了酒。谁知两个孩子凑热闹，也要喝，杜蘅给他俩各倒了一点。转瞬，她又走近条几，将一张唱片放进留声机的底盘，随着唱片的转动，轻快柔美的旋律传出来了，原来是周璇的《何日君再来》，杜蘅的心思，雷明夫妇一听就懂了。

便宴开始，杜蘅举杯，说："今儿个是个十分难得的日子，请允许我敬上三杯酒。这第一杯，一直以来哥对我照顾有加，祈望哥珍爱身体，事业有成。"说着跟雷明碰了碰杯，一饮而尽。

"第二杯，嫂子为支持哥的事业付出太多，祝您青春永驻，多福多寿。"言罢碰杯，一饮而尽。

"第三杯，祝你们全家北返一帆风顺，幸福安康。"又是一饮而尽。

周璇甜美的歌声，在悠缓地延续：……今宵离别后／何日君再来／

---

① 推扳：南京方言，差劲之意。

第三十八章　人鬼情未了

喝完了这杯／请进点小菜／人生难得几回醉／不欢更何待／来，来，来／喝完这杯再说吧／……今宵离别后／何日君再来……

气氛有些惆怅、压抑，雷明察觉到了，遂冲着两个孩子大声说："咱两家结个娃娃亲吧！"

"好啊！"一下子杜蘅兴奋起来了。

雷明倾身问赓志："长大后，你愿意娶雅洁做老婆吗？"

"愿意。"八岁多的赓志懵懵懂懂，大致也知道这话的意思了。

"雅洁，你呢？"雷明问。

"我依小哥哥，他咋说我咋做。"六岁的雅洁说完，还凑上去在赓志脸上亲了一口。两个孩子的举动，引得几个大人笑个不停，堂屋一片欢乐。

明天就要动身，回去还有些事要准备，餐毕，雷明一家就告辞了。两个小孩拉着手恋恋不舍，雅洁还揉起了眼睛，差点哭出来。

看着离去的背影，杜蘅喊道："哥、嫂子，记住来信啊！"

一连多天，忙迁坟，去缎号，申报旌表，辅导儿子……忙得团团转，杜蘅的残疾之躯很是疲惫，今儿个又喝了点酒，她想睡一会儿，可偏偏缎号传来一件劳资纠纷的事，她不得不去处理。等回家已是晚饭过后，检查完了作业，她哈欠连天，自设的英语课也停了，便上床休息，很快进入梦乡。

她梦见舒晨来找她了，拉着她的手，分别跨上脚踏车一路追逐着，大呼小叫来到中山陵音乐台，真真切切，不像过往。她也做过许多回两人重逢的梦，但都是雾中看花，始终不能靠近，也不知是什么原因。此刻，两人依偎在一起，夕阳挂在偌大的一片苍松翠柏梢头，他俩也被镀成淡淡的金色，两人追溯着似乎已经遥远的过去。

"你去哪块啦？"杜玫问。

于是，舒晨从北上延安未果，参加战地服务团演出宣传抗日，去淮北楼王镇收编农民武装说起，一直谈到奉命回到南京，参与谋划毒死汉奸汪一波、驱樊、禁毒、火烧五台山神社，林林总总说了一通。

"晨，你真了不起。"刚夸奖完，杜玫嘴一噘，"怎么一直不联系我？"

"战况险恶，关山难度，通信几乎不可能。"舒晨说："回来后，我很想见你，到钓鱼台转过，但又不敢贸然去府上。之前，就听说过你在替日本做事，我不谙内情，不信这样的传说，也曾想过你是否打入敌人营垒，这样，我更不敢去找你了。倘是真的，我跟你不属一个系统，组织纪律不允许相见，弄不好还会给你带来危险。后来，组织上安排我们见面，就晚了一步，我被捕了……"

杜玫泪流满面，舒晨吻干了她的泪。

杜玫又问："这些年，你想过我没？"

"傻话，怎能不想？在逍遥镇、淮北，每当夜深人静，我都要盯着脖子上的雨花石吊坠，看上好久好久，就如同你在身边。回到南京后依然如此，你见我牢里捏的那个可爱的小泥人吗，那是你啊！临刑前，我又将吊坠缝入上衣胳肢窝处，不知你找到了没？"

"找到了，找到了，如今已传给我们的儿子赓志了。"杜玫被感动得又啜泣起来。

"谢谢你，给舒家添了个后代，名字也起得特别好。玫，你真是辛苦备尝，而我亏欠你太多了。"

"告诉我，这些年遇到过相好的女人吗？"

"遇到过。"舒晨遂把战地服务团期间与孟若兰的交往说了出来，只是隐瞒了两人吻别的事。

"我不信没有进一步的发展，别不说实话呐。"杜玫的目光紧盯着他，"不说就是不忠。"看看杜玫那冷峻的眼神，似乎已洞穿了他的内心，他慌神了，遂把和孟若兰拥吻，不舍的经过说了一遍。继而说道："这是个水晶般纯洁的女孩，我一直把她当小妹妹待，不忍心害她。可是，临了，我一时未能控制自己。玫，你怎么说我都行，骂我、打我，我都接受。"

谁知杜玫却显得出奇的冷静，只说："为情所困，为情驱使，我懂。"

舒晨看了她一眼，见她没有一丝恼怒，他颇为感动，说："谢谢。"

"我俩之间，无须说'谢谢'，噢，这个女孩后来呢？"

"怎么也想不到，她被汪一波这个双料坏蛋害死了。"旋将孟若兰被害一事大力地说了说："唉，我感到惋惜，甚至痛苦。但诛杀汪一波，兼带替她报了仇，也可以告慰她在天之灵了。"

"至今，还想她不？"

"当然，能不想吗？在我的内心深处一角，保有她的位置。"

"叫我也会这样的。"杜玫说："这孩子太可惜了，我在想，倘若她还活着，我会想方设法把她活动到南京来，交给曼卿带她，送她进大学读舞蹈专业，一切费用我包了。"

"现在说这些已没用了。"舒晨一声长叹，"但愿她在天国一切皆好。"

"晨，你是个真性情的男人，我爱你。"说着，杜玫送上一个吻。

"玫，这刻儿，你猜我还在想什么？"

"快说，快说。"

"我想，一会儿你陪我再去逛一逛门西那块的曲街斜巷、小门口、钓鱼台、殷高巷、磨盘街……聆听织机醉人的轧轧声，观看秦淮河静静的流水，游览瓦官寺、凤凰台遗址，品尝王顺兴的盐水鸭、三栈楼的椒盐酥烧饼，还有沿街叫卖的燕儿糕、糖粥藕……感受千百年延续下来的老南京烟火气，那该多美啊！"

"这好办，明儿个就去。这回，你得破费，不要啬皮干儿舍不得。"

"哪能呢，我已不再是穷学生，你想吃什么、买什么，包在我身上。"

"行，就这样。"

"回到门西去，回到门西去……"舒晨意犹未尽梦呓般说着，"那块有我的街坊邻居、发小，有我的岳父大人，有你、有我们的宝贝儿子。说到底，我的根在那块，魂也要回到那块……"

"好好好，都依你，我们就在门西，哪块儿也不去了，再也不分开。"杜玫热泪潸然，依偎着他，喃喃地说。

月亮升起来了，已是午夜，无边的松林发出低沉的呼啸，有三五游人在陵园入口处漫步，享受这夏夜的静美。舒晨杜玫从音乐台的台阶上站了起来，捶打着活跃了一下身子，而后在一棵大塔松旁的草坪上躺下。

"玫，说说你吧！"舒晨展臂让她头倚上面。

"既然你那么坦诚，我也毫无保留地跟你韶韶。"杜玫便从自己到赤山、青龙山参加游击队，被日机炸伤的经过说了一遍。听到这里，舒晨撩开她左腿的长裤，抚摸着假肢痛惜地说："要是当时我在南京，一定阻止你上战场，即便到了游击队也只能在后勤部门，你没听说过，战争让女人离开，打仗是男人的事。"

"你这是歧视女性。"杜玫推了他一把，"对我来说，这也是一种历练。"

"好，好，我认错，请往下说。"

接着杜玫谈到自发打入日本大使馆的经过，重点谈了她与西尾和夫的交往，追溯到在赤山撒发传单，西尾反正，加入反战同盟，两人又在大使馆巧遇，美惠子的堕落，西尾的痛苦，西尾对她的关照……从情报到生活，一切都是那么自然，感受到西尾对她的追求，留给她的好感，两人的暧昧，直到福昌饭店那晚的经历。

"饮食男女，人之大欲也，人的原始欲望有时强大到不可思议，我与你长期的分离，极度匮乏的情与爱，对性的渴求几乎摧毁了脆弱的理智，放下了心理戒备，一度迷失了自我，差点铸成大错。"杜玫声音喑哑地诉说着这一切，"清醒过来后，我知道背叛了你，总想有个机会向你认错、忏悔，没料到迟至今日才向你告白。"

"玫，谢谢你对我无保留的信任，这几年，我俩不在一起，我也不止一次有过这种念头，甚至在梦中与你做爱。"舒晨说："但是，我是在抗日的第一线，明白自己应该怎样去对待，尽可能不去想，有了这念头，及时将它掐断。"

"我做不到你那样，跟西尾的交往，我有错，但我不怪他，特别是他后来揽下责任，因保护了我而自杀，我的心倒平衡了，觉得那种暧昧倒也很美。"杜玫说："告诉你，他还是佐格尔情报系统的，其实是一名反法西斯战线上的战友。"

"一个国际主义者。"舒晨说："我不怪你，事情早已过去了，往后别再提了，可好？"

"好，好，彼此谅解吧！"杜玫应道："把曾经的美好深埋心底，这不，我俩终于在一块了，我要加倍地补偿你……"

此刻，杜玫心里像有无数蚂蚁在骚动，痒痒的，感到下体发热，小腹发胀。相互的包容、大度和信任，这会儿汇聚成一股热流，充盈着她全身每一个细胞，她不可遏制地搂住舒晨，又是吻，又是抚摸，又是撕咬……舒晨急切地回应着，天作被盖地当床，等待、渴望得太久太久了，云雨交欢，像子午潮一波一波地涌动着，高潮迭起，无休无止，似乎几年的积蓄，要一夕用完似的。突然电闪雷鸣，两人半裸着牵手逃离草坪，越过小桥，奔向音乐台一侧的雨棚……

惊醒了，额头上沁满了冷汗，原来是南柯一梦。杜蘅下意识地摸了摸下身，湿漉漉的，又黏又滑，内裤底部也潮了，她觉得脸盘发热发烫，明白是怎么回事了。可是，今晚她在殷高巷家里，并不在音乐台啊，是的，中央大学读书时代，两人不止一次去过音乐台，宣传抗日，表演歌舞活报剧，可那已是十年前的事了，今夜怎么会有这档子事呢？莫非真的是人鬼情未了？

有点不好意思，她想忘掉，可这念头却变得越发强烈，怎么也忘不掉。

几天后，又发生了一件蹊跷的事，这天深更半夜从不起夜的赓志，从小床上坐起喊道："妈妈，我要撒尿。"

杜蘅拽亮了电灯，等儿子尿完上床后熄了灯，窗外黑漆抹乌，她以为儿子会倒头就睡着了，哪知赓志并没睡着，问："妈妈，什么辰光啦？"

"早着哩，乖孩子，睡吧。"杜蘅说。

"多会儿天才亮？"赓志又问。

"快了吧？"杜蘅答。

她的话带有不确定性，她也盼着天亮，可是，夜好像特别漫长，她唯有等待，不一会儿，就沉沉进入梦乡了。

后　记

一

二十世纪八十年代中期至二十一世纪初，将近二十年，我写了十二部长篇小说。之后，又是二十年，我中止了小说创作，写了十部传记文学和报告文学。2022年7月8日，这是个重要日子，借丁帆教授"瘦蠹斋"，丁帆、张光芒与我就南京地域文学进行了一场三个多小时的深度对话（见《东吴学术》2023年第一期《南京地域文学及其他》），从学术层面，对以"秦淮世家"为代表的我的小说创作作了系统的梳理和总结。两位著名学者在肯定了"秦淮世家"，"作为南京文化的一个标志性产品""百年南京十部代表作之一"后，建议将这部作品"重新打造一遍，审美的理念更加提升一下，把观念隐形地渗透在作品当中，那将是最高境界"，成为经典，传诸后世。这对我来说无疑是激励和期许，我表示可以考虑。然而回来以后却犹豫不决，我曾做过九年文学编辑，改过无数作品，深谙改别人作品容易，改自己作品难，尤其是像"秦淮世家"三部曲这样一百零五万字的长篇小说，修改起来难度很大。何况，我已是耄耋老人，精力也难以支撑，遂作罢。但因此，却催生了另外一个想法。

我出生在南京东郊汤山镇白鹤村，但南京城里评事街、下江考棚有我家三代老亲，胞姐嫁在门西荷花塘，后乔迁磨盘街，我从小数度进城，寄住在这几处。门西一带一二十条曲里拐弯的小街小巷逛过无数次，其间，认识了一位我叫他舅爷爷的老人，他是我姐夫的近亲，已是花甲之年，浓眉阔脸，豪爽健谈，在门西一带很有名望，腿有残疾却闲不住，整日走街串巷，处理街坊琐事，调解邻里纠纷。他是"老南京"，南京沦陷后，一直坚守在门西地区，对坊间发生的大大小小的事了如指掌，从他那有声有色的回忆中，我知道了许多远去的门西往事，几十年来它们一直储存于我的脑海里。写完"秦淮世家"，我曾动过念头，想据此创作一部长篇小说，"秦淮世家"写的是夫子庙一带的事，属门东。而想写的一段往事，那是门西，这样，从门东到门西，老南京的根脉便可以较为完整地展现出来了，于此寄托我"一种追求真理的热情和对历史的兴趣，以及对文化审美的一种情怀"（张光芒语），亦可以在艺术表现上"更好地把观念隐形地渗透在作品当中"（丁帆语），以弥补"秦淮世家"的某些遗憾。

这样，我毅然告别了传记文学与报告文学的写作，重操长篇小说创作，决心将酝酿了半个世纪之久的构思付诸实践。

通过对历史的缜密考察（包括到中国第二历史档案馆和南京各大图书馆查阅资料），我以为，抗日救亡，国共两党在不同时段、不同地域都作出了巨大的牺牲和贡献，整理、评价、书写历史应当摒弃党派意识，要客观公正，经得起时间的检验，为后人所信服。我在考察和走访中发现，民间的抗战是不应该被忽略和忘却的。拿旧都南京来说，不只有市郊江宁、句容、溧水等地的新四军、地方农民武装、城里的国共地下工作者在坚守战斗，还有民间自发的、规模不等的抗日团体和个人在坚持斗争。他们之中有大中学校师生、工商业者、手工业者、武馆拳师、青帮大佬、医生，甚至引车卖浆者等等，对于他们在艰危境遇下的所作所为，流血牺牲，我们的历史学家和小说家往往认为不值一提或着墨不多，这是何等偏颇和不公啊！窃以为正是这些人才是南京这座千年古城的守护者，可歌可泣，感天动地，值得为之立传，浓墨重彩地形诸文字。

多年来，反映南京抗日救亡的文学、影视作品还少吗？但大多写的是屈辱和苦难；诚然，苦难是事物的一个方面，应当写。但作品中的南京人，几乎都是软骨头，少血性，逆来顺受，任人宰割，外地人谈起来，甚至讥讽南京无男儿。而我掌握的资料表明，并不是这回事。因此，作为一名南京本土作家，有责任将历史真相较为全面地、艺术地、审美地呈现出来，以正视听，并填补这方文学领域的空白。

二

我笔下的南京人乐观、直爽、坚韧，内心深处有一种少见的优越感，这是两千多年传统文化熏陶的结果。一旦触发起来，便能抵挡任何风暴的侵袭，作品中一个个故事便可见证。

而如何将这种性格的南京人与旧都的都市文化、风俗、风景、风情融为一体，艺术地构成一道特殊的别具一格的景观，这是我努力的目标。为此，因应故事情节推进的需要，在大历史的背景下，在小人物出没的各种场合，尽可能地展示了二十世纪三四十年代南京原生态的某些风俗画、风景画和风情画，而且多处运用了南京方言，呈现出历史的场景和语境，凸显南京地域文学的一些特质。丁帆先生曾感叹："至今没有一个南京作家，写出那些真正的南京土话的作品。"我想做点尝试。

"文学是人学",这个口号,最早是苏联文豪高尔基提出的,查了一下"百度",将其含意归纳为三点:其一,文学的反映对象是以人为中心的社会生活,文学着眼于一定历史时期人的思想、感情、命运、心理冲突和人与人之间关系的描绘与揭示;其二,文学创作贯穿了作家对人生的独特体味,倾泻了其独特的感受、认识、评价和理想;其三,文学创作目的是为了人,为了人的完善和完美,为了人而写人,就是"文学即人学"的基本含义。

高尔基提出这一口号时是1931年,将近一个世纪过去了,无论政治生态和文学生态如何变化,我对这一诠释是接受的,并一直在自己的写作中践行着。

丁帆在谈及"秦淮世家"时说:"我的审美观念是三维的,一个是历史的必然,马克思所说的历史的必然,是他(指庞瑞垠)描写的那个;另外两条线应该是审美的和人性的。我说审美的就是那些风俗画、风景画、风情画,全部进来以后,那么他的审美的高度就提升到人性的高度。"这呼应和深化了关于文学是人学的理论。

《补天裂》,可以被看作是一部复调小说,它是以男女主人公舒晨(黄翔)和杜玫(杜蘅)在特殊情况下,两条平行的行动线展开的。既然认可文学是人学,那么能否塑造典型人物形象自然应是作家写作的着力点和追求,也是一部作品是否成功的指标。在"秦淮世家"中,我塑造了谢庭昉、谢嘉华、邹曼若等人物形象。在《补天裂》中,我则塑造了舒晨、杜玫等人物形象。我不敢说个个是典型形象,但我是朝着这个方向去努力的,他们的成长、生活、事业,爱恨情仇,以至于原始的生理本能,其性格的多重性,属于我的探索和创造,而非因袭他人,相信鲜明而独特的形象是能够给读者留下深刻印象的。

丁帆指出,我的作品基调或特色是悲情浪漫主义,的确如此,"秦淮世家"是这样，《补天裂》也是这样。悲剧的时代产生时代的悲剧，悲剧的根源在于人性的光辉，真正的悲剧不仅让人悲哀，更能净化人的心灵并带来力量。在《补天裂》中，舒晨、顺子和拳师镇关东悲壮的牺牲，杜玫的截肢乃至西尾和夫的自杀等等无不让人感到惋惜和难过，更能让周围的人化悲愤为力量，义无反顾地继续投身到神圣的抗日救亡斗争中去。要做到这一点，我操着审美和人性的解剖刀，深入地发掘人心，揭示人物的灵魂，无论是正面人物抑或反面人物，让其美与丑暴露在光天化日之下。至于有没有达到这一初衷，相信贤明的读者自有判断。

三

　　《补天裂》是我的封笔之作，我一生出版三十一部著作，逾千万字，其中以南京为题材的就有故都三部曲（《危城》《寒星》《落日》）、《逐鹿金陵》、"秦淮世家"三部曲（《钞库街》《桃叶渡》《乌衣巷》）和若干中短篇小说，而艺术地反映南京的民间抗战是我的夙愿。如今我已入垂暮之年，家人担心我的身体，劝我作罢，可是多年积累的珍贵资料弃之不用委实太可惜了，何况之前我已陆续写了一部分，怎么办？我认真地估量了自己的身体状况，虽然年迈，生活完全能够自理，耳聪目明，思维依然像青壮年时代一样敏捷、活跃。尽管颈椎、腰椎时有发作，但可克服。于是，在家人的理解和支持下，决定"冒险"一回，祛除一切俗念，我每天挤出一点时间锻炼身体，以保证有充沛的精力投入写作。从2023年4月4日至8月16日，历时四个多月，完成了这部三十多万字的长篇小说初稿。其间新冠来袭阳了一次，无妄之灾，服了进口辉瑞，每天依然能写三千字。当我将书稿告竣的事告诉老伴时，她说："你是玩命啊，真的不要再折腾了，健康第一。"两个儿子则及时送上了祝贺，我的回答是"心安了"，于此，我感知了什么才是生命的长度、厚度和价值。那天"收工"的晚上，心情无比地美妙，正所谓："窗外一轮月皎洁，照我悠然伴书眠。"

事过两日，要问我此刻心境，兹抄录昔日所撰《偶作》示之：

> 往事历历空自忆，月满西楼无凭倚。
> 豪情逸兴今安在，青山依旧话黍离。
> 骚魂远去难相续，游目骋怀乃旧时。
> 门外红尘等闲看，旷放自适一老骥。

最后，我要说：在本书漫长的创作过程中，图书档案相关部门，提供了若干珍贵史料。抗战老人则向我口述，提供了大量生动、鲜活的第一手素材。写讫，丁帆先生费时多日，逐页逐行通览初稿，提出了许多宝贵的修改意见，花费了不少心血。江苏凤凰文艺出版社社长张在健、总编辑赵阳，在编辑出版过程中尽心尽力，彰显了可贵的职业操守和出色的业务才干。在此，我一并表示由衷的谢忱。

作者
2023 年 8 月 16 日写讫
2024 年 1 月 9 日二稿
2024 年 7 月 5 日三稿